本书为湖北省中国语言文学重点学科、湖北省高校重点学科、湖北师范大学"省一流"学科资助项目

中外文史经典导读

景遐东　主编

人民日报出版社

图书在版编目（CIP）数据

中外文史经典导读 / 景遐东主编. --北京 ：人民
日报出版社，2018.9
ISBN 978-7-5115-2379-2

Ⅰ．①中… Ⅱ．①景… Ⅲ．①世界文学—文学欣赏—
高等学校—教材 Ⅳ．①I106

中国版本图书馆 CIP 数据核字（2018）第 221888 号

书　　　名：	中外文史经典导读	
主　　　编：	景遐东	
出 版 人：	董　伟	
策　　划：	庞　强　高　栋	
责任编辑：	孙　祺	
封面设计：	宋晓璐・贝壳学术	
出版发行：	人民日报出版社	
社　　址：	北京金台西路 2 号	
邮政编码：	100733	
发行热线：	(010) 65369527　65369846　65369509　65369510	
邮购热线：	(010) 65369530　65363527	
编辑热线：	(010) 65369518	
网　　址：	www.peopledailypress.com	
经　　销：	新华书店	
印　　刷：	天津雅泽印刷有限公司	
开　　本：	710mm×1000mm　　1/16	
字　　数：	436 千字	
印　　张：	23	
印　　次：	2018 年 10 月第 1 版　2018 年 10 月第 1 次印刷	
书　　号：	ISBN 978-7-5115-2379-2	
定　　价：	92.00 元	

《中外文史经典导读》编委会

序

　　湖北师大文学院前身之中文系建于 1973 年，乃由华中师范大学中文系分设，当时只有汉语言文学一个专业，1978 年成为改革开放后全国首批具有学士学位授予权的本科专业。长期以来，文学院坚持以培养高质量人才为目标，坚持本科教学中心地位，以师资队伍建设为基础，以学科与专业建设为龙头，以特色科研为动力，充分发挥师范特色和优势，注重内涵建设和学生实践与创新能力的培养，不断提升人才培养质量与办学水平。汉语言文学 2007 年获批湖北省高校品牌专业，2008 年获批教育部特色专业立项建设点。2000 年后，中文系陆续设立了广播电视学、汉语国际教育和广告学三个新专业，2008 年在此基础上建立文学院。学科建设上，1986 年开始与湖北大学联合培养中国古代文学、文艺学、中国现当代文学等方向的硕士研究生；2006 年文艺学、汉语言文字学两个二级学科获得硕士学位授予权；2009 年语言学研究中心获批湖北省人文社科重点研究基地；2010 年中国语言文学一级学科获批湖北省重点学科，并获硕士学位授予权，下设中国古代文学、现当代文学、文艺学、语言文字学、应用语言学、地域文化与文学、审美文化与文学七个二级方向培养研究生。另有语文课程教学论学术硕士点和学科语文（专硕）点。文艺学、语言文字学、中国古代文学和中国现当代文学为湖北省"楚天学者"设岗学科。全院在读本科生与研究生 1200 余人。

　　文学院现有教授 20 人（含 3 名楚天学者特聘教授），副教授 18 人。教师中具有博士学位者 36 人，毕业于复旦大学、南京大学、武汉大学、中国人民大学等著名高校，学缘优良，梯队明显。文学院学术研究形成特色，在中国古代文学、古代文论、叙事学、地域文化与文学、湖北方言、模糊语言学等许多领域全省领先，在全国也有较大影响。四十余年来，文学院培养了一大批优秀人才，尤其是基础教育优秀师资和地方传媒从业人员，为国家基础教育与社会发展做出重要贡献，赢得良好的社会声誉。目前，文学院正瞄准"双一流"目标，围绕国家"十三五"规划和中部崛起计划，致力于转型与提升人才培养水平，加快学科内涵建设，争取早日建成中国语言文学一级学科博士点，进一步扩大本学科在全省、全国的影响力。古语云"惟楚有才"，楚文化具有的海纳百川有容乃大的精神。文学院"厚德、博学、明辨、笃行"的理念和踏实勤奋、顽强拼搏的精神，激励着文学院师生不断砥砺前行！

　　经典名著是人类文化的结晶，是人类知识体系的根基，是我们的精神家园，也是走向未来的起点。经典包括中国的、传统的和世界的三个维度，所谓古今中外。经典又是历经岁月淘洗、汇聚古今最重要的精神创造和知识积累的精华。大学具有突出的系统性、理论性与研究性，中国语言文学是大学的基础学科，又是化育人的学科。其中经典之作用尤其重要，杜甫云"读书破万卷，下笔如有神"，大学生大量阅读经典，涵养悠游其中，久久为功，必能提升人文与专业素养，还能陶冶心灵，改变气质。我们每一次重读经典，就是一次新发现的航行。法国思想家、文学家罗曼·罗兰曾经说过："人只有在书中读自己，在书中发现自己，或检查自己"，强调通过与经典的对话真正认识自己。"人生代代无穷已，江月年年望相似"，今人也只能与古代的那些伟大心灵在其智慧的结晶——经典著作中相遇。经典阅读能让我们在身心解放中拓展视野，犹如心灵的探险与灵魂的壮游。传统儒家追求"天下为公"的社会理想和"止于至善"的个人道德境界，许多文学经典致力于颂扬真善美、批判假丑恶，对复杂多样的人性原态有更深刻的揭示，这些都能让人从中发现真实的自己，从而疏浚心源，检点自我，养成反省习惯，然后从心灵深处生出博大的人文与社会关怀，乃至以天下为己任的担当。屈原的"美政"，李白的"寰区大定，海县清一"，杜甫的"致君尧舜上，再使风俗淳"等政治理想，无不让人激发起这种关怀与担当！

　　阅读经典又是接受优秀传统文化传承与熏陶的重要渠道。大凡称得上经典的文学名著，多是出自那个时代的语言和思想非常成熟的大家之手，这些名著主要反映的是那个时代的社会生活，代表了那个时代的思想、情感。文学名著的价值，多在于历史认识和审美意义方面。而学术经典的意义，则在于曾经的学术研究的高度与方法的创新，它在人类文化与学术史上占据无可替代的地位，后人既难以绕行，又能从中得到启迪与指引，可以少走弯路，而事半功倍，攀登新的学术高峰。

　　如果从中国传统学术的角度，更能找到阅读经典之于专业成长、治学方法训练的重要意义。传统中国学术极重视校雠学亦即文献目录学，文献目录学乃最重要之治学门径与方法，"辨章学术"必待"考镜源流"①。张之洞曾告知其门生，"将《四库全书总目提要》读一过，即略知学术门径矣"②，传统国学不正是强调《四库全书总目提要》乃治学必读之经典与圭臬吗？

----

　　① （清）章学诚著，王重民通解，《校雠通义通解》之《章学诚自序》："校雠之义，盖自刘向父子部次条别，将以辨章学术，考镜源流。非深明于道术精微、群言得失之故者，不足语此。"上海古籍出版社1987年版。

　　② 张之洞：《輶轩语》，载苑书义等主编《张之洞全集》第12册272卷，河北人民出版社1998年版。

我院汉语言文学专业作为湖北省高校首批省级品牌专业和教育部特色专业立项建设点，长期以来高度重视专业及课程建设。文学院给本科生开设文史经典导读的教学创新与实践，可以追溯到十余年前，后来为落实教育部拔尖创新人才培养计划和推进转型与内涵建设，我们编印了《文学院本科生专业学习手册》，其主要内容是由我院专家教授列举的230多种必读书目（其中很大一部分均为各专业与学科公认的经典要籍）和专业期刊、必背500首经典诗词，并要求学生四年内完成100篇读书报告与文章的写作（简称为"三百工程"）。新生一进校，人手一册，让同学明确专业培养目标与基础性专业要求。这两项措施结合起来，通过多年的实践，效果非常显著，成为我院教学的一大亮点，得到了学生和包括教育部和省教育厅多项评估与考察的专家的充分肯定，也坚定了我们继续进行教学改革与实践的决心。因为十多年前出版的《经典名著导读》印数甚少，导读的经典数量上也只十余部，兼之导读之师资有较大变动，完全不适应教学之需要，遂有此部全新的《中外文史经典导读》面世。

本书精选26部中外文史经典要籍，由文学院25位老师进行导读，目的是为刚刚进入大学的文史类大学生提供快捷的学习与研究的引导，使其尽快进入专业状态。体例上充分考虑到大一同学的实际，主要由作者介绍、创作背景、主要内容、成就与影响、研究现状和参考文献等板块构成。导读不仅梳理经典之框架结构，揭示其核心要义，还探析文学或学术渊源、历史文化背景，剖析作者之心态，重在引领入门，使同学们迅速掌握经典的主要内容和精髓，导读重在要而不繁，精炼适当。在帮助同学们准确理解经典原著的同时，也有导读老师自己的学术研究心得的简介，既展示各位导师的学术专长，也可以培育学生的学术兴趣，使他们掌握初步的研究方法，了解治学门径，为日后专业发展打下牢固的根基。

当然，我们要强调的是"导读"绝不能代替对经典要籍原著的阅读，老师的"导读"只是介绍与引领，真正掌握经典，必待对原著认真细致的阅读、甚至是反复的探讨与钻研。另外，阅读还需结合相关内容或问题进行拓展阅读，也就是相关要籍的延伸阅读，碰到文字、典故等还需要查阅相关工具书，并且要坚持做读书笔记和读书报告，这样才能真正学有所获、学有进步！这也是我们开设经典导读课程和编著此部《导读》的初心。

感谢李宏校长、王赛玉副校长对文学院专业建设与改革的悉心指导和支持！感谢文学院诸位专攻术业、辛勤从教的同仁！感谢认真负责的杨洁女士！文学院2016级研究生吴珉、王铭、陈荐宇、孙佳妮同学参与了本书文字校对和体例的修改，谢谢她们！

景遐东

2018 年仲夏于湖北师大青山湖畔

目　录

《诗经》导读

徐柏青

　　《诗经》是我国最早的一部诗歌总集，收录了西周初年至春秋中叶（公元前11世纪至公元前6世纪）约500年间的诗歌作品305首，按照音乐类别分为《风》《雅》《颂》3大类。《风》，又称《国风》，是从当时15个国家和地区采集来的民间诗歌，编成15个部分，称为《周南》《召南》《邶风》《鄘风》《卫风》《王风》《郑风》《齐风》《魏风》《唐风》《秦风》《陈风》《桧风》《曹风》《豳风》，有作品160篇。《雅》，分为《大雅》和《小雅》2个部分，有作品105篇，其中《大雅》31篇，《小雅》74篇。《颂》包括《周颂》《鲁颂》《商颂》3个部分，有作品共40篇，其中《周颂》31篇，《鲁颂》4篇，《商颂》5篇。

　　在先秦时期，《诗经》通称为《诗》，这在先秦典籍中有大量记载。称《诗》为《诗经》是从汉武帝时代开始的。这是因为汉武帝采用董仲舒关于"罢黜百家，独尊儒术"的建议，把先秦以孔子为代表的儒家所编订的几部书籍，即《诗》《书》《礼》《易》《春秋》"法定"为经典，并且设置"五经博士"，从此，先秦时期的所谓《诗》就被称为《诗经》。

　　自孔子以《诗经》作为教材教授生徒以来，历代读书人都要诵读《诗经》，至今已有2500多年。但是，在这2500多年中，人们对诵读和研究《诗经》，其价值取向却有很大不同。先秦时代，人们读《诗经》主要是注重其政治实践价值、在外交场合中的语用价值以及个人思想修养和能力的提高。到了汉武帝时期，《诗经》被尊为儒家经典，从此以后，在整个封建社会里，人们诵读《诗经》，所注重的主要是儒家关于修身、齐家、治国、平天下的价值取向。《诗经》不仅仅是周代文学的光辉结晶，而且也比较集中地反映了周代的文化，它既是周代的文学经典，也是周代的文化宝典。因此，我们这里对于《诗经》的导读主要是从文化的角度出发，即《诗经》所反映的周代文化。

一、《诗经》中的政治讽喻诗与周代士人的忧患意识

　　所谓政治讽喻诗，亦称政治怨刺诗或政治讽刺诗，是指《诗经》中那些以关

注国家命运和政治得失为主要内容并具有讽刺和劝喻意义及哀怨情感的诗篇。这些诗篇主要收录在《大雅》和《小雅》之中。按照《毛诗序》的说法，《诗经》中《大雅》和《小雅》所收录的政治讽喻诗共53首，其中《大雅》7首，《小雅》46首。《大雅》中的7首，其讽刺对象主要是周厉王和周幽王。其中讽刺周厉王的有5首：《民劳》《板》《荡》《抑》《桑柔》；讽刺周幽王的有2首：《瞻卬》《召旻》。《小雅》中的46首，其讽刺对象比较宽泛，有讽刺周宣王的，有讽刺周幽王的，有讽刺周幽王之时的，也还有其他的讽刺对象，但以讽刺周幽王的作品最多。具体作品如下：讽刺周宣王的有《祈父》《白驹》等4首；讽刺周幽王的有《节南山》《正月》等35首，讽刺周幽王之时的有《宾之初筵》等3首。

政治讽喻诗是《诗经》的重要组成部分。这些政治讽喻诗，其内容虽然主要是揭露当时政治的黑暗，讽刺朝政的腐败，哀叹个人和民生的不幸，但同时也深刻地表达出诗人们强烈的忧患意识，可以说是我国文学史上早期的忧患文学。《诗经》中政治讽喻诗作者的忧患意识主要产生于"国步斯频"的严重社会危机之中。

根据《毛诗序》的说法，《诗经》中的政治讽喻诗主要产生在西周末年厉王、幽王时期。我们知道，周厉王姬胡是我国历史上有名的暴虐之君。在他统治期间，"乱生不夷，靡国不泯。民靡有黎，具祸以烬。于乎有哀，国步斯频。"（《大雅·桑柔》）并且用杀人的办法来消除人民对他的不满（见《国语·周语》）。周幽王是继厉王之后的又一个专横暴戾、骄纵荒淫的昏君。他用"为人佞巧，善谀好利"（《史记·周本纪》）的虢石父为卿，把持朝政，又宠幸褒姒，败坏朝纲，使得天灾人祸不断，国无宁日，民不堪命，怨声载道，结果导致西周王朝的灭亡。《诗经》中政治讽喻诗的作者，大都就是生活在这样的时代。

当然，《诗经》中政治讽喻诗的作者是谁？我们现在很难考证清楚。因为这些诗篇仅有少数几篇透露出作者的名姓，绝大多数诗篇没有作者的任何信息。即使有的诗篇透露出作者的名姓，但由于年代久远，我们现在也无法知道他们的生平事迹。尽管如此，但从这些诗篇的语气，我们大体上可以推测其作者应是一批士人，包括"卿士""上士""中士""下士"。虽然他们的爵位级别不同，与周王室的关系也有远近之别，但他们却有一些共同特点：绝大多数身为王臣，处在政治漩涡之中，或大或小，或多或少都与王室王事发生关系，这就决定了他们的感受重心在王朝政治，情之所衷、情之所由的，是社会政治生活中的是非曲直、成败得失，君臣、臣臣关系及其对自身的波及和影响；有知识，有才华，头脑比较清醒，思想比较敏感，政治见识较之常人更深远，容易发现国家政治和社会生活中潜在的矛盾和危机。正是由于有这些共同特点，所以《诗经》中政治讽喻诗所表现出的忧患意识也就特别强烈。仅从诗歌的文字表达上看，不仅表现忧患的诗句特别多，而且"忧"字也出现得特别频繁，如"不殄心忧，仓兄填兮。""忧心慇慇，念我土宇。"(《大雅·桑柔》)"王事靡盬，忧我父母。"(《小雅·北山》)等，真可谓忧心忡忡，心急如焚，痛心疾首，表现出一种特别强烈的忧与痛，愁与苦。

综观《诗经》中的政治讽喻诗，其表现出的忧患意识，虽有个人的忧生之嗟，但更多的则是对国计民生的忧虑，表现出强烈的忧国忧民的意识。即使是个人的忧生之嗟，也可以说是政治黑暗，朝政腐败，社会动乱，民不聊生的结果，与国家命运密切相关。这在《小雅》中的《小宛》《小弁》《巧言》《巷伯》《北山》《何草不黄》等诗篇中有十分鲜明的表现。这些诗篇，按照《毛诗序》的说法都产生于周幽王时代，并表现出相同的主题，即作者自身处境艰难，遭受生存危机。如"惴惴小心，如临于谷。战战兢兢，如履薄冰"(《小宛》)的深沉悲叹，"民莫不穀，我独于罹。何辜于天，我罪伊何"(《小弁》)的沉痛哀伤，"悠悠昊天，曰父母且。无罪无辜，乱如此幠"(《巧言》)的痛彻心扉的呼喊，"骄人好好，劳人草草。苍天苍天，视彼骄人，矜此劳人"(《巷伯》)的呼天抢地的悲鸣，"偕偕士子，朝夕从事。王事靡盬，忧我父母"(《北山》)的痛苦陈述，等等，虽然表达的都是个人的忧生之嗟，但诗人这种忧生之嗟正是由于当时政治的黑暗，朝政的腐败，社会的动乱造成的，与国家命运密切相关，所以《毛诗序》将这些诗统称为"刺幽王也"。

在《诗经》的政治讽喻诗中，那些忧虑国计民生，表现出强烈的忧国忧民情感的作品，无疑是《诗经》的精华。它不仅比较集中地体现了作者在社会发展转折时期或关键时期的一种清醒的防范意识和预见意识，而且也表现出作者对国家民族命运和民生疾苦的关切而升华的社会责任意识，具有忧国忧民、力求突破现实和历史的局限，积极进取的思想品格和精神。

如《大雅·荡》，《毛诗序》云："召穆公伤周室大坏也。厉王无道，天下荡然无纲纪文章，故作是诗也。"诗歌开篇写道："荡荡上帝，下民之辟。疾威上帝，其命多辟。天生烝民，其命匪谌。靡不有初，鲜克有终。"这里的所谓"上帝"实指周厉王，诗歌开篇就直斥君王暴虐，说他骄纵又放荡，贪心又暴虐，政令邪僻无信。接下来，作者又借文王斥责商纣王的口气，逐层揭露厉王的罪过，总括起来就是：暴敛如狂，恣行无忌；迫害贤人，构祸朝中；敛怨为德，善恶不明；沉湎于酒，狂乱可憎；怙恶不改，朝政纷乱；废弃典刑，大命以倾；剥丧本根，国将不国。由于厉王的专制，以致民怨四起，如蝉之鸣，如羹之沸，无时能静，无地能清。在国家濒于灭亡之际，作者忧心烈烈，大胆向厉王敲响了警钟："殷鉴不远，在夏后之世！"作者的忧患意识表现得十分强烈。

许多《诗经》政治讽喻诗不仅表现了作者身处国破世危的险恶环境中，"忧心殷殷""鼠思泣血"，而且更表现出他们欲挽狂澜于既倒的社会责任感和历史使命感。如《小雅·十月之交》，《国语·周语》记载："幽王二年，西周三川皆震。

……是岁也，三川竭，岐山崩。"这首诗大约就写于这个时期。在诗中，诗人哀叹个人的不幸，哀叹政治的腐败、黑暗与不公，实际上也就是在哀叹着国家的命运。全诗让人感到诗人"知其不可为而为之"的悲壮情怀，开屈原"伏清白以死直"精神之先河。

士人关心国家政事，具有悠久的传统，完全可以说周代的历史是伴随士人们的积极介入而发展的。他们的积极干预意识、忧患意识，形成周代一种重要的文化精神。这种品格和精神对后世产生了重大的影响，并成为我们中华民族优秀的民族文化传统和宝贵的精神财富。《诗经》中政治讽喻诗不仅影响了作为思想家的孔子和孟子，而且也影响了后世屈原、贾谊、岳飞、林则徐、谭嗣同等历代士人。探讨周代士人的忧患意识对后世的影响，我们不能不想到霍去病的"匈奴未灭，无以为家"（《史记·卫将军骠骑列传》），诸葛亮的"鞠躬尽瘁，死而后已"（《出师表》），杜甫的"致君尧舜上，再使风俗淳"（《奉赠韦丞丈二十二韵》），白居易的"惟歌生民病，愿得天子知"（《寄唐生》），范仲淹的"先天下之忧而忧，后天下之乐而乐"（《岳阳楼记》），秋瑾的"无限伤心家国恨，长歌慷慨莫徘徊"（《柬某君》），鲁迅先生的"我以我血荐轩辕"（《自题小像》）以及孙中山先生的"天下为公""革命尚未成功，同志仍需努力"等。

二、《诗经》中的史诗与周部族的历史

史诗，顾名思义，就是以诗叙史。马克思曾根据希腊史诗的各种类型归纳出形成史诗的三个基本要素：歌谣、传说和神话，史诗是这三要素的综合。《诗经》中有没有史诗？对此，学术界有不同的看法。但许多学者认为，《诗经》中虽然没有像荷马史诗那样的大型史诗，却有小型史诗或微型史诗。如《大雅》中的《生民》《公刘》《绵》《皇矣》《大明》等就是这种小型史诗。

从内容上看，《生民》《公刘》《绵》《皇矣》《大明》这五首诗，主要是叙述周人发祥、创业和建国的历史，比较完整地勾画出周民族历史的发展进程。如《生民》主要叙述了周人始祖后稷诞生成长的神奇和对农业的发明。全诗共八章，每一章的叙述，都突出地表现了神异的色彩，这正是一般史诗所具有的特色。首先叙述后稷的母亲姜嫄"履帝武敏"而受孕并生下后稷；继而叙述后稷被弃而不死及其健康成长；接着叙述后稷在农业上的发明创造和取得的巨大成就；最后叙述后稷率领族人举行大祭以及"后稷肇祀"之后，全族人民对后稷事业的继承。可以说，这是一首典型的史诗。它既叙述了周人始祖后稷的神奇诞生及其成长，也叙述了后稷对农业生产的发明和创造。在叙述中，不仅反映出远古时代由母系氏族社会向父系氏族社会转变的轨迹，而且也反映出周部族的成长和发展，并特别突出地表现了这个民族在农业上的成就和贡献。可以说，在中华民族的历史长河中，后稷不仅是周民族的始祖，而且也是一位创造农业文明的文化英雄。

后稷之后，周部族历史上又出现了一位杰出的祖先——公刘。《史记·周本纪》记载："后稷卒，子不窋立。不窋末年，夏后氏政衰，去稷不务，不窋以失其官而奔戎狄之间。不窋卒，子鞠立。鞠卒，子公刘立。公刘虽在戎狄之间，复修后稷之业，务耕种，行地宜，自漆、沮度渭，取材用，行者有资，居者有畜积，民赖其庆。百姓怀之，多徙而保归焉。周道之兴自此始，故诗人歌乐思其德。"所谓"诗人歌乐思其德"而产生的诗歌作品就是《公刘》。《公刘》主要叙述了公刘率领部族迁往豳地并营造新邑的历史。全诗六章，围绕不肯苟安、开拓奋进、率部迁徙、营造新邑的主线次第展开。虽然颂歌意味颇浓，但整个诗篇却是按照时间发展的顺序，完整地勾勒出了周部族由邰到豳的迁徙过程，以及到豳地后勘察测量、规划开发、营建宫室的情景。可以说，周部族举族自邰迁豳，并在豳地规划开发，营建宫室，是周族开始兴盛的重要标志。

自公刘之后，经九世而传至古公亶父。据《史记·周本纪》记载：古公亶父继立后，"复修后稷、公刘之业，积德行义，国人皆戴之。"但时时遭戎狄侵扰。于是他率周族"度漆沮，逾梁山"，来到岐山之下的周原，"乃贬戎狄之俗，而营筑城郭室屋"，建立国家机构。以后周族就在这里逐步强大起来，至文王时，其力量则可与殷商相抗衡。《绵》这首诗就叙述了古公亶父率周人迁岐、建国、创业的过程。诗分九章，前七章叙古公亶父事，后二章言文王事。《诗序》说："《绵》，文王之兴，本由太王也。"这正说明了诗人构思的指导思想。诗歌对古公亶父的叙述主要集中在两个方面：一是率周人迁岐并亲自考察地势，二是营建宫室居邑。营建宫室居邑对周人来说具有特殊意义，它不仅预示着新生活的来临，同时也预示着一个新型国家的诞生。因此，诗人用很大的篇幅叙述营造新居的建筑工程。在叙述中，诗人按照实际建筑的顺序一一记叙：先察看地形，进行谋划，占卜决疑；然后划定区域，丈量田界，开沟筑垄；接着建造宫室庙宇，修筑城墙祭坛。特别是对建筑场面的描写，可谓规模宏大，场面壮阔，细节描绘具体而清晰，生动地表现出周人建设新城市的自豪之情，因而这首诗也可视为城市建筑史上的宝贵史料。

古公亶父开辟岐山后，其子季历"修古公遗道，笃于行义，诸侯顺之"，使周部族的事业继续发展。及至文王"遵后稷、公刘之业，则古公、公季之法，笃仁，敬老，慈少。礼下贤者，日中不暇食以待士，士以此多归之。"使周部族事业蒸蒸日上。同时又不断扩充疆土，接连取得了伐犬戎，伐密须，败耆国，伐邘，伐崇侯虎等重大胜利，进一步巩固和壮大了古公亶父创下的基业，成为可与殷商相抗衡的重要力量。武王即位，"师修文王绪业"，十一年后乃誓师牧野，伐纣灭商而成为天下共主（参见《史记·周本纪》）。在《诗经》中，叙述这一历史功绩的作品，主要是《皇矣》和《大明》这两首诗。

由以上的叙述我们可以看到，从《生民》到《大明》五篇史诗，的确是较为完整地勾画出了周人发祥、创业和建国的历史。读了这些诗，仿佛使我们看到了这样一幅历史画卷：在遥远的古代，在黄河之滨，西北黄土高原上，居住着一个非常勤劳智慧的民族，他们是一群开拓者，他们在一再迁徙中，勤苦地劳动着，把一片片荒凉的山丘原野，改变成可以获得丰稔收成的国土。他们在那里，最初是掏穴而居，后来又营建都城、宫室，战胜和统一了周围的部落，建立了有广阔国土、高度文化的强大国家。从这些诗里，我们可以看到周人祖先的艰苦生活环境，可以看到他们艰苦奋斗、创功立业的伟大精神。我们认为，"史诗"是一个民族发祥、创业的胜利歌唱，是民族历史的第一页。所以《诗经》里仅存的这几篇古老的诗篇，是非常珍贵的。

三、《诗经》中的宴饮诗与周代的礼乐文化

所谓宴饮诗，是指那些专写君臣、亲朋欢聚宴享的诗歌以及在宴会上所奏的乐歌。《诗经》中的宴饮诗，主要见于《小雅》。根据《毛诗序》和朱熹《诗集传》的说法，主要有《鹿鸣》《常棣》《伐木》《鱼丽》《南有嘉鱼》等作品。另外《大雅》中的《行苇》也属于这类诗作。这些宴饮诗，虽然其产生的背景各有不同，所写的内容各自有异，但它们都与周代礼乐文化有着密切的联系。

所谓"礼"，即"周礼"。现存儒家的礼制经典有三部，即《周礼》《仪礼》和《礼记》，合称"三礼"。这三部礼制经典，虽然都与周礼有关，但在先秦时期，《周礼》称为《周官》，《礼记》尚未成书，因此，先秦时期的所谓"周礼"，实际上是《仪礼》，当时称之为《礼》，后人则称之为《礼经》。《礼》所记载的主要是各级贵族在冠昏（婚）、祭祀、丧葬、朝聘、宴射、军旅等典礼中"登降揖让进退酬酢"程序以及衣着陈设等的礼仪制度。其目的，当然是为了规范人们的思想和行为。所谓"乐"，即音乐，是"礼"的辅助手段，与"礼"配合使用，使人与人之间的感情和谐融洽，异中求同，缓和矛盾。其作用在于潜移默化，在陶冶人的性情中达到移风易俗，以利于"礼"的贯彻执行。正因为《礼》所记载的主要是礼仪制度，而《礼》的运用又常常借助于音乐，所以在先秦典籍中，我们可以常常看到"礼"和"仪"、"礼"和"乐"二字连用。如《诗·小雅·楚茨》："礼仪卒度""礼仪既备"。《左传·僖公二十七年》："礼乐，德之则也。"《论语·子路》："礼乐不兴，则刑罚不中。"

综观《诗经》，我们可以看到，其中有许多诗歌作品就是周代礼仪制度的具体体现，或者说，周代的种种礼仪制度，决定了《诗经》中许多作品的基本内容。例如《周颂》，其中绝大多数诗篇都与祭祀礼有关；而在《国风》《大雅》和《小雅》中，我们又可以看到其中有许多作品与射礼、婚礼关系密切，特别是其中的宴饮诗更是与周代的礼乐文化关系紧密。

宴饮诗之所以与周代的礼乐文化密不可分，其根本原因就在于宴饮与"礼"

有着非同一般的关系。大体说来，主要有以下几个方面。

首先，礼的起源与饮食密不可分。"夫礼之初，始诸饮食。其燔黍捭豚，污尊而抔饮，蒉桴而土鼓，犹若可以致其敬于鬼神。"(《礼记·礼运》)其次，在举行各种礼时都离不开宴饮。无论是婚冠丧祭，还是朝聘会同，或为了隆重，或为了虔诚，或为了真诚，或为了尽欢，都要举行规模不等的各种宴饮，所谓"礼终而宴"，正是说宴饮是各种礼的不可缺少的组成部分。最后，礼乐精神在宴饮中比在其他一般场合更能得到充分的体现。如宴饮中，尊卑贵贱，长幼之序可以得到突出的反映，而这正是礼的重要内容。又如在乡饮酒礼和缮礼中，如何"谋宾"，如何"迎宾"，"献宾"时如何"献""酢""酬"，以及不同身份和地位的人进退容止，都有十分详尽而具体的要求。

宴饮与礼乐之间的这种特殊关系，也就从本质上决定了宴饮诗的性质及其与礼乐之间的内在联系，因而也决定了宴饮诗比《诗经》中其他各类诗歌更能全面而突出地反映出礼乐文化精神的风貌。

作为文学作品，宴饮诗所写的宴饮当然是经过概括和提炼的，虽然已不同于生活中的原型，但由于这类诗歌常常采用直抒其情、直写其事的方法，所以我们还是能够比较容易地找到它与礼乐文化精神的某些对应点，如《小雅·鹿鸣》。《毛诗序》曰："《鹿鸣》，燕群臣嘉宾也。"高亨先生说："周代国君宴会群臣和宾客，要奏乐为娱，所以特撰《鹿鸣》诗，以备歌唱。"(《诗经今注》)虽然这首诗是"宴会群臣和嘉宾"时所唱的歌，但从中表现出的礼乐文化精神却是十分鲜明的。

其次，它向我们展示了礼乐文化的外在形态。如诗中所写："我有嘉宾，鼓瑟吹笙。吹笙鼓簧，承筐是将。""我有嘉宾，鼓瑟鼓琴。鼓瑟鼓琴，和乐且湛。我有旨酒，以燕乐嘉宾之心。"这说明，举行宴会，既要"鼓瑟吹笙"，以音乐娱乐宾客，又要"承筐是将"，以礼品献给嘉宾，还要准备美酒，"以燕乐嘉宾之心"。在这方面，《大雅》中的《行苇》，《小雅》中的《彤弓》《瓠叶》所展示的礼乐文化形态，更是与《仪礼》和《礼记》所记叙的礼仪大体相同。如《大雅·行苇》，朱熹《诗集传》曰："此疑祭毕而燕父兄耆老之诗。"其中所写的"或肆之筵，或授之几。肆筵设席，授几有缉御。或献或酢，洗爵奠斝"，以及"敦弓既坚，四鍭既钧。舍矢既均，序宾以贤"诸程序正与《仪礼·乡射》和《礼记·射仪》所记大体一致。区别仅仅在于《仪礼》和《礼记》所记繁杂琐细，《诗经》所写则画龙点睛。又如《小雅·彤弓》，是"天子燕有功诸侯，而赐以弓矢之乐歌。"(《诗集传》)其中所谓"钟鼓既设，一朝飨之。""钟鼓既设，一朝右之。""钟鼓既设，一朝醻之。"则正是古代饮酒礼的写照——"饮酒之礼，主人献宾，宾酢主人，主人又酌自饮，而遂酌以饮宾，谓之醻。"(《诗集传》)而《小雅·瓠叶》"亦燕饮之诗。"(《诗集传》)其中对饮酒礼写得更加具体："君子有酒，酌言献之。"君子有酒，酌言酢之。""君子有酒，酌言醻之。"这里所写的"献""酢""醻"，亦即乡饮酒礼中"献宾之礼"的重要内容。诗中所写的宴饮之礼，与《仪礼》所记宴饮一样，所突出的都不是个人行止的随意性，而是各安其位的等级秩序和宾主之间的揖让节文。这充分说明，《诗经》中的宴饮诗写宴饮的程序和仪式，是严格按照礼的要求和规范的，而不是根据个人的意愿妄加改动。

再次，突出了礼乐文化的道德实质。如前所述，《小雅·鹿鸣》本为宴群臣嘉宾而作，表现出按礼待宾的殷勤厚意。但其中却特别写出了对于德的向往和赞美："人之好我，示我周行。""我有嘉宾，德音孔昭。视民不恌，君子是则是效。"反映了好礼从善，以德相勉的社会习俗。这正是周人礼乐文化的基本特征。我们知道，周人重礼又重德，正如王国维所说："周之制度典章，实皆为道德而设。""周之制度典章，乃道德之器械"（王国维《观堂集林卷十·殷周制度论》）。因此，在周人看来，礼和德是一致的：德是内在的要求，礼是外在的约束，礼体现着德，德规定着礼，一个人守礼即有德，有德必守礼。这种把德与礼相统一，把宴礼与人的道德风范联系起来，在宴饮诗中表现得十分突出，可以说是《诗经》宴饮诗极力宣扬的内容。不仅《小雅·鹿鸣》如此，其他宴饮诗也大都如此，如《小雅·湛露》。按照朱熹的说法，这是一首"天子燕诸侯之诗"（《诗集传》）。在诗歌中，诗人虽然说"厌厌夜饮，不醉无归"，但是，更强调要有诚信及和易近人的君子之风，更突出地赞美了"令德""令仪"，即品德涵养、容止风度之美。再如《大雅·行苇》写祭毕宴父兄耆老和竞射，从诗中洋溢着的和乐安详气氛，我们也可以看到作者对于谦恭诚敬之德的肯定。又如《小雅·伐木》是一首"燕朋友故旧之乐歌"（《诗集传》），诗歌虽然描写了酒肴的丰盛，表达出邀请朋友故旧的诚挚热情，但正如诗歌的第一章所说，宴会朋友故旧的目的，并非为了大吃大喝，而是为了求得朋友，增进人与人之间的相互友爱，而使社会变得更加和谐。这一主题，在《鱼丽》《南有嘉鱼》《蓼萧》《彤弓》以及《瓠叶》等诗中同样表现得十分鲜明。这些诗篇，或写酒肴丰盛，或写款待盛情，其意同样不在酒肴和酬酢本身，而在表现宾主关系和谐以及气氛的融洽，其根本着眼点还在于德。可见这些宴饮诗所歌颂的不仅是宴礼的外在的节文形式，更重要的是人的内在道德风范，是好礼从善的能动欲求。

此外，《小雅·宾之初筵》是一首颇值得我们重视的宴饮诗。此诗据说是"卫武公饮酒悔过而作。"（《诗集传》）无论此说是否正确，但其中却明显地表现出戒眈酒而扬酒德的写作目的。诗歌在向我们展示古代宴会的热闹场面和待宾之礼的同时，主要是用对比的手法讽刺了酒宴中饮酒无度而失礼败德的行为。戒眈酒，是西周初年就已确定的政治教训，周公曾告诫周成王："无若殷王（纣）之迷乱，酗于酒德哉！"（《尚书·无逸》认为殷纣之所以有杀身亡国之祸，正是纵酒无度所致。因此，在周人心目中，狂饮纵酒和以酒宴宾是根本不同的两回事。

故诗人强调"饮酒孔嘉,维其令仪。"喝酒并不是坏事,只是要遵守礼仪,保持良好的道德风貌。因而诗人认为必须加强监管:"凡此饮酒,或醉或否。既立之监,或佐之史。"古代宴会上专门设立有"酒监"和"酒史"。"酒监"是纠察的官吏;"酒史"是记事的史官,"宴会中有史,以备记酒醉胡闹的事故。"(高亨《诗经今注》)诗人所谓"既立之监,或佐之史",正是据此而生发的议论。其目的就是为了戒眈酒而弘扬宴饮中的"令德"和"令仪",从而维护礼乐文化的基本精神。

四、《诗经》中的祭祀诗与周人的宗教观念

所谓祭祀诗,是指那些在祭祀活动中咏唱的赞颂神灵、祖先、祈福禳灾的诗歌。在《诗经》中,这类诗歌,主要见于《颂》。《毛诗序》曰:"颂者,美盛德之形容,以其成功告于神明者也。"朱熹《诗集传》曰:"颂者,宗庙之乐歌。"郑樵《通志序》曰:"宗庙之音曰颂。"陈奂《诗毛氏传疏》曰:"颂者,皆祭祀之诗。作于成功之后而其事或涉于成功之先。"如前所述,《诗经》中的《颂》包括《周颂》《鲁颂》《商颂》三部分,有作品共40篇,其中《周颂》31篇,《鲁颂》4篇,《商颂》5篇。我们这里所说的《诗经》中的祭祀诗,是指《周颂》中的大部分作品。这些作品,既与周代的祭祀礼有关,是周代礼乐文化的产物,同时这种独特的题材内容又具有鲜明的思想特征和丰富的宗教文化价值。

《诗经·周颂》中的祭祀诗,根据《毛诗序》、朱熹《诗集传》、陈奂《诗毛氏传疏》以及姚际恒《诗经通论》等的说法,共有27首,其中除《丝衣》不知所祀何神外,其他26首均有明确的祭祀对象。这些祭祀对象实际上可以分为四类:上帝、社稷、山河、祖先。在四类祭祀诗中,祭祀祖先的诗歌最多,共有20首;而在这20首祭祀祖先的诗歌中,又以祭祀文王和武王的诗歌最多。由此,我们可以得到这样的基本认识:《诗经》中祭祀诗数量如此之多,这足以说明祭祀是周代文化的重要组成部分;从这些祭祀诗中,我们不仅可以看到周人对祭祀的高度重视,而且通过这些祭祀诗的祭祀对象,也可以清楚地看到周人的宗教观念,其主要内容就是祖先崇拜、英雄崇拜和"以德配天"的天命观。

祖先崇拜,是周人宗教观念的重要内容,根据《毛诗序》、朱熹《诗集传》等的说法,《周颂》中祭祀祖先的诗歌有20首。祖先崇拜实际上与宗法制社会密切相关。周王朝是以姬姓为首的周部族推翻商王朝所建立的奴隶制国家,商王朝是以子姓为首的商部族所建立的奴隶制国家,他们之间争夺权力的斗争同时也是两个不同种姓部族之间的斗争。出于巩固自己统治的需要,周王朝不仅大封同姓诸侯,而且还建立了完备的宗法制度。"自西周以来,天子是共主,同时也是同姓诸侯的大宗;诸侯是一国之君,同时也是同族卿大夫的大宗。可以这样说,天子、诸侯、卿大夫、士之间的关系,都是用宗法制度来维系着的,他们之间的关

系应当看成相对的。那就是说，天子对诸侯与王朝卿士来说是大宗，诸侯对其同族是大宗，对天子则是小宗。诸侯之别子为卿大夫，对诸侯来说是小宗，对其诸弟来说则是大宗。"（赵光贤《周代社会辨析》）也就是说，天子、诸侯、卿大夫、士、庶人既是金字塔式的严格的等级规定，同时又以宗法的大小宗互为关系，从而构成有别于殷商的宗法制社会。那么，维系这个宗法社会的精神力量是什么呢？这就是强化祖先崇拜，高度重视对祖先的祭祀。因为祖先崇拜的对象是宗族的共同始祖和祖先，祖先作为宗族的代表，也是整个宗族的精神核心和象征。因此，祖先崇拜在加强宗族成员的凝聚力，强化宗族观念，维系各成员之间的团结方面起了巨大的作用。对于巩固新生政权，维护统治秩序尤其显得重要。这就充分说明，祖先崇拜之所以在周人的宗教观念中能够得以迅速发展，正是因为巩固新生政权，维护统治秩序的需要。

周人的祖先崇拜，从某种意义上说，也可以说是英雄崇拜。因为从《周颂》祭祀祖先的诗歌中，我们可以看到，其祭祀对象并非历代祖先，而主要是那些为周部族发展做出过重大贡献的祖先，如后稷、太王，特别是文王和武王。

后稷的事迹，《大雅·生民》有较详细的记载，前文我们已做过论述。他不仅是周人的始祖，奠定了周部族的基业，而且更是一位创造农业文明的英雄。在《周颂》中，祭祀后稷的乐歌主要有《思文》《臣工》和《雝》。虽然前人对《臣工》和《雝》是否祭祀后稷的乐歌有不同的看法，但《思文》是祭祀后稷的乐歌则是无疑的：

思文后稷，克配彼天。立我丞民，莫菲尔极。贻我来牟，帝命率育，无此疆尔界。陈常于时夏。

《毛诗序》曰："后稷配天也。"朱熹《诗集传》曰："言后稷之德，真可配天。"后稷之德之所以"真可配天"，《毛诗序》曰："后稷生于姜嫄，文、武之功起于后稷，故推以配天也。""后稷配天"的祭祀称为郊，即祭上帝于南郊的祭典，故陈奂《诗毛氏传疏》曰："此南郊祀天之乐歌。"此诗意思是说：追思先祖后稷的功德，能够配得上那皇皇的天。使我亿万民众能成立，无不有赖你的大德行。留给我们优良麦种，天命用以保证百族绵延。农耕不必分彼此疆界，华夏推广农政共建乐园。可见，这首祭祀之歌追思先祖后稷的功德主要是因为他"贻我来牟，帝命率育"的创造农业文明的光辉业绩。正因为后稷创造了农业文明、养育了万民，所以周人把他作为英雄加以崇拜。

太王，即古公亶父，其事迹在《大雅·绵》中有记载，前文我们也做过论述。《诗序》曰："《绵》，文王之兴，本由太王也。"正是因为"文王之兴，本由太王"，所以太王也就理所当然地成为周人心目中的神圣先王和民族英雄。在《周颂》中，祭祀太王的乐歌主要有《天作》：

天作高山，大王荒之。彼作矣，文王康之。彼徂矣，岐有夷之行，子孙保之！

朱熹《诗集传》曰："此祭太王之诗。"意思是说：天生高峻的岐山，太王开发治理它。太王开创的基业，文王继承发扬它。岐山高大又险峻，如今大道平坦，子子孙孙都得到了安定。岐山并非周部族的故土，然而，太王率领族人迁居至此后却奠定了后来周王朝的宏大基业，"文王康之"，周文王继承发扬了太王的事业，继续向东扩展，到了武王则使周部族从一个普通的殷商属国一跃而成为至尊至圣的华夏共主。因此，对周王朝来说，太王同样是部族发展史上的英雄，因为他开发岐山的意义并不亚于后稷创造的农业文明。

如前文所述，古公亶父开辟岐山后，其子季历"修古公遗道，笃于行义，诸侯顺之"，使周部族的事业继续发展。及至文王"遵后稷、公刘之业，则古公、公季之法，笃仁，敬老，慈少。礼下贤者，日中不暇食以待士，士以此多归之。"（《史记·周本纪》）因此，周部族事业蒸蒸日上，不断扩充疆土，接连取得了伐犬戎，伐密须，败耆国，伐邘，伐崇侯虎等重大胜利，进一步巩固和壮大了古公亶父创下的基业，成为可与殷商相抗衡的重要力量；武王即位，"师修文王绪业"，十一年后，为救万民于水火，乃以"戎车三百两，虎贲三百人"，誓师牧野，伐灭"俾暴虐于百姓，以奸宄于商邑"（《尚书·牧誓》）的纣王，建立起西周王朝而成为天下共主。因此，在周部族的发展历史上，文王和武王更是做出了巨大的贡献。正是因为他们的巨大功绩，所以他们也就成为后代子孙心目中的神圣先王和英雄。因此，《诗经》中不仅有专门歌颂他们历史功绩的诗篇，如《大雅·皇矣》《大雅·大明》等，而且在祭祀祖先的诗歌中，以他们为祭祀对象的作品最多。如《清庙》《维天之命》等，按照《毛诗序》、朱熹《诗集传》、陈奂《诗毛氏传疏》的说法皆为祭祀文王和武王的乐歌。

值得注意的是，周人祭祀祖先的诗歌以文王和武王最多，还有一个重要的原因，就是强化"以德配天"的天命观。"天"即上帝，"德"即道德。"以德配天"的天命观强调的实际上就是"王权神授"和"天命转移"，认为上帝可以选择他在人间的代理者，即"天子"，也可以更换代理者。上帝选择"天子"的根据是道德，即选择盛德茂行、爱惜人民的人作代理者，而摒弃那些道德沦丧、享乐误国的人做"天子"。这可以说是商周之际在以政权交替为核心的社会变革中，周人总结其取代商王朝的历史经验而提出的一种新的宗教哲学思想。

从《尚书》的记载中我们可以看到，商周之际在以政权交替为核心的社会变革中，思想文化领域里仍然受到"上帝"观念的支配。"上帝"在周人那里又称之为"天"或"天命"。例如："惟天惠民，惟辟奉天。"（《泰誓》）"天降威""天降割于我家。"（《大诰》）"予惟小子，不敢替上帝命。天休于宁王，兴我小邦周，宁王惟卜用，克绥受兹命。"（《大诰》）等等，屡见于《尚书》中的周代文告。其原因主要有两个方面：一个方面是传统的思想观念根深蒂固。虽然西周统治者的思想观念比殷商统治者进步，但是他们也很难摆脱时代的局限性；另一个方面就

11

是政治上的需要，这也许是更主要的方面。既然殷商统治者可以利用"天"的权威来维护其政权，那么西周统治者要反对这个政权，当然也可以利用"天"或"天命"来推翻这个政权。既然有"受命"，反对者便可以进行"革命"，这就是历史辩证法。例如，周武王伐纣时就曾这样说："今商王受，弗敬上天，降灾下民。""商罪贯盈，天命诛之。予弗顺天，厥罪惟钧。"（《尚书·泰誓》）"今予发，惟恭行天之罚。"（《尚书·牧誓》）灭商以后，周人还这样认为："天乃大命文王，殪戎殷，诞受天命。"（《尚书·康诰》）

尽管如此，但在周代商的这场以政权交替为核心的社会变革中，西周统治者至少注意到两个问题：殷商统治者既然受命而王，他们又是那样虔诚地信仰"上帝"，结果却走向了灭亡；既然"上帝"把政权交给了他们，为什么又允许他人取而代之？因此，这一变革使周人很自然地感受到"惟命不于常"（《尚书·康诰》），"天命靡常"（诗·大雅·文王），"天命"并不是永久不变的，进而"天难谌，命靡常"（《尚书·咸有一德》），"天不可信"（《尚书·君奭》）的思想观念产生了，对"天"的无限信仰动摇了。同时，武王在灭商伐纣的斗争中，得到了本族民众的拥护，也有赖于其他各族人民的支持和商朝军队的"前途倒戈"，这无疑使西周统治者受到很大震动，他们不得不面对眼前的"皇天无亲，惟德是辅。民心无常，惟惠之怀"（《尚书·蔡仲之命》）的事实，反思传统而把视线投向人民，注重"人道"的重要性，注重执政者的德行。《尚书·康诰》中有一段周公告诫康叔的话就说明了这一事实："惟乃丕显考文王，克明德慎罚；不敢侮鳏寡，庸庸，祗祗，威威，显民，用肇造我区夏。"这意思是说，文王能够崇尚德教，慎用刑罚；不敢欺侮无依无靠的人，善于任用那些可以任用的人，尊重那些可以尊重的人，畏惧应当畏惧的事，尊崇人民，因此在中夏开创了活动的区域。由此可见，周人虽然没有完全摆脱"天命"的束缚，但已认识到立德重民的重要性，说明西周初期的思想观念正经历着由"天命"向"人道"的嬗变。

"以德配天"作为周人的一种宗教观念，相比殷商时期的天命观，其进步之处，就在于强调和突出了道德的重要性。例如《尚书·无逸》记载周公告诫成王曰："文王卑服，即康功田功。徽柔懿恭，怀保小民，惠鲜鳏寡。自朝至于日中昃，不遑暇食，用咸和万民。文王不敢盘于游田，以庶邦惟正之供。文王受命惟中身，厥享国五十年。……呜呼！继自今嗣王，……无若殷王受之迷乱，酗于酒德哉！"这就深刻指出：周文王之所以能够中年受天命继承君位，是因为他和蔼柔顺，善良恭敬，保护安定老百姓，爱护关心孤苦无依的人。从早到晚，忙得无暇吃饭，以求万民和谐。不敢乐于嬉游田猎，不敢用各国进献的赋税享乐。殷王受，即商纣王之所以失国，是因为他"迷乱""酗于酒德"，即迷惑昏乱，常常酒醉后失德。由于将道德与天命联系起来，所以周人也就合乎逻辑地解释了：商纣王作为"天子"因为道德沦丧，所以最终被上帝摒弃；周文王和周武王因为盛德茂行，所以被上帝选为人间的代理者。这种新旧王朝的更替，是上帝的意志，是天命转移的结果，是任何人都不能违抗的。因此，周人在祭祀祖先时把文王和武王作为最主要的祭祀对象，一方面固然是缅怀他们的丰功伟绩，更重要的是要通过祭祀他们来肯定和强化这种新的天命观，而肯定和强化这种新的天命观也就是肯定变化了的现实，强化新王朝的统治。祭祀文王、武王的这种迫切的现实意义是祭祀其他列祖列宗所不具备的。正是这种政治历史背景和宗教哲学思想的发展，决定了西周初年祭祀祖先诗歌，特别是祭祀文王、武王诗歌创作的繁荣。

五、《诗经》中的婚恋诗与周代的婚姻习俗及成婚礼俗

所谓婚恋诗，是指以恋爱、婚姻为主题的诗篇，其特点是"男女相与咏歌，各言其情。"（朱熹《诗集传》）这一类诗歌主要出自民间，集中保存在《诗经》的《国风》中。我们知道，《诗经》时代，即西周初年至春秋中叶，是我国封建制度开始形成并迅速发展的时代，以嫡长子继承为特征的宗法制也逐渐地完备起来。婚姻与宗法制有密切关系，因而婚姻问题也就引起了贵族阶层的高度重视，其婚姻观念和婚姻礼俗也在发生显著的变化，这种变化同时也影响到下层社会。但"千里不同风，百里不同俗"，因而当时的婚姻虽然有文明时代的新变，但远古社会的遗风仍然十分明显；虽然民间自主婚嫁十分流行，但父母之命、媒妁之言的聘娶婚姻却越来越受到人们的重视；婚姻礼仪有繁有简；婚嫁场面有奢有俭，成婚礼俗也呈现出丰富多彩的特点。

从《诗经》中"男女相与咏歌"的作品，我们可以比较清楚地看到，自由恋爱，自主婚嫁在当时民间十分普遍。其自由恋爱的方式很多，而幽会则是最常见的。《诗经》中有很多民歌就十分生动地描绘了当时青年男女幽会的各种情景。如：《邶风·静女》写在日暮黄昏时分于城头一角的幽会；《郑风·子衿》写在城上角楼的幽会；男女幽会有时又以出游的方式出现，《郑风·溱洧》十分生动地记述了这一情景。古代风俗，三月三日，春意正浓时节，举行青年男女的欢会，在欢会中，青年男女可选择情侣，这首诗就是描述这种盛况的。自由恋爱的另一个方式是"会舞"。《陈风·东门之枌》反映的就是这种情况，是当时"男女聚会歌舞"以定情的生动记录。自由恋爱、自主婚嫁在当时成为较普遍的现象，与当时古风的遗存有关，更与周代统治者的提倡有密切关系。《周礼·地官·媒氏》记载："中春之月，令会男女。于是时也，奔者不禁。"之所以如此，这是因为周很早就与夏商有着文化和经济的交流，是一个很古老的民族。周朝建立以后，民间的婚姻虽然已经受到封建意识的影响，但民俗却很难改变。同时，周统治下的国家是一个经济政治发展极不平衡的多民族国家，要达到和平统治天下的目的，也就不得不"从俗而治"，或"礼俗以驭其民"。

然而，《诗经》时代毕竟是社会变革的时代，上层社会的婚姻已体现出浓重

的门第观念，尤其是周王子女的婚嫁和诸侯子女之间的通婚，大多由父母之命来实现，婚姻的男女主角几乎没有选择的权利。这一观念同时也不同程度地影响了民间，民间的道德意识、婚姻观念也不同程度地发生了变化。因此，在婚姻形式上，民间实行的不只是一种以男女相悦为基础的自主婚姻，以一夫一妻制为标志的聘娶婚姻正逐渐被人们所接受。聘娶婚姻，既是上层社会政治联姻的结果，也是规范下层社会婚嫁的需要，因而成为当时社会的一种发展趋势。《国风》中的部分诗歌就反映了民间青年男女由自主婚姻向聘娶婚姻的演变，以及人们的价值观念、思想道德观念的转变。

聘娶婚姻所遵循的是"父母之命，媒妁之言""明媒正娶"的礼俗。《豳风·伐柯》中就曾这样说："伐柯伐柯，匪斧不克。取妻如之何？匪媒不得。"《豳风》产生于西周初年，说明那个时候民间就已经有了聘娶婚姻的习俗了。《齐风·南山》中亦云："取妻如之何？必告父母。"聘娶婚姻是一种扼杀人性的婚姻，它使以爱情为基础的婚姻遭到巨大的摧残，并酿成了许多婚姻悲剧，而悲剧的主角，一般是那些纯洁的天真烂漫的少女。因此，从《诗经》中，我们可以听到许多少女悲凉凄婉的歌唱，感受到她们为争取自主婚姻所进行的不屈反抗

《诗经》中的婚恋诗不仅较多地反映了民间青年男女的婚姻习俗，而且对贵族的婚姻也有所反映。贵族婚姻的一种重要形式就是"媵妾制"。所谓"媵妾制"就是姪娣随嫁制度，它是周代贵族在婚姻方面的特权，是其身份和地位的表现。《仪礼·士昏礼》郑玄注云："媵，送也。谓女从者也。"《左传·成公八年》记载："凡诸侯嫁女，同姓媵之，异姓则否。"《公羊传·庄公十九年》亦有这样的记载："媵则何？诸侯娶一国，则二国往媵之，以姪娣从。""诸侯一聘九女。"《诗经》中有些作品，就反映了当时这种"媵妾制"的婚姻形式，如《大雅·韩奕》是歌颂韩侯的一首诗，其中第四章则描述了他娶妻的盛况。

> 韩侯取妻，汾王之甥，蹶父之子。韩侯迎止，于蹶之里。百两彭彭，
> 八鸾锵锵，不显其光。诸娣从之，祁祁如云。韩侯顾之，烂其盈门。

诗中所说的汾王，即周厉王；蹶父，即周宣王的大臣，姓姞。韩侯所娶之妻乃是"汾王之甥，蹶父之子"，即周厉王的外甥女，蹶父的女儿，可见其地位之高贵。所以，韩侯的迎亲队伍是"百两彭彭，八鸾锵锵"，可见其排场之大，场面之壮。而其妻则是"诸娣从之，祁祁如云"，可见其随嫁者之多，媵妾之众。《卫风·硕人》描写了齐庄公的女儿庄姜出嫁到卫国时的情形。庄姜乃"齐侯之子，卫侯之妻，东宫之妹，邢侯之姨，谭公维私。"这样的婚姻，其从嫁者自然就很多："庶姜孽孽，庶士有朅。"其中的"庶姜"，就是庄姜的姪女和妹妹，即姪和娣。

据《仪礼·士昏礼》记载，古代的婚礼，要经过六道手续，也就是说男女成婚要经过六种程序，称之为"六礼"，即"纳采、问名、纳吉、纳征、请期、亲

迎"。对于"六礼"中的有些内容，《诗经》的叙述和描写并不多见，有的叙述和描写也不够具体。如"纳采""纳征"，相当于现在的订婚、订亲，男家要向女家送聘礼。春秋时代婚姻礼仪中最常见的和必不可少的聘礼是"雁"。《白虎通德论·嫁娶》中记载说："用雁者，取其随时南北，不失其节，明不夺女子之时也。又取飞成行，止成列也，明嫁娶之礼，长幼有序，不相逾越也。又婚礼赘不用死雉，故用雁也。"由此可见，古人婚礼用"雁"，具有很重要的象征意义。在《诗经》中，我们虽然看不到婚礼中用"雁"作聘礼的具体描写，但有的诗则隐括了这种礼俗。《邶风·匏有苦叶》第三章写道："雝雝鸣雁，旭日始旦。士如归妻，迨冰未泮。"诗以"雝雝鸣雁"起兴，引出"士如归妻"，很显然是由于女主人公看到了"雁"而想到婚礼中以"雁"作聘礼的情景，从而浮想联翩，表达了急于出嫁的愿望。又如"问名""纳吉""请期"，都与卜问婚姻的吉凶有关。我们知道，商周之际，卜筮之风十分盛行，举凡大小事情都要求神问卜，而且必须是筮从、龟从才算是吉或大吉。假如"龟筮共违于人"，无论是王公卿士还是庶民，都只能是"用静吉，用作凶"（《尚书·洪范》），即不做事就吉利，做事则凶险。婚姻作为人生之大事，"问名""纳吉""请期"，也就成为成婚过程中重要的礼仪活动。这种风俗现在我国有的地方，特别是农村仍然存在。在《诗经》中，虽然看不到关于"问名""纳吉""请期"的具体记述，但《卫风·氓》提供了部分信息："尔卜尔筮，体无咎言。以尔车来，以我贿迁。"这很显然与"问名""纳吉""请期"有关。

对于"亲迎"的情况，《诗经》中则有十分明确的记载。《大雅·大明》第五章写道："文王嘉止，大邦有子。大邦有子，天之妹。文定厥祥，亲迎于渭。造舟为梁，不显其光。"这是写文王娶太姒，亲迎于渭水之滨。《齐风·著》记述迎亲之礼最为清楚。袁梅先生说，古代的亲迎之礼，新郎乘车至女家亲迎，先在门庭之间等候，主人揖让贵客进中庭后，又三揖三让，主客偕升西阶，再拜稽首，等新妇出来。新妇伸手给新郎，新郎便引新妇下西阶，主人却不再下阶相送，意为已将新妇授与新郎了。于是，新郎便偕新妇同车而归。本诗三章，先说俟于著，次说俟于庭，后说俟于堂，正反映了当时的婚礼仪式（《诗经译注》）。新郎娶新妇后同车而归，这在《小雅·车辖》和《郑风·有女同车》等诗中都有反映。《小雅·车辖》写道："高山仰止，景行行止。四牡骓骓，六辔如琴。觏尔新婚，以慰我心。"《郑风·有女同车》写道："有女同车，颜如舜华。将翱将翔，佩玉琼琚。彼美孟姜，洵美且都。"娶得"颜如舜华"的新妇，并偕其同车而归，新郎心中充满了幸福的美感。

成婚礼俗与成婚方式是紧密相连的。上述所谓"六礼"主要是对"父母之命，媒妁之言"的"明媒正娶"的婚姻而言。因为"明媒正娶"的婚姻，本身就是"礼"的产物，所以这一成婚方式也就更加讲究，其礼制的规定也就特别明确。"自主婚嫁"，是男女双方自由恋爱、自主结合的结果，虽然没有受到"父母之命，媒妁之言"的约束，但在成婚时也遵循了一定的礼俗规定。如《卫风·氓》就反映了这种情况。这是一首以弃妇的口吻写的诗，诗歌叙述了"弃妇"嫁给"氓"的经过，从中我们可以看到，"氓"和"弃妇"显然属于自由恋爱、自主婚姻，但他们在成婚时也仍然遵循了当时的一些礼俗要求。

从《诗经》中，我们可以看到，周代的成婚礼俗，除"六礼"之外，还有其他的一些事项。例如，《周南·桃夭》写道："桃之夭夭，灼灼其华。之子于归，宜其室家。"全诗三章，每章都以"桃之夭夭"兴起，实写春天之景，表明古代女子出嫁，一般在春季。又如《卫风·氓》写道："以尔车来，以我贿迁。"表明古代女子出嫁是要带嫁妆的。如果是贵族女子出嫁，其陪嫁品就更多："之子于归，百两御之""之子于归，百两将之""之子于归，百两成之"（《召南·鹊巢》）。为显示各自的富贵显赫与郑重其事，男方有大批的车辆前来迎娶，女方也有大批车辆相送，这也表现了统治阶级铺张奢侈生活的一个侧面。再如《唐风·绸缪》写道："绸缪束薪，三星在天。今夕何夕？见此良人。子兮子兮，如此良人何！"写一男子在婚礼之时无以言表的激动心情，表明当时的婚礼是在黄昏时举行。《释名·释亲属》中关于"妇之父曰婚，言婿亲迎用昏，又恒以昏夜成礼也"的说法也正好证明了这一点。

不仅如此，《唐风·绸缪》诗中还提到"束薪"。"束薪"也是周代婚礼中的一种仪式，《诗经》中有关描写爱情和婚姻的诗，其中就常常出现"薪"字。如"翘翘错薪，言刈其楚。"（《周南·汉广》）"析薪如之何？匪斧不克。"（《齐风·南山》）"有敦瓜苦，烝在栗薪。"（《豳风·东山》）还有"束楚""束蒲""束刍"等说法。闻一多先生曾指出："析薪、束薪盖上古婚礼中实有之仪式，非泛泛举譬也。"（闻一多《诗经通义》）"束薪"在婚礼中象征什么，我们现在很难说清楚。20世纪70年代以前，我国农村许多地方在婚礼中流行着一种仪式叫作"抬柴"，也就是将"劈柴"（即将树木砍成截并将其剖开）捆成捆，让新婚夫妇抬着并围着村庄走一圈后回到家中。"柴"与"财"谐音，其意义大概是为了求"财"而过上幸福的生活吧。这是否与周代婚礼中的"束薪"有关，或者就是周代婚礼中"束薪"仪式的继承？

合卺礼是周代婚礼中的一个极为重要的民俗事项。《礼记·昏义》说："妇至，婿揖妇以入，共牢而食，合卺而酳，所以合体，同尊卑，以亲之也。"孔颖达疏云："卺为半瓢，以一瓠分为两瓢，谓之卺。婿之与妇各执一片以酳，故云合卺而酳。"清人张梦元在其《原起汇抄》中说："用卺有二义：匏苦不可食，用之以饮，喻夫妇当同辛苦也；匏，八音之一，笙竽用之，喻音韵调和，即如琴瑟之好合也。"这实际上是说，"合卺"之礼所蕴含的不仅是夫妻之间的和谐美满，更是夫妻之间的责任。《诗经》中的作品虽然没有记载"合卺"仪式的全过程，但其中有关恋爱婚姻的描写却常常与"匏"联系在一起，如《邶风·匏有苦叶》是一首情歌，其中就有"匏有苦叶，济有深涉"的诗句；《豳风·东山》写一个远征归来的士兵在回乡途中的复杂心情，其中就有对过去新婚幸福的回忆："有敦瓜苦，烝在栗薪。自我不见，于今三年。"闻一多先生认为，这里的所谓"瓜苦"即为"瓜匏"，为婚礼中合卺所用；"栗薪"即为"束薪"。"瓜匏"和"束薪"，"皆与婚姻有关之什物，故诗人追怀新婚之乐而联想及之也。"（闻一多《诗经通义》）

参考文献

[1] 阮元校刻：《十三经注疏》，中华书局 1983 年版。

[2] 朱熹：《诗集传》，上海古籍出版社 1958 年版。

[3] 陈奂：《诗毛氏传疏》，中国书店 1984 年版。

[4] 方玉润：《诗经原始》，中华书局 1986 年版。

[5] 姚际恒：《诗经通论》，中华书局 1958 年版。

[6] 高亨：《诗经今注》，上海古籍出版社 1980 年版。

[7] 袁梅：《诗经译注》，齐鲁书社 1980 年版。

[8] 司马迁：《史记》，中华书局 1975 年版。

[9] 闻一多：《诗经通义》，见《闻一多全集》，三联书店 1982 年版。

[10] 廖群：《〈诗经〉与中国文化》，香港东方红书社 1997 年版。

[11] 《先秦汉魏六朝诗鉴赏辞典》，三秦出版社 1990 年版。

[12] 李学颖：《仪礼、礼记人生的法度》，上海古籍出版社 1997 年版。

[13] 赵光贤：《周代社会辨析》，人民出版社 1980 年版。

[14] 王洲明：《先秦两汉文化与文学》，山东大学出版社 1996 年版。

《庄子》导读

黄燕妮

《庄子》是先秦说理文中最有价值的一部,郭沫若说:"不仅晚周诸子之作莫能先,秦汉以来的一部中国文学史差不多大半是在他的影响之下发展。"[①] 又说:"庄子固然是中国有数的哲学家,但也是中国有数的文艺家,他那思想的超脱精微,文辞的清拔恣肆,实在是古今无两。"[②] 自《庄子》问世以来,学习、研究者层出不穷。"好文者资其辞,求道者意其妙,泊俗者遣其累,奸邪者济其欲",人们从不同的角度和层面各取所需,对它"悦而好之。"[③]

《庄子》一书奇葩独秀,反映了战国时期的精神和风貌。清金圣叹将《庄子》与《离骚》《史记》《杜甫诗集》《西厢记》《水浒传》并称"六才子书",称其为"天下第一奇书"。正是这个"奇",使它在中国哲学史、思想史、文学史上,以及人类智慧文明的发展进程中,发挥了巨大的作用。

一、《庄子》其人其书

(一)庄子生平

《庄子》的作者,宋以前一般认为是战国庄周。从苏轼开始怀疑《杂篇》中的某些篇章并非庄子所作。此后,历代关于《庄子》内、外、杂篇的作者、时代争论纷纭。传统看法是,现存《庄子》基本上是庄周自作,外篇、杂篇则是庄周后学所作。关于庄周的生平事迹,现存的典籍文献中仅有零星的记载,主要是史书的人物传记和《庄子》展现出来的庄子言行举止的记录。此外,与庄周同时代的荀子在《解蔽》篇中对其有一句评论性的话:"庄子蔽于天而不知人。"而孟子对其人并未提及。

《史记·老庄申韩列传》载:

---

① 郭沫若:《庄子与鲁迅》,《郭沫若全集》文学编第 19 卷,人民文学出版社 1992 年版。
② 郭沫若:《关于接受文学遗产》,《郭沫若全集》文学编第 19 卷,人民文学出版社 1992 年版。
③ 尚永亮:《庄骚传播接受史综论》,文化艺术出版社 2000 年版。

庄子者，蒙人也，名周。周尝为蒙漆园吏，与梁惠王、齐宣王同时。其学无所不窥，然其要本归于老子之言。故其著书十余万言，大抵率寓言也。作《渔父》《盗跖》《胠箧》，以诋訾孔子之徒，以明老子之术。《畏累虚》《亢桑子》之属，皆空语无事实。然善属书离辞，指事类情，用剽剥儒、墨，虽当世宿学不能自解免也。其言洸洋自恣以适己，故自王公大人不能器之。

楚威王闻庄周贤，使使厚币迎之，许以为相。庄周笑谓楚使者曰："千金，重利；卿相，尊位也。子独不见郊祭之牺牛乎？养食之数岁，衣以文绣，以入大庙。当是之时，虽欲为孤豚，岂可得乎？子亟去，无污我！我宁游戏污渎之中自快，无为有国者所羁，终身不仕，以快吾志焉。"

这是至今所见古籍中关于庄周生平事迹篇幅最长的文字记载，全文共 235 字，从这篇传记中可知庄子的姓名、籍贯等内容，将其与其他学者的观点对照，可以从以下几个方面做进一步的考辨。

1. 庄子的姓、名、字、号

庄子姓庄，名周。这在《史记》中是讲得很清楚的，也是无异议的。而《庄子》书中也有明确说法，如《山木》篇："庄子行于山中，……'周将处于材与不材之间'。"《外物》篇："庄周家贫，故往贷粟于监河侯。"《天下》篇："庄周闻其风而悦之。"《史记》与《庄子》的说法可以互相印证，前者大概来源于后者。

关于他的字，唐陆德明《经典释文序录》在"姓庄，名周"下注："太史公云：字子休。"唐成玄英《南华真经注疏序》："其人姓庄，名周，字子休。"唐司马贞《史记索引》、明冯梦龙《警世通言·庄子休鼓盆成大道》也持此观点。吴检斋《经典释文序录疏证》："《正统道藏》本'庄子字休'，成玄英《疏》亦云'字子休'。可知此为六朝以来之通说。"然检上文司马迁原文，并未提到庄周的字，六朝以前的古籍中也没有找到明证。到底是《史记》文字上有所阙漏，还是陆德明另有所据，不得而知。《经典释文》对庄子字的说法由于书证尚有欠缺，不足以成为定论，只能待考。

关于庄子的号，《旧唐书·经籍志》："《南华仙人庄子论》三十卷，梁旷撰。"[①] 据《周书·薛善列传》《北史·韦孝宽列传》记载，此书作者梁旷是北朝魏人，因此庄子的号是"南华仙人"的说法至迟在北周时期就产生了。唐玄宗时庄子被正式封为"南华真人"，《旧唐书·玄宗本纪》："天宝元年……诏：《古今人表》，玄元皇帝升入上圣。庄子号南华真人……改《庄子》为《南华真经》。"[②] 至此，庄子号南华真人，《庄子》一书称《南华真经》算是得到官家认可，荣耀之极，不过这对于主张"神人无功，圣人无名"的庄子本人来说可能并不在意。

---

① 刘昫：《旧唐书·经籍志》，中华书局 1975 年版。
② 刘昫：《旧唐书·礼仪志四》，中华书局 1975 年版。

2. 庄子的籍贯归属

《史记》本传称庄子为蒙人。班固《汉书·艺文志》"庄子"下注:"名周，宋人。"高诱《淮南鸿烈解·修务训》:"庄子名周，宋蒙县人也。"张衡《髑髅赋》:"吾宋人也，姓庄名周。"可知汉代人认为庄周为宋蒙县人。而南朝宋裴骃《史记集解》:"《地理志》蒙县属梁国。"则称梁国蒙县，理解出现偏差的原因在于，这篇《地理志》源于东汉班固《汉书》，蒙县在汉代确属梁国，但据唐司马贞《史记索引》引刘向《别录》:"宋之蒙人也。"时代更早的西汉刘向则认为是蒙县在宋，是战国时的归属。近代马叙伦《庄子宋人考》运用翔实的资料考证了蒙县的归属，得出蒙县属于宋的结论:"小蒙即《左传》之蒙泽，大蒙即《左传》之亳矣。惟宋亡后，魏楚与齐争宋地，或蒙入于楚，楚置为蒙县，汉则属于梁国欤。庄子之卒，盖在宋之将亡。(详年表)则当为宋人也。"① 现代学者多从此说。

3. 庄子的生卒年范围

庄子的生活时代可以肯定的是在战国中期，但由于古籍中关于庄子生平事迹的记载少之又少，《史记》本传也没有直接指明庄子的生卒年代，只能通过庄子的交游大致考证其生活的年代范围。司马迁称其"尝为蒙漆园吏，与梁惠王、齐宣王同时"，又称"楚威王闻庄周贤，使使厚币迎之，许以为相"，因此庄子与魏惠王罃(前370—前335)、齐宣王辟疆(前342—前324)、楚威王熊商(前339—前329)处于同一个时代，另外唐陆德明《经典释文序录》注引李颐:"与齐愍王(前323—前284)同时"。根据《史记·六国表》中著录的这四位国君的始、卒位时间来截取一个时间段，即公元前370至公元前284年之间，庄子生卒年代应当在此范围内。近人马叙伦对庄子生卒年做了详细的考辨，在其《庄子年表》中称:"《史记·庄子列传》曰:'周与梁惠王、齐宣王同时'，又曰:'楚威王闻庄周贤，使使厚币迎之。威王立十一年卒。其聘周不知在何年。传言周却聘，而韩非《喻老篇》曰:'楚威王欲伐越，庄子谏曰:臣患智之如目也。'是庄子于威王时尝至楚，其能致楚聘，必已三四十岁。本书于魏文侯、武侯皆称谥(《田子方》《徐无鬼》)，而于惠王初称其名(《则阳》)，又称其王(《逍遥游》《山木》)，是周之生，或在魏文侯、武侯之世，最晚当在惠王之初。"② 又因庄子为宋人，因此"周不及见宋之亡者，故表以齐灭宋(前286)而止"。由此推论出庄子生年当为公元前369年，卒年当为公元前286年。其说颇允。

4. 庄子的生活事迹

庄子一生的生活轨迹零零散散地体现在《庄子》书中，将这些时时闪现的只言片语连缀起来，可管窥庄子当时的生存状态。可以肯定的是，庄子虽当过漆园

---

① 马叙伦:《庄子宋人考》,《先秦诸子年谱》(5),北京图书馆出版社2004年版。
② 马叙伦:《庄子义证》附录三《庄子年表》,商务印书馆1930年版。

吏这样的小官，但无意于仕途，一生清贫，甚至到了要向人借粮食的地步，曾"贷粟于监河侯"（《外物》）。他曾穿补丁衣服和破草鞋去见魏惠王。魏王问他为何如此疲惫，庄子答曰："贫也，非惫也。士有道德不能行，惫也；衣敝履穿，贫也，非惫也。此所谓非遭时也。"（《山木》）他甘于贫穷，鄙视功名富贵。楚王曾派遣大夫请庄子做官，庄子当时钓于濮水，"持竿不顾"，说宁可像活龟一样在泥巴里拖着尾巴自由自在，也不愿到楚王庙堂上做个死掉的神龟。（《秋水》）宋人曹商出使秦国，"得车数乘"，回来在庄子面前炫耀，庄子用犀利的语言讽刺他，说他的车是为秦王舐痔得来的。（《列御寇》）纵观庄子的交游，惠施是与他关系非常紧密的一个人，两人既是朋友，亦是论辩的对手，庄子常借两人的论辩阐发自己学术观点。除此之外，庄子也有正常人的生活，有妻、子（《至乐》），也有弟子随行（《山木》）。

（二）《庄子》的成书

《庄子》是以庄子为代表的一个学派的著作汇编，后经西晋郭象删订形成定本。庄子是战国中期人，与郭象相距七百余年，《庄子》成书的时间没有明确记载。从班固《汉书·艺文志》、高诱《吕氏春秋·必己》注来看，《庄子》原有五十二篇，这与郭象定本的三十三篇不同。郭象《庄子序》："今唯裁取其长［于］达致、全乎大体者为卅三篇焉。"[①] 郭象为《庄子》作注时，将原有五十二篇裁减整合成为三十三篇流传至今，而郭象整理之前的五十二篇本《庄子》的底本来源是哪里呢？若将班固《汉书·艺文志》的来源往前推就能够找到答案，班固《艺文志》依据刘歆《七略》，而刘歆《七略》承袭的是其父亲刘向《别录》，司马贞《史记索隐》引刘向《别录》曰："（庄周）宋之蒙人也。"张舜徽《文献学论著辑要》称，从现存《别录》佚文来看，文中记载了刘向对《战国策》《管子》《晏子》《列子》《邓析子》《孙卿书》等书的校勘辑录过程[②]。由此可知，刘向整理过《庄子》一书，五十二篇本《庄子》应当就是刘向整理而成的版本。陆德明《经典释文·庄子序录》："司马彪注二十一卷，五十二篇。内篇七，外篇二十八，杂篇十四，解说三。"这里的解说者，江世荣认为："在西汉刘安《淮南子》中不仅引用了《庄子》中的许多文字，并且他还是第一个为《庄子》作注解的人。"又"五十二篇《庄子》中有解说三篇，即《庄子解》《庄子后解》《庄子要略》"，"均为淮南王刘安及门客们所作。"[③] 他断言五十二篇本《庄子》是刘安编定的。此说被众多学者接受。今本西晋郭象三十三篇本《庄子》来源于西汉淮南王刘安编订、刘向校勘辑录的五十二篇本《庄子》。

---

① 刘文典：《庄子补正》，安徽大学出版社、云南大学出版社1999年版。
② 张舜徽：《文献学论著辑要》，中国人民大学出版社2011年版。
③ 江世荣：《有关〈庄子〉的一些历史资料》，《文史》第一辑，中华书局1962年版。

今本《庄子》分为内篇七篇、外篇十五篇、杂篇十一篇，这种分篇出自何人，分类依据是什么，依现有资料，尚无定论，一般认为是西晋郭象，或认为是淮南王刘安，或认为是刘向。对于内、外、杂篇的作者，历代学者亦争论纷纭，传统认为，内篇为庄子所作，时代也早于外、杂篇。清王夫之《庄子解》的观点可作为代表。

外篇非庄子之书，盖为庄子之学者，欲引申之，而见之弗逮，求肖而不能也。以内篇参观之，则灼然辨矣。内篇虽参差旁引，而意皆连属；外篇则踳驳而不续。内篇虽洋溢无方，而指归则约；外篇则言穷意尽，徒为繁说而神理不挚。内篇虽极意形容，而自说自扫，无所粘滞；外篇则固执粗说，能死而不能活。内篇虽轻尧舜，抑孔子，而格外相求，不党邪以丑正；外篇则恣矣诅诽，徒为轻薄以快其喙鸣。内篇虽与老子相近，而别为一宗，以脱卸其矫激权诈之失；外篇则但为老子作训诂，而不能探化理于玄微。故其可与内篇相发明者，十之二三，而浅薄虚嚣之说，杂出而厌观；盖非出一人之手，乃学庄者杂辑以成书[1]。

王夫之这段评论从五个方面比较内篇与外篇、杂篇的明显差别，三者高下立见。内篇是庄子自著，外、杂篇非一人所作，乃庄子后学杂辑而成。也有学者认为，内篇晚于外、杂篇，外、杂篇代表庄子思想，内篇代表后期庄学思想[2]。还有学者认为，研究《庄子》应以《逍遥游》《齐物论》为依据，打破内、外、杂篇的界限[3]。我们认为，内篇是最能代表庄子本人思想的部分，外篇、杂篇是庄学弟子思想的记录，在思想境界、语言风格等方面确实存在差异。但是今本《庄子》一书是庄子及其弟子作为一个学派的著作总集，应当将其视作一个整体来阅读、研究。

(三)《庄子》的凡例

《庄子》既是一部哲学著作，也是一部说理散文作品，还有一些真假难辨的历史故事，其书如何将三者在表现手法上统一起来，庄子在《寓言》篇、《天下》篇中做出了解释。前者可以看作是《庄子》一书的凡例，叙述了全书写作手法的特点，即将"寓言""重言""卮言"三种方法相结合，用各种故事来表达哲理。

《寓言》：

寓言十九，重言十七，卮言日出，和以天倪。

寓言十九，藉外论之。亲父不为其子媒。亲父誉之，不若非其父者也。非吾罪也，人之罪也。与己同则应，不与己同则反。同于己为是之，异于己为非之。

重言十七，所以已言也。是为耆艾。年先矣，而无经纬本末以期年耆者，是

---

① 王夫之：《庄子解》，中华书局 1964 年版。
② 任继愈：《中国哲学发展史（先秦）》，人民出版社 1983 年版。
③ 冯友兰：《中国哲学史新编》，人民出版社 1965 年版。

非先也。人而无以先人，无人道也；人而无人道，是之谓陈人。

厄言日出，和以天倪，因以曼衍，所以穷年。

《天下》：

以天下为沉浊，不可与庄语，以厄言为曼衍，以重言为真，以寓言为广。独与天地精神往为广。

《寓言》篇前面四句话构成总的论点，是一段韵文，"此文'倪'作入声，与'七''出'相叶"①。下文则分别论述"寓言""重言""厄言"的特点和作用。"寓言"是假托别人说的话，即下文的"藉外论之"。"重言"是作者本身的议论，即下文的"所以己言也"，是作者本人所写，因而是真实想法，《天下》篇亦称"以重言为真"。"厄言"的"厄"本义是一种盛酒器。郭象注："夫厄，满则倾，空则仰，非持故也。况之于言，因物随变，唯彼之从，故曰日出。"成玄英疏："日出，犹日新也。天倪，自然之分。和，合也。夫厄满则倾，厄空则仰，空满任物，倾仰随人。无心之言，即厄言也，是以不言，言而无系倾仰，乃合于自然之分。"② 成玄英除了释"厄言"为"无心之言"外，还有另一种解释："厄，支也。支离其言，言无的当，故谓之厄言耳。"③ 陆德明《释文》引司马彪曰："谓支离无首尾言也。""厄言"就是零碎不成系统的话，即《天下》篇中的"曼衍"。学者多从第一种解释，即"无心之言"，随物而变，是自然的流露。

"寓言十九""重言十七"中的数字"十九""十七"，有不同的理解。郭象注："寄之他人，则十言而九见信。""世之所重，则十言而七见信"。成玄英疏："寓，寄也。……则十信其九也。""重言，长老乡间尊重者也。老人之言，犹十信其七也。"两人都主张"十九""十七"指的是内容的可信度比例。吕惠卿《庄子解》则认为是指内容来源所占的比例。寓言占十分之九，非寓言占十分之一；重言占十分之七，非重言占十分之三。后世学者多从吕说。

二、《庄子》的思想内容

《庄子》分内篇、外篇、杂篇三个部分，作非一人，成非一时，因而在思想内容和文章风格方面不可能完全统一，存在一定的差异。但《庄子》作为一部以庄周为代表的学派著作总集，全书的基本思想倾向和文章风格都是能够代表庄周的。具体来说，内篇自成体系，各个篇章之间有内在的联系，它是整部《庄子》的核心。外篇、杂篇各篇各有分属，但都与内篇的思想倾向和文章风格紧密相连，有异有同。除"庄子派"思想之外，还有"老子派""秦汉神仙家"的思想

---

① 朱季海：《庄子故言》，中华书局 1987 年版。
② 郭庆藩：《庄子集释》，中华书局 1961 年版。
③ 郭庆藩：《庄子集释》，中华书局 1961 年版。

倾向，但都以《庄子》内篇为核心形成一个整体。

（一）《庄子》内篇的思想体系

1. 内篇的核心思想是"道"

"道"是道家学说最重要最基本的概念，庄子丰富和发展了老子的道家思想，其哲学思想的核心也是"道"，内篇《大宗师》集中反映了庄子对"道"的理解。

> 夫道，有情有信，无为无形，可传而不可受，可得而不可见。自本自根，未有天地，自古以固存。神鬼神帝，生天生地。在太极之上而不为高，在六极之下而不为深。先天地生而不为久，长于上古而不为老。

此段的主旨是揭示"道"的奥旨精义。"道"自本自根，先天地而生，又长于上古。庄子继承和发展老子"道法自然"的观点，强调事物的自生自化，否认有神的主宰。庄子的思想体系中，"道"是天地万物的最高本原，是最先的存在，是天地鬼神的母体，是世间万物的起源。又说"道"虽然"有情有信"，但是"无为无形"，虽然"可传"，但是"不可受"，虽然"可得"但是"不可见"。这表明庄子的"道"是超越了一切有形之物之上的高度抽象，超越人的感知范围的精神客体。下文又谈到"得道"的问题：

> 狶韦氏得之，以挈天地；伏戏氏得之，以袭气母；维斗得之，终古不忒；日月得之，终古不息；堪坏得之，以袭昆仑；冯夷得之，以游大川；肩吾得之，以处大山；黄帝得之，以登云天；颛顼得之，以处玄宫；禺强得之，立乎北极；西王母得之，坐乎少广，莫知其始，莫知其终；彭祖得之，上及有虞，下及五伯；傅说得之，以相武丁，奄有天下，乘东维，骑箕尾，而比于列星。

这段话讲述"道"的作用，它无所不包，无所不在，无所不能。往来古今、天地日月、维斗星辰能够具有现存的形态都是依靠"道"。这样一来就更加显现出"道"的主宰地位。《大宗师》中的"道"是《庄子》思想体系的核心。

2. "万物齐一"与"道"互为表里

内篇中《大宗师》与《齐物论》构成庄子思想本体论和认识论的两个方面，两者互为表里，相辅相成，内篇《齐物论》是庄子用"道"来认识世界之后的结论，即"万物齐一"。《齐物论》表现出相对主义的认识论，表现在"齐彼是""齐是非""齐物我""齐生死"四个方面。庄子认为事物的存在及其标准是相对的："物无非彼，物无非是。自彼则不见，自知则知之。故曰彼出于是，是亦因彼。彼是方生之说也。虽然，方生方死，方死方生；方可方不可，方不可方可；因是因非，因非因是。"庄子对判断的标准"莫若以明"，只好"照之于天"。庄子对现实的物质世界持怀疑态度，立足于虚无之道，提出"万物齐一"的观点，其实质是"无物论"，这就是《齐物论》与《大宗师》互为表里的实质所在。

3. 其他五篇体现出的《庄子》思想

《庄子》内篇的另外五篇是《逍遥游》《养生主》《人间世》《德充符》《应帝

王》，有各自特有的思想内容，同时又以特定的形式与庄子思想体系紧密相连。

《逍遥游》是《庄子》首篇，体现的是庄子的人生观。在庄子看来，天地万物都有其所依赖的东西，高飞的大鹏、浮游的尘埃、御风而行的列子，都不能做到真正的"逍遥游"。庄子理想的"逍遥游"是"无所待"，即如篇中所写的"乘天地之正，御六气之辨，以游于无穷"的"神人"。神人不受任何时空的限制，也不凭借任何外力而自由自在地在自然和社会中畅游。而做到不依赖于外物的根本又是"无己"，无所作为，即对他人无用，才能保全自己，消除物我对立，在"无何有之乡"获得绝对自由，达到"逍遥"的境界，这就进入了《大宗师》虚无之"道"。

《养生主》主要讲述的是庄子的养生之道。其基础就是主体严守于内，坚决杜绝与外界之"物""相刃相靡"，抛弃或者避开现实的物质世界，"吾生也有涯，而知也无涯。以有涯随无涯，殆已；已而为知者，殆而已矣。"强调的是精神上的自由，即顺乎自然天性，"安时处顺"，如果以有限的人生去探知无限的世界，必然会使自己的生命陷于危险的处境。这种"天理"同样是庄子的虚无之道。

《人间世》主要讲述的是庄子的处世哲学。庄子主张"无听之以耳，而听之以心；无听之以心，而听之以气。"力求超脱现实、忘却现实。《德充符》主要讲述了庄子的道德观，即追求超脱于物质形体之上的"德"，指的是一种心态，即修道者的精神内涵远超物质之形。《应帝王》主要讲述的是庄子的政治观，其基本内容就是"无为"。庄子编造了一系列寓言故事来表现其"无为"之治的思想，"日凿七窍，七日而混沌死"，指出应该保持"混沌"，"有为"是有害的。

《庄子》内篇是一个十分和谐统一的整体，其各个组成部分的联系是内在的必然的，始终没有脱离庄子思想体系的核心即虚无之"道"。

(二)《庄子》外篇、杂篇思想上的变化

《庄子》外篇、杂篇是追随庄子或以庄子为旗帜的一个学派的著作集，出自众手，对于《庄子》内篇理解和发挥因人而异。其在思想上的基本特点是内容驳杂，风格水平不一致。从哲学思想来看，对内篇有所发展和推进。

对于"道"的理解做出改变。外、杂篇中，"道"虽然保留了造物主的地位，但是高雅神秘的性质被破除，《知北游》中的"道"就存在于人们能够见到的"蝼蚁"甚至是"屎溺"之中。"道"的规律可以通过特定的手段掌握，由主宰一切到被人主宰，这是一种面向物质世界的推进；对于"气"的地位做出改变。外、杂篇中的"气"具有更加重要的地位。《至乐》中的"气"已经表现为生物形体的原始形态，成为物质世界的本原；对于"阴阳"的理解发生改变。《则阳》中明确肯定了阴阳之气的普遍性，而且还认为它是"万物之所生"的基本原因。

另外，外篇、杂篇在政治思想上也有了变化。主要体现在立足于君主之治、君主的"无为"和臣民的"有为"、儒道名法思想的杂糅、礼义法度须应时而变这四个方面。

25

三、《庄子》的文学成就

闻一多称庄子是先秦诸子中唯一的文学家："如果你要的是纯粹的文学,在庄子那素净的说理文的背景上,也有着你看不完的花团锦簇的点缀——断素,零纨,珠光,剑气,鸟语,花香——诗,赋,传奇,小说,种种的原料,尽够你欣赏的,采撷的。这可以证明如果庄子高兴做一个通常所谓的文学家,他不是不能。"[1] 这段话道出了《庄子》在艺术手段方面的高妙之处,而这又表现在他那"汪洋辟阖,仪态万方"的形象思维上。

(一) 丰富多彩的艺术形象

《庄子》一书"寓言十九""重言十七",塑造了多种多样的艺术形象。这些艺术形象既可以是人,也可以是物。既可以是有生命的,也可以是无生命的。就人物而言,《庄子》中塑造了一大批真人、至人、神人的形象,其中包括一些形体丑陋而德性完美的特殊人物,还塑造了普通的劳动者,这些人物有些是实有其人,有些则是完全虚构的。就自然界来说,其艺术形象更是五花八门、蔚然大观,包括了动物界的鱼、鸟、昆虫等,也包括了植物界的椿树、葫芦,神话界的河神、海神,甚至无生命的风、影都吸收进《庄子》书中。只要庄子愿意,古往今来、天地之间任何人物、事物都可以成为他的艺术形象。

(二) 宏伟奇特的形象思维

司马迁称《庄子》"其言洸洋自恣",就建立在其广阔宏伟的想象力之上。《逍遥游》中"鲲鹏之变""不知其几千里"的北冥巨鱼,化而为巨鸟,"抟扶摇而上者九万里",这一形象变化不受拘束,信手拈来,具有极大的随意性和典型性,令人啧啧称奇。《列御寇》:"庄子将死,弟子欲厚葬之。"庄子称:"吾以天地为棺椁,以日月为连璧,星辰为珠玑,万物为赍送。吾葬具岂不备邪?"这是何等的开阔!

(三) 植根于现实的合理想象

《庄子》的形象思维虽以奇制胜,但立足点是植根于现实的,《养生主》"庖丁解牛"在立足于现实的基础上做出合乎情理的想象,"彼节者有间,而刀刃者无厚,以无厚入有间,恢恢乎其于游刃必有余地也",将理想与现实巧妙结合,提高了艺术感染力。

(四) 两种思维模式的融合一体

《庄子》书中既蕴含哲理,又描绘形象,抽象思维与形象思维两种思维模式交织起来,融合为一体,《庄子》的文章便具有了独特的风格。《齐物论》先说:"恶乎然?然于然。恶乎不然?不然于不然。物固有所然,物固有所可。无物不

---

[1] 闻一多:《闻一多全集》(二),生活·读书·新知三联书店 1982 年版。

然，无物不可。"这是一段纯粹的说理文字，而下文又说："故为是举莛与楹，厉与西施，恢诡谲怪，道通为一。"紧接着列举细小的草茎和高大的庭柱，丑陋的妇人和美丽的西施，来证明自己的论点。

四、《庄子》的地位和影响

《庄子》在哲学史、思想史、文学史等诸多领域成就巨大，在中国学术史上的价值和影响是多方面的。《庄子》自成书以来就以其深邃的思想、超越的境界、丰富的想象、恣肆的文风和幽远的意境深刻地影响了中国的哲学、文学、艺术等中国文化。闻一多说："中国人的文化上永远留着庄子的烙印。"[①]

（一）对道家学派的影响

《庄子》继承发展了《老子》的天道观念，但与《老子》又有很大的不同。《老子》凡八十一章，约五千字，而《庄子》洋洋洒洒十万多字。就思想的系统性而言，《庄子》要超过《老子》。就思想内容来说，《庄子》的思想更关注人的心灵世界和人生哲学，更具有亲和性。《老子》使道家学派具备了初步的条件，而《庄子》使其更加成熟。《庄子》中的思想保持了道家的正统，以"道"为主体思想，并且以此为基础，发展、创立了独特而逍遥的精神世界。即便是儒家具有了正统地位之后，道家也能够与之相抗衡，仍然要归功于《庄子》蕴含的强大的思想性和生命力。《庄子》在道家思想史上具有重要地位。

（二）对中国哲学的影响

中国哲学发展的各个阶段都可以看出《庄子》思想影响的痕迹。先秦是中国哲学形成的奠基时期，也是《庄子》形成的主要时期。《庄子》在对先秦诸子尤其是对儒家伦理道德至上性的批判中，提出了自然本性的至上性。《庄子》形成后，对孔子之后的儒家思想的发展产生了重要影响。儒家经书《易》中的"天地感而万物化生"等观点就是借鉴了庄子《天道》篇"天道运而无所积，故万物成"的说法。魏晋时期，玄学兴盛，《庄子》与《老子》《周易》并称"三玄"。《庄子》对玄学思潮起到了巨大的推动作用。宋代理学兴起，理学最为核心的"理"或者"天理"直接借鉴了《庄子》中"依乎天理""知道者必达于理""循天之理"等说法。《庄子》思想对道教和佛教的影响就更加明显。道教直接吸收了《庄子》书中的术语和概念，将其尊为《南华真经》，奉为道教经典。佛教善用《庄子》"自然""本无"的概念来解释佛教的"空"，用"齐物"来解释佛教的"平等"，用"逍遥"来类比佛教的"涅槃"。

（三）对中国文学的影响

《庄子》的文学成就与哲学成就是紧密联系在一起的，"读《庄子》，本分不

---

① 闻一多：《古典新义·庄子》，商务印书馆 2011 年版。

出那是思想的美，那是文字的美。"① 其对中国文学的影响至深至远，中国历代文学家几乎没有不受《庄子》影响的。

1. 在先秦诸子中，庄子是最善于将寓言作为一种文学形式加以自觉运用的

《庄子》全书寓言多达二百则。寓言不仅是说理的辅助工具，也具有独立的地位。在中国文学的发展过程中，它直接影响了文人的寓言创作，如唐韩愈《马说》《龙说》，柳宗元《种树郭橐驼传》，明刘基《郁离子》等，使寓言逐步脱离了论说文、史传文而独立成为一种文体。

2. 《庄子》是中国小说的鼻祖

"小说"一词最早见于《庄子·外物》："饰小说以干县令，其于大达亦远矣。"这里的"小说"，与《汉书·艺文志》称小说出于街谈巷语、道听途说在意义上是契合的。

3. 庄子"独与天地精神往来"的浪漫主义风格也给中国文学带来了深刻的影响

魏晋嵇康、阮籍明确以庄子为旗帜；唐李白对庄子发出"南华老仙发天机"的赞叹；宋苏轼亦称"清诗健笔何足数，逍遥齐物追庄周"。可见庄子浪漫主义的巨大影响。

4. 《庄子》散文中的美学思想对中国文学、艺术都产生了深远影响

《知北游》："天地有大美而不言"，这一思想孕育了中国山水诗、田园诗、游记的文学的萌芽，并促其发展。庄子还开创了"以丑为美"的先河，后世文学家以"丑石""病梅"来突出精神之美。

5. 庄子蔑视权势，追求精神自由和独立人格，使中国文人在儒家"修齐治平"之外，有了另一种生命追求

阮籍、嵇康任性不羁的人格表现，陶渊明"采菊东篱下"的人生态度，欧阳修"醉翁之意不在酒，在乎山水之间"的理想，无不留有庄子的影子。

6. 《庄子》语言汪洋恣肆，诙谐幽默，具有绝美的文辞和巨大的艺术魅力

唐宋古文大家如韩愈、柳宗元、苏轼等人无不得益于庄子。

作为哲学史、思想史、文学史上的一位巨人，庄子在中国学术史上的地位与影响是不容置疑的。

参考文献

[1] 司马迁：《史记》，中华书局 1982 年版。

[2] 王夫之：《庄子解》，中华书局 1964 年版。

[3] 胡文英：《庄子独见》，华东师范大学出版社 2011 年版。

[4] 郭庆藩：《庄子集释》，中华书局 1961 年版。

① 闻一多：《古典新义·庄子》，商务印书馆 2011 年版。

［5］ 冯友兰：《中国哲学史新编》，人民出版社 1965 年版。

［6］ 陈鼓应：《庄子今注今译》，中华书局 1983 年版。

［7］ 陈鼓应：《老庄新论》，上海古籍出版社 1992 年版。

［8］ 方勇：《庄子讲读》，华东师范大学出版社 2005 年版。

［9］ 方勇：《庄子学史》，人民出版社 2008 年版。

［10］ 何善周：《庄子研究》，中华书局 2016 年版。

［11］ 张采民：《〈庄子〉研究》，中华书局 2011 年版。

［12］ 刘生良：《鹏翔无疆——〈庄子〉文学研究》，人民出版社 2004 年版。

［13］ 刘文典：《庄子补正》，安徽大学出版社 1999 年版。

［14］ 杨柳桥：《庄子译诂》，上海古籍出版社 1991 年版。

［15］ 叶舒宪：《庄子的文化解析》，陕西人民出版社 2005 年版。

《楚辞》导读

刘桂华

"楚辞"又称"楚词"。是战国时代楚国伟大诗人屈原、宋玉创造的一种新诗体。同时，《楚辞》又是继《诗经》以后，我国古代又一部成就卓著、影响深远的诗乐作品总集。

迄今所见先秦文献未见"楚辞"一语。"楚辞"这一名称，最早见于西汉武帝时期。司马迁《史记·酷吏列传·张汤传》载：长史朱买臣"读《春秋》。庄助使人言买臣，买臣以《楚辞》与助俱幸，侍中，为太中大夫，用事。"《汉书·朱买臣传》亦载："会邑子严助贵幸，荐买臣。召见，说《春秋》，言《楚词》，帝甚说之，拜买臣为中大夫，与严助俱侍中。"《汉书·地理志》亦载："汉兴，高祖王兄子濞于吴，招致天下之娱游子弟，枚乘、邹阳、严夫子之徒兴于文、景之际，而淮南王安亦都寿春，招宾客著书。而吴有严助、朱买臣，贵显汉朝，文辞并发，故世传《楚辞》。"又《汉书·王褒传》载："宣帝时修武帝故事……征能为《楚辞》九江被公，召见诵读。"由此可见，至迟在武帝统治时期就产生了"楚辞"这一名称。汉成帝时，西汉宗室、著名学者刘向整理图书典籍，把楚人屈原、宋玉所创作的"骚体"诗和汉人贾谊、淮南小山、东方朔、严忌、王褒等所创作的拟骚体诗汇编成集，共十六卷，定名为《楚辞》，从此，《楚辞》遂成为一部楚、汉诗歌作品总集的名称。后东汉校书郎王逸以刘向所编《楚辞》为底本、增加己作一卷、共计十七卷作《楚辞章句》予以训解，成为《楚辞》作品最早的注释本。而《楚辞》一书所收屈原、宋玉的作品无疑代表了"楚辞"这种文学新形式的最高成就。《楚辞》不仅继《诗经》之后树立起了古代诗歌创作的艺术新高峰，而且还开辟了古代诗歌创作的新时代。

一、《楚辞》与楚文化

读《楚辞》，首先必须追根溯源，必须了解楚文化。《楚辞》不仅是屈原、宋玉等伟大诗人的杰出创造，而且它深深植根于楚国深厚的历史文化土壤中，浸润着楚文化的血液，并成为楚文化形象鲜活的载体。

楚国是一个有着八百多年历史的民族。楚民族在长期的历史发展中创造了辉煌灿烂的历史文化。尤其是经过春秋战国时代的发展，楚国在南方地区形成了一种高度繁荣且独具魅力的区域文化形态——楚文化。楚文化博大精深，辉煌灿烂，在当时众多的区域文化中独具异彩，光芒四射。不仅与中原文化南北辉映，而且孕育催生了独具楚民族特点的文学艺术。下面拟从与《楚辞》的影响和关系的角度，来探讨孕育催生《楚辞》文学的几个重要文化因子。

（一）楚人的宗教信仰

楚人信仰崇拜多神，泛祀多神。《列子·说符》篇曰："楚人鬼而越人禨。"《吕氏春秋·异宝》篇云："荆人畏鬼而越人信禨。"《汉书·地理志》云："楚人信巫鬼，重淫祀。"王逸《楚辞章句·九歌序》指出："昔楚国南郢之邑，沅湘之间，其俗信鬼而好祠。其祠，必作歌乐鼓舞以乐诸神。"这些说明楚人巫风炽盛，泛祀多神。楚人祭祝的对象，主要有天神、地祇、人鬼三类。天神如：上皇（太乙）、日神（东君）、云神（云君）、司命（大司命、少司命）、风伯（飞廉）、雨神（屏翳）、日御（曦和）、月御（望舒）等；地祇如：山神（山鬼）、水神（地宇）、土伯（冥主）、海若、河伯（冯夷）、洛嫔（宓妃）、湘君、湘夫人等。人神（祖先之神）如祝融、颛顼等。

楚人这种尊神祀鬼的习俗，我们从出土的战国楚文物也可得到印证。据1965年湖北江陵望山一号战国楚墓出土竹简记载，墓主昭固是怀王时期的"大贵族"，简文记载的主要内容是"昭固的家臣为昭固的各种疾病向先君先王及神祇祝祷"的记录。[1]据1978年江陵天星观楚墓出土的卜筮材料记载，当时人们祭祷的对象有墓主的先祖先君及一些自然神灵，而墓主的下葬年代约在楚宣王或威王时期，其职位可能在令尹或上柱国之列。[2]据1987年包山二号楚墓竹简记载，当时祭祀的对象除楚人先祖祝融、武王、昭王外，还奉祀众多天神地祇。墓主与屈原大约为同时代人，官居左尹，为楚大夫级，官职与屈原相近。[3]

楚人重巫崇巫。楚人祭祀由巫觋主持。巫觋是楚人宗教祭祀活动中沟通人神关系的中介。《说文解字》云："巫，祝也。女能事无形，以舞降神者也。"巫的职责是祭神娱神，沟通人神之间的联系；其手段是通过歌乐舞娱神悦神降神，以求得神鬼的赐福保佑。古代巫者知识丰富，兼能驱疫疗疾，因而兼具"巫医"身份，楚人有民谚曰："人而无恒，不可以作巫医"。巫觋在楚国地位崇高，只有那些知识渊博、聪明睿智、德高望重者才能担任。《国语·楚语下》就说："古者民神不杂。民之精爽不携贰者，而又能齐肃衷正，其智能上下比义，其圣能光远宣朗，其明能光照之，其聪能听彻之。如是，则明神降之，在男曰觋，在女曰巫。"在楚国历史上，观射父和左史倚相被看作是楚国的"国宝"。因为观射父洞晓上古时期的人神关系、楚国的巫觋职掌祭祀制度。而左史倚相善读楚国古史、明瞭国家治乱兴败之理，"又能上下说于鬼神，顺道其欲恶，使神无有怨痛于楚国。"

除这些德高望重的巫官外，在国家面临某个重大问题或某个重大时刻，楚王也经常披挂上阵，亲自主持祭祀典礼，以做决断或排难解困。据《史记·楚世家》载：楚共王择太子，因五子俱宠，难于决断，"乃望祭群神，请神决之，使主社稷。"而桓谭《新论》载："昔楚灵王骄逸轻下，简贤务鬼，信巫祝之道。斋戒鲜洁，以祀上帝，礼群神，躬执羽绂，起舞坛前。吴人来攻，其国人告急，而灵王鼓舞自若，顾应之曰：'寡人方祭上帝，乐明神，当蒙福佑焉，不敢赴救。'而吴兵遂至，俘获其太子及后姬。甚可伤。"灵王希望借上帝群神的力量来帮助自己打退吴人的进攻，终落下荒唐的历史闹剧。而战国时代的楚怀王在国家面临危难时刻也"隆祭祀，事鬼神，欲以获福助，却秦师，而兵挫地削，身辱国危。"[4] 由此可见，楚王实际上集国家神权、政权与族权于一身，是楚国最大的巫觋，最高的宗教领袖。

（二）楚歌楚乐楚舞

"楚辞"源于"楚声""楚歌"。屈原以前的"楚歌"，著名者有据说是楚康王时代（前559年至前545年在位）的一首由越地女子所唱、后经楚人翻译的《越人歌》："今夕何夕兮，搴舟中流？今日何日兮，得与王子同舟？蒙羞被好兮，不訾诟耻。心几烦而不绝兮，得知王子。山有木兮木有枝，心说君兮君不知。"[5] 被翻译为楚语的这首楚歌名曲，表达了划船的越女对楚国王子鄂君子晳的深情爱恋和相思。稍后数十年，又出现了《孺子歌》："沧浪之水清兮，可以濯我缨。沧浪之水浊兮，可以濯我足。"[6] 这些楚歌作品句式或参差或整齐，音韵清切，多以抒情为主，句尾多用"兮"字，已具有"楚辞"文学的基本特征。它们是"楚辞"文学的直接源头。由于"楚歌"是一种配合音乐甚至舞蹈进行即兴歌唱的艺术形式，所以受到楚人甚至汉代人的喜爱，许多汉代帝王及王侯公主都有作品传世。如项羽的《垓下歌》、刘邦的《大风歌》、汉武帝的《秋风辞》、刘细君的《悲愁歌》等。

在春秋时代，楚国的音乐被称为"南风"（或作"南音"，与"北风"迥然有别）。《吕氏春秋·音初》篇载涂山氏女"歌曰：候人兮猗！实始作为'南音'。"这是最早的"南音"音乐，一种不同于"北风"即中原音乐的音乐。春秋时期，楚国的音乐艺术达到非常高的水平。楚国宫廷中设置了乐官，专门掌管音乐事务。楚乐乐器尚钟，所以，楚国有以钟为氏的专门乐官。如楚乐官钟仪、钟建和钟子期等。钟仪不仅是乐官，还被封为郧公。曾被晋人俘虏，乐操土风，不忘故国。公元前582年（楚共王九年），晋景公为了与楚国和好，主动释放了他，"使归求成"，[7] 可见钟仪地位重要，举足轻重。钟建娶楚昭王妹，任乐尹，成为王亲国戚。钟氏地位如此显赫，与楚国视钟为重器有关。战国时代，楚国的地方乐曲如《涉江》《采菱》《劳商》《九辩》《九歌》《薤露》《阳春》《白雪》等曲目，在《楚辞》作品中经常提到。

楚国乐器种类齐全，有钟、磬、鼓、瑟、竽、排箫等。钟乃楚乐重器。迄今发现，数量众多。如春秋中期的"王孙诰编钟"一组 26 件，是迄今发现春秋时期数量最多、规模最大、音域最宽，音律较准、保存较好的一套青铜打击乐器。另外，战国早期的曾侯乙墓出土编钟、编磬等 8 种乐器共 125 件，种类全，数量多，制作精美，保存完好。尤其是全套编钟 65 件分 3 层 8 组悬挂在曲尺形的铜、木结构钟架上。全部都是双音钟。音域跨五个半八度，十二律齐备，可以旋宫转调。而北方的正统音乐，通常是限制在一个八度的音域范围内。这些说明楚国的乐器制造水平、音乐艺术水平代表了春秋战国时代的最高成就。

舞蹈和音乐相伴而生。楚舞非常发达。楚国宫廷乐舞规模庞大。《楚辞》作品就记载了大量歌乐舞相结合的事例。如《楚辞·九歌》《东皇太一》："扬枹兮拊鼓，疏缓节兮安歌。"《礼魂》："成礼兮会鼓，传芭兮代舞。"《招魂》："陈钟按鼓，造新歌些。《涉江》《采菱》，发《扬荷》些。""竽瑟狂会，搷鸣鼓些。宫廷震惊，发《激楚》些。"《大招》："伏戏《驾辩》，楚《劳商》只"；"二八接舞，投诗舞只。叩钟调磬，娱人乱只。"其中的音乐舞蹈，热烈奔放，诡谲奇丽，舞姿曼妙。

楚国的民间祭祀乐舞盛行，屈原《九歌》就有多方面的形象描绘。楚国无论是民间乐舞或宫廷乐舞，都特别讲究舞蹈者的长袖细腰之美。如《招魂》《大招》多次描写舞者"娭容修态""长发曼鬋""丰肉嫩骨""容则秀雅""小腰秀颈，若鲜卑只""长袖拂面""丰肉微骨、体便娟只"。而据出土文献，江陵马山 1 号楚墓所出一种有舞人动物纹样的丝织品，图样中的舞人，双双抛袖，成对而舞。突出长袖应是一种袖舞。大别山北侧的河南信阳长台关 1 号楚墓出土的瑟首音箱壁上所绘燕乐图，也描绘了楚国的歌舞场景。图中 2 位贵族席地坐在鼎豆前，作饮食和谈论状，身后乐师吹笙弹瑟，击鼓鸣钟，舞者或作抛袖舞状，或握杆联缨牵舞飞龙。其中所抛之袖超长，其意当在突出袖舞的特征。长沙南郊黄土岭战国楚墓出土漆卮所绘舞女图，有 5 位女子分别坐在两个屋内，另有 6 位女子分两处练习舞蹈，或摇腰摆袖而舞，或拱腰握物示范，全图 11 位女子，皆挽髻佩饰，长袍束腰。舞女舞腰纤细，舞姿曼妙。这件漆卮上的舞蹈图画生动地展现了楚国集体舞蹈的场面，具有很高的艺术价值。

（三）楚国的绘画艺术

楚国的绘画艺术，同样表现了楚人的生活信仰及丰富想象力。楚画主要有帛画、壁画与漆画等。其中的《人物龙凤帛画》和《人物御龙帛画》，是迄今所见我国古代最早的两幅帛画，被称为是"早期国画的双璧"。

《人物龙凤帛画》，1949 年出土于湖南长沙陈家大山一座战国楚墓中。帛画呈长方形，质为深褐色平纹绢，以写意手法绘人物及龙凤。画幅中是一位侧身直立合手祈祷的贵族妇人，身着宽袖长袍，高髻细腰，雍容富贵，神态虔诚，花袍上饰云状花纹，妇人脚踏一半月状物，似为龙舟，亦可释为弯月，妇人前上端绘有高颈昂首、尾翎卷翘、轻盈飘逸向上飞跃的凤鸟，与凤相对应处绘有一只伸脚卷尾、躯体弯屈、扶摇升腾的黄龙。据楚俗，此画的妇女形象即是墓主人，作品表现的是龙凤引导死者即墓主人灵魂升天的主题。

《人物御龙帛画》，1973 年出土于湖南长沙子弹库一号战国楚墓，描绘的是巫师乘龙升天的情景。画长 37.5 厘米，宽 28 厘米。正中画一男子，侧立面左，高冠博袍，腰佩长剑，长袍曳地，举止潇洒自若，立于巨龙之背。龙作舟形，龙首高昂，龙尾下卷，龙足作云勾形，龙尾站立一长喙圆目，长颈高足的鸟（似鹤），似在仰首望天而鸣。龙舟之上有华盖，下有鲤鱼。画中华盖上的三根飘带和人物衣着飘带等都是由左飘向右方，人、龙和鲤鱼均是朝向左方，这些均表示墓主人正驾驭着龙舟在急速前进飞升。整个画面呈行进状，充满了动感。

这两幅帛画，以单线勾勒与平涂、渲染兼用，人物略施彩色，余用金、白粉彩。画面布局合理，比例恰当，线条流畅，想象丰富。表现了楚人的龙凤崇拜、飞升信仰及楚绘画艺术奇幻谲怪的独特风格。

（四）楚语楚言

宋人黄伯思《翼骚序》说："屈宋诸骚，皆书楚语，作楚声，纪楚地，名楚物，故谓之'楚辞'。"楚人讲楚语，鸣楚声，操"楚言"。据扬雄《方言》载，楚与魏、卫、宋、郑、韩、吴、齐、巴、秦之中的某一地区共有的方言词汇约 70 个，其中与吴共有者占了一半以上，反映出楚、吴方言比较接近。

春秋至战国中期，楚国文字形体逐渐趋向修长，笔画细而首尾如一，排列比较整齐美观，笔势圆转流畅，风格自由奔放。楚国有几个常用的方言虚字，如"扈""汩""凭""羌""些""佗傺""婵媛"等，尤其是"兮"字，构成"楚辞"最有特色的民族方言，就像楚人戴的帽子"南冠"一样几乎成了"楚辞"语言上的最重要标识。

（五）江山之助

楚国地处雨水丰沛的长江中下游地区，地域辽阔，气候温暖湿润，山川秀美，河湖密布，物产富饶。《汉书·地理志》云："楚有江汉川泽山林之饶；江南地广，或火耕水耨。民食鱼稻，以渔猎山伐为业，果蓏蠃蛤，食物常足。故呰窳偷生，而亡积聚，饮食还给，不忧冻饿，亦亡千金之家。"这种优越的自然条件，激发了楚人奇诡的想象力、浪漫的激情和无限的创造力，使楚人的文化艺术诡奇谲怪，变幻莫测，多姿多彩。刘勰认为楚地的"山林皋壤，实文思之奥府"，屈辞得益于"江山之助"。[8] 王夫之《楚辞通释》也认为楚地的"叠波旷宇，以荡摇情"，孕育了激情浪漫的楚国诗人。

总而言之，楚人原始的宗教巫术信仰，带有浓厚巫风色彩的楚歌、楚乐、楚舞、楚画、楚言以及独特的自然地理条件，孕育了楚人浪漫的激情和丰富的想象力，再加上屈原、宋玉个人的天才创造，因此，才创造出了"楚辞"这一新诗体，继《诗经》之后再一次将古代诗歌创作推向高峰。

二、《楚辞》导读

"楚辞"诗歌的代表诗人是屈原和宋玉。孟子总结的"知人论世""以意逆志"的读《诗》原则，仍是我们研读屈、宋作品的指导原则。

（一）屈原作品导读

1. 屈原的生平及时代

屈原（约公元前 340—前 278 年），芈姓，屈氏，名平，字原。战国时楚国政治家、诗人。出身于楚国贵族，与楚王同宗共祖。其先祖屈瑕，为楚武王熊通之子，受封于"屈"地，乃以"屈"为氏。年轻时就表现出杰出的政治才能，为楚怀王左徒，协助怀王筹划国家大事，发布政令；对外接待各国使者，处理外交事务，深得怀王信任；又曾任三闾大夫之职（掌王族昭、屈、景三大贵族子弟教育的官职）。

战国中后期，诸侯兼并的战争更加惨烈，在所谓"七雄"中，最强大的是秦、楚二国。秦国崛起于西方，自从秦孝公任用商鞅实行变法改革之后，秦国一跃成为战国时代的强国，鲸吞天下的虎狼之心日益暴露。而楚国当时占据了广大富庶的长江中下游地区，地大物博，物产丰美，也是兵强马壮。当时围绕在秦楚两国之间"合纵""连横"的政治军事斗争非常激烈，谁能最后一统天下，取决于两国内政外交的得失。屈原内政上主张君明臣贤，修明法度，举贤授能，希望建立一个理想的如尧舜禹汤时代的礼法社会；在外交上则主张联齐合纵，对抗强秦的连横，并曾出使齐国促成合纵联盟。但是，由于屈原的改革主张损害了楚国贵族的利益，招致守旧势力的疯狂反扑、构陷谄毁，而此时怀王立场不坚定，中途变卦改辙，所以屈原最终失去了怀王的信任支持，一度被疏放到汉北一带。这从《九章·抽思》"有鸟自南兮，来集汉北。好姱佳丽兮，牉独处此异域"的自述中可探知其中消息。由于怀王的昏聩无能，忠奸不辨，屈原强大楚国的"美政"理想变成了泡影。晚年，怀王更加昏聩，在秦国的离间和诱惑下，四面树敌，接连上当受骗，不断亡将失地，国势如日落西山。最后竟相信秦人通婚的谎言，贸然赴约，结果中了秦人的奸计，遭到武力劫持，最后惨死于秦国。顷襄王继位，屈原又受到令尹子兰、上官大夫等小人的谗毁诬陷，竟被放逐于江南。

屈原晚年在沅湘流域长期过着流放生活。目睹楚国政治的黑暗，危殆的国势，以及楚王不思振作，不图恢复，自己报效君国抱负的落空，悲愤填膺，忧思惨恻，抒写了大量发愤抒情的诗作。公元前 278 年，秦将白起攻破郢都，顷襄王仓皇出逃。宗庙倾覆，社稷沦亡，屈原在万分绝望中投汨罗江而死。[9]

纵观屈原的一生，是怀抱远大的理想和抱负、忠君爱国、不断抗争的一生。诗人爱祖国、爱人民，与楚国共悲辛、同命运，与丑恶势力进行了不懈的斗争，谱写了一曲崇高的人生悲剧。

2. 屈原的作品

屈原的作品，据《汉书·艺文志》著录，有作品二十五篇。王逸《楚辞章句》标明"屈原之所作"为《离骚》《九歌》（十一篇）、《天问》《九章》（九篇）、《远游》《卜居》《渔父》，共二十五篇。学术界比较一致的看法是：《离骚》《天问》《九章》《九歌》和《招魂》等二十三篇，是屈原所作，《远游》《卜居》《渔父》等，是后人之作。下面择其要者予以赏读探讨。

（1）《离骚》

《离骚》是一篇带有自传性质的长篇政治抒情诗。司马迁及班固的《离骚赞序》都认为，"离骚"就是"遭遇忧愁"的意思[10]；扬雄认为"离骚"就是"牢骚"的意思[11]；王逸则把"离骚"解释为"离别的忧愁"[12]；今人游国恩认为"离骚"就是楚国的乐曲《劳商》（当时楚国很流行的歌曲），其今义则是"牢骚"[13]；钱钟书认为是"与愁告别"，即宣泄忧愁的意思。[14] 上述几种意见各有其立论根据，其中，我认为司马迁和班固的观点较为合理。《离骚》是屈原在"信而见疑，忠而被谤"的人生困境中、忧愁幽思的悲愤之作。

《离骚》全诗 373 句，2490 字。它是诗歌史上的一篇鸿篇巨制，壮丽辉煌，结构如黄河九曲。清人王邦采的《离骚汇订》将全诗分为三大段。从首句至"岂余心之可惩"为第一大段，从"女嬃之婵媛兮"至"余焉能忍与此终古"为第二大段，从"索藑茅以筳篿兮"至篇末为第三大段。此种划分法简明扼要。下面拟将第二大段与第三大段合并为一部分，而将全诗划分为更加简明的前后两大部分。

第一部分从诗开头"帝高阳之苗裔兮，朕皇考曰伯庸"至"虽体解吾犹未变兮，岂余心之可惩。"在这一部分，诗人首先充满自豪之情地自述显赫的世系、奇特的降生、非凡的气度、美好的品性、高尚的志趣、远大的志向；然后充满激愤之情地描写楚国黑暗现实：党人的妒贤嫉能，贪婪求索，诬陷打击；楚王的昏庸无能，反复无常，是非不分。尽管自己"信而见疑，忠而被谤"，穷困到极点，失望到极点，但诗人表示要矢志坚持自己选择的志行志向，修身洁行，"好修以为常"，九死无悔。

第二部分从"女嬃之婵媛兮，申申其詈予"至全诗的结尾。在这一部分，诗人展开奇特的想象，以奇幻象征手法，描绘种种神奇变幻的场景场面（主要有三次对话、两次飞行），来逐层展示诗人内心深处的苦闷、彷徨、矛盾、痛苦、不懈求索和最终抉择的心路历程。如诗中写到"第一次飞行"："朝发轫于苍梧兮，夕余至乎县圃。……世混浊而不分兮，好蔽美而嫉妒。"这次飞行，诗人上下求索，上叩帝阍而不纳，十分失望郁闷。

"第二次飞行"："灵氛既告余以吉占兮，历吉日乎吾将行。……仆夫悲余马怀兮，蜷局顾而不行。"诗人此次飞行的目的地是神话传说中理想的圣地、西北方向的昆仑山。但就在诗人一行即将飞越故国的天空、最后看一眼故国的一刹那，诗人被故国深情所牵系而举足难前，颓然而返。

《离骚》的思想内容丰富复杂，感情激越澎湃，是诗人用全部热情和生命凝聚而成的壮丽诗篇，淋漓尽致地体现了诗人崇高的思想境界和光辉峻洁的人格。诗人这种崇高的思想境界，突出表现为忠君与爱国。司马迁说："虽放流，眷顾楚国，系心怀王，不忘欲返。……一篇之中三致志焉。"[15]；而"美政"理想，则是诗人为了振兴楚国的崇高政治追求。

从艺术上看，《离骚》是文学史上一首空前绝后的杰作，形成了诗歌史上一座难以逾越的艺术高峰，也是后人说不尽、道不完的一部艺术圣典。其艺术成就荦荦大者有如下数端：

写实与奇幻艺术手法的完美结合。《离骚》的第一部分侧重抒写抒情主人公的现实经历和遭遇，尤其是其政治理想、完美人格、仕途经历、愈挫愈坚的斗争精神，所以具有自述传的性质。而在后一部分，诗人驰骋丰富的想象和幻想，采用象征、比喻、拟人、夸张等手法，驱使各种神话形象、历史人物、飞禽走兽、香花美草，构成琳琅满目、瑰丽奇幻的艺术境界。抒情主人公突破时空限制，上天下地，自由翱翔，尤其是两次飞行，场面壮观，瑰丽神奇，充满奇幻浪漫的色彩。

《离骚》前后两部分虽然采用了不同的艺术表现手法，具有不同的风格特点，但前后又是一以贯之、融为一体的。因为写实是奇幻的基础，否则奇幻的描写就无所附丽，无从索解。而奇幻又是写实的升华，体现了楚文化的深厚文化底蕴。

坚贞高洁端直的抒情主人公形象的刻画。《离骚》使用了大量第一人称代词，如余、吾、予、朕、我等。其中仅"余"就使用了 42 次，"吾"使用了 25 次，所有第一人称代词加起来使用了七八十次之多。所以，《离骚》中有一个非常鲜明的第一人称的抒情主人公即灵均的形象。这位抒情主人公有着崇高的政治理想，即美政理想。他博蹇好修，好修以为常，广收博采自然的玉液琼浆和人类优秀的精神营养来滋养自己的美德，培养出了崇高、正直、纯真的美德和人格。这种人格在斗争中更显示出其耀眼的光芒。主人公怀着对祖国和人民的热爱和深情，与祸国殃民的小人进行了坚决不懈的斗争："不吾知其亦已兮，苟余情其信芳……亦余心之所善兮，虽九死其犹未悔……伏清白以死直兮，固前圣之所厚……民生各有所乐兮，余独好修以为常。虽体解吾犹未变兮，岂余心之可惩。"诗人坚持理想和信念，绝不变心从俗，而是坚定执着，誓死抗争。《离骚》中的抒情主人公形象，堪"与天地兮同寿，与日月兮齐光。"（《涉江》）

象征手法的成功运用。《离骚》继承和发扬了《诗经》的比兴手法，开拓了我国古典诗歌艺术表现的象征传统。尤其是"美人香草"的象征更是光彩夺目。

如"求女"一段,"求女"或喻指"求索贤人",或喻指"求君",或喻指"求君侧之人",或喻指追求理想政治。

诗人还经常用具体鲜明的形象来比喻人的品质和志行,诗中的比兴带有普遍的象征意义,"善鸟香草以配忠贞;恶禽臭物以比谗佞;灵修美人以媲于君;宓妃佚女以譬贤臣"。[16]诗中还大量"引类譬喻",使比兴的意象互相联系,自成系统。如"香草"就构成一个光彩夺目的象征系统。经统计,诗中种类繁多的香草即达16种之多,使用频率达40余次,尤其是兰、蕙用得更为频繁。诗人以"荃、荪"喻楚王;以"众芳"喻群贤;用"饮露""餐英"喻修饰美德;用"滋兰""树蕙"比喻培育人才;又用"兰芷变而不芳""荃蕙化而为茅"比喻人才变质。用驾车来上比喻治国,用"来吾导夫先路"比喻自己愿做政治革新的先驱;用"路幽昧以险隘"比喻国家形势危殆;用"恐皇舆之败绩"比喻为国家前途担忧。这些生动的比兴,使作品产生了蕴藉深厚、言近旨深的艺术效果。司马迁在《史记·屈原列传》中就称赞《离骚》:"其文约,其辞微,其志洁,其行廉,其称文小而其旨极大,举类迩而见义远。"诗中的"美人""香草"如上述各有象征;就是三次对话,二次飞行,更是以奇幻的情景来作象征,表现了诗人在追求理想过程中思想上的犹豫、徘徊、矛盾、抉择及不懈求索。

诗体的大解放。在诗体形式上,《离骚》突破了《诗经》以四言为主的形式,创造了一种句式长短不拘、参差错落、整散随意的诗体新形式,后人称为"骚体";在表现形式上,诗歌抒情和叙事相结合,幻想和现实相交织,气势磅礴,浑然一体;在语言上,大量运用楚地方言和楚物名称,具有鲜明的地方和民族特色。尤其是"兮"字的广泛运用,或于句中,或于句尾,用法多变,意义多端,一唱三叹,极富于抒情意味和艺术感染力,成为"骚体"的醒目标志。

(2)《九歌》

《九歌》是屈原在楚国民间祭神歌舞曲的基础上创作的一组抒情诗。包括《东皇太一》《云中君》《湘君》《湘夫人》《大司命》《少司命》《东君》《河伯》《山鬼》《国殇》和《礼魂》,共11篇作品。

楚人泛祀多神,在这组抒情诗里形象地再现了楚国民间泛祀多神的情景。其中《礼魂》是组曲中的送神曲,《国殇》祭奠为国捐躯的将士,其余9篇,各祭祀一位天神地祇。东皇太一是天上的至尊神,东君是日神,云中君是云神,湘君和湘夫人是洞庭湖水系的配偶神,大司命是主宰寿命之神,少司命是掌管子嗣之神,河伯是河神,山鬼是山中女神。

关于《九歌》的创作,王逸认为是屈原流放于沅湘之间,改写民间巫祠鬼神之词而成。闻一多、姜亮夫等以为是屈原创作的楚郊祀歌(祭天)或"楚国国家祀典的乐章"。不管是哪种说法,《九歌》都是楚国民间巫风鬼俗的形象反映,是楚地巫风鬼俗的"活化石"。王逸《楚辞章句·九歌序》指出:"昔楚国南郢之邑，沅、湘之间，其俗信鬼而好祠。其祠，必作歌乐鼓舞以乐诸神。"朱熹《楚辞辩证》也说："楚祠祭之歌，今不可得而闻矣。然计其间，或以阴巫下阳神，以阳主接阴鬼，则其辞之亵慢淫荒，当有不可道者。"《九歌》就是楚国巫风祭祀的歌乐舞，所以，具有浓厚的宗教巫术色彩，是其最鲜明的特点。

第二，《九歌》中的巫觋祀神时，诗、乐、舞相结合，普遍采用男女巫觋扮作神祇互相唱和的形式，如同生动的歌舞舞剧。清代楚辞学家陈本礼《屈辞精义》说："《九歌》之乐，有男巫歌者，有女巫歌者，有巫觋并舞而歌者，有一巫唱而众巫和者。"今人刘永济《九歌通笺》也说："《九歌》中所言歌舞事，皆述巫迎神之状。……古者，人神之交，以巫为介，巫以歌舞迎神，且必向神之服饰器用，以致其来。及神降而附诸巫身，又必代神之语言动止，以告休咎。"所以，闻一多认为《九歌》是后世戏剧之萌芽。[17]

第三，表现神神或人神恋爱的故事。如《湘君》与《湘夫人》描写的是湘水流域的一对男女配偶神赴约不遇的凄伤爱情故事。

《湘君》写"要眇宜修"的湘水女神——湘夫人兴冲冲乘舟赴约。她横渡大江，北上洞庭，四处寻找湘君，但始终不见对方踪影，不由心生怨思。其内心经历了由渴望、期盼、失望的起伏变化。《湘夫人》篇则接续《湘君》篇的故事而来，《湘君》篇末写到湘夫人"夕弭节兮北渚"，而此篇紧承"帝子降兮北渚"，续写湘君赴约不遇时对湘夫人的相思期盼。诗中用萧飒的秋景，嫋嫋的秋风，衬托湘夫人绰约哀怨的风姿，此景此情勾起湘君对湘夫人的深情思念。诗一开头就这样通过环境气氛的渲染烘托将读者带进了哀婉凄美的意境之中。然后，描写湘君焦急等待的情形。在焦急的等待中，湘君产生了强烈的幻觉，总是事与愿违；最后幻想"筑室兮水中"来表达对湘夫人的美情厚意。全诗以湘君赴约不遇时的情感起伏为中心线索，表现了湘君的忧愁、哀伤、期盼、迷茫、幻想、失望、希望的情感变化；刻画了深情忧伤缠绵的湘君形象。

又如《山鬼》，描写山中女神赴约不遇时复杂多变、缠绵悱恻的感情、失恋哀伤的情景，刻画了一位美丽、痴情、专一的山中女神形象。全诗非常细致地刻画了女神赴约时细腻的心态和情绪的变化。先写女神精心打扮，赴心爱者之约。接写女神等待心爱者约会的过程，着重表现其焦虑、希望和矛盾。最后细致入微地刻画了女神失约后烦乱痛苦、怨怒交织的复杂心情，委婉曲折地展示出女神的美丽和痴情。在刻画女神形象时，采用了人神杂糅的艺术手法。诗中的女神既有神的身份和生活习惯，又有人的容貌体态和七情六欲，人神交融。其形象是自然性、社会性和神性的完美结合。此外，诗中还借景抒情，把女神心里情绪的变化及形象的刻画和环境气氛的描写和谐统一起来，达到了情景交融的艺术境界。

《少司命》则写祭祀的神灵少司命和祭祀群巫中主祭的女巫之间暧昧缠绵的感情纠葛："满堂兮美人，忽独与余兮目成。……悲莫悲兮生别离，乐莫乐兮新相知。"谱写了一曲人神相隔、哀怨缠绵的悲歌。

第四，《九歌》的语言优美隽永，情感哀婉缠绵，风格清丽绵邈。

（3）《九章》

《九章》包括《惜诵》《涉江》《哀郢》《抽思》《怀沙》《思美人》《惜往日》《橘颂》《悲回风》九篇作品。这九篇作品不是一时一地所作，而正如朱熹《楚辞集注·九章》"解题"所云：是诗人一生"随事感触，辄形于声"的产物。所以具有很强的纪实性，是对诗人生平事迹的重要补充。《九章》被编排在一起，大约始于刘向编辑的《楚辞》作品集（在《史记·屈原贾生列传》中，司马迁也只是分别提到《哀郢》和《怀沙》两篇作品，未见《九章》之名）。

《九章》中的作品以《橘颂》最早。此诗紧扣橘树之内美与外美颂橘赞橘，并借橘性引申，以橘自喻，托物抒怀，明心述志。此诗开后世咏物诗的先河。林云铭《楚辞灯》评价说"句句是颂橘，句句不是颂橘。但是原与橘，分不得是一是二，彼此互映，有镜花水月之妙。"诗中物我合一，形神兼备。形式上，基本采用四言句式，说明屈原早年的创作受到《诗经》的很大影响。

《惜诵》《抽思》《思美人》大约作于被怀王见疏之时。其抒情口吻和情感基调大体与《离骚》相类。其他几篇则作于屈原被流放江南之时。倾诉了诗人炽热的爱国情感，忧国忧民的悲剧情怀，回荡着悲慨淋漓的伤情旋律。诗人往往采用纪实与直抒胸臆相结合的写法，反复抒写理想不得实现的悲愤。如《涉江》主要描写诗人渡江南行的流放历程。其中诗歌开头对诗人形象的一段描写堪与《离骚》媲美。中间主要记述渡江南行的经过及所见所闻所感，最后以比喻象征手法批判楚国的黑暗现实作结。诗中比喻象征手法的运用堪与《离骚》媲美。又如《哀郢》主要写诗人对故都的刻骨思念和痛悼痛惜之情，篇中反复致意。诗人反复抒写忠诚莫白、悲愁莫申的哀怨，对故都念念难舍的深情相思，震撼人心。

（二）宋玉《九辩》导读

屈原之后，楚国又产生了宋玉、唐勒、景差等诗人，他们都在屈原的影响下从事创作。其中成就最高并有作品流传至今的是宋玉。宋玉，生卒年不详，楚故都鄢地（今湖北宜城市）人。或认为是屈原的学生；或认为是屈原的晚辈，大约生于屈原沉江之时，死于楚亡之际。他出身寒门素族，为报效君国，背井离乡，远赴京都求取功名，几经周折，终于成为楚顷襄王身边的文学侍臣，但始终不得志。他忧国忧民，愤世嫉俗，洁身自好。他是一位报国无门、怀才不遇、宦途失意的贫士。

他的《九辩》是带有自序传性质的长篇抒情诗。王夫之《楚辞通释》认为"九辩"即"九阕""九遍"的意思，即由多个乐章所组合成的一部大型交响乐章。全诗共 255 句，借悲秋抒写贫士失职、怀才不遇、宦途失意、报国无门的经历和悲愤，诗中回荡着哀怨缠绵、抑郁不平的悲愤之气。

《九辩》虽然受到屈原《离骚》的巨大影响，但艺术上亦有开拓和创新。诗人采用情景相生、情景交融的手法，把人生失意之悲、伤时忧国之痛、同萧瑟惨淡的秋景融为一体，全诗回荡着哀怨感伤的主旋律。尤其是开头一段最为精彩，为后人津津乐道。萧瑟的秋风，悲凉的秋气、哀飐的秋容、凋残的秋色、凄清的秋水以及让人心惊胆寒的秋虫秋鸟的悲鸣，无一不牵动着诗人远离亲人、宦途失意的满腹愁肠，引发出诗人漂泊羁旅、老大无成的悲慨。诗人情由景生，又融情入景，借自然之秋将人生失意之悲抒发得淋漓尽致。

《九辩》开创的"悲秋"文学主题，成为中国古代文学最普遍、最有特色的文学主题之一，影响极其深远。此外，作品结构巨丽，文辞秀美，辞藻丰富绚烂，描写细腻。句式参差错落，抑扬顿挫，语气舒缓，语调忽长忽短、忽高忽低，比《离骚》更富于变化，带有散文化的倾向，对汉赋产生了很大影响。

三、《楚辞》的接受与研究

《楚辞》是中国文学不朽的经典，是古代文学一座难以逾越的艺术高峰。它在古代浩如烟海的文献典籍中占有极其重要的地位。按照传统的经、史、子、集四部分类法，《楚辞》属于"集部"，向来被称为"集部之祖"。《四库全书》"集部"类的第一部书就是《楚辞》。故四库馆臣称："集部之目，《楚辞》最古。"[18]由于《楚辞》一书在"集部"中具有如此重要的地位，因此有关《楚辞》的研究史绵长久远，研究《楚辞》的著作汗牛充栋，并由此形成了一门专门的研究学问——楚辞学。从汉至清，《楚辞》研究，硕果累累，形成了特点鲜明的三个研究阶段。汉人重名物训诂的考证，宋人重义理大旨的掘发，明清人则诸家异说，各有所成。

汉代文人学者是《楚辞》的最早接受者、研究者和文献整理者。屈原作品的最早接受者是汉初著名的政治家、文学家贾谊。其《吊屈原赋》《鵩鸟赋》皆拟屈辞而作。尤其是《吊屈原赋》借屈原之酒杯浇自己政治失落之伤怀，也算是屈原的异代知己。最早对屈原进行研究的是淮南王刘安。刘安乃汉武帝叔父。上朝时曾奉武帝之命作《离骚传》。朝受命傍晚即成，可见其对屈原素有研究[19]。刘安的《离骚传》原文无可见，但从司马迁《史记·屈原贾生列传》及班固《离骚序》所引刘安文字来看，刘安对屈原创作《离骚》的动因做了较合理的解释，对诗人光辉峻洁的人格做了高度评价，揭示了《离骚》隐喻象征的艺术特点。其评价可谓简明精当，不愧为屈原的异代知音。

逮至刘向，典校群书，又辑屈原、宋玉、景差诸赋，附以贾谊、淮南小山、东方朔、严忌、王褒诸作，及向自作《九叹》，为《楚词》十六卷。《楚辞》始成为以屈、宋等诗人的作品为主的一部楚、汉诗歌作品总集。东汉章帝时，班固对刘安的《离骚传》进行了批判，认为刘安对屈原的褒扬言过其实；并以儒家之君臣大义作为衡量标尺，对屈原做了猛烈抨击。他批评屈原"露才扬己，竞乎危国群小之间，以离谗贼；然责数怀王，怨恶椒兰，愁神苦思，强非其人，忿怼不容，沈江而死，亦贬絜狂狷景行之士。"[20]完全否定屈原的人格。当然，在否定屈原人格的同时，班固对于屈原的创作才能及屈赋的影响还是给予肯定。

东汉安帝时，南郡宜城人王逸"稽之旧章，合之经传，作十六卷章句。"[21]另附己作《九思》，成《楚辞章句》十七卷。这是现存最早最完整的《楚辞》注本，也是汉人研究《楚辞》的一部集大成著作。王注《楚辞章句》，每篇前缀有叙文，或加后序，正文逐句释解，详为训诂，言而有据。由于作者生于楚地，熟悉楚国方言名物，故名物训诂言之有据，成为今人读解《楚辞》的首选文献。

王逸的另一重要贡献就是捍卫了屈原的崇高地位。王逸高度评价屈原崇高峻洁的光辉人格："今若屈原，膺忠贞之质，体清洁之性，直如砥矢，言若丹青；进不隐其谋，退不顾其命，此诚绝世之行，俊彦之英也。"而针对班固等人对屈原人格的否定和污蔑，驳斥所谓屈原"'露才扬己''怨刺其上''强非其人'"，是有失公正的邪说。为了充分肯定屈原，王逸甚至把屈原的作品抬高到"经"的崇高位置，认为"《离骚》之文，依托'五经'以立义焉，"影响深远，具有永恒不朽的价值："自终没以来，名儒博达之士著造词赋，莫不拟则其仪表，祖式其模范，取其要妙，窃其华藻。所谓金相玉质，百世无匹，名垂罔极，永不刊灭者矣。"[22]

其后，南朝梁刘勰《文心雕龙·辨骚》篇虽总论《楚辞》作品，但对屈、宋作品做了重点阐发，掘发幽隐，辨其异同，弘其大旨，认为"虽取镕经意，亦自铸伟辞"。"能气往轹古，辞来切今，惊采绝艳，难与并能矣。"其影响深远，"衣被词人，非一代也。"

有唐一代，《楚辞》影响于诗人之创作大矣，如李白、杜甫等大家都推崇备至而深受影响，但研究少闻。迄南宋而《楚辞》研究勃兴。代表著作有洪兴祖《楚辞补注》、朱熹《楚辞集注》。洪兴祖《楚辞补注》据王逸《楚辞章句》逐篇补注，征引浩繁，多有阐发，且校勘精到，厘清了千余年来《楚辞》作品文字上的一些错讹脱误，具有较高文献价值。尤其是对屈原身死及其意义的掘发，作品主题的把握，剖析精当。他在《楚辞补注·〈离骚〉后序》中说：屈原"虽身被放逐，犹徘徊而不忍去。生不得力争而强谏，死犹冀其感发而改行，使百世之下，闻其风者，虽流放废斥，犹知爱其君，眷眷而不忘，臣子之义尽矣。非死为难，处死为难。屈原虽死，犹不死也。""余观自古忠臣义士，慨然发愤，不顾其死，特立独行，自信而不回者，其英烈之气，岂与身俱亡哉！"认为"《离骚》二十五篇，多忧世之语。"而对扬雄、班固、颜之推等人对屈原的污蔑嗤之以鼻，认为是"无异妾妇儿童之见"。稍晚，朱熹著《楚辞集注》（包括《楚辞辩证》《楚辞后语》两部分）。鉴于王逸《章句》及洪兴祖《补注》，详于训诂而略于义理,《集注》则于训诂之外,"沈潜反复,嗟叹咏歌,以寻其文词指意之所出,"重视义理大旨的阐发,突出强调屈原"忠君爱国之诚心。"[23]

明清时期,《楚辞》研究进入高潮,在训诂、义理和词章研究中各有所成。代表著作有汪瑗《楚辞集解》》、王夫之《楚辞通释》、蒋骥《山带阁注楚辞》、戴震《屈原赋注》等。汪瑗《楚辞集解》务为新说,不乏真知灼见。如否定"《九章》俱作于放逐江南时"的旧说;关于《哀郢》诗首创白起破郢说,提出《九歌》为"慢写己之意兴"说;《九歌·礼魂》为"前十篇之乱辞"说;"屈子非水死"说等等,皆为后人所肯定。明清之际,注《楚辞》者大都借注释屈赋以寄托民族感情,王夫之即为代表。其《九昭·自序》夫子自道:"有明王夫之,生于屈子之乡,而遭闵戢志,有过于屈者。"全书重视阐发屈原的忠君爱国思想,又时时寄寓自己的身世之慨,借以抒发社稷沦亡之痛。文字训诂也有可取。蒋骥《山带阁注楚辞》把握"知人论世"原则,重视屈原生平事迹及作品创作时的考辨。掘发词旨,董理词心,以史证诗,信而有征,时有精辟之见。戴震《屈原赋注》重视名物制度的考订,章句的训诂,追求"考释精校",而疏于义理、词章的阐发。

以上乃古代《楚辞》学史上研究《楚辞》之名著及其研究概观。而自近代以来,《楚辞》研究成为学界显学之一,成果丰硕,兹不赘述。

参考文献

[1] 中山大学古文字研究室楚简整理小组:《江陵昭固墓若干问题的探讨》,《中山大学学报》1977年第2期。

[2] 晏昌贵:《江陵天星观一号楚墓》,《考古学报》1982年第1期。

[3] 包山墓地竹简整理小组:《包山2号墓竹简概述》,《文物》1988年第5期。

[4] 班固:《汉书·郊祀志》,中华书局1999年版。

[5] 刘向:《说苑·善说》,《说苑全译》,贵州人民出版社1992年版。

[6] 《孟子·离娄上》、《孟子·尽心上》,岳麓书社1993年版。

[7] 杨伯峻:《春秋左传注》,中华书局1981年版。

[8] 刘勰:《文心雕龙·物色》,见郭绍虞主编:《中国历代文论选》(第一册),上海古籍出版社1979年版。

[9][10][15] 司马迁:《史记·屈原列传》,中华书局1999年版。

[11] 班固:《汉书·扬雄传》,中华书局1999年版。

[12][16] 王逸:《楚辞章句》、洪兴祖:《楚辞补注》,中华书局1983年版。

[13] 《楚辞概论》,洪湛侯:《楚辞要籍解题》,湖北人民出版社1984年版。

[14] 钱钟书:《管锥篇》(二),中华书局1986年版。

[17] 闻一多:《〈九歌〉古歌舞剧悬解》,《闻一多全集》(1),北京三联书店

1982 年版。

[18] 永瑢等撰：《四库全书总目提要·集部总叙》，中华书局 1965 年版。

[19] 班固：《汉书·淮南王传》，中华书局 1999 年版。

[20] 王逸：《离骚赞序》，洪兴祖：《楚辞补注》，中华书局 1983 年版。

[21] [22] 王逸：《楚辞章句·后叙》，洪兴祖：《楚辞补注》，中华书局 1983 年版。

[23]《楚辞集注·自序》，上海古籍出版社 1979 年版。

司马迁《史记》导读

舒大清

《史记》是中国第一史学名著，也是中国古代散文的巅峰，同时还是中国文化的主要典籍。因此对此书的学习和研究，具有极为重要的意义，对它的介绍和研读，就十分必要了。此前学界的相关研究已经非常之多，常使读者们无所适从，也需要对它进行重新导读。

一、《史记》作者司马迁生平

《史记自序》和《汉书司马迁传》有现存的介绍，我们就以此两篇作为其身世的基础。司马迁是陕西韩城人。出身于史学世家，其父亲司马谈，官为太史令。而更之前司马氏是秦国人，他的祖先中有著名的秦国将领司马错，与张仪在秦惠王面前论攻打蜀国之利否，结果其建议被秦王采纳，灭蜀国，使秦国有了蜀汉坚固后方和粮仓，奠定一统天下之基础。错之孙司马靳为白起手下将领，与白起一起被杀。再之后子孙皆为秦官。因此从地域讲，司马迁是秦地人。这种出身对司马迁有潜在影响，《史记》中对秦国历史的偏倚多少因此之故。

司马谈做太史令，因此立下写一部历史书的愿望，他活着时候，已经开始草拟《史记》的部分篇章，成为司马迁《史记》的基础。可惜未就之时，司马谈就溘然长逝，死前嘱托司马迁完成此书。司马迁哭着答应父亲遗嘱，发誓一定会完成此书。司马谈说，孔子作《春秋》之后，战国至秦汉近四百年历史是一个空白，作为史学世家，使功臣贤士大夫事迹湮没无闻，实在是家族的大罪，因此一定要将此伟大使命完成，成就第二部《春秋》。这后来也成了司马迁一生的伟大理想，并为此奋斗到底。

司马迁少年时曾经有过牧牛羊的经历，十岁左右开始阅读先秦古文，奠定知识的基础。二十岁左右，曾南游江淮，到过湖南长沙，到过湘西湘南地区，上过舜帝之墓，经历过鄱阳湖庐山，经过浙江绍兴一带，考察过大禹的陵墓，北上至于苏州，历长江北进，至于淮安，看过韩信母亲之坟墓，在徐州丰沛淮北一带逗留很长时间，参观刘邦项羽萧何陈平周勃樊哙灌夫等人的故居，后又至于薛城，考察孟尝君之故乡，再至于孔子故里曲阜，纵观孔庙孔林，久久不愿离去。之后又至于淄博，观故齐国之景观，后又回到河南开封，放览大梁城，考察侯嬴工作过的城门夷门，亲临信陵君之坟地，后沿陇海线归于长安。这是司马迁第一次壮游。

后来司马迁作为汉武帝郎中，出使过西南地区，司马迁到过四川首府成都一带，到过四川南部的西昌，远及于今日云南昆明，是否到过贵州北部夜郎国，现在不能肯定。后来司马迁常年跟随武帝出巡，至于今日之甘肃青海，到过兰州西宁一带。再之后武帝封禅典礼，巡游中国东北方，司马迁跟从，司马迁到过今日陕西中北部黄陵甘泉，延安榆林一带，出陕西至于内蒙古鄂尔多斯河套包头呼和浩特，又入山西北部大同，进入河北张家口，过延庆，入居庸关，进北京，东过唐山，山海关，进辽西锦州，又回转幽州。南至山东，在泰山一带停留甚长，后又至于山东半岛烟台威海荣成一带，南及今日之连云港。司马迁青年时代，遍及东南地区，而后来在工作中，几乎走遍全国，奠定他的行万里路基础。这对于他的《史记》产生重大影响，使他的历史叙述，具有强烈的实地色彩，给读者留下更深刻印象。司马迁在做郎中以后，在他父亲死后三年，司马迁也当了太史令，再过七年，司马迁碰上了李陵之祸，出于良心，司马迁为李陵辩护，但被汉武帝视为沮贰师将军逆皇帝之意，被处宫刑。因为家庭经济之不足，不能赎买，亲友交游莫救，不能免刑。受此奇耻大辱，司马迁几欲自杀，但念《史记》未成，司马迁决定忍辱不死，不久被武帝用为中书令。后来其事迹史无记录。学术界大都认为司马迁大概死于武帝之末年。《汉书》记载司马迁外孙杨恽宣布此书。而至于王莽时代，其后嗣孙被封为史通子，则知司马迁的后代依然存在。

二、《史记》内容介绍

《史记》全书共130篇，526500字。分为本纪12篇，书8篇，表10篇，世家30篇，列传70篇。本纪就是根本，就是记录纪念之意，这是对《春秋》一书的某种承袭。因为《春秋》和《左传》以鲁国国君在位先后作为纪年线索，因此司马迁也将中国自古以来的王朝和君王作为根本纪年之线索，这一点对中国后世历史有榜样的意义。司马迁因此编定十二本纪。在《秦本纪》之前，是王朝本纪，在《秦始皇本纪》之后是单独皇帝本纪。这样就形成《五帝本纪》《夏本纪》《殷本纪》《周本纪》《秦本纪》《秦始皇本纪》《项羽本纪》《高祖本纪》《吕太后本纪》，《孝文本纪》《孝景本纪》《孝武本纪》共十二篇。这其中，《景帝本纪》和《武帝本纪》过去文献中说有目无录。特别是《武帝本纪》只是将《封禅书》的内容直接移到《武帝本纪》中。学术界认为是被武帝削除掉的结果。

《秦本纪》一篇，学界有很多质疑，主要是秦只是一个诸侯国，与楚国，齐国等没有差别。在《秦本纪》的时代，《周本纪》完全覆盖之，完全没有必要再写《秦本纪》，但是司马迁为了凑成十二篇，最后才加进此篇。这是没有办法的，但同时也是司马迁的历史学家的职业使然，既然后来有《秦始皇本纪》，追本溯源，秦始皇的事业来源于秦国，则《秦本纪》不也成了必然？当然，《秦本纪》的出笼，地域偏爱可能也起了某种作用。《项羽本纪》受到班固的否定，《汉书》中的《项羽传》，就表明了一切。但是司马迁对项羽评价极高，认为他是近古以来未之有也的伟大人物，体现了他重视历史贡献和社会影响的特点。至于《吕太后本纪》，班固也与之不同，列之为《吕太后传》，则同样表明司马迁的超越时代的精神，在吕太后时代，当时皇帝是汉惠帝及其子，但是司马迁没有写《惠帝本纪》及其子本纪，而只以吕太后为之，即是他对历史事实的尊重。这是极为超前的眼光。

八书是典章制度的叙述。分别是《礼书》《乐书》《历书》《天官书》《律书》《封禅书》《河渠书》《平准书》，这是《春秋》和《左传》没有的部分，是司马迁的创新。书也是记录之意。此八篇具有极强的专业特点，特别是其中的《历书》《天官书》《律书》非常玄奥；《礼书》是承袭《荀子》的《礼论》，《乐书》是转载《礼记》的《乐论》，而《历书》是论述日历方法的，《天官书》写的是天文占星之事，《律书》最早称为《兵书》，也就是研究兵律的，但是其中有音律的内容，这可能跟古代战争，吹乐以知气的习惯有关，因此还在兵律的范围；《封禅书》记载武帝封禅之事。在现代读者看来，觉得距离我们遥远，但在当时乃头等大事。《河渠书》是治河大业和水利之事。武帝之前，黄河就已决堤，武帝后来决心治理黄河，经努力，最后将黄河堵住，创造了中国历史上的第一次治河伟业。而各地的兴修渠道，加强了汉代的农业水利保障，给后世以深刻影响。《平准书》记录汉武帝一朝财政状态，是中国古代第一部经济史和财政史记载。此篇专门性颇强，司马迁写得凌乱，读起来很难理解，但大意是明白的。即武帝在位五十四年，穷兵黩武，到处巡游，改制度易服色行封禅，兴起诸事，给国家财政带来巨大压力，导致国穷财匮。为了满足钱政需要，武帝不断集中国家财力，将铸币权彻底集中到朝廷之手，卖官鬻爵。读者在学习《史记》时，对八书看的相对较少，但此八篇价值很大，不可忽略。

十表分别为《三代世表》《十二诸侯年表》《六国年表》《秦楚之际月表》《汉兴以来诸侯王年表》《高祖诸侯候者年表》《惠景间侯者年表》《建元以来候者年表》《建元已来王子侯年表》《汉兴以来将相名臣年表》，以上诸篇，在《史记》的很多版本中没有记录。年表月表，就是对《春秋》《左传》的纪年体的继续，将夏商周三代到春秋战国秦汉间的诸侯王将相大臣即位在位去位的年代加以记载，可以更加清楚了解每年历史发展变化的情况。而每篇之前的序言，可以看出司马迁对某个具体时代的看法。

三十世家，世家就是世袭其国家的意思，其实叫作世国更准确，但古人国家与家庭并无太大的分别，对帝王来说，国就是家，家就是国。三十世家是对春秋战国秦汉之间的诸侯国前后历史的详细记录。此外还包括汉初的五大元勋的历史。另有三篇是《孔子世家》《陈涉世家》《外戚世家》。《吴太伯世家》第一，《齐太公世家》第二，《鲁周公世家》第三，《燕召公世家》第四，《管蔡世家》第五，《陈杞世家》第六，《卫康叔世家》第七，《宋微子世家》第八，《晋世家》第九，《楚世家》第十，《越世家》第十一，《郑世家》第十二，《赵世家》第十三，《魏世家》第十四，《韩世家》第十五，《田完世家》第十六，《孔子世家》第十七，《陈涉世家》第十八，《外戚世家》第十九，《楚元王世家》第二十，《荆燕王世家》第二十一，《齐悼惠王世家》第二十二，《萧相国世家》第二十三，《曹相国世家》第二十四，《留侯世家》第二十五，《陈丞相世家》第二十六，《绛侯世家》第二十七，《梁孝王世家》第二十八，《五宗世家》第二十九，《三王世家》第三十。前十六世家都是春秋战国主要诸侯国历史的记录，司马迁主要参考《春秋》《左传》《国语》《战国策》《世本》等典籍写成，按照李长之《司马迁之人格及风格》的观点，这些文章有可能是其父亲司马谈的作品，而司马迁予以整理。他们基本忠实于原有文献，个人风格及痕迹不明显。《楚元王世家》主要记录刘邦兄弟特别是小弟及其后代事迹。《荆燕王世家》则写其宗族兄弟事。《梁孝王世家》写文帝子梁孝王及其子孙事。《五宗世家》写除汉武帝之外的景帝十二子事迹。《三王世家》写汉武帝三子事。另外的汉初五大元勋萧何、曹参、张良、陈平、周勃虽然是在世家之列，实际相当于列传，因司马迁对他们的尊崇，故进之于世家，以彰显其历史贡献。世家中给人印象最深刻的是《孔子世家》和《陈涉世家》，孔子本身既非王侯，又非元勋，只是一布衣匹夫而已。但是司马迁因为做《史记》，继续孔子著史的大业，成为孔子第二，因此对孔子格外崇敬，故将他列于世家，表彰他的历史贡献和社会文化影响。而《陈涉世家》就是司马迁的超时代特质表现。后世史学家经常以农民起义军为盗贼，以农民起义的主要价值在于破坏社会发展，只起历史副作用。而在司马迁看来，陈胜起义在于其开辟进取，敢为天下先的精神，冲破秦王朝的统治，为汉天下的建立作先锋，体现司马迁追本溯源的历史家见识。

　　七十列传。在某种程度上，列传是司马迁情意之所在，是他的最爱。我们现在不能肯定哪些篇章是司马迁作品，但是绝大多数乃司马迁所作，是无疑的。即使有他父亲的痕迹，但是也经过司马迁的深刻改造，因此我们说列传最能表现司马迁精神。表现那种重视成功，强调历史贡献，产生社会影响的历史家态度，那种人生天地间，功名重一切的人生态度。那种来到世间就得留下大丈夫英雄人物的印迹思想，那种人生在世就是为了建功立业的人生哲学。

　　司马迁一定程度上树立了中国人的行为模式，引领了中国人的生活风格，总结了中国人的行为习惯，在中国人的生活和历史中留下了不可磨灭的印迹。

　　过去学界特别强调司马迁的立德思想，认为七十列传的第一篇就以《伯夷列传》开篇，表明司马迁重视道德，伯夷兄弟二人，谦让廉洁忠诚的品质可以名震万古，百世不易，与天地日月争光。其实此篇内容并不是关键所在，议论是核心。司马迁讲，如果孔子不说伯夷是殷有三仁焉之一，后世谁又知道他们的名字？颜回品德最高，如果不是孔子的学生，那还不是早就湮没在历史的烟云？因此匹夫如果希望不朽，还真得附于骥尾，要不然是无法留名百世的。在司马迁看来，人生最重要的是做出突出的历史贡献，成为大人物，建立丰功伟绩，才会被人记住。此篇实际上可以看成是七十列传的总序，为后面的建功立业的英雄豪杰做铺垫。他并没有赞赏伯夷叔齐的行为，只是表明伯夷叔齐二人要想出名，必须人人皆知，才可以达到成功的目的。

于是在后面的六十九篇列传中，记载历史上的功名之士事迹，最终完成了伟大的《史记》。七十列传的中心思想实际是记载历史上的各类成名人物，包括政治家、军事家、外交家，也包括文学家、史学家、学问家，包括其他各个领域的成功人物，这其中有商人、黑社会首领，刺客、演员、占卜择日旁门左道之辈，专业技术人员如医生等。先看军事家。《司与穰苴列传》第四，《孙子吴起列传》第五，《白起王翦列传》第十三，《乐毅列传》第二十，《田单列传》第二十二，《蒙恬列传》第二十八，《魏豹彭越列传》第三十，《黥布列传》第三十一，《淮阴侯韩信列传》第三十二，《李将军列传》第四十九，《卫将军骠骑列传》第五十，以上十一篇都是军事家事迹，到司马迁之前所有的杰出军事家全部在上，表现他们的伟大军事才能，在国家的兴起和建立过程中，他们都曾起过重大作用。

第二类是政治家外交家。《管晏列传》第二，《伍子胥列传》第六，《商君列传》第八，《苏秦列传》第九，《张仪列传》第十，《樗里甘茂列传》第十一，《穰侯列传》第十二，《平原虞卿列传》第十五，《孟尝君列传》第十六，《魏公子列传》第十七，《春申君列传》第十八，《范雎蔡泽列传》第十九，《廉颇蔺相如列传》第二十一，《鲁仲连邹阳列传》第二十三，《吕不韦列传》第二十五，《李斯列传》第二十七，《张耳陈馀列传》第二十九，《韩王信卢绾列传》第三十三，《田儋列传》第三十四，《樊郦滕灌列传》第三十五，《张丞相仓列传》第三十六，《郦生陆贾列传》第三十七，《傅靳蒯成侯列传》第三十八，《刘敬叔孙通列传》第三十九，《季布栾布列传》第四十，《袁盎晁错列传》第四十一，《张释之冯唐列传》第四十二，《万石张叔列传》第四十三，《田叔列传》第四十四，《吴王濞列传》第四十六，《魏其武安列传》第四十七，《韩长孺列传》第四十八，《平津主父列传》第五十一，《淮南衡山列传》第五十八，《循吏列传》第五十九，《汲郑列传》第六十，《酷吏列传》第六十二，以上基本都是政治家和外交家的记录，他们都曾建立过显赫的功勋，对历史发挥过巨大的影响，为人们所深切关注。

四夷少数民族情况。《匈奴列传》第五十二，《南越列传》第五十三，《闽越列传》第五十四，《朝鲜列传》第五十五，《西南夷列传》第五十六，《大宛列传》

第六十三。以上六篇是四夷之事，是中国历史的补充，表现了中国与周边少数民族的关系，涉及国家的兴衰存亡，是历史的重要部分。

立言者，主要是思想家、文学家、学者大儒。《老子韩非列传》第三，《仲尼弟子列传》第七，《孟子荀卿列传》第十四，《屈原贾生列传》第二十四，《司马相如列传》第五十七，《儒林列传》第六十一，前三篇是思想家，而四五两篇是文学家，后者是传讲五经的大儒名师，学者是也。司马迁本来是要立政治军事功勋的，但李陵之祸使他断了此念，所以才一心转向文化功绩的建立，因为感同身受，司马迁格外看重立言者，上述六篇加上《孔子世家》，就是历史上立言的典范，他们都以自己的文化功绩而名垂百世。

而《扁鹊仓公列传》第四十五是医生著名者。《游侠列传》第六十四是黑社会头子，《佞幸列传》第六十五奸人小人，《滑稽列传》第六十六是笑话演员，《日者列传》第六十七、《龟策列传》第六十八两篇是旁门左道之士，《货殖列传》第六十九是历史上的巨商。《刺客列传》第二十六是政治暗杀者。按照正统的历史家立场，这些人事迹都不足道，没有资格没有理由进入历史传记，但是司马迁就能超越时代庸常，将他们的事迹与帝王将相并列，足表司马迁推崇成功，哪怕是人们轻贱厌弃的领域。

三、《史记》的文学成就

第一，《史记》的叙事特点，是改变了《春秋》和《左传》的叙述方式。《春秋》《左传》以纪年作为叙事线索，围绕大事件进行描述。在两书中，政治军事外交事件始终是中心，在事件的成败中，胜利的一方的众多人物，尤其是其中的主要人物就成了历史上的正面伟大人物，而失败的一方就是反面恶人典范。中国历史以成败论英雄，就是这种叙述模式使然。这种叙述的好处是掌握了事件，就掌握了历史，人物为事件而生。这种叙述方式的缺点，就是人物的品德才能容易湮没在事件中，不能突出人的意义。不能彰显立德立功立言三者的意义。历史的成分多，而激励人生的比例小。

《史记》其实是有两种性质的作品，绝大多数的本纪、书、表、世家，具有《春秋》的特点，而列传及《孔子世家》《陈涉世家》《萧相国世家》《项羽本纪》等更多司马迁的新精神，体现了司马迁既有对传统的继承，又有个人的发明创造双重性。凡是继承《春秋》的部分，《史记》写得枯燥，读者阅读时也不太认真，相反，传记性的篇章非常引人入胜。这些继承《春秋》精神的地方，可能是他父亲的作品多一些，而传记体，可能就是司马迁的创造。因为我们看到《自序》中司马谈说，叫司马迁继承《春秋》，填补历史的空白，从这一点看来，司马谈的写作部分，应该非常类似《春秋》的样式。而司马迁的传记部分，精神上颇异于孔子了。

　　司马迁的传记性文章具有两种意义，一种是历史的一部分记录，将《春秋左氏传》历史事件中人的关键作用的地方挑出来，变成单个人的功德记录，形成个人的巨大连串功绩。一种是突出单个人的整体成就，引领世人模仿他们，从而建立新的功绩，留下非常的印迹，实现雁过留声人过留名的人生。这种双重特性成为中国古代文化的独特风景。而两者之中，第二者甚至具有更加重要的意义，在《货殖列传》《侠客列传》《扁鹊仓公列传》《司马相如列传》尤其体现了这种特点。毕竟这些人是不构成重大历史事件的组成部分的。而司马迁照样突出他们，则知这是司马迁的励志人生观所造成的。

　　司马迁的写作模式是一场革命，司马迁的志向不仅是做历史学家，更是做伟大人物。他在最后的自序中实现的，不仅有历史学家的成功，更有伟大人文的成功。他既记录了春秋之后的历史，又揭示了中国人的行事之道。后者对中国历史影响更加深远，自司马迁奠定了这种模式之后，后世历史学家不能出其范围。

　　《史记》中的叙述与前代史籍大体并没有太大的变化，特别是历史纪年的部分，继承了《春秋》的方法，即按事件时间的顺序先后进行。时间早，过程先的部分先写，而时间后过程接续的就放在后面。这种写作方法使人容易掌握历史事件的脉络。即使是人物传记的部分，司马迁因为集中写一人事迹，因此也完全按其先后顺序叙述。

　　其次《左传》有一种特殊叙事方法，部分被《史记》吸取：预先叙述。就是在一件历史结果出现之前，进行预先的铺垫。在《左传》中体现为预言的形式。《左传》经常有神秘和理性两种预言，神秘体现在占星占卜神秘异象相术名字等方式，司马迁本人不善具体的占星占卜技术，因此在《史记》中，他只继承了《左传》的相术望气方法。在《高祖本纪》《绛侯周勃世家》《佞幸列传》等传中写刘邦周亚夫邓通的相貌预示命运。而对《左传》中的理性预言，司马迁将它发扬光大且加以变化，这就是所谓性格预言。在《项羽本纪》中写项羽少年时读书不成又学剑，学剑不成又学兵法，学兵法又不肯竟学，预示他未来做任何事情，总是不能持之以恒而导致最终的失败命运。此外，在《酷吏列传》中张汤的传记部分，写张汤少年时代，对家中之老鼠进行判案，预示后来的酷吏生涯。写陈胜辍耕之垄上后来揭竿而起为陈王，写韩信少年时代留宿亲戚被拒得漂母救助，预示后来他与刘邦由君臣庆会到后来反目成仇的结局。写李斯少年观仓库老鼠感伤到后来见利忘义导致自身悲剧等，是司马迁发明的一种性格预先叙述。

　　《史记》中，将《左传》中一条线索变成了多种线索，由统一叙述变成了分段分种叙述，《左传》只有一种纪年方式，而《史记》中则有本纪、表、书、世家、列传五种，种类变多了。《左传》中，因为国家太多，事件太繁，读者经常不能把握历史头绪，掌握了时间，顾不了其他，读后常有无所适从之感。而《史记》则在时间上，在国家上，在事件上，在人物上，在个人成就上，都能兼顾，给人以鲜明印象,对《左传》缺点实现最大程度的补救,这是司马迁的巨大贡献。

第二,《史记》人物形象塑造。《史记》的纪年部分是历史性质的,人物形象的塑造是谈不上的。而其中人物传记部分一方面是历史的,另一方面则是文学的。就像我们前面说的,带有人物励志的性格。这一部分,每一篇人物传记,都塑造了一个或一个以上的形象,《史记》是中国历史上塑造人物形象最多的典籍。像《项羽本纪》的项羽,《高祖本纪》的刘邦,《孔子列传》的孔子,《陈涉世家》的陈胜吴广,《外戚世家》的众多后妃,《萧相国世家》的萧何,其他如陈平张良周勃周亚夫曹参,《伯夷列传》的伯夷叔齐,《管晏列传》的管仲晏子,《老子韩非列传》的老子、韩非子、庄子,《孙子吴起列传》中的孙吴、孙膑、吴起,《司马穰苴列传》中的司马穰苴,《伍子胥列传》中的伍子胥,《商君列传》中的商鞅,《淮阴侯韩信列传》中的韩信,《张丞相列传》中的张苍等,几乎每一个形象塑造都非常成功,这在历史上在文学上都是罕见的。司马迁给我们贡献了最多的伟大成功者形象,既丰富了历史画廊,又增加了文学榜样,更给中国人提供了众多的学习效仿对象,激励一代代中国人创造新的辉煌和成功。

第三,《史记》也是一首波澜壮阔的史诗,也是艺术特点表现。作为历史典籍,本来《史记》应该是忠实于历史事实为原则,尽量减少文学色彩。但是《史记》是一本伟大的散文集,同时它还是一本诗集,鲁迅先生说它是"无韵之离骚",就指出了这一精神。李长之先生说,《史记》是中国的真正史诗,远在西方《荷马史诗》之上。的确,我们前面说过,《史记》是历史,但同时是励志书籍。其中的人物传记塑造了一大批成功者,这些人在自己的领域中做出突出贡献,为世人留下了辉煌范例。因为是写各种成功者,而这又与作者经历紧密相关,因此他们身上多多少少都有司马迁个人影子。如《屈原贾生列传》中屈原贾生都有司马迁的精神,《项羽本纪》中有英雄和复仇者的气息,《伍子胥列传》有复仇者的怒火,《酷吏列传》体现对汉武帝残酷政治的严厉批评,《封禅书》和《武帝本纪》表现对武帝多事的否定,《刺客列传》就几乎化身冷面杀手报仇了,《萧相国世家》萧何被置于囹圄,周勃对狱吏的畏惧,张良愿从赤松子游,窦婴灌夫被下监狱,多少都有作者的感伤,而《李将军列传》跟李陵事件有关,《货殖列传》希望自己多财以赈救贫困,《孔子世家》几乎是写作者自己的传记。《史记》绝大多数的篇章,作者将自己的个人感受投影到这些人物身上,使《史记》打上了鲜明的感情印迹,让《史记》变成了一首感动百世的长诗。

参考文献

[1] 司马迁:《史记》,中华书局1957年版。

[2] 班固:《汉书》,中华书局1962年版。

[3] 李长之:《司马迁之人格与风格》,生活·读书·新知三联书社1984年版。

[4] 张大可：《史记研究》，商务印书馆 2013 年版。

[5] 聂石樵：《司马迁论稿》，中华书局 2005 年版。

[6] 韩兆琦：《史记精讲》，中国青年出版社 2008 年版。

[7] 张新科：《史记学概论》，商务印书馆 2003 年版。

刘义庆《世说新语》导读

景遐东

作为一部魏晋名士风度的教科书、一部出神入化的志人小说、一部洋溢着自由浪漫审美精神的经典，《世说新语》在中国文化史与文学史上具有举足轻重的地位。它是记载汉代至东晋时期士族阶层的言行举止和遗闻轶事的笔记小说，不仅保留了大量反映当时社会生活的珍贵史料，其形式上自成一体，篇幅短小精悍，语言简练生动鲜活，却表现出极为丰富的思想内容和深长的意蕴，生动而广泛地反映了魏晋士人的生活方式、精神面貌，具有极高的文学价值。后世模仿其体例与风格的作品代代不绝，其所记叙的人物与情节，多成为后来文学作品尤其是戏曲小说的重要素材与诗歌散文中常用的典故，对后世文学产生了极其深远影响，奠定了其在中国古小说史上的源头地位。

一、《世说新语》的编撰者刘义庆

《世说新语》诞生于一千五百年前，编撰者为南朝宋临川王刘义庆。刘义庆（403—444），彭城（今江苏徐州市）人，《宋书》和《南史》均有传。他是开国皇帝刘裕之弟长沙王刘道怜之第二子，十三岁封南郡公，后过继给临川王刘道规，袭封临川王。义庆早慧，颇受刘裕赏识，被其誉为"我家之丰城"。曾随刘裕征战，拜辅国将军、北青州刺史，徙都督豫州诸军事、豫州刺史。刘裕建宋后，历任侍中、尚书左仆射、中书令、荆州刺史等职。当时荆州为朝廷重镇，所谓"居上流之重，地广兵强，资实兵甲，居朝廷之半"，具有极重要的战略地位，"义庆以宗室令美，故特有此授"；其在任"性谦虚，始至及去镇，迎送物并不受"。后改授散骑常侍、卫将军、江州刺史、南兖州刺史、开府仪同三司等职务。

《宋书》本传又云其："为性素简，寡嗜欲；爱好文义，文辞虽不多，然足为宗室之表。受任历藩，无浮淫之过。唯晚节奉养沙门，颇致费损。少善骑乘，及长以世路艰难，不复跨马。招聚文学之士，近远必至。太尉袁淑，文冠当时；义庆在江州，请为卫军咨议参军。其余吴郡陆展、东海何长瑜、鲍照等，并为辞章之美，引为佐史国臣。太祖与义庆书，常加意斟酌。"由此可见，义庆在宗室成员中非常杰出，颇有美誉。性情简淡，谦逊俭约。虽地位尊隆，但并不热心政治。爱好学术与著述，招聚许多才学之士入幕，其中著名的有袁淑、陆展、何长瑜、鲍照等。其著作丰富，著有《徐州先贤传》10卷、《典叙》、《集林》200卷、《幽明录》20卷、《江右名士录》1卷、《世说新语》10卷等。可惜除《世说新语》外全部亡佚。

二、《世说新语》的成书与性质

明代陆师道在给何良俊《何氏语林》所作序以及清人毛际可为王晫《今世说》所作序中①，均曾对刘义庆是否独立编撰《世说新语》提出疑问，认为临川幕府中袁淑等文士有赞润之功。后来，鲁迅在《中国小说史略》中推断《世说新语》或成于众手，当为刘义庆门下文士之集体创作。不过，这一观点只是猜测，多数学者还是认为《世说新语》为刘义庆独立编撰的著作。

关于《世说新语》的书名。《隋书·经籍志》《旧唐书·经籍志》《新唐书·艺文志》皆作《世说》。唐写本残卷末尾，作《世说新书》。自北宋初年则多作《世说新语》，后来如晁公武《郡斋读书志》以及绍兴八年刊本均作《世说新语》，《世说新语》遂成通用书名。余嘉锡《四库提要辨证》认为《世说新语》本名当为《世说新书》，以区别于汉代刘向的《世说》一书。"刘向《世说》虽亡，疑其体例亦如《新序》《说苑》，上述春秋，下纪秦汉。义庆即用其体，托始汉初，以与向书相续，故即用向之例，名曰《世说新书》，以别于向之《世说》"，后世文献即简称《世说》②。此说甚确。

《世说新语》的主要内容确实是汇辑以前的文献资料而成的。《世说新语》是以记载人物言行为中心的，而且大多是关于历史上的真人真事，其考察的对象是人世与社会，与志怪小说明显不一样，几乎没有凭空之虚构与"戏说"，具有史部书的特征，所以后人又将此类小说称为志人小说或轶事小说，都是针对此特征而言的。全书涉及魏晋时期一千多位历史人物，大家熟悉的曹操、曹丕、曹植、竹林七贤、陆机、陆云、谢安、王导、桓温、支道林、慧远、王羲之、王献之、王徽之等均在其中。古代传统书目多将其归于子部小说类。实际上，它既非后来严格意义上的小说，也非普通叙事写人的史书，其性质介于两者之间。唐代著名史学家刘知几曾经对《世说新语》之写人叙事多有批评，所谓"喜载调谑小辩，嗤鄙异闻"（《史通·书事篇》），"伪迹昭然，理难文饰"（《史通·杂说篇》），就是认为其不合传统史书之实录精神，而纪昀《四库全书总目提要》予以批驳：

---

① 何良俊：《何氏语林》，上海古籍出版社1983年版；王晫：《今世说》，古典文学出版社1957年版。

② 余嘉锡：《四库提要辨证》卷17子部8，中华书局2008年版。

"义庆所述，刘知几《史通》深以为讥。然义庆本小说家言，而知几绳之以史法，似不于伦，未为通论。"可见，《世说》还是小说家言，与信史是有写法上的差别的，而这恰恰就是突出的文学价值的表现。

中国古代小说的概念与今天小说概念甚为不同，古代小说的概念源于先秦诸子百家中的小说家，《汉书·艺文志》："街谈巷语，道听途说者之所造也。……闾里小智者之所及，亦使缀而不忘。如或一言可采，此亦刍荛狂夫之议也。"小说家其源出于先秦时期的稗官，是专门杂记民间古事的学派，他们搜集街谈巷语，记录民间的逸事奇闻以供统治者考察民风。与诸子百家中的儒家、道家等阐述宇宙人生社会哲学、道德、政治等"大达"之言相对立，《庄子外物》篇即云："饰小说以干县令，其于大达亦远矣"。小说，乃琐屑之言，非道术所在。当然篇幅上也较之其他学派的著作短小简单，所谓"丛残小语"。"稗官""野史"，即成为小说家的代称。正因此，此派在古代长期不受重视，"君子勿为"，为正统史家所轻视。它虽与儒、道、墨等九家并列为诸子十家，然"其可观者九家而已"。所以，《世说》与历史上的正史记载人物不同，并非给历史人物一生立传，而是记载他们的言谈举止，这些言行大多是正史所不载的，或者常常是一般修史者认为不重要的、琐碎的，具备传统"说"的特点，故而归入说部。另外，《世说新语》在编目安排上，模仿《论语》的体例，将人物的言行以片段短篇逐条记载，然后以 36 大门类相从，这又和传统正史记载人物体例迥异。

三、《世说新语》的结构

《世说新语》原为八卷本，刘孝标注本为十卷本，但均不存。《四库全书总目提要》有考辨。[①] 现存《世说新语》较早的刻本是南宋刻本，其一为日本尊经阁丛刊影印宋高宗绍兴 8 年董刻本，书分三卷，后附有汪藻撰《叙录》二卷，包括《考异》和《人名谱》各一卷。堪称善本。其二为宋孝宗淳熙 15 年陆游刻本，明嘉靖 14 年袁褧嘉趣堂翻刻，分三卷，每卷又分上下。清道光年间，周心如纷欣阁重刻，文字稍有勘正。

《世说新语》全书分为三卷。将人物的遗闻逸事错综比类，分 36 门，每一门内的人物事迹则按照时代先后编排。其卷次门类依次为：

上卷（第一至第四）：德行、言语、政事、文学；

中卷（第五至第十三）：方正、雅量、识鉴、赏誉、品藻、规箴、捷悟、夙惠、豪爽；

下卷（第十四至第三十六）：容止、自新、企羡、伤逝、栖逸、贤媛、术解、巧艺、宠礼、任诞、简傲、排调、轻诋、假谲、黜免、俭啬、汰侈、忿狷、谗

---

① 《四库全书总目提要》卷 140，中华书局 2003 年版。

险、尤悔、纰漏、惑溺、仇隙。

《世说新语》的分门别类可注意者有如下方面：

首先，《世说新语》之分门基本采取"价值递减"顺序编排。靠前的门类具有褒义，靠后的门类常有贬义。上卷与中卷多记叙人物正面的褒扬性的内容，下卷从"容止"到"巧艺"还是比较中性的记录，而其后的"简傲、假谲、俭啬、汰侈、谗险、纰漏、惑溺"等则多为贬抑性质。36门的条目数量也极不均衡，多者一百多条，少的只有两条。总体来看，前面的褒扬性的条目较多，后面的条目较少。

其次，《世说新语》首列孔门四科，表现出崇儒倾向，说明刘义庆对儒家思想的尊崇。孔门四科源于《论语·先进》，《后汉书·郑玄传》即有"仲尼之门，考以四科"之说。此四科成为古代社会考察品评人物的重要标准，《世说新语》中这四门记载了大量效法儒家先贤、追求忠孝仁爱的人与事。然而，这并不意味《世说新语》全书的中心思想是儒家思想。恰恰相反，受玄学兴盛的影响，其褒贬人物的尺度常常背离儒家思想与道德伦理，崇尚道、佛的内容比比皆是，绝非"独尊儒术"。总体来看，《世说新语》对人的展示是多样化的，对人物的褒贬也是较为客观、宽容的。

再次，《文学》第四的内容较为复杂。此门共104条，明显分为两类，前65条是一部分，后39条是一部分。晚清学者李慈铭《越缦堂读书简端记》读《世说新语》眉批云："临川之意分此（指《文学》第66条）以上为学，此以下为文。然其所谓学者，清言、释、老而已"[1]。显然，前一部分是学术，后一部分才是今天意义上的文学。《论语》中"文学"的概念也并非今日通行之"文学"，乃指古代文献，即孔子所传的《诗》《书》《易》等。后来发展为章句之学，正如《后汉书·徐防传》所载："经书礼乐，定于孔子；发明章句，始于子夏。"而到魏晋时期，因为玄学兴盛，士人以谈虚静、辨玄理为时尚，所以前一部分多为魏晋士人挥麈清谈、主客辩难、辨析义理，讨论玄学、佛教与道教学问的故事。《世说新语·文学》后一部分多记魏晋士人诗、赋、诔、笺、颂、表、檄、赞等文学创作故事。中国古代文学在魏晋时期有一个重大现象，就是鲁迅先生所说的"自觉时代的到来"。此前，文学往往是与经学、哲学、历史等混同的。而到这时，文学的抒情、审美的目的、特征被发现，其地位日益突出，进而脱离其他学科的附庸开始独立发展。《宋书·臧焘传论》："自魏氏膺命，主爱雕虫，家弃章句，人重异术。"受汉末曹操父子的影响，文人兴趣逐渐由经学转向文学。而《世说》文学篇的内容，正可看出此时"文学"观念演变新旧交替的状况。

---

① 据余嘉锡先生《世说新语笺疏》文学第四66条笺疏转引，上海古籍出版社1993年版。

四、《世说新语》的编撰背景

（一）魏晋时期是大动荡与分裂的时代，儒家思想衰微，老庄与佛教思想流行，带来思想大解放

与长期统一的汉朝相比，魏晋时期是我国长期分裂动荡的时代，王朝政权更迭频繁，政治上实行门阀世族制度，社会动乱加剧，民族矛盾尖锐。但也正是这一时期，儒家思想的影响相对削弱，礼法衰微，社会思想自由活跃，各种学说同时并兴，某些异端思想也得以流行，出现了重视个体价值的社会思潮。所以，此时又是继战国"百家争鸣"以后的思想大解放的时代。其重要的标志是"玄学"兴起。魏末正始年间，学者何晏、王弼以老庄思想来解释儒家经典，注释《老子》，标志着玄学的诞生。玄学的核心是老庄学说，但不等同于老庄学说，还结合了儒家经义。玄学的基本特征：一种抽象思辨的哲学。玄学反映了魏晋文人的思辨热情和对人类知性的重视。从玄学论辩中发展起来的语言机智，则促进了文学的发展。

佛教自东汉传入中国后，迅猛发展，很快成为一种普遍的信仰。佛教带来了它所特有的艺术，影响了此时人们的思想与文学艺术。而土生土长的道教进入史上又一次勃兴时期，很多著名的士族大姓均信奉道教，羽扇纶巾服食吃药、佯狂放荡，嵇康还公开"非汤武，薄周孔"。思想的解放自然带来人们精神的解放。

籍又能为青白眼。见礼俗之士，以白眼对之。及嵇喜来吊，籍作白眼，喜不怿而退；喜弟康闻之，乃赍酒挟琴造焉，籍大悦，乃见青眼。（《晋书·阮籍传》）

阮籍公开表示了对礼与礼法之士的否定与轻蔑。

王浑与妇钟氏共坐，见武子从庭过，浑欣然谓妇曰："生儿如此，足慰人意。"妇笑曰："若使新妇得配参军，生儿固不啻如此。"（《排调》8）

武子，为王济，王浑之子。参军，指王沦，王浑之弟。王浑的妻子即王武子的母亲钟琰之，为魏太傅钟繇的曾孙女，聪敏贤淑，有母仪风范。但是这样一位出生名门望族的淑女却可以和丈夫开这样一个不轻不重的玩笑，可见当时妇女有表达婚配意愿的自由，不必担心道德的审判与诋毁。至于其真实想法，到底是意识到父母基因对子女才貌遗传的优生优育的重要性，还是委婉地表达对小叔子的赞扬与仰慕之情，其实倒并不重要。当然，这则故事放在《排调》篇里，排调者，戏谑、调笑也。魏晋人当时对钟氏的这番话，可能重在他听了丈夫稍有得意的话后的一种亲密的打击，展示的是她的智慧与捷悟。清李慈铭认为"岂有京陵盛阀，太傅名家，夫人以礼著称，乃复出斯秽语？齐东妄言，何足取也！"他绝不相信如钟氏这样的高门大族之女会说出这样的话，乃出于迂腐礼教之束缚。

《世说新语》中还有许多材料表现了对女性才能、气度与美貌的赞美。谢道韫即为代表。人们熟知的故事是《言语》71中，谢安以咏雪"与儿女讲论文义",她以"未若柳絮因风起"形容"白雪纷纷何所似?"比喻精当传神,极具文学天赋,自然远过于谢朗。《贤媛》30载时人品评其"神情散朗,故有林下风气",虽为女性,但却有名士风度,真可谓巾帼不让须眉。她还颇为瞧不起自己那位政治上昏聩的丈夫王凝之(羲之子),发出"不意天壤之中,乃有王郎"的感叹(《贤媛》26)。王羲之的夫人郗夫人亦甚有识见,为人称扬:

> 王右军郗夫人谓二弟司空、中郎曰:"王家见二谢,倾筐倒庋;见汝辈来,平平尔。汝可无烦复往。"(《贤媛》25)

郗夫人劝两个弟弟少到自己家中来,因为与二谢来王家所受到的热情接待与礼遇相比,自己的弟弟来王家待遇平平。郗夫人对弟弟的劝告,其实是这位大家闺秀对娘家尊严的维护,内心透着的是酸楚与恨铁不成钢的无奈。

魏晋很多名士对儒家道德伦理采取蔑视态度,竹林七贤最为突出。不过他们对儒家倡导的伦理礼法在形式上轻视,在本质上倒是自觉遵守这些伦理的。这就和那些表面谨守礼法,实际背叛礼法的虚伪之徒构成鲜明的对比。

> 阮公邻家妇有美色,当垆酤酒。阮与王安丰常从妇饮酒。阮醉,便眠其妇侧。夫始殊疑之,伺察,终无他意。(《任诞》8)

阮籍和王戎喜欢邻居家的美女,但也仅仅是爱慕欣赏而已,"终无他意"表现的是晋人的率性真情以及尊重他人的道德自律。晋人之可爱正在于此。与此相对比的是,他们对矫情虚伪者的极端反感与蔑视:

> 桓公读《高士传》,至於陵仲子,便掷去,曰:"谁能作此溪刻自处。"(《豪爽》9)

晋皇甫谧所撰《高士传》专门记载古代高隐之士事迹。仲子,齐国人。兄陈戴在齐为相,俸禄甚丰。仲子认为其得禄不义,遂与妻迁居楚国於陵,贫苦至极,甚至吃酸苦的井李之实充饥,或至李子卡住喉咙撑得眼睛都睁不开。仲子回齐国省亲,有人馈送其兄一鹅,仲子表示蔑视;后来其母杀鹅招待仲子,仲子不知而食,恰逢兄回,被兄当面嘲讽,仲子竟冲出门将鹅肉悉数扣吐出来。仲子的行为在《高士传》的作者看来,无疑是高洁的典型,但是在桓公看来他却是矫情虚伪的典型。仲子的行为确实是走了极端,显得刻薄而不近人情,难怪枭雄桓温极为不满,并且恨屋及乌,将《高士传》狠狠地摔到地上。

《世说新语·德行》14记载孝子王祥"事后母朱夫人甚谨"的材料也很能说明问题。宋以后附会的二十四孝故事中有王祥卧冰的故事,《世说》中的内容与之有很大不同,可见魏晋人的真实的孝观念。据此条刘孝标注引《晋阳秋》,王祥后母屡屡刁难自己,有一次后母生病,时值寒冬,后母欲食鲜鱼,"祥解衣将剖冰求之,会有处冰小解,鱼出"。事情非常简单自然,后母冬天要吃鱼,王祥脱下厚厚的外套准备凿冰捕鱼,恰巧有一处冰融解了,鱼跳出。这是一种巧合,王祥运气好而已,是难与二十四孝所谓"至孝"感天动地挂钩的。王祥面对后母的刁难逆来顺受毫无怨言，尽力满足其合理不合理的各种要求，"后母所须，必自奔走，无不得焉"①，后母终于感悟爱之如己子。而到了宋代二十四孝故事中就变成，后母欲食鱼，王祥解衣躺在冰上，以身体融化冰块。一个真实可敬的活生生的人，变成一个图解虚伪孝道的概念化符号化的人物！二十四孝图中的故事绝大多数都属于对不近人情的虚伪道德观念的图解，与真正的孝道是背道而驰的。这显然是宋以后理学兴盛，道德伦理教条化极端化使然。孝悌是中国传统道德中最基本也是最重要的道德规范，但是如果不是建立在亲人之间相互平等与尊重以及法律明确规范的权利与义务的基础之上，靠强迫性的压制其结果往往适得其反，而牺牲子女尊严与人格维持的伦理关系，注定是违反人性的。

（二）玄学大发展，品评人物及清谈风气兴盛

魏晋时期出现了众多的类似于《世说新语》的作品，比如葛洪《西京杂记》、邯郸淳《笑林》、裴启《语林》、殷芸《小说》等，后人称之为清言小说、轶事小说或志人小说。志人小说之兴盛与其时品评人物及清谈风气的盛行有着密切的关系。此时儒学衰微，玄风大盛，呈现出儒道合流的倾向，汉代烦琐章句之学逐渐被抛弃，谈玄析理，微言大义之风流行。魏晋清谈是一种新的思维方式，它冲击传统儒家经学，是一次思想的解放。玄理清谈对于中国传统思维的发展，特别是对于理论思辨，曾起了推动进步的积极作用。

殷中军虽思虑通长，然于才性偏精，忽言及"四本"，便若汤池铁城，无可攻之势。（《文学》34）

四本，乃玄学命题，是人之"才能"和"品质"间的四种关系，即：才性相同、才性相异，才性相合、才性相离，为魏晋士人清谈之重要内容。殷浩对此命题深有研究，至为精通，故其每每论及此命题，思维严密、辨析透彻、见解犀利，无坚不摧。清谈也不都是高深的玄理，常常还是言辞与声韵非常美丽的讲演，让听者流连忘返。《赏誉》53记载胡毋彦国清谈时"吐佳言如屑"，为后进领袖。东晋名僧支道林与王羲之谈论庄子《逍遥游》，"作数千言，才藻新奇，花烂映发"，才思敏锐脱俗，语言新奇瑰丽，如盛开的鲜花。清谈名家裴遐，"善叙名理，辞气清畅，泠然若琴瑟"（刘孝标注引邓粲《晋纪》），余嘉锡《世说新语笺疏》评云："晋宋人清谈，不惟善言名理，其音响轻重疾徐，皆自有一种风韵。"均可见清谈时语言与声韵之美。

汉魏时期品评人物风气盛行，最初源于汉代用人上的察举制度，人物品鉴极为重要。到曹魏时代推行九品中正制，朝廷选举人才更是依赖有识鉴者"区别人物、第其高下"。具体而言是对人物的德行、信仰、气质、性格、相貌等进行评价，实际相当于对人才进行全面考核。在这种背景之下，出现大量记载人物言行

---

① 刘孝标注引萧广济《孝子传》，《世说新语·德行》14。

事迹的小说也就不奇怪了。鲁迅将魏晋小说分为"志怪"与"志人"两类，显然"志人"的概念比"轶事"更为准确，"人"是《世说新语》集中审视对象。《世说新语》的着眼点在对人物言行上，全书涉及人物达 1500 余人（含刘孝标注），具有突出的"以人为中心"的志人特质。它总体上描绘魏晋士族的精神风貌，集中体现"魏晋风度（名士风流）"，并因之成为"名士教科书"。

四、《世说新语》的文献价值与美学价值

（一）文献价值

《世说新语》是研究汉至魏晋间的文学、历史、语言等的重要资料。袁行霈先生认为"虽系小说家言，未可直以小说视之。其于魏晋社会政治、哲学、宗教、文学以及士人之生活风貌、心理状态，莫不有真实记录"[①]。书中记载均为历史上实有的人物，他们的言行与风貌，大多数是可靠的，是魏晋士人思想、生活的真实记录，提供了大量政治、文学、历史与社会风尚的珍贵资料。而梁代刘孝标注《世说新语》，引经史别传、诸子百家、别集、杂著、诗赋杂文、释道等书，达四百七十多种，增加了大量的一手历史、文学、文化的文献资料。

刘孝标（462－521），名峻，平原（今属山东）人。主要活动于齐梁之际，博学多才，著述甚丰。《梁书》《南齐书》等均有其传。《世说新语》的巨大影响多依赖于刘孝标的笺注。《四库全书总目提要》也给予高度评价："孝标所注，特为典赡。……其纠正义庆之纰缪，尤为精核。所引诸书，今已佚其十之九，唯赖是注以传。"并将之与裴松之注《三国志》、郦道元注《水经》以及李善注《文选》相提并论。刘孝标的贡献除了前面提及的征引文献浩博，保存了大量魏晋时期的珍贵资料外，还为刘义庆原材料补充史料，使得原本简约甚至难以理解的内容得以具体而清晰，原书的人物形象也因之更加丰满生动。同时，刘孝标注意"摘其瑕疵"，收录较多史实材料以纠正原书讹误或疏失，足资后人考证。另外，孝标注明原书典故，或材料来源；对一些极为生僻的词语、方言俚语也进行解释疏通，大大方便了后人对《世说》的接受。

同时，《世说新语》写人着重于人的行为与语言，从而保存了大量的魏晋时期的口语材料，为古代各种辞书所未著录，可供中古汉语变迁史研究，因而极具语言学文献资料价值。

（二）美学价值

冯友兰先生认为魏晋风流乃一种人格美，名士风流须有四个条件：玄心、洞见、妙赏和深情[②]，反映了魏晋士人的人生理想、生活情趣、生活方式以及审美

---

① 王能宪：《世说新语研究》序，江苏古籍出版社 1992 年版。
② 冯友兰：《论风流》，载《三松堂学术文集》，北京大学出版社 1984 年版。

趣味，集中而言是魏晋士人的自由精神、骇俗举止和超逸风度所产生的独特之美。宗白华《论〈世说新语〉和晋人的美》云：魏晋六朝"是精神史上极自由、极解放，最富于智慧、最浓于热情的一个时代。因此也就是最富有艺术精神的一个时代。晋人的美是自然美与人格美交相辉映的美，美在神韵。"此评价堪称经典。

晋人优美的自由的心灵找到一种最适宜于表现他自己的艺术，这就是书法中的行草。其代表是王羲之、王献之父子，二王具善书法，《晋书》本传谓王羲之"尤善隶书，为古今之冠，论者称其笔势，以为飘若浮云，矫若惊龙"，称王献之"工草隶，善丹青"。《兰亭集序》等行草艺术纯系一片神机，无法而有法；点划自如，字里行间，呼应顾盼，情趣盎然，生气勃发；从头至尾，一气呵成，如天马行空，游行自在。让人有"天朗气清，惠风和畅"之感，尽显晋人萧散自然之风。献之的《鸭头丸》《中秋帖》等，如风行雨散，润色开花，秾纤得衷，风骨圆劲，超尘拔俗。这种超妙的艺术，只有晋人萧散超脱的心灵，才能得心应手，登峰造极。晋人书法之美正是自由舒朗的精神人格美最具体最适当的艺术表现。正因此，我们在《世说新语》中可以读到大量表现魏晋士人风采气度的篇章，魏晋士人无论仕与隐，往往追求潇洒高逸的精神境界与优雅从容的风度，谢安、王羲之、戴安道、许询等名士，其共同精神即为潇洒高逸。《世说新语》中如谢安游赏山水、诗酒宴乐，王羲之坦腹东床、曲水流觞，许询清风朗月般风神的记载，均可看出晋人的审美追求。

五、《世说新语》表现的魏晋士人风度与精神

《世说新语》虽然是一部说部著作，但是一直被视为经典。其主要原因即在于集中记载魏晋时期士人的精神面貌，客观体现了中国历史上重要转折期的社会思想、文化等的特点。魏晋时期儒学衰微，失去汉代那样的独尊性权威地位，因而社会思想大解放，老庄、佛教等思想大流行，成为继春秋战国以后中国思想史上的又一大创新时期。与玄学兴盛、清谈风气流行的同时，是魏晋时代个体意识的觉醒。在传统儒家学说占绝对统治地位的时期不一样，东汉以后直至整个魏晋时期，社会动乱，皇权地位相对削弱，世族地位提高，直接带来世族阶层个体精神的自觉。强调个人的独立感知与思考，言行举止特立独行，标新立异，高雅脱俗，佯狂自适，甚至惊世骇俗。这些内容在《世说新语》人物的言行中得到生动精彩的体现，骆玉明先生认为"它体现了魏晋时代士人对尊严、德行、智慧和美的理解与热爱"[①]。

（一）以天下为己任，理想远大

《世说新语》首列孔门四科，均为封建社会考察品评人物的重要原则。德行

---

① 骆玉明：《世说新语精读》，复旦大学出版社 2008 年版。

第一，是士人的道德品行，郑玄注《周礼》之《地官·师氏》云："在心为德，施之为行"，其界线则为是否符合儒家仁信理智、忠孝节义的道德规范。

陈仲举言为士则，行为世范，登车揽辔，有澄清天下之志。（《德行》1）

此乃全书首则，记载陈蕃的故事，陈为汉末名臣，与窦武、刘淑并称"三君"。他痛恨时弊，起用党锢中被罢职的官员，谋诛宦官，事败被杀。陈蕃一登车赴任，就有整治社会弊端匡正天下的志向。后来谪迁豫章太守，礼贤下士席不暇暖。陈蕃理想远大，自觉以天下为己任，乃朝廷中坚。《后汉书》载其"信义足以携持民心。汉世乱而不亡，百余年间，数公之力也"。《德行》4 中的李膺"风格秀整，高自标持，欲以天下名教是非为己任"，同样是《世说新语》所推崇的胸怀远大的士人榜样。

过江诸人，每至美日，辄相邀新亭，藉卉饮宴。周侯中坐而叹曰："风景不殊，正自有山河之异！"皆相视流泪。唯王丞相愀然变色曰："当共勠力王室，克复神州，何至作楚囚相对！"（《言语》31）

王导在西晋败亡，晋室南渡士大夫纷纷到江南避乱之际，拥戴晋元帝，经营江左，辅佐晋室，乃东晋中兴名臣。他积极奋发，时刻不忘克复中原神州之志，与消极悲伤的周顗等其他士人构成鲜明对比。

（二）临危不惧，从容自若

胸怀宽阔、气度宏大是古人推崇的美德。魏晋士人崇尚玄远高迈的气度，更加看重雅量。其具体表现为志趣高远，处世淡泊宁静，遭遇羞辱不生气，临危不惧，乐善好施，为政宽仁。其中最突出的是当人面对灾难、难堪时的从容、淡定态度，尤其推崇一种履险如夷、视死如归的精神境界。

谢太傅盘桓东山时，与孙兴公诸人泛海戏。风起浪涌，孙、王诸人色并遽，便唱使还。太傅神情方王，吟啸不言。舟人以公貌闲意说，犹去不止。既风转急，浪猛，诸人皆喧动不坐。公徐云："如此，将无归！"众人即承响而回。于是审其量，足以镇安朝野。（《雅量》28）

谢公与人围棋，俄而谢玄淮上信至。看书竟，默然无言，徐向局。客问淮上利害，答曰："小儿辈大破贼。"意色举止不异於常。（《雅量》35）

谢安其隐居东山时，泛海游玩的举止，面对险恶的处境，吟笑自若，堪称名士风度之极至，是其镇安朝野所需临危不惧从容镇定素质的自然流露；淝水之战中他挽狂澜于既倒，充分展现了一位运筹帷幄、决胜千里、镇安朝野的政治家风范。当然，当事关国家安危的战报来临时，谢安仍然保持一贯的从容镇定，举止不异于常，虽不免被人讥为矫情，但这确非常人所能到。

王子猷（徽之）、子敬（献之）曾俱坐一室，上忽发火，子猷遽走避，不惶取屐；子敬神色恬然，徐唤左右，扶凭而出，不异平常。世以此定二王神宇。（《雅量》）

王徽之、王献之是王羲之两公子，一时俊彦，士民瞩目，朝野共赏。徽之年长于献之，献之有才而位高，性情沉稳，于王家诸子中谢安对其评价最高。不过二人精神气度的高下并不仅仅在才华，这则材料通过兄弟二人在突如其来的灾难面前举止的不同传神表现出二者的气度差异，献之虽不免做作之嫌，却有乃父坦腹东床的从容淡雅之风。其他如"竹林七贤"之嵇康被杀时，"神气不变，索琴弹之，奏《广陵散》从容就义。裴楷被权臣拘捕，"神态不变，举止自若"，都可说明魏晋名士所崇尚的气质风度。

雅量还表现在对人生的清醒认识，一种不为外物所扰的从容自在的心态。

祖士少（约）好财，阮遥集（孚）好屐，并恒自经营，同是一累，而未判其得失。人有诣祖，见料视财物，客至屏当未尽，余两小簏，著背后，倾身障之，意未能平。或有诣阮，见自吹火蜡屐，因叹曰："未知一生当著几量屐！"神色闲畅。於是胜负始分。

在魏晋人看来，人之爱好本无优劣之分，祖约爱钱与阮孚爱收藏木屐不分高下。但是从二人在突遇他人造访时的表现则胜负立现。人的语言、行为与表情是其心态与人生态度的流露。阮孚收藏木屐倾注大量心血，但并未成为木屐的奴隶，却时刻保持着可贵的人生清醒。人生短暂，应当洒脱面对，其所表现的旁若无人、从容淡定的不凡气度，正是魏晋主流的人生态度的反映。反观祖约贪爱钱财，一遇来人，赶紧掩藏，那种不安、局促、紧张，活脱脱一副沉溺金钱不能自拔的守财奴嘴脸，难怪被人轻视。

（三）仁慈恻隐、大爱无言

魏晋名士佯狂怪诞之外，其内心常常充溢着宽容仁爱之情，体现儒家慈爱友悌的道德理念。著名政治家谢安不仅具有非常的胸襟气度，还具有天真仁爱的赤子之心，是其伟大人格与事业的根基。

谢奕作剡令，有一老翁犯法，谢以醇酒罚之，乃至过醉，而犹未已。太傅（谢安）时年七八岁，著青布绔，在兄膝边坐，谏曰："阿兄，老翁可念，何可作此！"奕于是改容，曰："阿奴欲放去耶？"遂遣之。（《德行》33）

谢遏（玄，谢安之侄）年少时，好著紫罗香囊，垂覆手。太傅患之，而不欲伤其意。乃谲与赌，得即烧之。（《假谲》14）

前条记载谢安幼年事，谢奕是谢安之兄，曾任剡县县令。老翁犯法本应受处罚，但是谢奕的处罚方法无疑是过分的残忍的，所以小小谢安为之求情，我们不知道当时是否有以酒处罚犯人的法律，但是在幼小的谢安心里，显然是没有冷冰冰的法律的，只有出自内心深处的对老者的同情与怜悯。难怪谢安成年以后，作为一位政治家表现出以国家社稷为己任，其宽厚仁爱之心是一贯的。谢安还是古代的大教育家，其教育后代的特色是所谓不言之教，非常成功而有重要意义。《德行》36：谢公夫人教儿，问太傅："那得初不见君教儿？"答曰："我常自教儿。"其不言而身教子女；同时，这则故事说明他注重道德教育以人格感化为主，体贴入微的潜移默化，不伤害儿童的自尊心，是一种温雅细致的教育。其道德教育遂以人格的感化为主：

> 谢虎子尝上屋熏鼠。胡儿（虎子之子谢朗）既无由知父为此事；闻人道痴人有作此者，戏笑之。时道此非复一过。太傅（谢安）既了己（胡儿）之不知，因其言次语胡儿曰："世人以此谤中郎（虎子），亦言我共作此。"胡儿懊热，一月，日闭斋不出。太傅虚托引己之过，必相开悟，可谓德教。（《纰漏》5）

谢朗不知自己嘲笑的那位上房熏鼠的痴人竟然是自己的父亲，这在极为重视孝道的魏晋时期是甚为严重的问题。谢安为教诲侄儿改正，乃假托此事自己也参与其中，将过错揽在自己身上。既开导启发了谢朗改过，同时又不伤害他的自尊。这种教育不是简单直接地对被教育者进行批评否定，而是充分地展示教育者的道德感化力量。

（四）面对羞辱，从容应对

人生中总不免碰到敌意者的故意刁难和冒犯，面对羞辱，匹夫逞以勇力并非魏晋人之所赏。从容镇定，豁达冷静，然后机智回击，才是为人赞赏的应对之举。建安七子之一的孔融十岁时，以妙语"想君小时，必当了了"回击陈韪"小时了了，大未必佳"的轻视，已经广为人熟知。

> 张吴兴年八岁，亏齿，先达知其不常，故戏之曰："君口中何为开狗窦？"张应声答曰："正使君辈从此出入！"（《排调》30）

张玄之是吴郡太守张澄之孙、司空顾和的外孙，当时著名的神童之一。幼儿换牙本为常事，不过人们知道张不是一般的小孩子，有意要考验其才智，故意取笑他。而张的回击可谓绵里藏针，即以其人之道还治其人之身，让取笑他的人自取其辱，聪明机智仿佛晏子使楚，而张不过是一位八岁的儿童。晋人之聪慧如此！

> 王文度、范荣期俱为简文所要。范年大而位小，王年小而位大。将前，更相推在前，既移久，王遂在范后。王因谓曰："簸之扬之，糠秕在前。"范曰："洮（通"淘"）之汰之，砂砾在后。"（《排调》46）

中国人讲礼仪客套由来已久，尤其是走路总要谦让一番，无非是长者、尊者在前。不过当这两者不一致时，豁达者尚可随意处之不会在意，但是碰上都是非常在意的人，处理起来就比较复杂而烦琐。范荣期（岂）和王文度（坦之）两位去见简文帝司马昱，进宫前就很客气地推让了一番（这种情景就是现在也很常见），最终还是以年龄为大，范先进，王以位尊在后。王心里颇为计较，用簸米扬糠之比喻讽刺范，由此看来原先之谦让不过是言不由衷的虚伪矫情。范不愧姜是老的辣，以淘金之喻回击，可谓针锋相对。

> 邓艾口吃，语称"艾艾"。晋文王戏之曰："卿云艾艾，定是几艾？"对曰："凤兮凤兮，故是一凤。"（《言语》17）

邓艾因口吃被司马昭嘲笑，他的妙答出自《论语·微子》："楚狂接舆歌而过孔子，曰'凤兮凤兮，何德之衰？'"用典极为妥帖，既回击了司马昭，又含蓄典雅，不失风度。

陈太丘与友期行，期日中。过中不至，太丘舍去，去后乃至。元方时年七岁，门外戏。客问元方："尊君在不？"答曰："待君久不至，已去。"友人便怒曰："非人哉！与人期行，相委而去。"元方曰："君与家君期日中，日中不至，则是无信；对子骂父，则是无礼。"友人惭，下车引之。元方入门不顾。（《方正》1）

东汉名士陈寔（曾任太丘长）有两位优秀的儿子元方（纪）和季方（谌）。陈寔品评"元方难为兄，季方难为弟"，意思是二人功业德行难分高下，当然也应包括才智，这便是成语"难兄难弟"的出处。陈元方才七岁面对父亲的朋友失约且无礼之行为果敢回击，"无信""无礼"，理正词严，句句切中要害，维护了父亲的尊严，令人肃然起敬。《德行》篇中第7则可以与之对读：

客有问陈季方："足下家君太丘，有何功德而荷天下重名？"季方曰："吾家君譬如桂树生泰山之阿，上有万仞之高，下有不测之深；上为甘露所沾，下为渊泉所润。当斯之时，桂树焉知泰山之高，渊泉之深，不知有功德与无也。"

客人的问话显然含有对季方父亲不敬的意思，我们不知道此时季方是何年纪，但其应对可谓妙绝。巧妙含蓄，又文采飞扬。他自比桂树，以雄伟之泰山比喻父亲，表达了对父亲功德的颂扬。最后一句"不知有功德与无也"，正是反诘，含义不言自明。语言机智，表现出含蓄悠远的意味。难兄难弟，名不虚传。

（五）德行高尚，志趣高洁

魏晋人崇尚性情高朗、胸次浩然，追求精神的解放与自由。管宁割席的故事是人们熟知的：

管宁、华歆共园中锄菜，见地有片金，管挥锄与瓦石不异，华捉而掷去之。又尝同席读书，有乘轩冕过门者，宁读如故，歆废书出看。宁割席分坐，曰："子非吾友也！"（《德行》11）

管宁华歆为汉魏时人，据刘孝标注引《傅子》，他是先秦齐国名相管仲的后代。少与华歆友善，不仕而终。华歆依附曹操父子，官至司徒，魏明帝时，迁太尉，封侯。此篇通过细节与对比描写，将管宁对金钱、权贵不屑一顾的精神与高洁的志趣展现无遗。不过华歆亦有其长，并非禄蠹：

华歆、王朗俱乘船避难，有一人欲依附，歆辄难之。朗曰："幸尚宽，何为不可？"后贼追至，王欲舍所携人。歆曰："本所以疑，正为此耳。既已纳其自托，宁可以急相弃邪？"遂携拯如初。世以此定华、王之优劣。（《德行》）

华歆与王朗都是当代名士，二人德行高下的区分正在对落难者的态度上。王朗先前急于救难，似乎德行高尚，但是，危急之中却不顾道义，轻易推卸责任急于保全自身。华歆则不然，一开始并不主张救护他人，因为自己也在逃难，自身不保如何保全他人。但是既然同意他人上船，就不能在危急时弃而不顾。华歆对德的理解是深刻的，德不仅是一种品行，也是清醒的责任；凡是应有预见性，不可临事仓猝；做人当有一以贯之的原则，德并非抽象僵化的教条与沽名钓誉之工具。与此相较，郗鉴在永嘉之乱中的行为就更难能可贵了。

郗公值永嘉丧乱，在乡里甚穷馁。乡人以公名德，传共饴之。公常携兄子迈及外生周翼二小儿往食。乡人曰："各自饥困，以君之贤，欲共济君耳，恐不能兼有所存。"公于是独往食，辄含饭两颊边，还，吐与二儿。后并得存，同过江。（《德行》）

永嘉战乱中生存不易，郗在饥饿之中得乡人救济，总是带着侄子与外甥前去就食。乡人表示为难，他竟然将饭食含在嘴中带回喂养两幼儿。这种行为在和平日久物质丰裕的今天看来是不可思议，但是在饿殍遍地的岁月，实为义薄云天之举。再看一则对待钱财的材料：

王戎父浑有令名，官至凉州刺史。浑薨，所历九郡义故，怀其德惠，相率致赙数百万，戎悉不受。（《德行》21）

王戎在《世说新语》中是一个复杂而生动的人物形象。我们既看到他早慧、聪明和勇敢的一面，当然也有令人厌恶的吝啬的一面，钻核卖李、嫁女回门让其还嫁妆等故事，都颇生动传神刻画出其性格。就魏晋人普遍欣赏的自在洒脱豁达超脱的临事准则来衡量，王戎确实有点窘迫放不开。不过王戎卖的是自己家的李子，怎么卖自然是他自己的事；借钱给亲人，如果一定要还，于理也说得通。总之，王戎这类行为，虽不被时人赞赏，但确实也无妨大雅。但是，这条材料倒是让人看出一个真实的名士，所谓君子爱财，取之有道，王戎对他人送来的百万丧礼，竟然一文不取。那么我们应该怎样来评价似乎矛盾的王戎呢？我想读者自有答案。

（六）讲究仪容仪表，举止风度不凡

美仪容是魏晋时代士人普遍的追求，《容止》篇即专记士人的容貌、仪表和举止风度。

潘岳妙有姿容，好神情，少时挟弹出洛阳道，妇人遇者，莫不连手共萦之。左太冲绝丑，亦复效岳游遨，于是群妪齐共乱唾之，委顿而返。（《容止》7）

妇女门公开表示对美姿容的青年男子的喜爱赏慕；总体上，魏晋人更倾向于女性化白皙与娇柔。

何平叔美姿仪，面至白；魏明帝疑其傅粉。正夏月，与热汤饼。既啖，大汗出，以朱衣自拭，色转皎然。（《容止》2）

何晏是玄学大家，肤色洁白，魏明帝为了测试其是否搽粉，盛夏之日让其喝滚热的汤面，何吃下后大汗淋漓，用红色的衣服擦拭，肤色白里透红，鲜亮异常。不过据《魏略》记载，何"性自喜，动静粉帛不去手，行步顾影"，透露了其肤色的真实秘密。另外，何晏的姿容是与他服食丹药有关的，《言语》14载其

"服五石散，非唯治病，亦觉神明开朗"。

魏晋人特别欣赏冰玉般的肌肤。首当其冲的是王衍，衍字夷甫，好老庄，善谈玄。屡居要职，至尚书令、太尉。王戎激赏王衍"如瑶林玉树，自然是风尘外物"（《赏誉》16）。《容止》8 中记载王衍容貌整丽，手中总是拿白玉柄麈尾谈玄，玉麈尾"与手都无分别"，手与玉柄竟然融为一体，不分彼此。王敦赞扬王衍身处众人之中，"似珠玉在瓦石间"（《容止》17）。不仅如此，王衍家族诸兄弟同样赛美玉珍宝，仪容皎好，风采照人，因之有"琳琅珠玉"之称（《容止》15）。另外，李安国、嵇康醉酒时被人称作"玉山之将崩"（《容止》4）。潘岳与夏侯湛同行，被誉为"联璧"（《容止》9）。魏明帝曹叡让小舅子毛曾和夏侯玄同坐，人们以"蒹葭依玉树"比喻二人，毛曾出身寒门，被夏侯玄等门第显赫的贵族轻视，因而有水草与玉树之喻，两者反差极大，褒贬对比鲜明。裴楷被人称作"玉人"（《容止》12）。王济是卫玠的舅舅，"俊爽有风姿"，但是看到外甥即感叹自愧不如，所谓"珠玉在侧，觉我形秽"（《容止》14）。

我们知道，玉与水一样都有柔和润泽的特点，我国远古时期玉文化发达，在马家浜文化、良渚文化中，具有以琮、璧等祭祀礼器为主的玉器系统，玉的特点是温润、皎洁、柔和、纤巧，好玉的审美追求很能反映人们的品性。古代君子有配玉传统，寓意高洁与坚贞。魏晋人好以玉比喻人，内在的原因也就不难理解了。但是，如果仅仅从这种时尚的表征来考察，魏晋人对仪容美的直接追求倒是超越了以往任何一个时代的。

其实，仪容之美不仅在外表，更在内在的智慧、才华和精神气质。魏晋人既重外在美，更重内在美，特别注重人的智慧、品格、风度与才华。这就和时人品评人物重精神、重才性的原则一致。

魏武将见匈奴使，自以形陋，不足雄远国，使崔季珪代，帝自捉刀立床头。既毕，令间谍问曰："魏王何如？"匈奴使答曰："魏王雅望非常；然床头捉刀人，此乃英雄也。"魏武闻之，追杀此使。（《容止》1）

王敬豫（恬）有美形，问讯王公（导）。王公抚其肩曰："阿奴恨才不称！"（《容止》25）

曹操乃乱世奸雄，不过他对自己的外貌有些不自信，接见匈奴使节，找崔季珪当替身，自己提刀站在一旁当侍卫。匈奴人慧眼识英雄，还是认出了他。显然，曹操之精神气度非凡，其"形陋"的外貌并不重要。王恬为王导之子，有美形，然而王导却遗憾不已，原来儿子的才华与外貌不相称，徒有一副好皮囊。空有美的外貌有何用处呢！

魏晋人评价人物常用大自然之美作比喻和形容，以自然之景写人物风神，推崇超凡脱俗的风姿神韵，也是当时人特重精神气质的体现。

刘尹曰："清风朗月，辄思玄度。"（《言语》73）

玄度是许询,有才藻,善著文,尤长五言诗。且为玄学大家,东晋名流高士,据刘孝标注引《晋中兴士人书》载其"能清言,于时士人皆钦慕仰爱之",显然许询被人仰慕的在其神情气度与才华学识。《容止》篇载王戎身材短小,然"眼烂烂如岩下电",眼睛明亮闪烁如闪电,可谓明眸炯炯,神采不凡,也是从气质风度方面着眼的。《容止》篇中例子甚多:

有人语王戎曰:"嵇延祖(绍)卓卓如野鹤之在鸡群。"答曰:"君未见其父耳。"(《容止》11)

嵇康身长七尺八寸,风姿特秀,见者叹曰:"萧萧肃肃,爽朗清举。"或云:"肃肃如松下风,高而徐引。"山公曰:"嵇叔夜之为人也,岩岩若孤松之独立;其醉也,傀俄若玉山之将崩。"(《容止》5)

有人叹王恭形茂者,云:"濯濯如春月柳。"(《容止》39)

人们称嵇绍鹤立鸡群举止非凡,是很高的赞誉。王戎却说:"你们没有看过他父亲嵇康啊!"显然,嵇康的风度气质远超其子。那么嵇康的风度究竟如何呢?萧萧肃肃,指风姿潇洒严正;清举,乃清高俊逸;高而徐引,指松下清风高远舒缓绵长,形容仪态潇洒高雅;孤松独立,则言嵇康形貌伟岸,昂然独立;不仅如此,即使喝醉酒也如玉山将崩般美好,嵇康之超凡脱俗的风姿神韵跃然纸上。另外:王羲之"飘如游云,矫若惊龙"(《容止》30),司马昱"轩轩如朝霞举"(《容止》35)等,也是极为高朗脱俗的精神境界。

(七)率真自然,一往情深

王子猷出都,尚在渚下。旧闻桓子野善吹笛,而不相识。遇桓于岸上过,王在船中,客有识之者云:"是桓子野。"王便令人与相闻,云:"闻君善吹笛,试为我一奏。"桓时已贵显,素闻王名,即便回下车,踞胡床,为作三调。弄毕,便上车去。客主不交一言。(《任诞》49)

王徽之与桓伊皆尊贵之士,互相慕名却未曾相识。一日偶然相遇,二人均脱略行迹,表现出真率不羁的个性。王径直邀请桓为之奏笛,不以为无礼;而桓欣然从命,并觉有失身份。最为精妙的是,末了二人竟然没有讲一句话便各自分手,洒脱率直之性情令人惊叹。

魏晋玄谈的重要话题之一是圣人有情无情论。玄学名士何晏持"圣人无情"之论,王弼则认为"圣人有情",与常人有相同的五情。后来,向秀、郭象注释《庄子》进一步发展有情论。这些均对当时名士造成很大影响,钟情、重情成为名士风流的重要表现。著名画家顾恺之有三绝:画绝、才绝、痴绝,而其痴他人尤不可及。痴,其实就是一种发自肺腑的真情。这种深情表现的是一种生命的纯真状态,往往不假雕饰地尽情流露。竹林七贤中的阮籍、王戎遭母丧,均饮酒吃肉,王戎还观人下棋,不拘礼制如此。但他们放达外表下真实情形是:阮籍毁顿非常,王戎哀毁骨立,显然失去亲人的悲痛发自内心至情,他们根本不在乎礼制表面的形式。

　　王仲宣好驴鸣。既葬，文帝临其丧，顾语同游曰："王好驴鸣，可各作一声以送之。"赴客皆一作驴鸣。（《伤逝》1）

　　今天看来这一场面实在与环境不相称，甚至有些滑稽。但是，细细读来，不能不为曹丕等人对王粲的真诚感情所感动。

　　王戎丧儿万子，山简往省之，王悲不自胜，简曰："孩抱中物，何至於此?"王："圣人忘情，最下不及情;情之所锺，正在我辈。"简服其言，更为之恸。（伤逝）

　　前面介绍过王戎的至孝，这里记载王戎丧子的悲伤。面对山简的劝慰，王戎将自己和圣人以及下层百姓区别开来。认为圣人不是没有情，只是圣人能超脱、忘记喜怒哀乐等世俗之情，不为世俗之情所扰，与天地合德，以情从理，不为情所制，所以忘情。而社会底层的人因为生计艰难又不可能在意感情，王戎身处两者之间，而这类人恰恰就是感情最聚集、最专注的。

　　桓子野每闻清歌，辄唤奈何，谢公闻之，曰："子野可谓一往有深情。"（《任诞》42）

　　王长史登茅山，大恸哭曰："琅琊王伯舆，终当为情死!"（《任诞第》54）

　　阮籍时率意独驾，不由径路，车迹所穷，辄恸哭而返。（《栖逸》1刘孝标注引《魏氏春秋》）

　　桓伊，小字子野，善音乐，尤善清歌，即挽歌。一听他人唱清歌，桓伊就感叹赞美不已，谢安品评他一往情深。王长史登茅山痛哭不已，内心深情不能自己，认为自己最终会为情而死。而自然永恒，人生短暂，阮籍对宇宙人生体会到至深而无名的哀感，推而广之，产生类似耶稣、释迦牟尼等圣人悲天悯人的博大情怀，怎不令人动容。魏晋人深于情可见一斑。

　　桓温北征，经金城，见前为琅讶时种柳皆已十围，慨然曰："木犹如此，人何以堪? 攀条执枝，泫然流泪。（《言语》55）

　　桓温本武人，竟然也情致如此!后来，庾信深感桓温这段话语的深刻凄美，在其《枯树赋》末尾将之敷演成四言抒情诗："昔年种柳，依依汉南;今逢摇落，凄怆江潭，树犹如此，人何以堪?"。

　　王右军既去官，与东土人士营山水弋钓之乐。游名山，泛沧海，叹曰，"我卒当以乐死!"

　　王羲之去官后忘情山水之乐，感慨终当快乐而死，至情深入肺腑，惊心动魄。

（八）伴狂放诞，任情自适

　　魏晋名士将老庄思想之中自然无为思想发挥到极致，纵酒放达、狂放任诞、愤世嫉俗。阮籍嵇康不满现实，蔑视司马氏标榜的名教礼法，痛恨礼法之士的虚伪，倡导"越名教而任自然"。玄学盛行，门阀集团的激烈斗争与战争的频仍，都带来了文士的忧生之嗟和厌世情绪，所以由老庄的崇尚自然，强调个性自由，挣脱礼教束缚，再到佯狂任诞，纵酒行乐，傲视公卿，愤世嫉俗，这是魏晋名士的生命态度与生存方式。

张季鹰纵任不拘，时人号为江东步兵，或谓之曰："卿乃可纵适一时，独不为身后名耶？"答曰："使我有身后名，不如即时一杯酒。"（《任诞》20）

毕茂世云："一手持蟹螯，一手持酒杯，拍浮酒池中，便足了一生。"（《任诞》21）

刘伶恒纵酒放达，或脱衣裸形在屋中。人见讥之，伶曰：「我以天地为栋宇，屋室为裈衣，诸君何为入我裈中！（《任诞》6）

王孝伯问王大："阮籍何如司马相如？"王大曰："阮籍胸中垒块，故须酒浇之。"（《任诞》51）

酒是魏晋风度的核心。阮籍、刘伶、张翰、毕茂世、周伯仁、王卫军等，都是著名的酒徒，他们或沉醉、或豪爽、或放达、或超脱，无不惊世骇俗，令人震惊。他们将饮酒等同于得"道"，美酒可以超脱荣辱与生死，可以净化人们的心灵精神，达到物我两忘之境界，可以使"行神相亲"、引人入胜地。对他们而言，身后之名声与现世之功名利禄，与酒比起来都是无关紧要的，儒家的立德、立功、立言统统被他们抛之九霄云外。不过也要看到，魏晋士人之酗饮其实与时代社会环境分不开的，是他们在险恶的政治形势下保全自己的手段。比如阮籍，司马氏改朝易代之际，采取残酷血腥的高压政策，阮籍是不满司马氏的，但表面上还要虚与委蛇，内心之苦痛可想而知，所以借酒抒发胸中郁结。酒就是其对现实无声之抗议，也是其全身远祸自我保护的工具了。魏晋士人狂放的举止中常表达一种幽默气息：

阮仲容、步兵（阮咸与阮籍）居道南，诸阮居道北；北阮皆富，南阮贫。七月七日，北阮盛晒衣，皆纱罗锦绮；仲容以杆挂大布犊鼻裈於中庭。人或怪之，答曰："未能免俗，聊复尔耳！"（《任诞》10）

阮咸与其他家族成员不同，"尚道弃事，好酒而贫"，盛夏七月初七，路北的族人晒的是绫罗绸缎，他用竹竿挑起粗布大裤衩晒在院子里，令人忍俊不禁，自嘲夹着自傲。有时他们的不同流俗的行为，又表现出率直任性令人神往的风范气度：

王子猷居山阴，夜大雪，眠觉，开室，命酌酒，四望皎然。因起彷徨，咏左思《招隐诗》，忽忆戴安道。时戴在剡，即便夜乘小船就之。经宿方至，造门不前而返。人问其故，王曰："吾本乘兴而行。兴尽而返，何必见戴？"（《任诞》47）

王子猷尝暂寄人空宅住，使令种竹。或问："暂住何烦尔？"王啸咏良久，直指竹曰：何可一日无此君！（《任诞》46）

王徽之兴之所至，雪夜乘舟访友，走了一宿，但是到了友人门前却立即回头。其言行不杂任何功利，一片真淳天然，神情疏朗，兴味超然。同时他爱竹竟到了痴迷的程度，只不过暂时借别人的房子住，却要在那儿种竹子，他内心想到的唯有"何可一日无此君"，绝非谨言慎行者所能为所敢为，令人惊异的举止表现的是高远脱俗的志趣。

（九）纵情山水，热爱自然

魏晋时期山水自然日益被士人重视，宗白华在《论〈世说新语〉和晋人的美》一文中即云："晋人向外发现了自然，向内发现了自己的深情。"显然，自然山水与晋人精神心灵之间相契合，晋人追求精神的自由洒脱，必然映射到优美的自然之中，没有生命的自然充溢着美的意趣；同时，"这种自然之美代表着人所向往的精神境界，它又产生了洗涤心灵的作用"。① 随着佛道影响的深入，山水自然让更多的士人流连忘返，沉醉其中，并逐渐带来文学题材与风气的转变。曹操《步出夏门行》之《观沧海》是文人较早将山水作为独立的审美对象表现的诗歌，东晋后期陶渊明借山水田园风景寄托超拔脱俗之志，玄言诗向山水诗转变，都反映了这一重要倾向。前面提及的王羲之"游名山，泛沧海"，对山水热爱的程度令人震撼，浙东优美的山水足以令其为之献身。

王司州至吴兴印渚中看，叹曰："非唯使人情开涤，亦觉日月清朗。"（《言语》81）

顾长康从会稽还，人问山川之美，顾云："千岩竞秀，万壑争流，草木蒙笼其上，若云兴霞蔚。"（《言语》88）

王子敬云："从山阴道上行，山川自相映发，使人应接不暇。若秋冬之际，尤难释怀。"（《言语》91）

这几条都是集中表现魏晋人对浙西、浙东山水之赞美的。印渚，在吴兴郡乌程县，今属浙江昌化县。王司州（胡之）赞美印渚让人神情开朗，胸襟涤荡，又觉日月星辰更加清澈明亮，着重表达的就是山水给人精神的影响。而顾恺之、王献之评价浙东会稽的山水，更充分说明了江南山水在晋人心目中无不洋溢着天真活泼的生命力。唐宋以后文人山水画的意境在此得到完美的体现。

魏晋士人流连大自然，隐含着的是对世俗物质利益的轻蔑与超越，表现的是从容、自在的精神，自由的生命价值追求。所以，自然美在晋人那里，在中国古人那里，并不是一种单纯的客观的草木山水，实实在在浸透着人的主观意志与精神。晋人以虚灵的胸襟、玄学的意味体会自然，乃能表里澄澈，一片空明，建立了最高的晶莹剔透的美的意境。

六、《世说新语》的文学成就

《世说新语》具有极高的文学成就。尤其在人物塑造与语言运用方面，堪称极致。王世懋《批点世说新语·序》评曰："至今讽习者，犹能令人舞蹈，若亲赌其献酬偃促在当时。"吕叔湘则赞其"着墨不多，而一代人物，百年风尚，历历

---

① 骆玉明：《世说新语精读》，复旦大学出版社 2008 年版，第 76 页。

如睹"①。王世贞《世说新语补·序》云其"或造微于单词，或征巧于只行"。吴瑞征校刻《世说新语》，于序中极赞其"采众美以成芳，集群葩而成秀"。均可见《世说新语》刻画人物和语言表现之功，堪称具有浓郁文学色彩的历史。

（一）记事与记言相结合，叙事抒情，委曲动人

《世说新语》擅长通过片言只语、简单事件来表现人物。虽然篇幅短小，却意蕴丰厚，人物风韵情致栩栩如生。宋代刘应登称其"高简有法"，"清微简远，居然玄胜"；明胡应麟《少室山房笔丛》："读其语言，晋人面目气韵恍然生动，而简约玄淡，真致不穷。"鲁迅《中国小说史略》："记言则玄远冷俊，记行则高简瑰奇。"

太元末，长星见，孝武心甚恶之。夜，华林园中饮酒，举杯属星云："长星！劝尔一杯酒，自古何时有万岁天子！"（《雅量》）

晋孝武帝看见了彗星，心情甚差，深夜在华林园对着星空举杯祝酒，其语豁达超脱，其不得已又无可奈何，转而故作达观的心态表露无遗。

桓宣武平蜀，以李势妹为妾，甚有宠，常着斋后。主始不知，既闻，与数十婢拔白刃袭之。正值李梳头，发委藉地，肤色玉曜，不为动容，徐曰："国破家亡，无心至此，今日若能见杀，乃是本怀。"主惭而退。（《贤媛》21）

李势为蜀汉之主，在位四年，晋穆帝永和三年被晋桓温所灭。桓偷纳李之妹为妾，宠爱非常。桓正妻乃晋元帝之女南康公主，闻之，率众婢拔刀讨伐。李势妹面对气势汹汹的南康公主，神态绝美而从容冷静，颇有男儿泰山崩于前而色不变的风采；而其一番话语，表达了国破家亡被逼为妾的悲伤，动人心魄。其美丽的容颜、从容镇定之气度与内在高雅不凡的人格力量，足以消除蛮横多妒的南康公主的怒气。而据刘孝标注引《妒记》的记载稍稍有些差异，凶妒的郡主去找李氏，见李于窗前梳头：

姿貌端丽，徐徐结发，敛手向主，神色闲正，辞甚凄婉。主于是掷刀前抱之，曰："阿子，我见汝亦怜，何况老奴！"遂善之。

凶狠异常的公主一见李势妹竟然也心生怜爱，一出悲剧竟然转化为喜剧，美的力量无可抗拒，化解了仇恨。难怪宗白华先生认为"魏晋是中国历史上最有生气、活泼爱美，美的成就最高的一个时代"。

（二）善于通过富有特征性的细节勾勒人物的性格和精神面貌，使之栩栩如生

《世说新语》描绘人物多以精彩的细节描写，从细小处着笔，以小见大，形神兼备。

王蓝田性急。尝食鸡子，以箸刺之，不得，便大怒，举以掷地。鸡子于地圆转未止，仍下地以屐齿碾之，又不得，嗔甚，复于地取内口中，啮破即吐之。（《忿狷篇》3）

---

① 吕叔湘：《笔记文选读》，上海古籍出版社 1979 年版。

谢无奕性粗强，以事不相得，自往数王蓝田，肆言极骂。王正色面壁不敢动。半日谢去，良久，转头问左右小吏曰："去未？"答云："已去。"然后复坐。时人叹其性急而能有所容。（同上5）

两则材料都是记载王蓝田性情的，前一则写其性急，抓住其性格特征作漫画式的夸张。通过"刺""掷""碾""取""内""啮""吐"等动作，刻画出其急躁粗鄙的个性，绘声绘色惟妙惟肖。可是当王蓝田碰到了比他更粗强的谢无奕的漫骂时，似乎换了一个人，正色面壁大气不敢出，如老鼠见了猫，真是应了"卤水点豆腐，一物降一物"的谚语。极简略的描写中，人物形神兼备，呼之欲出。

（三）善用对比手法刻画人物

《世说》常常通过彼此有一定关系的人物进行简短生动的平行比较，前者大多通过兄弟姐妹、父子、夫妻等对比，或通过同类及对立的人物进行对比，如忠奸、美丑、贫富等对比。如谢道韫的聪明颖慧，就是在与他的兄弟谢朗咏雪对比中得以体现的。试看另一则关于谢道韫的故事：

谢遏绝重其姊，张玄常称其妹，欲以敌之。有济尼者，并游张、谢二家。人问其优劣，答曰："王夫人神情散朗，故有林下风气。顾家妇清心玉映，自是闺房之秀。"（《贤媛》30）

谢道韫嫁给了王羲之的儿子王凝之，故称王夫人。济尼比较谢道韫和张玄妹妹（嫁与顾氏）的一番话，不仅传神表现了二位名媛的风采，其实也包含了对二人高下品鉴，语言极为美丽委婉。清新玉映，意为心地纯洁，如美玉生辉，张氏固然高出于一般人家的女子，乃闺房之秀，然不出女流。而谢道韫深情洒脱具有林下风气，风度气韵可与竹林七贤并驾齐驱，此为极高的褒扬。

《世说新语》又善于通过同一场景中的不同人物的言行进行对比，进而刻画人物的性格、气度、风采。注重具体场景环境中的不同人物的态度、行为、心理等的比较，以区分他们的高下优劣；更重要的是突出刻画人物的不同性格与精神气度，从而给读着鲜明深刻的印象，表现出高超的写人艺术。

桓公伏甲设馔，广延朝士，因此欲诛谢安、王坦之。王甚遽，问谢曰："当作何计？"谢神意不变，谓文度曰："晋阼存亡，在此一行。"相与俱前。王之恐状，转见于色。谢之宽容愈表于貌。望阶趋席，方作洛生咏，讽"浩浩洪流"。桓惮其旷远，乃趣解兵。王、谢旧齐名，于此始判优劣。（雅量29）

在面临生死考验的关头，谢安神色自若，用洛阳音调朗诵嵇康《赠兄秀才入军》诗句[①]，其从容镇定，正如其当初隐居东山泛海遇险沉着镇定一样。反观王

---

① 洛生咏：洛下书生的吟诵。洛，西晋首都洛阳的省称。咏，此指吟诵的音调。晋室南渡后，东晋士大夫多是中原地区人，不但保存洛阳的习俗，而且还操洛阳口音。洛阳口音，重浊音多，谢安鼻子有毛病，洛阳音发得格外好。为了企慕谢安的风流，东晋士大夫竟相仿效。

坦之，则是惊惧万分，二人胸襟气度高下立现无遗。其他如谢安泛海遇险、华歆王朗乘船避难、王徽之与王献之遇火的故事等，所在甚多。

（四）语言优美，简朴隽永

从东汉末年流行清议到魏晋玄学崇尚清谈，汉魏士人颇重言谈的机警、隽永和出人意表的趣味。受其影响，《世说新语》语言精练含蓄，简洁生动，隽永传神。无论是叙述语言还是人物自身的语言，均言约旨远。往往片言只语，传神勾画出人物的形象特征与精神面貌。而人物对话则多采取符合人物身份和个性的口语，应对巧妙，韵味悠长。妙言俊语，机智幽默，令人心旷神怡。

顾长康啖甘蔗，先食尾。问所以，云："渐至佳境。"（《排调》59）

吃甘蔗其实本无固定的方式，先吃根，先吃尾，随意皆可，偏偏有人喜欢刨根问底。顾恺之"渐至佳境"的解释，令人莞尔，妙语似珠玑，韵味无穷。

何次道往丞相许，丞相以麈尾指坐，呼何共坐曰："来，来，此是君坐。"（《赏誉》59）

据《晋书·何充传》，何充是王导妻姐之子。王导一见何充连忙用手中的麈尾指着身旁的座位，连声说："来，来，此是君坐！"王导对何的喜爱、赏识与器重立现无遗。

王太尉不与庾子嵩交，庾卿之不置。王曰："君不得为尔。"庾曰："卿自君我，我自卿卿；我自用我法，卿自用卿法。"（《方正》20）

王安丰妇，常卿安丰。安丰曰："妇人卿婿，于礼为不敬，后勿复尔。"妇曰："亲卿爱卿，是以卿卿；我不卿卿，谁当卿卿？"遂恒听之。（《惑溺》6）

"卿"本为官爵，后用作第二人称。但至魏晋时期，"卿"多用于上对下、尊对卑，而用于同辈之间，则多表示狎昵关系，乃不拘礼节之称，类似的称呼还有"奴""阿奴"。王衍不愿意与庾子嵩交往，而庾却对他卿来卿去地叫个不停，就用庄重而疏远的"君"称呼庾，明确表示不希望庾再用"卿"称自己，可谓敬而远之。没想到庾竟全然不顾，坚定执着地回应：你自用你的君称呼我，我自用卿称呼你，两不相干。对此，王衍恐怕只有苦笑！显然，"卿"与"君"虽然都是第二人称，但感情色彩与人物之间亲疏关系却是不一样的。难怪王戎一开始不同意妻子用"卿"称呼自己，因为那样不符合正规的夫妇礼节，也不敬重自己。其妻却不管这些，照样用"卿"称呼他，还理直气壮地回击王戎：我用"卿"称呼你，是因为亲近你爱你，如果我不用"卿"亲昵称呼你，难道让别的女人这样称呼你吗？这便是成语卿卿我我的由来。王妻如此娇嗔可爱，王戎只得接受。估计他一方面是对爱妻无可奈何，另一方面，内心还是非常甜蜜的。寥寥数语，夫妇两人的性格凸现：王妻我行我素、大胆热烈、热情似火；王戎性情随和温顺，敬爱妻子。

今日汉语中出于《世说新语》的成语有近百条，其中常见的有：难兄难弟、咄咄怪事、拾人牙慧、望梅止渴、绝妙好辞、一往情深、一见钟情 、口若悬河 、咄咄逼人 、咄咄怪事、登峰造极 、鹤立鸡群、东山再起、应接不暇、楚囚相对、东床快婿、吴牛喘月、木犹如此人何以堪、云兴霞蔚、千岩竞秀、万壑争流、情文相生、引人入胜、洛阳纸贵、掷地有声、扪虱而谈、老生常谈、土木形骸、枕石漱流、空洞无物等，正说明《世说新语》高超的语言艺术成就及对后来文学的巨大贡献。

七、《世说新语》的影响

《世说新语》体例与塑造人物的技巧，对后人产生巨大影响。日本学者吉川幸次郎称："《世说新语》之文章，代表南北朝之风格，为中国文学史一大流派，亦可谓对史、汉时代文章之一大革命，因一方面表现一种充满哲学意味之背景，一方面代表一种新文体之诞生。"① 正因此后世仿作者层出不穷。唐代有王方庆《续世说新书》，刘肃《大唐新语》；宋代有王谠《唐语林》、孔平仲《续世说》；明代有何良俊《何氏语林》、李绍文《明世说新语》、焦竑《玉堂丛语》、郑仲夔《兰畹居清言》；清代有吴肃公《明语林》、章抚功《汉世说》、王木庵《今世说》、李延是《南吴旧话录》、李清《女世说》、颜从乔《僧世说》，民国有易宗夔《新世说》等。另外，后世许多小说、戏曲也都从中取材，比如：关汉卿《玉镜台》，秦简夫《剪发待宾》；明代杨慎《兰亭会》，都由《世说新语》中的人物故事附会改编而成。长篇历史小说《三国演义》中诸多情节也源自《世说》，如：杨修之妙解黄绢幼妇、曹操望梅止渴、曹植七步成诗等。

参考文献

[1] 余嘉锡：《世说新语笺疏》，上海古籍出版社 1993 年版。
[2] 徐震堮：《世说新语校笺》，中华书局 1984 年版。
[3] 张撝之：《世说新语译注》，上海古籍出版社 1996 年版。
[4] 张万起、刘尚慈：《世说新语译注》，中华书局 1998 年版。
[5] 杨勇：《世说新语校笺》，中华书局 2006 年版。
[6] 骆玉明：《世说新语精读》，复旦大学出版社 2008 年版。
[7] 刘强：《世说学引论》，上海古籍出版社 2012 年版。

① 吉川幸次郎：《世说新语之文章》，纪庸译，载《国文月刊》1948 年第 6 期。

王实甫《西厢记》导读

石　麟

　　王实甫《西厢记》，简称"王西厢"，是中国戏曲史上最优秀的作品之一，也是元杂剧的冠冕之作。然而，它的故事情节和人物形象却并非王实甫首创，而是经历了从唐宋到金元的漫长演变过程。"王西厢"的内容十分丰富，其妇女观、婚恋观均处于当时的时代前列，莺莺、张生、红娘等人物形象甚至成为某种文化符号。"王西厢"的艺术成就在元代堪称登峰造极，无论是矛盾冲突设置、人物形象塑造、舞台艺术再现、文学语言表述，都达到元杂剧最高水平。"王西厢"对后世影响极大，既有社会影响，又有文学影响、文化影响，尤其在恋爱观、婚姻观方面，对后世青年男女影响巨大，同时，对后世婚恋题材的文学创作，尤其是戏曲小说的创作更产生了直接而重大的影响。

一、作者介绍

　　王实甫，一作实父，名德信，大都（今北京）人。约生于元世祖中统元年（1260）以前，约卒于元顺帝至元初（1335－1336）。王实甫曾作过县官，声誉很好，升陕西行台监察御史，因与台臣议事不合，四十多岁就弃官归隐了。六十多岁时，他还写过一套散曲［商调·集贤宾］《退隐》，描写自己啸傲山林、诗酒琴棋的生活。王实甫创作杂剧十四种，今存《西厢记》《丽春堂》《破窑记》三种及存佚曲的《芙蓉亭》《贩茶船》二种，其他九种均已失传，仅存剧目，即：《双渠怨》《娇红记》《进梅谏》《多月亭》《丽春园》《明达卖子》《于公高门》《七步成章》《陆绩怀橘》。另外，王实甫还作过散曲，但流传下来的作品只有几首。

　　王实甫的戏剧创作以文采见长。元末明初戏剧家贾仲明《凌波仙》吊词说他："作词章，风韵美，士林中等辈伏低。"[①] 明代戏曲理论家朱权《太和正音谱》则将王实甫剧作比为"花间美人"，又称其"铺叙委婉，深得骚人之趣。极

---

① 谢伯阳：《全明散曲》，齐鲁书社 1994 年版，第 175 页。

77

有佳句，如玉环之出浴华清，绿珠之采莲洛浦。"① 明代戏剧家何良俊《四友斋丛说》云："王实甫才情富丽，真词家之雄。"② 关于《西厢记》的作者，有王实甫作、关汉卿作、王作关续等多种说法，此处采取的是通常的说法。

二、创作背景

(一)"西厢"故事的来源和演变

在王实甫以前，"西厢"故事就已经广为传诵了。

1. 唐代元稹《莺莺传》

元稹在唐德宗贞元（785－804）末年写了一篇传奇小说《莺莺传》。由于作品的最后有元稹等人的《会真诗》，因此，这篇小说又叫作《会真记》。

《莺莺传》是唐人传奇中最负盛名的作品，然而却并非最佳之作。其关键在于，尽管作品前半部分写张生与莺莺的爱情缠绵悱恻、哀艳动人，但后半部分的诗词、议论太多，冲淡了读者的审美趣味。尤其是篇末的议论，堪称拖上了一条沉重的尾巴。《莺莺传》的结构颇为奇特，先叙背景，接叙才子佳人故事，中间几经曲折，最终却是一个发人深省的悲剧结局。如果仅就前半部分而论，写莺莺的美丽、多情以及与众不同的性格、气质，作者亦可称文章圣手。对张生的描写，也有动人之处，如他和红娘一段对话，亦可算得上是情痴情种的"高论"。红娘形象也写得不错，观其骇奔、献计、传书、抚背等行为，实乃一伶俐解事而又乐于助人的少女。无怪乎经董解元、王实甫进一步改造之后，数百年来她会成为"热心媒人"的代名词。

2. 唐宋两代关于"西厢"故事的诗歌及讲唱作品

在元稹以自己年轻时的一段爱情生活为素材而创作《莺莺传》的同时或稍后，就有不少文人用诗歌的形式来吟咏这一故事。元稹自己有《续会真诗》三十韵，杨巨源有《崔娘诗》，李绅有《莺莺歌》。

宋代，秦观、毛滂各为莺莺故事写了"调笑转踏"，又将这一题材由文人歌咏引向更广泛的演唱艺术领域。"调笑转踏"是一种用一首七言八句的引诗和一首《调笑令》来歌咏一个故事的舞曲。秦观写道："红娘深夜行云送，困弹钗横金凤。"③ 毛滂写道："薄情年少如飞絮，梦逐玉环西去。"④ 秦观只写到"幽会"，毛滂则写到"寄环"，二者的共同点是一定程度表现了对莺莺的同情。

宋代另一位作家赵德麟，又将"西厢"故事改编为《元微之崔莺莺商调蝶恋

---

① 中国戏曲研究院编：《中国古典戏曲论著集成》（三），中国戏曲出版社 1959 年版，第 17 页。
② 何良俊：《四友斋丛说》，中华书局 1959 年版，第 338 页。
③ 徐培均校注：《淮海居士长短句》，上海古籍出版社 1985 年版，第 124 页。
④ 唐圭璋编：《全宋词》，中华书局 1965 年版，第 690 页。

花》鼓子词。这是一篇采用民间说唱文学形式写成的作品，分为"说"与"唱"两个部分。"说"的部分用散文，除首尾两段是赵德麟所作而外，其余都是根据《莺莺传》删节概括而成。"唱"的部分用韵文，是赵德麟自己作的十二首《蝶恋花》词。作者除了通过中间十首《蝶恋花》热情洋溢地歌咏了崔张恋爱故事外，又在首尾两首《蝶恋花》以及篇末一段散文中明确表示了对莺莺的同情和对张生的不满。例如："弃掷前欢俱未忍，岂料盟言，陡顿无凭准。"① 所有这些，都表现了一种对原作的批判性继承和发展中前进。

3. 金代董解元《西厢记诸宫调》

《西厢记诸宫调》又称《西厢弹词》《弦索西厢》、"董西厢"，作者董解元。诸宫调是一种有说有唱、以唱为主的通俗讲唱艺术形式。其中说的部分用散文，唱的部分用韵文。韵文部分首先是以自成首尾的某一宫调的若干支曲子组成套数，然后联合各个宫调的许多套数而成鸿篇巨制，故而叫"诸宫调"。诸宫调有南北调之分，北调主要用琵琶和筝伴奏。《西厢记诸宫调》属于北调，故而有《西厢弹词》《弦索西厢》的称谓。

董解元是诸宫调创作最伟大的作家之一。但由于资料缺乏，我们并不知道他的名字，只能根据元人钟嗣成《录鬼簿》和陶宗仪《南村辍耕录》中的记载，得知他是金章宗时人："金章宗时，董解元所编《西厢记》，世代未远，尚罕有人能解之者。"② "解元"不是他的名字，而是当时人对他的一种尊称。唐朝制度，进士由乡而贡叫"解"，后世因此称乡试为"解试"，称乡试第一名为"解元"。金、元时代，凡读书人均可称"解元"，如王实甫《西厢记》中就称张君瑞为"张解元"。

"董西厢"通过莺莺和张生共同反抗封建礼教、追求幸福的爱情生活并获得美满结果的动人故事，揭露和鞭挞了企图阻碍爱情自由、婚姻自主的封建势力，热情讴歌了青年男女为争取自身幸福而进行的反封建礼教斗争。与《莺莺传》等作品相比，它完全改变了原有的主题和结局，从而使"西厢"故事的文学创作进入一个新的天地。

"董西厢"在相当程度上改变和突出了原作几个主要人物的思想性格和精神面貌。薄情负义的张生变成了一个有情有义、始终如一的至诚君子。老夫人则成为一个嫌贫爱富、虚伪自私、言而无信的封建家长。莺莺的斗争精神大大增强，内心世界更加丰富，成为一个血肉丰满、光彩照人的艺术典型。最为成功的是对红娘的改造。红娘在这里却一跃成为推动全局的重要人物，她深明大义，机智勇敢，成为不朽的艺术典型。此外，"董西厢"还增添了法本、法聪、郑恒、孙飞虎等一些次要人物，创造了"张生闹道场""兵围普救寺""老夫人悔婚""崔莺

---

① 傅惜华编：《西厢记说唱集》，上海古籍出版社 1986 年版，第 9 页。

② 陶宗仪：《南村辍耕录》，文化艺术出版社 1998 年版，第 370 页。

莺问病"等一些生动、热闹的场面和情节。这样，就使得整部作品更具趣味性。董解元还善于把众多的人物、纷繁的场面、丰富的情节巧妙地融汇在一起，组成一个规模宏大、结构严谨、脉络分明的艺术整体。全书文笔轻松活泼，语言优美动人。比如十里长亭莺莺送别张生时的描写："莫道男儿心如铁，君不见满川红叶，尽是离人眼中血。"①寥寥数笔，借景抒情，成功地表现了新婚夫妻的离愁别恨。为王实甫《西厢记》"长亭送别"中的著名唱段打下了基础。

"董西厢"而外，在其前后还有一些根据"西厢"故事改编的戏剧作品如《莺莺六么》《张珙西厢记》《崔莺莺西厢记》《红娘子》等，因为没有文本保留下来，故不赘述。

（二）元代社会与元杂剧

王实甫《西厢记》杂剧，全名《崔莺莺待月西厢记》，简称"王西厢"，大约成书于元成宗大德年间（1297—1307 年）。

元代，是一个少数民族入主中原的时代。元朝的统一，有其进步的一面，结束了自北宋末年以来的战乱局面，促进了各民族之间的大融合，但是，元蒙贵族集团以其落后的社会制度和生产方式来统治全国，又对社会生产力的发展在一定程度上起到阻碍作用。杂剧兴起于金元之际，是一种有表演、有说白、有歌唱的综合艺术形式，它具有以下基本特点：一本戏限用四折，如四折不够，可以在开头或折与折之间垫一场戏，叫作"楔子"。一折必须包括由同一宫调的若干曲牌按规定联成的一"套"曲子，这一套曲子必须由正末或正旦独唱到底，不能由几个角色分唱。由正末主唱的叫"末本"，由正旦主唱的叫"旦本"。

（三）"王西厢"对"董西厢"的继承和改造

"王西厢"基本上保持了"董西厢"的情节结构和主题思想，但又进行了很大程度的艺术加工和改造。

第一，删除不必要的情节，使矛盾冲突更加突出。第二，修改不合理的描写，使人物塑造更为成功。第三，避免不通行的土语，使语言表达更显雅洁。

三、王实甫《西厢记》解读

莺莺与张生的故事在长期流传过程中，传唱者突出了他们的热情、勇敢等新的品格，并在他们的美满结合中寄托了自己的理想。王实甫《西厢记》以同情封建叛逆者的态度，写崔、张爱情多次遭到老夫人的阻挠和破坏，从而揭露了封建礼教对青年自由幸福的摧残，并通过他们的美满结合，歌颂了青年男女对爱情的要求以及他们的斗争和胜利。从而，使得"西厢故事"最终定型，成为数百年来封建礼教束缚下的青年男女追求爱情幸福的赞歌。这种情结凝聚成一句话：愿天

---

① 朱平楚注译：《西厢记诸宫调注译》，甘肃人民出版社 1982 年版，第 253 页。

下有情人终成眷属!

(一) 基本内容

唐德宗贞元间,相国崔珏病逝,其夫人郑氏携带女儿莺莺等扶柩回博陵安葬。因路上不太平,暂停灵柩于普救寺,在西厢暂住。莺莺是一个被母亲紧锁深闺的小姐,相国在世时,已许配给郑恒。只因父丧未满,故未出嫁。书生张珙字君瑞,父亲也曾为官。后父母双亡,孑然一身,进京赶考,路过河中府,欲拜望同窗好友白马将军杜确,暂住于此。闲游普救寺时,恰遇莺莺。莺莺的美貌一下子迷住了张生,而张生的风度也引起了莺莺的注意。张生当即改变进京赶考的主意,决定在庙里借居,设法接近小姐。

此时,老夫人为给相国做道场,派红娘与长老商量。张生路遇红娘,呆头呆脑地自报家门,又打听莺莺的情况,结果被红娘抢白一顿。张生又想到相国做道场时,莺莺必然出来拈香,就说自己也要追荐父母,搭一份斋,以便再见小姐一面。张生住所与西厢后园仅隔一墙,他得知莺莺每夜都要到花园烧香,便躲在墙角偷看。某晚,莺莺格外娇媚,捧香对天祈祷:"此一炷香,愿化去先人,早生天界;此一炷香,愿堂中老母,身安无事!"到第三炷香时,却住了声。机灵的红娘看透了小姐心事,替她祝告:"愿俺姐姐早寻一个姐夫!"莺莺不禁仰天叹息。张生看在眼里,为情所动,吟诗一首:"月色溶溶夜,花阴寂寂春;如何临皓魄,不见月中人?"莺莺听后,情不自禁和诗一首:"兰闺久寂寞,无事度芳春;料得行吟者,应怜长叹人。"[①]

二月十五日,老夫人为亡夫做道场,很是热闹。莺莺为父亲拈香,她的美丽震撼了整个佛殿,和尚们只顾看她,念经时心不在焉,甚至敲错法器,弄灭香烛,张生则更是被惊呆了。莺莺看见张生,也默默产生爱意。不料,普救寺飞来横祸。河桥叛将孙飞虎听说莺莺貌美,五千兵马包围普救寺,要夺小姐为妻。否则,就要焚烧庙宇,杀尽僧俗。老夫人无奈,只有听从莺莺之计:无论何人,能退得贼兵者,以莺莺妻之。长老当堂宣布这一决定,张生鼓掌大笑,自称有退兵之策。莺莺见状,暗自高兴。

张生设计,一面让长老传话暂时稳住贼兵,一面写信请庙里勇猛的火头僧惠明冲出重围送给在数十里外的杜确,向他求救。杜确见信,星夜引兵前来,杀退贼兵,解围而去。老夫人见重围已解,备下酒席,派红娘请张生赴宴。张生以为婚事必成,欣喜万分。谁知酒席之上,老夫人出尔反尔,意欲赖婚,叫莺莺拜张生做"哥哥",给"哥哥"敬酒。这晴天霹雳,打破了两人的好梦。崔、张当场均表示强烈不满。红娘也对老夫人的赖婚愤愤不平。于是,替张生谋划,叫他月下弹琴,以情挑动小姐芳心。

---

① 以下所引王实甫《西厢记》原文均据王季思校注《西厢记》,上海古籍出版社 1978 年版。

红娘安排小姐在后园烧香，使莺莺听到张生悠扬委婉的琴声，不知不觉循声来到了书房窗下。这时，琴音一变，张生借着《凤求凰》的曲子尽情倾诉了对莺莺的爱慕和内心的苦闷。莺莺被凄切而又热烈的琴声所感动，对母亲的无理行为更加不满。鼓琴之后，张生为情所伤，相思成病。莺莺知道后，央告红娘前去打探病情。红娘来到书房，隔窗窥见张生和衣躺在床上，面黄肌瘦，神色黯淡，好不凄凉。张生见了红娘，连忙写下书信，求她带给莺莺。红娘应允。红娘将书信悄悄放在莺莺的梳妆盒上，莺莺拆开看了，不由得心花怒放。却又假装发怒，责骂红娘。一面写好回信，欺红娘不识字，假意往地下一丢，要她回复张生。不料张生接信一看，却高兴得手舞足蹈起来。原来回信是四句诗："待月西厢下，迎风户半开，隔墙花影动，疑是玉人来。"乃约会情书。

当晚，张生跳墙赴约。谁知见面时，莺莺内心深处相国小姐的尊严又占了上风，当着红娘的面，违心地用一番冠冕堂皇的大道理把张生狠狠训斥了一通，拂袖而去。约会告吹，张生痛苦万分。

张生受了这场冤枉气，病情越发沉重了。老夫人派红娘探病，莺莺心里也很不安。于是又以送药方为名，要红娘带去再次约会的情书。张生喜不自胜，病情顿减。即将赴约时，莺莺又扭捏起来。幸亏红娘对她进行了热情的鼓励和支持，才决定晚上到张生住所幽会。莺莺经过激烈的思想斗争，怀着对爱情生活的憧憬，大胆冲破封建礼教牢笼，与张生私下里结成夫妻。

一个月后，老夫人有所察觉，怒冲冲地拷问红娘。红娘干脆将真相公开，并抓住老夫人顾全相国家体面的弱点，转守为攻。终于以其胆气、机智和雄辩制服了老夫人，使之不得不接受既成事实，勉强承认这门"不体面"的亲事。但是，老夫人又提出"三辈儿不招白衣女婿"，强令张生即日进京赴考，以得官与否作为能否娶莺莺的条件。张生无奈，忍痛离别。莺莺愁绪满怀，送张生于十里长亭。并反反复复叮嘱张生莫要用情于他人，无论得官不得官，一定早早归来。当晚，张生住宿草桥客店，因思念过度，梦见莺莺私奔而来，醒来后更觉愁情无限。

张生进京赴考，中头名状元。一面等待授官，一面写信给莺莺报喜。莺莺得到捷报，欣喜若狂，立即回书，并寄去一些纪念物品，向张生倾诉衷情，叮咛他千万别忘昔日恩爱。张生奉旨在翰林院编修国史，因思念莺莺，竟一病不起。养病期间，接到莺莺回信，更加思念心上人。

礼部尚书之子郑恒知道了崔、张之事，赶到河中府，先求红娘为他说合婚事，遭到红娘的嘲笑和斥责。他又到姑妈面前挑拨是非，谎说张生中状元后，入赘卫尚书家。老夫人闻言大骂张生，并答应仍旧招郑恒为婿。张生官授河中府府尹，走马上任。此时正是莺莺被逼出嫁，无计可施的时候。正好白马将军杜确也赶到普救寺给张生贺喜，他问明情况，决定主持公道。张生在杜将军、红娘、长老等人的帮助下，揭穿了郑恒的阴谋，并狠狠地教训了他一顿。郑恒又羞又怒，触树而死。张生和莺莺这对有情人终成眷属。

（二）矛盾冲突

戏剧作品必须强调戏剧性，而戏剧性主要表现之一就是要善于设置和展开矛盾冲突。在中国古代戏曲作品中，《西厢记》毫无疑问是成功设置并展开矛盾冲突的典范。

《西厢记》中至少有五大矛盾，即：莺莺、张生、红娘的联合战线与老夫人的矛盾，莺莺与张生的矛盾，莺莺与红娘的矛盾，张生与红娘的矛盾，莺莺自身的思想矛盾。此外，还有一些次要矛盾，如孙飞虎与普救寺僧俗的矛盾，杜将军与老夫人的矛盾，郑恒与张生、莺莺、红娘的矛盾等。但这些次要矛盾都是为主要矛盾服务的，有的就是一种背景或条件的展示。

那么，在全剧中，上述五大矛盾是怎样以错综复杂的态势展开运动的呢？

1. 诸种矛盾冲突的开始——从"佛殿相逢"到"张生闹道场"

莺莺在佛殿向着张生"临去秋波那一转"，正是对老夫人把她"门掩重关萧寺中"的禁锢生活的不满。张生对莺莺的一见钟情，也就预示着他必然站在莺莺一边与老夫人抗争。红娘作为莺莺贴身侍女，秉承老夫人意旨对小姐"行监坐守"，使她必然会被卷入这场矛盾冲突中来。由于红娘对崔、张的同情，又决定了她立场转变的可能性。同时，莺莺对红娘有防范心理，红娘也看不惯莺莺的矫揉造作，小姐与丫鬟之间的矛盾亦不可避免。再者，红娘并不知张生底细，出于对自家小姐的责任感，她势必斥责张生的某些"不轨"言行。还有，张生追求莺莺的强烈心态和莺莺在爱情萌发时的矜持态度也会发生剧烈的冲突。至于莺莺自身的思想矛盾，则更是与生俱来的，是由她既是情窦初开的青春少女又是谨守闺范的相国千金的双重身份所决定的。从莺莺看见张生的那一刻开始，这一矛盾冲突就不可避免了。

2. 矛盾冲突的急剧变化——"寺警"

崔、张爱情，按照正常的状况是很难向前发展的，但这时出现了孙飞虎兵围普救寺的突发事件。"寺警"使得原有的诸多矛盾产生了急剧变化，使主要矛盾冲突得到暂时的转移，全院僧俗与孙飞虎的矛盾被推到首要地位。在这突如其来的事变中，莺莺表现了坚强、崇高的精神，宁愿牺牲自己也要保全大家的性命。老夫人再也顾不上门当户对的婚姻，居然同意了莺莺的建议。张生则勇敢地站出来，担当了献计退贼的重任。大家都站在同一战线上，对付共同的敌人。然而，"寺警"的作用绝非仅止于表现上述人物的性格，对于崔张爱情而言，这场变故其实是一种促进、一个推动。随着白马将军的解围，此前所有的矛盾重新恢复，但又不是简单重复，而是以崭新的面目重新展现。其间关键是，崔张爱情再也不是朦朦胧胧地隐藏于内心或流露于只言片语中的萌芽状态，而是明确无误地摆到桌面上来。崔张爱情追求，除了"情爱"本身的魅力之外，还带有坚持正义的意味。

3. 矛盾冲突的大转折——"赖婚"

老夫人为了酬恩而请张生喝酒，此时的气氛是欢乐的。但老夫人在酒宴上当场赖婚，却导致了矛盾冲突的大转折——一切矛盾的公开化。张生指责老夫人而后拂袖而去，莺莺埋怨老夫人"口不应心"，红娘的立场则更是来了一个对立转换——由对莺莺的监视对张生的防范转为对崔张二人的同情和对老夫人的不满。这样，崔、张、红的统一战线于此时无形之中已然达成，他们与老夫人的斗争从此成为故事中的主要矛盾。

4. 矛盾冲突在复杂、交错的态势中进行——从"听琴"到"幽会"

老夫人"赖婚"以后，崔、张、红虽然处于矛盾的同一方面了，但由于各自的性格和处境不同，他们三人之间也存在着错综复杂的矛盾。红娘是愿意帮助张生和莺莺的，但她又对莺莺的那些"假意儿"不满。莺莺也是希望得到红娘帮助的，但她又时时提防红娘去给老夫人打小报告。张生对莺莺有着热烈的爱情，但又不时遭受到莺莺真真假假的"矫情"折磨。莺莺也爱着张生，但相国小姐的身份又放不下来。张生在红娘帮助他时却误解了这个正义的丫鬟，说什么要回报她一点好处。红娘在给张生帮忙时，又对张生世俗的眼光表示了极度的愤慨。而莺莺自身呢？在这一阶段，一直是在勇敢与懦弱、抗争与犹疑、感情与礼教之间徘徊。在这一系列矛盾冲突中，老夫人始终没有出来说些什么或做些什么，但老夫人的"精神"却像幽灵一样笼罩着戏剧舞台，笼罩着三个年轻人的心灵。何以如此？因为以上所有的矛盾都是因为老夫人及其思想的存在而存在的。试想，如果没有老夫人及其所代表的封建礼教，崔、张、红三者之间的那些矛盾还会存在吗？莺莺自身还会陷于深深的矛盾痛苦之中吗？

5. 矛盾冲突的高潮——"拷红"

《西厢记》的矛盾冲突，到"拷红"一折达到高潮。红娘代表莺莺，代表张生，代表所有希望婚姻自主、爱情自由的青年男女，向老夫人所代表的封建意识形态发出了正面的、强烈的进攻，当然，这也是一种转守为攻。红娘有理、有据、有节的说辞，使老夫人一败涂地，也就代表了崔、张、红联合战线与老夫人决战的根本胜利。

6. 矛盾冲突激烈的延续——"送别"和"惊梦"

老夫人的战术与红娘恰恰相反，她是反攻为守。具体做法便是逼迫张生参加科举考试。于是，有了凄凄惨惨切切的"长亭送别"。当然，这时的莺莺已经大有进步了，在送别张生时，她所说的话几乎句句与老夫人唱反调。更有甚者，作者在紧接着的"惊梦"一折中，居然让莺莺在情人的梦境中彻底摆脱了封建思想的束缚，要跟从张生私奔。这是莺莺思想的升华，因为是莺莺的行为；这也是张生思想的升华，因为这是在张生的梦中。或者说，这里所写的是张生心目中的莺莺的升华。这种一笔下去同时写好两个人物的手法是特别高明的，古人称之为

"一击两鸣"法。

7. 矛盾冲突的新波突起——"造谣夺亲"

《西厢记》第五本的前两折专门描写莺莺与张生的两地相思，似乎一切矛盾都已解决，只等着张生授官结亲了。但是，作者还有一条埋伏了很久的线索未用！郑恒上场，造谣夺亲，老夫人改变主意，将女儿再嫁侄儿。这里所体现的是老夫人代表的封建婚姻观念与崔、张、红代表的新型婚姻观念在剧中最后的斗争。这陡起的波澜虽然很快就平息了，但却说明了一点，作者的艺术功力是极其深厚的，绝不是不能穿鲁缟的强弩之末。

从以上分析可以看到，《西厢记》所表现的矛盾冲突是极富特色的。它忽喜忽悲、一张一弛、悲喜相生、张弛交替。这就使得这部天下夺魁的戏曲巨著的情节结构宏伟而又严谨，曲折而不紊乱，达到了完美而精湛的艺术境地。

（三）人物形象

《西厢记》写得最成功的人物形象当然是莺莺、张生、红娘，下面略作分析评价。

1. 崔莺莺

崔莺莺是个深沉、幽静的少女，她有着美丽的容貌，又"针黹女工、诗词书算"无所不能，却被深深地闭锁在寂寞闺中，并由于"父母之命、媒妁之言"，早就许给了"花花公子"郑恒。她无法驱遣自己青春的苦闷，因此在遇到青年书生张珙时，就一见钟情。"隔墙酬韵"和"佛寺闹斋"之后，她对张生的感情更深了一层。随着她身上爱情萌芽的滋长，她越来越不满于老夫人的约束，并迁怒于红娘的跟随，她说："俺娘也没意思！这些时直恁般提防着人；小梅香伏侍得勤，老夫人拘系得紧，只怕俺女孩儿折了气分。"在孙飞虎兵围普救寺、张生下书、老夫人许婚之后，莺莺满心欢喜，以为幸福在望；哪知老夫人食言，一场喜事化成无穷苦恼，从而激起了她对母亲的不满。在老夫人赖婚之后，莺莺一方面开始了内心的反抗，一方面又怕老夫人的威严而不敢行动。作者细致地描绘了她的心理矛盾。她请求红娘为她去张生那里问病，但当她看到张生的回信时，又忽地向红娘发起脾气来："小贱人，这东西那里将来的？我是相国的小姐，谁敢将这简帖来戏弄我？我几曾惯看这等东西？告过夫人，打下你个小贱人下截来。"她要红娘带信，口说是叫张生"下次休是这般"，但寄去的却是约会诗简。当张生应约而来时，她又翻脸不认帐，把张生教训一顿。经过几次波折之后，她终于与张生私下成亲。莺莺是个相国小姐，她的家庭教育和贵族身分，使她在热烈追求幸福的时候，不能不产生一些怀疑与顾虑，从而不断加深了她内心的矛盾和精神的苦闷。同时由于封建家庭防范的严密，一个少女在封建社会轻易向人表示爱情时所可能遇到的风险，使她不能不采取隐蔽曲折的方式来达到目的。作者通过一连串的戏剧冲突，既善意地嘲笑了她与封建礼教斗争时所流露的性格弱点，同时细致地描绘了她思想性格中深沉、谨慎的一面，显示了作者对生活观察的细致、深刻和高度艺术技巧。

莺莺不仅是一个带着封建镣铐最终又挣脱之的追求自由者，一个被家世利益羁绊最终而又冲决之的有情人，同时，她还是一个内心与外貌一样"阳光"的侠义美人。孙飞虎兵围普救寺时，大家乱作一团。莺莺很快镇定下来，提出"五便三计"。"五便"是避免五个方面的灾难和损失："第一来免摧残老太君；第二来免堂殿作灰烬；第三来诸僧无事得安存；第四来先君灵柩稳；第五来欢郎虽是未成人。""三计"是莺莺的三个解决方案："想来只是将我与贼汉为妻，庶可免一家儿性命。""我不如白练套头儿寻个自尽，将我尸橇，献与贼人，也须得个远害全身。""不拣何人，建立功勋，杀退贼军，扫荡妖氛；倒陪家门，情愿与英雄结婚姻，成秦晋。"须知，"五便"中的任何一"便"，都是保全他人；而"三计"中的任何一计，都是牺牲莺莺自己。莺莺这种在万分危急时宁愿牺牲自己也要保全他人的女性形象，在中国古代文学史中殊为罕见，堪称凤毛麟角，弥足珍贵。

2. 红娘

红娘是出现于《西厢记》中的奇迹，是中国古代文学人物画廊中最早、最成功的婢女形象。作者竭尽全力刻画了这一身份卑贱而又精神高贵的女性形象，赋予她正义、善良、勇敢、机智、坦率、泼辣、诚恳、热情的动人性格。

"寺警"以前，红娘受老夫人委派来服侍同时监守莺莺，但老夫人赖婚以后，红娘觉得老夫人背弃信义，不讲道德，立足点转到张生、莺莺一边，决定帮他们传书递柬、穿针引线，甚至出谋划策，诱导莺莺走上反抗斗争的道路。这一切，都源自红娘本身的正义感。至于红娘的勇敢与机智，在"拷红"一折中表现得非常充分。她以丫鬟之贱压倒了丞相夫人之尊，靠的什么？正义感之外，就是超常的勇敢与机智，还有她泼辣尖锐的语言。当然，她的泼辣不仅针对老夫人，对张生的酸腐无能、莺莺的矫揉造作，她都用火一般的语言予以辛辣嘲讽。此外，红娘善良、诚恳、坦率性格特征也在作品中得到充分展现。她被莺莺冷言冷语斥责过，被张生世俗眼光侮辱过，甚至还被莺莺欺骗、利用过，但她从大局出发，并不在乎别人对她怎么样，而是抱定了自己认为应该怎样就怎样，仍然直率地指出崔、张的缺点和毛病，仍然满腔热情地去帮助他们。

红娘是一面镜子，老夫人的无理、郑恒的无耻、张生的无能、莺莺的无奈都在这面晶莹无瑕的明镜照耀下原形毕露。

3. 张生

张生既是一个"至诚种"，又是一个"风魔汉"，还是一个"银样蜡枪头"。

张生对莺莺的爱情追求是执着、热烈的，甚至带有几分傻乎乎的疯狂。为了莺莺，他几乎尝试了在那个时代一个读书人所能用到的所有方法；为了莺莺，他也可以抛弃身边一切。因此，这样一个"至诚种"兼"风魔汉"的角色还是令人感到非常可爱的。张生在原则问题上很有几分气节,譬如老夫人赖婚的时候,他居然敢于当面顶撞一番而后拂袖而去。但在更多的时候,他却是一个"银样蜡枪头"。这主要体现在两个方面:一是碰到困难和挫折时,他通常的表现除了流泪、生病,就是"解下腰带,寻个自尽"。二是只要能达到目的,他会很快妥协。例如当老夫人以得官与否作为他能否娶莺莺的充分必要条件来要挟他时,这位"白衣婿"居然毫无抗拒地满口答应。从这里,我们又看到了中国古代读书人的劣根性。在坚定、沉着、柔韧方面,张生既不如莺莺,更不如红娘。

唯其如此,张生才是一个活生生的、真实而又可爱的艺术典型。

(四)戏剧语言

从某种意义上讲,《西厢记》不仅是一部戏剧,也是一部诗剧。该剧的语言既充满诗情画意又符合剧中人物性格,同时,还富于舞台表现力。以上三点有机结合,使之成为中国戏曲史上戏剧语言的成功典范。

我们不妨先看"长亭送别"中那几段情景交融的描写:

【端正好】碧云天,黄花地,西风紧。北雁南飞。晓来谁染霜林醉?总是离人泪。

【滚绣球】恨相见得迟,怨归去得疾。柳丝长玉骢难系,恨不倩疏林挂住斜晖。马儿迍迍的行,车儿快快的随,却告了相思回避,破题儿又早别离。听得道一声去也,松了金钏;遥望见十里长亭,减了玉肌:此恨谁知?

【叨叨令】见安排着车儿、马儿,不由人熬熬煎煎的气;有甚么心情花儿、靥儿,打扮得娇娇滴滴的媚;准备着被儿、枕儿,只索昏昏沉沉的睡;从今后衫儿、袖儿,都揾做重重叠叠的泪。兀的不闷杀人也么哥?兀的不闷杀人也么哥?久已后书儿、信儿,索与我悽悽惶惶的寄。

《西厢记》的曲辞,不仅如诗如画,而且有声有色。且看"莺莺听琴"的一段妙喻:

【秃厮儿】其声壮,似铁骑刀枪冗冗;其声幽,似落花流水溶溶;其声高,似风清月朗鹤唳空;其声低,似听儿女语,小窗中,喁喁。

除了如诗如画、有声有色的"雅言"而外,《西厢记》作者对俗语方言的运用也可谓"轻车熟路"。请看"请宴"时红娘眼中张生的酸态:

【满庭芳】来回顾影,文魔秀士,风欠酸丁。下功夫将额颅十分挣,迟和疾擦倒苍蝇,光油油耀花人眼睛,酸溜溜螫得人牙疼。

这还是对张生"丑态"的外在化描写,而张生与莺莺"佛殿相逢"时的内心激动则简直是一种近乎疯狂的"丑态"。请观赏:

【元和令】颠不剌的见了万千,似这般可喜娘的庞儿罕曾见。只教人眼花缭乱口难言,魂灵儿飞在半天。他那里尽人调戏軃着香肩,只将花笑拈。

【赚煞】饿眼望将穿,馋口涎空咽。空着我透骨髓相思病染,怎当他临去秋波那一转！休道是小生，便是铁石人也意惹情牵。

不仅曲辞如此香气郁馥，《西厢记》的宾白也臻于化境。且看张生与红娘的一段对话：

（末迎红娘祗揖科）小娘子拜揖！

（红云）先生万福！

（末云）小娘子莫非莺莺小姐的侍妾么？

（红云）我便是。何劳先生动问？

（末云）小生姓张，名珙，字君瑞，本贯西洛人也，年方二十三岁，正月十七日子时建生，并不曾娶妻……

（红云）谁问你来？

看了这段对话，二人当时的身份、处境、心情还用得着再做分析吗？

（五）影响

从《西厢记》产生之日起，就开始吸引人们的注意力。至少有十四本以上的元杂剧中的人物提到《西厢记》中的人和事。例如在宫大用《范张鸡黍》中，当范巨卿唱到"则《春秋》不知怎的发"时，王仲略就说："小生不曾读《春秋》，敢是《西厢记》？"[①] 这里范巨卿说的是儒家经典《春秋》，王仲略则以为他说的是《西厢记》。因为《西厢记》又叫《春秋》。明·李诩《戒庵老人漫笔》卷五云："《西厢记》人称为春秋，或曰曲止有春秋，而无冬夏，故名。"[②]

明·冯梦龙编《古今谭概》载："丘琼山过一寺，见四壁俱画《西厢》。曰：'空门安得有此？'僧曰：'老僧从此悟禅。'丘问：'何处悟？'答曰：'是怎当他临去秋波那一转。'"[③] 丘琼山是明代戏曲作家丘濬，他与一个僧人之间参禅悟道的问答语，所引用的居然是《西厢记》曲辞。

《西厢记》对追求爱情的青年男女的影响更是直接而巨大。清人余治《得一录》云："金陵一名家子，过目成诵，年十三，博通经史，一日偷看《西厢》曲本，忘食废寝，七日夜而元阳一走，医家云心肾绝矣，乃死。"[④] 这段记载很可能有夸张的成分，但其中所说青年人读《西厢》到了"废寝忘食"的地步还是基本可信的。

文学创作领域，《西厢记》的影响更大。与王实甫同时的杂剧作家白朴模仿创作了《东墙记》，"元曲四大家"之一的郑光祖则创作了《㑇梅香》和《倩女离魂》。庄一拂《古典戏曲存目汇考》云："《董秀英花月东墙记》……事与《西厢》

---

① 臧晋叔编：《元曲选》（全四册），中华书局 1958 年版，第 952—953 页。

② 李诩：魏连科点校《戒庵老人漫笔》，中华书局 1982 年版，第 194 页。

③ 冯梦龙：《古今笑史》（原名《古今谈概》），花山文艺出版社 1985 年版，第 279 页。

④ 孙逊：《董西厢和王西厢》，上海古籍出版社 1983 年版，第 120 页。

相同。"① 至于郑光祖《㑇梅香》，则更是一部微缩《西厢记》，晚清曲家梁廷枏在《曲话》中对此有切中肯綮的分析："《㑇梅香》如一本《小西厢》，前后关目、插科、打诨，皆一一照本模拟。"② 郑光祖的另一部作品《倩女离魂》，虽然没有在情节设置方面对《西厢记》亦步亦趋，但却在人物塑造内在气质方面继承发展了《西厢记》。笔者曾对此做过评说：

> 很显然，郑光祖对倩女"离魂"的描写是受了王实甫写"惊梦"的影响的，但魂灵的活动又到底比梦境的描写更具体，更实在。因而，"离魂"对于"惊梦"来说，正是中国古典戏曲家们在描写叛逆女性的浪漫主义手法上又提高了一步。(《惊梦·离魂·再生》)③

明代，继承《西厢记》而发展之的则有汤显祖的传奇戏《牡丹亭》。小说方面，也有不少作品深受《西厢记》影响。《红楼梦》第二十三回，作者重笔描写了张生、莺莺的故事在宝玉、黛玉身上所引起的强烈共鸣。晚清小说《青楼梦》第六回，也曾大量引用《西厢记》中的词句。

四、"王西厢"的改编、续作和研究

王实甫《西厢记》是元杂剧的压卷之作，也是中国古代戏剧的典范之作。剧本本身的影响之大、后人续作仿作之多以及学术界研究成果之丰硕，在中国古代戏曲史上都是无与伦比的。

(一)《西厢记》的改编、续作和古人点赞

王实甫《西厢记》出现以后，用民间讲唱文学方式表演该题材的作品层出不穷，不计其数，仅傅惜华编《西厢记说唱集》中的作品，就累计达几十万字。其中，除了赵德麟的《元微之崔莺莺商调蝶恋花》鼓子词以外，其他作品都产生于《西厢记》之后。戏剧方面，明代传奇戏有李日华《南西厢记》、陆采《南西厢记》、周公鲁《翻西厢记》，还有清代查继佐《续西厢》、程端《西厢印》、碧蕉轩主人《不了缘》等。一直到"五四"以后，还有根据《西厢记》改编的话剧。京剧和各种地方戏，也都有改编"西厢故事"的作品。如京剧《西厢记》《红娘》，豫剧《拷打红娘》，河北梆子《打红娘》，滇剧《莺莺饯别》，评剧《崔莺莺》，楚剧《三才子》等。至于川剧、越剧、豫剧、蒲剧、江淮剧等地方剧种，则都有《西厢记》剧目。

历史上文学批评家们高度评价《西厢记》的言论，亦屡见不鲜。聊举数例：

---

① 庄一拂：《古典戏曲存目汇考》，上海古籍出版社 1982 年版，第 173 页。
② 中国戏曲研究院编：《中国古典戏曲论著集成》(八)，中国戏曲出版社 1959 年版，第 262 页。
③ 石麟：《稼穑兼收——中国古代诗词戏曲小说论集》，延边大学出版社 2001 年版，第 47 页。

"新杂剧，旧传奇，《西厢记》天下夺魁。"（元末明初贾仲明《凌波仙》吊词）①

"近时北词以《西厢记》为首。"（明·都穆《南濠诗话》）②

"北曲故当以《西厢》压卷。如曲中语……只此数条，他传奇不能及。"（明·王世贞《曲藻》）③

"独戏文《西厢》作祖。""胜国词人，王实甫、高则诚，声价本出于关、郑、白、马下，而今世盛行元曲，仅西厢、琵琶而已。""今王实甫《西厢记》为传奇冠。"（明·胡应麟《少室山房笔丛·庄岳委谈下》）④

"马东篱、张小山自应首冠，而王实甫之《西厢》，直欲超而上之。……《西厢》之妙，正在于草桥一梦，以假疑真，乍离乍合，情尽而意无穷，何必金榜题名、洞房花烛而后乃愉快也？"（明·徐复祚《曲论》）⑤

"诗何必古选，文何必先秦。降而为六朝，变而为近体；又变而为传奇，变而为院本，为杂剧，为《西厢曲》，为《水浒传》……皆古今至文，不可得而时势先后论也。"（明·李贽《焚书·童心说》）⑥

"吾于古曲之中取其全本不懈、多瑜鲜瑕者，惟《西厢》能之。"（清·李渔《闲情偶寄》卷一）⑦

（二）研究状况

明清两代还有很多以特殊的评价方式——校注、评点来研究《西厢记》者，如王伯良、李卓吾、王世贞、魏浣初、汤显祖、徐文长、罗懋登、凌濛初、闵遇五、汪然明、李日华、陈眉公、孙月峰、张深之、徐士范、孙鑛、邱琼山、唐伯虎、萧孟昉、董华亭、金在衡、顾玄纬、梁伯龙、焦猗园、何元朗、黄嘉惠、刘丽华、毛西河、朱璐、尤展成、钱西山、沈君征等。尤其是明末清初的著名文学批评家金圣叹，居然将《离骚》《庄子》《史记》、"杜诗"、《水浒传》《西厢记》并称为"六才子书"。其中，《第六才子书》即金本《西厢记》，人称"金西厢"。金批《西厢》的文字，主要包括两大方面，一是《序一》（恸哭古人）、《序二》（留赠后人）、《读第六才子书西厢记法》等文章，二是附着于剧本的折前总批和文中夹批。金批《西厢》的内涵十分丰富，从叙事艺术到人物塑造，从遣词造句

---

① 谢伯阳：《全明散曲》，齐鲁书社 1994 年版，第 175 页。

② 丁福保：《历代诗话续编》，中华书局 1983 年版，第 1359 页。

③ 中国戏曲研究院编：《中国古典戏曲论著集成》（四），中国戏曲出版社 1959 年版，第 29 页。

④ 胡应麟：《少室山房笔丛》，中华书局 1958 年版，第 555、559、562 页。

⑤ 中国戏曲研究院编：《中国古典戏曲论著集成》（四），中国戏曲出版社 1959 年版，第 241－242 页。

⑥ 李贽：《焚书·续焚书》，岳麓书社 1990 年版，第 98 页。

⑦ 李渔：《闲情偶寄》，浙江古籍出版社 1985 年版，第 16 页。

到审美效果，在很多方面都提出了一些卓绝特异的说法，也体现了金圣叹不同流俗的艺术见解。

18 世纪末，《西厢记》传到日本，有冈岛献太郎、田中从吾轩等人的多种译本。近代以来，《西厢记》研究也取得了非常丰硕的成果。这方面的具体情况，可参见本文最后的"参考文献"。

参考文献

[1] 石麟：《惊梦·离魂·再生》，《黄石师范学院学报》1981 年第 2 期。

[2] 蒋星煜：《论朱素臣校订本〈西厢记演剧〉》，《文学遗产》1983 年第 4 期。

[3] 钱南扬：《〈西厢记〉作者问题商榷》，《南京大学学报》1985 年第 4 期。

[4] 吴金夫：《〈西厢记〉应为关汉卿所作》，《西北大学学报》1985 年第 4 期。

[5] 欧阳光：《从"惊梦"到"离魂"——试论〈倩女离魂〉对〈西厢记〉的继承与发展》，《文史知识》1987 年第 4 期。

[6] 周续赓：《近年来〈西厢记〉研究综述》，《文史知识》1988 年第 2 期。

[7] 蒋星煜：《〈明月三五夜〉题解》，《文史知识》1991 年第 2 期。

[8] 俞为民：《〈西厢记〉与普救寺》，《古典文学知识》1991 年第 2 期。

[9] 吕文丽：《普救寺，成就爱情的胜地》，《文史知识》1996 年第 4 期。

[10] 宁宗一：《配角和主角——红娘形象的诞生》，《文史知识》1998 年第 9 期。

[11] 么书仪：《怎样读〈西厢记〉》，《古典文学知识》1999 年第 6 期。

[12] 俞为民：《别情依依愁思长——〈西厢记·长亭送别〉赏析》，《古典文学知识》2003 年第 4 期。

[13] 高益荣：《永老无别离，万古常完聚——〈西厢记〉爱情婚姻观管窥》，《古典文学知识》2003 年第 4 期。

[14] 石麟：《元剧作家对宫调的习惯选择及其审美心理》，《艺术百家》2005 年第 3 期。

[15] 伏涤修：《西厢题材故事的源起及流变》，《古典文学知识》2006 年第 2 期。

[16] 石麟：《略谈元曲家对宫调的选用习惯》，《戏剧》2009 年第 4 期。

[17] 高峰：《隔墙传情，知音识意——〈西厢记·听琴〉赏析》，《古典文学知识》2012 年第 2 期。

[18] 薛蕙：《明清时期〈西厢记〉传播接受的小说化倾向》，《明清小说研究》2014 年第 1 期。

[19] 石麟：《宫调·诸宫调·元曲宫调——兼谈宫调与曲牌的关系》，《文化艺术研究》2015 年第 1 期。

[20] 汪辟疆校录：《唐人小说》，上海古籍出版社 1978 年版。

[21] 徐培均校注：《淮海居士长短句》，上海古籍出版社 1985 年版。

［22］唐圭璋主编：《全宋词》，中华书局1965年版。

［23］朱平楚注译：《西厢记诸宫调注译》，甘肃人民出版社1982年版。

［24］陶宗仪：《南村辍耕录》，文化艺术出版社1998年版。

［25］臧晋叔编：《元曲选》，中华书局1958年版。

［26］隋树森编：《元曲选外编》，中华书局1959年版。

［27］谢伯阳编：《全明散曲》，齐鲁书社1994年版。

［28］王季思校注：《西厢记》，上海古籍出版社1978年版。

［29］中国戏曲研究院编：《中国古典戏曲论著集成》（三），中国戏曲出版社
　　　1959年版。

［30］毛晋编：《六十种曲》，中华书局1958年新1版。

［31］何良俊：《四友斋丛说》，中华书局1959年版。

［32］胡应麟：《少室山房笔丛》，中华书局1958年版。

［33］李贽：《焚书·续焚书》，岳麓书社1990年版。

［34］李渔：《闲情偶寄》，浙江古籍出版社1985年版。

［35］傅惜华编：《西厢记说唱集》，上海古籍出版社1986年版。

［36］庄一拂编著：《古典戏曲存目汇考》，上海古籍出版社1982年版。

［37］陶君起编著：《京剧剧目初探》，中国戏剧出版社1963年版。

［38］孙逊：《董西厢和王西厢》，上海古籍出版社1983年版。

［39］顾学颉：《元明杂剧》，上海古籍出版社1979年版。

［40］霍松林：《西厢述评》，陕西人民出版社1982年版。

［41］段启明：《西厢论稿》，四川人民出版社1982年版。

［42］潘兆明：《王实甫和〈西厢记〉》，中华书局1980年版。

［43］吴国钦：《西厢记艺术谈》，广东人民出版社1983年版。

［44］刘英明、赵同璧、周宝中选注：《古今笑史》，花山文艺出版社1985年版。

［45］石麟：《传奇小说通论》，中州古籍出版社2005年版。

［46］石麟：《通俗文娱体育论》，湖北教育出版社2006年版。

［47］石麟：《石麟论文自选集·戏曲诗文卷》，线装书局2013年版。

［48］石麟：《稼稗兼收——中国古代诗词戏曲小说论集》，延边大学出版社2001
　　　年版。

［49］赵景深：《戏曲笔谈》，上海古籍出版社1962年版。

［50］张庚、郭汉城主编：《中国戏曲通史》，中国戏剧出版社1980年版。

［51］王国维：《宋元戏曲史》，上海古籍出版社1998年版。

汤显祖《牡丹亭》导读

石　麟

汤显祖是中国戏曲史上最伟大的戏剧作家之一，他的《牡丹亭》是中国戏曲史上最优秀的作品之一，也是明清传奇戏的冠冕之作。但是，汤显祖在明代却并非仅仅因为戏曲创作而知名。《明史》并未将汤显祖置于《文苑传》，而是在《列传》第一百十八中为其单独列传，视其为政治家。同时，他又是八股文大家，被列入当时"举业八大家"。（清·赵吉士《寄园寄所寄》卷七）① 诗文创作方面，他与当时风行天下的"后七子"基本对立。

一、作者介绍

汤显祖（1550—1616），字义仍，号海若，又号海若士，一称若士，自署清远道人，晚号茧翁，江西临川人。十三岁时，汤显祖从泰州学派创始人王艮三传弟子罗汝芳学习，并很崇拜泰州学派杰出思想家李贽。泰州学派否认道学家提出的人性的先天差别，认为人欲就是天性，肯定人们由于生活需要而提出的物质要求，反对禁欲主义说教，具有人文主义观点的平等思想因素。这些思想，对汤显祖的世界观乃至后来的文学创作产生了深远影响。在政治观点方面，汤显祖与东林党人立场相同。在文艺思想方面，汤显祖反对模拟古人，主张"歌诗者自然而然"。（《答凌初成》）② 与徐渭和"公安派"观点相近。

年轻的汤显祖与封建时代许多知识分子一样热衷于功名，二十一岁参加乡试，中举。汤显祖二十八岁时，大学士张居正"欲其子及第，罗海内名士以张之。闻显祖及沈懋学名，命诸子延致。显祖谢弗往，懋学遂与居正子嗣修偕及第"，③ 沈懋学状元，张嗣修榜眼，而汤显祖名落孙山。不仅如此，此后八年汤

---

① 赵吉士：《寄园寄所寄》，见《续修四库全书·子部·杂家类》，上海古籍出版社 2002 年版，第 788 页。

② 徐朔方笺校：《汤显祖诗文集》，上海古籍出版社 1982 年版，第 1345 页。

③ 张廷玉等：《明史》，中华书局 1974 年版，第 6015 页。

显祖一直未中进士。直到万历十一年，张居正已死，三十四岁的汤显祖始成进士，授南京太常博士，迁礼部主事。后又因其上疏批评皇帝，揭发贪官，皇帝怒而将其谪徐闻典史，迁遂昌知县。四十五岁时，汤显祖满怀愤懑和失望，弃官归隐，家居二十年而卒。

退隐后的头几年，汤显祖接连写作了《牡丹亭》(1589)、《南柯记》(1600)、《邯郸记》(1601) 三部传奇戏，加上归隐前根据早期剧作《紫箫记》改编的《紫钗记》(1586－1591 之间)，合称为"临川四梦"，或称"玉茗堂四梦"。此外，他还有《红泉逸草》《问棘邮草》《玉茗堂诗文集》等。

对于"临川四梦"，明末王季重论曰："紫钗，侠也；邯郸，仙也；南柯，佛也；牡丹亭，情也。"① 此论可谓得作者之旨。这四部作品之所以叫作"四梦"，是因为每部戏都以"梦"为大关键。《紫钗记》写霍小玉见到李益之前，梦见黄衫人给她一双鞋子，后鲍四娘告诉她："鞋者，谐也。李郎必重谐连理。"(第四十九出)② 《南柯记》《邯郸记》所写，本身就是"梦"。《牡丹亭》也有杜丽娘、柳梦梅"同梦"情节。

二、创作背景

(一)《牡丹亭》故事的来源和演变

关于《牡丹亭》的故事来源，作者曾经在《牡丹亭题词》中交代过："传杜太守事者，仿佛晋武都守李仲文、广州守冯孝将儿女事。予稍为更而演之。至于杜守收拷柳生，亦如汉睢阳王收拷谈生也。"③ 这里，涉及《李仲文女》《冯孝将》《谈生》三篇文言小说作品。三篇故事，描写了女鬼希望"死而复生"的三种状态：徐玄方之女被男方救活，成为夫妻；李仲文女因为男方过早暴露而未能再生，因此抱恨而别；睢阳王女虽然也因为男方好奇揭秘而未能还阳，但却留下一子。《牡丹亭》中杜丽娘还魂不同程度分别受到上述小说的影响当无问题，但对汤显祖《牡丹亭》发生直接影响的却是一篇话本小说《杜丽娘慕色还魂》。

《杜丽娘慕色还魂》与《牡丹亭》除少数地方略有不同外，基本情节大体一致。该篇以诗入话："闲向书斋览古今，罕闻杜女再还魂。聊将昔日风流事，编作新文励后人。"结尾处是大团圆："这柳梦梅转升临安府尹，这杜丽娘生两子，俱为显宦，夫荣妻贵，享天年而终。"④ 话本与传奇戏的不同之处主要有：话本故事发生在广东南雄府，传奇戏则改在江苏淮安府；话本中杜丽娘有弟名兴文，

① 钱静方：《小说丛考》，古典文学出版社 1957 年版，第 68 页。
② 钱南扬校点：《汤显祖戏曲集》，上海古籍出版社 1978 年版，第 197 页。
③ 徐朔方、杨笑梅校注：《牡丹亭》，人民文学出版社 1963 年版，卷首第 1 页。
④ 何大抡编：《燕居笔记》，见《古本小说集成》第一辑第 156 册，上海古籍出版社 1991 年影印本，第 524－541 页。

传奇戏则改她是杜宝独生女；话本中柳梦梅是杜宝后任南雄知府柳思恩之子随父任上，传奇戏改为书生孑然一身；话本写杜丽娘还魂后柳家派人传书杜宝，杜宝大喜，传奇戏则写柳梦梅遵妻子所托寻找丈人，结果遭受拷打。

（二）明代社会与传奇戏

1. 汤显祖所处的时代

汤显祖生活的明代嘉靖、隆庆、万历时代已进入中国封建社会末期，种种社会矛盾交织并激化。皇权集中，政治腐朽，特务横行，宦官当道，土地兼并激烈，人民苦不堪言。

明代妇女所受到的压迫尤为严重。她们必须严守封建礼教的藩篱，婚姻不能自主，寡妇不能改嫁，所谓"饿死事极小，失节事极大"。（《二程子抄释》）[1] 明太祖朱元璋登基不久，就令群臣修《女诫》，明成祖仁教皇后亲撰《内训》，又辑《古今列女传》，由成祖作序，刊布天下。乃至于《明史》所载"节妇烈女"多达三百零八人，在二十四史中"盛况空前"。更有甚者：

明兴，著为规条，巡方督学岁上其事。……其著于实录及郡邑志者，不下万余人，虽间有以文艺显，要之节烈为多。（《明史·列女传序》）[2]

正是在这种处处讲理、人人论天的情况下，汤显祖勇敢地站出来，写出了反封建礼教的《牡丹亭》，并公然宣称自己的文学观念，据朱彝尊《静志居诗话》载：

义仍填词。妙绝一时，语虽斩新，源实出于关、马、郑、白，其《牡丹亭》曲本，尤极情挚。人或劝之讲学，笑答曰："诸公所讲者'性'，仆所言者'情'也。"（卷十五）[3]

当然，汤显祖的思想并非无本之木，明代中后期，已朦胧呈现出资本主义萌芽。随着市民运动的蓬勃发展，诸如泰州学派这样的新的学派也脱颖而出，这又使得市民文学在宋代之后又掀起高潮。

2. 传奇戏的体制

明代传奇戏在体制上有别于元杂剧，是宋元南戏的继承和发展。

南戏与北杂剧有很大区别：第一，北杂剧多为一本四折，南戏没有固定的"出"数。第二，北杂剧一折戏限于一个宫调、通押一韵；南戏可以变换宫调，甚至南北合套，并可换韵。第三，北杂剧一本戏一人主唱到底，南戏凡登场角色均可唱曲。第四，北杂剧唱北曲，南戏在音乐上以南曲为主。第五，北杂剧与南

---

① 吕柟编：《二程子抄释》，见《景印文渊阁四库全书》第 715 册，台湾商务印书馆 1964 年版，第 194 页。

② 张廷玉等：《明史》，中华书局 1974 年版，第 7689—7690 页。

③ 姚祖恩编，黄君坦校点：《静志居诗话》，人民文学出版社 1990 年版，第 461 页。

戏在行腔方面也有不同。第六，北杂剧没有烦琐的开头，南戏开头有较为复杂的"家门大意"。

明代传奇戏与南戏也有区别：第一，早期南戏并不"寻宫数调"，传奇戏受南九宫十三调限制。第二，南戏分出，但并不标明"出数""出名"；传奇戏则标明"出数"，而且每"出"有名目。第三，南戏开场仪节烦琐，传奇戏则通常在第一出以两支曲子解决问题，说明创作缘起和剧情梗概。第四，南戏用韵根据方言，传奇戏押韵有专门的韵书，要求严格。

三、汤显祖《牡丹亭》解读

《牡丹亭》是一部长达五十五出的大型悲喜剧，该剧通过杜丽娘现实生活的悲剧和幻想世界的喜剧，暴露了残酷的封建制度，尤其是封建婚姻制度对人们社会理想的摧残，传达了在封建礼教重压下广大青年男女要求个性解放、恋爱自由、婚姻自主的呼声，具有强烈的反封建礼教精神。

（一）基本内容

《牡丹亭》的基本内容，汤显祖在第一出《标目》中有简要介绍：

杜宝黄堂，生丽娘小姐，爱踏春阳。感梦书生折柳，竟为情伤。写真留记，葬梅花道院凄凉。三年上，有梦梅柳子，于此赴高唐。果尔回生定配。赴临安取试，寇起淮扬。正把杜公围困，小姐惊惶。教柳郎行探，反遭疑激恼平章。风流况，施行正苦，报中状元郎。[1]

（二）矛盾冲突

从矛盾冲突的角度看问题，《牡丹亭》的主线是"情"与"理"的对抗。在剧本中，作者赋予"情"以超越生死的力量。杜丽娘为情而生，为情而死，为情死而复生。贯穿《牡丹亭》全剧的，主要就是杜丽娘、柳梦梅之"情"与封建家长、塾师所恪守的"理"之间的冲突。作者坚定地站在为追求爱情不顾一切的青年男女一边，热烈歌颂了他们生死不渝的爱情和为爱情而斗争到底的精神，并赋予杜丽娘以美好的理想。现实生活中得不到的东西，就让她在理想境界中获取。同时，调动一切艺术手段，把杜丽娘从悲剧的深渊中拔救出来，给她以光明灿烂的美好结局。这些地方，充分显示了汤显祖的进步理想，同时，对封建卫道士们的顽固不化也是一个沉重的打击，给要求个性解放的青年男女以极大的鼓舞。

（三）人物形象

王季重对剧中人物有以下评价："杜丽娘之妖也，柳梦梅之痴也，老夫人之软也，杜安抚之古执也，陈最良之雾也，春香之贼牢也，无不从勔节窍髓，以探

---

[1] 以下所引《牡丹亭》原文均据汤显祖著，徐朔方、杨笑梅校注：《牡丹亭》，人民文学出版社1963年版。

其七情生动之微也。"(《批点玉茗堂牡丹亭词叙》)[①] 这段话，颇为客观地指出了《牡丹亭》作者在人物塑造方面的生动性和剧中人物的个性化色彩。若论作者笔下最成功的人物形象，毫无疑问是杜丽娘，柳梦梅、杜宝也各有价值。

1. 杜丽娘

杜丽娘之所谓"妖"，可以理解为她对爱情不顾一切甚至不合常理的要求，她确实严重脱离甚至反叛了几千年来人们习以为常的封建礼教规定。那么，作者是怎样表现杜丽娘这种叛逆性格和反抗精神的呢？

首先，我们来看看"闺塾"以前杜丽娘所处的恶劣环境。整体而言，杜丽娘较之《西厢记》中的崔莺莺更为可怜：莺莺只有母亲一人管教，而丽娘却有父母双方监管；莺莺的爱情发生在路途上的寺院之中，而丽娘则生活在四面高墙的府第；莺莺有现实生活的张生向她求爱，丽娘却根本看不见实实在在的心上人；莺莺有大胆热情的婢女红娘传书递柬，丽娘身边的春香却少不更事；莺莺有孙飞虎逼亲这样的突发事件为其爱情进展推波助澜，丽娘的生活就是一潭死水。

杜丽娘所过的是地地道道的深闺小姐生活，从绣房到书房的一条直线就是她的全部。她除了"长向花阴课女工"之外，"假如刺绣余闲，有架上图书，可以寓目。"就连白天午觉，也要遭到父亲的责问："你白日眠睡，是何道理?"(第三出"训女")

如果杜丽娘在这种环境中安详地生活下去，那么，她只能成为封建礼教的牺牲品。然而，作者在描写了这一环境之后，随即抓住"情"对杜丽娘的引诱，以及杜丽娘以"情"为思想武器向封建势力做斗争这一重要线索进行描写。一步步地表现了杜丽娘强烈的反抗精神以及她所依赖的"情"的不可战胜的巨大力量。

杜丽娘的觉悟和反抗过程，可分为以下几个阶段。

(1) 读《关雎》悄然而叹——"闺塾""肃苑"

杜宝为了加强对自己独生女儿的教育，给丽娘请了冬烘先生陈最良当老师，并规定了教材——《诗经》。在杜宝的意思，《诗经》第一篇《关雎》讲的就是"后妃之德"(朱熹《诗集传》)[②]，正好用来教育女儿成为一个具有"三从四德"的贤妻良母。可结果适得其反，《关雎》篇中"窈窕淑女，君子好逑"的热烈情歌唤醒了杜丽娘的青春，她悄然而叹："今古同怀，岂不然乎?"在春香的诱导下，她思念着离开绣房走向春光明媚的花园。

(2) 游后园幻梦生情——"惊梦"

杜丽娘偷偷离开了长年拘束自己的绣房，来到了后花园，第一次领略到大自然美妙的春光，也第一次发现自己的青春如同春光一样美丽。她对明媚的春光发

---

① 毛效同编：《汤显祖研究资料汇编》，上海古籍出版社1986年版，第856页。
② 朱熹集注：《诗集传》，上海古籍出版社1980年版，第7页。

出由衷的赞美，并叹息着"锦屏人忒看的这韶光贱！"她赞美春天，赞美青春；她叹息春天，叹息青春；美丽的春光激发杜丽娘更爱自己的青春。在"春"的感召下，杜丽娘回到绣房便在梦中与一个书生幽会了。她在虚幻的境界里懂得了爱情，得到了爱情，谁知醒来以后，仍然是令人沉闷的现实，并且还遭到母亲的指责。对此，她"口虽无言答应，心内思想梦中之事，何曾放怀"？她不愿再生活在这令人窒息的现实之中，她追求那如意的梦境，她发出了"有心情那梦儿还去不远"的感慨和呐喊，她强烈地要求过那梦境中的自由生活。

（3）求梦境再寻知己——"寻梦"

对梦中生活的留恋和希冀，对现实生活的不满，促使杜丽娘青春的觉醒，她的性格一步一步顽强起来，终于再度触犯封建礼教的禁忌，违背父母的训诫，执拗地去寻求理想梦境。她一个人偷偷跑到花园，回忆梦中情景，希望美梦成真，这真是一种大胆的叛逆行为，充分体现了情窦初开的少女对爱情、自由的渴望。但是，残酷的现实再一次粉碎了她的幻想，她寻来寻去，其结果是梦中情景杳然。于是，她感到万分伤心，万分失望，不禁发出深沉叹息："咳，寻来寻去，都不见了。牡丹亭，芍药阑，怎生这般凄凉冷落，杳无人迹？好不伤心也！"她流下了失望、悲伤的眼泪，她内心的痛苦更加重了。杜丽娘经受不住这样残酷的打击，她在失望中病倒了。

（4）归阴府一死为情——"写真""闹殇"

杜丽娘的思想、行为与封建礼教之间达到了水火不相容的地步，没有谁能够帮助她。她对现实绝望了！在炽烈的爱情烈火中燃烧的杜丽娘只有一条道路——死亡！离开这充满着"理"的吃人的社会。她宁愿死去，也不愿意自己心头爱情的火焰就此熄灭。病中，她将自己的真容描画下来，并题上一诗："近睹分明似俨然，远观自在若飞仙。他年得傍蟾宫客，不在梅边在柳边。"表达了对梦中情郎的无比留恋和期待。她在画像的时候，还非常大胆而又骄傲地对丫鬟说："春香，咱不瞒你，花园游玩之时，咱也有个人儿。"到此时，她的性格经历了一个很大的发展变化。临死之前，为了纪念那让人惊心动魄而又令人流连忘返的梦境，同时，也为了在阴间能继续自己的爱情追求，她一再嘱咐父母，一定要将她葬在梅花树下，葬在那个值得纪念的、生死不忘的地方。杜丽娘死了！她的死，是对封建礼教的强烈抗议，也是那个时代追求自由女性共同的、必然的悲剧结局。

（5）访情郎死而复活——"冥判""魂游""幽媾""冥誓""回生"

杜丽娘死了。她的肉体离开了人世，但她的灵魂却仍然在顽强地追求爱情。"冥判"一出，她在阴曹地府受审时，还要求判官："劳再查女犯的丈夫，还是姓柳姓梅？"她魂游后花园时，还将死亡看成如梦如醉的初醒。她的鬼魂终于找到了生前爱恋的情人，于是，"魂"与"人"结合，演出了缠绵悱恻的人鬼之恋。

这种结合，就柳梦梅而言，可算是"情痴情种"，而对于杜丽娘来说，她简直就是一个充满激情、充满妖媚的情爱精灵！在"冥誓"一出中，她更是大胆而直接地向柳梦梅说出自己是"鬼"，并期望柳梦梅帮助她回生，她说："愿郎留心，勿使可惜。妾若不得复生，必痛恨君于九泉之下矣。"在柳梦梅的帮助下，杜丽娘果然回生了。是什么力量在中间起作用呢？当然是爱情！是爱情令她死去，同样，也是爱情使她回到人间。杜丽娘对爱情的生生死死的追求，彻底冲决了封建礼教的堤防。诚如作者汤显祖所言："如丽娘者，乃可谓之有情人耳。情不知所起，一往而深。生者可以死，死可以生。"（《牡丹亭题词》）[1] 正是这种超越生死的爱情，给杜丽娘以超自然的力量。换言之，《牡丹亭》的巨大思想能量，也正在于杜丽娘所坚持的那种思想——强烈地、义无反顾地爱自然、爱生命、爱自由，以个性解放为思想精髓。整部作品的艺术生命，也正在于此。

杜丽娘的死而复生，在这种"意象"产生之后的数百年间不啻是千千万万生活在沉沉黑夜中苦难而又追求幸福的青年女性心头的一个火种，一盏明灯。

（6）抗父命胆大情真——"圆驾"

在《牡丹亭》最后一出"圆驾"中，杜丽娘与父亲杜宝展开了面对面的斗争。杜宝严词责问杜丽娘，无论如何不承认柳梦梅这个女婿和死而复生的女儿，尤其是对杜丽娘自主婚姻大为不满。面对父亲的指责，杜丽娘毫不妥协，大胆地与父亲顶撞、对抗，甚至到了针锋相对、反唇相讥的地步：〔外〕谁保亲？〔旦〕保亲的是母丧门。〔外〕送亲的？〔旦〕送亲的是女夜叉。"接着，杜宝横蛮不讲理地说："离异了柳梦梅，回去认你。"此时，杜丽娘再也压不住心头的愤怒，斩钉截铁地告诉父亲："叫俺回杜家，辱了柳衙。便作你杜鹃花，也叫不转子规红泪洒。"表示自己宁可不做杜家女也要为柳生妻的决心。她捍卫爱情是如此不顾一切，只有具备了超越生死、义无反顾的真情，才在父亲面前讲话有如此的底气。

总之，杜丽娘的优美形象是汤显祖在《牡丹亭》中的一个光辉创造。作为一个艺术典型，杜丽娘代表着个性解放的思想与传统封建礼教做斗争。杜丽娘之死，揭露了在封建制度的重压下年青一代被摧残的现实；杜丽娘的再生，却显示了封建叛逆者们对辉煌前景的憧憬和希望。在封建社会不可避免地走向穷途末路的前夜，杜丽娘这个艺术典型毫无疑问会成为当时青年男女的奋起反抗的一种精神力量。

2. 柳梦梅

柳梦梅是一个热烈追求爱情的青年才俊。他在花园拾到杜丽娘真容之后，被画像打动，被上面的题诗感动。他对爱情的追求是执着的，也是大胆的。当杜丽

---

[1] 徐朔方、杨笑梅校注：《牡丹亭》，人民文学出版社 1963 年版，卷首第 1 页。

娘告诉他自己是鬼的时候，这位书生并不害怕，而是积极帮助心爱的人起死回生。须知，按照当时法律，私挖坟墓是要背负杀头之罪的。

柳梦梅也是具有反抗性的。他不畏强暴，性格刚强，在金銮殿上，他嘲笑位权高位重的岳父大人。对于自己的爱情，他始终认为是正确的，不可指责的。故而，他能在所有人面前都理直气壮、义正词严。较之《西厢记》中的张君瑞，柳梦梅的反抗性更为突出。

当然，柳梦梅也有思想性格方面的缺陷性。他有比较浓厚的功名富贵思想，一心想考状元，他是要大登科连小登科的。但总得说来，柳梦梅不失为一个成功的为爱情敢做一切的青年士子形象，并与杜丽娘互为补充、交相辉映。

3. 杜宝

杜宝的思想性格具有两重性：对国家而言，他是忠臣，勤政爱民、公而忘私、身先士卒、鞠躬尽瘁；但对于家庭而言，他却是一个顽固不化的封建家长，是一个坚定的正统主义者。

虽然杜宝上述两方面在作品中都有生动的表现，但作为杜丽娘、柳梦梅的对立面，广大读者注目的多半是后一方面。杜宝坚持以严格的封建思想教育女儿，在婚姻方面坚持门第观念，以至于由此断送了女儿的性命。杜宝对待违背封建礼教的女儿时，其表现出的态度是非常冷酷的，甚至直到女儿死前，他已经得知女儿致病的真正原因，却仍然故作镇静，没有丝毫的怜悯和谅解。在礼教与骨肉之间，他坚决选择前者。宁可让女儿死去，也绝不可以让她玷辱家风。尤其是当女儿再生之后，他仍然顽固地不予承认。在这个人物身上，我们可以看到封建礼教的冷酷无情和极不合理。

（四）艺术表现

作为明清传奇戏的经典之作，《牡丹亭》具有极高的艺术成就。

1. 积极浪漫主义的创作方法

《牡丹亭》中虽然有不少现实描写，但其关键处所体现的则是积极浪漫主义创作方法。

这种方法的运用，首先体现在主人公身上，作者将杜丽娘塑造成极具理想主义色彩的典型形象。请看这位觉醒女性在"寻梦"时的唱词："这般花花草草由人恋，生生死死随人愿，便酸酸楚楚无人怨。待打并香魂一片，阴雨梅天，守的个梅根相见。"这实际是说，如果要爱就爱，生就生，死就死，那么人生还有什么痛苦呢？这样的言辞，即便在"五四"时代，也是需要一点勇气才能喊出来的。由此可见，杜丽娘是一个极具浪漫理想的人物形象。

作者除了赋予主要人物形象以美好的浪漫气质之外，还运用了幻想的、超现实的形式来表达爱情理想。剧中杜丽娘的"惊梦""再生"等关键情节在现实生活中都是匪夷所思的。然而，作者通过丰富的想象、大胆的构思、充满激情的描写，让这些现实世界根本不可能的事变成可能，并且以优美而巨大的形象活跃在戏剧舞台上。试想，如果没有这些情节，杜丽娘的形象会如此感人肺腑吗？《牡丹亭》的艺术魅力会如此经久不衰吗？

2. 独具特色的结构形式

《牡丹亭》是一部长达五十五出的鸿篇巨制，然其情节结构却井然有序，针线细密，前后呼应，尤其是富于变化。作者苦心经营，做到了"静场"与"闹场""愁场"与"欢场""庄场"与"谐场""雅场"与"野场"的交相为用。例如，在"闺塾""肃苑"之间，插入"劝农"一出，既可调节故事发展的节奏，又使深闺的"雅"与田园的"野"相互对照，同时，还暗点了"春"的信息。再如"写真"一出与后面的"拾画"呼应，且开"幽媾""回生"之端，更以"冥判"一出使杜丽娘再生人间，让读者、观众于极端绝望处猛然获得希望，从极度的抑郁中缓过气来。又如最后"闹宴""硬考""圆驾"等出，作者对杜宝不认女婿、不信女儿再生大写特写，即便是证明了女婿货真价实、女儿死而复生之后，这个顽固家长仍然毫不让步。双方一直在进行着激烈的争辩，甚至剑拔弩张。这些描写，让读者、观众的"心弦"一直紧绷，在激烈的矛盾冲突中获得一份快感。这种写法，与同期和此后的很多传奇戏作品写到最后呈强弩之末的势态是迥然不同的，这正是作者笔力坚硬的表现。

3. 曲白相生、惊才绝艳的戏剧语言

汤显祖的戏曲语言既有本色的一面，又有典雅的一面。他的典雅，是词汇运用的优美与准确，是对景物和人物心理描写的精巧和细腻。读《牡丹亭》的曲辞，可以使我们始终感到香气郁馥，而且是真花的芬芳，不是施加香料的香气。试看第十出"惊梦"中的两支曲子：

【步步娇】〔旦〕袅晴丝吹来闲庭院，摇漾春如线。停半晌、整花钿。没揣菱花，偷人半面，迤逗的彩云偏。〔行介〕步香闺怎便把全身现！

【皂罗袍】原来姹紫嫣红开遍，似这般都付与断井颓垣。良辰美景奈何天，赏心乐事谁家院！……〔合〕朝飞暮卷，云霞翠轩；雨丝风片，烟波画船——锦屏人忒看的这韶光贱！

《牡丹亭》的宾白明快而生动，许多地方还富于戏剧性。如"冥誓"一出，当鬼魂的杜丽娘对柳梦梅说"柳衙内听根节，杜南安原是俺亲爹"时，柳梦梅突然提出一个问题："呀，前任杜老先生升任扬州，怎么丢下小姐？"这个问题杜丽娘真是难以回答，因为她一下子还不能说明自己是"鬼"，但一个千金小姐怎么会被升官的父亲孤零零地丢在异地他乡呢？于是，杜丽娘急中生智，轻轻接了一句："你剪了灯。"巧妙地岔开话题。这种富有戏剧性的描写，不用说古代戏曲，就是在现代话剧中，也算得上成功的范例。

（五）影响

沈德符有言："汤义仍《牡丹亭梦》一出，家传户诵，几令《西厢》减价。[①]"（《万历野获编》卷二十五）可见《牡丹亭》影响之巨大。

首先是社会影响。《牡丹亭》对后世婚姻不能自主、爱情受到挫折的女性影响犹大。以至于有些女性将自己的命运与杜丽娘的命运联系在一起。

与汤显祖同时的张大复《梅花草堂笔谈》卷七记载了这么一件事："俞娘，丽人也，行三，幼婉慧。……年十七夭。当俞娘之在床褥也，好观文史。父怜而授之，且读且疏，多父所未解。一日，授《还魂记》凝睇良久，情色黯然。曰：'书以达意，古来作者，多不尽意而止。如生不可死，死不可生，皆非情之至。斯真达意之作矣。'饱研丹砂，密圈旁注，往往自写所见，出人意表。如《感梦》一出注云：'吾每喜睡，睡必有梦。梦则耳目未经涉，皆能及之。杜女故先我着鞭耶！'"[②]又据焦循《剧说》卷六载：

《磵房蛾术堂闲笔》云："杭有女伶商小玲者，以色艺称，于《还魂记》尤擅场。尝有所属意，而势不得通，遂郁郁成疾。每作杜丽娘《寻梦》《闹殇》诸剧，真若身其事者，缠绵凄婉，泪痕盈目。一日，演《寻梦》，唱至'待打并香魂一片，阴雨梅天，守得个梅根相见。'盈盈界面，随声倚地。春香上视之，已气绝矣。临川寓言，乃有小玲实其事耶？"[③]

还有一个故事也很感人，有一个流传甚广的《牡丹亭》三妇合评本，乃是清初杭州一位姓吴名人字舒凫的文化人先后或聘或娶或续弦的三任妻子陈同、谈则、钱宜评点出版的。吴舒凫在《序》中对此有详细记载：

人继娶古荡钱氏女宜。……启篇，得同、则评本，怡然解会，如则见同本时，夜分灯烛，尝欹枕把读。一日，忽忽不怿，请于人曰："宜昔闻小青者，有《牡丹亭》评跋，后人不得见，见'冷雨幽窗'诗，凄其欲绝。今陈阿姊评已逸其半，谈阿姊续之，以夫子故，掩其名久矣。苟不表而传之，夜台有知，得无秋水燕泥之感，宜愿卖金钗为锲板资。"意甚切也，人不能拂，因序其事。吴人舒凫书。[④]

上文钱宜涉及的小青"冷雨幽窗"诗，指的是另一个痴情女性冯小青及其作品。据佚名《小青传》载："小青者，虎林某生姬也。……年十六，归生。生，豪公子也，性嘈嗻憨跳不韵。妇更奇妒；姬曲意下之，终不解。……寻别去，夫人每向宗戚语及之，无不咨嗟叹息云。姬自后幽愤凄恻，俱托之诗或小词。……

---

① 沈德符：《万历野获编》，文化艺术出版社 1998 年版，第 687 页。
② 蒋瑞藻编：《小说考证》，上海古籍出版社 1984 年版，第 690 页。
③ 焦循：《剧说》，古典文学出版社 1957 年版，第 126 页。
④ 毛效同编：《汤显祖研究资料汇编》，上海古籍出版社 1986 年版，891—892 页。

冷雨幽窗不可听，挑灯闲看《牡丹亭》。人间亦有痴于我，岂独伤心是小青。"（《虞初新志》卷一）①

《牡丹亭》对后世文学创作的影响也很大。

首先是汤显祖与沈璟在戏曲创作理论方面的"汤沈之争"对后世的戏曲创作产生重大影响。汤沈之争的主要内容，当时的戏曲理论家王骥德在其《曲律》中有一段极为概括的论述："临川之于吴江，故自冰炭。吴江守法，斤斤三尺，不欲令一字乖律，而毫锋殊拙；临川尚趣，直是横行，组织之工，几与天孙争巧，而屈曲聱牙，多令歌者齚舌。"②

沈璟的戏曲理论著作已经失传，现存的明刊本《博笑记》卷首所载《词隐先生论曲》，可以看作是沈氏戏曲理论的纲领。全文较长，仅摘其要："欲度新声休走样，名为乐府，须教合律依腔。宁使时人不鉴赏，无使人挠喉捩嗓。说不得才长，越有才越当着意斟量。"③ 汤显祖也没有留下系统的戏曲理论，我们只能从他的一些书信、诗歌中来考察其戏曲理论观点。汤氏在《答孙俟居》中说："弟在此自谓知曲意者，笔懒韵落，时时有之，正不妨拗折天下人嗓子！"④ 汤显祖在《答吕姜山》中还谈道："凡文以意趣神色为主。四者到时，或有丽词俊音可用。尔时能一一顾九宫四声否？如必按字模声，即有室滞迸拽之苦，恐不能成句矣！"⑤ 对汤沈二人的意见分歧，笔者曾有论述：

这里，我们不应只看到他们各自所说的那些过头话，如"宁使时人不鉴赏，无使人挠喉捩嗓。"如"正不妨拗折天下人嗓子！"这样一些话，虽然很痛快，针锋相对，但都是双方在论争过程中极不全面的过激之辞。相反，我们应抓住他们各自论曲的核心，即"合律依腔"和"知曲意"。说得简明一点，他们论争的焦点是在于重"曲律"还是重"曲意"这个问题上。（《"汤沈之争"刍议》）⑥

实际上，对于汤沈之争，王骥德在《曲律》中有一段话颇为精彩："词隐之持法也，可学而知也；临川之修辞也，不可勉而能也。大匠能与人规矩，不能使人巧。"⑦ 在一个给人以规矩、一个示人以才情的前提下，后世戏曲作家"倘能守词隐先生之矩矱，而运以清远道人之才情，岂非合之双美乎？"（吕天成《曲品》卷上）⑧"曲律"与"曲意"，"斫巧斩新"与"本色当行"，合则双美，离则

---

① 涨潮辑：《虞初新志》，见《古本小说集成》第五辑第 50 册，上海古籍出版社 1995 年影印本，第 27—34 页。

② 中国戏曲研究院编：《中国古典戏曲论著集成》（四），中国戏曲出版社 1959 年版，第 165 页。

③ 徐朔方辑校：《沈璟集》，上海古籍出版社 1991 年版，第 849 页。

④ 徐朔方笺校：《汤显祖诗文集》，上海古籍出版社 1982 年版，第 1299 页。

⑤ 徐朔方笺校：《汤显祖诗文集》，上海古籍出版社 1982 年版，第 1337 页。

⑥ 石麟：《石麟论文自选集·戏曲诗文卷》，线装书局 2013 年版，第 201—202 页。

⑦ 中国戏曲研究院编：《中国古典戏曲论著集成》（四），中国戏曲出版社 1959 年版，第 166 页。

⑧ 吴书荫校注：《曲品校注》，中华书局 1990 年版，第 37 页。

两伤，对汤沈之争似乎应作如是观。"汤沈之争"最后导致明代传奇戏两大流派"临川派"和"吴江派"的形成。"临川派"又称"玉茗堂派"，其主要作家有吴炳、孟称舜、阮大铖、洪昇、张坚。但有的学者意见稍有不同："阮大铖标榜效法汤显祖，后世亦有人把他归入玉茗堂派，……却与汤显祖'临川四梦'的'意趣神色'貌合而神离。"（王永健《"玉茗堂派"初探》）①

《牡丹亭》之社会影响，甚至到了让文人之间以剧中人物戏谑科场新秀的地步：

乾隆庚辰一科进士，大半英年，京师好事者以其年貌，各派《牡丹亭》全本脚色，真堪发笑。如状元毕秋帆为花神，榜眼诸重光为陈最良，探花王梦楼为冥判，侍郎童梧冈为柳梦梅，编修宋小岩为杜丽娘，尚书曹竹墟为春香，同年中每呼宋为小姐，曹为春香，两公竟应声以为常也。更有奇者，派南康谢中丞启昆为石道姑，汉阳萧侍御芝为农夫，见二公者，无不失笑。（钱泳《履园丛话》卷二十一）②

至于一般民众，《牡丹亭》的影响则体现在小说之中。有些小说作品反复涉及《牡丹亭》，如《拍案惊奇》《西湖二集》《雪月梅传》《情梦柝》《梅兰佳话》《孤山再梦》《后红楼梦》《补红楼梦》《红楼幻梦》《红楼梦补》《品花宝鉴》《绘芳录》《泪珠缘》《泣红亭》《夜雨秋灯录》《海上尘天影》《椿杌萃编》《九尾狐》《孽海花》等。当然，对《牡丹亭》感触最深的还是《红楼梦》中的林黛玉：

黛玉便知是那十二个女孩子演习戏文。虽未留心去听，偶然两句吹到耳朵内，明明白白一字不落道："原来姹紫嫣红开遍，似这般，都付与断井颓垣……"黛玉听了，倒也十分感慨缠绵，便止步侧耳细听，又唱道是："良辰美景奈何天，赏心乐事谁家院……"听了这两句，不觉点头自叹，心下自思："原来戏上也有好文章，可惜世人只知看戏，未必能领略其中的趣味。"想毕，又后悔不该胡想，耽误了听曲子。再听时，恰唱到："只为你如花美眷，似水流年……"黛玉听了这两句，不觉心动神摇。又听道"你在幽闺自怜……"等句，越发如醉如痴，站立不住，便一蹲身坐在一块山子石上，细嚼"如花美眷，似水流年"八个字的滋味。（第二十三回）③

四、《牡丹亭》的改编、评论和研究

《牡丹亭》又名《还魂记》《丹青记》，各种版本及改本甚多，例如：沈璟《同梦记》（残文）、冯梦龙《风流梦》、徐肃颖《丹青记》、徐日曦《牡丹亭》、陈

① 江西省文学艺术研究所编：《汤显祖研究论文集》，中国戏剧出版社1984年版，第520页。
② 钱泳：《履园丛话》，中华书局1979年版，第551—552页。
③ 曹雪芹、高鹗：《红楼梦》，人民文学出版社1964年版，第271—272页。

轼《续牡丹亭》、王墅《后牡丹亭》、叶堂《纳书楹牡丹亭全谱》以及一些子弟书、牌子曲、安徽俗曲、南词、长篇弹词、弹词开篇等。

最有趣的是清代戏曲家蒋士铨的《临川梦》："凡二十出。写汤显祖一生事迹，并以心醉《牡丹亭》而死之娄江俞二娘事润色之。……《藤花曲话》云：《临川梦》竟使若士身入梦境，与《四梦》中人一一相见，请君入瓮，想入非非。"（《古典戏曲存目汇考》）①

近现代戏曲中，也可以看到《牡丹亭》的巨大影响，京剧《春香闹学》《游园惊梦》都是"梅派"传统剧目。此外，诸如"寻梦""闹殇""冥判""拾画""玩真""冥誓"等，都是各剧种流传广泛的单折戏。

20世纪80年代，石凌鹤先生对"临川四梦"进行了改写。21世纪之初的青春版昆曲《牡丹亭》，则更是反响强烈。

至于对汤显祖及其《牡丹亭》的评论和研究，更是从汤显祖在世时直到今天都没有停止。我们不妨摘录一些重要言论作一斑之尝：

"近惟《还魂》二梦之引，时有最俏而最当行者，以从元人剧中打勘出来故也。"（王骥德《曲律·论引子第三十一》）②

"余既读汤义仍《牡丹亭还魂记》，尤赏其序。夫结情于梦，犹可回死生，成良缘，而况其构而离，离而合以神者乎。"（潘之恒《亘史·杂篇》卷二）③

"《花前一咲》（北五折），孟称舜，唐子畏以佣书得沈素香，此正是才人无聊之极，故作有情痴。然非子若传之，已与吴宫花草同烟销矣。此剧结胎于《西厢》，得气于《牡丹亭》，故触目俱是俊语。"（祁彪佳《远山堂剧品·逸品》）④

"汤若士，明之才人也，诗文尺牍，尽有可观，而其脍炙人口者，不在尺牍诗文，而在《还魂》一剧。使若士不草《还魂》，则当日之若士已虽有而若无，况后代乎？是若士之传，《还魂》传之也。此人以填词而得名者也。"（李渔《闲情偶寄·词曲部·结构第一》）⑤

"棠村相国尝称予是剧乃一部闹热《牡丹亭》，世以为知言。予自惟文采不逮临川，而恪守韵调，罔敢稍有逾越。"（洪昇《长生殿例言》）⑥

"王实甫《西厢记》、汤若士《还魂记》，词曲之最工者也。"（王应奎《柳南随笔》卷三）⑦

① 庄一拂：《古典戏曲存目汇考》，上海古籍出版社1982年版，第1331页。
② 中国戏曲研究院编：《中国古典戏曲论著集成》（四），中国戏曲出版社1959年版，第138页。
③ 毛效同编：《汤显祖研究资料汇编》，上海古籍出版社1986年版，第850页。
④ 中国戏曲研究院编：《中国古典戏曲论著集成》（六），中国戏曲出版社1959年版，第171页。
⑤ 李渔：《闲情偶寄》，浙江古籍出版社1985年版，第2页。
⑥ 洪昇：徐朔方校注《长生殿》，人民文学出版社1958年版，卷首第1页。
⑦ 王应奎：《柳南随笔续笔》，中华书局1983年版，第60页。

"相传临川作《还魂记》，运思独苦。一日，家人求之，不可得，遍索，乃卧庭中薪上，掩袂痛哭。惊问之，曰：填词至'赏春香还是旧罗裙'句也。"（焦循《剧说》卷五）①

"徐轨云：汤若士词曲小令擅绝一世，所撰《牡丹亭记》，《西厢》并传。尝醉后自题云：'玉茗堂开春翠屏，新词传唱《牡丹亭》，伤心拍遍无人会，自掐檀痕教小伶。'兴致可想见也。"（姚燮《今乐考证·著录六》)②

"曲之佳否，亦且系于宾白也。如《牡丹亭·惊梦》折白云：'好天气也'，以下便接[步步娇]'袅晴丝吹来闲庭院'一曲，可谓妙矣。试思若无'好天气'三字，此曲如何接得上？有云：'不到园林，怎知春色如许'，以下便接[皂罗袍]'原来姹紫嫣红开遍'一曲。试思若无'不到园林'二语，曲中'原来'云云，如何接得上？此皆显而易见者也。"（吴梅《顾曲麈谈》第二章）③

近现代以来，《牡丹亭》研究成果更为丰硕。具体情况，可参见下面的"参考文献"。

参考文献

[1] 黄天骥：《渗透于筋节窍髓的喜剧气氛——〈牡丹亭·闺塾〉赏析》，《文史知识》1986 年第 8 期。

[2] 金宁芬：《"吴江派"与"临川派"》，《文史知识》1986 年第 8 期。

[3] 卜键：《美丑都在情和欲之间——〈牡丹亭〉与〈金瓶梅〉比较谈片》，《文学评论》1987 年第 5 期。

[4] 张燕瑾：《〈牡丹亭〉语言琐谈》，《文史知识》1987 年第 11 期。

[5] 陆林：《近年"汤沈之争"研究综述》，《文史知识》1989 年第 7 期。

[6] 黄仕忠：《明代戏曲的发展与汤沈之争》，《文学遗产》1989 年第 6 期。

[7] 俞为民：《东方莎士比亚——汤显祖》，《古典文学知识》1993 年第 3 期。

[8] 刘彦君：《论汤显祖的自由生命意识》，《文学遗产》1997 年第 1 期。

[9] 赵苗：《谈三妇评〈牡丹亭〉》，《文史知识》1997 年第 7 期。

[10] 傅修延、叶树发：《〈牡丹亭〉在中国文学史上的地位》，《文史知识》1998 年第 1 期。

[11] 江巨荣：《李言恭与汤显祖》，《文史知识》2001 年第 6 期。

[12] 曹诣珍：《梅花树下梦依稀——关于〈牡丹亭·惊梦〉的一个小问题》，《古

---

① 焦循：《剧说》，古典文学出版社 1957 年版，第 108 页。

② 姚燮：《今乐考证》（《续修四库全书·集部·曲类》），上海古籍出版社 2002 年版，第 527－528 页。

③ 吴梅：江巨荣导读《顾曲麈谈》，上海古籍出版社 2000 年版，第 67－68 页。

典文学知识》2003 年第 1 期。

[13] 宁宗一：《重新接上传统的慧命——说不尽的〈牡丹亭〉及其他》，《文史知识》2007 年第 11 期。

[14] 包晓鹏：《〈牡丹亭〉下场诗初探》，《古典文学知识》2010 年第 5 期。

[15] 黄义枢、刘水云：《从新见材料〈杜丽娘传〉看〈牡丹亭〉的蓝本问题——兼与向志柱先生商榷》，《明清小说研究》2010 年第 4 期。

[16] 刘洪强：《传奇〈牡丹亭〉的蓝本商榷》，《明清小说研究》2013 年第 2 期。

[17] 胡金望：《一点情千场影戏》，《古典文学知识》2013 年第 4 期。

[18] 杨秋红：《惊春谁似我，为容恨情多——〈牡丹亭·拾画〉赏析》，《古典文学知识》2015 年第 3 期。

[19] 曹雪芹、高鹗：《红楼梦》，人民文学出版社 1964 年版。

[20] 何大抡编：《燕居笔记》，（《古本小说集成》第一辑第 156 册），上海古籍出版社 1991 年影印本。

[21] 何宁：《淮南子集释》，中华书局 1998 年版。

[22] 黄文锡、吴凤雏：《汤显祖传》，中国戏剧出版社 1986 年版。

[23] 蒋瑞藻编：《小说考证》，上海古籍出版社 1984 年版。

[24] 焦循：《剧说》，古典文学出版社 1957 年版。

[25] 李昉等编：《太平广记》，中华书局 1961 年版。

[26] 李渔：《闲情偶寄》，浙江古籍出版社 1985 年版。

[27] 吴书荫校注：《曲品校注》，中华书局 1990 年版。

[28] 毛效同编：《汤显祖研究资料汇编》，上海古籍出版社 1986 年版。

[29] 钱静方：《小说丛考》，古典文学出版社 1957 年版。

[30] 钱南扬校点：《汤显祖戏曲集》，上海古籍出版社 1978 年版。

[31] 钱泳：《履园丛话》，中华书局 1979 年版。

[32] 沈德符：《万历野获编》，文化艺术出版社 1998 年版。

[33] 石麟：《稼稗兼收——中国古代诗词戏曲小说论集》，延边大学出版社 2001 年版。

[34] 石麟：《石麟论文自选集·戏曲诗文卷》，线装书局 2013 年版。

[35] 钱南扬校注：《南柯梦记》，人民文学出版社 1981 年版。

[36] 徐朔方、杨笑梅校注：《牡丹亭》，人民文学出版社 1963 年版。

[37] 徐朔方笺校：《汤显祖诗文集》，上海古籍出版社 1982 年版。

[38] 陶君起编：《京剧剧目初探》，中国戏剧出版社 1963 年版。

[39] 吴梅撰，江巨荣导读：《顾曲麈谈》，上海古籍出版社 2000 年版。

[40] 徐朔方：《论汤显祖及其他》，上海古籍出版社 1983 年版。

[41] 涨潮辑：《虞初新志》（《古本小说集成》第五辑第 50 册），上海古籍出版社

1995 年影印本。

[42] 赵吉士：《寄园寄所寄》（《续修四库全书·子部·杂家类》），上海古籍出版社 2002 年版。

[43] 中国戏曲研究院编：《中国古典戏曲论著集成》（六），中国戏曲出版社 1959 年版。

[44] 中国戏曲研究院编：《中国古典戏曲论著集成》（三），中国戏曲出版社 1959 年版。

[45] 朱熹集注：《诗集传》，上海古籍出版社 1980 年版。

[46] 庄一拂：《古典戏曲存目汇考》，上海古籍出版社 1982 年版。

吴承恩《西游记》导读

吴福秀

《西游记》是中国古代长篇神魔小说的巅峰之作，该书与《三国演义》《水浒传》《红楼梦》并称为"中国古典四大名著"。《西游记》一书自问世以来在民间广为流传，各种版本层出不穷。明代刊本有六种，清代刊本、抄本有七种，典籍所记已佚版本十三种。鸦片战争以后，《西游记》渐渐传入欧美，被译为英、法、德、意、西等世界各国文字。

一、关于作者

由于现存明刊百回本《西游记》无作者署名，此书作者备受争议。学界一般认为是吴承恩。吴承恩（约1500年—1582年），明代小说家。字汝忠，号射阳山人。淮安府山阳县（今江苏省淮安市）人。自幼聪敏，博览群籍，在科举中屡屡受挫，嘉靖中补贡生。嘉靖四十五年（1566年）任浙江长兴县丞。由于宦途困顿，晚年绝意仕进，闭门著书。

《西游记》最早的版本金陵世德堂本（1592年），署"华阳洞天主人校"，引起了后来学者对作者身份的种种猜测。元末明初学者陶宗仪在《辍耕录》中将《西游记》归于丘处机名下①。清初道士汪象旭刻《西游证道书》时，也认为《西游记》作者为丘处机②。但这一观点也受到不少质疑。钱大昕在《跋长春真人西游记》中说："《长春真人西游记》二卷，其弟子李志常所述，于西域道里风俗，颇足资考证。而世鲜传本，予始于《道藏》抄得之。村俗小说有《唐三藏西游演义》，乃明人所作。萧山毛大可据《辍耕录》以为出丘处机之手，真郢书燕说矣。"③此后，纪昀也认为"丘处机作"之说不可信，认为《西游记》为明人

---

① （元）陶宗仪：《辍耕录·丘真人》，《津逮秘书》本。
② （清）汪象旭笺：《西游证道书·邱长春真君传》，岳麓书社2008年版。
③ （清）钱大昕：《潜研堂文集·跋长春真人西游记》，《四部丛刊》本。

依托①。

清代学者吴玉搢首先提出《西游记》的作者是吴承恩。吴玉搢在《山阳志遗》中介绍吴承恩"字汝忠，号射阳山人，吾淮才士""及阅《淮贤文目》，载《西游记》为先生著"②。之后鲁迅先生在《中国小说史略》《中国小说的历史的变迁》中肯定了"吴承恩说"，他说："《西游记》世人多以为是元朝的道士丘长春做的，其实不然。丘长春自己另有《西游记》三卷，是纪行，今尚存《道藏》中：惟因书名一样，人们遂误以为是一种。加以清初刻《西游记》小说者，又取虞集所作的《长春真人西游记序》冠其首，使人更信这《西游记》是丘长春所做的了。——实则作这《西游记》者，乃是江苏山阳人吴承恩。"③ 胡适在《西游记考证》中也申明了这一观点④。此后支持吴承恩说的学者也代不乏人，如苏兴、刘怀玉、钟扬、杨子坚、陈澍、刘振农、蔡铁鹰等。杨俊的《似识同归来——吴承恩与陶渊明》对比了《西游记》及吴承恩的诗歌与陶渊明诗风的相同之处，认定"吴承恩是百回本《西游记》的最后完成者"⑤。

1933年俞平伯在《驳〈跋销释真空宝卷〉》中对"吴承恩说"提出质疑，海外学者田中严、太田辰夫、矶部彰等也对吴承恩著《西游记》一说持保留、怀疑甚至否定态度⑥。20世纪80年代以后，章培恒率先发表《百回本〈西游记〉是否吴承恩所作》一文，提出现有材料并不能证明吴承恩确为《西游记》的作者。黄霖在2003年的"《西游记》与中国文化国际学术研讨会"上追述了有关《西游记》作者的各种观点，认为吴承恩说并非十分可靠。

此后，《西游记》的作者问题引起了种种猜测，代表性的观点有：李春芳说、陈元之说、全真道士说、鲁王朱观火定说、周王朱睦桎挚说、樊山王府诸人说等。

沈承庆提出《西游记》的作者是明代的"青词宰相"李春芳。因为李春芳少时曾在江苏华阳洞读书，故又号"华阳洞主人"。《西游记》第95回有一首诗："缤纷瑞霭满天香，一座荒山倏被祥；虹流千载清河海，电绕长春赛禹汤。草木沾恩添秀色，野花得润有余芳。古来长者留遗迹，今喜明君降宝堂。"沈承庆认为这首诗的第四、五、六、七四句，暗含"李春芳老人留迹"，与卷首"华阳洞

---

① （清）纪昀：《四库全书总目提要》，河北人民出版社2000年版。

② （清）吴玉搢：《山阳志遗》卷四，《楚州丛书》本。

③ 鲁迅：《中国小说史略》，上海古籍出版社1998年版。

④ 胡适：《〈西游记〉考证》，《胡适文存二集》卷四，上海书店1980年版，第51-119页。

⑤ 杨俊：《似识同归来——吴承恩与陶渊明文风之比较》，《淮海工学院学报（社会科学版）》2005年第2期。

⑥ ［日］太田辰夫：《〈朴通事谚解〉所引〈西游记〉考》，详见梅新林、崔小敬主编《20世纪〈西游〉研究》，文化艺术出版社2008年版，第266页。［日］矶部彰：《围绕着元本〈西游记〉的问题——〈西游证道书〉所载虞集撰的原序及丘处机的传记》，见梅新林、崔小敬主编《20世纪〈西游记〉研究》，文化艺术出版社2008年版，第177页。

天主人校"相一致①。

"陈元之说"的提出是伴随着对"华阳洞天主人"的研究而出现的，20 世纪 90 年代以后，学术界开始重新审视华阳洞天主人、陈元之、作者三者之间的关系，提出陈元之即华阳洞天主人。首倡此说者是陈君谋，张锦池对此也做了深刻的论述。他在题为《〈西游记〉三题》的大会发言中认为，从现存有关资料看，吴承恩和明代后期启蒙思潮有一定距离，其诗文内容和小说《西游记》有着不少矛盾之处，《西游记》的作者肯定不是吴承恩。现存世德堂本《序》的作者陈元之，很有可能就是《西游记》的作者②。

二、创作背景

唐太宗贞观元年（627 年），25 岁的玄奘从长安出发后，途经中亚、阿富汗、巴基斯坦等地，历尽艰难险阻，最后到达了印度。他在那里学习了两年多，并受邀在一次大型佛教经学辩论会任主讲，得到很高的赞誉。贞观十九年（645 年）玄奘回到长安，带回佛经 657 部，唐王敕建慈恩寺供其翻译佛经。后来玄奘口述西行见闻，弟子辩机辑录成《大唐西域记》十二卷。这部书主要讲述了路上所见各国的历史、地理及交通，并没有什么故事情节。

玄奘弟子慧立、彦琮在《大唐西域记》基础上撰写了《大唐大慈恩寺三藏法师传》，为玄奘的经历增添了许多神话色彩。从此，唐僧取经的故事便在中国民间流传开来。南宋有《大唐三藏取经诗话》，金代院本有《唐三藏》《蟠桃会》等，元杂剧有吴昌龄的《唐三藏西天取经》、无名氏的《二郎神锁齐大圣》等，这些都为明百回本《西游记》的创作奠定了基础。

《西游记》作者吴承恩③生活在明代的中后期，历经孝宗弘治、武宗正德、世宗嘉靖、穆宗隆庆、神宗万历五个时期。明朝中后期的社会状况和明代建国之初已有很大的不同，政治上阶级矛盾越来越突出，民族矛盾和统治阶级内部矛盾也不断激化。思想文化界出现了新兴的启蒙思想，人性解放的呼声持续高涨。市民文学蓬勃发展，小说和戏曲的创作进入了一个全面兴盛的时代。正是在这种文化背景下，才有了明百回本《西游记》的诞生。

明百回本《西游记》中，上至天庭君主，下至人间的帝王，无不带有时代的印迹。放心与修心之喻和明代中后期盛行的阳明心学密不可分。而天上、人间、地狱，跨时空穿梭；佛教神、道教神、民间神，脾性各异，姿态万千；神、人、魔杂糅，魔性中又带着人性，这些无疑是当时各种社会思潮交汇的产物。

---

① 沈承庆：《话说吴承恩——〈西游记〉作者问题揭秘》，国家图书馆出版社 2000 年版。

② 张锦池：《〈西游记〉三题》，"《西游记》与中国文化国际学术研讨会"会议论文，2003 年。

③ 此说有争议，前文已详。

三、《西游记》故事梗概

《西游记》以"唐僧取经"这一历史事件为蓝本,通过作者的艺术加工,深刻地描绘了当时的社会现实。全书主要描写了孙悟空、猪八戒和沙僧三人助唐僧西天取经的故事,大致可分为孙悟空的成长,唐僧收徒西行,历经八十一难,五圣成真四个部分的内容①。

(一)孙悟空的成长

《西游记》开头七回写了美猴王孙悟空出世及大闹天宫的场景。小说开头写东胜神洲有一花果山,山顶一石受日月精华,生出一石猴,被花果山诸猴拜为"美猴王"。美猴王为求长生不老,四海求师,在西牛贺洲得到菩提祖师指点,学会七十二般变化和筋斗云。归来打败混世魔王,收服七十二洞妖王,与六大魔王结义,去龙宫得到定海神针,化作如意金箍棒。又去阴曹地府,把猴属名字从生死簿上勾销。

龙王、秦广王去天庭告状,玉帝欲遣兵捉拿。太白金星谏言,把孙悟空召入天界,授予官职弼马温,在御马监管马。猴王打出天门,返回花果山,自称"齐天大圣"。玉皇大帝派李天王率天兵天将捉拿孙悟空,美猴王连败巨灵神、哪吒二将。太白金星二次到花果山,请孙悟空上天做齐天大圣,管理蟠桃园。孙悟空又偷吃蟠桃,搅了王母娘娘的宴会,盗食太上老君的金丹,逃离天宫。玉帝再派天兵捉拿,孙悟空与二郎神赌法斗战,不分胜负。太上老君把金刚镯从南天门扔下击中悟空,猴王被擒。玉帝命天兵刀砍斧剁、南斗星君火烧、雷部正神雷击,不能损伤悟空毫毛。太上老君又把悟空置八卦炉锻炼,孙悟空躲在巽宫,有风无火,七七四十九日开炉无伤,得火眼金睛。在天宫大打出手,玉帝下旨请来如来佛祖,把孙悟空压在五行山下五百年。

(二)唐三藏收徒

唐太宗开科取士,海州陈光蕊中状元,被丞相殷开山之女殷温娇抛球择为佳婿,但在去江州上任途中被贼人刘洪、李彪谋害。殷温娇产下一子,抛流江中,被金山寺法明和尚所救,取名江流儿,十八岁受戒,法名玄奘。后玄奘母子相见,报了前仇。

泾河龙王因赌卦少降雨水,触犯天条,求唐太宗救命,太宗允之。魏征梦斩泾河龙王,太宗魂被迫入阴司对证。还生后修建"水陆大会",请陈玄奘主行法事。如来佛祖派观音菩萨去东土寻取经人,观世音点化陈玄奘去西天取真经。唐太宗认玄奘为御弟,赐号三藏。

唐三藏西行,出离边界即入魔洞,得太白金星解救。又遇到刘伯钦,念经超

---

① 以下内容据人民文学出版社吴承恩著《西游记》百回本撰写。

度了刘伯钦之父。在五行山救出孙悟空，赐号行者。因孙悟空打死劫经的强盗，唐僧数落他不该伤人，孙悟空一怒离去。观世音化作老母，传给唐僧一顶嵌金花帽，一道紧箍咒，骗悟空戴上紧箍咒。

师徒二人西行，在鹰愁洞收伏白龙化作唐僧的坐骑。在观音院，因悟空卖弄锦襕袈裟，引起金池长老贪心，要火烧唐僧师徒，反被悟空弄法烧了观音禅院。混乱中，袈裟被黑风怪窃走，孙悟空去南海请来观音，自己变化仙丹，诱黑风怪吞下，降伏此怪。

二人来到高老庄，庄主女儿被一长嘴大耳妖怪强占。悟空追赶妖怪来到云栈洞，得知妖怪为天蓬元帅，因调戏霓裳仙子被贬下界，误投猪胎。经观音收服，赐名猪悟能，又名八戒。

唐僧在浮屠山得乌巢禅师传授《摩诃般若波罗蜜多心经》。在黄风岭遇黄风怪迷人，孙悟空请须弥山灵吉菩萨降伏此怪。在流沙河中，他们又收服了观音赐名沙悟净的水怪，唐僧赐号沙和尚。师徒四人同行西去取经。

（三）历经八十一难

观音菩萨和黎山老母、普贤、文殊化成美女试唐僧师徒道心，招四人为婚。唐僧等三人不为所动，只八戒迷恋女色，被菩萨吊在树上以示惩罚。在万寿山五庄观，悟空等偷吃人参果，推倒仙树，被镇元子拿获。悟空请来观音，用甘露救活仙树。白骨精三次变化，欲取唐僧，都被悟空识破，将怪打死。唐僧不辨真伪，逐走悟空，自己却被黄袍怪拿住。百花公主放了唐僧并央他到宝象国给父王送信，不料被赶来的妖怪反咬一口。八戒、沙僧斗不过黄袍怪，沙僧被擒，唐僧被变作老虎。八戒欲回高老庄，经白龙马苦劝，到花果山请回孙悟空，降伏黄袍怪。

平顶山莲花洞金角大王、银角大王，欲拿唐僧。悟空与之斗智斗勇，历经磨难，才降伏二怪。乌鸡国国王因不敬文殊菩萨，被文殊菩萨的坐骑青毛狮子所化的狮精推入井内淹死。狮精变化国王。国王鬼魂求告唐僧搭救，八戒从井中背出尸身，悟空又从太上老君处讨来金丹，救活国王。

红孩儿据守火云洞，欲食唐僧肉。悟空因火眼金睛怕烟，抵不过红孩儿的三昧真火，请来观音菩萨降妖。观音菩萨降伏红孩儿，让他做了善财童子。黑水河龙王变作艄公，诱唐僧、八戒上船，沉入水府。孙悟空请来西海龙王太子摩昂擒龙回西海。车迟国虎力、鹿力、羊力三位大仙祈雨救旱有功，做了国师，国王敬道灭僧。悟空等与三法师斗法，使之现出原形。

观音座前莲花池内金鱼修炼成精，在通天河岁食童男童女。悟空和八戒变作童子，打退妖怪。妖怪作法，使通天河封冻，诱唐僧上冰上行走，摄入水府，观音菩萨赶来，念咒语杀死所有鱼精，把金鱼收回南海。太上老君坐骑青牛趁看守童打瞌睡，偷了老君的金刚镯下界作怪，在金兜洞把唐僧捉去。悟空请来火德真君、李天王、天兵天将、水伯、十八罗汉等，无人匹敌，都被妖怪用金刚镯把兵器收去，如来暗示孙悟空找到太上老君处，用芭蕉扇把青牛收伏。

唐僧、八戒喝子母河水受孕，悟空取来落胎泉水，解了二人胎气。西梁国王欲招唐僧做夫婿，悟空等智赚关文，坚持西行，唐僧却被琵琶洞蝎子变化的女妖摄去。悟空和八戒联手打不过蝎子精，请来昴日星官，昴日星官化作双冠子大公鸡，使妖怪现了原形，死在坡前。

唐僧因悟空又打死强盗，害怕自己被连累，再次把他逐走。六耳猕猴趁机变做孙悟空模样，抢走行李关文，又把小妖变作唐僧、八戒、沙僧模样，欲上西天骗取真经。真假孙悟空从天上杀到地下，菩萨、天庭众神、地藏等均不能辨认真假，直到雷音寺如来佛处，才被佛祖说出本相，六耳猕猴被悟空打死。师徒四人和好如初。

火焰山欲求铁扇公主芭蕉扇，铁扇公主恼恨孙悟空把她的孩子红孩儿送往灵山做童子，不肯借扇，悟空与铁扇公主、牛魔王斗智斗勇，借天兵神力，降服二怪，扇灭了大火。师徒四人继续西行，先后除去了万圣老龙和九头虫驸马，荆棘岭杀死了所有吟诗作赋的树精，斗黄眉怪，打死蜘蛛精，请人帮助收蜈蚣精和青狮、白象、大鹏三怪。

比丘国国王被圣寿星坐骑白鹿变化的国丈迷惑，欲求一千一百一十个小儿的心肝做药引。悟空解救婴儿，败退妖邪。寿星赶来把白鹿收回。陷空山无底洞里老鼠精变化女子掳唐僧强逼成亲。孙悟空访知老鼠精是李天王义女，上天庭告状，李天王被逼出面把鼠精押回天曹发落。灭法国王发愿杀一万僧人，悟空施法把国主后妃及文武大臣头发尽行剃去，使国王回心向善，改灭法国为钦法国。隐雾山豹子精欲食唐僧肉，被悟空用瞌睡虫睡倒，八戒一钯结果了妖怪性命。

师徒四人到天竺国，郡侯张榜求雨。悟空访知原委，劝郡侯向善敬佛，天降甘霖。师徒来到玉华州，因教授王子学艺，被黄狮精盗走兵器。悟空等三人夺回兵器，黄狮精投奔祖翁九灵元圣，即太乙救苦天尊坐下九头狮子所化。悟空至青华长乐界东极妙岩宫请来太乙救苦天尊，收服了九灵元圣，杀死了黄狮精等。

金平府唐僧元宵夜观灯，被玄英洞辟寒、辟暑、辟尘三个犀牛摄去。悟空请来四木禽星擒拿三怪，斩首示众。天竺国唐僧被月宫玉兔变化的假公主抛彩球打中，欲招为驸马。悟空识破真相，会合太阴星君擒伏了玉兔，救回流落城外的真公主。西牛贺洲铜台府地灵县寇员外家化斋后，寇家遭劫，寇员外丧生。唐僧师徒被当作强盗捉入狱，悟空入地府召回寇员外灵魂，案情大白。

（四）五圣成真

师徒四人历尽千辛万苦终于来到了灵山圣地，拜见佛祖，却因不曾送人事给阿难、伽叶二尊者，取得无字经。燃灯古佛派白雄尊者提醒唐僧师徒又返回雷音寺，奉唐王所赠紫金钵做人事，这才求得真经 35 部 5048 卷、返回东土。不想九九八十一难还缺一难未满，在通天河又被老鼋把四人翻落河中，湿了经卷。唐三藏把佛经送回长安，真身返回灵山。三藏被封为旃檀功德佛，孙悟空被封为斗战胜佛，猪八戒被封为净坛使者，沙僧被封为金身罗汉，白龙马被封为八部天龙。孙悟空成了正果，金箍儿脱落，最终五圣成真。

四、《西游记》思想

《西游记》的内容在中国古典小说中最为庞杂。它融合了佛、道、儒三家的思想和内容，既让佛、道两教的仙人们同时登场，又在神佛的世界里注入了现实社会的人情世态，偶尔神仙的口里还会蹦出几句儒家名言，整体上是亦庄亦谐，妙趣横生。

（一）多元主题

主题之争是《西游记》研究中持续时间最长、也最引人注目的一个热点。明清时期的评论者主要是从哲学、宗教两个角度进行论述。此后主题研究逐渐趋向多样化。

第一，哲理说。金紫千认为："《西游记》是通过神话故事形象地喻明一个求放心的道理""孙悟空的历史，是一条完整的人生道路，是一部很典型的精神发展史"，他把这部作品的主题概括为一条哲理："人的思想只有归于正道，才能达到理想的目标。"[1] 谢肇淛曾在《五杂俎》中说"《西游》曼衍虚诞，而其纵横变化，以猿为心之神，以猪为心之驰，其始之放纵，上天下地，莫能禁制，而归于紧箍一咒，能使心猿驯伏，至死靡他，盖亦求放心之喻，非浪作也。"而南怀瑾先生则认为，"西方人翻译了《西游记》，只认为是中国的神话故事，不晓得蕴含了印度、中国天人合一的宗教理念，里面还藏有深刻的道理……全部修道做工夫的道理都在内了。"[2] 薛梅、宋克夫在《吴承恩著〈西游记〉新证》中认为，不少学者对《西游记》与《吴承恩诗文集》作比较，认为二者无论从风格、思想，还是语言上都存在较大差异"。如果从"弘扬主体人格这一角度理解《西游记》，就不难发现明代心学思潮、《西游记》与《吴承恩诗文集》三者之间的联系"[3]。

第二，游戏说。20世纪初，许多学者开始否认《西游记》有明确主题，这一看法至鲁迅、胡适做了系统论证与发挥。胡适说《西游记》至多不过是"一部很有趣味的滑稽小说、神话小说；他并没有什么微妙的意思，他至多不过有一点爱骂人的玩世主义。这点玩世主义也是很明白的；他并不隐藏，我们也不用深求。"[4]鲁迅先生则说："然作者虽儒生，此书实出于游戏，亦非语道，故全书仅

---

① 金紫千：《也谈〈西游记〉的主题》，见梅新林、崔小敬主编：《20世纪〈西游记〉研究》，文化艺术出版社2008年版，第395页。
② 南怀瑾：《南怀瑾与彼得·圣吉》，上海人民出版社2007年版。
③ 薛梅、宋克夫：《吴承恩著〈西游记〉新证》，《明清小说研究》2004年第2期。
④ 胡适：《〈西游记〉考证》，《胡适文存二集》卷四，上海书店1980年版，第51—119页。

偶见五行生克之常谈，尤未学佛，故末回至有荒唐无稽之经目，特缘混同之教，流行来久，故其著作，乃亦释迦与老君同流，真性与原神杂出，使三教之徒，皆得随宜附会而已。"① 二人都认为《西游记》实出于游戏，并无微言大义。

第三，哲理性、宗教性复归。20 世纪五六十年代，研究者几乎都认同《西游记》具有一个社会性甚至政治性主题。20 世纪 80 年代以后，《西游记》主题研究又出现了向哲理与宗教回归的双重趋向。宗教性主题研究如冯扬、周克良等提出的佛教中兴说，王敏、金声等提出的佛法无边说，李安纲、郑启宏等提出的道教修炼说。周中明认为《西游记》是批判神佛伪善、阴险的宗教斗争，揭露昏君奸臣当道、妖邪横行肆虐、魔鬼吃人害人的政治斗争，以及为追求人生理想而坚韧不拔、百折不回地战胜各种自然灾害和一切艰难险阻的斗争，表现出"宗教批判和政治批判的主题"。（《学术月刊》1983 年第 2 期）

第四，追求正统与正义统一说。王齐洲先生认为大闹天宫时神佛属于"'正等'的力量"，孙悟空"并非正统却代表正义"，西天取经时的孙悟空"既代表正统又代表正义"。《西游记》"既不盲目地维护正统，也不一般地歌颂正义，它所充分肯定的是那种属于正统的正义，即追求正统与正义的统一，这便是《西游记》的真谛"。（《学术月刊》1984 年第 7 期）

第五，矛盾主题说。自 20 世纪 50 年代张天翼提出《西游记》具有两个矛盾主题后，引发了长期关于《西游记》具有双重主题以及双重主题间关系的讨论，其中包括了张天翼、高明阁的主题矛盾说，何其芳、李希凡的主题转化说，沈玉成、胡光舟的主题统一说等观点。

第六，两重宗旨说。李欣复认为《西游记》有两重宗旨："一方面有诙谐滑稽中寓讽喻现实之意，另一方面又有劝人立业从学不要心猿意马，而应专心致志，一以贯之的含义。此外便不应再作深求。"（《文史哲》1983 年第 4 期）

第七，无自觉主题说。林岗认为"并不是所有优秀小说都有很深刻的思想或很自觉的主题"，《西游记》中"知性的成分不是很多"，"它打动后世读者的，不是深刻的思想，也不是隐藏于字里行间的政治意图"，因此，无须"从深刻的主题思想方面来赞扬或指责《西游记》"。（《光明日报》1984 年 5 月 29 日）

第八，现实斗争说。童思高、霍松林等提出的《西游记》讽喻现实歌颂斗争说，在 20 世纪 80 年代也得到了一些学者的认同。1978 年，朱彤发表《论孙悟空》，首次提出《西游记》歌颂市民的观点，随后引发了诸多反驳意见，大多数研究者仍倾向于认为《西游记》反映的是封建主义性质的矛盾，但与 20 世纪五六十年代认为《西游记》反映农民与地主的矛盾不同的是，20 世纪 70 年代末以后的学者大多认为《西游记》反映的是封建社会地主阶级内部矛盾，并由此提出

---

① 鲁迅：《中国小说史略》，上海古籍出版社 1998 年版。

了《西游记》主题是除邪治国的观点，其中包括了朱式平的安天医国说，苗壮的除邪治国说，罗东升的诛奸尚贤说和周中明的匡世济民说。20 世纪 80 年代初，《思想战线》等刊物上陆续刊出刘远达等三人的文章，一致认为《西游记》主题是反人民的、反动的，这一观点引起了学界对《西游记》研究方法的反思。

第九，多元化主题。20 世纪 90 年代至今，学者们从各个方面对《西游记》的社会性主题进行了深入研究，如吕晴飞、田同旭的反映时代思潮说，王辉斌、张锦池的人才观说，刘戈的反贪题材说等。王齐洲先生在《〈西游记〉的风格与乐文化的转型》一文中，对明朝中后期社会的礼乐文化进行了有意义的探讨，论述了中国古代封建社会中"礼乐文化"的发展轨迹，指出明中后期"礼文化"向"乐文化"的转型给人们带来的影响，而这一影响在《西游记》风格的"娱乐化倾向"中有着鲜明的体现①。

（二）英雄情结

作为一部神话小说，《西游记》包含的母题丰富而宽泛，如取经母题、游历母题、冒险母题、受难母题等。新批评代表韦勒克、沃伦认为："从文学理论看，神话中的重要母题可能是社会的或自然的（或非自然的，或非理性的）意象或画面、原型的或关于宇宙的叙述或故事、对我们永恒的理想中某一时期的事件的一种再现，这种再现是纲领性的，或者是带着末世情调的，或是神秘的。"② 《西游记》涉及自然、社会、历史、政治、神话、宗教多个领域和对象，它展现了一幅多姿多彩的历史风俗画，呈现出人类的理想主义与道德主义结合的理性光辉。

黑格尔在《美学》中提出，理想的艺术应该以人为中心，而性格就是理想艺术表现的真正中心。《西游记》是神魔妖怪为感性符号而建构的人类形象，而这些形象的中心其实是以英雄为原点的。马尽举在《英雄主义：任性中的毁灭和伦理性中的再生——〈西游记〉解读的黑格尔范式》一文中认为："《西游记》大闹天宫、取经缘起、西天取经的三节段结构，恰与黑格尔自由意志发展三阶段的内容相照应"；"大闹天宫——意志的无规定性：英雄主义在任性中的毁灭；取经缘起——意志进入规定：英雄主义在困厄中等待；西天取经——意志自由：英雄主义在伦理中的再生"③ 等。

孙悟空是一个古典式的英雄，他既是一个充满游戏精神的虚幻英雄，也是一个会遇到艰难困苦，遭受人生挫折的人类的英雄。在被如来佛镇压之后，他的身体和精神同时被囚禁，成为一个失败的英雄和遭遇灾难的英雄。从细节上考察，

---

① 王齐洲：《〈西游记〉的风格与乐文化的转型》，详见梅新林、崔小敬主编《20 世纪〈西游记〉研究》，文化艺术出版社 2008 年版，第 674 页。

② ［美］韦勒克、沃伦：《文学理论》，三联书店 1984 年版。

③ 马尽举：《英雄主义：任性中的毁灭和伦理性中的再生——〈西游记〉解读的黑格尔范式》，"《西游记》与中国文化国际学术研讨会"会议论文，2003 年。

孙悟空又是一个神化的战斗英雄，在斗争中，他不断向各种神仙求援，还要借助法术和宝物才能免于灾难，因而也是一个不彻底的英雄。孟繁仁认为《西游记》是一部"描写孙悟空人生成长、人生斗争历程的英雄传奇"，它所表达的是作者的"人生观点和理想"①。

（三）文化立意

《西游记》不仅有神魔小说的题材内容，同时也有寄寓于神仙幻境之外的现实内涵。胡金望指出，《西游记》的文化精神，即表现为"追求人性自由和人格尊严""礼赞奋斗精神和渴求智慧力量"②。张祝平则认为，孙悟空是"海洋之子"，西天取经过程中"屡屡东顾大海"，正是"明代人那种对海洋的既迷恋向往，又征帆远航的时代精神与气度的体现"③。曹炳建在《多重文化意义下的探索与追求——〈西游记〉孙悟空形象新论》一文中指出，孙悟空是"封建时代的斗士形象"。作品通过唐僧和孙悟空形象的对比，批判了"'醇儒'人格的迂腐无用，歌颂了富有抗争精神的事功型人格"；从民族文化的高度看，孙悟空形象是作者在对奴性人格的批判和反思之后，对富有抗争精神的崭新人格的重塑。从人类文化的高度看，孙悟空形象从三个方面"体现了人类的普遍精神"："个性自由精神""秩序精神"和"为人类群体奋斗的精神"。其形象的基本内核，便是"为造福于人类的事业而奋斗的抗争与进取精神"④。

《西游记》立意在于，它以通俗易懂的故事，活泼生动的语言，塑造了一系列广为人知的妖魔形象，而且还以独特的知识视野构建了一个颇具特色的神佛世界。其目的不仅仅在于为读者讲述一些老妪能解的故事传说，更重要的是在那些表面奇幻或滑稽的故事中隐含深刻的历史文化信息，以表达作者的某种思想文化和精神文化的诉求。只有了解了中国古代宗教文化的发展以及多种文化互相融合的文化趋势，我们才能理解《西游记》对儒、释、道及中国民间文化各有所取，而又对其不断加工、整合的历史文化特征⑤。正因为如此，《西游记》自问世以后，该书以其"精湛的艺术手法，生动曲折而又夸张神奇的情节，加以作者时时游戏笔墨，使释迦与老君同流，真性与元神杂出，使三教九流之徒都能随意附会，各取所需，因此雅俗共赏，成为几乎无人不晓的佳作。"⑥

---

① 孟繁仁：《重新认识和评价西游记》，见梅新林、崔小敬主编：《20世纪〈西游记〉研究》，文化艺术出版社2008年版，第402—405页。

② 胡金望：《〈西游记〉的精神文化指向》，《明清小说研究》2005年第4期。

③ 张祝平：《西游与东顾——〈西游记〉的海洋情结》，"《西游记》与中国文化国际学术研讨会"会议论文，2003年。

④ 曹炳建：《多重文化意义下的探索与追求——〈西游记〉孙悟空形象新论》，《南阳师范学院学报》2004年第11期。

⑤ 吴福秀、王齐洲：《〈西游记〉乌巢禅师探秘》，《明清小说研究》2012年第2期。

⑥ 刘荫柏：《刘荫柏说西游》，中华书局2005年版，第243页。

五、《西游记》主要人物形象

(一) 孙悟空

孙悟空由东胜神洲傲来国花果山灵石孕育而生，又名孙行者，被花果山众妖尊为美猴王，玉帝封其为"齐天大圣"。为寻求长生之道，他独自漂洋过海，在西牛贺洲灵台方寸山斜月三星洞拜菩提老祖为师，习得七十二般变化和筋斗云。他先后大闹地府与天宫，搅乱王母娘娘的蟠桃盛会，偷吃太上老君的金丹。后又阴差阳错地在太上老君的炼丹炉中练就了火眼金睛和金刚之躯。与如来斗法失利后，被压在五行山下五百年。唐僧救出孙悟空后，他在取经路上一路降妖除魔，屡建奇功，却三番两次被师傅误解、驱逐。师徒四人取得真经后，他被封为"斗战胜佛"，成为后世为了理想勇于拼搏的英雄形象。

孙悟空的形象研究从 20 世纪 20 年代开始，大致可归纳为几种不同的观点：一是"国货"说，二是"进口"说，三是"混血"说，四是"佛典"说。二十年代，鲁迅最早提出孙悟空与《古岳渎经》中的无支祁有渊源关系①，这就是"国货"说的由来。后胡适提出印度史诗《罗摩衍那》中的神猴哈奴曼是孙悟空的根本，他怀疑"这个神通广大的猴子不是国货，乃是一件从印度进口的。"② 因而被称为"进口"说。七十年代后，季羡林重提哈奴曼说③。此时的"国货"说与"进口"说已扩展到与孙悟空形象有关的其他形象，如张锦池认为，孙悟空形象孕育于道教的"听经猿"④。赵国华则提出孙悟空形象来源于《六度集经》中《国王本生》中的小猕猴⑤。此外，又出现了两种新的重要观点："混血"说与"佛典"说。"混血"说认为，孙悟空是既继承了无支祁的形象，又接受了哈奴曼影响的"混血猴"。"佛典"说由日本学者矶部彰首先提出，他认为孙悟空形象来自密教佛典中的护法神将⑥。

(二) 唐僧

唐僧为如来佛祖座下弟子金蝉子投胎，俗姓陈。由于父母身世凄惨，他自幼在金山寺出家，小名江流儿，法号玄奘，号三藏，被唐太宗赐姓为唐。唐僧勤敏好学，悟性极高，在众僧中脱颖而出，最终被菩萨选中前往西天取经。

---

① 鲁迅：《中国小说史略》，上海古籍出版社 1998 年版。

② 胡适：《〈西游记〉考证》，《胡适文存二集》卷四，上海书店 1980 年版，第 51—119 页。

③ 季羡林：《印度史诗〈罗摩衍那〉》，《世界文学》1978 年第 2 期。

④ 张锦池：《论孙悟空的血统问题》，《北方论丛》1987 年第 5 期。

⑤ 赵国华：《论孙悟空神猴形象的来历》，见梅新林、崔小敬主编：《20 世纪〈西游记〉研究》，文化艺术出版社 2008 年版，第 488 页。

⑥ ［日］矶部彰：《关于元本〈西游记〉孙行者的形成：从猴行者到孙行者》，《东洋学集刊》1977 年第 38 期，第 103—127 页。

在取经的路上，唐僧先后收服了孙悟空、猪八戒、沙僧三个徒弟，之后在三个徒弟和白龙马的辅佐下，历尽千辛万苦，终于从西天雷音寺取回真经。功德圆满，被赐封为旃檀功德佛。唐僧一心向佛，但因性格胆小，一路上受到了不少妖魔鬼怪的惊吓，显现出有理想、有追求的人在残酷的现实面前不得不低头的懦弱与胆怯。唐僧身上"既具备了英雄人物的某些品格"，又存在着"佛教徒的痴呆气"和"儒家弟子的迂腐气"，而"唐僧性格的矛盾，反映了作者对佛教信仰的心理矛盾。"[1]

（三）猪八戒

猪八戒原为天宫中的"天蓬元帅"，因在蟠桃宴上醉酒闯入广寒宫，调戏霓裳仙子，惹怒玉帝，被罚下人间错投了猪胎。又名猪刚鬣、猪悟能。他栖身云栈洞，因在高老庄抢占高家三小姐而与孙悟空展开大战，后被唐僧收为二弟子，起名"八戒"。修成正果后被封为"净坛使者"。猪八戒为人好吃懒做，憨厚中又有点贪小便宜，好大喜功的同时又有点好色。

猪八戒的性格一方面"反映出明代中叶的人文主义思想"，另一方面又"反映出人的本质力——人道主义思想。"[2] 他是"中国新兴市民、商人和农民的综合体"[3]。猪八戒这一形象"更多地概括着人类下层社会、普通劳动者圈子中所孕育的入世尘俗"，从他身上，我们"既可以看到中华民族的某些传统美德，又可以看到世俗社会一般人常见的毛病"，不同阶级、不同阶层、不同民族、不同国籍的人都可以在猪八戒身上找到自己的影子。因而很多学者认为，猪八戒形象具有一定的喜剧美与幽默感，作者对他是"掺有揶揄成分"的赞美，并肯定了这一形象在中国和世界文学长廊中的重要地位。

（四）沙和尚

沙和尚原是天宫中的卷帘大将，只因在蟠桃会上打碎了琉璃盏，惹怒玉皇大帝，被贬入人间，在流沙河畔当妖怪，又名沙悟净、沙僧。后被唐僧师徒收服西行，一路负责牵马。修成正果后，被封为"金身罗汉"。为人性格忠厚老实、任劳任怨。小说中描写的沙僧低调而沉静，与其他两位爱动爱闹的弟子相比，沙僧的形象略显得苍白模糊，但在骨子里他却是一个有个性的人。他一方面循规蹈矩，明哲保身，另一方面又在默默无闻，埋头苦干的同时，"不失义骨侠肠"[4]。所以沙僧虽然性格内向、安分守己，但却是一个更接近社会现实的人，从某种程度上说，他是社会真实的高度概括。

① 李伟实：《唐僧形象分析》，"《西游记》与中国文化国际学术研讨会"论文，2003年。
② 吴冶：《猪八戒的幽默》，"《西游记》与中国文化国际学术研讨会"论文，2003年。
③ 杨俊：《猪八戒形象新论》，《云南社会科学》1985年第2期。
④ 钟婴：《西游记新话》，辽宁教育出版社1992年版。

除了主要形象之外，随唐僧一路西行的还有白龙马。白龙马本是西海龙王三太子，因纵火烧毁玉帝赏赐的明珠而触犯天条，要被斩首。后因南海观世音菩萨搭救才免于死罪，被贬到蛇盘山等待唐僧取经。之后受菩萨点化，变身为白龙马，随唐僧西行，修成正果后被升为八部天龙广力菩萨。与其他主要人物相比，白龙马的形象着力较少，但在关键时刻，他的赤胆忠心总能让读者产生强烈的认同感。

除此之外，书中还描写了佛与菩萨、道教神仙、妖魔鬼怪等大量角色，塑造了佛教神，道教神，民间神等强大的神仙谱系。如张英在《简论〈西游记〉对"二郎"原型的改造与重塑》中对二郎神的形象进行了探讨，他通过考察历史上二郎神形象的演变历史，认为《西游记》"通过对'二郎'原型的改造与重塑，成功地塑造出一位既桀骜不驯又维护天庭利益的融抗争与顺从于一体的颇具人性的复杂的二郎神形象"[①]。

六、《西游记》的影响

（一）模仿创作

自《西游记》之后，明代出现了神魔小说创作的高潮，如朱星祚的《二十四尊得道罗汉传》，邓志谟的《铁树记》《飞剑记》《咒枣记》、许仲琳的《封神演义》等。续作也是层出不穷，最著名的有明末董说的《西游补》《后西游记》《续西游记》等。《西游记》对后世的小说、戏曲、宝卷、民俗都产生了重要影响。清朝子弟书中就有《西游记》鼓词的记载。此外，由《西游记》衍生出了一系列的文学作品，如《西游记前传》《悟空传》《西游日记》等，显示出《西游记》在文学创作领域的强大影响力。

（二）电影、曲艺作品

《西游记》对后来的戏曲文学也产生了重要的影响，如清代的宫廷大剧《升平宝筏》就是西游戏。目前为止，国内以《西游记》为蓝本的曲艺类作品也不在少数。据不完全统计，杂剧有不同名目的品种 6 卷之多，京剧作品 36 部，豫剧作品 1 部，歌舞剧 1 部、舞台剧 1 部、杂技剧 1 部。中国共制作《西游记》系列电影 15 部，电视剧 9 部，连环画、漫画作品 7 部，动画电视 5 部，动画电影 9 部，游戏作品 17 部，台湾电视布袋戏 2 部、电影动画 1 部。此外，《西游记》在海外的传播也盛极一时。19－20 世纪上半叶，法国全面或局部翻译《西游记》作品 3 部，中美合作电影一部，以《西游记》为主题的美版电影一部；日本以《西游记》为蓝本的电视剧四部、动画电影两部。近些年来，以《西游记》为题材的文学曲艺类作品日益增多，其中所塑造的风趣诙谐的人神形象越来越受到国际学术界和文化界的广泛关注。

---

① 张英：《简论〈西游记〉对"二郎"原型的改造与重塑》，《南阳师范学院学报》2005 年第 2 期。

七、《西游记》的艺术成就

《西游记》描绘了一个神奇瑰丽的奇幻世界，创造了一系列妙趣横生、引人入胜的神话故事，成功地塑造了孙悟空这个理想化的英雄形象。小说在奇幻的世界里别有寄托，曲折地反映出世态人情和世俗情怀，具有深刻的现实感和浓郁的生活气息。

《西游记》的艺术特色，一是幻，二是趣。小说通过大胆丰富的艺术想象，奇幻跳跃的故事情境，创造出一个神奇绚丽的神话世界。孙悟空活动在三维的世界里，一会儿上天入地，一会儿入海寻珍。他的世界中有各种各样稀奇有趣的妖怪，姿态万千，却又不乏现实人情味。小说在奇幻的描写中折射出世态人情，显示出一种虚幻的真实感。《西游记》的人物、情节、场面，乃至所用的武器，都极尽变幻之能事，在奇幻中透出浓郁的生活气息，让读者能够理解，乐于接受。

《西游记》的艺术魅力，除了它的奇特想象，再就是它的诙谐意趣。《西游记》的奇趣，跟人物形象与思想性格交相辉映。孙悟空性格豪爽、乐观，再加上滑稽谐趣的猪八戒，二人在取经路上的互助互掐都显现出生动的喜剧效果。他们幽默诙谐，机趣横生的对话也使文章增色不少。在人物描写上将神性、人性和自然性三者很好地结合起来，展现了一个神化了的动物世界，同时又熔铸进社会生活的内容。

《西游记》的语言同样充满了无穷的魅力。曹萌认为，"《西游记》文本明显地体现出由多种创作模式整合的迹象。""情节叙述方面表现为佛教故事叙述模式与英雄传奇模式的整合；人物刻画方面则是类型化性格模式与动物描写模式的整合；语言表达方面散文描述模式与韵文刻画模式整合"①。王海洋则从"内心独白的运用""运用对话表现人物心理""以动作表现人物心理"诸方面进行探讨，认为"《西游记》的心理描写具有文字简约、传神、情节性强的特点"，"有其独到的神韵和风致"②。田同旭通检了《西游记》中的"俗语、俚语、浑语、古语、歇后语，以及谚言、谣言、常言、名言、格言等"，认为《西游记》的俗语谚言"因人设语，语如其人"，"往往显示了人物的性格身份和精神面貌"，同时也"反映了明代社会特有的时代风气"，并"涉及社会人生诸多方面"，表现了作者"对中国古代小说语言不断创新发展的新贡献"③。

---

① 曹萌：《〈西游记〉创作模式的整合性特征》，"《西游记》与中国文化国际学术研讨会"论文，2003年。

② 王海洋：《简论〈西游记〉的心理描写及其文学史地位》，"《西游记》与中国文化国际学术研讨会"论文，2003年。

③ 田同旭：《论〈西游记〉中俗语谚言》，《运城学院学报》2004年第4期。

八、《西游记》研究现状

《西游记》现存最早的版本为明金陵世德堂本，该本陈元之序是第一篇对《西游记》做出精要分析的文章①。自明至今，《西游记》研究成为古典文学研究中永不消歇的热点。明清一代的研究，主要以序跋、评点为主。

20世纪《西游记》的研究大致可以划分为三个时期：第一期从20世纪初至中叶，以鲁迅、胡适、郑振铎等为代表，他们以新的价值观念与批评标准对《西游记》进行了阐释与定位。鲁迅《中国小说史略》《中国小说的历史的变迁》，胡适《西游记考证》与郑振铎《西游记的演化》②等文章，孙楷第《中国通俗小说书目》③《日本东京所见中国小说书目》④等书目分别从作者、版本、人物、情节、主题、艺术等各个方面，对《西游记》进行了阐释与研究，取得了重要成果。

第二期从20世纪中叶到七十年代末。由于受特定政治气氛影响，这一时期成果相对较少。1957年作家出版社编辑出版的《西游记研究论文集》集中代表了1949—1957年这一段时间的研究成果。1954年张天翼发表《"西游记"札记》一文，首次把《西游记》中的神魔斗争与现实社会中的统治阶级与人民之间的斗争联系起来⑤，这一研究方法被誉为"撇开了一切玄虚、歪曲的旧说，用唯物主义的观点分析了《西游记》的客观因素"。

第三期从20世纪80年代初至20世纪末，《西游记》的研究走向全面繁荣。1982年10月第一届《西游记》学术讨论会在江苏连云港举行。与此同时，港台及海外的研究成果被大量介绍进来，台静农、张静二、柳存仁、夏志清、余国藩、杜德桥等对《西游记》的版本、人物、本源等方面都做了富有意义的研究。与此同时，日本学者从三四十年代的长泽规矩也⑥、小川环树⑦一直到八九十年代的矶部彰⑧、中野美代子⑨等，都在《西游记》研究上付出了大量心血，其中

---

① 梅新林、崔小敬主编：《20世纪〈西游记〉研究》代序，文化艺术出版社2008年版。
② 郑振铎：《西游记的演化》，见梅新林、崔小敬主编：《20世纪〈西游记〉研究》下卷，文化艺术出版社2008年版，第34—59页。
③ 孙楷第：《中国通俗小说书目》，人民文学出版社1992年版，第188—192页。
④ 孙楷第：《日本东京所见小说书目》，人民文学出版社1981年版，第72—81页。
⑤ 张天翼：《〈西游记〉札记》，见梅新林、崔小敬主编：《20世纪〈西游记〉研究》下卷，文化艺术出版社2008年版，第333—342页。
⑥ 长泽规矩也：《〈大唐三藏法师取经记〉与〈大唐三藏法师取经诗话〉》，《长泽规矩也著作集》第5卷，东京汲古书院1982年版，第375—380页。
⑦ 小川环树：《〈西游记〉的原本及其改作》，《小川环树著作集》第四卷，东京筑摩书房1997年版，第197页。
⑧ ［日］矶部彰：《世德堂刊〈西游记〉版本研究：明代出现的完成体〈西游记〉》，《东北大学中国语学文学论集》2005年第10期，第17—29页。
⑨ ［日］中野美代子著；王秀文、刘俊民、王锐译《〈西游记〉的秘密》，中华书局2002年版。

如太田辰夫对《西游记》成书过程及版本源流的追索①，矶部彰对孙悟空②及猪八戒形象的形成过程的考察③，都显示出深厚的学养和扎实的文献功底。

21世纪开始，《西游记》研究热并未消歇。《西游记》研究发表期刊论文、硕博论文千余篇，出版专著与日俱增。内容也涉及文献、文本、文化研究等各个方面。

参考文献

[1]（明）吴承恩著，（清）汪象旭笺：《西游证道书》，岳麓书社2008年版。

[2]（明）吴承恩：《西游记》，人民文学出版社1990年版。

[3]（清）吴玉搢：《山阳志遗》，《楚州丛书》本。

[4] 鲁迅：《中国小说史略》，上海古籍出版社1998年版。

[5] 胡适：《〈西游记〉考证》，《胡适文存二集》，上海书店1980年版。

[6] 梅新林、崔小敬主编：《20世纪〈西游记〉研究》，文化艺术出版社2008年版。

[7] 沈承庆：《话说吴承恩——〈西游记〉作者问题揭秘》，国家图书馆出版社2000年版。

[8] 刘荫柏：《刘荫柏说西游》，中华书局2005年版。

[9] 钟婴：《西游记新话》，辽宁教育出版社1992年版。

[10] 吴承恩著，王齐洲、吴福秀解读：《西游记文化读本》，岳麓书社2010年版。

---

① ［日］太田辰夫：《〈西游记〉的研究》，东京研文出版社1984年版。
② ［日］矶部彰：《关于元本〈西游记〉孙行者的形成：从猴行者到孙行者》，《东洋学集刊》1977年第38期。
③ ［日］矶部彰：《〈西游记〉中猪八戒形象的形成》，《日本中国学会报》1979年第31期。

曹雪芹《红楼梦》导读

胡淑芳

乾隆中期，一部未写完的小说《石头记》八十回抄本忽然在北京盛行，庙市上的交易价格高达数十金。乾隆五十六年，程伟元自称找到这部书八十回后的余稿，他与高鹗一起，对全部书稿加以校订，并用木活字排印出版，这就是一百二十回本的《红楼梦》。从此以后，这部书"遍于海内，家家喜闻，处处争购"（梦痴学人《梦痴说梦》）。就是一向只重诗文轻视小说的主流文人也不得不说"开谈不说《红楼梦》，读尽诗书是枉然"（得舆《京都竹枝词》）。

《红楼梦》是一部融合个人经历、家族兴衰、社会发展史的长篇小说，是中国古典小说的艺术高峰，也是世界性的长篇小说名著。它以丰富而深刻的思想内容和精湛而完美的艺术技巧，树立了中国小说的华美丰碑。

一、《红楼梦》作家作品简介

（一）曹雪芹的家世与《红楼梦》的创作

曹雪芹（约1715－约1763），谱名天祐。名霑，字雪芹，号芹圃，芹溪，晚年号梦阮。远祖曾居辽东。后金汗主努尔哈赤时期，曹家归旗，隶属"镶白旗"。顺治元年，曹家"从龙入关"，定居北京，隶属内务府正白旗包衣。

曹雪芹的曾祖曹玺，因"随王师征山右有功"，成为顺治的亲信侍臣，后在康熙二年（1663年）任江宁织造。曹玺妻子孙氏是康熙帝幼年保姆。曹雪芹的祖父曹寅，字子清，号棟亭，一号荔轩，别署柳山、嬉翁，是康熙帝幼年伴读。曾先后任苏州织造、江宁织造、巡视两淮盐务监察御史。康熙五次南巡，都以江宁织造署为行宫，后四次都在曹寅任内，曹寅曾两次随驾至西湖。曹寅是一位风雅文学之士，长于诗文，喜结交天下名士。又是著名收藏家，喜欢校刻古书，刊印精本。他奉旨在扬州主持刊刻《全唐诗》和编纂《佩文韵府》。曹寅有两女，均嫁与贵族。长女嫁与平郡王讷尔苏，次女嫁与康熙侍卫，后来也袭王爵。曹寅时期，是曹家烈火烹油，鲜花着锦的鼎盛时期。曹雪芹的父亲曹颙，字孚若，是曹寅长子。继任江宁织造，但不到两年半便病故，曹雪芹为其遗腹子。曹颙卒后，寅支乏嗣。康熙选择曹寅弟弟曹宣第四子曹頫承继寅后，袭官江宁织造。曹家任江宁织造长达六十余年，与康熙皇帝关系十分密切。康熙多次密谕曹寅、曹頫，监视解职汉官的行动，随时秘密上报。

雍正皇帝即位后，曹家失势。雍正五年，曹頫在任十三年，以"行为不端""骚扰驿站""织造款项亏空"等罪名被革职抄家。曹家被抄时，曹雪芹十三岁。曹雪芹云："锦衣纨绔之时，饫甘餍肥之日"，反映的是他十三岁以前的经历。翌年，举家回到北京。

回到北京后，曹雪芹就读于景山官学和咸安宫官学，由家长捐纳监生后应试中"副贡"。曾在一所皇族学堂"右翼宗学"里当掌管文墨的杂差，境遇潦倒，生活艰难。晚年移居北京西郊，生活更加穷苦，"满径蓬蒿""茅椽蓬牖，瓦灶绳床""举家食粥"。曹雪芹以坚韧的毅力，专心致志从事《红楼梦》的创作修订。乾隆二十七年，幼子夭亡，曹雪芹陷于过度的忧伤和悲痛，卧床不起。这年除夕，曹雪芹在贫病交加中离开人世。给人间留下《红楼梦》八十回定稿，和后四十回未定稿。

"生于繁华，终于沦落"。曹雪芹的家世从"烈火烹油，鲜花着锦"的"诗礼繁华地，温柔富贵乡"，跌入凋零衰败之境，本人由"锦衣纨绔""饫甘餍肥"落入"环睹蓬蒿屯"，他深切体验到人生悲哀和世道无情，摆脱了富贵阶层的庸俗和偏狭，看到了封建贵族家庭不可挽回的颓败之势，同时也产生了幻灭感伤情绪。他的悲剧体验，诗化感情，探索精神，创新意识，全部熔铸到这部呕心沥血的旷世奇书《红楼梦》中。

（二）《红楼梦》的成书过程与版本

《红楼梦》的第一回，叙述了这部奇书的成书过程。

这部书本名《石头记》。女娲补天时在大荒山无稽崖遗下一块石头，这石头幻形入世，即被一僧一道携入红尘，经历了人间的悲欢离合，又回到大荒山，并在石头上记下了它的人生经历。后来"空空道人访道求仙，忽从这大荒山无稽崖青埂峰下经过，忽见一块大石上字迹分明，编述历历"。记载的是"此石坠落之乡，投胎之处，亲自经历的一段陈迹故事"，这就是《石头记》书名的来历。

空空道人把《石头记》"从头至尾抄录回来，问世传奇。从此空空道人因空见色，由色生情，传情入色，自色悟空，遂易名为情僧，改《石头记》为《情僧录》。东鲁孔梅溪则题曰《风月宝鉴》。后因曹雪芹于悼红轩中披阅十载，增删五次，纂成目录，分出章回，则题曰《金陵十二钗》。"

第五回贾宝玉在太虚幻境听仙姑演唱《红楼梦曲》，小说又称《红楼梦》。

由此可知，《红楼梦》就像此前其他长篇章回小说（如《三国演义》《水浒传》《西游记》等）一样，它的成书经历了一个复杂过程。

《红楼梦》的版本，有两个系统。

1. 脂本系统八十回抄本，名为《脂砚斋重评石头记》

这个系统重要的本子有甲戌本和庚辰本。

一般研究者认为，甲戌本是目前流传最早的版本，只保存16回故事和卷首的《凡例》。因小说第一回有"甲戌抄阅再评"故名。甲戌：是乾隆十九年（1754）。这是1927年胡适先生发现的抄本。虽然这只是一个残本，但书中附有脂砚斋、畸笏叟等人的批语，因此，甲戌本对我们研究《红楼梦》的本事与成书过程有重要的意义。而庚辰本比较完整，八十回本的《石头记》，只缺第六十四、第六十七两回。因书内题"庚辰秋月定本"故名。庚辰，是乾隆二十五年（1760）。这些抄本离曹雪芹写作的年代较近，比较接近原稿。

2. 程本系统一百二十回木活字排印本，名为《红楼梦》

这个系统重要的本子有程甲本和程乙本。程甲本为乾隆五十六年（1791）辛亥冬至后五日（十二月初三）萃文书屋排印。首有程伟元序言，高鹗序言。程序云：

《红楼梦》小说本名《石头记》，作者相传不一，究未知出自何人，惟书内记雪芹曹先生删改数过。……然原目一百廿卷，今所传只八十卷，读者颇以为憾。不佞以是书既有百廿卷之目，岂无全璧？爰为竭力搜罗，自藏书家甚至故纸堆中无不留心，数年以来，仅积有廿余卷。一日偶于鼓担上得十余卷，遂重价购之，欣然繙阅，见其前后起伏，尚属接筍，然漶漫不可收拾。乃同友人细加厘剔，截长补短，抄成全部，复为镌板，以供同好，《红楼梦》全书至是告成矣。

高鹗的序言，证实了程伟元的说法。

程乙本为乾隆五十七年（1792）壬子花朝后一日（二月十三）萃文书屋木活字排印。程伟元、高鹗程乙本卷首引言说：出版程甲本时，"因急欲公诸同好，故初印时不及细校，间有纰缪。今复聚集各原本详加校阅，改订无讹"。且云：

"书中后四十回系就历年所得，集腋成裘，更无他本可考。惟按其前后关照者，略为修辑，使其有应接而无矛盾。至其原文，未敢臆改，俟再得善本，更为厘釐定，且不欲掩其本来面目也。……创始印刷，卷帙较多，工力浩繁，故未加评点"。

1927年，汪元放接受胡适先生建议，将程乙本标点排印，胡汪有序言与校读后记，打破程甲本一度一统天下的局面。

3. 关于《红楼梦》程高序言的讨论

程伟元和高鹗关于《红楼梦》后四十回的述说，一般人并不相信。最早裕瑞《枣窗闲笔》程伟元续红楼梦自九十回至百二十回书后就怀疑程本后四十回为伪续。后来，胡适先生也认为是高鹗续写了八十回以后的故事，程高所谓找到曹雪芹的原文，只不过故意想要混淆读者视听。《红楼梦考证》中，胡适先生说："后四十回是高鹗补的，这话自是无疑"。

对于这个问题，我个人的看法是：首先，曹雪芹对《红楼梦》披阅十载，增删五次，不可能是一个半截的残本，只不过是后四十回没有定稿。就在曹雪芹去世后，残稿佚失。其次，程甲本和程乙本出版的时间相隔太短，只有七十天。这两个版本，差别十分明显，大约有两万字的出入。把一部长达百万字的小说在七十天之内用木活字重新排版，这是一件巨大的工程。确如程高所言，是"卷帙较多，工力浩繁"。就是在印刷科学技术高度发达的今天，也很难把刚刚出版两个月的鸿篇巨制以另一番面目重新推出。

诚然，程甲本与程乙本两万字的差别主要在前八十回，后四十回几乎没有改动，仅有数字的不同。然而，这恰恰证明了高鹗续书的不可能。试想一下，如果没有一个文字洗练统一的前八十回为参照，如何能够写出续书。人们普遍承认，补写续书比另外创作新书要困难百倍，因为前后文必须有接应而无矛盾。俞平伯先生《红楼梦辨》开头就是一篇《论续书底不可能》可证。

周春《阅红楼梦随笔 红楼梦记》说："乾隆庚戌秋，杨畹耕语余云：雁隅以重价购抄本两部：一为《石头记》，八十回；一为《红楼梦》，一百廿回，微有异同。"庚戌是乾隆五十五年，即程甲本出版的前一年。这就是说，程本问世之前，已经有一百二十回的抄本存在，书名为《红楼梦》。

1959年中国科学院文学研究所一部一百二十回抄本的《红楼梦》，收藏者为杨继振。该版本的发现，引起了海内外研究者的广泛兴趣和深入研究。其中严冬阳的观点较有代表性，他认为，杨藏本的出现，说明在高鹗补书之前已有一个八十回后之稿，可见后四十回不是高鹗所续。后四十回"确是曹雪芹之遗稿"。

（三）《红楼梦》的前五回

《红楼梦》不像《三国演义》《水浒传》和《西游记》那样以惊心动魄的、带有传奇和神异色彩的故事吸引读者，便于读者熟记，也不像《金瓶梅》以一个西门庆为中心来描写他的暴发与暴亡那样单一，更不像《儒林外史》以批判科举制度为中心，虽然"事与其来俱起，亦与其去俱讫"，但主题集中，便于把握。《红楼梦》这部世界名著，主要是通过大量的日常生活琐事，小中见大地表现丰富而复杂的思想内容。它头绪纷繁，很难抓住要领。小说的故事从第六回才正式开始，前五回似乎是这部鸿篇巨制的"序幕"。作者把这部大著的创作意图、主题主线、贾府世系及主要姻亲、主要人物的性格特征及其归宿等，都在前五回里做了不同形式的、若明若暗的介绍。仔细阅读前五回，有助于我们对于这部名著的把握。

1. 在前五回中，表明了作者的创作原则和创作态度

小说第一回借石头之口表明了作者自己的创作主张：他反对野史，"或讪谤君相，或贬人妻女，奸淫凶恶，不可胜数"；反对风月笔墨，"其淫秽污臭，屠毒笔墨，坏人子弟，又不可胜数"；反对佳人才子等书，"千部共出一套""涉于淫滥，

以致满纸潘安、子建、西子、文君，不过作者要写出自己的那两首情诗艳赋来，故假拟出男女二人名姓，又必旁出一小人其间拨乱，亦如剧中之小丑然。且鬟婢开口即者也之乎，非文即理""自相矛盾""不近情理"。

作者写作目的是"为闺阁昭传"："忽念及当日所有之女子，……觉其行止见识，皆出于我之上，何我堂堂须眉，诚不若彼裙钗哉……闺阁中本自历历有人，万不可因我之不肖，自护己短，一并使其泯灭也"。

作者的创作原则是现实主义的：他根据自己"半世亲睹亲闻"的生活体验进行创作："至若离合悲欢，兴衰际遇，则又追踪蹑迹，不敢稍加穿凿，徒为供人之目而反失其真传者"。

作者的创作态度严肃，这部小说是他的呕心沥血之作，"披阅十载，增删五次"。同时，作品大有深意，希望能被读者理解："满纸荒唐言，一把辛酸泪！都云作者痴，谁解其中味？"

2. 前五回叙述的故事内容

（1）叙述了神话中石头的故事，表明了文人怀才不遇的幽怨

"女娲炼石补天之时，于大荒山无稽崖炼成高经十二丈、方经二十四丈顽石三万六千五百零一块。娲皇只用了三万六千五百块，只单单剩了一块未用，便弃在此山青埂峰下。谁知此石自经锻炼之后，灵性已通，因见众石俱得补天，独自己无材不堪入选，遂自怨自艾，日夜悲号惭愧"。后来，一僧一道即茫茫大士渺渺真人来到此间，在石头恳求下，僧人"念咒书符，大展幻术，将一块大石登时变成一块鲜明莹洁的美玉，且又缩成扇坠大小的可佩可拿"，然后将其"携入红尘"，历尽人间的离合悲欢世态炎凉。最终石头又回到青埂峰下。此时，石头上就记载了它"堕落之乡，投胎之处，亲自经历的一段陈迹故事"，并有一首诗：

无材可去补苍天，枉入红尘若许年。此系身前身后事，倩谁记去作奇传。

这石头，就是贾宝玉与生俱来的通灵宝玉，表达了怀才不遇的思想。

（2）叙述了神瑛侍者和绛珠仙草的故事

提出"还泪说"，暗示贾宝玉与林黛玉的前生缘分和今世爱情悲剧。

"西方灵河岸上三生石畔，有绛珠草一株，时有赤瑕宫神瑛侍者，日以甘露灌溉，这绛珠仙草始得久延岁月。后来既受天地精华，复得雨露滋养，遂得脱却草胎木质，得换人形，仅修成个女体，终日游于离恨天外，饥则食蜜青果为膳，渴则饮灌愁水为汤。只因尚未酬报灌溉之德，故其五内便郁结着一段缠绵不尽之意"。于是，绛珠仙子向警幻仙子请求到人间用眼泪还报神瑛侍者的甘露之惠。在现实世界中，绛珠仙子是林黛玉，神瑛侍者就是贾宝玉。

（3）由葫芦庙旁居住的甄士隐引出葫芦庙中寄居的贾雨村

表明小说是"真事隐去，假语存焉"。

129

（4）跛足道人的《好了歌》，甄士隐的《好了歌注》，表现色空观念

现实世界的一切物质追求与享受都转瞬即逝，难以把握，也毫无意义。

《好了歌》：

世人都晓神仙好，惟有功名忘不了！古今将相在何方？荒冢一堆草没了。世人都晓神仙好，惟有金银忘不了！终朝只恨聚无多，及到多时眼闭了。世人都晓神仙好，惟有娇妻忘不了！君生日日说恩情，君死又随人去了。世人都晓神仙好，惟有儿孙忘不了！痴心父母古来多，孝顺儿孙谁见了？

《好了歌注》：

"陋室空堂，当年笏满床；衰草枯杨，曾为歌舞场。蛛丝儿结满雕梁，绿纱今又糊在蓬窗上"。——荣华富贵转眼成空。

"说什么脂正浓、粉正香，如何两鬓又成霜？昨日黄土陇头埋白骨，今宵红灯帐底卧鸳鸯"。——青春爱情瞬间消逝。

"金满箱，银满箱，展眼乞丐人皆谤。正叹他人命不长，那知自己归来丧"。——贫富变化无定、生命短暂莫测。

"训有方，保不定日后作强梁。择膏粱，谁承望流落在烟花巷"！——子孙后代不可期望。

"因嫌纱帽小，致使锁枷扛；昨怜破袄寒，今嫌紫蟒长"。——人生悲喜，福祸难料。

"乱哄哄你方唱罢我登场，反认他乡是故乡。甚荒唐，到头来都是为他人作嫁衣裳"。——人生如戏，人生如梦。

（5）叙述了贾史王薛四大家族由盛而衰的历程

"护官符"，突出了贾史王薛四大家族的权势和财富，"这四家皆连络有亲，一损皆损，一荣皆荣。扶持遮饰，俱有照应"。

贾不假，白玉为堂金作马。阿房宫，三百里，住不下金陵一个史。东海缺少白玉床，龙王来请金陵王。丰年好大雪，珍珠如土金如铁。

贾家地位尊贵；史家家族奢华；王家多奇珍异宝；薛家广有钱财。要想在金陵做官保住官爵和性命，必须维护这些最有权有势，极富极贵的大乡绅的利益。然而，最终这些华丽家族，"忽喇喇似大厦倾，昏惨惨似灯将尽"，"落了片白茫茫大地真干净"。逃不脱悲剧的收场。

（6）以贾府为中心，反映了贵族家庭行将崩溃的命运

《红楼梦》叙写了荣宁两府的五代人，结论是：如今的儿孙，竟一代不如一代。联系小说正文的叙述，我们可以看到这几代人的逐代堕落。

水字辈：宁国公贾演、荣国公贾源，九死一生，开创基业。他们早已亡故，因为地位显赫，后代受其荫庇，享受荣华富贵。人字辈：贾代化、贾代善，尚能守住祖宗基业。贾母是贾代善的夫人，贾府人称老祖宗，是这个家族的最高权威

和精神支柱。文字辈：贾敬想做神仙，只爱烧丹炼汞，抛家不顾，在城外道观里与道士胡屠，最终因服丹药，烧胀而死。贾赦酒色之徒，交接外官，胡作非为，被革职抄家，充军边疆；贾政谦恭正直，任江西粮道，然而，因"失察属员，重征粮米，苛虐百姓，着降三级，狼狈回京"。玉字辈贾珍、贾琏，花天酒地；贾宝玉厌弃仕途经济、科举功名。草字辈贾蓉、贾芹，无耻下流。这些子孙中，被寄予厚望的是贾宝玉，作者又是如何描写的呢？冷子兴说道：

那年周岁时，政老爹便要试他将来的志向，便将那世上所有之物摆了无数，与他抓取。谁知他一概不取，伸手只把些脂粉钗环抓来。政老爹便大怒了，说："将来酒色之徒耳！"因此便不太喜悦。独那史老太君还是命根一样。说来又奇，如今长了七八岁，虽然淘气异常，但其聪明乖觉处，百个不及他一个。说起孩子话来也奇怪，他说："女儿是水作的骨肉，男人是泥作的骨肉。我见了女儿，我便清爽；见了男子，便觉浊臭逼人。"

其实，在作者的命意里，暗示了贾宝玉对女儿特殊的感情。他的水泥骨肉说，一反封建社会男尊女卑的传统偏见，迂腐、卫道者贾政当然不理解、也看不惯。因为科举仕途中熙熙攘攘其间的全是男性，所以这样的话语，实际也表明了贾宝玉对于仕途经济的不屑一顾。

冷子兴的话，引出贾雨村谈到金陵有个甄宝玉，与贾宝玉的癖性相同。小说第十六回、第五十六回、第九十三回、第一一五回都提到甄家，都是为了以甄家暗示小说就是写曹雪芹自己的"真"家。曹氏先世在南京作官，故云江南甄家。甄家是贾家的影子，甄宝玉又是贾宝玉的影子。这是作者表明他的人生经历与小说创作有密切的联系。

3. 前五回拟出了主要人物创作大纲

《红楼梦》是"为闺阁昭传"的作品，创作重心是描写女性形象。书中女性人物极多，最为主要的人物有十二个，即"金陵十二钗"。作者在描写这些主要形象之前，先有一个人物创作大纲，在小说中以谶语的形式出现，预示了人物性格命运。小说第五回写贾宝玉梦游"太虚幻境"。在太虚幻境"孽海情天"的"薄命司"里，贾宝玉见到"金陵十二钗"的判词，又在太虚幻景观看歌舞仙姬表演，听到仙女演唱《红楼梦》十四支仙曲。这些判词和仙曲，就是主要人物创作大纲。

"金陵十二钗"正册按照顺序是：林黛玉、薛宝钗、贾元春、贾探春、史湘云、妙玉、贾迎春、贾惜春、王熙凤、贾巧姐、李纨、秦可卿。此外，副册有香菱；又副册有晴雯和袭人。这些人物都是悲剧形象，所谓"千红一窟（哭），万艳同杯（悲）"，在这种女性群体悲剧的基础上，着重突出了贾宝玉与林黛玉的爱情悲剧。

这些人物中，创作大纲与小说正文基本一致的人物是：林黛玉、薛宝钗、贾探春、史湘云、妙玉、贾迎春、贾惜春、贾巧姐、李纨、晴雯和袭人。而明显"前言不搭后语"，也就是说人物创作大纲与小说正文的描写截然不同的人物是：贾元春、王熙凤、秦可卿、香菱。贾元春、王熙凤、香菱的结局在八十回以后，可能有后来的改编者动过手脚，才会出现前后矛盾的情况。然而，秦可卿的结局命运在十五回以前就已经交代得清清楚楚，这在曹雪芹定本的范围之内，可是，这个人物形象却依然与"创作大纲"不相符合。这多半是因为小说在曹雪芹定稿之前曾经经过多人之手改编的缘故。

联系《红楼梦曲》与薄命司的判词，我们可以更好地理解小说的主要内容和把握主要人物形象。

《红楼梦曲》正曲十二支，加上《引子》和《收尾》，共是十四支。

第一支，[红楼梦引子]：开辟鸿蒙，谁为情种？都只为风月情浓。趁着这奈何天、伤怀日、寂寥时，试遣愚衷。因此上演出这怀金悼玉的《红楼梦》。

[红楼梦引子]表明小说叙写的是一个悲剧爱情故事。

第二支，[终身误]：都道是金玉良姻，俺只念木石前盟。空对着，山中高士晶莹雪；终不忘，世外仙姝寂寞林。叹人间，美中不足今方信，纵然是齐眉举案，到底意难平。

[终身误]以宝玉的口气咏唱了他和宝钗的婚姻悲剧，也表达了他对不幸夭逝的林黛玉的永久思念，对自己不得不与没有爱情的薛宝钗的结合的不平，也从侧面透露了宝钗婚后的悲剧。

第三支，[枉凝眉]：一个是阆苑仙葩，一个是美玉无瑕。若说没奇缘，今生偏又遇着他；若说有奇缘，为何心事终虚化？一个枉自嗟呀，一个空劳牵挂。一个是水中月，一个是镜中花。想眼中能有多少泪珠儿，怎经得秋流到冬尽，春流到夏！

[枉凝眉]以第三者的口吻咏唱贾宝玉和林黛玉的爱情悲剧，责问造成悲剧的原因，预示了林黛玉将泪尽夭亡的悲惨命运。歌词婉转缠绵，音韵哀怨凄婉，是一首具有极大感染力的抒情诗。

《终身误》和《枉凝眉》，既是分咏宝钗和黛玉，又是咏叹她们同宝玉的关系和感情。

第四支，[恨无常]：喜荣华正好，恨无常又到。眼睁睁把万事全抛。荡悠悠，把芳魂消耗。望家乡，路远山高。故向爹娘梦里相寻告：儿命已入黄泉，天伦呵，须要退步抽身早。

[恨无常]是关于元春命运的曲子。而"薄命司"中关于元春命运的册子，上面"画着一张弓，弓上挂着香橼"，其判词是："二十年来辨是非，榴花开处照宫闱。三春争及初春景，虎兔相逢大梦归"。梁归智先生在《石头记探佚 八十回后之贾元春》一文中说：弓象征着战争和武事。"犬戎"叛乱，元春随驾出征，

死于"望家乡路远山高"的征途中了。小说后文则写元妃娘娘病逝于宫中。

第五支，[分骨肉]：一帆风雨路三千，把骨肉家园齐来抛闪。恐哭损残年，告爹娘，休把儿悬念。自古穷通皆有定，离合岂无缘？从今分两地，各自保平安。奴去也，莫牵连。

[分骨肉]写探春的命运。探春判词为："才自精明志自高，生于末世运偏消。清明涕送江边望，千里东风一梦遥。"小说后文写探春远离家乡，嫁给镇海总制公子，与此基本相同。

第六支，[乐中悲]：襁褓中，父母叹双亡。纵居那绮罗丛，谁知娇养？幸生来，英豪阔大宽宏量，从未将儿女私情略萦心上。好一似，霁月风光耀玉堂。厮配得才貌仙郎，博得个地久天长，准折得幼年时坎坷形状。终久是云散高唐，水涸湘江。这是尘寰中消长数应当，何必枉悲伤！

[乐中悲]写湘云命运，湘云的判词是："富贵又何为，襁褓之间父母违。展眼吊斜晖，湘江水逝楚云飞"。小说后文写湘云结婚后不久守寡，与此基本相同。

第七支，[世难容]：气质美如兰，才华阜比仙。天生成孤僻人皆罕。你道是啖肉食腥膻，视绮罗俗厌；却不知太高人愈妒，过洁世同嫌。可叹这青灯古殿人将老；辜负了，红粉朱楼春色阑。到头来，依旧是风尘肮脏违心愿。好一似，无瑕白玉遭泥陷；又何须，王孙公子叹无缘。

[世难容]写妙玉命运，妙玉判词为："欲洁何曾洁，云空未必空。可怜金玉质，终陷淖泥中。"小说后文写妙玉被强盗抢走，与此大体一致。

第八支，[喜冤家]：中山狼，无情兽，全不念当日根由。一味的骄奢淫荡贪还构。觑着那，侯门艳质同蒲柳；作践的，公府千金似下流。叹芳魂艳魄，一载荡悠悠。

[喜冤家]写迎春命运，迎春判词为："子系中山狼，得志便猖狂。金闺花柳质，一载赴黄粱。""子系"合起来是"孙"。小说后文写迎春结婚后被丈夫孙绍祖虐待早死，与此基本一致。

第九支，[虚花悟]：将那三春看破，桃红柳绿待如何？把这韶华打灭，觅那清淡天和。说什么，天上夭桃盛，云中杏蕊多。到头来，谁把秋挨过？则看那，白杨村里人呜咽，青枫林下鬼吟哦。更兼着，连天衰草遮坟墓。这的是，昨贫今富人劳碌，春荣秋谢花折磨。似这般，生关死结谁能躲？闻说道，西方宝树唤婆娑，上结着长生果。

[虚花悟]写惜春命运，惜春判词为："勘破三春景不长，缁衣顿改昔年妆。可怜绣户侯门女，独卧青灯古佛旁。"小说后文写惜春在贾家衰败后出家为尼，与此基本一致。

第十支，[聪明累]：机关算尽太聪明，反算了卿卿性命。生前心已碎，死后性空灵。家富人宁，终有个家亡人散各奔腾。枉费了，意悬悬半世心；好一似，荡悠悠三更梦。忽喇喇似大厦倾，昏惨惨似灯将尽。呀！一场欢喜忽悲辛。叹人世，终难定。

〔聪明累〕写王熙凤的命运。凤姐的判词为："凡鸟偏从末世来，都知爱慕此生才。一从二令三人木，哭向金陵事更哀"。"人木"合起来是"休"。对于"一从二令三人木"，吴恩裕先生《有关曹雪芹十种 考稗小记》云："凤姐对贾琏最初是言听计'从'，继则对贾琏可以发号施'令'，最后事败终不免于'休'之，故曰'哭向金陵事更哀'云云。蔡义江先生说："研究脂批提供的线索，凤姐后来被贾琏所休弃是可信的"。小说后文，写王熙凤生病夭亡，与此不合。

第十一支，〔留余庆〕：留余庆，留余庆，忽遇恩人；幸娘亲，幸娘亲，积得阴功。劝人生，济困扶穷，休似俺那爱银钱忘骨肉的狠舅奸兄！正是乘除加减，上有苍穹。

〔留余庆〕写巧姐命运。巧姐判词为："势败休云贵，家亡莫论亲。偶因济刘氏，巧得遇恩人"。小说后文写贾环等人打算把巧姐卖给藩王为侍妾，被曾受王熙凤关照的刘姥姥救走，逃过一劫，与此基本一致。

第十二支，〔晚韶华〕：镜里恩情，更哪堪梦里功名！那美韶华去之何迅！再休提绣帐鸳衾。只这带珠冠，披凤袄，也抵不了无常性命。虽说是人生莫受老来贫，也须要阴骘积儿孙。气昂昂头带簪缨；光灿灿胸悬金印；威赫赫爵禄高登；昏惨惨黄泉路尽。问古来将相可还存？也只是虚名儿与后人钦敬。

〔晚韶华〕写李纨命运。李纨判词为："桃李春风结子完，到头谁似一盆兰。如冰水好空相妒，枉与他人作笑谈"。小说后文说到贾家最终"兰桂齐芳"。兰，就是贾兰。贾兰长大后为官，李纨老来富贵，与此基本一致。

第十三支，〔好事终〕：画梁春尽落香尘。擅风情，秉月貌，便是败家的根本。箕裘颓堕皆从敬，家事消亡首罪宁。宿孽总因情。

〔好事终〕写秦可卿的命运。秦可卿册子上画的是："高楼大厦，有一美人悬梁自缢"，其判词是："情天情海幻情身，情既相逢必主淫。漫言不肖皆荣出，造衅开端实在宁。"在这里，秦可卿是一个导致宁国府"家事消亡"的红颜祸水。"箕裘颓堕皆从敬"，贾敬的名字出现在秦可卿的判词中，说明秦可卿与贾敬有不伦关系。可是小说正文中，秦可卿的形象完全不同。严安政先生《"兼美"审美理想的失败》（见《红楼梦学刊》1995年第四辑）说：秦可卿即"情可亲"，"'可'者，称人心，惹人爱也。"秦可卿的外貌，兼具林黛玉、薛宝钗之美。秦可卿的品行，兼具中国古代贵族少妇的所有美德。她"对夫敬""事亲孝""处人和，待下慈"。秦可卿的才干，兼具男性持家之能。她临终托梦凤姐，为贾家的将来打算，能够深谋远虑；她是凤姐晚辈，却深得凤姐敬爱。《红楼梦》的作者，在"这位'现实世界'的秦可卿身上寄托了他的'兼美'审美理想"。因此，秦可卿的形象，小说提纲与正文不相符合。

第十四支，［收尾·飞鸟各投林］：为官的，家业凋零，富贵的，金银散尽；有恩的，死里逃生，无情的，分明报应。欠命的，命已还，欠泪的，泪已尽。冤冤相报实非轻，分离聚合皆前定。欲知命短问前生，老来富贵也真侥幸。看破的，遁入空门；痴迷的，枉送了性命。好一似食尽鸟投林，落了片白茫茫大地真干净。

这是对《红楼梦》组曲内容及整部小说的概括。在总体上再现了以金陵十二钗为代表的封建时代女性的悲剧，即所谓"千红一窟（谐哭）""万艳同杯（谐悲）"。同时，也预示了以贾府为代表的封建家族必然衰败的历史命运，即"树倒猢狲散"贾宝玉"悬崖撒手，弃而为僧"，贾府"事败抄没"后"子孙流散""一败涂地"，如曲中末句所云。小说后文所谓"袭世职""沐皇恩""兰桂齐芳，家道复起"等，也与此不合。

还有次要人物香菱，她的判词说"自从两地生孤木，致使香魂返故乡。""两地生孤木"是一个"桂"字。据此，香菱的结局应当是被夏金桂虐待致死，但小说后文写香菱最后"扶正"产子，也与原定人物创作大纲不同。

总的说来，《红楼梦曲》和薄命司的判词，概括了小说中一批主要女性的某些性格特征及其不幸的悲惨命运，反映了作者对塑造这些人物形象的基本构思和基本倾向，对我们阅读全书和把握人物思想性格的走向有很大帮助。

在前五回中，还有一点值得注意，即宁、荣二公之灵托付警幻仙子的一段话：

吾家自国朝定鼎以来，功名奕，富贵传流，虽历百年，奈运终数尽，不可挽回者。故遗之子孙虽多，竟无可以继业。其中惟嫡孙宝玉一人，禀性乖张，生情怪谲，虽聪明灵慧，略可望成，无奈吾家运数合终，恐无人规引入正。幸仙姑偶来，万望先以情欲声色等事警其痴顽，或能使彼跳出迷人圈子，然后入于正路，亦吾兄弟之幸矣。

这是从另一角度点明贾氏家族走向衰败的必然趋势，也是小说情节发展的趋势。

这诸多的矛盾，并不影响《红楼梦》的深刻思想性与高超的艺术性，它只能说明出于对《红楼梦》的热爱，小说在成书过程中曾经过多人之手改编。

二、《红楼梦》的价值

《红楼梦》是一部现实主义巨著，是中国古典小说的艺术高峰，也是世界性的长篇小说名著。小说描写的是封建贵族青年贾宝玉、林黛玉、薛宝钗之间的恋爱和婚姻悲剧。小说的巨大社会意义在于它不是孤立地去描写这个爱情悲剧，而是以这个恋爱、婚姻悲剧为中心，写出了当时具有代表性的贾、王、史、薛四大家族的兴衰，其中又以贾府为中心，揭露了封建社会后期的种种黑暗和罪恶，及其不可克服的内在矛盾，对腐朽的封建统治阶级和行将崩溃的封建制度做了有力的批判，使读者预感到它必然走向覆灭的命运；同时小说还通过对贵族叛逆者的歌颂，表达了新的朦胧的理想。

《红楼梦》展示了一个多重层次、又互相融合的悲剧世界。以无才补天的顽石幻化为贾宝玉，让他经历了"木石前盟"和"金玉良缘"的爱情婚姻悲剧，目睹了"金陵十二钗"等女儿的悲惨人生，体验了贵族家庭由盛而衰的巨变，从而对人生和尘世有了独特的感悟。

《红楼梦》艺术上的巨大成就，突出地表现在塑造出成群的有血有肉的个性化的人物形象。小说中有名有姓的人物四百八十多人，其中能给人以深刻印象的典型人物多达数十，而贾宝玉、林黛玉、薛宝钗、王熙凤等则是千古不朽的典型形象。

《红楼梦》对小说传统的写法有了全面的突破与创新，它彻底地摆脱了说书体通俗小说的模式，极大地丰富了小说的叙事艺术，对中国小说的发展产生了深远的影响。这就是写实与诗化的完美融合，既显示了生活的原生态又充满诗意朦胧的甜美感，既是高度的写实又充满了理想的光彩，既是悲凉慷慨的挽歌又充满青春的激情。

《红楼梦》在艺术结构方面取得的成就也非常突出。曹雪芹突破了中国古代小说单线结构的方式，采取了多条线索齐头并进、交相连接又互相制约的网状结构。青埂峰下的顽石由一僧一道携入红尘，经历了人间的悲欢离合，又由一僧一道携归青埂峰下，这在全书形成了一个严密的、契合天地循环的圆形结构。在这个神话世界的统摄下，以大观园这个理想世界为舞台，着重展开了宝黛爱情的产生、发展及其悲剧结局，同时，体现了贾府及整个社会这个现实世界由盛而衰的没落过程。从爱情悲剧来看，贾府的盛衰是这个悲剧产生的典型环境；从贾府的盛衰方面看，贾府的衰败趋势促进了叛逆者爱情的滋生，叛逆者的爱情又给贾府以巨大冲击加速了它的败落。这样，全书三个世界，构成了一个立体的交叉重叠的宏大结构。

《红楼梦》的语言，最成熟、最优美。其特点是简洁而纯净，准确而传神，朴素而多彩，达到了炉火纯青的境界。人物语言个性化，写景状物语言，绘声绘色，使读者仿佛身临其境。宝钗扑蝶、黛玉葬花、晴雯补裘、湘云醉卧芍药裀，琉璃世界白雪红梅，全然是一幅幅美丽的图画。并且，《红楼梦》中的诗词能与人物、故事紧紧糅合在一起，从而对人物性格的塑造，起到相当重要的作用。

三、《红楼梦》研究简史

《红楼梦》的研究已有二百多年的历史，学者们一般将其分为四个时期：从清代乾嘉年间小说成书至 1921 年为"旧红学"时期；从 1921 年胡适发表《红楼梦考证》至 1954 年为"新红学"时期；从 1954 年批判《红楼梦》研究中的唯心论至 1979 年为"红学革命"时期；从 1979 年改革开放至今为"红学"百花齐放时期。

参考文献

［1］ 曹雪芹：《红楼梦》，中国艺术研究院红楼梦研究所校注，人民文学出版社 1982 年版。该书以庚辰本为底本，程甲本补配。

［2］ 郭豫适：《红楼梦研究小史》，上海文艺出版社 1980 年版。

［3］ 郭豫适：《红楼梦研究小史续稿》，上海文艺出版社 1981 年版。

［4］ 韩进廉：《红学史稿》，河北人民出版社 1982 年版。

［5］ 陈维昭：《红学通史》，上海人民出版社 2005 年版。

［6］ 李悔吾：《中国小说史漫稿》，湖北教育出版社 1992 年版。

［7］ 游国恩主编：《中国文学史》，人民文学出版社 1964 年版。

［8］ 袁行霈主编：《中国文学史》，高等教育出版社 1999 年版。

［9］ 章培恒、骆玉明主编：《中国文学史》，复旦大学出版社 1996 年版。

［10］ 蔡义江：《红楼梦诗词曲赋鉴赏》，中华书局 2001 年版。

［11］ 陈维昭：《红学通史》，上海人民出版社 2005 年版。

［12］ 一粟：《古典文学研究资料汇编》红楼梦卷，中华书局 1963 年版。

［13］ 胡淑芳：《〈红楼梦〉贾府故事原型考（一）》，《湖北师范学院学报》2006 年第 3 期。

［14］ 胡淑芳：《论〈红楼梦〉所叙宦官的历史背景》，《明清小说研究》2004 年第 2 期。

［15］ 胡淑芳：《贾府金陵老宅考——〈红楼梦〉贾府故事原型考（七）》，《湖北师范大学学报》2017 年第 6 期。

［16］ 胡淑芳：《秦可卿原型考——〈红楼梦〉贾府故事原型考（二）》，《湖北师范学院学报》2007 年第 3 期。

孙洙《唐诗三百首》导读

曾羽霞

中国是诗的国度，唐朝是中国诗歌创作的巅峰。唐朝（618年~907年）二百九十年间，云蒸霞蔚，流传下来的唐诗近五万多首，内容极其丰富，题材几乎涵盖了生活的方方面面，如赠别、酬答、怀古、咏怀、咏物、羁旅、边塞、田园、闺情、宫词、游仙、隐逸等，整个唐代诗坛如百花齐放，色彩缤纷。而其创作者，除了被郭沫若誉为"双子星"的李白和杜甫，还有初唐四杰、"沈（佺期）宋（之问）""王（维）孟（浩然）""高（适）岑（参）""韩（愈）孟（郊）""元（稹）白（居易）""温（庭筠）李（商隐）""皮（日休）陆（龟蒙）"等。正所谓名家辈出，流派纷呈。鲁迅曾言："我以为一切好诗，到唐已被做完。"（《鲁迅书信集致杨霁云》）王国维所谓"一代有一代之文学"，唐诗作为"一代之胜"，其伟大成就，是难以超越，甚至难以企及的。历朝历代的文人视唐诗为圭臬，奉唐人为典范，可见唐诗对中国文学的影响之深远。

一、《唐诗三百首》的编撰者

唐诗与宋词、元曲并称，题材宽泛，众体兼备，格调高雅，是中国诗歌发展史上的奇迹。清代康熙年间编订的《全唐诗》，收录诗歌48900多首（一说49403首），常人难以全读；此后 沈德潜以《全唐诗》为蓝本，编选《唐诗别裁》，收录诗1928首，普通人也难以全读。于是，清代乾隆年间蘅塘退士以《唐诗别裁》为蓝本，依照以简去繁的原则，从中选取了脍炙人口的唐诗名篇，辑录而成《唐诗三百首》。此书共选入唐代诗人七十余位，诗三百余首，所选篇目简易适中，通俗易懂，语言优美流畅，易于传诵，成为流传最广、影响最大的唐诗普及读本。

蘅塘退士（1711~1778），原名孙洙，字临西，江苏无锡人。他自幼家贫，性敏好学，寒冬腊月读书时，常握一木，谓木能生火可敌寒。乾隆九年（1745）他考中顺天举人，授景山官学教习，出任上元县教谕。乾隆十六年（1751）他得中进士，历任卢龙、大城知县。后遭人谗陷罢官，平复后任山东邹平知县。乾隆二十五年（1761）、二十七年（1763）两次主持乡试，推掖名士。他为官清廉如水，爱民如子，又勤勉好学，书似欧阳询，诗宗杜工部，著有《蘅塘漫稿》。乾隆二十八年春（1763年），孙洙与他的继室夫人徐兰英相互商榷，开始编选《唐诗三百首》。（据古香书屋刊本《唐诗三百首注疏》所附《蘅塘退士小传》）因最初编撰时没有留下真实名字，因此在《唐诗三百首》成书后相当长的时间里，人们只知蘅塘退士而不知孙洙。1943年，朱自清在《〈唐诗三百首〉指导大概》中说道："有一种刻本'题'字下押了一方印章，是'孙洙'二字，也许是选者的姓名。孙洙的事迹，因为眼前书少，还不能考出、印证。这件事只好暂时存疑。"由此开始，《唐诗三百首》的编者姓名引起人们的极大关注，经过多方考证、论证后，基本确认"蘅塘退士"的真实姓名就是孙洙。

二、《唐诗三百首》的成书与性质

蘅塘退士编选此书是有感于《千家诗》选诗标准不严，体裁不备，体例不一，希望以新的选本取而代之，成为合适的、流传不废的家塾课本。在《唐诗三百首》卷首有编者乾隆癸未年春的题词："世俗儿童就学，即授《千家诗》，取其易于成诵，故流传不废。但其诗随手掇拾，工拙莫辨，且止五七律绝二体，而唐宋人又杂出其间，殊乖体制。因专就唐诗中脍炙人口之作，择其尤要者，每体得数十首，共三百余首，录成一编，为家塾课本。俾童而习之，白首亦莫能废，较《千家诗》不远胜耶？谚云：'熟读唐诗三百首，不会吟诗也会吟。'请以是编验之。"① 题词中，孙洙首先肯定了《千家诗》具有"易于成诵"的优点，但更多地指出了其不足之处，为了避免《千家诗》这样不精纯、不完备、不统一的问题，他的选诗标准是"因专就唐诗中脍炙人口之作，择其尤要者"。以体裁为经，以时间为纬。既脍炙人口又各体兼取，老少妇孺皆可记诵。

《唐诗三百首》的成书还与科举有一定的关系。清科举改革从康熙十七年开始，其间断断续续，直到乾隆二十二年才正式形成定制，确定了试诗制度："会试二场，表文可易以五言八韵首。"② 诗歌成为学子仕进的重要阶梯，"是以教，未可以为词章末事也。"在这样的背景下，《唐诗三百首》的编选就必然要符合正统思想，利于科举考试，这在一定程度上局限了选诗的范畴和体式。

《唐诗三百首》于清乾隆二十九年（1765）编辑完成，关于书的题目为何要称为"三百首"，除了上文题词里所说脱胎于民谚"熟读唐诗三百首，不会作诗也会吟"；也有说取自"诗三百"，其目的是为了效仿《诗经》，表示要继承《诗经》的传统的。《诗经》是我国文学史上最早的诗歌总集，共收录诗歌三百零五

---

① 孙洙：《蘅塘退士原序》，《唐诗三百首补注》卷首，光绪乙酉夏六月四藤吟社本。

② 《钦定大清会典则例》卷六十六，《四库全书》本。

篇（还有六篇有目无辞的笙诗），后人就把"三百"当作一个约定俗成的数字。近人又选编了《宋诗三百首》《元曲三百首》，亦同此理。虽然说法各不相同，但不影响我们阅读经典。《唐诗三百首》，因篇幅适中，老少皆宜、雅俗共赏的优点，成为两百年来刊刻最多、传播最广，在旧选本中影响较大的一部诗歌集。《唐诗三百首》被世界纪录协会收录为中国流传最广的诗词选集，也说明了它的普及性质。

三、《唐诗三百首》的主要内容

孙琴安《唐诗选本六百种提要·自序》指出："唐诗选本经大量散佚，至今尚存三百余种。当中最流行而家喻户晓的，要算《唐诗三百首》。"《唐诗三百首》选诗范围相当广泛，全书分八卷，入选诗篇按诗体分为五古、七古、五律、七律、五绝、七绝六类，乐府诗附入各体之后。收录了77家诗，共310首（朱自清《〈唐诗三百首〉指导大概》中认为"共三百一十首"[1]；王忠在《论〈唐诗三百首〉选诗的标注》中则认为"其准确的数目应该是三百零二首"[2]；另外还有作三百二十一首、三百一十七首的。据王水照说法，此书原本可能是302首，因屡次刻印，每有增补，故有321、317、313首等不同。[3]）数量以杜甫诗数多，有38首、王维诗29首、李白诗27首、李商隐诗22首。原本是为了儿童开蒙而选编的一个"家塾课本"，因为针对的对象是理解能力较弱的少儿，秉着"诗教"的"温柔敦厚"原则，具有通俗易懂、易于朗诵的特点，因此不同年龄阶段的人都能够理解。此外，编者严格务实地挑选作品，所选的诗篇多为唐诗中最为杰出的代表作品，盛唐诗是唐诗的高峰，诗坛上出现了许多重要的诗人，《唐诗三百首》中几乎毫无遗漏地收录了这些名家的诗作，所选诗篇也多为精品。

基于《唐诗三百首》的上述特点，使得该书不但适合百姓阅读，也能登大雅之堂。它不仅是中小学生接触中国古典诗歌最好的入门书籍，也是学习和研究古典诗歌必读的书目之一，对中华民族的影响意义深远。

四、《唐诗三百首》的文学成就

《唐诗三百首》具有极高的艺术价值和审美价值，具体可以概括为以下几点。

（一）风格典雅中正，韵律谐美

作为唐诗的一个普及型选本，《唐诗三百首》入选了诗人77位，即白居易、岑参、常建、陈陶、陈子昂、崔颢、崔曙、崔涂、戴叔伦、杜甫、杜牧、杜秋

---

① 朱自清：《朱自清全集》，江苏教育出版社1990年版，第2卷第209页。
② 王忠：《论〈唐诗三百首〉选诗的标注》，《国文月刊》1948年73期。
③ 王水照：《永远的唐诗三百首》，《中国韵文学刊》2005年第1期，第2页。

娘、杜审言、杜荀鹤、高适、顾况、韩弘、韩偓、韩愈、贺知章、皇甫冉、贾岛、金昌绪、李白、李端、李频、李颀、李商隐、李益、刘长卿、刘方平、刘慎虚、刘禹锡、柳中庸、柳宗元、卢纶、骆宾王、马戴、孟浩然、孟郊、裴迪、綦毋潜、钱起、秦韬玉、邱为、权德舆、僧皎然、沈佺期、司空曙、宋之问、李隆基（唐玄宗）、王勃、王昌龄、王翰、王建、王湾、王维、王之涣、韦应物、韦庄、温庭筠、无名氏、西鄙人、许浑、薛逢、元结、元稹、张祜、张籍、张继、张九龄、张泌、张乔、张旭、郑畋、朱庆馀、祖咏。虽然诗人众多，所处时期各不相同，但细细品读，却感觉在读同一个作者不同时期的诗作，只觉其温厚和平，和谐顺畅，不会因风格内容变化太大而感到不谐调。沈德潜在《重订唐诗别裁序》中说："至于诗教之尊，可以和性情，厚人伦，匡政治，感神明；以及作诗之先审宗旨，继论体裁，继论音节，继论神韵，一归于中正和平。"沈书又标榜"去淫滥以归于雅正"（《原序》）①，与孙书同一时间编纂的《唐诗三百首》受其影响，亦以风格雅正为主。正因为编者刻意选了风格典雅浑厚而语言典范流畅的诗篇，于冷峭幽涩险怪纤巧绮靡之作加以排斥，从而使得节奏和美，音韵铿锵，富于感染力，读来令人心旷神怡。

（二）内容素朴自然，浑然天成

追求自然之美是中国古代审美心理的一个重要特征。庄子曾言："朴素而天下莫能与之争美"，刘勰曾主张"自然会妙"；钟嵘曾强调"自然英旨"和"真美"，皆以自然为艺术美之最终追求和最高境界，于自然中见深厚的艺术魅力。《唐诗三百首》所选作品，从总体上来看，它们有着共同的特点，即具有一种"清水出芙蓉，天然去雕饰"的美。这些诗歌往往来自日常平凡的生活，感情真挚，语言质朴流畅而又韵味无穷，因此，最易与读者心灵相契合，易于吟唱和背诵，具有兴发感动的力量。作为一种审美情趣，自然美是对诗歌形式和内容相统一的美学要求，如李白《敬亭山》"相看两不厌，唯有敬亭山"的物我合一、浑然忘我，柳宗元《江雪》"千山鸟飞绝，万径人踪灭"的孤清苍茫，王维《山居秋暝》《过香积寺》《鹿柴》《竹里馆》的清丽幽静，都无一不契合自然之美。

（三）评析深入浅出，注重实践

《唐诗三百首》选入原文后有简单的注解和批语，它不仅从内容上串解、艺术上分析，而且对习作者进行指导。如杜牧《秋夕》批语云："层层布景，是一幅着色人物画，只'坐看'二字，逗出情思，便通身灵动。"又如白居易《自河南经乱关内阻饥……》诗按语云："一气贯注，八句如一句，与少陵'闻官军作'同一格律。"再如元稹《遣悲怀》诗批语："古今悼亡诗充栋，终无能出此三首范围者，勿以浅近忽之。"又如温庭筠《瑶瑟怨》批语云："通首布景，只'梦不

---

① 沈德潜：《唐诗别裁集》，上海古籍出版社 1979 年版。

成'三字露怨意"。孟浩然《与诸子登岘山》批语则云："凭空落笔，若不著题，而自有神会"。从创作论角度教人写诗，虽不算大家之语，亦难能可贵。

（四）语言炉火纯青，韵味无穷

《唐诗三百首》的语言或朴质、或清新、或冲淡、或含蓄，但都一样的质朴自然，浑然天成，朗朗上口，易于记诵。千百年来，这些诗歌不断地唤起人们对生活美孜孜不倦的追求和深深的爱恋。无论是孟浩然的"淡"语、王维的"禅"语、李白的"豪迈洒脱语"、杜甫的"沉郁顿挫语"，还是李商隐的"朦胧语"，选入的都是音韵和谐，"言有尽而意无穷"的作品。如信口能咏的"慈母手中线，游子身上衣"（孟郊《游子吟》）、喃喃低诵的"长安一片月，万户捣衣声"（李白《子夜吴歌》）、耳熟能详的"海内存知己，天涯若比邻"（王勃《杜少府之任蜀州》）、念念不忘的"烽火连三月，家书抵万金"（杜甫《春望》）以及吟咏不绝的"野火烧不尽，春风吹又生"（白居易《草》）和"春蚕到死丝方尽，蜡炬成灰泪始干"（李商隐甫《无题》），都是精心挑选，见之忘俗的作品，其语言拥有无穷魅力。

五、《唐诗三百首》的学术价值

（一）《唐诗三百首》的文学研究价值

《唐诗三百首》的文学研究价值不可估量。首先，唐诗中最优秀、最突出的是盛唐诗，没有盛唐诗，唐诗就不会有如此高的地位。《唐诗三百首》承沈德潜宗盛唐而来，选取了能代表"盛唐气象"的作品，能令人直观地感受到唐诗的繁荣和特有的风格倾向。在选择初唐、中唐、晚唐不同时期作品时，也以此为标准，过于冷僻孤怪、缺乏普遍性的诗歌，如卢仝、李贺、皮日休、陆龟蒙等人的作品就没有选。刘长卿、大历十才子在当时颇有盛名，但如今也不免显得平淡，故而选得不多。学习《唐诗三百首》，能使我们对盛唐诗歌的总体成就和概况有一个清晰的认知，能快速抓住重心，进而探寻重点作家代表诗作的审美内涵和所体现出来的"盛唐气象"。

其次，学习《唐诗三百首》，能帮助我们全面衡量一个作家的风格特点和主题倾向。对于同一作家的不同风格、手法的优秀作品能够兼顾，各选一些，以窥全貌。如李白、杜甫，既选取了其五七言古体，又选择了其五七言律诗。又如李商隐，选了其朦胧绮艳的无题诗，也选了《韩碑》这样雄浑苍劲的作品。

再次，学习《唐诗三百首》，能提高我们的审美鉴赏能力，提升人文素养。编选者不仅选入了唐代一流作家的一流作品，还关注了一些突出而颇为出名的作品。比如五古选了张九龄《感遇四首》之一，七古选了陈子昂的《登幽州台歌》，五律选了王湾的《次北固山下》，七律选了崔颢的《黄鹤楼》（不是严格的七律），这些都是非常有代表性的作品，足可见挑选者的眼光、见解的正确。

此外，研究《唐诗三百首》的编排体例和编纂方式，还可以直观地分清古体和近体，五言、七言的基本发展趋势和诗人创作的倾向。如律诗未定型之前，初唐文人在永明体的基础之上对诗歌的规则有了一些改进，即将四声简化为二元律，讲究粘式律。但其创作还处于不成熟的阶段。早期以五古、七古为主。如陈子昂、初唐四杰等都以古体为多，即使有绝句律诗，也时有句式不整齐、不粘对的情况。如骆宾王《于易水送人一绝》"此地别燕丹，壮士发冲冠。昔时人已没，今日水犹寒。"中间两句明显失粘。贺知章《柳》"不知细叶谁裁出"与《回乡偶书》"儿童相见不相识"就是小拗。崔颢《黄鹤楼》前半首是古风的格调，后半首才是律诗。按律诗的规范来说，第一句第四个字本应该是仄，而用了平声（"乘"），第六字本应是平，而用了仄声（"鹤"）。第三句第四个和第五个字本应该是平声而用了仄声（"去、不"），第四句第五个字本应是仄而用了平声（"空"）。这都说明，律诗的发展不是一蹴而就的，文人对格律的探索不断在完善。后期格律趋于严谨，而一些唐人如李白写诗时候追求高古，刻意追求"拗句"，避免律句，便自然将古体与近体区分开来，比如李白《静夜思》虽然用了平声韵，但"疑是地上霜"一句"平仄仄仄平"，不合律句，且下一句不粘，最后一句"低头思故乡"又不符合平仄相对的规律，因此，只能是古体。学习这些有代表性的诗歌，有助于我们探究唐人作诗的规律和当时的文学风尚。

（二）《唐诗三百首》的史料研究价值

《唐诗三百首》中选了许多乐府诗，其中，五言古诗中乐府诗占七首，七言古诗中乐府诗占十四首，七言律诗中乐府诗占八首，七言绝句中乐府诗占九首。这些乐府不仅是唐代文学研究的资料，亦是唐代历史、战争、社会意识形态、社会风俗等方面研究的参考。

《唐诗三百首》的史料价值，首先体现在和战争相关的记叙和抒写折射出的历史事实和地理问题，一些边塞诗中记载了唐代战争频发之地主要在甘肃、宁夏、河北、青海，这些地方自古以来就是兵戈多发之地，因此诗歌风格大多慷慨悲壮。如王昌龄的《关山月》《塞下曲》，高适《燕歌行》等。

其次是这些抒写再现了当时的战争形势和战争气氛以及战争给百姓带来的灾难和痛苦。如李颀《古从军行》中"胡雁哀鸣夜夜飞，胡儿眼泪双双落"反映了西北边的少数民族在战争中的痛苦遭遇，饱含诗人对少数民族深切的同情；杜甫《兵车行》中"纵有健妇把锄犁，禾生陇亩无东西。况复秦兵耐苦战，被驱不异犬与鸡"反映出农村的荒凉景象和农民被频繁征调、如鸡犬一样被驱赶的黑暗现实。

再次，这些乐府诗反映了唐代各个方面的社会关系，既有统治者无视人民生死，轻启战端的战争政策，又有和周边少数民族错综复杂的关系变化；既有中唐时藩镇割据的基本分布，又有安史之乱带来的严重后果。如杜甫《兵车行》中

"且如今年冬，未休关西卒"，可得知唐玄宗天宝十年冬，连连用兵；"道旁过者问行人，行人但云点行频"则反映了按名册强制征调的用兵政策。《资治通鉴》所载"天宝九年十二月关西游弈使王难得，击吐蕃，克五桥，拔树敦城，以难得为白水军使"可以佐证这一史实。杜甫《哀王孙》"金鞭断折九马死，骨肉不得同驰骋"反映的则是天宝十五年（公元 756 年）六月安禄山的叛军抵达长安，玄宗逃往马嵬的历史事件。"豺狼在邑龙在野"指 安禄山在东都称帝，而玄宗出奔在蜀。"圣愿北服有单于。花门剺面请雪耻，慎勿出口他人狙"反映的是肃宗即位后，遣使与回鹘和亲。至德二年（公元 757 年）其首领入朝结好，助唐平定安史之乱。

最后，《唐诗三百首》的史料价值还体现在对唐诗中集体意识和无意识的挖掘，如反映人民渴望结束战争的《兵车行》（杜甫），表达希望君臣和谐、明君贤臣愿望的《老将行》（王维），希望为国捐躯的《塞下曲》（王昌龄），反映游子之思这种普遍社会心理的《游子吟》（孟郊）以及表达爱情忠贞、信守承诺的《长干行》（李白）等。这些来源于现实生活中方方面面思想的汇集，既给了我们感动与震撼，也利于我们对唐代整体社会意识进行全面深入的研究。

六、《唐诗三百首》版本与存在的问题

历来不乏唐诗选本，蘅塘退士选编的《唐诗三百首》最为著名，流传最广、影响最大，成为中国人必读的诗歌启蒙读物。因原书孙洙注解、评点较为简略①，后世注本、评本层出不穷。清代就有几种注释本流行，如清章燮的《唐诗三百首注疏》，清李盘的《注释唐诗三百首》等，其中以陈婉俊的《唐诗三百首补注》较为精炼，注释齐全，权威性较强，好评颇多。目前，陈婉俊先生补注的《唐诗三百首》，由中华书局排印，1959 年版，2010 年和 2014 年重印，是竖版的繁体字，适合汉语言文学专业的学生研读。

后世的版本因其难以统计（据陈伯海、朱易安的《唐诗书录》整理所得，有42 种不同版本；而尹雪樵的论文《〈唐诗三百首〉版本知见录》则收录了至 1994年笔者所知所见的《唐诗三百首》的各种版本共计 118 种，而这尚且不能视为《唐诗三百首》版本的全貌），只推荐常见的几种。

金性尧新注的《唐诗三百首》上海古籍版也颇为流行，其注释深入浅出，亦深受读者欢迎。对孙洙的了解，最早就来自于金性尧的《唐诗三百首新注》，金性尧在《前言》中提到孙洙的两段简史，分别来自顾光旭《梁溪诗抄》和窦镇《名儒言行录》，这就让我们对其生平有了最初的了解。新注博取诸家之长，斟酌取舍，辩难解疑，态度审慎，颇有见解，对诗法诗理都能要而不繁进行注解，往

---

① 见章燮：《唐诗三百首注疏》子墨客卿序，陈婉俊《凡例》，《唐诗三百首补注》卷首。

往一语破的；又谙熟诗史流变，旁征博引，有的放矢，同时语言流畅，注重以情感发，激人共赏。自20世纪80年代初以来，金注本就风行海内外，成为爱好诗歌和古典文学的珍藏经典。

此外，还有喻守真《唐诗三百首详注》中华书局版，陆明校注《唐诗三百首》岳麓书社版和顾青注《唐诗三百首》中华书局版等，皆各有所长，值得一观。陆明校注《唐诗三百首》版本样式有无插图普通版、插图珍藏版和阅读无障碍版。顾青注的《唐诗三百首》版本也有分别，有普及版和线装大字版。一般来说，无障碍版和普及版本适合中小学阅读，不太适合本科生阅读；插图版和线装大字版字迹清晰，赏心悦目，老少皆宜，适合赏读和收藏。

《唐诗三百首》的翻译版本有很多，宾纳、江亢虎的合译本《群玉山头》是第一个英文全译本，在中美文化交流史上具有极其重要影响。其特点是词汇较为简单，适应的目标群体较广泛。近年来，在多个英译本中，以许渊冲翻译的《唐诗三百首》最为流行，其在音韵美及意象美方面独树一帜，巧妙地再现了原诗的意境美，因而广受赞誉，堪称中诗英译之典范。2001年4月6日，高等教育出版社在北京召开《汉英对照唐诗三百首》出版座谈会，邀请有关专家学者对许渊冲先生翻译的《汉英对照唐诗三百首》进行评介，后来亦有许多学者对其译本进行反复阐释，认为其从音韵层面、语法结构层面、意象内涵层面，很好地协调了英文与中文的差异性，评价之高，影响力之广，可见一斑。

《唐诗三百首》优点多多，问题也有一些，由于受到时代和个人的原因，缺陷在所难免，但所谓瑕不掩瑜，这并不影响它的文化价值和总体成就，我们不妨在读书时广泛涉猎，通过比较分析，汲取各家观点，来客观评判。

其一，误收宋诗。

蘅塘退士的初衷是为了世俗儿童编一本"家塾课本"且为广大诗歌爱好者提纲入门范本，"因专就唐诗中脍炙人口之作，择其要者，每体得数十首，共三百余首，共其一编"（蘅塘退士序）只是他过于迷信权威，对选编所主要依据的《御定全唐诗》的诗歌出处没有刨根问底，致使生出误植宋诗的遗憾。莫砺锋先生2001年5月在《文学遗产》发表的《〈唐诗三百首〉中有宋诗吗？》一文中，考证了《唐诗三百首》里张旭《桃花溪》的归属问题，即认为张旭名下的《桃花溪》："隐隐飞桥隔野烟，石矶西畔问渔船。桃花尽日随流水，洞在清溪何处边？"实为宋人蔡襄所作《度南涧》。其后，2007年李定广先生撰文，列出十条对此进行了质疑。而2014年，朱光立在《〈唐诗三百首〉中没有宋诗吗——与李定广先生商榷》（《学术界》2014年第6期）一文中再次论证了莫先生的观点。孙洙在《桃花溪》后批了一句："四句抵得一篇《桃花源记》"。说明此诗颇得陶渊明《桃花源记》的精髓。由此可见对此诗的看重。但孙洙确实没有考证此诗的来源，这个错误从宋代洪迈《万首唐人绝句》起就已存在，一直错到王士禛《唐贤三昧集》，康熙的《御选唐诗》，也就难怪孙洙了。

其二，思想的局限性。

《唐诗三百首》为了照顾初学者，使其不至于一开始就接触到较难的诗词，往往选取一些易于记诵、具有想象力和能引起读者兴趣的作品。比如选李白的五、七言诗虽多，但"古风五十首"一首也没有选。又比如杜甫的诗歌，《北征》《自京赴奉先县咏怀五百字》未入选，而选了《望岳》《兵车行》和《丽人行》。白居易的诗歌，选了颇有韵律美和故事性的《琵琶行》和《长恨歌》，未选其"新乐府"。杜甫最有代表性的"三吏""三别"，白居易的讽喻诗均未能入选，而一些应制和朝廷上的诗歌却选得较多，这说明编者在选诗的标准上，并不以现实性和思想深度为主要依据，而是受到了时代局限性。胡可先生认为这是"取易不取难"，固然有理，但编者未根据循序渐进、由浅入深的学习规律，来适当精选篇目进行编排（今天的语文教科书大都如此），不得不说是一种遗憾。

此外，孙洙强调风格的协调，强调"中正平和"之美，忽视了艺术的多样性。如李贺的作品一首也不选，大概是认为他过于奇诡瑰丽；储光羲的作品也不选，可能是嫌其过于轻淡。初唐四杰仅选了王勃、骆宾王各一首，卢照邻《长安古意》不选。文章大家杜审言、宋之问，仅仅选其五律各一首；沈佺期则五律、七律各一首。而被誉为"孤篇盖全唐"的张若虚《春江花月夜》亦不入选，显然是认为他们风格未完全摆脱齐梁以来的轻绮之风，不具备普遍性和代表性。因此，《唐诗三百首》作为怡情悦性、熏陶文化的读物是很好的，而于通过诗歌了解历史、认识生活则有不足。

其三，错误的因袭性。

胡可先生认为，《唐诗三百首》的选诗标准之一是"取正不取变"，即为了使家塾学童从一开始就接受纯正思想，为科举考试作准备，违背儒家正统思想的都没有选。基于这一标准，盛唐的诗歌选得较多，而中唐代表"新变"的诗歌很少入选。而孙洙编选《唐诗三百首》又是在《唐诗别裁集》的基础上进行的，不可避免受到《唐诗别裁集》编者沈德潜的影响。沈氏以"温柔敦厚"为基准来选诗，宗盛唐，更推崇李杜。他在《唐诗别裁序》中揭示他的选诗标准时说："既审其宗旨，复观其题材，徐讽其音节，未尝立异，不求苟同，大约去淫滥以归于雅正，与古人所云微而婉、和而庄者，庶几一合焉：此原意所存也。"① 据黄瑞云先生 2007 年在《中国韵文学刊》上发表的《说〈唐诗三百首〉》一文统计，《唐诗三百首》"全书有 239 首与《唐诗别裁》所选相同，只有 73 首是别裁所没有选的。其中五言古诗 40 首，仅有 4 首不同于《唐诗别裁》；七言古诗 42 首，只有 7 首不见于《唐诗别裁》；七言律诗 53 首，也只有 11 首是《唐诗别裁》所

---

① 沈德潜：《唐诗别裁集》，上海古籍出版社 1979 年版。

没有选的（其中单李商隐一个人就占有 8 首，除开李商隐就仅有 3 首不同了）。"因为受其影响太深，《唐诗别裁集》里的一些错误，孙洙编选时也未进行考证就直接收录，如《金陵图》一诗实则为《台城》。

七、《唐诗三百首》的研究现状与影响

自孙洙编纂《唐诗三百首》到辛亥革命约一千二百年间，几乎每两年一本唐诗选本出现。但《唐诗三百首》从传播之长和流传之广来看，早已超过了其中任何一种唐诗选本，甚至成为中国古今诗词选本之首。作家王蒙在《非常中国》中曾言："最能表达汉语汉字的特色的，我以为是中国的旧诗。一个懂中文的华人，只要认真读一下《唐诗三百首》，他或她的心就不可能不中国化了。"

20 世纪四五十年代，学者就开始了对《唐诗三百首》的关注，以朱自清的《〈唐诗三百首〉指导大概》、王忠的《论〈唐诗三百首〉选诗的标准》和郭君曼的《略谈〈唐诗三百首〉的蓝本及其他》为代表，主要是对作者、题材和内容的介绍，涉及不够全面且较为浅显。朱自清在文中提道："有一种刻本'题'字下押了一方印章，是'孙洙'二字，也许是选者的姓名。孙洙的事迹，因为眼前书少，还不能考出、印证。这件事只好暂时存疑。"[①] 由此开始引起人们对编者姓名的极大关注，经过多方论争、考证，基本确定编者为孙洙。

20 世纪 80 年代开始的研究主要集中在《唐诗三百首》版本研究和选本特色的挖掘上。前文提及的孙琴安《唐诗选本六百种提要》，涉及孙洙、章燮、陈婉俊、文元辅、李国松、梦侨氏七个不同版本的对照与评析；尹雪樵的论文《〈唐诗三百首〉版本知见录》则关注不同版本达 118 种，可见收集与对比工作之烦琐。此时期也有一些单篇涉及《唐诗三百首》的思想内涵与文学价值，但仅仅注意其作为启蒙读物的优势，谈得较为笼统，不够深入，其后研究逐渐精细，如张浩逊《〈唐诗三百首〉纵横谈》、王步高《对〈唐诗三百首〉的再认识》、黄瑞云《说〈唐诗三百首〉》、王水照《永远的〈唐诗三百首〉》、徐安琪《〈唐诗三百首〉的审美价值取向》等对选本的依据、来源、评选标准、内容、审美价值等进行了详细的探讨。

近几年的《唐诗三百首》研究，朝着纵深发展。在学术史热潮的激励下，唐诗选本的学术史也广受关注，对《唐诗三百首》多维度、跨专业的研究也初现端倪，如以传播学、接受学、美学、社会学等多学科角度对选本进行新的解说和评价。对《唐诗三百首》阐释、评注、点校、考证的学者如雨后春笋出现，各种翻译本也是层出不穷。除了前文所提及的金性尧、喻守真、黄瑞云、莫砺峰、李定

---

① 朱自清：《朱自清全集》第二卷，江苏教育出版社 1990 年版，第 207 页。原载《略读指导举隅》，商务印书馆 1943 年版。

广等的评注和考证，还有朱立元、王水照等多位学者的阐释和注解。其他研究者更是多不胜数。

　　《唐诗三百首》还被翻译成多种语言流传国外。除了上文所说的两个英译版本（宾纳和许渊冲译本），还有英妮丝·赫尔登的英译本，乔治特·雅热的法语译本，陈国坚西班牙语译本等。目前看来，许渊冲翻译的《唐诗三百首》英译本最为流行，广受赞誉，其他外国诗人自己翻译的一些单篇也颇为流行，如在美国有一首诗知名度相对颇高，是美国诗人庞德（Ezra Pound）翻译的李白的《长干行》（"郎骑竹马来，绕床弄青梅"），译名是 THE RIVER-MERCHANT'S WIFE（水路商人的妻子），翻译得很到位，意境很美，结果有些美国人误以为是庞德的原创。在掀起中文热的时期，《唐诗三百首》在海外传播已成必然趋势，必将影响深远。

参考文献

[1] 陈婉俊补注：《唐诗三百首》，中华书局 2004 年版。

[2] 陆明校注：《唐诗三百首（插图珍藏本）》，岳麓书社 2015 年版。

[3] 金性尧校注：《唐诗三百首新注》，上海古籍 2014 年版。

[4] 顾青校注：《唐诗三百首》，中华书局 2015 年版。

[5] 莫砺锋：《〈唐诗三百首〉中有宋诗吗》，《文学遗产》2001 年第 5 期。

[6] 黄瑞云：《说〈唐诗三百首〉》，《中国韵文学刊》2007 年第 3 期。

[7] 王水照：《永远的〈唐诗三百首〉》，《中国韵文学刊》2003 年第 1 期。

[8] 李定广：《〈唐诗三百首〉中有宋诗吗——与莫砺锋先生商榷》，《学术界》2007 年第 7 期。

[9] 朱光立：《〈唐诗三百首〉中没有宋诗吗——与李定广先生商榷》，《学术界》2014 年第 6 期。

[10] 成松柳、王莉娜：《〈唐诗三百首〉六种版本的比较研究》，《长沙理工大学学报》2014 年第 2 期。

[11] 王步高：《对〈唐诗三百首〉的再认识》，《中国典籍与文化》1998 年第 1 期。

[12] 徐安琪：《〈唐诗三百首〉的审美价值取向》，《湘潭大学社会科学学报》2000 年第 3 期。

鲁迅《呐喊》导读

杨文军

一、鲁迅生平与创作简介

1881 年 9 月 25 日，鲁迅诞生于浙江省绍兴府会稽县东昌坊口新台门周家。本名樟寿，小名阿张，字豫山，后改字豫才（因"豫山"与"雨伞"谐音，为同学所取笑），1898 年赴南京读书时又改名为树人，1918 年发表《狂人日记》时署名"鲁迅"，从此以该笔名行世。

周家是绍兴当地的望族，鲁迅祖父周福清（1838－1904，字介孚）为同治十年（1871）进士，授翰林院庶吉士，曾任江西金溪县知事、内阁中书。作为周家的长子长孙，鲁迅原本过着养尊处优的"少爷"生活（这种生活在其散文《从百草园到三味书屋》、小说《故乡》等作品中都有所反映），但 1893 年祖父因科场案发而系狱，父亲周伯宜（1861－1896）也因此抑郁而终，周家从此由"小康"而坠入"困顿"，鲁迅饱尝了世人的冷眼，看清了"世人的真面目"，这使他决定走一条不同于一般大户人家子弟的"异路"，由此改变了其人生轨迹。

1898 年，鲁迅考入设在南京的江南水师学堂，次年转入江南陆师学堂附设的矿路学堂，1902 年毕业。后来在《琐忆》等回忆性文字中，鲁迅表达了对这一段学校生活的厌恶。他在功课方面并不特别用功，而将主要精力用于阅读《天演论》等"新书"，接受新思想的熏陶，课余在南京街头策马狂奔，但毕业时仍以第一等第三名的资格被保送到日本留学。

1902 年 4 月，鲁迅入读东京弘文学院，1904 年结业，按规定应升入东京帝国大学采矿冶金科，但鲁迅决意学医，又厌恶东京中国留学生的风气，遂于同年 9 月入读地处偏远的仙台医学专门学校。在仙台期间，因受"幻灯事件"刺激，鲁迅决定"弃医从文"，遂退学回东京从事文学活动。1906 到 1909 年的三年间，鲁迅与同好筹划文学杂志《新生》，在留学生主办的《河南》等杂志发表《摩罗诗力说》《文化偏至论》等文，又与二弟周作人（1885－1967）合译《域外小说集》等。这些活动在当时可以说反响甚微，但为其后来从事文学创作打下了坚实的基础。

1906 年夏秋之际，鲁迅奉母命回家与朱安（1878－1947）完婚，婚后四日鲁迅即重返日本；此后二十年间，两人始终过着有名无实的夫妻生活。鲁迅曾对人说："这是母亲给我的一件礼物，我只能好好地供养它，爱情是我所不知道的。"① 1909 年夏，因周作人准备在日本结婚，家累日重，鲁迅不得不回国谋生，先后在浙江两级师范学堂、绍兴府中学堂任教，在山会初级师范学堂任监督（校长）。

1912 年 2 月，鲁迅经好友许寿裳（1883－1948）引荐，应教育总长蔡元培（1868－1940）邀请，赴南京任教育部部员，5 月随部北上，8 月任教育部佥事及社会教育司第一科科长。此后六七年间，鲁迅思想消沉，公余唯在寓居的绍兴会馆读佛经、抄古碑而已。这一时期他刻有一枚闲章曰"俟堂"，据周作人解释，有"待死"之意。②

1917 年 8 月 9 日，老同学钱玄同来访，约周氏兄弟为《新青年》写稿，一起致力于启蒙运动。鲁迅以"铁屋子"作比，对于启蒙的效果表示怀疑，但在钱玄同多次鼓动之下，"终于答应他也做文章了，这便是最初的一篇《狂人日记》"，此后便"一发而不可收拾"（《〈呐喊〉自序》），陆续发表了十余篇小说，于 1923 年结集为《呐喊》出版，引起巨大的反响。

在文学事业取得成功的同时，鲁迅也一改从前单身汉式的生活方式，于 1919 年费巨资购得八道湾胡同一座四合院，携全家入住，组建了一个包括母亲鲁瑞（1858－1943）、二弟周作人与羽太信子（1888－1962）一家、三弟周建人（1888－1984）与羽太芳子（1897－1964）一家以及鲁迅夫妇自己在内的大家庭。这一时期应是自家道中衰以来鲁迅心境最为愉悦的时期，这也反映在他创作的《鸭的喜剧》等小说中。然而好景不长，1923 年 7 月 19 日，鲁迅突然接到周作人的绝交信，从此兄弟分道扬镳，这给鲁迅以巨大的打击。写于 1924－1926 年间的小说集《彷徨》与散文诗集《野草》中所弥漫的幽暗意识与绝望情绪，正是鲁迅这一时期心境的投射。

1925 年 8 月，鲁迅因介入"女师大风潮"而遭教育总长章士钊（1881－1973）解职，双方对簿公堂，此案最后以鲁迅逆袭般的胜诉而载入民国司法史册。但鲁迅此时已心生去意，加之遭北洋政府通缉，以及与许广平（1898－1968）情感发展的需要，遂于 1926 年 8 月南下，先后在厦门大学和广州中山大学任教。厦门时期的鲁迅是"恋爱中的鲁迅"，这一时期鲁迅与远在广州的许广平书信往还颇为勤密，这些书信后来结集为《两地书》出版，可视为"准情书

---

① 许寿裳：《亡友鲁迅印象记》，峨眉出版社 1947 年版，第 73 页。
② 周作人：《鲁迅的故家》，北京十月文艺出版社 2013 年版，第 250 页。

集"。这一时期鲁迅还写下了《朝花夕拾》中的最后五篇散文以及《故事新编》中的《奔月》《铸剑》等小说。

1927年10月，鲁迅携许广平定居上海。1929年9月，许广平诞下一子，鲁迅为之取名为"海婴"。海婴的诞生虽为"意外"，但鲁迅毫不掩饰对孩子的喜爱乃至溺爱。鲁迅《自嘲》诗中的"俯首甘为孺子牛"一句，过去多将"孺子牛"理解为"人民大众的牛"，这是不对的。其实"孺子"就是小孩子，具体说就是指海婴，"俯首甘为孺子牛"就是甘愿低头做海婴的牛——这是父子间的游戏，这样理解才贴合鲁迅的原意。从这句诗中，我们可以看到"横眉冷对"之外的另一个鲁迅，这是作为"居家男人"的充满温情的鲁迅。

上海时期的鲁迅将主要精力用于杂文写作。鲁迅一生写有17本杂文集，除了写于北京时期的《坟》《热风》《华盖集》和《华盖集续编》以及由他人编定的《集外集拾遗》和《集外集拾遗补编》之外，《而已集》《三闲集》《二心集》《伪自由书》《南腔北调集》《准风月谈》《花边文学》《且介亭杂文》《且介亭杂文二集》《且介亭杂文末编》《集外集》等基本上都写于上海时期。

上海时期的鲁迅还将较多的精力用于马克思主义文艺理论的翻译，这是为了还击创造社与太阳社中一帮激进青年作家对他的"围剿"。但1930年3月，鲁迅却与这些人联合起来，发起成立了"左翼作家联盟"。鲁迅虽被奉为"左联"的盟主，但其实与"左联"的实际负责人周扬等人多有龃龉，双方的矛盾甚至延续到1936年春"左联"解散之后。

1936年10月19日，鲁迅病逝于上海大陆新村寓所。在此前一个月发表的《死》一文中，鲁迅开列了一份遗嘱，有"赶快收敛，埋掉，拉倒""忘记我""不要做任何关于纪念的事情"等语；但是在他去世之后，上海各界还是举行了声势浩大的吊唁活动，有数万人自发前来为其送行，而且此后每逢其诞辰和忌日几乎都有纪念。鲁迅也曾希望自己的文字与他所指摘的"时弊"一起"灭亡"[①]，但是八十余年来，他的文字不仅没有"灭亡"，墨色还很新鲜，一如刚刚写下的一般。

二、《呐喊》内容提要

《呐喊》是鲁迅的第一部小说集，收1918—1922年创作的小说15篇，1923年8月由北京新潮社出版，1924年5月第三次印刷时改由北新书局出版，1930年1月第十三次印刷时由鲁迅抽去其中的《不周山》一篇（后改名为《补天》，收入鲁迅第三部小说集《故事新编》）。所以此后所见的《呐喊》只有14篇，分别是：《狂人日记》《孔乙己》《药》《明天》《一件小事》《头发的故事》《风波》

---

① 鲁迅：《〈热风〉题记》，见《鲁迅全集》修订编辑委员会主编：《鲁迅全集》（第1卷），人民文学出版社2005年版，第308页。

《故乡》《阿Q正传》《端午节》《白光》《兔和猫》《鸭的喜剧》和《社戏》。

《狂人日记》是鲁迅的第一篇白话文小说，也被认为是中国现代文学史上第一篇白话文小说，于1918年5月发表于《新青年》第4卷第5号。周作人认为《狂人日记》"中心思想是礼教吃人"①，鲁迅也自言《狂人日记》"意在暴露家族制度和礼教的弊害"②，其实《狂人日记》的意蕴要远比这要深广，小说巧妙地借"狂人"之口讲述了一部自夏以迄晚清的"吃人"史，对中国四千年的所谓"文明史"进行了人种学（"中国人尚是食人民族"③）、医学（以医学的名义"吃人"）、伦理学（以"忠"和"孝"的名义"吃人"）、社会学（人与人之间的广泛的压迫与奴役）意义上的多重批判。

《孔乙己》是鲁迅本人最满意的小说之一，他自认写得简练而从容，"有大家的作风"。④ 这是很实在的看法。《孔乙己》全篇只有2600余字，始终只是通过小伙计的眼光来观察孔乙己在酒店的一言一行，对于孔乙己的身世以及在酒店之外的遭际只是通过他人之口约略提及，却舍得花三四百字交代鲁镇酒店的格局以及"短衣帮"和"长衫主顾"们喝酒的不同情形，这看似闲笔，其实并非无关紧要，不仅使小说充满了浓郁的乡土气息，也使孔乙己在纸上活了起来。而对于孔乙己在酒店里所遭受的调笑和孔乙己的自我辩护，对于孔乙己不厌其烦地教"我"写"回"字和与孩子们分享茴香豆的情形，则是放开来写，充满了生动的对话和细节，显得从容不迫，一个迂腐可笑而又不失善良的旧时读书人形象就这样跃然纸上了，足可以与《儒林外史》对范进的描写相媲美。

《药》讲述的是一个"人血馒头"的阴冷故事。这一篇故事的主人公既不是华老栓，也不是华小栓，更不是其他人，而是始终未能出场的夏瑜，他隐射的是1907年被杀于古轩亭口的鲁迅的同乡秋瑾；《狂人日记》提到的那个被人"用馒头蘸血舐"的"犯人"，隐射的也是秋瑾。所以，《药》可以看作是对自《狂人日记》开始的"吃人"故事的进一步演绎。夏瑜希望通过"启蒙"能够唤醒像华小栓一样的愚弱的国民，却反而被杀头，连鲜血都被华小栓们所吃；而华小栓吃了用夏瑜鲜血染红的馒头来治病，却仍然救不了他的命。在这里，夏和华是充满了象征意味的两个姓氏，分别象征着中国的"希望"和"绝望"⑤；小说的最后，

① 周作人：《鲁迅小说里的人物》，北京十月文艺出版社2013年版，第19页。
② 鲁迅：《〈中国新文学大系〉小说二集序》，见《鲁迅全集》修订编辑委员会主编：《鲁迅全集》（第6卷），人民文学出版社2005年版，第246页。
③ 鲁迅：《致许寿裳》，见《鲁迅全集》修订编辑委员会主编：《鲁迅全集》（第11卷），人民文学出版社2005年版，第365页。
④ 孙伏园：《关于鲁迅先生》，《晨报副刊》1924年1月12日，转引自《1913—1983鲁迅研究学术论著资料汇编》第1卷，中国文联出版公司1985年版，第43页。
⑤ 夏志清：《中国现代小说史》，香港中文大学出版社2001年版，第31页。

夏家的子孙和华家的子孙被埋在一起，中国的"希望"和"绝望"也同时被埋葬，充满了最深沉的悲哀。

《明天》讲述的是一个年轻寡妇失去独子的故事，那种无可言说的悲哀，有点类似于契诃夫的小说《苦恼》。关于本篇的主旨，在 20 世纪 40 年代曾经有过一场论争：施蛰存先生通过对"单四嫂子便觉乳房上发了一条热，刹时间直热到脸上和耳根"一句进行精神分析学解读，认为小说写的是一个寡妇被压抑的隐秘欲望；[①] 而陈西滢则认为这是过度解读，小说只是写一个失去儿子的寡妇的孤寂，此外并无深意。[②] 其实这两种意见完全可以并存。

《一件小事》不仅是鲁迅全部小说中篇幅最短的一篇，也可能是鲁迅全部小说中评价最为分歧的一篇：一些论者认为它"不像小说"[③]，而是"拙劣的随笔"[④]，"坏到不可原谅"[⑤]，"幼稚得可笑"[⑥]，"从立意到行文都很容易被小学生模仿"[⑦]；另一些论者则认为它无疑是鲁迅小说中的"名篇"[⑧]，是"对于中国劳动人民的一首热烈的赞歌"[⑨]，写出了"一个人力车夫精神世界的优美与崇高"[⑩]，也指出了"小资产阶级知识分子思想改造的途径"[⑪]。这种两极化的评价现象使这篇看似平庸的小说充满了叙事张力。

《头发的故事》正如题目所示，讲述的是"头发的故事"。小说主人公 N 先生既讲述着中国历史上的"头发的故事"，也讲述着自己亲历的"头发的故事"，合起来正好是一部从"很古"的古代到现代的"中国头发简史"。尽管也有人认为这篇小说"坏到不可原谅"[⑫]，无聊得"使人打哈欠"[⑬]，但恐怕不能不承认鲁迅通过"头发"这个意象抓住了"国民性劣根性"的根本。

---

① 施蛰存：《鲁迅的〈明天〉》，原载《国文月刊》1940 年第 1 卷第 1 期，转引自《1913－1983 鲁迅研究学术论著资料汇编》（第 3 卷），中国文联出版公司 1987 年版，第 80 页。

② 陈西滢：《〈明天〉解说的商榷》，《国文月刊》1941 年第 1 卷第 5 期，转引自《1913－1983 鲁迅研究学术论著资料汇编》（第 3 卷），中国文联出版公司 1987 年版，第 405 页。

③ 杨邨人：《读鲁迅的〈呐喊〉》，1924 年 6 月 12 日《时事新报·学灯》，转引自《1913－1983 鲁迅研究学术论著资料汇编》（第 1 卷），中国文联出版公司 1985 年版，第 55 页。

④ 成仿吾：《〈呐喊〉的评论》，《创造季刊》1924 年第 2 卷第 2 期，转引自《1913－1983 鲁迅研究学术论著资料汇编》（第 1 卷），中国文联出版公司 1985 年版，第 46 页。

⑤ 李长之：《鲁迅批判》，北京出版社 2009 年版，第 97 页。

⑥ 张闳：《走不近的鲁迅》，《橄榄树文学月刊》2002 年第 2 期。

⑦ 王朔：《我看鲁迅》，《收获》2000 年第 2 期。

⑧ 陈漱渝：《读〈一件小事〉札记》，《北京师范大学学报》1981 年第 4 期。

⑨ 刘绶松：《中国新文学史初稿》，作家出版社 1957 年版，第 60 页。

⑩ 王瑶：《中国新文学史稿》，上海文艺出版社 1982 年版，第 98 页。

⑪ 唐弢：《"小事"不"小"——谈〈一件小事〉的思想性与艺术性》，《文艺月报》1956 年 1 月。

⑫ 李长之：《鲁迅批判》，北京出版社 2009 年版，第 97 页。

⑬ 杨邨人：《读鲁迅的〈呐喊〉》，1924 年 6 月 12 日《时事新报·学灯》，转引自《1913－1983 鲁迅研究学术论著资料汇编》（第 1 卷），中国文联出版公司 1985 年版，第 56 页。

《风波》讲述的是一条辫子引发的"风波",也是关于"头发的故事",同时还有"小脚的故事"。所谓"头发的故事",指的是在"革命"期间进城被剪掉辫子的七斤在"皇帝坐龙庭"之后失去了七斤嫂和村人的"尊敬",并受到赵七爷的威胁,而在皇帝"不坐龙庭"之后,又恢复了众人对他的"尊敬",这隐射的是"张勋复辟";而所谓"小脚的故事",指的是六斤被裹脚的故事。扩大一点说,"头发的故事"是关于中国男人们的故事,这是一个荒诞的故事;"小脚的故事"则是关于中国女人们的故事,而这是一个悲哀的故事。"辫子"+"小脚",正是中国国民性的最绝妙的象征物。

《故乡》是《呐喊》中最为脍炙人口的名篇之一,甚至有人认为它在《呐喊》中居于"压卷"的地位[1];更有人认为它有着"永久的价值""在任何国外的大作家之群里,也可以毫无愧色"[2]。小说里少年闰土"项带银圈""手捏钢叉""向一匹猹尽力的刺去"的英姿,中年闰土见到老友之后"现出欢喜和凄凉的神情"终于叫出的那一声"老爷……"以及"豆腐西施"杨二嫂摆出的"细脚伶仃的圆规"造型,还有小说结尾关于"希望"的警句,都为人所津津乐道。

《阿Q正传》是鲁迅所有小说中篇幅最长的一篇,也可以说是鲁迅影响最大,最具有国际声誉的小说,在中国现代文学史上占据着金字塔尖的位置。当它还在《晨报副刊》连载的时候,就已经在普通读者中引发了巨大的反响[3];当时第一流的青年批评家沈雁冰(茅盾)将其与俄国作家冈察洛夫的名著《奥勃洛莫夫》相提并论[4];当它发表四年之后,连远在法国的罗曼·罗兰都读到了它的译本,欣然向《欧罗巴》杂志推荐,称小说有"一种了不起的幽默"[5]。当然,《阿Q正传》中不仅有"了不起的幽默",更重要的是小说提炼出来的"精神胜利法",凝结了作者对中国国民性的最深刻的观察和思考,具有广泛的概括力;而承载"精神胜利法"的阿Q这一形象,也早已深入人心,成为一种共鸣,与冈察洛夫笔下的奥勃洛莫夫和塞万提斯笔下的堂吉诃德一样,具有了不朽的艺术魅力。

《端午节》是《呐喊》中关注度相对较低的一篇,它的"沉闷"和"平庸"[6]

---

① 朱湘:《〈呐喊〉——桌话之六》,《文学周报》1924年第145期,转引自《1913—1983鲁迅研究学术论著资料汇编》(第1卷),中国文联出版公司1985年版,第74页。

② 李长之:《鲁迅批判》,北京出版社2009年版,第60页。

③ 高一涵:《闲话》,《现代评论》1922年,第89期;王统照:《有关鲁迅先生的杂忆》,《前哨》1956年第10期。

④ 沈雁冰:《通信》,《小说月报》1922年第2号,转引自《1913—1983鲁迅研究学术论著资料汇编》(第1卷),中国文联出版公司1985年版,第25页。

⑤ 罗曼·罗兰致《欧罗巴》,见马为民《罗曼·罗兰与〈阿Q正传〉及其他》,《鲁迅研究月刊》1995年第6期。

⑥ 李长之:《鲁迅批判》,北京出版社2009年版,第98页。

令读者和评论家都无所适从。其实小说所叙述的"索薪"事件是作者亲历过的，主人公方玄绰官员兼教员兼作家的三重身份也是作者所具有的，甚至连"方玄绰"这个名字也与作者有着对应关系①，作者对方玄绰这一类知识分子太过于熟悉，所以写起来不仅不显得"沉闷"，反而对其心理刻画得惟妙惟肖、入木三分，仔细读来，便自有一种令人心领神会的亲切之感。至于"平庸"，也并非小说本身显得"平庸"，而是作者有意要刻画一个"平庸"的现代知识分子形象。像方玄绰这样的知识分子，或许曾经也想有所作为，但在粗粝的现实和庸常的生活打磨之下，已经变成了一个空有牢骚而得过且过的庸人。所以方玄绰这一形象也是具有普遍性的，可以与《在酒楼上》的吕纬甫、《孤独者》中的魏连殳和《幸福的家庭》中的作家相互参照，共同构成鲁迅小说中的"蜕变的知识分子"系列。

《白光》可以视为《孔乙己》的姊妹篇，都以科举制度之下的旧式知识分子为主人公。本篇的主人公陈士成屡考不中，神经受到刺激，疯疯癫癫要在家里"掘藏"，又一路奔出城门，要到"山里"寻宝，最后失足溺毙于水中。小说结尾"身中面白无须"一句本是科场验明正身的套语，此处却用作验明尸体的行话，真是充满了讽刺和叹惋。像这样一类"科场鬼"的故事，似乎在《儒林外史》一类旧小说中并不鲜见，好像不值得特别称道，所以也少见有人做专门的研究；但作者采用意识流手法和现代病理学的方法对陈士成的疯癫心理所作的精细刻画，却是旧小说中所没有的，也足可以作为后世小说家的范本。

《兔和猫》与《鸭的喜剧》几乎写于同一时期（1922 年 10 月），都取材于作者自己的家庭生活，都以小动物作为主人公，都具有散文化、诗化的格调，所以也可以视为是姊妹篇。如果说后一篇是"鸭的喜剧"的话，前一篇则可以称之为"兔的悲剧"，一"喜"一"悲"，正好两相参照。两篇小说对小动物（兔和鸭）和小孩子们的活泼天性的细腻呈现，真可以说是"萌点满满"（借用当下的流行语），令人不忍释卷；但如果要作评点的话，除了赞其"饶有诗趣"②之外，似乎又没有更多的话可说，因为太过于晶莹剔透，可供挖掘的内涵也就显得有限，这或许正是这一类小品文的特点吧。

《社戏》也可以视为《故乡》的姊妹篇，都是故乡和童年题材，都以回忆的方式讲述故事。但《故乡》写到回忆时是欢快的调子，写到现实时则是低沉的调子；而《社戏》则始终是在回忆里，始终是欢快的调子（即便是开篇写在北京的戏园看旧戏的无聊，也是作为反衬来写的）。作者对故乡人情美和人性美的展示，除了《故乡》写少年闰土的那一部分之外，在其全部小说中都是难得一见的，这

---

① 周作人：《鲁迅小说里的人物》，北京十月文艺出版社 2013 年版，第 152 页。

② 成仿吾：《〈呐喊〉的评论》，《创造季刊》1924 年第 2 期；李长之：《鲁迅批判》，北京出版社 2009 年版，第 102 页。

可以看作是这一篇小说的特色。

三、《呐喊》单篇导读

(一)《狂人日记》

如前所说,《狂人日记》讲述的是"吃人"的故事,但到底讲述了怎样的"吃人"故事呢?

我们会注意到小说提到了很多"吃人"的事件,年代最远的应该是"易牙蒸子":

易牙蒸了他儿子,给桀纣吃,还是一直从前的事。

这里要指出的是,这句话在字面上显然是有误的。我们知道,易牙是春秋时人,而桀是夏的末代君主,纣是商的末代君主,易牙与桀的时代相距一千年左右,与纣的时代也相距五百年左右,不可能同时侍候这两位"暴君"吃人肉,除非他有"穿越"的本领;实际上,易牙侍候的乃是"春秋五霸"之一的齐桓公,《管子》有载:"夫易牙以调和事公,公曰'惟蒸婴儿之未尝',于是蒸其首子而献之公。"既然如此,那么这一句字面上的错误,是鲁迅之误还是狂人之误呢?当然是狂人的"记中语误",因为深谙中国历史且行文谨慎的鲁迅不可能犯这样的常识性错误。狂人既然是神经病患者,自然难免"语颇错杂无伦次",这样写才符合神经病学的发病原理,才显得逼真。而且这一错误乃是绝妙的将错就错:既然春秋时代有"吃人"的事,又焉知比这更为久远的夏商时代没有"吃人"的事呢?这就一下子将"吃人"的历史往前推进了至少一两千年,一直推到了中国王朝时代的初始阶段。

后面狂人接着说:

从易牙的儿子,一直吃到徐锡林;……城里杀了犯人,还有一个生痨病的人,用馒头蘸血舐。

这里也必须指出,"徐锡林"即徐锡麟,鲁迅的同乡,于1907年刺死安徽巡抚恩铭——这是晚清革命暗杀风潮中少有的成功案例,但是徐本人未能脱身,当日即被害,心肝被恩铭卫队炒食。原文里说:"前几天,狼子村的佃户来告荒,对我大哥说,他们村里的一个大恶人,给大家打死了;几个人便挖出他的心肝来,用油煎炒了吃",隐射的也是此类事件。而被人"用馒头蘸血舐"的"犯人",读过《药》的人都知道,这隐射的乃是鲁迅的另一位同乡秋瑾。这两起事件是狂人提到的年代最近的"吃人"事件,而这已是中国王朝时代行将落幕的时候了。

从夏商到晚清,一头一尾算下来,其间正好相隔了差不多四千年,所以狂人才会感叹自己有"四千年吃人履历"。

除此之外,狂人还提到了诸多"吃人"的本事(史实、典故)。比如:

他们的祖师李时珍做的"本草什么"上,明明写着人肉可以煎吃。

在这里，狂人再一次出现常识性错误，但同样错得很妙。"李时珍做的'本草什么'"，自然指的是《本草纲目》；另有一部《本草拾遗》，乃唐人陈藏器所写。李时珍在《本草纲目》里提道："明州人陈藏器著《本草拾遗》，载人肉疗羸瘵。"按，"羸瘵"，就是《药》里的华小栓所患的"痨病"，也就是肺结核。陈藏器的《本草拾遗》认为人肉可以治痨病，但李时珍其实对此持反对态度："身体发肤，受之父母，不敢毁伤。父母虽病笃，岂肯欲子孙残伤其支体，而自食其骨肉乎？此愚民之见也。"所以，狂人是将李时珍与陈藏器、《本草纲目》与《本草拾遗》弄混了，但其妙处正在于可以使读者借此展开联想：即便李时珍不主张用人肉来治病，陈藏器却是确确实实有此主张的，而且这样主张的医家肯定不止陈氏一人，这样主张的医书也不止《本草拾遗》一部。这就无怪于狂人会觉得给他诊病的"老头子"是"刽子手扮的"。

狂人还提道："记得我四五岁时，坐在堂前乘凉，大哥说爷娘生病，做儿子的须割下一片肉来，煮熟了请他吃"，这我们都知道，说的乃是"割股疗亲"。此外提到的还有"易子而食""食肉寝皮"等。

如果说"易牙蒸子"以及徐锡麟和秋瑾的被害是具体的、个别的"吃人"，那么以人为"药""割股疗亲""易子而食""食肉寝皮"等则是无时不有、无处不在的普泛性的"吃人"了。将这些史实与典故连缀起来看，我们会明白鲁迅实际上是通过狂人之口，巧妙地讲述了一部四千年的"吃人"史。不过，这一部"吃人"史只是狂人断断续续、隐隐约约讲出来的，它只是小说的暗线。

小说还有另外一条线索，就是狂人讲述自己被"吃"的故事，这是小说的明线，是我们首先会注意到的。在这一条线里，狂人时刻担心自己被"吃"：一开始疑心赵家的狗要"吃"他，赵贵翁要"吃"他，一路上的人，包括一伙小孩子，似乎也要"吃"他，后来甚至疑心自己的大哥也要"吃"他，总之，所有人都要合谋起来"吃"他。而我们知道，这一切都不过是狂人的幻想而已，因为作者在小序里明确交代过，狂人患的乃是"迫害狂"症。也就是说，在一篇以"吃人"为主题的小说里，其故事主线上却始终没有发生任何"吃人"的事件。本来"吃人"这种题材是极具有传奇性和戏剧性的，但鲁迅这样写完全剔除了其中的传奇性和戏剧性，自然会使那些怀有猎奇心理的读者的"期待视野"落空。不仅《狂人日记》是如此，实际上鲁迅的全部小说几乎都缺乏故事性，这就无怪乎连鲁迅自己的母亲也不爱读他的小说了。[①] 如果是一般性的把小说当作消遣读物的读者倒也罢了，就连专业性的读者中也有人为此感到不满的，比如小说史家夏志清先生，在谈到《狂人日记》时，就抱怨鲁迅"没有把狂人的幻想放在一个真实

---

① 荆有麟：《鲁迅回忆断片》，上海杂志公司 1943 年版，转引自《1913—1983 鲁迅研究学术论著资料汇编》第 3 卷，中国文联出版公司 1987 年版，第 1371 页。

故事的框架中（本来没有人要吃他）""未能把他的观点戏剧化"。①

不过，鲁迅写的虽只是狂人的幻想，但他却采用了最为严格的写实方法，凭借他的医学知识，将狂人的整个发病过程写得极为真切："今天晚上，很好的月光"——小说的这个开头其实就暗示了狂人发病的开始，因为据说月光往往是精神类疾病发病的诱因，英文中的 lunatic（疯子、狂人），就来自于拉丁文的 luna-ticus，意即"月光引起的精神疾病"；狂人发病之后，由一开始的疑心狗要"吃"他，到疑心包括大哥在内的所有人都要"吃"他，再到疑心他的妹子是被大哥和母亲"吃"掉的，直到将质疑的锋芒对准自身，疑心自己也是"吃"过人的，这整个过程是层层深入的，这说明狂人的病情是越来越严重了，以至于在发出"救救孩子……"的呼声之后，他整个的意识就彻底崩溃了；而崩溃之后，是意识的重建与恢复，好比电脑"格式化"之后又重装系统，所以小序里交代他已痊愈，"赴某地候补矣"，完全变成了"正常人"。

这就是说，鲁迅写"吃人"，是采用了虚实结合的写法：狂人的幻想本身是"虚"，但他发病的过程是"实"；他所讲述的自己被"吃"的故事是"虚"，他所讲述的历史上的"吃人"故事是"实"。以"实"写"虚"，又以"虚"带"实"，只有如此，才可以在有限的篇幅里将一部"吃人"的历史和盘托出；也只有如此，才可以使小说上升到象征的高度。

（二）《阿 Q 正传》

《阿 Q 正传》一共有九章，我们不妨先逐章进行介绍：

第一章《序》，叙述者先说久想给阿 Q 作传，却又感到"万分的困难"：第一是"名目"，现有的传记名目（列传、自传、内传、外传、别传等）于阿 Q 来说都不合适，所以只好从小说家所谓"闲话休题言归正传"的套语里取出"正传"两字作为名目，其实等于没有名目；第二是姓氏，叙述者声称连"阿 Q 姓什么"都不知道，有一回似乎姓"赵"，但自从被赵太爷打了"一个嘴巴"后，阿 Q 的姓氏就成疑了；第三是名字，叙述者声称只知其音不知其字，只得照流行拼法写作"阿 Quei"，略写为"阿 Q"（这个 Q 形如大脑袋后面拖一条小辫子）；第四是籍贯，因为不知阿 Q 的姓氏，所以也就无从考证其籍贯。叙述者在这一章的最后煞有介事地说："我所聊以自慰的，是还有一个'阿'字非常正确"；而"阿"字却并无实意，实际上等于说关于阿 Q 的基本信息一概不知。但读者也正好借此知道了阿 Q 的基本信息：无名无姓，无籍无贯，是一个卑微至极的小人物。

第二章《优胜记略》，讲的是阿 Q 的"优胜"事迹：被打之后会说"儿子打老子"；即或被迫承认是"虫豸"，但认为自己是"第一个能够自轻自贱的人"，

---

① 夏志清：《中国现代小说史》，香港中文大学出版社 2001 年版，第 31 页。

俨然是"状元"一般；赌博意外大赢而特赢，钱却被莫名其妙抢走，虽不免"感到失败的苦痛"，但打了自己两个嘴巴之后，仿佛"自己打了别个一般"，于是"转败为胜"。这里要说明的是，"优胜"是一个大词，往往用来形容一个国家、一个民族，用在阿Q这样一个小人物身上好像不合适；但作者原本就是要通过阿Q写一切中国人，所以也不算不合适。这是有意大词小用，有一种反讽效果。

第三章《续优胜记略》，乃是接着讲阿Q的"优胜"事迹：与王胡比赛捉虱子失败，因相骂而被打；又因骂"假洋鬼子"为"秃儿"而再度被打；终于通过调戏小尼姑而转嫁了屈辱，再一次"转败为胜"。或许有人觉得这一章讲捉虱子的故事太过于荒诞，这里可以推荐周作人的散文《虱子》，读过之后就知道鲁迅写得无比真实。鲁迅的小说往往是这样：看似荒诞不经，其实言必有据，经得起反复推敲。

第四章《恋爱的悲剧》，就标题而言，好像在逻辑上无法与上一章衔接起来，其实在内容上是严丝合缝的：阿Q在拧过小尼姑的脸之后，觉得拇指和食指有些"滑腻"，加之被小尼姑骂了一句"断子绝孙"，于是想到"应该有一个女人"，其意识中虽然夹杂着"不孝有三无后为大"之类的孝道观念，但其潜在的性意识却由此被激活了，接下来才有向吴妈求爱之举；然而求爱失败，阿Q先是遭赵太爷父子打骂，随之又被地保和赵家敲诈，于是酿成了"悲剧"。阿Q向吴妈的求爱，虽然也像西方绅士一样有"下跪"的举动，但"我和你困觉"式的表白太过于赤裸，与绅士淑女们花前月下、甜言蜜语式的"恋爱"显然相去甚远；而作者称之为"恋爱"，乃是有意调侃，这可以说是庄词谐用。

第五章《生计问题》在逻辑上也是紧承上一章而来，这体现在两个方面：其一，《礼记》曰"饮食男女，人之大欲存焉"，如果说上一章讲的是"男女"，那么这一章讲的就是"饮食"，两章分别讲人的两大基本欲望。其二，阿Q向吴妈求爱失败，既遭到未庄所有女性（上自年届五十的老妇，下至十岁出头的幼女）的封杀，失去了一切"恋爱"的可能性，也遭到未庄所有主顾的封杀，失去了一切打短工的机会，于是"生计问题"随之产生，这才决定进城谋生。

第六章《从中兴到末路》，讲的是阿Q从城里回来之后的事。所谓"中兴"，指的是阿Q回来时满把是"银的和铜的"现钱，穿的是"新夹袄"，腰间还挂着"沉钿钿"的大搭连，令人刮目相看，赢得了包括赵太爷在内的全未庄人的"敬畏"。这里的"中兴"原本也是大词，通常用来描述一个王朝的历史，比如"光武中兴""同治中兴"等，用在阿Q个人身上，同样是大词小用，意在让人联想到历史上的所谓"中兴"也不过如此而已。随着阿Q的底细被拆穿，他又丧失了村人的"敬畏"，走到了"末路"。

第七章《革命》，也是紧承上一章而来。一般而言，中国农民是最为安分守己的群体，轻易不会走上所谓"革命"之路；但阿Q并非一般农民，而是"游民",再加上走投无路,也只好铤而走险,宣布"革命"。这一段特别值得注意的是阿Q宣布"革命"之后在土谷祠的那三段"革命狂想曲",下文将做重点讨论。

第八章《不准革命》,讲的是阿Q要参加"柿油党",但被已经与组织取得联系而垄断"革命"的"假洋鬼子"所拒绝。在这里,乡下人不知道何为"自由",于是"自由党"便被讹成了"柿油党";虽然"柿油"听起来也很奇怪,但相比"自由"来说还是更容易理解一些,这真是绝妙的讽刺。

第九章《大团圆》,写举人老爷寄存在赵家的箱子被劫,阿Q却莫名其妙做了替死鬼,画押之后被游街示众,无师自通地喊了半句"二十年后又是一个……",最后来不及喊"救命……"就被枪决了,终于完成了"大团圆"。

接下来我们来讨论一下《阿Q正传》中最引人关注的"精神胜利法"。"精神胜利法"的"精髓"是将现实的失败变为精神上的虚幻的"胜利",这一直被视为是"国民性劣根性"的集中体现,是纯负面的。但20世纪80年代以来,经历过"文革"苦难的人们开始更多地看到"精神胜利法"的"合理性"。吕俊华认为"精神胜利法"至少有三个方面的合理性:其一,是对"自尊"的维护:"(阿Q的)精神胜利是从他的自尊心生发出来的,是出于维护、保护自己的尊严的需要。""自尊之心,人皆有之;人无自尊就活不下去,就不成其为人。"其二,是对"自卑"的补偿:阿Q"苦于自己的社会地位低微,就在想象中,在精神世界求得补偿,这便是他的精神胜利。""白日梦或想象的补偿乃是人所常有的心理。所以阿Q用精神胜利来补偿他实际的失败和自卑也就不足为奇了。"其三,是一种"自卫"反应:"可以设想,阿Q假若没有这精神胜利法,在自尊心受伤害而又无力自卫的情况下,他的恼怒如何平复?而痛苦得不到平复灵魂是要破碎的啊。"[1] 王富仁先生也认为"精神胜利法"的实质是"自我感情的抑制法","不得发泄的精神痛苦的自我排解法"。[2] 廖国伟进一步引申说:"阿Q能够生存下来的唯一心理基础便是精神上的自慰。以一种精神的自慰来超越现实的苦难,这是阿Q形象及其精神胜利法的价值所在。阿Q精神不仅是使阿Q永远'得意'的单纯的个人自慰,也象征着人类在现实苦难面前的一种必不可少的精神需要。"[3] 这实际上是将"精神胜利法"当作了一种具有普遍性的心理调适机制。

从心理学的角度来说,以上看法并非没有道理。马斯洛的"需要层次理论"将人类的基本需求分为五个层次,位于金字塔最底端的是"生理需求"(physiological needs),其上依次是"安全需求"(security needs)、"归属和爱的需求"

---

① 吕俊华:《论阿Q精神胜利法的哲理和心理内涵》,陕西人民出版社1982年版,第1、29、31、50页。

② 王富仁:《中国反封建思想革命的一面镜子》,北京师范大学出版社2000年版,第41页。

③ 廖国伟:《阿Q精神与人类的精神自慰本能》,《鲁迅研究月刊》1995年第5期。

(love & belonging)、"尊重的需求"（esteem），而位于金字塔最顶端的则是"自我实现的需求"（self-actualization）。对于阿Q来说，作为人类的一分子，哪怕是其中最卑微的一分子，无疑也是有"生理需求"的，所以鲁迅在《阿Q正传》里用了《恋爱的悲剧》和《生计问题》两章的篇幅来讲述阿Q的两大生理需求（食欲和性欲），然而总是得不到最起码的满足；阿Q也是有"安全需求"的，然而他的"人身安全"和"财产安全"也得不到最起码的保障；阿Q同样有"归属和爱的需求"，然而阿Q既没有父母双亲，也没有兄弟姐妹，更没有亲戚朋友，所到之处似乎都充满敌意，所以这一需求的满足也就无从说起；阿Q甚至也有较高层次的"尊重的需求"，而且似乎较之他人更为强烈，然而总是被侮辱与被损害；至于最高层次的"自我实现的需求"，因为阿Q是一个严重缺乏自我意识的人，也就说不上有这一需求。总体上来说，阿Q的基本需求几乎无一得到满足，这就无怪乎他要采用"精神胜利法"来进行自我心理调适了。

然而阿Q的"精神胜利法"的问题在于，它最多只能解决精神层面的问题，却完全无法解决现实层面的问题。所以阿Q无法通过"精神胜利法"解决"恋爱"和"生计"问题，只能寄希望于"革命"；等到"革命"失败，阿Q要被枪毙的时候，他也无法通过"精神胜利法"解决生死问题。更进一步说，即便"精神胜利法"能够解决一个个体的问题，它也无法解决一个群体的问题，如果一个国家、一个民族总是试图通过"精神胜利法"来解决精神和现实层面的问题，那么这个国家、这个民族将永远不会有进步。

这就是说，不管怎样强调"精神胜利法"的"合理性"，它始终是有限度的。所以，鲁迅通过《阿Q正传》对国民性的批判，也就始终具有无法掩盖的现实意义。

除"精神胜利法"以外，"革命"也是《阿Q正传》中一个引人注目的问题。为了讨论这一问题，鲁迅也用了两章的篇幅，就是《革命》和《不许革命》。当年有人质疑"像阿Q那样的一个人，终于要做起革命党来"，不能令人感到可信。[①] 鲁迅的答复是："据我的意思，中国倘不革命，阿Q便不做，既然革命，就会做的。……此后倘再有改革，我相信还会有阿Q似的革命党出现。"[②] 从此后的历史来看，鲁迅的话无疑是对的。

在20世纪的中国，"革命"似乎总是一个纯正面的最高级别的形容词，但在鲁迅那里，"革命"是一个有待于审视的对象。鲁迅写阿Q的"革命"，即包含了他对中国革命的最深刻的观察。我们可以看看，在阿Q的字典里，"革命"两

① 郑振铎：《〈呐喊〉》，《文学周报》1926年第251期，转引自《1913—1983鲁迅研究学术论著资料汇编》第1卷，中国文联出版公司1985年版，第208页。
② 鲁迅：《〈阿Q正传〉的成因》，见《鲁迅全集》修订编辑委员会主编：《鲁迅全集》第3卷，人民文学出版社2005年版，第397页。

个字有着怎样的含义：

在《革命》这一章里，当阿 Q 宣布"革命"之后，他躺在土谷祠，有一番关于"革命"的狂想：

"这时未庄的一伙鸟男女才好笑哩，跪下叫道，'阿 Q，饶命！'谁听他！第一个该死的是小 D 和赵太爷，还有秀才，还有假洋鬼子……留几条么？王胡本来还可留，但也不要了……

"东西，……直走进去打开箱子来：元宝，洋钱，洋纱衫，……秀才娘子的一张宁式床先搬到土谷祠，此外便摆了钱家的桌椅——或者也就用赵家的罢。自己是不动手的了，叫小 D 来搬，要搬得快，搬得不快打嘴巴……

"赵司晨的妹子真丑。邹七嫂的女儿过几年再说。假洋鬼子的老婆会和没有辫子的男人睡觉，吓，不是好东西！秀才的老婆是眼胞上有疤的。……吴妈长久不见了，不知道在那里——可惜脚太大。"

以上三段，第二、三两段体现的实际上是阿 Q "革命"的两大目的：钱财和女人，它们分别对应阿 Q 的"生计"和"恋爱"这两大基本需求；而第一段所体现的则是阿 Q 的"革命"手段，实际上就是"暴力"。归结起来，以钱财和女人为目的，以"暴力"为手段，这就是阿 Q 的"革命"。过去评论界对这种阿 Q 式"革命"基本上是持肯定态度的[1]，但这种所谓"革命"其实没有越出历代"农民革命"的范畴，如果阿 Q 式的"革命"成功，"他将以自己为核心重新组织起一个新的未庄封建等级结构"[2]，而这不过是又一次历史的轮回而已。所以鲁迅无意让阿 Q 的"革命"成功，遂以阿 Q 被枪毙的"大团圆"方式收场。

四、《呐喊》的艺术特征

鲁迅在谈到《呐喊》的创作时说："从一九一八年五月起，《狂人日记》《孔乙己》《药》等，陆续的出现了，算是显示了'文学革命'的实绩，又因那时的认为'表现的深切和格式的特别'，颇激动了一部分青年读者的心。"[3] 我们不妨就从"表现的深切"与"格式的特别"两方面来总结《呐喊》的艺术特征：

（一）表现的深切

1. 一种眼光："医生"看"病人"的眼光

鲁迅在谈到其小说创作的目的时说："说到'为什么'做小说罢，我仍抱着十多年前的'启蒙主义'，以为必须是'为人生'，而且要改良这人生。"这种

① 陈涌：《论鲁迅小说的现实主义》，《人民文学》1954 年第 11 期。
② 王富仁：《中国反封建的思想革命的一面镜子》，北京师范大学出版社 2000 年版，第 19 页。
③ 鲁迅：《〈中国新文学大系〉小说二集序》，见《鲁迅全集》修订编辑委员会主编：《鲁迅全集》（第 6 卷），人民文学出版社 2005 年版，第 246 页。

"启蒙主义"的创作目的与同一时期的新文学作家并无二致，但学医的经历赋予了他不一样的眼光，这就是"医生"看"病人"的眼光。所以他接着说："我的取材，多采自病态社会的不幸的人们中，意思是在揭出病苦，引起疗救的注意。"① 鲁迅笔下的人物，几乎都有种种精神上的"病苦"，乃至呈现出种种"劣根性"，对此他给予了毫不留情的解剖，以期能够引起人们的自省，从而达到"改造国民性"的目的。

2. 两类人物：农民与知识分子

鲁迅在谈到古代小说中的人物时说："主角是勇将策士，侠盗赃官，妖怪神仙，佳人才子"②，这些都是不寻常的、戏剧性的人物，与日常生活相距很远。鲁迅对此是感到不满的，所以当拿起笔来创作时，普通人、小人物便成为他小说的主角。他笔下的人物很多，但主要有两大类：农民与知识分子。

《呐喊》里的农民，有阿Q、七斤、闰土等，再加上《彷徨》里的祥林嫂、爱姑等，这些农民形象的出现，几乎完全打破了传统小说人物创作的格局，可以说开中国现代小说之先河。鲁迅对他笔下的农民，除了《故乡》中的少年闰土，《社戏》里的阿发、双喜、六一公公等人，基本上都持批判态度，侧重于暴露的是他们的"劣根性"，这与此后京派作家、左翼作家的创作态度都不一样。不过，鲁迅是以极大的同情心在进行批判的，所谓"哀其不幸，怒其不争"，即便是对于阿Q这样的人物也是如此，这是一位伟大的人道主义作家应有的态度。

鲁迅被认为是现代中国最了解农民的人之一③，从他对农民形象的刻画来看也的确如此。但我们也会注意到：鲁迅写农民，很少像后来的作家赵树理、周立波等人那样写农民的日常生活场景，即便写，也采用的是旁观者视角（最典型的是《风波》）；鲁迅写农民的对话，也通常是简短的，断断续续的，充满了省略号，与他写知识分子不一样。这说明鲁迅对农民的了解并不像我们所想像的那么熟悉；与其说鲁迅是最了解农民，不如说他最了解中国人，他是以对中国人的深切了解来写农民的。

《呐喊》里的知识分子，可以分为两类：一类是旧式的知识分子，如孔乙己、陈士成等；另一类是新式的知识分子，如狂人、N先生、方玄绰等。鲁迅无论写旧式知识分子还是新式知识分子，都有自己的特点。鲁迅写陈士成，采用了精神分析的方法，这当然是此前的作家绝对不曾采用过的；鲁迅写孔乙己，对于孔乙己的迂腐、懒散、百无一用固然有所讽刺，但并没有赶尽杀绝，也同时写出他

---

① 鲁迅：《我怎么做起小说来》，见《鲁迅全集》修订编辑委员会主编：《鲁迅全集》（第4卷），人民文学出版社2005年版，第526页。

② 鲁迅：《〈总退却〉序》，见《鲁迅全集》修订编辑委员会主编：《鲁迅全集》（第4卷），人民文学出版社2005年版，第638页。

③ 张梦阳：《中国鲁迅学通史》上卷，广东教育出版社2005年版，第318页。

不乏善良的一面，这也是此前的作家笔下较少见到的。鲁迅写新式知识分子，也与他同一时期的作家不一样。他说："'五四'以后的短篇里却大抵是新的智识者登了场，……然而总还不脱古之英雄和才子气。"但鲁迅只写陷在日常生活中的普通知识分子，而且仍然侧重于揭示他们精神上的"病苦"，甚至带有一种自我批判的意味，这种倾向性到了《彷徨》中的吕纬甫、魏连殳、涓生、张沛君等人那里，表现得更为明显。

3. 一种模式："看/被看"

钱理群等先生认为鲁迅小说的情节有两大模式："看/被看"与"离去——归来——离去"。[①] 其实后一种模式只在《故乡》《祝福》《在酒楼上》《孤独者》等少数几篇中有所体现，不具有普遍性；而前一种模式，几乎在鲁迅所有小说中都有体现，确实可以看作是其小说情节的惯常模式。

钱理群等先生认为，"看/被看"的二元对立模式，依"被看者"之不同，可以分为两类情况：一类发生在群众与群众之间，最典型的是《祝福》。祥林嫂的不幸并没有引起真正的同情，而是通过"看（听）"的行为转化为可供消遣的故事，"看（听）者"从中得到"满足"，又在"叹息"与"评论"中使自身的不幸与苦痛得以宣泄、转移乃至遗忘。另一类发生在群众与启蒙者之间，最典型的是《药》。人们争先恐后赶去"看"夏瑜被杀头，"很像久饿的人见了食物一般"，而夏瑜的鲜血很快就被华小栓们蘸馒头吃掉，于是"看/被看"转化为"吃/被吃"的关系。

以上的分析是深刻的，但并不足以囊括鲁迅小说中"看/被看"的各种情况。我们还可以依"看者"的精神状况之不同，将"看/被看"再次进行分类。《狂人日记》中的邻人们窥探狂人发病时的疯态，《孔乙己》中的酒客们以肆意取笑孔乙己为乐，《阿Q正传》中一街的人围观阿Q游街示众，《示众》中一街的人围观巡警用绳子牵着的犯人，《铸剑》中一街的人围观国王"大出丧"，等等，特别能够显示"看者"内心的空疏，这一类我们可以称之为"无聊型"。《明天》中的红鼻子老拱和蓝皮阿五怀着淫欲窥听寡妇单四嫂子家的动静，《肥皂》中的两个"光棍"用猥亵的言语调戏女乞丐，《伤逝》中的"鲇鱼须的老东西"和"搽雪花膏的小东西"用猥亵的眼神窥视子君，就不仅是无聊，更是显得无耻了，这一类可以称之为"无耻型"。《药》中的茶客们并不知道夏瑜牺牲的意义，只是将其作为谈资，甚至跟着刽子手叫好，这可以称之为"无知型"。更有一类看客，比如《孤独者》中的族人们，不怀好意地"咽着唾沫"等着看魏连殳在祖母的丧礼上出乖露丑，则属于"无良型"。

（二）格式的特别

茅盾曾说："在中国新文坛上，鲁迅君常常是创造'新形式'的先锋；《呐

---

① 钱理群、温儒敏、吴福辉主编：《中国现代文学三十年》，北京大学出版社 2017 年版，第 38 页。

喊》里的十多篇小说几乎一篇有一篇新形式……"① 这是符合实际情况的，鲁迅的确在《呐喊》中进行了广泛而多样化的文体试验。

《狂人日记》之所以被视为中国现代第一篇白话文小说，不仅因其率先采用了现代白话文来讲述故事，而且通过13则"语颇错杂无伦次"的日记片段来组织情节，打破了传统小说"从头说起，接下去说，说完为止"的叙述方式。作者也在中国文学史上第一次通过"狂人"（疯子）的视角来讲述故事，尽管作者自承受到了果戈理的影响，但就充分挖掘这一视角的叙述能量以及象征意蕴上的深广度而言，已经超越了果戈理的同名小说。另外，作者设置了一明一暗、一主一副的双线结构，表面看起来明线是主线，暗线是副线，其实正好相反，而且这两条线虚实结合，如此才能在极为有限的篇幅里讲述一部四千年的"吃人"史，这也是极富独创性的。更具有独创性的是，作者又设置了"文言小序＋白话正文"的双语结构，让传统价值观与现代价值观两相对照，并让白话正文中的狂人（启蒙者）在文言小序中"痊愈"并成为候补官员（庸人），从而形成了复调的格局。

《孔乙己》通过第一人称的方式，以一个只管温酒的"无聊职务"的小伙计的眼光来讲述故事，只讲他所看到的和听到的，不仅仅使小说显得简练而含蓄，更重要的是只有通过这一超然的角色，才能同时观察孔乙己和酒客两方面的言行，从而形成"看/被看"的二元对立格局。更妙的是，因为采用的是第一人称叙事，所以读者一开始是认同小伙计的判断的，也可能会跟着他一起嘲笑孔乙己；但随着情节的进一步展开，读者会"背叛"这个不可靠的叙述人，从而形成自己的判断，此时一个尽管迂腐可笑却又不失善良天性的旧式读书人形象会在读者心中清晰起来；到了最后，这个用手"走"来喝了最后一碗酒后永远消失的读书人的悲剧形象，会击中读者心中最柔软的地方。

《阿Q正传》在第一章《序》里就声称要给阿Q作传，却连"某，字某，某地人也"的基本信息都不知道；但如此一来，读者总算知道了传主原来是一个卑微至极的小人物；然后在接下来几章中故意采用一系列大词，如"优胜""中兴"等，来讲述阿Q这样一个名不见经传的小人物的故事。所有这些叙述方式，都是为了嘲弄、颠覆、消解中国传统的以"大人物"为中心的史传文学套路。在最后一章《大团圆》里，作者让阿Q"使尽了平生的力气"在审判书上画一个圆圈，然后让他稀里糊涂地被枪毙，也构成了对中国传统的"大团圆"心理的嘲弄。

其余篇目也各有格式：《药》里的华老栓和华小栓看似主人公，其实真是伪主人公，真正的主人公夏瑜始终没有正式出场；"华""夏"两个姓氏以及"人血馒头"的意象又形成了深远的象征意义。《明天》在题目上就是一个反讽，因为

① 沈雁冰：《读〈呐喊〉》，《时事新报·学灯》1923年10月8日，转引自《1913—1983鲁迅研究学术论著资料汇编》第1卷，中国文联出版公司1985年版，第36页。

对于失去独子的寡妇单四嫂子来说，根本就没有所谓"明天"了；这一篇还采用了精神分析的方法来暗示单四嫂子被压抑的隐秘欲望。《一件小事》虽然采用了当时流行的"车夫"题材，但是一改常见的俯视和平视的视角，而采用了仰视的视角。《头发的故事》看似通篇是对话体，但仔细看会发现其实是独白体，更深一层去看又明白还是对话体，而且是复调意义上的对话体。《风波》与《阿Q正传》一样，以小见大，通过一个偏僻小村庄发生的一场小风波，来隐射遥远的政治中心的一场复辟闹剧；而辫子和小脚这两个意象又构成了绝妙的象征。《端午节》本是一篇讽刺小说，却带有自述传的色彩，主人公方玄绰身上有作者自己的影子，这样也就丰富了原本可能比较单一的情感内涵。《白光》采用了意识流的现代技法来讲述一个古老的故事。而《故乡》《社戏》等篇则开创了散文化、诗化小说的先河。

所有这些极具先锋性的文体试验，也正如茅盾所说，"莫不给青年作者以极大的影响"①，而且这种影响一直及于今日。

参考文献

[1] 鲁迅：《鲁迅全集》第1、2、3、4、6、11卷，人民文学出版社2005年版。

[2] 鲁迅博物馆编：《鲁迅年谱》（增订本1—4卷），人民文学出版社1980年版。

[3] 中国社会科学院文学研究所鲁迅研究室编：《1913—1983鲁迅研究学术论著资料汇编》第1—3卷，中国文联出版公司1985、1987年版。

[4] 许寿裳：《亡友鲁迅印象记》，峨眉出版社1947年版。

[5] 周作人：《鲁迅的故家》，北京十月文艺出版社2013年版。

[6] 周作人：《鲁迅小说里的人物》，北京十月文艺出版社2013年版。

[7] 李长之：《鲁迅批判》，北京出版社2009年版。

[8] 吕俊华：《论阿Q精神胜利法的哲理和心理内涵》，陕西人民出版社1982年版。

[9] 王富仁：《中国反封建思想革命的一面镜子》，北京师范大学出版社2000年版。

[10] 张梦阳：《中国鲁迅学通史》，广东教育出版社2005年版。

[11] 钱理群、温儒敏、吴福辉主编：《中国现代文学三十年》，北京大学出版社2017年版。

[12] 马为民：《罗曼·罗兰与〈阿Q正传〉及其他》，《鲁迅研究月刊》1995年第6期。

[13] 廖国伟：《阿Q精神与人类的精神自慰本能》，《鲁迅研究月刊》1995年第5期。

---

① 沈雁冰：《读〈呐喊〉》，《时事新报·学灯》1923年10月8日，转引自《1913—1983鲁迅研究学术论著资料汇编》第1卷，中国文联出版公司1985年版，第36页。

巴金《寒夜》导读

晏　亮

在中国现代史上，20 世纪 40 年代后期（1945—1949），是一段特殊的岁月。1945 年的抗战胜利和 1949 年中华人民共和国的成立，分别为中国历史揭开了不同的篇章，同时也为中国文学的发展带来了新的可能和机遇。纵观 20 世纪 40 年代后期，为期不过四年有余，但历史进程的波谲云诡，却使这一时期的社会生活充满了复杂的变数，也使这一时期的文学获得了一种不同于其前、其后的独特性、丰富性和复杂性。回顾 20 世纪 40 年代后期历史，可以发现，发生在这一时期的一系列历史事件，包括抗战胜利、联合国成立、重庆谈判、政协会议、民主运动、内战、金融危机、学生运动等，均不仅仅具有彼时彼地的意义，而更影响到其后中国较长时段的历史。作为这一时期社会精神的反映，20 世纪 40 年代后期文学的发展自然也深刻打上了中国知识分子精神追求、困惑的苦乐印记。由于历史在短短四年多的时间内发生了两次意义深远的转折，文学活动赖以存在的社会文化生态，以及知识分子自身的心态，均处于不断的变化之中。这一时期的历史，从事实到意义都有其复杂性。《寒夜》即诞生于这样的历史语境之中。

自 1902 年梁启超在《论小说与群治之关系》中提出，"欲新一国之民，不可不先新一国之小说。故欲新道德，必新小说；欲新宗教，必新小说；欲新政治，必新小说；欲新风俗，必新小说；欲新学艺，必新小说；乃至欲新人心，欲新人格，必新小说。何以故？小说有不可思议之力支配人道故。"[①] 小说不仅被从"小道"提升为大道，而且被赋予新国新民的崇高任务。可以说，在梁启超这里，文学的实用价值被无限夸大，小说被视为改良社会、改造国民性的万能工具。在这层意义上通常认为，中国新文学建立的"宏伟叙事"由此起步。中国近现代复杂的社会现实，使得新文学从诞生之日起，就自觉地担负起救国救民的历史使命，载道的"革命文学"历史般地成为一般具有民族国家意识的中国文人的首

---

① 　梁启超：《论小说与群治之关系》，见郭绍虞、王文生主编：《中国历代文论选》（一卷本），上海古籍出版社 2001 年版，第 408 页。

选。因此，作为"革命文学"显著特征之一的"宏伟叙事"，在相当长的时间里，占领了中国文学的主流地位。发表在战后重要文学刊物《文艺复兴》上的《寒夜》，是一个比较独特的存在。

与 20 世纪 30 年代以一种坚决的姿态高声控诉黑暗的社会制度不同，进入 20 世纪 40 年代以后，巴金在当时最看重的三部作品即通常被称为"人间三部曲"的《憩园》《第四病室》和《寒夜》中，几乎都是站在普通人的角度，冷静地展示发生在普通人日常生活中的小人小事，生动地塑造出一批平凡人物的无奈人生。正如司马长风对其的评价："巴金可以说是三部曲的专家，……现在笔者忍不住杜撰，将他的《憩园》《第四病室》《寒夜》合称为'人间三部曲'。我这样做是为了突出三书的类同性和重要性。……'人间三部曲'，实也是大时代的史诗。这里没有伟大的英雄人物，也没有出众的佳人，但是却有五亿平民的眼泪和呼声，这不是英雄的史诗，而是平民的史诗，是真正的史诗。有了人间三部曲，中国的文坛，中国的青史河山，才不再那么寂寞了。"[1] 30 多年后，巴金在谈及《寒夜》的创作目的时提到，"我写汪文宣，写《寒夜》，是替知识分子讲话，替知识分子叫屈诉苦。"[2] 实际上也呼应了司马长风的评价。

纵观巴金整个 20 世纪 40 年代的小说创作，从 1942 年初发表的《还魂草》开始，到"人间三部曲"，与 20 世纪二三十年代相比，其创作风格经历了比较大的改变。比如说对悲剧作品主人公的选择上。创作于 20 世纪 40 年代以前的人物形象，如《新生》中的李冷，《灭亡》中的杜大心，尽管他们最终都摆脱不了悲剧性的结局，但是他们在作品中，都是以为了个人解放和社会变革敢于牺牲生命的时代英雄的形象出现。但是自 1942 年初的《还魂草》始，一批小人物就竞相成为作品的主角。为什么会有上述转变？在巴金后来的一篇回忆性文章中，或许能找到一些原因。"我始终认为正是这样的普通人构成我们中华民族或者模范。我始终认为正是这样的普通人构成我们中华民族的基本力量。任何困难都压不倒中华民族，任何灾难都搞不垮中华民族，主要的力量在于我们的人民，并不在于少数戴大红花的人。四十年代开始我就在探索我们民族力量的源泉，我写了一系列的'小人小事'，我也有了一点理解……"[3] 不可否认，巴金的这番补充说明可能受说话当时语境的影响，但是结合其人生经历来看，上述言辞也是颇为恳切。从小失去父母的巴金，在大家族中屡受长辈欺压，因此对封建制度如何迫害下层人民有着切身的体会。而母亲给予的"仁爱"教育，不仅使年幼的巴金充满了对封建制度的憎恶，也播下了其人道主义思想的种子。他曾经直接宣称："忠

---

① 司马长风：《中国新文学史》下卷，香港昭明出版社 1978 年版，第 73、76 页。
② 巴金：《关于〈寒夜〉》，《中国现代文学珍藏大系·巴金卷》，蓝天出版社 2009 年版，第 300 页。
③ 巴金：《巴金选集 10》，四川人民出版社 1996 年版，第 336 页。

实地生活，正当地奋斗，爱那需要爱的，恨那摧残爱的。我的上帝只有一个，就是人类。"① 抗战爆发后，他辗转广州、昆明、桂林、重庆等地，底层人民生活的惨痛现实，不仅使他对社会和弱者有了更加深切的感悟，也再次激发了他抑强扶弱的人道主义思想。于是，他逐渐抛弃了早期浪漫、理想的革命题材的创作，而将精力放在描写大后方千千万万不幸者尤其是小人物的悲惨命运上。当然，就悲剧作品本身而言，凡人悲剧才是悲剧文学真正的进步。因此，在这层意义上说，进入 20 世纪 40 年代以后，巴金在作品内容上由英雄悲剧到小人物悲剧的转变，在一定程度上，也代表了一批自由主义知识分子在"五四"革命浪潮退去之后，从浪漫到现实，从激情到反思的一种深入探索与提升。

一、巴金生平与创作简介

巴金（1904—2005），原名李尧棠，字芾甘，"巴金"是他 1928 年写完《灭亡》时开始使用的笔名。巴金 1904 年生于四川成都一个封建官僚地主家庭。母亲陈淑芬是他童年时代的第一位先生，"她很完满地体现了一个'爱'字。她使我知道人间的温暖；她使我知道爱与被爱的幸福。她常常用温和的口气，对我解释种种的事情。她教我爱一切的人，不管他们贫或富；她教我帮助那些在困苦中需要扶持的人；她教我同情那些境遇不好的婢仆，怜恤他们，不要把自己看得比他们高，动辄将他们打骂"。② 1914 年母亲的病逝与 1917 年父亲的病故，是他人生道路上的一大激变。父亲的死"使这个富裕的大家庭变成了一个专制的大王国。在和平的、友爱的表面下我看见了仇恨的倾轧和斗争；同时在我的渴望自由发展的青年的精神上，'压迫'像沉重的石块重重地压着"。③ 他饱览了所谓"诗礼传家"的和平帷幕后面的真实情景，从而激发了他对封建制度、封建家庭的无比憎恨和对自由生活的无限向往。这成了他日后创作的情感和生活基础。

五四运动使巴金受到了新思潮的洗礼。他阅读了《新青年》《每周评论》《少年中国》等进步刊物，从中受到了民主与科学思想的影响。1920 年 9 月，他冲破家庭的阻挠，考入成都外语专科学校，开始了长达三年的英语专业学习。其间，他参加进步刊物《半月》的工作，参与组织了以无政府主义为指导思想的团体"均社"，并任《平民之声》周刊主编。1922 年 7 月、11 月巴金在上海《时事新报》副刊《文学旬刊》（见《文学周报》）上发表了他最早的新诗《被虐待者的哭声》和散文《可爱的人》。1923 年 5 月赴上海，不久到南京东南大学附中读书。其间在《时事新报·学灯》《民钟》《洪水》等报刊上，经常发表论文和译

① 巴金：《巴金选集》8，四川人民出版社 1982 年版，第 12 页。
② 巴金：《短简·我的几个先生》，见《巴金全集》第 13 卷，人民文学出版社 1990 年版，第 15 页。
③ 巴金：《家庭的环境》，原载《忆》，文化生活出版社 1936 年版。

文，宣传无政府主义。

1927 年 2 月，巴金赴法国，翌年在巴黎完成第一部中篇小说《灭亡》，1929 年在《小说月报》发表后引起强烈反响。1928 年冬回国后留居上海，数年间，著作颇多。主要作品有《死去的太阳》《新生》《砂丁》《萌芽》和"爱情三部曲"——《雾》《雨》《电》。1931 年在《时报》上连载"激流三部曲"之一——《家》，是作者的代表作。1934 年在北京任《文学季刊》编委，接着任上海文化生活出版社总编辑。1936 年与靳以创办《文季月刊》，同年与鲁迅等人先后联名发表《中国文艺工作者宣言》和《文艺界同人为团结御侮与言论自由宣言》。从 1929—1937 年抗日战争爆发之前，巴金还创作了《春天里的秋天》《海的梦》《利娜》等中篇小说，《复仇》《光明》《电椅》《抹布》《将军》《沉默》《沉落》《神·鬼·人》《发的故事》等短篇小说集，以及《海行杂记》《旅途随笔》《点滴》《生之忏悔》《忆》《短简》等散文集。

抗日战争期间，巴金辗转于上海、广州、桂林、重庆，曾任《呐喊》[①] 周刊发行人、主编，担任历届中华全国文艺界抗敌协会的理事。1938 年和 1940 年分别出版了长篇小说《春》和《秋》，完成了"激流三部曲"。1940—1945 年完成了"抗战三部曲"——《火》的写作。抗战后期创作了"人间三部曲"——《憩园》《第四病室》和《寒夜》。这三部小说也是进入 20 世纪 40 年代以后，巴金最看重的作品。此阶段短篇小说以《神》《鬼》《人》为著名。抗战胜利后，巴金主要从事翻译、编辑和出版工作。

新中国成立以后，巴金继续从事短篇小说创作的同时，主要精力侧重于通讯特写、报告文学、杂文、回忆录、随感写作。"文化大革命"期间，巴金受到残酷迫害。"文革"结束后，最主要的作品是记录他"真实思想和真挚感情"的随笔《随想录》。

巴金在 60 多年的创作生涯中，先后写下约 500 万字的著作。他所提供的带有强烈主观性和抒情性的中、长篇小说，与茅盾、老舍的客观性、写实性的中、长篇小说一起，构成了现代文学第二个十年中长篇小说的艺术高峰，而巴金小说所创造的"青年世界"是 1930 年代艺术画廊中最具有吸引力的一部分，巴金也因此为扩大现代文学的影响，做出了不可替代的卓越贡献。巴金的作品曾先后被译成十几个国家的文字，赢得了广泛的国际声誉。

二、《寒夜》的主要内容

《寒夜》描写的是 1944—1945 年间发生在国民党统治下的"战时首都"重庆的一个善良的知识分子家庭的悲剧。小说的主人公汪文宣和曾树生是一对大学毕

---

① 战前《文学》《中流》《文季》《译文》4 种文学刊物的联合刊，后改名为《烽火》。

业的夫妇。他们有着共同的献身教育的理想，真诚相爱，组建了家庭。抗战爆发后，他们逃难到重庆。为了糊口谋生，两人只得放弃曾经投身教育的憧憬。汪文宣在一家半官半商的图书文具公司当校对，曾树生在大川银行当行员，儿子汪小宣则被送往一所贵族学校读书。为了减轻儿子的生活负担，汪母赶来操持家务。汪母和曾树生婆媳不和，相互冷嘲热骂，在吵闹中度日。汪文宣爱妻子，也爱母亲，在吵闹中唯唯诺诺，莫衷一是，痛苦不已。物价上涨，家庭经济拮据。汪文宣患了肺病，终日咳嗽，但他不肯多用药，拖着病体坚持到公司上班。战争形势越来越紧，有门路的人纷纷逃离，曾树生终于忍受不了眼前的压抑，跟随大川银行年轻的陈经理乘飞机去了兰州。汪文宣病情加剧，在庆祝抗战胜利的鞭炮声中死去。汪母带着孙子小宣回了老家。两个月后的一个寒夜，曾树生从兰州回到重庆，但已经物是人非，她茕身一人，不知所往。

作品生动地塑造了三个悲剧人物。男主人公汪文宣是一位深染肺病而又贫苦的知识分子，他夹在妻子和母亲之间两边受气，最后含泪而终。女主人公曾树生本是一位充满生气的女性，她有一份固定的工作，不仅可以自食其力，还可以支持家庭。事业上，她想有所发展，却受时代限制举步维艰。在家里，她深爱自己的丈夫，想要一个幸福的家庭，却要面对家里的不信任和婆婆的百般刁难与指责。走出去，难；走回来，更难。作为男女主人公婚姻悲剧的直接制造者，汪母本是一位让人叹息同情的女性形象。她一生寡居将儿子抚养成人，却要面对作为唯一希望的儿子身体孱弱和无力养家的事实，她将这种无奈和痛苦发泄在儿媳身上，最终让儿子家破人亡的悲剧提前登场。通过这个普通知识分子家庭里发生的点点滴滴，作家展示了抗战大后方小人物的生死挣扎和悲剧命运。因此，《寒夜》被认为，"这是平民的史诗，是战争年代普通知识分子苦难生活的真实图景，是发自小人物内心的真实愤慨。"[①]

三、《寒夜》对复杂人性的呈现

在《寒夜》中，巴金不仅完成了对传统文化与传统文学的一系列反叛，而且极大丰富了现代文学对家庭伦理关系的描写。他高举现实主义大旗，直面真实的人生社会，将眼光投向了普通的小职员的家庭，为读者展示了小人物平凡琐碎的日常生活，尤其是婆媳形象的成功塑造和婆媳关系的生动描写。作者不再着意于浪漫的儿女情长或时尚的父子冲突，而是将激情内敛，深沉地注视着普通小人物家庭生活的喜怒哀乐、悲欢离合。从人物设置看，汪文宣是作品中的核心人物，同时更是一个充满着人格矛盾的悲剧形象。作者倾力塑造的两位女性形象曾树生和汪母，她们也有自己的独立的艺术生命，丰富的思想内涵，在作品中举足轻

---

① 钱理群等：《中国现代文学三十年（修订本）》，北京大学出版社1998年版，第270页。

重，成为中国现代文学史上为数不多的典型人物。从作品的叙事结构看，夫妻关系、母子关系、婆媳关系三位一体，互相牵制、互相影响，一起进入叙事结构的核心，尤其是婆媳关系的描写对男主人公汪文宣形象塑造的意义重大。因为直接牵动汪文宣每一根神经、导致其切肤之痛的多是汪母与曾树生的婆媳争斗及其后果，读者饶有兴趣关注的也多是汪母与曾树生的婆媳争斗及其后果，她们的关系构成了作品的重要情节。巴金抓住最为烦琐也最难驾驭的题材，却举重若轻、游刃有余，并在其中灌注了深刻的文化思考，表现出独特的艺术眼光和深厚的艺术功力。

（一）汪文宣："老好人"的人性悲剧

汪文宣是个地道的"老好人"，"善良"可以说是他品格中的闪光点。他的善良，不是在某时某刻，而是一贯的。在家庭婆媳矛盾中，他当着"和事佬"，宁肯夹在中间两头受气，也绝不参与争吵。他既不委屈妻子，也不伤害母亲的心。他把一切都归咎于自己，"你们都是好人，其实倒是我不好，我没有用，我使你们吃苦。"为了调和婆媳之间的感情，他竭力抑制自己，尽管在失望中忍不住怨愤地叫道："我这是一个怎样的家啊？没有人真正关心到我！各人只顾自己，谁都不肯让步！"但是，他仍然忍受着苦痛和她们一起生活，而且尽量使她们满意。在"冷酒馆"里遇到学友唐柏青，了解到他生活困窘，妻子难产遇难，汪文宣十分同情，要将他领回家中去。当汪文宣绝望地送走丢下他去兰州的妻子而返家时，看到两个衣衫单薄的小孩互相抱成一团，睡在门旁墙角下，他首先想到的是要叫醒他们，让他们到他的屋子里去，还想脱下自己的棉衣盖在他们身上。当同事钟老因霍乱入院时，他总惦记着这位和善老人的凶吉。而当钟老病逝不久，汪文宣不顾自己病情严重，抱病上坟，去悼念这位已故的长者。这些言行归结到他思想性格上，无不是"善良"二字。

如果说"善良"是"老好人"形象的美丽外衣，那么"老好人"称谓的真实内涵则是中庸之道的文化精神。汪文宣"老好人"的性格，恰恰体现着中国现代知识分子思想转型的复杂心态："他没有方法把母亲和妻拉在一起，也没有毅力在两个人中间选取一个，永远是敷衍和拖。除了这个，他似乎再也不能做别的事情了。"力求在传统与现代之间保持中庸姿态，试图在母亲与妻子之间折中调和，这点很像《家》中老大高觉新的所作所为。但婆婆与媳妇的殊死对决、母亲与妻子的水火不容，中庸人格不仅没有使他化解矛盾，相反使他脆弱的生命加速灭亡："他觉得自己痛得不够，苦得不够，他需要叫一声，哭一场，或者大大地痛一阵，挨一次毒打。"在两种文化势力的反复较量中，他终于明白了"我对不起每一个人"，所以"我必须默默死去。"另一方面，作为"老好人"的汪文宣，并非没有自己完全独立的人格立场。他虽然将曾树生视为"天使"不愿弃手，但其骨子里却是选择了倾向"保守"——偏袒母亲。《寒夜》开篇有一细节，即生动地说明了这一问题。汪家楼下住着一个"小女人",她五官端正,性格温和,依赖丈夫,不经意间成为汪文宣与曾树生共同关注的对象,但他们的聚焦视点却大不相同:汪文宣对她投以"羡慕的眼光",表明他渴望自己也能够有个"小女人"般的传统妻子;而曾树生则对她萌生了"怜悯的念头",表明她希望"小女人"能够同自己一样人格独立。渴望妻子回归传统且成为"小女人",应是汪文宣不能实现的美好愿望,所以他对妻子的容忍与谦让、开明背后掩盖着无奈与虚伪。在家庭冲突已经白热化的关键时刻,"'到哪里去呢?'他问自己。他找不到回答。"但作者已经给出了答案——汪文宣死了,"中庸"本身并不是一种选择,但它必将导致一种选择——不是在反抗中新生,便是在沦落中灭亡!由此可以看出,在汪文宣形象的塑造过程中,巴金对于现代知识分子的传统人格问题,即对中庸文化蚕食现代知识分子生命问题的深刻反省。

(二)曾树生:另类的"新女性"形象

在巴金所塑造的女性形象中,有听天由命的也有不肯认命的,有自暴自弃的更有自强自信的。其中曾树生似乎什么都不是又似乎什么都是,她是这些因素清晰又朦胧的集合体。纵观巴金小说中的众多人物形象,类似于汪文宣和汪母的形象,在其小说系列中是多有重复的。曾树生却不同。这一形象非但异于作家之前所塑造的任何女性形象,亦与同时代其他作家塑造的女性形象相区别而独树一帜。她比梅勇敢,比瑞珏有识,比蕙果决;她倔强但不会如鸣凤似的在绝望中残杀自己的生命;她像淑英一样走出"旧家庭"读书识字,寻求作为一个"人"的出路,也像巴金笔下的许多女性一样,自由恋爱,成立了"新家庭",但她又不像姚太太万昭华和芸那样,心甘情愿地在一个新组合的旧式家庭中扮演贤妻良母的角色;当然,她没有如李佩珠、冯文淑那样投身于"鲜血淋漓的现实",而依然处于"由时间来决定"的彷徨之中。就像寒夜中那盏"摇颤的电石灯光",在阴暗的背景中极力挣扎,随时"会被寒风吹灭"。"她走得慢,然而脚步相当稳。"所以,曾树生这一女性形象身上隐含着许多捉摸不定的东西,绝非仅仅能以一般的"社会意义""道德评判"便可简单地加以审定。

曾树生作为《寒夜》中的叛逆形象,其经济独立、人格自我、行为自由的诸多特性,往往被纳入五四个性解放的历史背景,对其大加赞赏、充分肯定并树为"新女性"的样板。她读过大学、受过教育,思想前卫、志向远大,这是她被誉为"新女性"的第一要素;她涉足社会自食其力,实现自我决不依附,这是她被誉为"新女性"的第二要素;她自由恋爱渴望幸福,追求理想反抗世俗,这是她被誉为"新女性"的第三要素。与鲁迅笔下的子君相比,她确实坚强得多。但是,如果我们对曾树生这一形象展开深入分析,就会发现她身上同样具有许多"谜团"令人费解。

首先,接受现代思想启蒙敢于选择自己所爱,应是那个时代普遍流行的社会风气，但是这些只能视作曾树生作为"新女性"的华丽外表，并不是她思想人格的真实本质。曾树生与汪母之间的主要矛盾，是为了争夺汪文宣这一权力意志的行使对象。在汪母没有介入以前，夫妻二人恩爱和谐日子平静，其原因正是汪文宣的一味忍让，使曾树生实现了掌控权力的自由意志。可是汪母到来以后，情况便发生了逆转——曾树生虽然失去了主宰家庭的神圣权力，但却没有丧失对权力的强烈欲望，所以婆媳之间的相互仇视与情感冷战，说穿了就是权力意志的归属问题。在这场家庭内部的战争之中，曾树生性格倔强绝不输于汪母，虽然她只被赋予了媳妇（弱者）的单一身份，但却具备未来充当霸气婆婆的一切条件（自负与自我）。因此，曾树生反抗汪母的家长专制，说到底还是因为她对家庭权力的窥觎与渴求，而她最后还是选择愤然离家出走，实际上就是重新去寻找权力意志的实现途径。

其次，汪母虽然十分霸道，曾树生也并不宽容。曾树生拒斥婆婆的全部理由，就在于汪母不是自己的亲生母亲，而汪文宣却是自己的终身伴侣。因为传统伦理道德的责任约束，她在不情愿的基础上去接受汪母。而她在主观上排斥汪母的敌对情绪，则又是女性心理本能的集中表现——"你母亲更需要你。我不能赶她走。有她在，我怎么能回去！"曾树生此番酸楚之言，包含三重潜在意蕴："你母亲更需要你"，是在暗示由于丈夫的软弱无能，使她在家庭纷争中已处于败势；"我不能赶她走"，是在暗示传统文化的伦理道德，对她仍具有强大的牵制作用；"有她在，我怎么能回去"，是在暗示家庭权威只能有一个，汪文宣对此必须去进行非理性的艰难抉择。不可否认，曾树生是真爱汪文宣，作品中曾多次精细描写曾树生出走前的内心矛盾与情感缠绵，足以说明作者巴金是在人为排除夫妻情感对于悲剧产生的负面影响。但仅就曾树生本人而言，她一旦将其真爱置于家庭内部的权力之争，那么这种真爱便失去了它的温情面纱，而呈现出了它的自私性和残忍性——汪文宣在真爱中悲惨死去的最后结局，只能说明真爱的"存在"与"虚无"。

最后，曾树生离家出走去追求个人幸福，她当然具有自己人生的选择权利，但她抛夫弃子的自私行为，恐怕任何正常人都不会认同。曾树生与陈主任私奔前后，并没有彻底割断与汪文宣之间的夫妻情缘，作者让其深陷旧情与新欢的尴尬处境，本身就是在以社会道德尺度去思考她的叛逆之举。曾树生对儿子汪小宣似乎也没有母爱情怀，除了出钱供他读书之外别无其他亲情可言。抛弃家庭甚至抛弃子女去追求绝对的个人自由，同样也不是作者对曾树生"新女性"形象的理解与肯定，而是对其缺乏家庭责任感及母性意识的鞭笞与否定。巴金在《寒夜》中为曾树生设置了一个永远也解不开的心灵死结：她之所以会选择与陈主任结伴出走，是因为陈主任与汪文宣当年一样，是一个没有任何羁绊的独身男性。但陈主任绝不是从石头缝里蹦出来的，他也是有家族有父母的血肉之人，那么走出汪家进入陈家究竟有何不同？曾树生对此选择了自我逃避拒绝回答，所以她所追求的爱情自由与人生幸福，必然也将是一种脱离实际的抽象理念！

巴金以曾树生内心世界的一连串问号，结束了《寒夜》令人惊悸感慨的悲剧故事。"寒夜"遮蔽了曾树生的未来出路，同时也暗示出了她的人生归宿——如果不想独身生活，就必然要回归家的樊笼，而回归家的樊笼，权力意志又将周而复始。"夜的确太冷了，她需要温暖"，① 这句寓意深刻的结尾之词，强烈暗示了所谓"新女性"的命运轮回——"夜"的"寒冷"是一种客观存在，而"光"的"温暖"则是作者的一种奢望。

（三）婆媳关系：内涵丰富的冲突

汪母形象不同于以往作品中的恶婆婆，曾树生形象也不同于以往作品中逆来顺受的小媳妇，她们之间的关系表现出了非同寻常的复杂性和深刻性。

首先，从形态上看，汪母与曾树生的冲突既不是单纯的婆婆对儿媳的逼迫，也不是单纯的儿媳对婆婆的逼迫，而是一种彼此的互相伤害。表面看，《寒夜》属于婆婆逼迫儿媳，因为总是汪母率先挑起事端，挑剔敌视儿媳，责骂羞辱儿媳，挑拨儿子儿媳感情，甚至几次三番地逼儿子撵走儿媳，深深伤害了儿媳，婆婆是主导方、过错方。但仔细阅读文本就会发现，由于对婆婆的权威不满，曾树生有意炫耀职业妇女经济自立、人格独立、在社会上的左右逢源的优越感，让婆婆产生强烈的自卑感和压力；由于缺乏体谅与理解，曾树生对婆婆时时表现出的不恭与冷漠，让婆婆恼羞成怒；由于追求自我的物质享受和个性自由，曾树生漠视了自己为人妻为人母的责任，使年迈的婆婆承担同时照顾病重儿子和年少孙子的重任，心力交瘁，这些同样伤害了婆婆。其结果是在冲突中各执一端、互不相让，家里充满永无休止的争吵，这种争吵不仅伤害了双方的感情，而且使儿子（丈夫）左右为难、无所适从，"逼着他，推着他早日接近死亡"，最终母亲失去了儿子，妻子失去了丈夫，谁也没在冲突中得到什么好处，谁也没在冲突中取胜，两个人都成了牺牲品。

其次，对于婆媳冲突作者不再试图做出具体的道德评判，而是在更高层次对传统文化和现代文化进行了反思。以往作品中的婆媳矛盾一般被框定在道德范畴，不是婆婆刻毒就是儿媳凶悍，谁是谁非一目了然，《寒夜》中则不然，冲突呈现出较为复杂的情况。"我写汪文宣，绝不是揭发他的妻子，也不是揭发他的母亲，我对这三个主角全同情。要是换一个社会，换一个制度，他们会过得很好"。② 由

---

① 《寒夜》在《文艺复兴》上连载时，最后一句是"夜的确太冷了"。1947 年上海晨光公司出版的《寒夜》单行本，紧接着加上了"她需要温暖"。自此以后，各种版本的《寒夜》，都保留了这处修改。

② 巴金：《关于〈寒夜〉》，转引自《中国现代文学珍藏大系·巴金卷》，蓝天出版社 2009 年版，第 303 页。

此可见，在创作思想上，作者并没有在婆媳之间做出孰是孰非的判断的打算。究其原因，除了政治经济层面"控诉旧社会，控诉旧制度"①，还因为汪母与曾树生之间的冲突包含着更为深刻的内涵，不是一般的道德判断所能包容的。从人品上看，婆媳二人都不是所谓道德上的坏人，婆婆没有像旧式婆婆那样无理取闹、刁难儿媳，儿媳也没有像不行孝道的旧式儿媳那样奴役、虐待婆婆，但两个人之间确实存在冲突，冲突同样带来悲剧结局，显然这不是好人与坏人的冲突，而是文化价值取向和伦理道德观念的冲突，汪母代表了传统、曾树生代表了现代。双方都遵循着一定的伦理规范和道德原则去生活，而她们遵循的伦理规范和道德原则从整体看又都部分地具有各自的合理性，以她们自己接受的文化观念来衡量，似乎都无可指责。因此作品真实地表现了如下内容：在冲突中汪母有令人同情的地方，曾树生也有可指责之处。对于代表着旧观念的汪母，不再猛烈抨击和简单丑化，而是在批判中给予了谅解；对于新女性曾树生，也不再毫无保留地称道，而是在同情中又带着批判。

再次，冲突不再被看作夫妻婚姻悲剧的唯一原因，这是符合现实真实的。古典文学作品在反映夫妻婚姻悲剧时，大多数都强调了婆婆的重要作用，它甚至成为悲剧主要乃至唯一的原因。《孔雀东南飞》和《聊斋志异·珊瑚》即是实例。在《寒夜》中婆媳冲突依然存在，但婆婆所能发挥的作用已经大大打了折扣，婆媳冲突不仅不是夫妻离异的唯一原因，甚至不是最主要原因。在20世纪40年代，对于受过高等教育的汪文宣与曾树生而言，守旧的婆婆固然能影响到他们的感情，但影响力绝不能与《孔雀东南飞》中的焦母相比。尽管汪母同样不喜欢自己的儿媳，同样一心想把她赶出家门，同样自欺欺人地劝慰儿子："她走了，我另外给你接一个更好的来。"但她并不能像焦母那样随心所欲地左右儿子儿媳的婚姻生活，与之相反，为了儿子她还时时做出让步。因此，尽管汪母的作为对曾树生下定决心离家出走起了重要作用，但导致曾树生离开丈夫的根本原因是他们志同道合的婚姻基础的崩溃，她无法忍受丈夫的懦弱、缺乏生气和无爱的生活，即便没有汪母的干预，他们迟早也会分手。当然，黑暗腐朽社会的催化作用也是不可小视的。

最后，冲突按照生活原貌以平凡琐碎的方式展开，作者完全摒弃了戏剧性或极端性的描写，在人人习焉不察的日常生活的场景中营造了一出灰色的人间悲剧。在人物形象的塑造上，汪母和曾树生都是极平常的灰色小人物，作者既没有刻意去拔高美化，也没有简单丑化。作为爱情女主角的曾树生世俗而平凡，对生存所需的物质条件的考虑压倒了对爱情的矢志不移；汪母也褪尽了焦母的青面獠

---

① 巴金：《关于〈寒夜〉》，转引自《中国现代文学珍藏大系·巴金卷》，蓝天出版社2009年版，第303页。

牙，变成一个对儿媳既不满又无奈的老妇人。各人有各人的优点和缺点，对于悲剧的发生各人有各人的责任，体现了美丑泯绝的现实主义创作原则。作者的评价爱恨交织，表现出十分复杂的审美情感。悲剧不再是浪漫的爱情悲剧，变成了现实的生活悲剧，给读者的感受也不再是简单的痛惜，而是深刻的思考，作品面向人生社会的真实感、厚重感大大提高。

四、《寒夜》的意义与价值

（一）《寒夜》在巴金小说创作中的意义

《寒夜》是巴金小说创作生涯中艺术成就最高的一部作品，同时也是他长篇小说创作的终结符号。陈思和指出，《寒夜》几乎达到了"炉火纯青"的"无技巧"境界；[①] 余思牧也认为，《寒夜》是中国现代文学史上不可多得的一部"美文"。[②] 巴金在 1949 年以前的创作道路上，创作风格始终处于缓慢的演变之中。没有固定的模式，没有明显的界线，一切都在流动着，发展着，《灭亡》和《寒夜》这两部小说，可以说正是其风格演变的两级标志。在进入风格稳定期后[③]，巴金创作数量减少，创作风格从演变趋向稳定，从多样趋向统一。此阶段，巴金先后创作了《还魂草》《火》第三部、《憩园》《第四病室》《寒夜》以及短篇小说集《小人小事》等风格类似的作品。它们标志着作家风格的定型与成熟，也是作家所追求的美学理想所能够达到的最高水平。从《还魂草》开始，巴金有意识地改变了以前激情澎湃的创作风格，开始写家庭琐事，写小人物，通过这些日常生活的描述流露自己的感情与人生理想。《寒夜》即是这一时期的代表作，且在艺术成就上达到了巴金创作的最高峰。特别是汪文宣形象的出现，表明了作家是按照自己所理解的生活逻辑进行思考的结果，他不再像创作"激流三部曲""爱情三部曲"时那样，把反对旧婚姻制度的斗争看作是轻而易举的事情了，事实上，"人必须生活着，爱才有所附丽"。巴金通过二十多年的探索，在《寒夜》中表现出真正的现实主义的深刻性。

在艺术上，这部小说也体现了巴金的美学理想——无技巧的艺术。在创作早期，浪漫主义的激情常常使他作品中出现戏剧化的场面，或者想象大于现实。作家在创作中篇小说《雪》时，或许是受到了左拉的影响，开始比较注重客观生活细节的描写。到了创作《秋》的时候，这种朴素自然的风格几乎已经成熟。而《寒夜》则完全达到了不资炉冶，自然天成的艺术水平。在《寒夜》中没有任何

① 陈思和：《人格的发展——巴金传》，上海人民出版社 1992 年版，第 230 页。
② 余思牧：《作家巴金》，香港利文出版社 2006 年版，第 522 页。
③ 陈思和、李辉在《巴金论稿》中认为，巴金在民主革命时期的创作，分为不自觉的创作期（1922 年 7 月—1930 年 7 月），创作感情爆发期（1930 年 7 月—1941 年底）和风格稳定期（1942 年初—1946 年底）三个阶段。

人为安排的紧张情节，一切都是平凡的。作家把人物性格悲剧与社会悲剧结合起来，在广阔的社会背景下寻找人物命运的根源。整部作品在结构上仿佛没有刻意的布局，然而又是那样浑然一体，天衣无缝。情节的每一场起伏发展，都是在一系列日常生活琐事中不知不觉地推进，使人读之，不觉得是在读小说，而如同进入现实生活本身一样自然朴素，动人心弦。"《寒夜》是这样一部杰作，它触及人们内心世界深处，是真理的片段、生活侧面和爱情与绝望的呼喊。"① 根据巴金本人对于最高艺术境界的论述来判断，这部小说无疑代表了作家创作艺术的最高成就。

巴金创作道路的发展，与他的思想道路、生活道路的发展是一致的。在生活上，他从生气勃勃的社会运动转向寂寞的书斋生活；在思想上，他从热情的无政府主义逐渐地还原为冷静的人道主义；与此相应的是，在创作风格上，他从富有英雄色彩的浪漫主义，演变为朴素的现实主义。从"激流三部曲"到《寒夜》，真正代表了巴金艺术风格成熟的发展轨迹。当然，就社会反响来说，《寒夜》显然不如前者。究其原因，主要是从 1942 年起，中国文坛上形成了一股以毛泽东《讲话》为指导，以工农作家为主体的解放区文艺新潮流，这股文艺新潮流将五四文学的现实主义战斗传统，同党领导下的战斗实践结合起来，适应了当时政治斗争对革命文学提出的要求。它开始了一个新的文学阶段，以取代五四新文学开始形成的小资产阶级知识分子为主体的文学潮流，并且迅速在全国范围内形成了新的富有战斗性的读者群。而《寒夜》显然不属于这一新潮流的作品，它在艺术上达到了小资产阶级文学的最成熟的水平，但同时又代表了这一文学潮流的终结。新中国成立以后，尽管巴金也写了不少志愿军题材的小说，企图改变自己的创作风格，但效果并不显著。巴金毕竟是五四作家群体中的一员。他在 20 世纪前半期的辛勤创作已经成为现代文学史上璀璨夺目的瑰宝，他的创作风格的演变，也在文学史上具有重要的启迪意义。

（二）《寒夜》的文学史价值

进入 20 世纪 40 年代以后，巴金实现了原有创作风格的转变。他大力提倡并身体力行的"日常生活叙事"，不仅延续了几千年来中国文学关心此世生活的文学传统，也为处于 20 世纪 40 年代后期这个重要的历史转折点的中国小说，建立起了时代主流之外的另一种属于它自己的叙事风范。因此，斗转星移，当许多应景文学很快湮没在岁月长河中的时候，巴金所精心守护的日常生活叙事，多年之后却再次绽放夺目的光芒。近年来学界对《寒夜》文本越来越浓厚的兴趣即是明证。这似乎又在印证另一个永恒的文学法则：文学的核心母题即如何保存社会的"肉身状态"——日常生活，虽然看起来微不足道，却是建立作家与其生活处境

---

① 法国《世界报》1978 年 5 月 5 日，转引自《国外社会科学》1978 年第 5 期。

之间的艺术通道，故是文学的基本使命之一。新中国成立以后，在相当长的一段时间里，与政治的紧密结合成为文学的主要特征。于是，各种各样打上鲜明时代印记的文学样式层出不穷：写土改的文学，写工业化的文学，样板戏，伤痕文学，改革文学，等等。可以说到 20 世纪 80 年代中后期先锋小说出现之前，以表现时代、社会内涵为主题的"宏伟叙事"一直都是中国小说的主流，而文学作为一种语言艺术的探索却一再被忽略或边缘化。因此，《寒夜》在 20 世纪 40 年代后期这个历史转折点上，对日常生活叙事的热衷就具有了特别的意义。

五、《寒夜》研究状况

陈思和先生早在 20 世纪 90 年代初就曾明确指出：《寒夜》的"构思出现在巴金的创作道路上实在是意外"，因为"巴金以前的创作几乎都可以在他生活道路上寻到构思原型，唯独这部小说，它是在巴金新婚燕尔不过半年的时间开始构思，婚后两年，正是女儿出世，家庭幸福正在弥补这个童年失去母爱，青年时代又远离女性，孤独地生活了四十年的中年人以往所失的时候，他写完了这个关于家庭破裂的书"。故他大胆断言《寒夜》艺术构思的"断裂性"，不仅成就了中国现代文学史上的一部旷世"杰作"，同时也必将会"给以后研究者带来无穷趣味"。[①]

近年来，多种方法论在《寒夜》研究中的广泛使用，集中体现了学界对《寒夜》文本的价值肯定与艺术认同。张沂南的《论女性自我生命的选择——重读〈寒夜〉》从女权主义角度去诠释《寒夜》中的女性意识，江倩的《论〈寒夜〉中婆媳关系的描写及其社会文化内涵》从文化视角去探索《寒夜》中的文化意识，有从精神分析学角度去解析《寒夜》人物关系的陈少华的《二次冲突中的毁灭——〈寒夜〉中汪文宣症候的解读》，还有从教育背景去发掘《寒夜》人物性格的日本学者河村昌子的《民国时期女子教育状况与巴金的〈寒夜〉》等。在上述研究中，各种方法论的广泛使用与不同释义，足以显示目前学界对《寒夜》文本的浓厚兴趣，早已超越了以往学界对于"激流三部曲"的热情。但是通观这些文章的主观动机，多是以理论去框套文本的内容，而不是以理论去阐释文本的阅读体验。以致它们不仅没有解释清楚这部经典作品的深刻意蕴，相反还人为遮蔽了陈思和提出过的一个关键命题：《寒夜》为什么会背离巴金小说创作的总体构思而独立存在？所以，从这层意义上来说，从巴金精神状态的自我嬗变这个角度进入，或许是此后研究不错的方向。

参考文献

[1] 巴金：《巴金全集》（第八卷），人民文学出版社 1989 年版。

---

① 陈思和：《人格的发展——巴金传》，上海人民出版社 1992 年版，第 229 页。

［2］巴金：《巴金论创作》，上海文艺出版社 1983 年版。

［3］陈思和、李辉：《巴金论稿》，人民文学出版社 1986 年版。

［4］陈思和：《人格的发展——巴金传》，上海人民出版社 1992 年版。

［5］余思牧：《作家巴金》，香港利文出版社 2006 年版。

［6］陈则光：《一曲感人肺腑的哀歌——读巴金的中篇小说〈寒夜〉》，《文学评论》1981 年第 1 期。

［7］辜也平：《传统叙事母题的现代语义——〈寒夜〉人物论》，《中国现代文学研究丛刊》1998 年第 1 期。

［8］张沂南：《论女性自我生命的选择——重读〈寒夜〉》，《中国现代文学研究丛刊》1998 年第 2 期。

［9］陈少华：《二次冲突中的毁灭——〈寒夜〉中汪文宣症候的解读》，《文学评论》2002 年第 2 期。

［10］江倩：《论〈寒夜〉中婆媳关系的描写及其社会文化内涵》，《中国现代文学研究丛刊》2003 年第 3 期。

赵树理《三里湾》导读

王再兴

反映 20 世纪 50 年代中国农村社会主义改造的第一部长篇小说《三里湾》，最早发表于《人民文学》1955 年 1 至 4 月号。单行本由通俗读物出版社 1955 年 5 月初版，第一次印了三十万册，以后每次印了五万册①，不仅是当年内文艺书籍发行量最高的，而且两年时间印行量就达到 75 万 4000 册②。其后人民文学出版社、作家出版社等多次出版精装本和平装本，并且它还被改编为话剧、连环画、电影（《花好月圆》）、评剧、花灯剧、花鼓戏、粤剧等广为流传。同时，这部小说也是赵树理在海外被翻译和研究得较多的作品之一，影响相当广泛。

一、赵树理生平及简要评价

赵树理（1906－1970）是中国现当代文学史上杰出的人民作家，原名赵树礼，1906 年 9 月 24 日出生在山西省沁水县尉迟村的一个农民家庭。20 世纪 30 年开始发表新诗和小说③。新中国成立后先后在《工人日报》《说说唱唱》《人民文学》《曲艺》等刊物工作。"文革"期间赵树理遭到残酷迫害，于 1970 年 9 月 23 日含冤去世；1978 年秋获得平反昭雪，10 月 17 日，在北京举行了他的骨灰安放仪式。赵树理一生创作甚多，主要有长篇小说《李家庄的变迁》《三里湾》，中篇小说《李有才板话》，短篇小说《小二黑结婚》《地板》《福贵》《田寡妇看瓜》《孟祥英翻身》《传家宝》《登记》《"锻炼锻炼"》《套不住的手》《实干家潘永福》，另写有评书、鼓词、剧本、评论，等等。赵树理的作品，大多已经被译成

① 赵树理：《戏剧为农村服务的几个问题》，见《赵树理文集》修订编辑委员会主编：《赵树理文集》第 4 卷，人民文学出版社 2005 年版，第 313 页。

② ［英］约翰·伯耶：《〈三里湾〉与〈花好月圆〉之比较》注⑤，［美］马若芬等：《赵树理研究文集·下卷·外国学者论赵树理》，中国文联出版公司 1998 年版，第 300 页。原载《批评家》1986 年第 1 期、第 2 期。

③ 现辑录和发现的赵树理早期作品，有 1929 年的《儿童心理学》（三字经）、典型五四风格小说《白马的故事》等。赵魁元：《赵树理早期作品选》，北岳文艺出版社 2016 年版，第 3—6 页。

了英、法、俄、德、日、印尼等文字，成为世界文学的一部分。

与一般读者认为的"通俗作家"印象不同，赵树理实际上是极有才情的知识分子①，其早期的文学趣味也是五四新文学那一路的。但是他的卓越之处在于，他觉察到了知识分子和农民之间，仍然不能共享相近的精神认同。这远远不是艺术形式或者具体内容的问题，不然我们将很难理解像陈徒手"一九五九年冬天的赵树理"那样的沉重话题②。赵树理以令人惊叹的才华，不仅相当细致地阐发和实践了"民间传统"，这使他在他的时代里几乎成为孤绝的文学家；包括他对"语言"（指口头语言）问题的关注，对于与农民"共同生活"或者"共事"的践行与倡导，这些都是赵树理主动作为"参加者"和"见证人"参与到农民的生活和斗争中去的方式。——通过这些，他实际上是在想象一个真正意义上的"我们的集体"，这也是"人民文学"深层的含义之一。它们构成了《三里湾》的内在气质。同时，赵树理也是非常审慎的，他坚持"有多少写多少"（《〈三里湾〉写作前后》），如果"自己没看透，就想慢一点写"（《在大连"农村题材短篇小说创作座谈会"上的发言》），因此他的小说往往看似简单，实则可以经受住时间和历史的淘洗。虽然，《三里湾》对于"集体"的想象也并非毫无缺憾，但是这些并不能简单地说成是作家赵树理的失误，相反，其中的历史气息，正是文学"回应历史"的严谨表现。今天重新回顾我国农村 20 世纪 40—60 年代的生活，并且对比新时期以来乡村的改革开放事业，我们会更好地理解赵树理小说的独到、深刻与厚重，并且体会到赵树理作为"人民艺术家"（周扬：《论赵树理的创作》）的伟大。

二、《三里湾》的时代背景

中国 1949—1966 年的农村社会主义"革命"，如何将"集体"社会落实为具体的历史形态，在当年实际上经历了一个渐进而且艰难的过程。从 20 世纪 20 年代末的土地革命，直到 20 世纪 50 年代初新解放区的土地改革，实际上实施的都是孙中山"耕者有其田"的理想，这种个体农民可能达到的幸福生活曾经被简明地表述为"30 亩地一头牛，老婆娃娃热炕头"。它在西虹的小说《家》（《人民文学》1950 年第 3 期）里，甚至被那位农民战士表达得更为细致："多会全国胜利了，我就回家种地。论年纪，二十来岁的小伙子，也该成个家了，再配备上一个媳妇，守着家里那几亩地，安安生生地过过太平日子，享几天福，马马虎虎交代

---

① 严文井：《赵树理在北京胡同里》，见《严文井选集》（下），人民文学出版社 2004 年版，第 237—245 页。严文称赵树理是"一个真正的作家"。

② 陈徒手：《一九五九年冬天的赵树理》，《读书》1998 年第 4 期。文中陈徒手将赵树理的《在大连"农村题材短篇小说创作座谈会"上的发言》，称为"整个中国文坛在'文革'前夜最凄美的'天鹅绝唱'"。

了这一辈子就算了。"但是由于历史语境的关系，中国农民的解放选择了"集体主义"（社会主义）的道路①。然而，这个"集体化"到底应该化成什么样的"集体"，以及具体如何化之乃至何时化之，在相当长的时间内却没有形成统一的意见。出现于中国共产党内部的争议，如 1948 年后关于"农业社会主义"的分歧，1950 年东北富农问题的争论，1951 年山西合作社问题之争，1955 年浙江的"砍社"风波等（当然包括后续更多的争论），都说明了这个要达成的"集体"社会在当时仍然不是切实可见的图景②。另一方面，曾经激起中国农民对于农业集体化热烈赞美的苏联集体农庄，事实上也存在着一些复杂的问题。如 1952 年 4 月底至 8 月中，中共中央曾派出由农业劳动模范和农村工作者组成的"中国农民代表参观团"，对苏联进行了数月的访问，结果，"苏联人民的幸福生活"让这些农民劳动模范情不自禁地发出了"集体化的好处说不完"的感叹。参观团回国后进行了广泛宣传，说明"苏联农民的道路就是中国农民的道路"（也就是农业集体化）③。然而，毛泽东在 1959 年 3 月 2 日的一封信中称，"我担心苏联合作化时期大破坏现象可能在我国到来"，由此说明，国家高层对于苏联集体化运动的实际情形和问题，可能并非一无所知④。因此，十七年时期中国农村的社会主义革命，同时也是一个想象"集体"的过程。这个关于"集体"的想象，也相当普遍地融贯在同时期的文学故事里，赵树理的小说《三里湾》正是其中突出的代表之一。

三、《三里湾》的历史化态度

值得注意的是，后来赵树理的许多文章，对于当年新时代"新人新事"的生活，均谨慎地表示知之不多。如他在《〈三里湾〉写作前后》（《文艺报》1955 年第 19 期）中称，"在转业之前我接触的社会面多，接触的时间也长，而在转业之后恰好正和这相反，因而对旧人旧事了解得深，对新人新事了解得浅，所以写旧人旧事容易生活化，而写新人新事有些免不了概念化……"；在《决心到群众中去》里也说，"同志们、朋友们对我所写的作品的观感是写旧人旧事较明朗、较

① 毛泽东：《组织起来》（1943 年 11 月 29 日），见黄道霞、余展、王西玉主编：《建国以来农业合作化史料汇编》，中共党史出版社 1992 年版，第 7 页。
② 罗平汉：《农村人民公社史》，福建人民出版社 2006 年版，第 98 页；董边、镡德山、曾自：《毛泽东和他的秘书田家英》（增订本），中央文献出版社 1996 年版，第 83－84 页；邓小平：《邓小平文选》（第三卷），人民出版社 1993 年版，第 63、116 页。
③ 罗平汉：《农业合作化运动史》，福建人民出版社 2004 年版，第 95－98 页。相关报告材料，可见中共平原省委宣传部：《中国农民代表参观团访苏观感》，平原人民出版社 1952 年版；以及中苏友好协会总会资料室：《苏联农业集体化的好处说不完——中国农民代表参观团访苏观感（全一册）》，中华书局 1952 年版。
④ 《毛泽东致"少奇、小平、各位同志"的信》（1959 年 3 月 2 日），《建国以来毛泽东文稿·第八册》，中央文献出版社 1993 年版，第 87 页。

细致，写新人新事较模糊、较粗糙。完全正确……""我在写新人新事的时候，所要涉及的事，哪些在我已有个粗略的形象或已有过个印象的我就略加描写，哪些是我连印象也不曾有过的我就用几句话交代过去。可惜是所有的形象或印象比起需要来太少了。至于那绝对有把握的、能像我对旧人旧事那样了解得面面俱到，可以尽情描写的新人新事，可以说更少得很。所以在一个作品中同时新旧都有的时候，新的方面便相形见绌"，等等①。应该说，赵树理的《三里湾》虽然是中国最早表现农业合作化的长篇小说，但是从它诞生以来就引起了许多的批评与反批评，可谓是毁誉相杂，这其中与赵树理的谨慎态度不无关系。这样说来，无论是对于赵树理，还是对于赵树理的批评者们，《三里湾》都已经不是一般意义上的文艺作品了，它已经转化为了一个关于"集体"的不同想象之间的争议场域；其中留下的仍然需要讨论的问题，显然与我国的"农民解放"有着密切的关系。时光流逝，赵树理及其《三里湾》与同时代作家作品之间的区别，愈来愈显现出别样的珍贵。

四、《三里湾》的再解读

1951 年春，赵树理随同参加了山西长治地委愿意试办农业生产合作社的两个村的建社工作（平顺县川底村和武乡县监漳村）。由于试验结果良好，赵树理"便想写农业生产了"。但是因为此次工作赵树理实际只参与了"建社以前的一段""脑子里形不成一个完整的社会生活面貌"，于是 1952 年秋冬，他重新回到其中的一个，即成立于 1951 年 4 月的平顺县川底村郭玉恩农业生产合作社，去参加他们的生产、分配、并社、扩社等各种工作。这一次，赵树理呆了三个多月。上述农业生产集体化的体验，成为 1955 年长篇小说《三里湾》的起源。

（一）"集体"的现代性形式："社员"、工分和"家庭"

《三里湾》正是在建立农业生产合作社，及其秋收、扩社、开渠等的过程中，关于"集体"社会的想象才开始一点一点地细致化并且丰满起来的。无论就小说本身，还是与其有明显历史关系的当年平顺县川底村郭玉恩农业生产合作社的情况来看，合作社这种形式，在土地、劳力、肥料、技术等方面均带来了极大便利，并且实现了大幅度增收，这些自不必说②。

此外首先引人注意的，是社内人们的"社员"身份。从中共 1951 到 1956 年间关于农业互助合作的一些重要文件，如《中共中央关于农业生产互助合作的决

---

① 赵树理：《决心到群众中去》，《光明日报》副刊《收获》1952 年 5 月 24 日。类似说法在《我在创作中的一点体会》（1955）和《回忆历史 认识自己》（1966）中也出现过。

② 范长江：《川底村的农业生产合作社》（1951），见史敬棠、张凛、周清和等主编：《中国农业合作化运动史料》（下册），生活·读书·新知三联书店 1959 年版，第 570—585 页。

议（草案）》《陕西省委关于地主、富农能否参加互助组的意见》《中央农村工作部关于全国第四次互助合作会议的报告》《农业生产合作社示范章程草案》《一九五六年到一九六七年全国农业发展纲要（草案）》等，可以看到：在合作社初成立的几年内，过去的地主分子和富农分子是不被接受入社的，社内也不允许存在富农雇工剥削的方式（"但互助组和农业生产合作社为生产的需要得雇请短工、牧工和技术人员"除外）。这一部分人要想入社，据上述后两个文件的说法，要在1956或1957年以后才有可能，其时他们的身份才可以成为"社员"或者"候补社员"。也正因为这样，"社员"身份唤起了三里湾农业生产合作社成员们的积极认同，带来了王兴老汉、王玉梅、范灵芝等的尊严与满足。另外，在范长江《川底村的农业生产合作社》（1951）一文中，还提到了"劳动分"和"工票制"，这在小说中也有相应的反映。而早在1951年春，赵树理就曾经在三里湾原型之一的武乡县监漳村研究制定了一整套记工程序和记工形式，被称为"百分工票记分法"①。小说开篇的《从旗杆院说起》和第一节《放假》，也从多个方面说明了三里湾"一九五一年试办农业生产合作社"以来新的生产、生活组织方式。

需要说明的是，除了毛泽东《组织起来》的号召以外，20世纪50年代初的"农业生产合作社"与"工分票"，不仅是在全国范围内实验和推广的，而且其形式也是基本相同的，先后出台了《中共中央关于农业生产互助合作的决议（草案）》（1951年12月15日）、《农业生产合作社示范章程草案》（1955年11月9日）等重要文件进行了规范。1953年2月，国家还成立了中共中央农村工作部（部长邓子恢、秘书长杜润生），并且规定了各地、县等相应分支机构。由此可以看到，中国农民自1940年代以来走"组织起来"的互助合作道路，在吉登斯的意义上，正是《现代性的后果》等著中所称的"脱域"和"再嵌入"的过程②：原三里湾的农民依托"社员"身份、以及"劳动分"和"工票制"，获得了脱离像个体生产、人际直接接触等相当有局限的地域性关联，包括相当有局限的时空交换方式——如原来的换工结算现在可以在更大范围、更长时间内进行，其后才进行工分结算。这两者（"社员"身份与"劳动分"/"工票制"）即成为吉登斯所谓的"象征标志"。而小说中的"水利测量组、县委会老刘同志、张副区长、画家老梁、秋收评比检查组，还有什么检查卫生的、保险公司的……"等上级国家组织和人员，"村公所、武委会、小学、农民夜校、书报阅览室、俱乐部、供销社"等村级机构和空间，以及村里、社里的基层干部等，所构成的正是这个国家的一整套吉登斯意义上的"专家系统"和现代性的科层制结构。而依据蔡翔的

---

① 崔晋峰：《赵树理写〈三里湾〉之前在我们村》，《党史文汇》1998年第6期。

② ［英］安东尼·吉登斯：《现代性的后果》，田禾译，译林出版社2002年版，第18—22页。

说法，"旗杆院"正是这样一个深富意味的现代性空间①。同时，当年周扬和巴人的两篇文章，曾经颇为让人意外地提到了《三里湾》里的农民与"工人阶级"身份及思想的联系②，也恰好佐证了《三里湾》中农民们的"脱域"状态。

另一方面，小说《三里湾》对于如何达成和深化"集体"的想象，首先就是通过"家庭"这个环节来表现的。而"家庭"正是与"集体"互为争夺的最大的传统性力量，也是旧式空间的突出代表。早在 1957 年，巴人的《〈三里湾〉读后感——为〈中苏友好报〉而作》一文就认为它是通过"家庭"来描述"集体化"想象的，文中以相当篇幅对此进行了特别强调。在《〈三里湾〉写作前后》（1955）中，赵树理称早先的农民毕竟是小生产者，思想上都具有倾向资本主义的一面，因此，所谓社会主义改造，就是为了消灭那一面；"但是那一面不是很容易消灭的"，目前农村的工作，"几乎没有一件事可以不和那一面做斗争"。巴人 1958 年的《略谈赵树理同志的创作》一文仍然说，赵树理 1951 年在太行山区参加农业生产合作社的试验区工作时，"农村的斗争已经变成是农业生产的集体所有制和个体所有制的斗争了"。这里的"集体所有制"其实就是指的"集体"的想象，而"个体所有制"在中国当时的农村实际上就是指的"家庭"。巴人并且说，"《三里湾》就是反映这一幅斗争生活的"，作品"着重地描写了两种家庭生活的矛盾和变化——即以集体主义为生活基础的党支部书记王金生的家庭和死守住个体经济堡垒的马多寿家庭的不同面貌和不同的生活，及其相互间的矛盾和变化"。这意味着，巴人认为通过家庭来表现"集体化"的过程，即是《三里湾》所反映的生活面貌之所以显出与《李有才板话》和《李家庄的变迁》等处在两种不同性质的革命的时代，因而也出现了具有不同思想感情的新人物的原因。同在 1958 年，苏联人费德林在其《赵树理的创作》一文中也认为小说《三里湾》是描述"集体化"想象的。巴人和费德林的说法实际上与赵树理后来的自述可以彼此参证（赵树理：《与读者谈〈三里湾〉》，1962）。应该说，这个认定《三里湾》是对于社会主义"集体化"过程的想象的说法，是可以得到较长时期的佐证的。直到20 世纪 80 年代中期，持这种见解的学者仍不乏其人，如英国人约翰·伯耶等。

然而，虽然赵树理把这种斗争，也就是《与读者谈〈三里湾〉》里所称的"资本主义和社会主义两条道路的斗争"，作为小说《三里湾》的表现程式，这也只是表层的处理。他的真实用意却在其他方面。1962 年《文艺与生活》的发言提到了作者对于写作长篇小说《户》的设想。这也是赵树理说过的"'社会主义

---

① 蔡翔：《革命/叙述：中国社会主义文学—文化想象（1949—1966）》，北京大学出版社 2010 年版，第 43—45 页。

② 周扬：《论〈三里湾〉》，《文艺报》1956 年第 5、6 期。巴人：《〈三里湾〉读后感——为〈中苏友好报〉而作》，《遵命集》，北京出版社 1957 年版。

改造'，一方面是改造制度（生产关系），另一方面是改造人"的意思。从上述情形来看，赵树理的理解已经非常清楚："社会主义所有制"（集体所有制）与小农生产者的"户"所有制（家庭）是对立矛盾的存在，即所谓"两套教育"。而作为个人的农民，其实只是家庭的形式化。在这里，赵树理在 20 世纪 50 年代所批判的"个人主义"思想，被归结到了"集体－家庭"的话题之下。我们也就明白了，小说中为何将范登高发展私人小买卖，一方面批判为"资本主义道路"，一方面又与其思想上的"个人主义"（小说中称"个人英雄主义"）那么自然地联系在一起了。至此，我们应该可以理解为，依托于"家庭"作为两种道路斗争的场域，所谓"资本主义道路""个人主义"思想、以及"封建性"的"户"所有制，已经凝聚为一个浑然一体的问题了。而这个问题的对面，是与之几乎全然不同的社会主义"集体"的想象，它正在从各个方面引领着三里湾的绝大多数农民们。

（二）"集体"的建构：从"民间传统"到"和群众共事"

《三里湾》问世以来，曾经招致了许多的批评，这些批评赵树理本人也都有觉察，当然他也适度做了自辩。但是这些争论，毋宁说正是不同作者或批评者们对于"集体"想象的差异、以及相关阐释的争议。它们涉及对于 20 世纪 50 到 20 世纪 60 年代中国农村社会主义革命的不同认知。出于对当年特殊语境的考虑，当小说《三里湾》展开这种想象的时候，它是一个"我的集体""你的集体"，还是一个"我们的集体"呢？

如果说，"集体"同时也是精神乃至主体上的积极认同的话，那么它在艺术包括文学中的反映显然是非同小可的。有意味的是，对于民间艺术的关注，赵树理只承认自己"不过是个热心家"（《在大众文艺创作研究会成立大会上的讲话》）；并且说，"我虽出身于农村，但究竟还不是农业生产者而是知识分子，我在文艺方面所学习和继承的也还有非中国民间传统而属于世界进步文学影响的一面，而且使我能够成为职业写作者的条件主要还得自这一面。"（《〈三里湾〉写作前后》）早在 1934 年，赵树理曾经谈论过大众语，讲到了中国文字罗马化的可能性，从时间上看，这几乎与鲁迅谈罗马字的事同时；1942 年 1 月，在河北省涉县召开的文化会议上，他当着五百多文化人的面，演唱"观音老母坐莲台，一朵祥云降下来……"，热情支持文化大众化，这又实际发生在 1942 年 5 月毛泽东在延安文艺座谈会上的讲话之前[1]。但同时期存在的另一个客观情况却是，工农兵绝大多数并"不知道社会上有那么一'界'，叫'文艺界'"[2]。由此，实际上赵

---

① ［日］萩野脩二：《访赵树理故居》，程麻译；［美］马若芬等：《赵树理研究文集·下卷·外国学者论赵树理》，中国文联出版公司 1998 年版，第 107－108 页。原载于 1982 年 1 月日本大修馆书店《中国语》第 264 期。

② 赵树理：《"普及"工作旧话重提》，见《赵树理文集》修订编辑委员会主编：《赵树理文集》（第 4 卷），人民文学出版社 2005 年版，第 204 页。

树理身上出现了一个非常深刻的矛盾：一方面，从他早期的文学趣味，以及他的智慧多识、博闻强志等才情来看，他都不能只是被简单地定义为一个很"土"，或者说很"通俗"的作家；另一方面，赵树理也很快感觉到了民间存在着与知识分子的趣味非常不同的某种传统。如"知识分子的情感和群众的情感恐怕是两个体系"（《在诗歌朗诵座谈会上的发言》）；"我承认知识分子的兴趣与群众的兴趣是两个来路"（《当前创作中的几个问题》）。在后来的许多篇章中，赵树理都道明了他自己的理解——他认为中国的文艺传统实际上有三个："古典的""民间的"和"外国的"；其中尤以"民间"传统处境最为尴尬，恰如《"普及"工作旧话重提》（1957）中所述。这就无怪乎 1954 年 10 月当赵树理对日本学者仓石武四郎清晰地谈到"民间文艺"的问题时，仓石的文章明显带有某种令人颇感意外的气氛了①。所以"民间"传统的问题，在当年其实还有着更多的含义：它意味着知识者与民众几乎无法有效地对话，也说明，我们通常以为可以不证自明的那个"集体"，原本并不是一个天然的"我们的集体"。

不过，赵树理的卓越之处在于，他十分清楚地觉察到了这种知识分子与民众之间的区隔化，并为此忧心忡忡。他宣称，"'通俗'这个词儿虽然大家习用已久，可是我每次见到它的时候都觉得于心不安"，并且批评这一词汇隐喻着"旧社会的所谓'上流人物'"与"劳动人民"的等级观念（《彻底面向群众》）。他费力地剥离着"通俗"与"民间"的区别，并进而解构其背后所包含的歧视基层民众的含义。而且，赵树理还几乎本能地发现了"语言"这一媒介的丰富意义与功能。当然，他的所谓"语言"基本上都是指称的口头语言。赵树理说："我尚未完全绝望者仍在语言"（《回忆历史　认识自己》），并声称，"我不善于描写农民，是借助于语言，通过性格化的语言来表达他们对待事物的不同态度。"（《生活·主题·人物·语言》）也因为口头语言，创作的关注自然就延伸到了向传统的通俗文体学习的问题。赵树理声称，"《红岩》改成评书，并不是低标准。"（《文艺面向农村问题》）索绪尔与雅各布森的理论说明，比起文字作品，口头作品——赵树理称之为"语艺"，以与"文艺"相对②——可能有着更为复杂、更为丰富的含义。当年映白《试论〈三里湾〉的语言艺术特色》（1957）一文的分析，实际上也适合于赵树理其他的小说：只有当作家对其人物的命运给予最大的关怀的时候，才有可能把人物的语言提炼到特别精粹的地步，赵树理"处理人物语言的特色是和他对人物的评价相关联的"；另一方面，"作者明确地表示自己和

---

① ［日］仓石武四郎：《〈三里湾〉之难懂处》，［日］加藤三由纪译，见［美］马若芬等：《赵树理研究文集·下卷·外国学者论赵树理》，中国文联出版公司 1998 年版，第 97—101 页。

② 赵树理：《和工人习作者谈写作》，见《赵树理文集》修订编辑委员会主编：《赵树理文集》（第 4卷），人民文学出版社 2005 年版，第 54 页。

人物一定的关系，作为斗争的参加者，作为群众中的一员使用群众的口语来叙事写人……"①。在这里，语言明显地成为作家赵树理作为"参加者"和"见证人"参与到农民生活和斗争中的方式，并与之浑然一体——这正是"语言"转换为"政治"的极为鲜明的表现。

关于语言问题如何非常自然地转换成了"政治"问题，日本学者荻野脩二在《访赵树理故居》一文中还记述了另一个活生生的反例。这个问题对于赵树理来说意味着什么呢？它意味着赵树理正在积极靠近农民这一群体，即最大部分的民众。他正在用自己的实践将那个存在着许多疑义的"集体"变成真正的"我们的集体"。所以，毫不奇怪，他在许多谈论写作的发言和文章中都谈到了如何真正了解农民的问题——他的秘诀是与他们"共同生活"或者"共事"。与很多人不同的是，虽然当年已经有了"下放制度"，但赵树理对于那些浮皮潦草的参观之类并不信任，认为"参观"并不是解决写作问题的有效办法。赵树理倡议，"要把农村、工厂当成个社会来了解""要争取到工农中去住"。（《我们要在思想上跃进》）由此，可以看出赵树理对于如何真正地与农民相结合是持非常严肃的态度的。通常，赵树理为了避免下去"做客"，每到一个村子里，"总要在生产机构中找点事做"。这就是他所称的"和群众'共事'——即共同完成一样的事"②。赵树理主张，"到一个地方，应该住个一定久的时间"，并列举了诸多好处（《谈"久"——下乡的一点体会》）。在《做生活的主人》一文中，赵树理敏锐地指出，要真正深刻地认识一个人，需要在工作中多次观察，只靠一同打鼓唱戏，或是喝酒应酬，是不可能做到的，"因为在工作中涉及各人的切身利害关系时，农民才会鲜明地表示自己的态度，看出他的动向。"所以在赵树理看来，只要与农民共同生活或者共事，事情似乎就会变得简单起来，"到农村去，……把事情干好，什么人物、事件、主题都出来了。"（《生活·主题·人物·语言》）

因此，无论是"民间传统"、语言乃至下乡与农民"共同生活"或者"共事"等话题，事实上都可以理解为赵树理在持之以恒地以切实的方式建构着作家与现实和历史的紧密关系。"其稍可安慰者是我所主张的事与我做的还大致统一，而且往往是做过才说的。"（《三复集·后记》）——它意味着，一个真正的"集体"，毫无疑问应该是一个"我们的集体"。

（三）《三里湾》的历史遗响：乡村"集体"的有关问题

赵树理是一贯谨慎的，他竟然一点也不愿意率性浪漫一下。比如，"《三里

---

① 映白：《试论〈三里湾〉的语言艺术特色》，牛运清：《长篇小说研究专集》（上册），山东大学出版社 1990 年版，第 427、431、434 页。原载《前哨》1957 年 3、4 月号。

② 当时已经有了"四同"，即同吃、同住、同劳动、同商量的说法。

湾》的支书，也很少写他共产主义的理论"[①]。画家老梁画了三幅画，但小说的写法尤其让人觉得有意思的却是，"大家对第二张画似乎特别有兴趣……"。正是赵树理的这种审慎态度，使得他对于 20 世纪 50—60 年代中国农村的描写经得起现实和时间的残酷检验。反映在小说中"集体"或者"集体化"想象的话题上，则恰恰因为它们并不是非常完美的。

首先一个重要的问题是，《三里湾》里表现的"集体"的想象，其实还算不上一个真正现代意义上的"集体"，反倒是它仍然惊人地存在着区隔化或者等级化的特征（区隔化正是等级化的一种表现）。如牛旺子的山地组不仅全部是外来户，而且依旧耕作贫瘠的原开荒地；他们在小说中也是奇怪地相对不活跃的。在三里湾，农民虽然是"社员"，实际上却是与地缘绑定在一起的，缺乏自由迁徙和流动的可能。这意味着这个"集体"仍然不是现代科层制的"集体"，因为科层制作为一种现代性的社会生产与组织形式，个体通过转换可以在所有层级里自由流动——这是吉登斯意义上的"脱域"和"再嵌入"的真正意义。《三里湾》的"集体"想象还隶属于这样的内容：当时的"集体"是分为国家、集体、个人等不同层级的。但是，就像赵树理在《致陈伯达·第一封信》中所说："虽然千头万绪，总不外'个体与集体'、'集体问题与国家'的两类矛盾。解决个体与集体的矛盾的时候，国家工作人员（区、乡干部）和社（即现在的管理区）干部的精神是一致的——无非改造和限制个人资本主义思想的发展，使生产因而提高。……后来出现了集体与国家的矛盾的时候，我们有时候就不知道该站在哪一方面说。原因是错在集体方面的话好说，而错不在集体方面（虽然也不一定错在整个国家方面）时候，我们便不知如何是好了。"[②] 当然，我们知道后来农村的合作社实行的是集体所有制，而城市的工业、商业在社会主义改造完成以后则主要是全民所有制。这些都证明，当时的个人、集体、国家三者之间不仅是层级的关系，在相当程度上它们也仍然保留着区隔化的特征。兼以农村政策在许多情况下与基层村庄的状况并不十分接合，如高征购、共产风、大办食堂等，作为计算中介的"算账"多数时候又被放弃，这也似乎意味着吉登斯的所谓"象征系统"，已经成为空洞的能指了。更不必说人民公社化以后还出现了所谓"大集体"与"小集体"的说法。一种区隔相对严重、个体的转换中介被废弃、并且事实上无法实际转换的"集体"，无论如何都很难说是一个真正的现代科层制意义上的"集体"，反而可能潜藏着诸多的落后因素。

---

① 赵树理：《在大连"农村题材短篇小说创作座谈会"上的发言》，见《赵树理文集》修订编辑委员会主编：《赵树理文集》（第 4 卷），人民文学出版社 2005 年版，第 263 页。

② 赵树理：《到陈伯达·第一封信》，见董大中主编：《赵树理全集》（第 5 卷），大众文艺出版社 2006 年版，第 340—341 页。

其次的问题是，《三里湾》的"集体"想象不仅不是完全现代性的，它还带着明显的传统农村"熟人社会"的特征。而根据西美尔的《大都会与精神生活》的意思，这是与现代城市生活明显不同的（后者指的是"陌生人社会"）。其中的主要特点是，三里湾初级社里许多问题的解决往往并不是依赖于"象征系统"所代表的流动，或者"专家系统"所代表的知识，而是依赖于某种长期积累而得的人际接触经验。比如三里湾那些人物的外号的由来，不仅是由于他们的性格，更是由于他们在乡村熟人社会中长期积累下来的逸闻轶事。与陌生人社会不同，乡村社会的邻里关系有着特殊的"共时"意义，它也意味着彼此间的监督，正隐喻着"政治"。同时，处理邻里矛盾时所需要援引的"历史"，由于来自漫长时间的了解和积累，也几乎可以不假思索张口即来。如范登高因为个人小买卖的事，最怕别人说他与王小聚之间是"东家伙计"，没想到金生脱口即道："我的老同志！这就连小孩也哄不过去！谁不知道小聚是直到 1950 年才回他村里去分了三亩机动地？他会给你拿出什么资本来？"这样的例子在小说中实在是非常多的，如小整党会议上乐意老汉对范登高的批评，灵芝考虑终身大事时想到的与玉生的关系，等等。《天成革命》一节，对于乡村信息的熟人传播方式更是有着非常典型的描写①。然而，我们应该注意到，不仅这种传播方式本身并没有发展改变成现代性社会的交流方式，而且它还映射着赵树理对于《三里湾》的一整套"写法问题"所隐含的意义。如"从头说起，接上去说"（《〈三里湾〉写作前后》），"有话则长，无话则短"（《在连载、章回小说作者座谈会上的发言》），介绍人物和风景的"带路人""我的小说不跳"（《谈〈花好月圆〉》："'特写'农民倒不怕，就怕接不上，两条线三条线地跳"），以及不想套用"苏联写作品总是外面来一个人，然后有共产主义思想，好像是外面灌的"方式（《在大连"农村题材短篇小说创作座谈会"上的发言》），等等——虽然这些都是十分珍贵而且有效的深入农民的写作方式，但是它们显然与上述乡村传播方式是属于同一套知识"装置"的。同时，小说中的这个"集体"的想象也导致了传统家庭影响力的急剧缩减，也给后续的农村生活和农村小说的讲述带来了更为复杂的影响。

最后，是《三里湾》中的干部队伍扩编的问题。在小说第三十四节《国庆前夕》中，赵树理仍然以他一贯的精确态度谈到了这个话题。事实上，这个话题还有一个渐为发展的过程，甚至可以说赵树理在其中隐曲地表达了他的犹疑。以与《三里湾》明显有历史联系的川底村郭玉恩农业生产合作社的情形来看，1951 年底，干部困难就已经初步出现了②。但是到了 1952 年秋收扩社后，这个社的干

---

① 赵树理：《三里湾·天成革命》，人民文学出版社 1964 年版，第 149 页。

② 范长江：《川底村的农业生产合作社》（1951），见史敬棠、张凛、周清和等主编：《中国农业合作化运动史料》（下），生活·读书·新知三联书店 1959 年版，第 584 页。

部情况有了很大改变。据赵树理写于 1953 年 5 月的《一张临别的照片》一文所述（其时赵树理正在平顺县川底村），"……要连党、政、军、团，群众的各种组织机构的干部一同计算起来，恐怕要够一百多个岗位，可是这个村的户数，连远在五里之外的小山庄上的五户计算在内，一共才有九十四户。"扩社事件无论在事实上还是在小说中，都确实发生在同样的 1952 年秋。如果在社外再算上"党、政、军、团，群众"的各种组织，以川底全村计，干部比例甚至超出了一比一，即平均每户川底村村民至少要出到一个干部以上。这就无怪乎赵树理无论是在小说，还是在此文中都再三表示惊叹了①。这其中留下的话题是，不仅这些干部的组织形式是层级的关系，而且干部数量相当巨大——从前者来说，"部门"正是区隔的隐喻（"麻雀虽小，肝胆俱全。中央有什么机构，在多数的情形下，他们都得有与该部门有关的机构"）；就后者来说，这个庞大的干部群虽然"除了村政府主席有少数的津贴外，全部是不脱离生产的义务职"（《一张临别的照片》），但乡以上的脱产干部必然也相应地数目庞大。这样一来，这个庞大的干部队伍给"集体"的想象必然带来复杂而深远的影响。《三里湾》虽然写得较为温和，但还是不缺乏这一类的内容，如开渠的地基问题，等等。

五、《三里湾》的"经典"价值

（一）与激进思潮不一样的小说气质

赵树理从早期的"问题小说"（《也算经验》和《当前创作中的几个问题》），改变为初级社时代如《三里湾》这样的"劝人"小说（《与读者谈〈三里湾〉》和《随〈下乡集〉寄给农村读者》），在大致相同的时期对于"写人民内部矛盾和敌我矛盾"却颇有保留②。比如《三里湾》里王金生的一番话："难道到了社会主义时候，还要把他们（糊涂涂等）留在社会主义以外吗？争取工作是长期的！只要不是生死敌人，就得争取！"③ 这也是王金生说过多次的"正派"一词的部分意义，同时也是《三里湾》中"斗争"一词极少出现的根本原因。这些都与同时期的激进时代思潮相当不同。

（二）"回应历史"的现实主义文学道路

赵树理是一个深邃的话题。日本学者釜屋修在他所著的《中国的光荣与悲惨

---

① 赵树理：《一张临别的照片》，见《赵树理文集》修订编辑委员会主编：《赵树理文集》（第 4 卷），人民文学出版社 2005 年版，第 14—17 页。

② 赵树理："到底写人民内部矛盾呢，还是写敌我矛盾呢？……写人民内部矛盾和敌我矛盾，我觉得不在于规定哪一种矛盾一定要占多大比例、要有多大幅度，主要是个立场观点问题。"《当前创作中的几个问题》，见《赵树理文集》修订编辑委员会主编：《赵树理文集》（第 4 卷），人民文学出版社 2005 年版，第 24—25 页。

③ 赵树理：《三里湾·换将》，人民文学出版社 1964 年版，第 43 页。

——赵树理评传》（玉川大学出版部 1979 年 11 月出版）中盛赞赵树理不是"局外人的文学家"，加藤三由纪主张从赵树理与现实的关系上重新认识他作为"人民作家"的含义①。萩野脩二则极为诚恳地说，"我对赵树理的印象，尽管也将他看作是位作家，但更觉得他是个革命家。"② ——因此，只把赵树理看作简单的"通俗"作家，无疑只能是非常简陋和轻率的误解。而以赵树理为突出代表的这种严谨"回应历史"的现实主义文学道路，至今仍然具有深远的意义。

（三）"集体－个人"关系的反映与思考

当然，关于"集体"的阐释，最后同样需要回到与之相联系的"个人"的话题上来。有意思的是，《三里湾》中玉生、小俊争吵出门后，两个人各去了不同方向："玉生往旗杆院去了，小俊往她娘家去了。"灵芝在决定自己的终身大事时比较玉生和有翼的发现也是："玉生时时刻刻注意的是建设社会主义社会，有翼时时刻刻注意的是服从封建主义的妈妈"。在这样的"集体化"想象里，"家庭"最后会怎样？"个人"最后又会怎样？小说篇末的灵芝和玉生对婚后生活的设想可能是一个复杂的暧昧：他们之间已经不打算建立传统样式的小家庭了，"特殊户"是不是赵树理想象中的被最终解放出来的"个人"的理想状态呢？这些都是小说作者赵树理依据历史语境留下来的，非常特别的话题。

参考文献

[1] 赵树理：《三里湾》，人民文学出版社 1964 年版。

[2] 赵魁元：《赵树理早期作品选》，北岳文艺出版社 2016 年版。

[3] 赵树理：《赵树理文集》，人民文学出版社 2005 年版。

[4] 赵树理：《赵树理全集》，大众文艺出版社 2006 年版。

[5] 董大中：《赵树理评传》，百花文艺出版社 1986 年版。

[6] 戴光中：《赵树理传》，北京十月文艺出版社 1987 年版。

[7] 黄修己：《赵树理研究资料》，知识产权出版社 2010 年版。

[8] ［美］马若芬等：《赵树理研究文集（下卷：外国学者论赵树理）》，中国文联出版公司 1998 年版。

[9] 洪子诚：《二十世纪中国小说理论资料（第 5 卷）》，北京大学出版社 1997 年版。

[10] 牛运清：《长篇小说研究专集（上册）》，山东大学出版社 1990 年版。

---

① ［日］加藤三由纪：《关于〈三里湾〉的评价》，高捷译，见［美］马若芬等：《赵树理研究文集·下卷·外国学者论赵树理》，中国文联出版公司 1998 年版，第 111－112 页。

② ［日］萩野脩二：《访赵树理故居》，程麻译，见［美］马若芬等：《赵树理研究文集·下卷·外国学者论赵树理》，中国文联出版公司 1998 年版，第 110 页。

[11] 毛泽东：《建国以来毛泽东文稿·第8册》，中央文献出版社1993年版。

[12] 黄道霞、余展、王西玉主编：《建国以来农业合作化史料汇编》，中共党史出版社1992年版。

[13] 史敬棠、张凛、周清和主编：《中国农业合作化运动史料（下册）》，生活·读书·新知三联书店1959年版。

[14] 罗平汉：《农业合作化运动史》，福建人民出版社2004年版。

[15] 罗平汉：《农村人民公社史》，福建人民出版社2006年版。

[16] 于建嵘：《中国农民问题研究资料汇编（第2卷·上下册）》，中国农业出版社2007年版。

[17] 蔡翔：《革命/叙述：中国社会主义文学—文化想象（1949—1966）》，北京大学出版社2010年版。

[18] 陈徒手：《一九五九年冬天的赵树理》，《读书》1998年第4期。

巴尔扎克《高老头》导读

彭江浩

《高老头》是 19 世纪杰出的现实主义大师巴尔扎克的代表作，深刻反映了当时波旁王朝复辟时期法国广阔的社会生活图景，揭示了资本主义冲击下，封建贵族的日渐衰亡，写出了青年贵族蜕变为资产阶级野心家的成长过程，淋漓尽致地揭露拜金主义的种种罪恶，展示了金钱对父女关系的毁灭。小说结构巧妙，线索纷繁却有条不紊，塑造了典型环境中的典型人物，细节描写真实生动，被誉为《人间喜剧》大厦的基石，对现实主义文学的发展产生了深远的影响。

一、巴尔扎克简介

奥诺雷·德·巴尔扎克（Honoré de Balzac，1799－1850），19 世纪法国作家，被称为"现代法国小说之父"，欧洲现实主义文学的奠基人，和托尔斯泰并称 19 世纪现实主义文学的两大高峰，在世界文学史上具有崇高的地位。

1799 年 5 月 22 日，巴尔扎克生于法国中部图尔城一个中产者家庭，父亲出身农民，在法国大革命和帝国时期发迹，当过军需处长、副区长等职，母亲出身于富裕的资产阶级家庭，看重金钱。巴尔扎克从小被送到农村寄宿家庭寄养，后来又进入旺多姆教会学校寄读，父母很少来看他，他在自传中称是"缺乏母爱的冷冰冰的童年"，这也养成了他独立坚韧的性格。1816 年，巴尔扎克进入巴黎的法科学校学习，他在律师事务所见习期间，接触到形形色色的案件，在这个他称为"巴黎最可怕的魔窟"的事务所，他看到了"很多为法律治不了的万恶的事"，领略了社会的黑暗腐败，这为他后来的写作积累了素材。法科学校毕业后，巴尔扎克不顾父母反对，放弃当时看来更有前途的公证人和诉讼代理人职业，坚持要走文学创作道路，父母最后同意给他两年试验期，巴尔扎克住到阁楼，潜心写作，但是第一部作品五幕诗体悲剧《克伦威尔》却完全失败，甚至有人劝他可以尝试各种职业，就是不要进行写作。父母断绝经济资助后，为了赚稿费，他从事过滑稽小说和神怪小说的创作，这些练笔为他的写作成熟打下了基础。巴尔扎克也曾借钱办印刷厂出版名著，也曾投资股票、地产……但均告失败，不仅没有带来渴望中的财源滚滚，反而使他年纪轻轻就背负 6 万法郎巨债，拖累终身，钱袋空空、债主催逼成了他生活的常态，也成了他通宵达旦写作的外驱力。对金钱的切肤之痛，构建了他作品的核心主题。

巴尔扎克意志刚强，即使在这样窘迫的日子，依然雄心勃勃，他在剑鞘上刻着"我将用笔完成拿破仑未能完成的事业"，在手杖上刻着"我将粉碎一切障碍"。1829 年，30 岁的巴尔扎克发表了长篇小说《朱安党人》，开始成为引人注目的作家，1831 年出版的《驴皮记》使他声名大震，1834 年，出版了《高老头》……他要使自己成为"文坛上的拿破仑"，以惊人的毅力勤奋笔耕，写出了 90 多部小说，塑造了 2400 多个栩栩如生的人物形象，构建了《人间喜剧》这座宏伟壮丽的文学大厦，对世界文学的发展和人类进步产生了巨大的影响。为了多出作品，巴尔扎克常常每天工作 18 个小时，饮用大量浓咖啡提神，过度的艰辛劳累损害了他的健康，1850 年，在与俄罗斯波兰裔女地主韩斯卡夫人终成眷属几个月后，8 月 18 日，巴尔扎克与世长辞。

二、作品总集《人间喜剧》

《人间喜剧》是巴尔扎克的作品总集，被誉为"法国社会的百科全书"。巴尔扎克从 1834 年开始，萌生了把创作的作品纳入一个整体规划，以一系列小说来反映 19 世纪法国社会生活的想法，1840 年，巴尔扎克受但丁作品《神曲》的启发，将作品集的题目定为《人间喜剧》，为之写了《前言》，阐述了他的现实主义创作方法和基本原则，从理论上为法国 19 世纪现实主义文学奠定了坚实基础。

《人间喜剧》包括了巴尔扎克从 1829 年到 1848 年创作的 90 多部长、中、短篇小说和随笔，创作分为三个阶段。

1829—1835 年是《人间喜剧》的第一阶段，创作了 40 多部作品，《朱安党人》拉开了《人间喜剧》的序幕。《高布赛克》塑造了一个资本主义发展初期不择手段聚敛钱财的高利贷者形象。《欧也妮·葛朗台》塑造了世界文坛著名的吝啬鬼葛朗台的形象，葛朗台依靠囤积居奇、哄抬物价、政治投机等手段，跻身索漠城首富，他嗜钱如命，"看到金子，占有金子，便是葛朗台的执着狂。"为了钱，克扣家用，折磨妻女，逼走侄儿，妻子刚下葬，就逼着女儿欧也妮写放弃母亲财产继承权的声明，也丝毫不管女儿的幸福。临终前，还想去抓神父的镀金十字架，对女儿的遗言是"把一切照料得好好的，到那边向我交账。"

1836—1842 年是第二阶段，重要作品有《钮沁根银行》《幻灭》《古物陈列室》等。

1843—1848 年是第三阶段，重要作品有《农民》《贝姨》《邦斯舅舅》等。

巴尔扎克以写真实写史的出发点去写小说，他说"法国社会将会是一个历史家，我只是做他的秘书。"① 他在《人间喜剧》序言中表示要写一部"许多历史家们所遗忘了的历史，即人情风俗的历史"。巴尔扎克敏锐地感知时代特征，《人间喜剧》形象地再现了19世纪前半期法国从大革命、拿破仑帝国、复辟王朝到七月王朝这一急剧变革时期广阔的社会生活，真实地反映了交替时代封建主义为资本主义所代替的历史，深刻揭露了资本主义社会金钱统治的种种罪恶。以清醒的现实主义笔触，"提供了一部法国'社会'，特别是巴黎'上流社会'的卓越的现实主义历史。"②

《人间喜剧》主要反映了贵族衰亡、资产者发迹和金钱罪恶三大主题。

首先，《人间喜剧》反映了资产阶级冲击之下封建贵族的衰亡史。

巴尔扎克洞察到贵族阶级和资产阶级两大阶级此消彼长，他的阶级同情，是站在"注定要灭亡的贵族一边的"，然而他现实主义的犀利笔触却毫不留情地描绘了他心爱的贵族阶级的没落，对上流社会的必然灭亡唱了一曲无尽的挽歌。③

巴尔扎克展示了贵族衰亡的两种主要形态：贵族式微和被资产阶级化，生动刻画了在资产阶级暴发户的逼攻下，老一代贵族被击败、贵族子弟腐化、贵族妇女情场失意和贵族小姐婚姻不幸。《幽谷百合》中莫尔索夫伯爵夫人企图改革土地管理和租佃制度，以挽救贵族的没落命运，但前景暗淡。《古物陈列室》中优秀贵族德·爱斯格里雍侯爵因儿子贪恋繁华伪造支票被银行家控告，被迫与银行家联姻。《苏镇舞会》中德·封丹纳伯爵则"识时务地"与资产者攀亲，认为这"符合19世纪进程和改革君主制的思想"。贵族阶级的败落衰亡，被咄咄逼人的资产阶级转化的社会现象，得到了真实形象地反映。

其次，《人间喜剧》反映了资产阶级取代贵族阶级的罪恶发家史。

巴尔扎克鲜明地再现了资产阶级逐渐代替贵族阶级的整个过程。在《人间喜剧》中，那些在大革命和拿破仑时期发了横财的大资产阶级，到了复辟时期，经济实力不但没有削弱，反而更快增长，凭借着雄厚财力，在经济、宗教、政治等领域得到越来越多的主导权。

《人间喜剧》中描写了形形色色具有时代特点的资产者，成功塑造出资产阶级发家史上的三大典型，再现了资本主义剥削方式的发展变化。一是以《高利贷者》中高布赛克为代表的具有资本原始积累时期特点的老一代资产者形象。他体现了旧式剥削者的特点，以单纯放高利贷方式获取利润，是"用囤积商品的办法来贮藏货币"的守财奴，不懂得商品流通和资本周转，50年时间积累起800万

① ［法］巴尔扎克：《巴尔扎克全集》，人民文学出版社1984年版，第1页。
② 中共中央马恩列斯著作编译局：《马克思恩格斯选集》（第4卷），人民出版社1995年版，第683—684页。
③ 中共中央马恩列斯著作编译局：《马克思恩格斯选集》（第4卷），人民出版社1995年版，第148页。

家财。二是以葛朗台为代表的资产阶级原始积累时期过渡到自由竞争时期的资产者形象。葛朗台剥削方式多样,既高利贷盘剥,又投机政治,既经营葡萄酒和黄金生意,又投资证券和公债,懂得在周转流通中求得资本增值,40 年时间积累起 1700 万家财。三是以纽沁根为代表的资本主义迅速发展时期金融资产阶级的典型。纽沁根通过婚姻交易、三次假倒闭银行停止支付、买空卖空、投机股票和向政权渗透等方式,20 年时间积累起 1800 万家财,生活放荡奢华。

再次,揭露金钱的罪恶和资本主义社会中人与人之间的金钱关系。

巴尔扎克描写了一幕幕围绕着金钱而展开的人间惨剧:母亲或父亲剥夺女儿的财产,妻子为了独霸丈夫家产想把他关进监狱,儿子为家产杀死父亲,情妇榨干情夫的钱财……,展示了人与人赤裸裸的金钱关系,以及金钱统治一切的时代特征。

在艺术上,《人间喜剧》规模庞大,结构严谨有序,采用了分类整理法和人物再现法将 90 多部作品缔结成一个整体的系统,巴尔扎克将作品分为三大类:风俗研究、哲理研究和分析研究;其中风俗研究内容最为丰富,从不同的角度反映各阶层人的生活,又分为六个"场景":巴黎生活场景、外省生活场景、私人生活场景、政治生活场景、军事生活场景和乡村生活场景。《人间喜剧》还巧妙运用人物再现法,让同一个人物在不同作品中反复出现,来多阶段多层面再现其性格全部,展现社会风貌,这些贯穿性人物促进了系统各部分间的内在联系,加强了整体性。

此外,《人间喜剧》中典型环境和典型形象的塑造、生动逼真的细节描写等方面,都为 19 世纪现实主义创作提供了范例。巴尔扎克以自己的鸿篇巨制在世界文学史上树立起不朽的丰碑。

三、《人间喜剧》的基石——《高老头》(1834)

长篇小说《高老头》是巴尔扎克的代表作,是巴尔扎克决定把整个创作联成一个有机整体后的第一部小说,也是人物再现法准备运用的开始,《人间喜剧》的一些重要人物都是在《高老头》中第一次出现,《人间喜剧》的基本主题也在此得到体现。因此,《高老头》被誉为《人间喜剧》这座巍峨大厦的基石,占有重要地位。

(一)《高老头》的写作背景

19 世纪的法国,正处于"百年动荡时期",阶级较量激烈、政权更迭频繁,1789 年的法国大革命,宣告了封建等级制度的灭亡,法兰西共和国成立。雾月政变后,拿破仑上台,建立"法兰西第一帝国",他挥戈南北,把欧洲封建势力闹了个人仰马翻,为欧洲资本主义的发展开辟了道路,但是欧洲的反法势力勾结起来,组织联军多次反扑,滑铁卢战役中,拿破仑惨败,波旁王朝全面复辟,封建贵族重新得势，但实际地位与革命前不可同日而语，贵族阶级和资产阶级两大阶级此消彼长。1830 年，法国七月革命爆发，推倒了复辟王朝，金融资产阶级掌握了政权，开始了长达 18 年的统治。

19 世纪上半叶是法国资本主义建立的初期，贵族衰亡，金钱逐渐代替了贵族头衔，"一切封建的、宗法的和田园诗般的关系全都破坏了"，代之而起的是飞扬跋扈的资产阶级暴发户和无所不在、无所不能的金钱势力。

《高老头》发表于 1834 年，叙述的是 1819 年底到 1820 年初巴黎发生的事件，此时正值路易十八（1814—1824 年在位）统治的波旁王朝复辟时期，贵族大势已去，新兴的资产阶级咄咄逼人，以门第、血统、权势等维系传统人伦关系的封建社会形态正在被打破。金钱的作用日益突出，侵入社会生活的各个领域，渗透到每个家庭。

巴尔扎克严格遵循真实地再现现实的原则，大力暴露社会的丑恶和黑暗面。

（二）《高老头》内容提要

1819 年冬，巴黎拉丁区伏盖公寓里外一派寒碜景象，这里的租客形形色色，有法科大学生拉斯蒂涅、歇业的面粉商人高里奥、外号叫"鬼见愁"的伏脱冷、被银行家父亲逐出家门的泰伊番小姐、骨瘦如柴的老处女米旭诺和影子一样跟随她的波阿莱等。每逢开饭的时候，饭厅特别热闹，高老头常被大伙取笑。

69 岁的高老头，6 年前结束他的买卖后，住到了伏盖公寓，刚开始住最好的房间，衣着讲究体面，金银饰物不少，人们都尊称他高里奥先生。寡妇伏盖太太向他搔首弄姿，想改嫁他享富贵。第二年以后，高老头多次降低膳宿费标准，目前已换到最低等的房间。大家看到有两个衣着华丽的女人偶尔来找他，把他当作"恶癖、无耻、低能所产生的最神秘的人物"，以为他的钱都花在找女人上了。但高老头说那是他的两个女儿。

拉斯蒂涅出身外省没落贵族，来巴黎读法科，想刻苦攻读毕业后做法官。巴黎花花世界刺激了他，他想找到更容易便捷的晋升阶梯。通过姑母引荐，他攀上了远房表姐——巴黎社交界地位显赫的鲍赛昂子爵夫人，被邀请参加舞会。回到公寓，高老头听拉斯蒂涅提到大女儿雷斯多夫人的名字特别高兴。拉斯蒂涅去雷斯多伯爵夫人府上拜访，刚开始挺热情，但当他提到和高老头住在一起时，伯爵夫妇下了逐客令。拉斯蒂涅去问表姐原委，表姐向他讲述了高老头和两个女儿的故事，指点拉斯蒂涅去追求高老头的二女儿——银行家纽沁根的太太但斐纳。

房客伏脱冷看出拉斯蒂涅想往上爬的心思，主动借钱给他，指点他去追求泰伊番小姐，引诱他说，自己会派人杀死泰伊番小姐的哥哥，最终让拉斯蒂涅获得银行家的财产。拉斯蒂涅既抗拒又有些心动，不由自主对泰伊番小姐献起殷勤。

拉斯蒂涅想追求纽沁根太太，高老头听了很高兴。但银行家纽沁根严控经济，斐纳花销享乐还得挤压父亲，为了还欠债，她让拉斯蒂涅去赌场替她赢钱。

泰伊番小姐的哥哥死于决斗的消息传来。拉斯蒂涅很矛盾。

这时，老小姐米旭诺为了得到可观的悬赏金，在伏脱冷的饮料中下麻药刺探到其苦役犯的真实身份，带着警探来逮捕伏脱冷，伏脱冷承认自己叫雅克·柯冷，诨名"鬼上当"，被判过 20 年苦役。拉斯蒂涅不愿沾染血腥，最终还是选择了纽沁根太太，他想"这样的结合既没有罪过，也没有什么能教最严格的道学家皱一皱眉头的地方。"

高老头得知拉斯蒂涅爱自己的二女儿，为他们布置了一套公寓。一天，两个女儿先后来向父亲诉苦，雷斯多夫人要父亲给她 12000 法郎去救欠下巨额赌债寻死的情夫，而高老头布置的房子刚好用掉这个数目，两个女儿大吵，高老头急得晕过去，中了风，还念叨着重新去做生意挣钱。患病期间，小女儿没来看一次，她挂念的是盼望已久即将参加的鲍赛昂夫人的舞会；大女儿来过一次，是要父亲为她支付欠裁缝定钱，高老头付出了最后一文钱。

鲍赛昂夫人举办的舞会，场面盛大壮观，灯火辉煌。子爵夫人看起来依然高高在上，但人前欢笑人后流泪，因为她已得知相爱多年的情夫阿瞿达侯爵抛弃她，与一位嫁妆丰厚的资产阶级小姐订了婚。轿车已备好，鲍赛昂夫人准备舞会结束后退隐乡间。

可怜的高老头快断气了，渴望见女儿一面。拉斯蒂涅多次差人去请，但两个女儿为了参加鲍赛昂夫人的晚会，都推三阻四不来。老人流泪长叹，说："唉，爱了一辈子的女儿，到头来反给女儿遗弃！"含恨死去。两个女儿女婿无人料理丧事，棺木和送葬费都是拉斯蒂涅和皮安训支付的，出殡时两家派了两辆漆着爵位徽章的空车跟在灵柩后面。埋葬完高老头时，拉斯蒂涅也埋葬了自己最后一滴同情的眼泪，他决心向社会挑战，"现在咱们俩来拼一拼吧！"随后，他来到纽沁根太太身边与她共进晚餐。

《高老头》淋漓尽致揭露了金钱的统治地位和拜金主义的种种罪恶，写出了父爱被毁灭的悲剧和野心家的成长过程，反映了巴尔扎克对现实关系的深刻了解。

（三）《高老头》的叙事结构和情节模式

《高老头》匠心独运、构思巧妙，叙事结构繁复宏大却精微完美，情节富于戏剧性。

巴尔扎克在《高老头》中构建了一个独特的结构系统，作者以拉斯蒂涅、高老头、鲍赛昂夫人、伏脱冷的人生故事为中心，搭建起四条平行发展的情节线索。高老头被女儿榨干钱财后遗弃凄惨死在伏盖公寓的阁楼上和青年贵族拉斯蒂涅在巴黎社会腐蚀下堕落成资产阶级野心家的故事为两条主要线索，两条主线平行而又交叉，从拉斯蒂涅访问鲍赛昂府开始交错在一起。辅线是贵妇鲍赛昂夫人被相爱多年的情夫阿瞿达侯爵抛弃被迫退隐的故事和伏脱冷为图财杀死银行家泰伊番的独子又被房客出卖被捕的故事。

　　几条线索错综交织，头绪纷繁，但主次分明、中心突出、有条不紊。从情节设置看，作品以叙述高老头被女儿榨干钱财后遭抛弃为中心情节，勾画了四位人物各自的人生轨迹，他们的荣枯沉浮都与金钱有关，属于同一的叙事情节模式。通过拉斯蒂涅这一中心人物在平民公寓、贵族沙龙和资产者客厅的活动，将上层社会与下层社会生活图景联结起来，增加了情节的丰富性和反映社会的广度。作者选择鲍赛昂夫人即将被弃、高老头同两个女儿的关系处于危机状态这一转折点展开情节，随着高老头之谜展现、解开，矛盾斗争也充分展开，接着拉斯蒂涅亲眼目睹了伏脱冷被捕、鲍赛昂夫人被弃、高老头惨死，情节层层递进，步步推向高潮，然后快速结尾。人物命运设置上运用了"突转"和"发现"，情节跌宕起伏，具有明显的戏剧性。

　　从人物关系看，四条线索人物都与拉斯蒂涅相关，拉斯蒂涅性格发展是主线正面描写，其他线索交织在其中，对其野心家性格形成起不同作用。拉斯蒂涅个人奋斗历程中，每一步抉择无不受到高老头、鲍赛昂夫人和伏脱冷的影响和制约。

　　从主题思想看，四条线索中四位人物地位不同，经历各异，但他们被欲望驱使的挣扎、沉浮，都凸显了金钱核心，展示了金钱对亲情、爱情、友情的毁坏，金钱成了作品的真正主人公，也表现了两大阶级之间错综复杂的矛盾斗争，几条线索紧密交织、环环相扣、步步深入，起着互相深化、互为补充的作用，从而深刻地表现了作品的主题。

　　可见，《高老头》情节线索虽然多，却不散乱，而是有明确的中心，统一的主题，看似漫不经心，信手写来，实际上是极具匠心。

　　(四)《高老头》的典型人物塑造

　　现实主义作家主张通过对典型环境中的典型性格形成过程的描写来广阔反映时代整体风貌。《高老头》充分体现了这一原则，塑造了典型环境中富于个性化的典型人物。小说写了20余人，拉斯蒂涅、高老头、伏脱冷和鲍赛昂夫人等人物性格鲜明，栩栩如生。

　　巴尔扎克塑造人物时，善于将集中概括与精确描摹相结合，以外形来反映内心本质，如对伏脱冷的肖像描写，对拉斯蒂涅的心理刻画；在突出人物的个性特征时，夸张集中地表现人物的极端情欲和怪癖，使之成为某种性格的典型，比如高老头的极端爱女，葛朗台的极端吝啬爱钱，伏脱冷的极端冷酷等都给人留下难以磨灭的印象，产生震撼人心的感情力量，加强了艺术效果的真实性。

　　1. 拉斯蒂涅

　　拉斯蒂涅是波旁王朝复辟时期由贵族子弟蜕变为资产阶级青年野心家的典型。

　　拉斯蒂涅出身外省没落贵族家庭，家境拮据，21岁时来巴黎上大学，原本是想通过勤学苦读，求得大好前程，重振门楣。但不到一年时间，巴黎繁华世界的挥金如土、灯红酒绿让他迷醉，使他"对权位的欲望与出人头地的志愿"倍增，他调整了人生规划，想走捷径，他发现在巴黎，女人对社会生活很有影响，产生了借助女人做靠山向上爬的邪念。

在他找寻人生方向的关键时刻，他遇到了"两师指导"，经历了关键性的"人生三课"。

第一位"老师"是他的远房表姐，上流社会的"社交皇后"鲍赛昂子爵夫人。鲍赛昂夫人是复辟时期贵族妇女的典型，她门第高贵，是蒲高涅王室的最后一个女儿，风雅美丽，领导着贵族社会的风尚，她家门禁森严，谁能在她的客厅露面，就等于有了贵族世家的证书，在上流社会畅通无阻。巴黎的资产阶级妇女，做梦都想挤进去。鲍赛昂子爵夫人接待了拉斯蒂涅，以温文尔雅的语言教导他，用不见血的合法手段"利己拜金"，她说：

"这社会不过是傻子和骗子的集团，要以牙还牙来对付这个社会。你越没心肝就越升得快。你毫不留情地打击人家，人家就怕你，只能把男男女女当作驿马。把他们骑得筋疲力尽，到了站上丢下来。这样，你就能到达欲望的最高峰。"

她让拉斯蒂涅隐藏起自己真实的想法，要善于作假，要心狠，教导拉斯蒂涅社会又卑鄙又残忍，要他以牙还牙去对付这个社会。她说：

"你越没有心肝，就越高升得快。你毫不留情的打击人家，人家就怕你。"

鲍赛昂夫人因袭着贵族的传统和傲慢，但又识时务地意识到金钱才是当今社会的真正主宰，贵族的门第斗不过金钱，唯利是图已是通行的道德原则。所以她指导拉斯蒂涅完全是资产阶级式的，鲍赛昂夫人给出的捷径是让他追求纽沁根太太，作为向上爬的跳板，并允许拉斯蒂涅邀请她来参加舞会，她说：

"没有一个女人关切，他在这儿便一文不值，这女人还得年轻、有钱、漂亮。"

"你能爱她就爱她，不能爱她利用她也好。"

这样，鲍赛昂夫人上了利己主义的第一课，成为拉斯蒂涅向上爬的第一个领路人。拉斯蒂涅从豪华府邸回到寒酸公寓，强烈的对比更刺激了他的欲望。

鲍赛昂夫人被暴发户小姐 20 万法郎的丰厚陪嫁抢走了相爱多年的情人，被迫隐退，证明"高贵的门弟""真挚的爱情"敌不过金钱，血统、贵族头衔不再是万能的保证，让拉斯蒂涅了解了情人之间奉行利己拜金原则的冷酷现实。告别表姐，拉斯蒂涅感到"他的教育已经受完了"，自己"入了地狱，而且还得待下去"。

鲍赛昂夫人在以后的小说《弃妇》中再次被弃。她的悲剧，形象地说明了复辟时期贵族阶级的衰落和资产阶级的得势。

第二位"老师"是下层社会潜逃的苦役犯伏脱冷，他是个目光敏锐的江洋大盗，社会经验丰富，熟悉统治内幕。他一眼看穿拉斯蒂涅想往上爬的心思，一针见血地揭开年轻人的隐秘内心：心里想发财，口袋空空；嘴里吃着伏盖公寓的饭菜，心里想着富人区的山珍海味。他告诉拉斯蒂涅唯有财产才是金科玉律，这个社会有财便是德。他说：

　　"凡是浑身污泥而坐在车上的都是正人君子，浑身污泥而搬着两腿走路的，都是小人流氓，扒窃一件随便什么东西，你就得到法院广场上展览。大家拿你当把戏看。偷上一百万，交际场中就说你是大贤大德。"

　　伏脱冷指出，在这个互相吞噬的社会里，欲望和野心的实现非正道能获得，要不择手段：

　　"不像炮弹一样轰进去，就得像瘟疫一般钻进去，清白诚实是一无用处的。"

　　"要弄大钱就得大刀阔斧地干，人生就是这么回事。跟厨房一样腥臭。要捞油水不能怕弄脏手，只消事后洗干净。"

　　他也给拉斯蒂涅指点了一条捷径，去追求泰伊番小姐，他可以叫人杀死银行家泰伊番的独子，让她当上继承人，这样银行家的遗产就会落到拉斯蒂涅手中，到时只要给他 20 万法郎报酬就行。

　　伏脱冷用赤裸裸的强盗语言开导拉斯蒂涅，用非法的流血手段去"利己拜金"，拉斯蒂涅虽然内心认同，有所打动，但又没敢答应，不想冒触犯法律的危险。

　　此时，租客米旭诺为了 3000 法郎的赏钱向警察局举报了潜逃犯伏脱冷。伏脱冷被捕，证明超群的"胆略与智谋"斗不过金钱，再次让拉斯蒂涅验证了普通人之间奉行的拜金原则。

　　两个引路人都对拉斯蒂涅分析了社会寡廉鲜耻的本象，指引他走以不道德对不道德、不择手段的极端利己主义的道路。拉斯蒂涅说："鲍赛昂夫人文文雅雅对我说的，伏脱冷赤裸裸地说了出来。"

　　高老头的悲剧是拉斯蒂涅社会教育的最重要的一课，比前两课深刻得多，是拉斯蒂涅认识社会改变人生观的最大冲击源，是他野心家性格形成途中所受的最有力的一鞭。

　　拉斯蒂涅亲眼目睹高老头对女儿的浓厚父爱，"看不见孩子，做父亲的等于入了地狱；自从她们结了婚，我就尝着这个味道。"但女儿却榨尽父亲财产后，将老父冷漠遗弃。两个女儿为了钱当着老父争吵，使父亲中风，但女儿们却因忙于享乐，无暇照看重病卧床的父亲，"为了参加舞会，即使踩着父亲的身体走过也在所不惜"。而甘为女儿牺牲一切的父亲，重病之际还想着"她们需要钱，我知道到哪儿去挣。我要上奥特赛去做淀粉。我才精明呢，会赚他几百万"。高老头临终想见女儿一面，可她们却托故不来，高老头至死才悟出了亲人之间的金钱法则：

　　"她们有事，她们在睡觉，她们不会来的。我早知道了。直要临死才知道女儿是什么东西！唉！朋友，你别结婚，别生孩子！你给他们生命，他们给你死。"

　　"钱能买到一切，买到女儿。……倘若我有钱，倘若我留着家私，没有把财产交给她们，她们就会来了，会把她们的亲吻来舐我的脸！"

　　高老头的惨死，正是金钱毁灭人性、败坏良心、破坏家庭的明证，证明"崇高的父爱"斗不过金钱，利己拜金的原则不仅流行于整个社会，而且渗透到家庭的至亲骨肉之间。这更坚定了拉斯蒂涅向资产阶级利己主义道路前行的决心。拉斯蒂涅埋葬了高老头,"也随之埋葬了他年轻人的最后一滴眼泪",熄灭了内心最后残存的善与美的人性火苗,他不愿步高老头的后尘,做被掠夺殆尽的弱者,高老头埋葬之日,也是拉斯蒂涅的青年时代结束之时。拉斯蒂涅欲火炎炎地望着他不胜向往的圣·日耳曼区,气概非凡地说:"现在,咱们来拼一拼吧!"

拉斯蒂涅良心与野心搏杀的全过程,揭示了金钱对青年的腐蚀和贵族阶级必然衰亡的历史趋势,具有典型意义。

拉斯蒂涅是贯穿小说始终的主要人物,是一个发展着的人物形象,其野心家性格在伏脱冷被捕、鲍赛昂夫人被抛弃和高老头之死三幕惨剧之后彻底完成,实现了由纯朴的外省贵族青年向寡廉鲜耻的资产阶级野心家的转化。他在以后的多部作品中再度出现,靠出卖道德和良心,他在《纽沁根银行》中成了银行家搞假倒闭的得力助手,在《不自知的喜剧演员》中,他已经获得爵位,当上部长了,后来当上了副国务秘书和贵族院议员,飞黄腾达。

2. 高老头

高老头是被金钱毁灭了的父爱的典型,是具有浓厚的宗法制观念的商业资产者的典型。

从社会身份来看,高老头是法国大革命后的资产阶级暴发户,是成功的商人。他出身于平民,大革命时期盘下了东家的铺子变成面粉商,动乱年月投机政治当上了区长。他倒买倒卖,囤积居奇,趁大饥荒高价出售面粉粮食,大发横财,很快积累了百万资产。可见,在做生意上,他顺应时代,精明果断追逐金钱,深谙资本运营和金钱法则。

在家庭关系上,高老头却是个时代的落伍者,他具有浓厚的封建宗法制观念,把血缘关系、宗法制人伦关系看得至高无上。把骨肉亲情摆到高于金钱的地位上,他认为社会是靠父亲这个轴心来维系的,女儿是父亲生命的延伸,父慈子孝是家庭法则。

高里奥中年丧妻,为了女儿,他拒绝续弦,把所有的爱都倾注在两个女儿身上,提供给她们良好的教育、奢华的生活,让她们在15岁便有了自己的马车,出嫁时,给了每人80万法郎的丰厚陪嫁,大女儿阿娜斯大奇嫁进名门望族,成了雷斯多伯爵夫人,二女儿但斐纳嫁给了银行家纽沁根,当了金融资产阶级阔太太。开始,女儿女婿还经常请她去做客,餐桌上总有他的一份刀叉,"一个给了女儿八十万的人是应该奉承的。""大家恭恭敬敬地看着他,就像恭恭敬敬地瞧着钱一样。"复辟时期,贵族得势,门第吃香,为女儿女婿的面子,高里奥听劝盘出自己的面粉铺子,歇业退休。女儿女婿见他财产不多,不再待见他。他要看女儿也只能从女儿家后门进,或站在马路旁等她们的马车经过。女儿偶尔也来伏盖公寓看父亲,但都是为了索取钱财,虽然如此,高老头还是节衣缩食,变卖所有值钱的东西，抵押终身年金，尽量满足两个女儿的要求。最后，高老头被榨干了，一无所有，贫病交加躺在破烂的小阁楼上，临终之际，呼天号地只想见女儿一面，女儿推三阻四都不来，高老头明白他是被女儿抛弃了，无比悲伤地说："我把一辈子都给了她们，今天她们连一小时也不给我。"高老头的后事，女儿女婿也没人出面料理。

小说中，高老头超乎寻常的父爱溢满全篇，巴尔扎克浓墨重彩夸张呈现了最本能、伟大、至纯的父爱，他说："我曾在这部作品里把具有千钧之重的情感描写出来。"说高老头"简直是一个神圣的基督教的殉道者"[①] 这个"父性基督"，只要一看到女儿，听女儿叫一声"爸爸"，就可以付出一切，忍受一切痛苦：

"车子来的时候，我的心跳起来，看她们穿扮那么漂亮，我多么高兴。她对我笑一笑，噢！那就像天上照下一道美丽的阳光，把世界镀了金。"

"反正她们暖和了，我就不冷了；她们笑了，我就不会心烦；只有她们伤心我才伤心。"

高老头一直不停地付出，金钱、精神和情感，其父爱的深厚与葛朗台父爱的枯竭正好形成鲜明对照，但这位"父性基督"无边的无私的爱，他的伟大与牺牲却救赎不了女儿乃至这个社会被金钱腐蚀的人心，基督精神已死。

高老头的"父爱"悲剧是封建宗法社会向资本主义急剧转变新旧交替时期出现的悲剧，其实质是封建宗法观念被资产阶级金钱至上的道德原则战胜的悲剧，也是一个精通资产阶级生意经却不通晓资产阶级人生哲学的资产者的悲剧。巴尔扎克大力美化这父性基督，力图以此来唤醒人心，复归人性。他揭示了高老头强烈的父爱遭到无情摧毁的可悲性，有力抨击了资本主义社会人欲横流、道德沦丧的现实，展示了金钱魔力的可怕，谴责拜金主义以及金钱的罪恶。正如马克思在《共产党宣言》中所说："资产阶级撕下了罩在家庭关系上的温情脉脉的面纱，把这种关系变成了纯粹的金钱关系。"[②]

从另一角度说，女儿成了"白眼狼"，与高老头的教养方式也有关。他放纵她们，给予她们金钱式的溺爱，尽力满足她们的物质需求，这使女儿养成了虚荣挥霍的习性，也习惯把父亲看作是永远的给予者，视"父爱"与金钱紧密相连，当父亲再给不出钱时，这种联系就中断了。高老头金钱式的溺爱客观上帮助了社会用金钱来腐蚀自己的女儿，培养了她们的极端自私和拜金主义，以致自己沦落为可怜的牺牲品。高老头沿袭下来的封建的血缘传统观念与他用金钱来笼络女儿感情的资产阶级方式手段之间产生了矛盾与冲突，与由他一手培养起来的女儿的

---

① ［法］巴尔扎克：《巴尔扎克论文艺》，袁树仁等译，人民文学出版社 2003 年版，第 524 页。

② 中共中央马克思恩格斯列宁斯大林著作编译局：《马克思恩格斯选集》（第 1 卷），人民出版社 1972 年版，第 253 页。

资产阶级化的意识之间形成了格格不入的冲突，这是造成高老头悲剧个人因素。

高老头的悲剧也是对雷斯多伯爵和纽沁根男爵所代表的上流社会的控诉和批判。高老头奋斗一生，用各 80 万的丰厚财产让女儿挤进上流社会，分别嫁给大贵族和大资产阶级，以为可以受到尊重、奉承，享受天伦之乐。哪知两个女婿笑纳了他的巨款，却克扣女儿的花销，瞧不起他的阶级身份，临终前既不来人也不送钱。这样对昧良心女儿的指责，也是对上流社会人情如纸薄、唯利是图的控诉。

（五）《高老头》的典型环境描写

巴尔扎克擅长环境描写，一方面注重环境描写的典型性，小说描绘了时代背景、社会风貌、人物关系和日常生活的物质条件等，概括出时代风貌和社会的本质。另一方面发展了狄德罗"美是关系"的观点，认为人是社会的产物，着重描写环境对人物性格形成的作用，塑造典型与环境描写紧密结合，体现了"典型环境中的典型人物"的现实主义原则。

《高老头》中，巴尔扎克站在历史的高度，以精细入微、生动逼真的环境描写来再现时代风貌，揭示了一定历史条件下的社会关系，典型性的社会环境，为典型人物的塑造提供厚实的根基。

《高老头》开头描写圣日内维新街的景色：

"街上，铺路的石块干巴巴的，阴沟里既无污泥，又无浊水，野草沿着墙根往上生长。一到此地，再无忧无虑的人，也会像过路人一样，会变得快快不快；一辆马车的辚辚声会惊动整条街坊，街面上的房子死气沉沉，一堵堵墙让人联想到监狱……就如游人走下地下墓穴时，每下一级，目光愈加晦暗，导游的声音也愈空洞似的。"

这个墓穴意象与结尾处高老头的坟墓形成了首尾呼应，接着对伏盖公寓进行了精细而富有典型特征的环境描写："墙上的石灰老是在剥落"，房内陈设肮脏，家具破烂不堪，充满着"一种闭塞的、霉烂的、酸腐的气味，叫人发冷，吸在鼻子里潮腻腻的，直往衣服里钻；那是刚吃过饭的饭厅的气味，酒菜和碗盏的气味，救济院的气味……"

再由环境引出人物，介绍这所令人难以忍受的寓所里，上演着的人生百态：势利的伏盖太太按照膳宿费数目对客人定下照顾和尊敬的分寸，高老头的家庭痛史，伏脱冷谋划杀人……故事的开场、结尾以及一些高潮都发生在这里。伏盖公寓是巴黎下层社会的缩影。

鲍赛昂子爵府则是上流社会生活的缩影，门禁森严，舞会时"四周被五百多辆车上的灯照得通明透亮"有着"在金碧辉煌的大厅里，乐队奏着音乐"，是圣·日耳曼区最愉快的地方，先生太太们在那里纵情享乐。

拉斯蒂涅租住在阴森破败的平民公寓，出入富丽堂皇的贵族府邸，拉丁区的贫穷与日耳曼区的奢华反差那么强烈，自然而然地刺激着他的神经，使他渴望上层社会的豪华奢侈。巴尔扎克把环境描写同人物的心理变化和精神状态糅合在一起，描写贵族舞会的盛大场面时，也描绘拉斯蒂涅受到腐蚀的心理变化。这样更鲜明地展示了环境对拉斯蒂涅价值观和人生观转向的重要作用，环境成为他野心家性格形成与发展的依据。

（六）《高老头》的细节描写

作为杰出的现实主义大师，巴尔扎克十分重视作品的细节描写，他说："小说在细节上不是真实的话，它就毫无足取了。"[①] 他还认为，作家成功的秘诀就在于细节的真实，细节真实，既增强形象的具体性，又能再现社会生活的原貌。

《高老头》中细节描写独到逼真，准确生动。有典型环境中的细节描写，也有细致入微的肖像描写和心理描写，有性格化的对话描写……一系列真实具体、生动典型的细节描写突出了人物性格特点，使人物更具真实感，更富感染力，也有力烘托了主题。

为了突出高老头的父爱，巴尔扎克运用夸张手法极力渲染细节，以便刻画人物性格。比如，高老头临死前的细节描写，为突出高老头的父爱起了重要作用。

比如高里奥和伏脱冷的肖像描写：

"他越来越瘦，腿肚子掉了下去；从前因心满意足而肥胖的脸，不知打了多少皱褶；脑门上有了沟槽，牙床骨突了出来。他到圣·日内维新街的第四年上，完全变了样。六十二岁时的面条商，看上去不满四十，又胖又肥的小财主，仿佛不久才荒唐过来，雄赳赳气昂昂，叫路人看了也痛快，笑容也颇有青春气息；如今忽然像七十老翁，龙龙钟钟，摇摇摆摆，面如死灰。当初那么生气勃勃的蓝眼睛，变了暗淡的铁灰色，转成苍白，眼泪水也不淌了，殷红的眼眶好似在流血。"

"伏脱冷四十岁的汉子，颊髯染色……他虎背熊腰，胸部发达，肌肉突出，双手厚实、方阔，指节间生着一簇簇火红色的浓毛十分显眼。他的脸早生皱纹，显出冷酷的标记，而它灵活与随和的举止又与此不符……他什么都知道，帆船、大海、法国、外国、买卖、人和事、法律、旅馆和监狱。"

前段描写突出高老头四年来因女儿的压榨折磨，面貌上发生的变化，从精力充沛的、心满意足的绅士变成了满面皱纹、孤独麻木的老头。后段描写则突出了伏脱冷的健壮粗野、表里不一的狡诈和丰富的生活阅历，与高老头形成鲜明对比。

再如对拉斯蒂涅的心理描写，为了有向上爬的资本，他写信向家里索取1200法郎，得知母亲和姑母卖掉了首饰和心爱的纪念物，妹妹拿出了多年的私

---

① ［法］巴尔扎克：《〈人间喜剧〉前言》，《巴尔扎克全集》（第 1 卷），傅雷、罗梵等译，人民文学出版社 1999 年版，第 14 页。

蓄，给他筹钱，拉斯蒂涅流泪了，他想到高老头夜里绞掉镀金盘子要为女儿还债的情景，想着给亲人带来的牺牲，心存内疚，这段心理描写表达出野心膨胀但天良未泯的青年此时此刻的内心矛盾。

再如鲍赛昂夫人带着拉斯蒂涅来到剧院，准备帮他结识纽沁根太太的一段对话描写，两人看见纽沁根太太各有评价，拉斯蒂涅夸她可爱、苗条、眼睛美丽，鲍赛昂夫人则评价"她的眼睫毛黄得发白""手很大""脸太长""每个动作都脱不了高里奥气息"，这段对话描写可让读者判断对话者的不同身份、地位、性格及其内心活动。拉斯蒂涅一味赞叹，是因为被但雯纳的年轻漂亮吸引，他语言直率，显出初见世面的天真。鲍赛昂夫人的点评，则显示出她居高临下的地位、高傲的态度和鄙夷的神情。小说中随处可见这样潜台词丰富、个性色彩鲜明的家常对白。

巴尔扎克不仅重视生活细节的描写，尤其擅长经济细节的描写，并以此来反映阶级关系和人物身份、社会地位的变化。比如，他详细写了高老头在伏盖公寓寄居期间住所和膳宿费的变化，6 年前高老头结束买卖后，住到了伏盖公寓最好的房间，每年交 1200 法郎的膳宿费，他衣着讲究体面，金银用品不少；第二年末，换了房间，膳宿费减为 900 法郎；第三年，又换到最低等的房间，每月房钱降为 45 法郎，金银饰物也几乎当尽卖绝了。还有拉斯蒂涅的父母用靠田地获得的年收入约 3000 法郎支撑着大家庭开支，每年还要节省出 1200 法郎供他上学。

恩格斯称赞巴尔扎克的作品提供了社会各个领域丰富生动的细节和形象化的历史材料，"甚至在经济的细节方面……要比从当时所有职业历史学家、经济学院和统计学家那里学到的全部东西还要多"。①

此外，《高老头》中广泛采用了对比、呼应、象征等艺术手法，鲍赛昂子爵府与伏盖公寓环境对比，鲍赛昂太太举行最后一次盛大舞会，退隐巴黎与纽沁根太太终于挤进阀阅世家的客厅，大出风头形成对比，一荣一枯展示了资产阶级实力的咄咄逼人和贵族的没落。高老头的两个女儿对比，拉斯蒂涅所受的"人生三课"对比。

小说的语言符合人物的性格、身份及其经历，独具个性化，同时又准确生动传神，当之无愧是法兰西"美好语言中的纪念碑"。

参考文献

[1] [法] 巴尔扎克：《巴尔扎克全集》，人民文学出版社 1999 年版。

[2] [法] 巴尔扎克：《高老头》，韩沪麟译，译林出版社 2006 年版。

---

① 恩格斯：《致玛·哈克奈斯》，见中共中央马克思恩格斯列宁斯大林著作编译局主编：《马克思恩格斯全集》（第 4 卷），人民出版社 2012 年版，第 462—463 页。

［3］［法］巴尔扎克：《高老头》，傅雷译，人民文学出版社1997年版。

［4］［法］巴尔扎克：《人间喜剧》，张冠尧译，人民文学出版社2002年版。

［5］［奥地利］司蒂芬·茨威格：《巴尔扎克传》，幼明编译，中国人事出版社1995年版。

［6］［丹麦］勃兰兑斯：《十九世纪文学主流》（第5分册），李宗杰译，人民文学出版社1997年版。

［7］［法］皮埃尔·布吕奈尔等：《十九世纪法国文学史》，郑克鲁等译，上海人民出版社1997年版。

［8］［法］安德烈·莫洛亚著：《巴尔扎克传》，艾珉、俞芷倩译，浙江文艺出版社1998年版。

［9］［法］巴尔扎克：《巴尔扎克论文艺》，袁树仁等译，人民文学出版社2003年版。

［10］［德］马克思、恩格斯：《马克思恩格斯选集》（第4卷），中共中央马克思恩格斯列宁斯大林著作编译局编译，人民出版社2012年版。

哈代《德伯家的苔丝》导读

文彬彬

　　《德伯家的苔丝》是英国著名作家托马斯·哈代（Thomas Hardy，1840—1928）在小说领域的代表作。小说通过威塞克斯农家姑娘苔丝的爱情和婚姻悲剧，深刻反映了现代工业文明入侵英国农村后传统的宗法制农村逐渐解体直至被彻底取代的历史进程，同时也揭示出维多利亚时代在道德习俗、宗教信仰、法律制度等方面的虚伪性和矛盾性。也正因为如此，小说最初连遭两个杂志拒绝，几经删改之后才在《画报》杂志上连载。1891 年 12 月奥斯古德—麦基尔威恩公司出版了小说的三卷本足本。小说出版之后接连再版，颇受读者欢迎，但也因其对维多利亚社会主流价值观的挑战而招致不少批评家的抨击和否定。有人觉得小说中充满了各种偶然和巧合，显得非常悲观："除了和奶牛一起的那几个小时，其余时间几乎没有一点阳光"[①]，另一些人则认为"这是一本危险的书"，它"以一种极其令人厌恶的方式讲述了一个极其令人厌恶的故事"[②]，但事实上哈代并不悲观，他只是以相当的坦率和超前的意识消解了维多利亚时代乐观主义宏大叙事，为我们呈现出掩盖在这种主流话语下的深刻社会危机和严酷社会真实。

一、作者介绍

　　在狄更斯逝世后的 19 世纪英国文坛中，托马斯·哈代（1840—1928）被公认为最具代表性的现实主义作家。其创作生涯相当独特：一生横跨两个世纪，其文学创作生涯以诗歌开始，又以诗歌结束。在 19 世纪他因小说闻名遐迩，而在 20 世纪他又以诗人之名著称于世。总体上看，他的文学成就主要在于小说。评论界对哈代评价颇高。如伍尔芙称他为"英国小说中最伟大的悲剧大师"，卡尔·韦伯则认为他是"英国小说中的莎士比亚"。

　　哈代出生于英国西南部多塞特郡的一个古朴宁静的小村庄。父母对他在音乐

---

① Edmund Blunder, Thomas Hardy, London：Macmillan，1942，p. 71.

② R·G·Cox, Thomas Hardy：The Critical Heritage. Routledge&Kegan Paul，1978. p. 214—21.

和文学上的素养产生了很大的影响。16 岁时哈代跟随约翰·希克斯做了六年的建筑学徒，同时博览群书，自学希腊语。1862 年，他离开故乡来到伦敦，投在著名建筑师布罗姆菲尔德门下做绘图员，并在工作之余尝试文学创作。因在伦敦常患痛风病，兼之不适应伦敦的现代氛围，哈代于 1867 年重返故乡，继续从事建筑工作，7 年后因长篇小说《远离尘嚣》的成功而辞职以专事写作。1895 年他因《德伯家的苔丝》及《无名的裘德》两部长篇小说的发表招致英国上流社会肆意攻击，愤而转向诗歌创作。1828 年逝世后极享哀荣，葬于威斯敏斯特诗人之角。

哈代一共创作了 14 部长篇小说，4 部短篇小说集，此外还有 8 部诗集和史诗剧《列王记》3 部。应该说基督教堂的建筑工作，对哈代的小说创作影响深远。他曾经把自己的小说分为三类："精于结构的小说"，包括《计出无奈》（1871）等；"罗曼史和幻想小说"，如《一双蓝蓝的眼睛》（1873）、《塔上恋人》（1883）等；"性格与环境小说"。其中成就最高的当属"性格与环境小说"。1912年，他在为麦克米伦版威塞克斯小说与诗歌写总序时，曾将自己最具思想和艺术价值的小说称为"性格与环境小说"，包括《绿林荫下》（1872）、《远离尘嚣》（1874）、《还乡》（1878）、《卡斯特桥市长》（1885）、《林地居民》（1887）、《德伯家的苔丝》（1891）和《无名的裘德》（1895）七部长篇小说。哈代一生珍爱故乡，除去伦敦做短暂的交际活动外，大部分时间都是在多塞特郡自己设计建造的别墅 Max Gate 度过的。他把小说故事发生的地理背景大都集中在多塞特郡的农村地区，在《远离尘嚣》中哈代第一次从英国早期的历史记载中发掘出了"威塞克斯"这个词来命名这一地区，并"用它来作为曾经包括那个已经不复存在的王国的现名，从而给它以虚构的意义"。[①]因此，这些小说又被称作"威塞克斯小说"。他用威塞克斯这个古老的撒克逊地名来代表它所描写的地区——他的家乡多塞特郡一代，并且还郑重其事地将这一带界定为"北起泰晤士河，南至英吉利海峡，东以海灵岛至温莎一线为界，西以康尼什海岸为边"[②]，并详细列举了小说中地名的来源。"威塞克斯"不仅将哈代所有的小说连成了一个整体，而且使小说的基调得以和谐统一。

二、创作背景

众所周知，19 世纪中期是英国历史上的黄金时代——维多利亚盛世。这是一个政治相对稳定、经济飞速发展、物质极度繁荣的崭新时代。在短短几十年的时间里，英国社会从上到下都发生了前所未有深刻变化。伴随着工业革命的全面

---

① 哈代：《远离尘嚣》前言，曾胡译，花山文艺出版社 1982 年版，第 1 页。

② 张玲：《哈代》，华夏出版社 2002 年版，第 53 页。

展开和迅速深入，英国由一个以农业和手工业为主的国家一跃而成为当时世界上经济最为富足和强大的工业化国家。此时的英国国力昌盛，不仅是世界工厂、世界金融中心，而且还成为一个殖民地遍布各大洲的"日不落帝国"。1851 年伦敦举办了第一次世界博览会，它标志着英国经济的"腾飞"。在海德公园由阿尔贝特亲王亲自参与设计的玻璃大厦里，13000 多件科技发明创造向人们昭示着英国工业革命的巨大成就。工业革命促进了科技的发展，同时也导致了对人自身力量的盲目乐观和自信。这一时期人们对经济发展、科学进步和未来社会充满了信心，甚至在某种程度上形成了一种信仰。

然而，在经过维多利亚中期的盛世辉煌之后，英国国内的各种社会矛盾不断激化，1873—1874 年发生的严重经济危机更是给英国以经济和精神上的双重打击。再加上 19 世纪后期达尔文进化论和各种哲学思潮的广泛影响，人们的宗教信仰和价值观念受到了强烈的冲击，维多利亚精神也随之发生了裂变，原先存在于人们头脑当中那种深信不疑的普遍乐观情绪逐渐被一种怀疑甚至悲观的情绪所取代。这种对社会现状的怀疑、不满实际上反映了人们在新旧交替时代，旧的价值体系走向崩溃而新的价值体系尚未建立起来时的一种精神上的无归属感。

身处于这样一个由传统向现代剧烈转型的时代，哈代敏锐地感受到了其故乡多塞特郡农村的巨大变化。在那里，现代工业文明的触角——铁路、电报、邮车、机器已延伸至此，在那里，古老的生活方式——农村宗法制传统正在逐渐消逝。资本主义现代文明的诞生打破并最终取代了古老的传统社会结构，极大地改变了人的生存处境，同时也改变了人们原先固有的价值和道德观念。在哈代看来，这虽然是一种历史进步的大趋势，但它却是以人的自我的失落和异化为代价的。人们在失去物质和精神意义上的家园——土地和信仰之后变得进退无据，无所适从。哈代正是在这样一种传统与现代的巨大张力之间进行着执着而又痛苦的求索。

三、主要内容

在小说中，苔丝是英国南部布蕾谷马勒村里的一个农家少女。据当地牧师考证其先祖是英国中世纪时期征服者威廉手下赫赫有名的德伯武士，只是累世更替传到他父亲这一辈的时候已经今非昔比了。苔丝的父亲这时候穷困潦倒，是个只有一匹老马勉强能维持全家生计的小商贩，母亲是个挤奶女工，祖先的荣耀、地位和财产在他们这里早已烟消云散。作为家里的长女，苔丝主动承担起了家庭的重任。这天她代替因庆祝发现自己所谓贵族后裔的身份而醉酒的父亲和弟弟一起赶着老马去赶集，却因睡着而导致老马被邮车撞死，全家顿时陷入困顿之中。

出于愧疚，16 岁的苔丝不得不以认亲的方式到富有的亚雷·德伯家养鸡以获得微薄的工资来养家糊口。去了才发现原来亚雷是个冒牌资本家并且居心不良。天性淳朴善良的苔丝由于涉世未深，对亚雷的无理纠缠未加提防，以致在一个朦胧的月夜被亚雷诱奸。之后亚雷无耻地要求苔丝做他的情妇，但苔丝坚决拒绝并离开亚雷回到了马勒村的家。

回家后的苔丝不久就发现自己怀孕了，她不顾乡里人的各种歧视生下孩子并尽力打工去养活孩子和家庭，但孩子还是不幸夭折了。两三年后苔丝重整旗鼓，再次离开家乡，来到塔布篱奶牛厂做挤奶女工。在这里她遇到了出身牧师家庭但却有自己新思想的安玑·克莱，两人很快陷入热恋，但苔丝内心却因为自己的过去极度纠结，她设法将写有自己过去的信塞到安玑·克莱房间的门缝里好让他自己决定到底娶不娶她，但不幸的是信被塞到了门口的地毯下他并没有看到，苔丝想当面说的时候安玑·克莱又不让。新婚之夜，安玑·克莱对自己过去一夜风流的坦白立刻得到了苔丝的谅解，但苔丝的坦白却让他无法接受，他很快抛下新婚妻子一个人远赴巴西去经营农场。

只身一人的苔丝只得回到娘家栖身，但在家也很压抑，于是她索性离开娘家去布雷港附近的牛奶厂打零工度日，不肯靠安玑·克莱给他的钱过活。由于打工受季节影响和娘家过度开支的缘故，克莱给她的钱早已用尽，她只好在寒冷的冬天来到更远的陵窟槐农场，在极其艰苦和恶劣的环境中打工挣钱。极度困窘中的苔丝迫不得已想向安玑·克莱的父母求助，但最终还是因为自尊而放弃了，不想却在回来的途中遇到了改头换面、满口仁义道德的亚雷，此时他已摇身一变成为牧师，见到苔丝后原形毕露又开始百般纠缠，甚至向苔丝求婚。恰逢此时，苔丝父亲病故，按照契约她家的房子被佃户收回，因而苔丝一家顿时流离失所、无家可归了。而此时安玑·克莱远在巴西且重病在身，杳无音信，走投无路之下，苔丝为了家人的生存无奈与亚雷同居。

病愈回到英国的安玑·克莱在看到苔丝留给他的几封信之后终于悔悟，想和苔丝重归于好，于是他到处寻找，好不容易找到后才发现一切悔之晚矣。此时的苔丝爱恨交加，她恨亚雷毁了她的一生，愤怒之下失手将其杀死，之后追上克莱并与之一起潜逃。在度过了短暂、幸福的时光之后，苔丝最终在古老的悬石坛上被捕，并以杀人罪而处以绞刑。

四、《德伯家的苔丝》成就与影响

（一）哈代在小说中通过苔丝的悲剧展现了他对维多利亚时代伦理道德标准的强烈质疑与批判

以彼时的伦理标准而言，苔丝是一个不洁的女人，在她失身回家并产下私生子之后，不仅苔丝饱受周围村民的歧视，她的私生子"苦恼"甚至连起码的洗礼和葬礼都得不到当地牧师的应允施行。不仅如此，甚至苔丝自身也在潜意识中认为自己是有罪的、不体面的。在苔丝受辱还家的路上，那个工匠在篱阶上涂写了几行鲜红的字句："你，犯，罪，的，惩，罚，正，眼，睁，睁，地，瞅，着，你。""不要犯（奸淫）。"这些《圣经》摘句让苔丝觉得异常刺眼，并感到十分惧怕，不自觉地以为就是在指摘她所犯的罪过。但我们非常清楚，这些古训所针对的对象绝不该是苔丝，因为这完全不是出自苔丝的本意，而是由亚雷一手导致。因而要谴责的应该是真正意义上的犯罪者亚雷。然而具有讽刺意味的是，亚雷不仅丝毫没有悔罪意识，甚至还改头换面做牧师去训导别人，而受难者苔丝本不该在意，却怀有沉重的负罪感，尽管有时也表现出激烈的反抗态度，但在潜意识中苔丝一直认为自己是"不正经的"女人。应该说，苔丝思想中的这一观念在她悲剧命运的形成过程中起到了催化剂的作用，可见这种伦理观念在当时多么深入人心。

小说中苔丝与安玑在新婚之夜互诉衷肠这一情节进一步将批判的矛头指向了维多利亚时代的双重伦理道德标准，那就是"男性的婚外情仅仅只被看作是一种自然的缺点，而对于女性则是应受谴责的犯罪证据"[①]。在小说中，我们清楚地知道，苔丝对安玑的爱是至死不渝的，为此她经受了巨大的甜蜜与痛苦的折磨。在百般的挣扎与纠结中，苔丝几次三番地想要向克莱坦诚自己的"罪过"，但克莱始终一无所知，一直把苔丝想象为一个至纯至善的精灵："一片空幻玲珑的女性精华——从全体妇女里提炼出来的典型仪容"[②]。此时克莱爱的已不是一个具体的苔丝，而是苔丝所代表的具有童贞的自然女儿的抽象理想。因而当苔丝最终吐露实情并想求得安玑的宽恕时，他才意识到，理想化的童贞女苔丝已经遭到"肉欲的人"亚雷的玷污，他猛然醒悟到："我原来爱的那个女人并不是你！是另一个跟你一模一样的女人。"[③] 这位本有独立见解和善良用意的先进青年，一旦事出非常，最终还是无法摆脱他一直蔑视的社会习俗和礼法，结果又退回到传统的道德原则中成为那个时代"成见习俗"的奴隶了。而事实上，苔丝还是原来那个纯真质朴的苔丝，自他们在塔布篱相遇以来一直未变的"自然的女儿"，但在安玑看来，"身份不一样，道德的观念就不同，哪能一概而论？"[④] 苔丝失贞的事实抹掉了她所拥有的一切美好品质，甚至连道德价值也蒙上了永远洗不尽的污点，尽管苔丝一再声明她对安玑的爱超过任何人，安玑亦承认这一点。哈代曾针锋相对地指出："判断她的道德价值，应该看她所有的倾向，不应该看她所做的事情。"[⑤] 也许我们不能简单地认为安玑非常虚伪，因为他"只是在按照真正的

---

① Mahon, Maureene. Thomas Hardy's Novels: A Study Guide. Heinemann Educational Books Ltd, 1976. p. 64.

② 哈代：《德伯家的苔丝》，张谷若译，人民文学出版社 1994 年版，第 199 页。

③ 哈代：《德伯家的苔丝》，张谷若译，人民文学出版社 1994 年版，第 341 页。

④ 哈代：《德伯家的苔丝》，张谷若译，人民文学出版社 1994 年版，第 346 页。

⑤ 哈代：《德伯家的苔丝》，张谷若译，人民文学出版社 1994 年版，第 392 页。

维多利亚方式行事"① 罢了。

哈代将维多利亚时代普遍存在的双重伦理标准如实地展现在读者面前，并特意在小说出版时加上一个副标题"一个纯洁的女人"，以示对这种标准的质疑和挑战。在他看来，大自然的女儿苔丝美丽善良，淳朴真挚，勇于担当，她并没有什么过分的奢望和追求，只是由于少不经事而被亚雷诱奸之后便累遭挫折与屈辱，这并不能掩盖她纯洁的本质。小说中亚雷事实上对苔丝的侮辱，不仅不被惩罚，反而被乡里人理解为苔丝自身的伤风败俗，但在她遭受侮辱时，法律却保持了沉默；而当苔丝杀死亚雷时，法律却马上严酷地惩罚了苔丝的反抗行为，最终将她送上绞刑架："这个天真无邪的自然之子竟然不得不受到人为的社会法则的责难，遭到不应有的痛苦。"② 在这里，哈代想要表明，苔丝悲剧的根由在于社会属性的道德和法律，而不在于纯洁的自然属性，正因为她打破了一系列并非建立在自然基础上的社会成规和习俗才有了后面的悲惨结局，因而旧的伦理道德和不公正的法律才是苔丝悲剧的真正制造者，是自然情感和社会习俗的冲突最终毁掉了苔丝。

（二）小说体现了哈代对传统与现代的矛盾态度

哈代从小热爱大自然，在大自然的熏陶下，哈代形成了自己对大自然异乎寻常的感悟力。伍尔芙曾称赞他是"大自然的一位细致入微、炉火纯青的观察者"③。他能区别雨点落在树根或耕地上的声音，能分辨风儿吹过不同丫枝的声音，往往能达到与大自然心灵相通的境界。在他看来，"新奇的景色，其中有精美的诗。"④ 他把对大自然敏锐独特的感受贯注在自己的小说创作中，把古朴清幽、环境优美的故乡看成自己的理想世界，极尽笔墨描绘了乡村生机勃勃的自然美景。在小说中，绿草如茵的布蕾谷是"一片土壤肥沃、山峦屏障的村野的地方"，"那里一行行纵横交错的树篱，都好像是一张用深绿色的线织成的网，伸展在绿色的草地上……而远处的天边，则是一片最深的群青。"⑤ 这就是哈代笔下的诗性自然，构成了小说中的美好意境。在他的早期作品如《绿林荫下》（1872）、《远离尘嚣》（1874）中，哈代向我们描绘了一个极具浓厚宗法制氛围和田园牧歌情调的传统威塞克斯社会。他总是怀着理想的激情极力歌颂还没有遭受现代工业文明污染的自然文明和传统文化之美，歌颂传统农村社会中人民的勤劳质朴、高尚正直的优秀品德及其在宗法制社会下自得其乐的生活。"他已经深深

---

① Mahon, Maureene. Thomas Hardy's Novels: A Study Guide. Heinemann Educational Books Ltd, 1976. p. 68.

② F·E·Halliday, Thomas Hardy: His Life and Work. Granada, 1984, p. 56.

③ 瞿世镜：《伍尔芙研究》，中国社会科学出版社 1992 年版，第 594 页。

④ Florence Emily Hardy. Thomas Hardy. Macmillan, 1933. p. 33.

⑤ 哈代：《德伯家的苔丝》，张谷若译，人民文学出版社 1994 年版，第 22 页。

地融入了多塞特的乡村、人民和文化之中。他本能地感觉到他是属于那里的，尽管很早的时候他就意识到这些以外的一些事情。"① 他曾相信古老的宗法制传统能抵御现代工业文明的冲击，但越往后他的作品中便越来越明显地表现出两个世界、两种文明、两种思想、两种生活方式之间的冲突。他逐渐认识到宗法制传统和田园理想无法与机器时代和现代文明相抗衡。随着工业化进程的加快，威塞克斯传统的风俗习惯和生活秩序不可避免地会遭到破坏，威塞克斯人的生活也会逐渐失去原有的和谐与宁静，最终无可挽回地走向土崩瓦解的悲惨境地。因此，在揭示被现代工业文明占领前后的威塞克斯农村的社会风情、新旧矛盾和思想冲突时，对于传统与现代，他的思想一直处在既不愿接受但又无法回避的巨大张力之中。

在《德伯家的苔丝》中，苔丝的生命轨迹覆盖了威塞克斯各个郡县，既有充满诗情画意和美好人性的布蕾谷牛奶厂，也有凄风苦雨饱受机器折磨的陵窟槐农场，更有已通火车的现代海滨胜地，她四处打工直至和安玑·克莱逃离的生命历程，"构成了一副完整工业化进程中的英格兰乡村风貌"②。在情节安排上，小说开始即向我们展示了马勒村古老的英国传统风俗——五朔节舞，但紧接着就意味深长地让苔丝家的老马被疾驰而来不及闪避的邮车撞死了。评论家历来认为这个细节颇具象征意味，因为正是象征外来现代文明的邮车撞死了已垂垂老矣的老马，从而使得苔丝一家从此走向困顿和解体。哈代在苔丝这个自然、纯洁的女儿身上更多寄托的是传统、自然的因素，而亚雷·德伯和安玑·克莱则分别代表了更多意义上现代文明中肉体和精神的人。苔丝由磨难（被亚雷诱奸）到奇迹（与安玑两情相悦）再到磨难（被安玑背弃、艰难打工、做亚雷情妇）直至最终死亡的过程正是二人共同作用的结果，它形象地展现了英国原有的传统宗法文明和乡村体系在外来的现代工业文明、物质文明的挤压侵蚀下逐渐解体并被取代的过程。哈代以真实细腻的笔触深刻地反映了处在传统文明与现代文明交汇点上人们艰难的生存与心理困境，表现了两种文明的激烈撞击给人们所带来的心灵创痛和现实苦难。最终，古老但却富于人性的生产方式遭到冷酷无情的新机器的淘汰，宗法制传统逐渐让位于现代工业文明，意欲摆脱现实的种种重负去实现人生追求的主人公们也遭到了挫折和失败，这与哈代早期作品中浓郁的田园牧歌情调形成了鲜明的对比。

需要指出的是，哈代一生珍爱故乡的传统，但也并没有一味地美化传统，因为它也有种种缺点和不足，他也知道无论古老的宗法制生活有多么和谐，多么令人留恋，都不能改变传统宗法文明终将被现代工业文明取代的命运；他相信现代文明的进步，相信社会会不断得到改善，但却又困惑于理性的现代文明给人和社

---

① Merryn Williams：《哈代导读》，北京大学出版社 2005 年版，第 42 页。
② 何宁：《哈代热与英格兰性》，《外国文学动态》2009 年第 4 期。

会带来的巨大灾难。他清醒地感觉到这个世界出了问题，于是他想寻找天堂，刻意地寻找天堂。在他看来，传统的自然的世界就是他的天堂，可它已经一去不复返了，而现在的这个世界他又别无选择。为此，他深深地陷入了痛苦之中。他的痛苦是由其传统的情感体验与现代文明的理性精神所构成的深层次冲突，是现实的压迫与其对人性的渴求的矛盾在精神上的折光。正如弗吉尼亚·伍尔芙所说："他是田野和晨曦的儿子，然而他又受着书本知识所培养起来的怀疑和沮丧的折磨；他热爱古老的生活方式和纯朴的农民，然而他命中注定要看到先辈们的信念和欲望在他的眼前烟消云散。"[1] 对此，哈代自知无力回天，他只能在传统与现代、前进与退缩之间徘徊。最终，哈代放弃了一种生活，却又发现另一种生活也并不美好。"他虽然接受了这个世界，但却讽刺了这个世界"[2]，因为这个世界并不是他真正所属的世界。哈代虽然在理智上接受了后者，但在感情上却倾向于前者。从哈代的整个小说创作过程中我们可以看到，他在描写资本主义现代文明对宗法制农民命运造成的悲剧性影响时，内心深处始终保持着对已逝的纯朴田园生活的缅怀和眷恋。不管社会如何向前发展，威塞克斯的古老宗法制社会仍然是他心目中的一块净土。他一生歌颂和追求的田园牧歌理想都寄托于其中。可以说，这就是哈代的精神家园，是他"灵魂诗意的栖居之所"。

哈代一直在寻找着摆脱困境的出路，然而现代文明给予他的却是痛苦多于欢乐，他只有将理想寄托于在他看来十分美好的传统宗法制社会。但这也只能是他一厢情愿的异想天开，是一种不可能实现的空想，已进入现代社会的世界不可能再回到古老的宗法制社会中去。他的理想虽然美好，但却是可望而不可即的。事实上，哈代对于传统宗法制理想的极端迷恋在很大程度上反映了他对理想人性和美好生活的追求。在污浊的现实中，他那善良美好的愿望虽不可能实现，但他这种正视苦难、上下求索、试图排解和超越苦难的执着精神，却使他困厄的心灵获得了理性的升华。这在人们重又珍视自然，重估传统的今天，更能给人以思想的启迪和艺术的享受，仍然具有重大的现实意义。

（三）小说中哈代通过对灰姑娘模式的戏拟表现了对维多利亚乐观主义宏大叙事的消解

在深层结构上，《德伯家的苔丝》对格林童话中灰姑娘的故事进行了戏拟。童话中的灰姑娘虽屡遭厄运，但最终获得一个完满的结局——从此与王子过上了幸福的生活，作恶者也得到了应有的惩罚。在很大程度上，它寄托了人们对善良战胜邪恶的美好理想。相比之下，不难发现哈代小说对这个故事结构的反讽：灰姑娘故事有一个基本的叙事模式，即磨难（母亲去世，受继母虐待）——奇迹

---

① 弗吉尼亚·伍尔夫：《论小说与小说家》，瞿世镜译，上海译文出版社 1986 年版，第 81 页。

② 吉丁斯：《哈代》，殷明礼译，名人出版社 1980 年版，第 157 页。

（小鸟助其摆脱困境、实现愿望）——磨难（王子几次找不到灰姑娘、两个姐姐冒穿金鞋）——幸福结局（王子与灰姑娘成婚），总体上呈 W 型结构，而在小说中，苔丝的命运却呈完全相反的 M 型结构，即得知为贵族后裔让苔丝去攀亲——苔丝受辱——与安玑恋爱并结婚——遭安玑遗弃再次落入亚雷魔掌，安玑回来后刺死亚雷被处绞刑；童话中的结尾是王子和公主终成眷属一起向教堂走去，而小说中则是安玑和苔丝的妹妹在苔丝行刑完毕后一起向前走去，但安玑和王子不可同日而语，而苔丝不仅和灰姑娘不尽相同，且其角色也因被绞死而被其妹妹置换，小说中甚至没有任何安玑中意其妹的表述；童话中王子的出现拯救灰姑娘于困厄之中，但安玑却不仅没能做到，还间接地导致了苔丝彻底走向悲剧结局；此外，鸟的意象在童话中起到了至关重要的作用，它们总能满足灰姑娘的愿望，化解继母的刁难，让其穿上华丽的服装和水晶鞋参加王子的舞会并最终惩罚了继母的两个女儿，但在小说中它们不仅无法帮助苔丝，甚至连自己也保护不了，小说中也没有任何奇迹出现，其结局也由最终欢快的喜剧变成了沉重压抑的悲剧。

在对灰姑娘故事模式的戏拟中，哈代背离了有情人终成眷属的大团圆结局，并打破了人们通常意义上对这种经典结构的思维常规，让读者的期待视野在这个过程中不断受挫。这样，在人们的传统思维习惯和现实之间便形成了一股强大的艺术张力。灰姑娘的幸福结局在与苔丝悲惨遭遇的强烈对比中被无情地消解，它使人们认识到，在人类生存处境如此残酷的情况下，灰姑娘式的童话结局不仅毫无可能，而且是对现实人生的巨大嘲讽。在《英国小说中的真实坦率》一文中，哈代即痛陈那种千篇一律的矫饰结局，即"他们结了婚，以后一直很幸福"，并认为"英国文学在朝向这一方面发展时，遇到了英国社会给它设置的一条几乎难以逾越的鸿沟"①。在这里，哈代指出了英国文学中普遍存在的一种倾向，即作品中大都喜好人为设置一个灰姑娘式的幸福结局，这在哈代看来是严重背离现实的，因而他在小说中运用反讽的叙事策略对其进行了不遗余力的颠覆。在消解这种幸福结局的同时，哈代将其矛头指向了"时代或某种状况下的整个现实"②。他一针见血地指出，隐藏在这种文学倾向背后的是一种对残酷现实的极端漠视，以及与之相伴的盲目乐观主义思想。

哈代生活和创作的年代，正是英国大肆进行海外扩张，经济迅速发展，科学技术日益进步的年代，即通常人们所称的维多利亚盛世时期。大多数英国人都对此感到沾沾自喜，并津津乐道于现代工业文明所带来的巨大物质利益，由此滋生了一种对于进步的乐观主义信仰。进步成为"摆脱偏见、满怀自信、信任未来的头脑的装饰品，这种头脑创造了一种担保一切拥有富裕生活手段的人过得幸福的

---

① 张玲：《哈代》，华夏出版社 2002 年版，第 61 页。
② 索伦·克尔凯郭尔：《论反讽概念》，汤晨溪译，中国社会科学出版社 2005 年版，第 218 页。

哲学"。① 反映在文学上，作品中大都呈现出一种"寻找——找到"的传奇式追寻模式，即在寻找的过程当中，人物虽然会经历各式各样的磨难，但最终都能得以实现，因而具有某种传奇的色彩。弗莱认为，"传奇在所有文学形式中最接近于如愿以偿的梦幻。因此从社会的角度来看，它具有奇特的悖谬的作用。每个时期的社会或知识界的统治阶级都喜欢用某种传奇的形式表现其理想。"② 灰姑娘的故事模式正是这种追寻模式的典型代表。它实际上体现了维多利亚时代的主流意识形态——对理性和进步的近乎信仰式的顶礼膜拜。启蒙主义以来人们对理性至上的过度崇拜及盲目乐观，在这一时期成为一种普遍的精神状态。

在这种弥漫全社会的乐观主义氛围中，哈代保持了对现实的清醒认识，并对其进行了质疑和反思。作为一个富于良知和社会责任感的正直作家，他以一种"世人皆醉我独醒"的崇高情怀表达了对在科技日进、财富日增的同时，人类的道德和智慧会日益消损的担忧。出身于社会底层的哈代，不仅看到了维多利亚时代表面的经济繁荣，也看到了繁荣背后现代工业文明光鲜外表下的虚伪道德、宗教和法律制度。它与农村传统宗法制之间形成了尖锐的对立，并使大量农民由于破产而陷入成为农业雇工的悲惨处境。这一切使得哈代从先前田园生活的浪漫理想中清醒过来，他开始深刻地认识到，资本主义现代文明无情地摧毁了传统的农村宗法制，并直接导致了在现代社会中人们的种种悲剧。哈代并不否认现代性进程的不可逆性，但他更强烈地感受到了这种乐观后面的严酷真实："现代社会是有毛病的，通常情况下是残忍的、不人道的。"③ 因而在小说中他否定了这种传统的"寻找——找到"的追寻模式，坚定地选择了"寻找——找到——失去"这种叙事结构。它对应地表现为一个由喜剧到悲剧的转化过程，即在寻找的过程中，主人公虽然暂时找到了所要寻找的事物，其结局貌似喜剧，实则是更为深层意义上的悲剧。在小说中，哈代多次戏仿了这种喜剧性的追寻模式，每次主人公在将要找到或以为找到的时候，总是面临更大的失去。通过这样的叙事策略，哈代揭示了维多利亚时代乐观主义表象下的悲剧本质，批判了那种认为当时英国的精神文明和物质文明都达到了高峰以及它在道德、宗教、法律等方面都日臻完善的观点，表现了作家对主流意识形态的疏离和否定。也许，较之那些无视人类痛苦甚至粉饰现实的乐观情绪，哈代的直面现实显得颇为"悲观"。在维多利亚盛世的大语境下，其"悲观主义"也有些不合时宜，但它实际上就是对现代工业文明所崇尚的理性、科学、进步等主流话语所持的一种警惕和批判的姿态。正如页

① 乔治·索雷尔：《进步的幻象》，吕文江译，上海人民出版社 2003 年版，第 100 页。
② 诺斯诺普·弗莱：《批评的剖析》，陈慧、袁宪军、吴伟仁译，百花文艺出版社 1998 年版，第 225 页。
③ Williams, Merryn. A Preface to Hardy. London：Longman. 1993. p. 95.

巴尼翁所说，它"并不导致不作为——乐观主义，对进步的信仰才使人懒惰，而是导致活动主义：悲观给人以绝望的力量"①，但这绝非是非叔本华式的绝望，因为它指向的是"比这些批评家们的乐观主义更为高级的特征——那就是真理"②。

（四）积极的"悲观主义"

评论界指责哈代的"悲观主义"是从《卡斯特桥市长》开始的。实际上自《还乡》至《无名的裘德》，小说中主人公几乎都生活在两个世界的夹缝之中，他们的心灵在宗法文明与现代文明的撕扯中困惑着、痛苦着、挣扎着，最终无不心力交瘁，或死于非命，或陷入孤独。尤其是最后两部"性格与环境小说"。在《德伯家的苔丝》及《无名的裘德》出版之后，评论界对哈代的指责更是达到了前所未有的地步。他们称他为"宿命论者、厌世主义者、悲观主义者、非国教徒、不可知论者、无神论者、不道德者、异教徒、颓废派"等，种种贬抑之词令人咋舌。威克菲尔德大主教更是愤然将《无名的裘德》付之一炬！

哈代目睹了现代工业文明与传统宗法制农村之间的严重对立以及大量农民由于破产而逐渐变为农业雇工的悲惨处境。对此，他既感到忧伤，又感到迷茫，希望能找出其确切的根由。他有时候模糊地用"冥冥之中的力量"来概括，有时又用"无所不在的意志或宇宙意志"来说明，有时却又用诸如"环境、性格、偶然、命运"等字眼来表达。在《德伯家的苔丝》中，哈代更进一步把视野投向了人类生存的广阔背景，即"本身就有缺陷的宇宙"。小说开头苔丝与弟弟在赶着马车去市场途中的一段对话表明了哈代对人类生存的宇宙困境的思索。

"姐姐，你不是说过，每一个星儿，都是一个世界吗？""是的。""都跟咱们这个世界是一样的吗？""我说不上来，不过我想，可能是一样的。有的时候，它们好像跟咱们那棵尖头硬心儿苹果树上的苹果一样，它们大多数都光滑、水灵，没有毛病，只有几个是疤癞流星的。""那咱们住的这个，是光滑水灵的，还是疤癞流星的？""是疤癞流星的。""有那么些没有毛病的世界，咱们可偏偏没投胎托生在那样的世界上，真倒霉。""不错。"③

哈代借此向人们揭示了这样一个具有普遍意义的世界图景：在这个有毛病的物质世界里，人们正常的感情和合理的要求受到社会的限制和责难，人们必须按照社会的意愿进行循规蹈矩的生活。正如杰格迪什·戴维所言："人类在这个世

<hr />

① 安托瓦纳·贡巴尼翁：《反现代派——从约瑟夫·德·迈斯特到罗兰·巴特》，郭宏安译，三联书店2009年版，第69页。
② ［德］扎贝尔：《哈代为其艺术辩护：不协调的美学》，王义国译，见陈焘宇主编：《哈代创作论集》，中国社会科学出版社1992年版，第105页。
③ 哈代：《德伯家的苔丝》，张谷若译，人民文学出版社1994年版，第50—51页。

界上的生存就像这有毛病的星球上被抛弃的流浪者一样失去了活力，"① 人们正常的感情和合理的要求受到社会的限制和责难，人们必须按照社会的意愿进行循规蹈矩的生活。从《还乡》开始，哈代就将其人物活动的场景安排在亘古不变的荒原上。在这里命途多舛的人和万古如斯的荒原形成了一种鲜明的对照。哈代将这种意志升华为"弥漫宇宙意志"。它无所不在，无情地控制并支配着人类的一切法则。人在这种意志的支配下大都被撞得头破血流，难逃悲剧的结局。爱敦荒原就是这种强大意志的象征。在强大无比的荒原意志面前，个人的意志显得如此地渺小和脆弱，人类生活在这个毫无理性、敌视人类的世界上听凭这种强大意志的摆布，无从抗拒，从而演绎出了一幕幕人生的悲剧，仿佛冥冥之中有一种存在于人类自身之外的敌对力量在左右着人类。它对人类的命运或同情，或嘲笑，或无动于衷地袖手旁观。哈代认识到这种力量的强大，但却无法解释这种力量的来源，于是他将其归结为"命运"。他在《德伯家的苔丝》第五版序言中曾引用莎士比亚《李尔王》里的一句名言："天神掌握着我们的命运，正像顽童捉到飞虫一样，为了戏弄而把我们掐死。"在他看来，命运无时无刻凌驾于一切之上，人身处其中，无论有什么希冀，无论他怎么反抗都是徒劳，理想终将幻灭，自己也会成为命运的牺牲品。

从哈代的整个小说创作过程中我们可以看到，他在描写资本主义现代文明对宗法制农民命运造成的悲剧性影响时，内心深处始终保持着对已逝的纯朴田园生活的缅怀和眷恋。不管社会如何向前发展，威塞克斯的古老宗法制社会仍然是他心目中的一块净土，是他"灵魂诗意的栖居之所"。他一生歌颂和追求的田园牧歌和人性理想都寄托于其中。尽管不愿看到宗法制社会的毁灭，但在理智上他还是接受了社会进化论的思想，相信科学的进步，意识到社会的进步和发展是历史的必然趋势，落后保守的宗法制文明最终将被先进的现代文明所取代。哈代一生珍爱故乡的传统，但也并没有一味地美化传统，因为它也有种种缺点和不足；他相信现代文明的进步，相信社会会不断得到改善，但却又困惑于理性的现代文明给社会带来的巨大灾难。为此，他陷入了深深的痛苦和迷惘之中，找不到真正的归宿。正如评论家哈里戴指出："他是那个时代的思想领袖之一，是一个了解人类潜在伟大之处的社会向善论者，又是一个由于人类进步缓慢而几乎陷入绝望的作家。"② 他虽然对人类怀抱着希望，他虽然相信社会的进步但又无法从他眼前所见的现实中寻找到希望。哈代以真实细腻的笔触深刻地反映了处在传统文明与现代文明交汇点上人们艰难的生存与心理困境，表现了两种文明的激烈撞击给人

---

① 苏联科学院高尔基世界文学研究所编：《英国文学史：1870—1955 年》，秦水译，人民文学出版社 1983 年版，第 265 页。

② 陈焘宇：《哈代创作论集》，中国社会科学出版社 1992 年版，第 73 页。

们所带来的心灵创痛和现实苦难。他的痛苦是由其传统的情感体验与现代文明的理性精神所构成的深层次冲突，是现实的压迫与其对人性的渴求的矛盾在精神上的折射。

四、《德伯家的苔丝》的研究现状

国内对哈代的研究始于 20 世纪 20 年代。著名诗人徐志摩就曾深受哈代影响。自 1924 年起，他开始在《东方杂志》上撰文介绍哈代的诗歌。此外当时主要的杂志如《人生与文学》《当代》及报纸《大公报》《晨报》等都发表过不少研究哈代的文章。30 年代末，李田意出版了中国研究哈代的第一部著作《哈代传》。此后在相当长的一段时间之内，除了被西方学界誉为"哈代研究专家"的张谷若先生之外，由于历史方面的原因，哈代研究在中国基本上处于停顿状态。自 1987 年张中载教授发表中国研究哈代的第二部专著《托马斯·哈代——思想与创作》开始，国内才真正开始进行全方位、多角度的研究。

进入 90 年代，中国的哈代研究有了长足的进展。其小说的新译本仍在不断问世，如张谷若、张玲、吴笛教授、王守仁教授、孙法理教授等。在翻译之外，学术研究也更加全面而深入，国内陆续出版了不少研究哈代的学术专著。如1991 年华中师范大学聂珍钊教授的《悲戚而刚毅的艺术家——托马斯·哈代研究》，比较系统而全面地分析了哈代的全部 14 部小说的思想和艺术，指出哈代小说记述了 19 世纪英国南部农村宗法制社会毁灭的历史，表现了英国农村社会的历史变迁。紧接着 1992 年，中国社会科学出版社出版了陈焘宇先生编选的《哈代创作论集》，编译了自 19 世纪 70 年代至 20 世纪 70 年代一百多年来西方学者对哈代的具有代表性的评述。1993 年，海南出版社出版了吴元迈教授的《一个跨世纪的灵魂：哈代创作评述》。1994 年，浙江大学文艺出版社出版了吴笛教授的研究专著《哈代研究》。这一年朱炯强教授的《哈代：跨世纪的文学巨人》由杭州大学出版社出版。2001 年，上海外语教育出版社出版了祁寿华和 William W. Morgan 合编的《回应悲剧缪斯的呼唤——托马斯·哈代小说和诗歌研究文集》。2002 年，华夏出版社出版了张谷若先生的女儿，国际托马斯·哈代学会终身荣誉会员，同是哈代研究专家的张玲的学术专著《哈代》。她以独特的学术视角和个人体验，对哈代的生平和创作进行了全面而精辟的叙述和评论，充分展示了哈代及其小说和诗歌创作的巨大魅力和深远意义。2003 年，浙江大学出版社出版了方丽青的《托马斯·哈代研究》，此书为国内第一部哈代英文专著。2006年，巴蜀书社出版了丁世忠的《哈代小说伦理思想研究》。2009 年，浙江大学出版社出版了吴笛教授的第二部哈代研究专著《哈代新论》，该书吸收了学界新近研究成果，非常全面地论述了哈代小说的创作思想、艺术特色以及人物形象、意象等内容，涉及生态批评、音乐性、法律、影视、修辞等，角度新颖，论证充分。2011年，何宁教授出版了《哈代研究史》，他系统梳理了近百年来中西方对哈代研究和接受的历史，并对中西哈代研究进行了颇具启发的比较和反思。2014年聂珍钊、刘富丽等出版了总结性的《哈代学术史研究》，在掌握大量文献的基础上进一步深化了对哈代学术史的研究。除学术专著外，国内的各种学报和刊物在近二十年的时间里也发表了大量的研究论文，将近两千篇，数量众多，良莠不齐，主要涉及哈代作品的悲观主义思想、悲剧主题、悲剧观的来源、宗教观、现代性及艺术手法等几个方面的内容，近年来还有陶家俊、张中载、何宁、颜学军、马弦、胡宝平等人有一些相关文章，视野开阔，观点新颖，值得注意。此外还有许多研究哈代小说中的自然、民俗，哈代与进化论的关系、将中西方诗人、小说家与哈代进行比较（如徐志摩、沈从文、贾平凹、狄更斯、福克纳）进行比较的文章。

具体到关于《德伯家的苔丝》单部小说的研究，研究苔丝悲剧成因的居多，此外还有较多研究小说中的圣经原型的，研究人物形象如苔丝、安玑·克莱等的，再就是研究小说中女性主义思想或生态女性主义思想的，研究小说叙事技巧的，还有就是研究小说译本对其译文风格进行比较的。

参考文献

[1] 哈代：《德伯家的苔丝》，张谷若译，人民文学出版社1994年版。

[2] 张中载：《托马斯·哈代——思想和创作》，外语教学与研究出版社1987年版。

[3] 聂珍钊：《悲戚而刚毅的艺术家——托马斯·哈代小说研究》，华中师范大学出版社1991年版。

[4] 陈焘宇：《哈代创作论集》，中国社会科学出版社1992年版。

[5] 张玲：《哈代》，华夏出版社2002年版。

[6] 吴笛：《哈代新论》，浙江大学出版社2009年版。

[7] 何宁：《哈代研究史》，译林出版社2012年版。

[8] 聂珍钊、刘富丽等主编：《哈代学术史研究》，译林出版社2014年版。

[9] 聂珍钊、马弦主编：《哈代研究文集》，译林出版社2014年版。

[10] Dale Kramer：《剑桥文学指南：托马斯哈代》，上海外语教育出版社2000年版。

[11] Merryn Williams：《哈代导读》，北京大学出版社2005年版。

钟嵘《诗品》导读

李有光

一、钟嵘简介及《诗品》理论体系概要

（一）钟嵘简介

钟嵘，字仲伟，生活于魏晋南北朝齐梁时代，颍川长社（今河南长葛）人。其确切的生卒年已不可考，约生于南朝宋明帝刘彧泰始二年（466），卒于梁武帝萧衍天监十七年（518）。颍川长社钟氏从东汉末年就是郡的"著姓"，钟嵘的七世祖钟雅是东晋时"避乱东渡"的士族，累官尚书右丞、御史中丞、侍中，死于苏峻之难。事平，追赠光禄勋。钟雅死后，钟氏也随之衰落。《南史·钟嵘传》载太中大夫顾暠回答齐明帝萧鸾时，曾说到钟嵘"位末名卑"的话，即反映出钟嵘尽管出身士族，但到他已不属于士族的上层即所谓"高门"。尽管如此，钟嵘作为士族阶层还是有条件入选国子生。《南齐书·礼志上》："永明三年正月，诏立学，创立堂宇，召公卿子弟下及员外郎之胤，凡置生二百人。"钟嵘国子生期间，"卫将军王俭领祭酒，颇赏接之"，王俭十分赏识钟嵘，推荐他为家乡颍川的秀才，并出任王国的侍郎，从此开始了他的仕途生涯。钟嵘官做得并不大，齐明帝萧鸾建武（494—998）初，为南康王侍郎；齐东昏侯萧宝卷永元（499—501）末，除司徒行参军；梁武帝萧衍天监（502—519）初，迁中军临川王萧宏行参军；天监三年（504），萧元简袭封衡阳王，出守会稽，引钟嵘为宁朔记室，专掌文书职务；天监十七年（518）卒于晋安王记室的任上，世人又称他为钟记室。

钟嵘一生的主要成就是写作《诗品》。关于钟嵘写作《诗品》，《南史》本传有一个说法：钟嵘尝求誉于沈约，遭到拒绝，为此钟嵘后来在《诗品》中就有意贬抑沈约，将他列在中品："盖追宿憾，以此报约也。"对此，后世不少人都表示怀疑。如明胡应麟就说："休文四声八病，首发千古妙诠，其于近体，允谓作者之圣。而自运乃无一篇，诸作材力有余，风神全乏，视彦升、彦龙，仅能过之。世以钟氏私憾，抑置中品，非也。"清纪昀也说："约诗列之中品，未为排抑。"后来古直还举钟嵘的老师王俭在《诗品》中被置于下品一事为例，说："仲伟于

（王）俭有知己之感，而置之下品，足证不以恩怨为高下也。"这些批驳不无道理，《南史》本传的说法，可能只是一种传闻，并无事实根据。

《南史》本传说钟嵘"辞甚典丽"，《四库全书总目》也称他"学通《周易》，词藻兼长"。但是，除《诗品》外，钟嵘没有其他任何作品流传下来。我们只是从《梁书》《南史》本传，知道他为衡阳王萧元简的宁朔记室时，曾受命写过一篇《瑞室颂》，可是文章今也不可见了。

（二）《诗品》成书的文化语境

文学理论和文学批评的兴盛与文学的自觉密不可分，文学的自觉贯穿于整个魏晋南北朝时期。文学的自觉一般来说有三大标志，第一，文学从广义的学术中分化出来，成为独立的一个门类；第二，对文学的各种体裁有了细致的划分和明确的认识；第三，对文学的审美特性有了自觉的追求。这一时期，文学理论和文学批评相对于文学创作异常的繁荣，曹丕《典论·论文》、曹植《与杨德祖书》、应玚《文质论》、陆机《文赋》、挚虞《文章流别论》、李充《翰林论》、王微《鸿宝》、沈约《谢灵运传论》、萧子显《南齐书·文学传论》、裴子野《雕虫论》、萧统《文选·序》等重要理论著作相继出现，在作家论、作品论、文体论、创作论、批评论等方面形成了一定的理论形态。

文学的觉醒亦为人的觉醒时期，人的觉醒的一个突出标志，是对人的个性、才具、学问、品貌的认识和重视，流行于汉末延续到两晋的品评人物风气，就是最好的说明。例如："天下和雍郭林宗""五经无双许叔重""问事不休贾长头""居今行古任定祖"。魏晋以后的人物品评又增加了许多审美的成分，为已享有盛名的人物用形象的语言、比喻象征的手法加以品题。《世说新语》中常用的人物审美概念有：清、神、朗、率、达、雅、通、简、真、畅、俊、旷、远、高、深、虚、逸、超等，人物审美的兴盛，催化了文艺审美，诸如"风骨""骨气""风神""清虚"等文学审美概念均来自人物审美。而人物的流品划分，更是直接影响了文艺批评。齐梁时代出现了许多这方面的著作：绘画有谢赫的《画品》（《古画品录》）；书法有庾肩吾的《书品》；甚至弈棋也有《棋品》，钟嵘《诗品》受到的影响更是不言而喻。

魏晋南北朝时期，老庄道学复兴，魏晋玄学兴起以及儒道释三教合流，对于产生于这一时期的文学理论有直接的影响。从汉武帝"罢黜百家，独尊儒术"起，儒家便成为汉代文化哲学及意识形态之"唯一"，其天人感应、谶纬符命之学更是将先秦儒学神学化、伦常政治化乃至神秘化。东汉末年，两次"党锢之祸"后，儒学式微、庄学复兴已呈不可避免之势。老庄道家成为士人的精神支柱，与老庄道家的自然无为原则和抽象的思辨风格密不可分。老庄道家的最高概念既非天帝亦非鬼神，而是作为"天地之始""众妙之门"的"道"或自然。因而，道家宇宙本体论以其对汉儒神学论的挑战而受到魏晋士人的重视。政治理想

225

上，老庄主张顺其自然、清静无为，反对儒家纲常伦理。处世态度上，庄子主张心斋、坐忘、游心于虚，极度鄙视追名逐利、尔虞我诈，这就在形而上的空间为生活在动荡之中的魏晋士人重建了逍遥之游。汉魏之际，儒家经学向魏晋玄学转化，随之是以道释儒，儒道兼综。到了正始年间，道家思想复兴，玄学思潮兴起，才将儒道本末主次颠倒过来，以道家思想为本，以儒家思想为末。这一时期的玄学领袖王弼作《论语释疑》，直接用道家理念重释儒家经典。

魏晋玄学的发展大体上经历了从道学复兴到儒道兼综的阶段，而东晋以后，由于佛教的传入和兴盛，儒道兼综又发展成为三教合流。作为外来宗教，佛教必然受到中国本土思想文化的改造。佛教在魏晋南北朝时期受到的影响主要是佛学玄学化，基本特征是用玄学思想来解释和宣扬佛教的般若空学，从而使佛教大乘空宗的思想达到了极大的发展。魏晋玄学始于何晏、王弼，他们继承和发展了老子贵无的哲学，这正好与佛教的大乘般若空学所主张的"一切皆空"的宗空思想相类似，从而使玄学与佛学在理论形态上得到融合。因此，汉魏之际儒家经学式微，庄学复兴到玄学三期以道释儒、儒道兼综，再到东晋南朝玄佛双修、三教合流，魏晋南北朝文化的发展演变特征对这一时期的文学理论产生了巨大影响。生活于齐梁之际的钟嵘，其思想更是深深打上了时代的烙印。钟嵘曾受教王俭，而王是当时南齐儒家的一个重要人物，钟嵘关于诗歌产生的观点明显受到儒家的影响。梁代是一个"崇儒重道"的朝代，根据张少康先生研究，钟嵘更多地受老庄玄学思想影响，从其对赋比兴的重新解释、诗歌创作直寻观、自然真美等观点可窥一斑。

(三)《诗品》理论体系概要

《诗品》是我国最早的一部关于五言诗的理论批评专著，不同于刘勰《文心雕龙》的"笼罩群言""体大而虑周"，它把自己的评论对象只限于五言诗。《诗品》分上、中、下三卷，三卷就是三品，对汉魏至齐梁123位（《古诗》按一人计）诗人逐个进行品评。三卷每卷开头有作者序言，序言阐述钟嵘关于诗歌的基本理论观点，并说明《诗品》全书的体例等问题。三品中每一品不再以优劣为先后，而是按时代排列。不过现存各本《诗品》中诗人的先后顺序都有部分错乱，有的也可能是长期流传过程中造成的。《诗品》在《梁书》本传称《诗评》。《隋书·经籍志》："《诗评》三卷，钟嵘撰。或曰《诗品》。"可见当时已有两称。日本遍照金刚《文镜秘府论》中也作《诗评》。宋代较多的是用《诗评》，也有用《诗品》的。明代以后，《诗品》这个名称流行。"评"是论优劣；"品"是定品第。《诗品》既然同时具有这两方面的内容，而钟嵘又说他自己是从刘绘"欲为当世诗品"未成，受到启示才作此书，因此，我们说书的本名《诗品》，更合乎它最初的创作目的。

序言部分过去各本多分成三部分，或分置于上、中、下三卷之首，作为三卷的序，或以第一部分为全书的序，二、三部分分别为中、下卷的序。清何文焕辑《历代诗话》，把三部分合为一篇，作为《诗品》全书的总序，这就是我们今天看到的通行的格式。序言部分在正面阐述作者文学理论主张方面具有重要意义，因而我们将其单独摘录出来，以供研究。

二、《诗品·序》诠释

（一）《诗品·序》原文

气之动物，物之感人，故摇荡性情，形诸舞咏。照烛三才，晖丽万有，灵祇待之以致飨，幽微藉之以昭告。动天地，感鬼神，莫近于诗。

昔《南风》之词，《卿云》之颂，厥义夐矣。夏歌曰："郁陶乎予心"。楚谣曰："名余曰正则"。虽诗体未全，然是五言之滥觞也。逮汉李陵，始著五言之目矣。"古诗"眇邈，人世难详，推其文体，固是炎汉之制，非衰周之倡也。自王、杨、枚、马之徒，辞赋竞爽，而吟咏靡闻。从李都尉迄班婕妤，将百年间，有妇人焉，一人而已。诗人之风，顿已缺丧。东京二百载中，唯有班固《咏史》，质木无文。降及建安，曹公父子，笃好斯文；平原兄弟，郁为文栋；刘桢、王粲，为其羽翼。次有攀龙托凤，自致于属车者，盖将百计。彬彬之盛，大备于时矣。尔后陵迟衰微，迄于有晋。太康中，三张、二陆、两潘、一左，勃尔复兴，踵武前王，风流未沫，亦文章之中兴也。永嘉时，贵黄、老，稍尚虚谈。于时篇什，理过其辞，淡乎寡味。爰及江表，微波尚传。孙绰、许询、桓、庾诸公诗，皆平典似《道德论》，建安风力尽矣。先是郭景纯用隽上之才，变创其体。刘越石仗清刚之气，赞成厥美。然彼众我寡，未能动俗。逮义熙中，谢益寿斐然继作。元嘉中，有谢灵运，才高词盛，富艳难踪，固以含跨刘郭，陵轹潘左。故知陈思为建安之杰，公幹、仲宣为辅。陆机为太康之英，安仁、景阳为辅。谢客为元嘉之雄，颜延年为辅。斯皆五言之冠冕，文词之命世也。

夫四言，文约意广，取效《风》《骚》，便可多得。每苦文繁而意少，故世罕习焉。五言居文词之要，是众作之有滋味者也。故云会于流俗。岂不以指事造形，穷情写物，最为详切者耶？故诗有三义焉：一曰兴，二曰比，三曰赋。文已尽而意有余，兴也；因物喻志，比也；直书其事，寓言写物，赋也。弘斯三义，酌而用之，干之以风力，润之以丹彩，使味之者无极，闻之者动心，是诗之至也。若专用比兴，则患在意深，意深则词踬。若但用赋体，则患在意浮，意浮则文散，嬉成流移，文无止泊，有芜蔓之累矣。

若乃春风春鸟，秋月秋蝉，夏云暑雨，冬月祁寒，斯四候之感诸诗者也。嘉会寄诗以亲，离群托诗以怨。至于楚臣去境，汉妾辞宫。或骨横朔野，或魂逐飞蓬。或负戈外戍，杀气雄边。塞客衣单，孀闺泪尽。或士有解佩出朝，一去忘反。女有扬蛾入宠，再盼倾国。凡斯种种，感荡心灵，非陈诗何以展其义？非长歌何以骋其情？故曰："《诗》可以群，可以怨"。使穷贱易安，幽居靡闷，莫尚于诗矣。

故词人作者，罔不爱好。今之士俗，斯风炽矣。才能胜衣，甫就小学，必甘心而驰骛焉。于是庸音杂体，各各为容。至使膏腴子弟，耻文不逮，终朝点缀，分夜呻吟。独观谓为警策，众睹终沦平钝。次有轻薄之徒，笑曹、刘为古拙，谓鲍照羲皇上人，谢朓今古独步。而师鲍照终不及"日中市朝满"；学谢朓劣得"黄鸟度青枝"。徒自弃于高明，无涉于文流矣。

观王公缙绅之士，每博论之余，何尝不以诗为口实。随其嗜欲，商榷不同，淄渑并泛，朱紫相夺，喧议竞起，准的无依。近彭城刘士章，俊赏之士，疾其淆乱，欲为当世诗品，口陈标榜，其文未遂。嵘感而作焉。昔九品论人，《七略》裁士，校以宾实，诚多未值。至若诗之为技，较尔可知。以类推之，殆均博弈。方今皇帝，资生知之上才，体沉郁之幽思，文丽日月，学究天人。昔在贵游，已为称首。况八纮既奄，风靡云蒸，抱玉者联肩，握朱者踵武。固以瞰汉魏而不顾，吞晋宋于胸中。谅非农歌辕议，敢致流别。嵘之今录，庶周旋于闾里，均之于谈笑耳。

一品之中，略以世代为先后，不以优劣为诠次。又其人既往，其文克定，今所寓言，不录存者。

夫属词比事，乃为通谈。若乃经国文符，应资博古。撰德驳奏，宜穷往烈。至乎吟咏情性，亦何贵于用事？"思君如流水"，既是即目；"高台多悲风"，亦唯所见；"清晨登陇首"，羌无故实；"明月照积雪"，讵出经史？观古今胜语，多非补假，皆由直寻。颜延、谢庄，尤为繁密，于时化之。故大明、泰始中，文章殆同书抄。近任昉、王元长等，词不贵奇，竞须新事。尔来作者，寝以成俗。遂乃句无虚语，语无虚字，拘挛补衲，蠹文已甚。但自然英旨，罕值其人。词既失高，则宜加事义。虽谢天才，且表学问，亦一理乎！

陆机《文赋》，通而无贬；李充《翰林》，疏而不切；王微《鸿宝》，密而无裁；颜延《论文》，精而难晓；挚虞《文志》，详而博赡，颇曰知言。观斯数家，皆就谈文体，而不显优劣。至于谢客集诗，逢诗辄取；张骘《文士》，逢文即书。诸英志录，并义在文，曾无品第。嵘今所录，止乎五言。虽然，网罗今古，词人殆集。轻欲辨彰清浊，掎摭病利，凡百二十人。预此宗流者，便称才子。至斯三品升降，差非定制，方申变裁，请寄知者尔。

昔曹、刘殆文章之圣，陆、谢为体贰之才。锐精研思，千百年中，而不闻宫商之辨，四声之论。或谓前达偶然不见，岂其然乎？

尝试言之，古曰诗颂，皆被之金竹。故非调五音，无以谐会。若"置酒高堂上"，"明月照高楼"，为韵之首。故三祖之词，文或不工，而韵入歌唱，此重音韵之义也。与世之言宫商异矣。今既不被管弦，亦何取于声律耶？

齐有王元长者，尝谓余云："宫商与二仪俱生，自古词人不知用之，唯颜宪子论文乃云律吕音调，而其实大谬。唯见范晔、谢庄颇识之耳"。尝欲造《知音论》，未就而卒。王元长创其首，谢朓、沈约扬其波。三贤或贵公子孙，幼有文辩。于是士流景慕，务为精密。襞积细微，专相陵架。故使文多拘忌，伤其真美。余谓文制本须讽读，不可蹇碍，但令清浊通流，口吻调利，斯为足矣。至平上去入，则余病未能，蜂腰鹤膝，闾里已具。

陈思赠弟，仲宣《七哀》，公幹思友，阮籍《咏怀》，子卿"双凫"，叔夜"双鸾"，茂先寒夕，平叔衣单，安仁倦暑，景阳苦雨，灵运《邺中》，士衡《拟古》，越石感乱，景纯咏仙，王微风月，谢客山泉，叔源离宴，鲍照戍边，太冲《咏史》，颜延入洛，陶公咏贫之制，惠连《捣衣》之作：斯皆五言之警策者也。所谓篇章之珠泽，文彩之邓林。

（二）《诗品·序》译文

气节的变化萌动着万物，万物的盛衰，又触发人的情感，情感的激荡表现为歌舞。照亮天地人三才，辉映宇宙间万物。神灵因它而享用祭品，鬼神借它明白所告：这一切没有比诗歌更有效的了。

从前的《南风》词、《卿云》歌，时间太久远了。"夏歌"说："郁陶乎予心"，《离骚》说："名余曰正则。"虽然作为五言诗诗体还不完整，但总算是五言诗的开端。到了西汉的李陵，开始有了完整的五言诗体。"古诗"距今遥远，它的作者和写作年代，难以详知。推敲它的文体风格，应当是汉代的作品，不是东周末年的诗歌。自从王褒、扬雄、枚乘和司马相如等人以来，在辞赋创作上争强斗胜，而诗歌写作却从未听说。从李陵到班姬，将近一百年中间，除了女诗人班姬外，只有李陵一个五言诗人。作诗的风气骤然中断了。东汉二百年中，只有班固一首《咏史》诗，质朴木讷，毫无文采。到了建安时期，曹操父子，特爱文学；曹植兄弟，郁郁然成了文章魁首；刘桢、王粲，成为他们的左右。还有攀龙附凤自愿追随他们的诗人，大约将近百人。人才济济，充盈着整个时代。此后，逐渐衰落，一直到西晋。太康时期，有张载、张协、张亢，陆机、陆云、潘岳、潘尼和左思，骤然兴起，追踪建安，使建安时期的流风余韵延绵不息，也是五言诗的中兴时期。永嘉时期，以黄老道家之说为贵，崇尚谈玄，这一时期的诗篇，谈玄说理多而文采风流少，诗歌寡淡毫无滋味。再往后，便到了东晋，前朝的余波尚存，孙绰、许询、桓伟、庚友、庚蕴等人的诗，都平庸板滞得像《道德论》一般，建安风骨已经荡然无存了。首先，郭璞以他挺拔出众之诗才，拨乱反正，转变诗体；刘琨依仗清新刚健的诗风推波助澜促成这一善举。但是寡不敌众，没有能够改变一代玄言诗风。到了义熙时代，谢混以他文采斐然的作品继绝前响。元嘉时期，谢灵运诗才高妙，创作丰富，他的诗歌富丽华赡，无人能与之比肩，的确已经超越刘琨、郭璞，压倒潘岳、左思。由此可知曹植是建安时期的豪杰，刘祯、王粲为其左右；陆机为太康时期的精英，潘岳、张协为其左右；谢灵运是元嘉时期雄杰，颜延年是他的助手。这些诗人都是五言诗的领袖人物，以诗歌名高一世的啊！

四言诗，文字简约而含义深广，若能效法十五《国风》和屈原《离骚》，便可多有所得。然而往往苦于文字繁杂而内容单薄，所以近代以来，很少有人学写四言诗。五言诗是诗歌中最重要的体裁，是种种诗体中最有滋味的一种，因此说它迎合社会上一般人的趣味。在依事造形，穷情写物方面，难道还有比五言诗更加详尽切要的体裁吗？所以说诗歌的表现手法有三种：第一种叫兴，第二种叫比，第三种叫赋。文章已尽而含义深远，就是兴；借物体形象描写来寄托思想的，就是比；直接刻画事物，摹写它的情状的，就是赋。尽量采用这三种表现手法，根据写作意图因地制宜采用三种手法，以风力为主干，以文采来润饰，使读者趣味无穷，使听众心动神摇，是诗歌的最高境界。如果专门用比和兴两种手法，其弊端在于意思深奥难明，深奥难明往往文辞艰涩。如果一味采用赋体，其弊端在于意思直露浅显，直露浅显往往文字散漫，油滑浮泛，文章失去控制，这样就显出芜杂枝蔓的毛病来了。

至于春风春鸟，夏云暑雨，秋月秋蝉，隆冬严寒，这四季气候是会触发诗人感情的。宾主欢宴以诗唱和来表达情谊；离群远去借诗抒情来寄托怨愁。至于屈原被放逐，昭君离汉宫；还有骨横塞外，魂如转蓬，还有执戟守边，威震关山；游子袭寒，闺妇泪干；还有官吏挂冠隐退，去而不返；美女受宠入宫，为其有倾国倾城之貌。诸如这种种悲欢离合，感动和激荡着诗人的心灵，不陈献上诗歌怎么能展现他们的思想，不高歌怎么能畅达他们的感情呢？所以孔子说："诗可以群，可以怨。"使人安贫而乐道，孤寂而无闷，没有比诗更好的了。

所以文人雅士，没有不爱好诗歌的。当今的雅士俗人，作诗之风尤盛，尚在孩提，刚开始启蒙，就跃跃欲试，乐于此道了。于是平庸之作，杂乱无章之体，就纷至沓来，相继而出。甚至使得那些富家子弟，生怕诗写不好，整天修改润色，反复讽吟直至深夜。自己独自观看，认为是佳句佳作，在众人看来仍是浅陋之作。更有一等不知天高地厚之徒，嗤笑曹植、刘祯的诗古朴拙劣，而认为鲍照是诗中伟人，谢朓独绝今古。但他们学鲍照，还赶不上"日中市朝满"这样的诗句，学谢朓仅得"黄鸟度青枝"那样拙劣的诗句。只好说他们徒然有悖于高明，无缘进入文学家的行列了。

看那王公贵族每每在高谈阔论之余，何尝不把诗歌作为话题，随着各人的兴趣爱好，对诗歌提出种种不同的看法。一时间，是非难辨，良莠不分，喧喧嚷嚷争论不休，连裁定的标准都没有。近来，彭城的刘绘，是个优秀的诗歌鉴赏家，他痛感诗坛的混乱，想撰写一部评论当代诗歌的《诗品》，虽然口头上做过一些评论，但终于没有成文。我有感于此而作《诗品》一书。从前有过九品论人的著作，《七略》也裁定过各类作家，核对一下品第和实际情况，实在不太恰当。说到诗歌，它是一种技艺，是好是坏，一经比较便可清楚，打个比喻来说，大致同下围棋相仿。当今皇上，具有生而知之的第一流才干，能体察深奥幽微的情思，文章如日月之丽天，鉴赏力可穷极人道天理。从前已在贵族文学家中，居于"竟陵八友"之首。何况现在天下统一，俊才辈出，才思敏捷、文章出众的人一批接着一批地涌现。早已是阔步高视，可以不把汉魏放在眼里，气吞山河，视晋宋如草芥微末。鉴于上述盛况，确实不是我不登大雅之堂的评论所敢于将他们入第归品的。我现在的著作，大概只能流传于乡里街巷，等同于谈笑而已。

在同一品第中，人名的排列大致上以时代先后为次序，不以成就的高低做编排。另外，只有人死之后，作品方能盖棺论定，因而，入品的作家，不收录在世的。

写作这件事，需要遣词造句，组织史实材料，这是一般的道理。至于像治国的文章符命，应当博采故实，称颂伟大德行的驳奏文告，理应尽量追溯过去的功绩。但是以吟咏情性为主的诗歌，为什么要以用典为贵呢？比如像："思君如流水"，已经如在目前；"高台多悲风"，也像亲眼所见；"清晨登陇首"，并不曾用典；"明月照积雪"，出于何经、何史？统观古往今来名句名篇，绝大多数不用前人成语和拼凑典故，都是自出胸臆，直抒感受。颜延之和谢庄，用典更为烦琐、细密。随着时代的发展，越演越烈。到了大明、泰始年间，写诗已经几乎同抄书无异。

近来，任昉、王融等人，作诗不以创新为贵，却竞相追求用典的新颖、猎奇。近来的作者，渐渐形成一种风气。于是，句无不典，语无己意，牵强附会，拘禁呆滞，把诗风败坏得不像样子。只是自然清新的精美诗作，再也没有人写得出了。一些人既然写不出高妙的诗作，那么就添加典故义理，虽然缺乏天才，姑且卖弄一下学问，也可以说是作诗的一条途径吧。

陆机的《文赋》，通论写作方法而无作家作品的褒贬；李充的《翰林》，粗略而未必精切；王微的《鸿宝》，虽然细致但不加裁夺；颜延之论述文学的话，纵然精微，却又意思难于理解；挚虞的《文章志》宏富，可以说善于鉴别文词。统观以上数家之作，都就文发表看法，而不表明作家作品的高低优劣。至于说到谢灵运搜录的诗集，见诗便收；张骘的《文士传》，逢文就录。这些杰出人物的著作，宗旨都在文章本身，不曾有所品评。我的著作所收录的，只限于五言诗人。尽管如此，已将古往今来的五言诗人全都搜集起来。不揣冒昧地想辨明优劣，批评好坏，共计一百二十多位诗人。能够入品的都可称为才子。至于上、中、下三品的升降变化，还不能说是固定不变的，将来表明有需要调整的，但愿拜托真正的诗歌评论家了。

前代的曹植和刘桢可以称之为文章中的圣人，陆机和谢灵运是效法二圣的亚圣之才。前人对于诗歌之道精研深思，但千百年来从未听说他们谈论过五音之别，四声之论。也许说是由于从前的贤士达人偶然没有发现，难道真是这样吗？

不妨试着谈谈，古人说"弦歌诗颂"，诗都入乐歌唱，所以不调五音就无法和谐悦耳。像"置酒高堂上""明月照高楼"这样的诗句，都是讲究声韵的典范了。曹操、曹丕、曹植的诗篇，字句或许不如当代人要求的那样工整切律，却照样可以入乐吟唱，这已经是注重声韵的意思了，只是与目前社会上讲的四声八病是两回事。现代的诗歌已经不再配乐歌唱，又何必还要斤斤计较于声律呢？齐代的王融曾经对我说："宫、商、角、徵、羽五音，与天地并生，古来诗人都不知道，只有颜延之才谈过声律音韵，其实他也谈得错误百出。只有范晔、谢庄，才懂得一些。曾经打算撰写《知音论》，但未实现。"王融首创其事，谢朓、沈约推波助澜，王、谢、沈三位贤达和其他贵族子弟，从小有文章、辩才之名。于是文人学士之辈追慕景仰，诗律越来越绵密烦琐，犹如褡裢重叠，竞相争胜。使诗歌禁忌甚多，伤害了诗歌的自然之美。我认为，诗歌之作原本是为了吟诵的，不可弄得佶屈聱牙，只需轻重流畅，出口爽利，就可以了。至于平上去入，我自愧不懂，蜂腰鹤膝，早已见诸民歌俚谣了。

曹植的《赠白马王彪诗》，王粲的《七哀诗》，刘祯的思友之作，阮籍的《咏怀》八十二首，苏武的《别李陵诗》，嵇康的《赠秀才入军》诗，张华的《杂诗》，何晏的"衣单"之咏，潘岳的"倦暑"之叹，张协的"苦雨"诗，谢灵运《邺中》诗，陆机的《拟古诗》，刘琨的《扶风歌》，郭璞的《游仙诗》，王微的"风月"，谢灵运的"山水"，谢混的感伤"离宴"，鲍照的慨叹"戍边"，左思的《咏史》篇，颜延之的《北使洛》章，渊明的《咏贫士》，谢惠连的《捣衣诗》。这些作品都是五言诗中的佳作，可以称之为诗歌长河中的珠宝，文学领域中的精品。

（三）《诗品·序》诗歌理论主张

1. 诗歌的产生和功用

"气之动物，物之感人，故摇荡性情，形诸舞咏。"钟嵘认为，大自然中的"气"，导致四时节候的更迭，使万物萌动衍生。自然环境的变化，又触发人的思绪感情的激动和摇曳，于是就产生了歌舞。这个观点并非钟嵘首创，而是本于《尚书·尧典》旧说："诗言志，歌永言。"《毛诗序》曰："诗者，志之所之也。在心为志，发言为诗。情动于中而形于言，言之不足，故嗟叹之；嗟叹之不足，故永歌之；永歌之不足，不知手之舞之，足之蹈之也。"又《礼记·乐记》云："凡音之起，由人心生也。人心之动，物使之然也。"钟嵘不仅继承了传统的物感说，同时指出诗歌创作是主客观结合的产物，诗歌既来自"物之感人"的客观因素，也在于"摇荡性情，形诸舞咏"的抒发情感的主观作用。"物"不仅包含自然景物的变化还包含人类社会的悲欢离合，即钟嵘所说的"四候之感诸诗者"

"嘉会寄诗以亲，离群托诗以怨"，而且钟嵘更看重人类生活的种种不幸及诗人坎坷的人生境遇对创作的影响。这种观点更是《诗经》变风、变雅的怨刺和司马迁发奋著书说的优良传统的继承，是在总结了汉魏以来现实主义诗歌的写实精神之上提出来的。在对于诗歌功用的认识上，钟嵘"动天地，感鬼神"之类的论述，无非重复了《毛诗序》的说教，这是毋庸赘言的。至于"穷贱易安幽居靡闷"之说，反而抹去了诗歌揭露黑暗现实的锋利芒刺，使它成为自我安慰的心灵调和剂，这毋宁说是钟嵘诗歌理论的一种局限。必须说明的是，这是就诗歌的社会功利作用而言的，至于诗歌的审美作用，钟嵘提出"五言居文词之要，是众作之有滋味者也""使味之者无极，闻之者动心，是诗之至也"留待下文讲解。

2. 五言诗的发展历程

《诗品》评论的对象既然是五言诗及其作者，那么，对我国早期五言诗的发展过程做一个简单的回顾，也是完全必要的。钟嵘认为，五言诗经历了八个阶段：（1）先秦时期的《南风》《卿云》、夏歌、楚谣为滥觞时期；（2）西汉苏、李赠答诗，《古诗》十九首，便正式产生了五言诗；（3）但后来走向衰落；（4）东汉五言诗寥寥无几；（5）东汉末年建安时期，五言诗写作出现高潮；（6）以后一度衰微，直至太康时期再度出现高峰；（7）东晋玄言诗使五言诗创作走上邪路；（8）刘宋时期山水诗取代玄言诗，再次形成五言诗繁荣局面。钟嵘关于五言诗的发展阶段划分，大致符合五言诗的发展历史事实。唯有第二阶段中把苏、李赠答诗作为五言诗的形成标志是不可取的，一般普遍认为苏、李赠答诗为后人拟托之作。

在五言诗的发展过程中，钟嵘提出三个高峰、八个代表人物，即："陈思为建安之杰，公幹、仲宣为辅。陆机为太康之英，安仁、景阳为辅。谢客为元嘉之雄，颜延年为辅。"这里反映出当时较为普遍的看法，《文心雕龙·明诗》就把"建安之初""晋世群才""宋初文咏"作为五言诗发展的三个阶段。不过值得注意的是，刘勰对五言诗的发展趋势是持否定态度的，这与他"四言正体""五言流调"的保守观点一致。晋挚虞在《文章流别论》中亦说四言为"雅音""为正"，排斥五言，亦是保守的观点。钟嵘肯定诗歌由四言向五言转变这一历史趋势，称赞："五言居文词之要，是众作之有滋味者也。"并指出这是因为五言诗具有"指事造形，穷情写物，最为详切"的特点。实际上，他已看到，由于时代和社会发展的变化，四言的形式已经不能满足人们抒发感情的需要。

3. 滋味说

在我国传统诗论中，谈到诗歌的作用，往往只强调其政治道德功利作用，而忽视诗歌的审美价值。《论语·子路》："子曰：诵《诗》三百，授之以政，不达；使于四方，不能专对；虽多，亦奚以为？"《论语·阳货》："子曰：小子何莫学夫诗？诗可以兴，可以观，可以群，可以怨。迩之事父，远之事君，多识于鸟兽草木之名。"除了"兴"包含诗歌对人的感发作用，与审美尚有一定联系之外，很少涉及审美作用。我国秦汉时期对诗歌审美作用的普遍忽视，除了当时文学处于无地位状况的原因之外，还由于从孔子开始的文论家，其实都是政治家这一原因直接有关。既然文学到了魏晋南北朝是自觉的时期，从审美的角度来观照文学作品的时机业已成熟，所以钟嵘以"滋味"说来评论诗歌，就有了鲜明的时代色彩，体现了全新的文学主张。

《诗品·序》云："五言居文词之要，是众作之有滋味者也。"又云："干之以风力，润之以丹彩，使味之者无极，闻之者动心，是诗之至也。"又云："永嘉时，贵黄老，稍尚虚谈，于时篇什，理过其词，淡乎寡味。"评张协曰："词彩葱菁，音韵铿锵，使人味之亹亹不倦。"评应璩曰："至于'济济今日所'，华靡可讽味焉。"评曹王曰："唯'西北有浮云'十余首，殊美赡可玩，始见其工矣。"评郭璞则曰："宪章潘岳，文体相辉，彪炳可玩。"从以上几段引文来看，所谓"滋味""味""玩"，都是一个意思，即指诗歌的非功利的审美评价，无关国事成败，不涉风俗盛衰，仅仅把诗歌看作一种愉悦身心的审美对象。

那么，在钟嵘看来，什么样的诗才是有"滋味"的呢？第一，骨气要高。骨气即风骨或风力，属于诗"质"的方面，涉及诗的内容、情感问题，与词采相对。气骨重在感情的充沛，情与气相统一，充沛的情感才能显示出气盛，气盛则内容充实，品格高尚。如被钟嵘称为最高典范的曹植诗，钟嵘给予的第一句评语便是"骨气奇高"，对一些缺少风力，却一味追求词采的诗人，则提出严厉的批评，如对张华的评论"其体华艳，兴托不奇，巧用文字，务为妍冶。虽名高曩代，而疏亮之士，犹恨其儿女情多，风云气少。"所谓"兴托不奇""儿女情多，风云气少"即批评其风力不足，骨气羸弱。第二，"词采葱菁，音韵铿锵"。曹丕的百余篇诗，"皆鄙质如偶语"，而"西北有浮云"十余首，"殊美赡可玩，始见其工。"可见单单有感情而词语简朴，仍不得为"工"。评何晏等五人诗曰："虽不具美，而文采高丽，并得虬龙片甲凤凰一毛"，否则，连中品也不可得。评张协，通篇不强调感情，唯着眼于文采，可见钟嵘评诗是十分重视诗歌的形式美的。明白了这一点，就不难理解何以陶潜不入上品，魏武屈居下品的原因了。内蕴感情，外修文采，是诗歌的理想之作，"干之以风力，润之以丹彩"，才是"诗之至"，把诗歌的感情因素和诗歌的形式美完美地结合起来，这是"滋味"说的核心内容。

同时，钟嵘又提出为了达到"风力""丹彩"完美统一，诗人就应该赋、比、兴参酌而用。赋、比、兴原是我国诗歌创作的传统表现手法，钟嵘解释赋、比、兴有异于前人，曰："文已尽而意有余，兴也；因物喻志，比也；直书其事，寓言写物，赋也。"赋虽意在铺陈，而非直言政教善恶；比，已由比喻之谓而转化为因物喻志，突出了诗歌的内在意蕴；兴，从以善事喻劝之说一变而为言短意长，回味无穷，着重在诗歌的艺术魅力。而且，钟嵘认为，赋、比、兴三种手法应该依据艺术表现的需要灵活机动地交替使用，或同时兼用，这样既可避免诗歌的艰深晦涩，也不致浮泛直露，达到有"滋味"的艺术境界。

4. 反对用典和声病之说

钟嵘的时代，玄言诗已基本过去，不是他反对的主要对象，他反对的主要是用典和讲究声病。钟嵘论诗竭力反对颜延之、谢庄、任昉、王融等人"拘挛补衲，蠹文已甚"，"文章殆同书抄"的用典派。他认为"经国文符""撰德驳奏"一类官场文体，不妨引经据典，援古证今，以有力的论证增强文章的说服力，"至于吟咏情性"的诗歌，注重的应是"自然英旨"，"亦何贵于用事？"诗中名篇、名句何尝以用事见长？如"思君如流水""高台多悲风""清晨登陇首""明月照积雪"等句，清新即目，妙语天成，所以"古今胜语，多非补假，皆由直寻。"诗歌用典，固然可以增大容量，触发联想，但一味追求用典，造成床上叠床，屋内架屋之势，沉重板滞，卖弄学问，毕竟非诗歌本色。钟嵘处在齐梁以用典为博的诗风笼罩之下，大声疾呼"自然英旨"，是有进步意义的。

与用典诗风同时盛行的是声病之说，钟嵘亦持反对立场。声病说的创始人是钟嵘同时代的沈约，他在《宋书·谢灵运传论》中声称："夫五色相宣，八音协律，由乎玄黄律吕，各适物宜，欲使宫羽相变，低昂互节，若前有浮声，则后须切响。一简之内，音韵尽殊，两句之中，轻重悉异。妙达此旨，始可言文。"而且自豪地说："自骚人以来，此秘未睹。"沈约以平上去入四声制韵，以平头、上尾、蜂腰、鹤膝、大韵、小韵、旁纽、正纽为诗歌八病，是为四声八病之说。沈约的四声八病之说，在语言史上是有贡献的，在文学史上创制了近体诗、格律诗，其功绩也是不可磨灭的。但是刻意追求声律的结果，会因字害义，本末倒置，甚至使诗歌创作走火入魔，误入歧途，弄巧成拙，画地为牢。事实上当时的诗风已经令人担忧，钟嵘指出："襞积细微，专相陵架，故使文多拘忌，伤其真美。"钟嵘说，前贤作诗，从不拘泥于宫商之辨，四声之论，诗歌照样韵律天成，自然谐会，我们又何必矫揉造作，故弄玄虚呢？

三、《诗品》诗歌批评实践

钟嵘在序言部分正面论述了其诗歌理论后，在正文上、中、下三品中就一百二十三位诗人展开批评实践。就诗歌批评而言，涉及这样几个问题：第一，《诗品》的评诗标准；第二，《诗品》论诗体源流；第三，《诗品》的列品分等。

第一，《诗品》的评诗标准。前面在讲到钟嵘的诗歌理论时，提到过"滋味"说，这是从读者角度着眼的一种鉴赏理论。从批评的角度来看，钟嵘所标举的"干之以风力，润之以丹彩"，是他"显优劣"的批评标准。在钟嵘那里，鉴赏和批评完全是一致的，他强调的"滋味"和主张的真美，正好符合"干之以风力，润之以丹彩"的批评标准。钟嵘心目中文学的最高典范是建安文学，所谓"彬彬之盛，大备于时矣"。所以他说到西晋永嘉以后直至整个东晋时期玄言诗在文学史上的不良影响时，就有"建安风力尽矣"的感叹。很显然，钟嵘要求五言诗要有的"风力"就是这样的风力。他要求风力与丹彩的结合，也就是这样的风力与丹彩的结合。

钟嵘认为这个标准的典范人物是曹植，评语曰："其源出于《国风》，骨气奇高，词采华茂，情兼雅怨，体被文质，粲溢今古，卓尔不群。嗟呼！陈思之于文章也，譬人伦之有周孔，鳞羽之有龙凤，音乐之有琴笙，女工之有黼黻。俾尔怀铅吮墨者，抱篇章而景慕，映余晖以自烛。故孔氏之门如用诗，则公幹升堂，思王入室，景阳、潘、陆，自可坐于廊庑之间矣。"真可谓推崇备至，无以复加，气、骨、情、体，无与伦比，文采风流，莫可追攀，人工造化，尽善尽美，是诗中之圣人。在示范立则之后，再从这个批评的最高标准出发，裁衡其余诗人，或褒或贬，或抑或扬，以显其优劣品第。其评诗标准是明确的，仍是"干之以风力，润之以丹彩"。

第二，《诗品》论诗体源流。"体"在《诗品》是体貌，即风格，如评王粲"在曹、刘间，别构一体"等。钟嵘很重视前后时代诗人文学风格上的继承关系，这是因为：一方面，晋、宋以来，文学上拟古的风气很盛，如陆机就以《拟古诗》十四首著名；另一方面，文学发展中的继承，包括文学风格上的继承关系，本即是文学史上客观存在的事实。钟嵘在《诗品》中论及一部分诗人的风格时，除了探讨他们和前人的继承关系外，还意识到了这些诗人的生活道路、生活经历在他们诗歌风格的形成中所起的作用，说明正是这些诗人的生活，从根本上决定了他们诗歌的独有风格。如评价李陵"文多凄怆，怨者之流"，是由于他的不幸身世："使陵不遭辛苦，其文亦何能至此！"也就是说，李陵如果没有那样的身世，他是不会有那样的诗歌风格的。这样就比把一个诗人的诗歌风格的形成仅仅归之于历史上某个作家的影响更全面了，这是钟嵘在诗歌风格研究中的重要建树。

钟嵘论五言诗之源流有三：一《国风》，二《小雅》，三《楚辞》。《国风》的气骨情文，《小雅》的正变雅怨，《楚辞》的怨诽凄切，加之藻饰艳丽，三者的组合，正好与钟嵘论诗主张相同。《诗品》在追述诗人源流时，往往只说某某源出于某某，或祖袭某人，语焉不详，未加细论，故颇得后人诟病。宋叶少蕴《石林诗话》卷下曰："论陶渊明乃以为出于应璩，此语不知其所据。应璩诗不多见，唯《文选》载其《百一诗》一篇，所谓'下流不可处，君子慎厥初'者，与陶诗了不相类。"清王士禛《渔洋诗话》曰："至以陶潜出于应璩，郭璞出于潘岳，鲍照出于二张，尤陋矣，又不足深辩也。"然《四库提要》云："近时王士禛极论其品第之间多所违失，然梁代迄今，邈逾千祀，遗篇旧制，什九不存，未可以掇拾残文，定当日全集之优劣。"见仁见智，各是其是，孰是孰非，诚难为断。

第三，《诗品》的列品分等。《诗品》将汉魏至齐梁 123 位诗人分等列品，以诗人成就的高低分为上中下三品，上品 12 人，中品 39 人，下品 72 人。"预此宗流者，便称才子"，不入品者，大有人在，因为诗歌成就不大，只得作罢。《诗品》之所以采用这种品评方式，据钟嵘自己说有三个原因：一是仿照历史上"九品论人，七略裁士"的传统做法；二是尽管在他之前有过谢灵运《诗集》五十卷，张骘《文士传》五十卷，但其宗旨只在收录诗文，不在品评等级，仍然难见诗人高下；三是当时诗风太滥，"庸音杂体，人各为容"，好坏不分，优劣难辨，甚至以为曹刘不如鲍谢，所以要撰写《诗品》以正视听。用今天的眼光来检验，他的分等基本上是正确的，但也不是说没有差错，清王士祯《渔洋诗话》曾批评说："钟嵘《诗品》，余少时深喜之，今始知其踳谬不少。嵘以三品铨叙作者，自譬九品论人，七略裁士。乃以刘祯与陈思并称，以为文章之圣。夫祯之视植，岂但斥鷃之与鲲鹏耶？又置曹孟德下品，而祯与王粲反居上品。他如上品之陆机、潘岳，宜在中品。中品之刘琨、郭璞、陶潜、鲍照、谢朓、江淹，下品之魏武，宜在上品。下品之徐干、谢庄、王融、帛道猷、汤惠休，宜在中品。而位颠错，黑白淆伪，千秋定论，谓之何哉？"

那么，怎样看待这些问题呢？首先，我们要明白钟嵘的诗歌批评标准是什么？他是否运用自己的标准来评论、列品并坚持到底？有没有忽高忽低、或轻或重？其次，批评钟嵘者是否有以自己的评诗标准来取代钟嵘的标准，然后再指责其不公或不当？就鉴赏理论上的"滋味"说、自然真美与批评实践上强调"干之以风力，润之以丹彩"来看，《诗品》从理论到实践是清晰而明确的，首尾呼应，前后一致，并无转移或相悖之处。人们可以指责他批评标准的不当，而不应该责备他在同一标准下褒贬抑扬，但王士祯以至当代某些评论者，往往对其批评标准并无异义，而对具体作家的列品说长道短，这就不免"随其嗜欲，商榷不同"，重蹈"王公缙绅之士"的覆辙了。钟嵘处于齐梁之际，当时的华靡诗风笼罩诗坛，是很难不为其所囿的。所谓批评标准，从文化的角度来考察，也无非是特定时代的文化观念的折射，纵然以某个个人的形式表现出来，或多或少带有个性特点；但在传统文化之下形成的共同的心理积淀又经过时代因素的过滤，其中保留下来的个人色彩已相当淡泊了。论者为陶渊明列为中品而愤愤不平，然钟嵘已为陶渊明做了说明，"世叹其质直。至如'欢言酌春酒'，'日暮天无云'，风华清靡，岂直为田家语耶？"可见当时认为陶诗"质直""田家语"者，大有人在。君不见，一部《文心雕龙》五十篇，于陶渊明竟不著一字，论者又有何说？既为历史人物，自有历史局限，白璧微瑕，在所难免，求全责备，反倒有苛求古人之嫌。

四、《诗品》的影响及评价

自从《诗品》问世以来，模仿者不绝于缕。唐代殷璠《河岳英灵集》和高仲武《中兴间气集》两书，分别选取盛唐和中唐诗歌，对诗歌作品风格进行点评，其中的点评多有沿袭《诗品》者。晚唐司空图作《二十四诗品》，以诗论诗，把诗歌分为二十四品，也可看出钟嵘《诗品》的影响。《诗品》流传以来，历代评论不绝，对其理论建树不乏褒赞，同时《诗品》作为我国古代文学理论的典范，亦传达出独具中国审美特点的评论方式。明王世贞在《艺苑卮言》中说"吾独爱其评子建'骨气奇高，词采华茂，情兼雅怨，体被文质'；嗣宗'言在耳目之内，情寄八荒之表'；灵运'名章迥句，处处间起。丽典新声，络绎奔会'；越石'善为凄悦之词，自有清拔之气'；明远'得景阳之諔诡，含茂先之靡嫚。骨节强于谢混，驱迈疾于颜延。总四家而并美，跨两代而孤出'；玄晖'奇章秀句，往往警遒。足使叔源失步，明远变色'；文通'诗体总杂，善于模拟。筋力于王微，成就于谢朓'。此数评者，赞许既实，措撰尤工。"钟嵘受时代大风气的影响，行文不乏骈句，评点工整，一些评语经久不衰，成为品评人物的经典，古今传诵。中国古代文论不乏独具匠心的见解，更不乏借助神采飞扬独具中国审美特点的表达方式。文采飞扬的形象思维表达，这是《诗品》理论建树之外又一锦上添花之笔。

清章学诚在《文史通义·诗话》篇中，对钟嵘深入研究五言诗的溯源流别给予高度评价，他说："《诗品》之于论诗，视《文心雕龙》之于论文，皆专门名家勒为成书之初祖也。《文心》体大而虑周，《诗品》思深而意远，盖《文心》笼罩群言，而《诗品》深从六艺溯流别也。论诗论文而知溯流别，则可以探源经籍，而进窥天地之纯，古人之大体矣。此意非后世诗话家流所能喻也。"可谓评价中肯。又清纪昀在《四库全书总目》中评价说"嵘学通《周易》，词藻兼长。所品古今五言诗，自汉魏以来一百有三人，论其优劣，分为上、中、下三品，每品之首，各冠以序，皆妙达文理，可与《文心雕龙》并称。"给予《诗品》可与《文心雕龙》并列的评价。清何文焕作《历代诗话》以钟嵘《诗品》冠首，钟嵘亦被称为百代诗话之祖，可见《诗品》对中国古代诗话有首创之功。然历史上虽有如此多的诗话之作，钟嵘《诗品》严密的体系，无论是从理论深度，还是从分析透彻来说，都要远远超出后来的诗话。钟嵘直寻式思维方式，意象式点评方法，尤其难得的是《诗品》中独具诗性精神的文论范畴，对后来的整个文学理论批评的发展，产生了极其深远的影响。

参考文献

[1] 吕德申、钟嵘：《诗品》校释，北京大学出版社 1986 年版。

［2］曹旭：《诗品集注》，上海古籍出版社 1994 年版。

［3］陈延杰：《诗品注》，人民文学出版社 1961 年版。

［4］徐达：《诗品全译》，贵州人民出版社 1992 年版。

［5］张连第：《诗品》，北方文艺出版社 2000 年版。

［6］史仲文、胡晓林：《中国全史：魏晋南北朝思想史》，人民出版社 1997 年版。

［7］张少康：《中国文学理论批评史（上)》，北京大学出版社 2005 年版。

［8］李建中：《中国古代文论》，华中师范大学出版社 2002 年版。

［9］袁行霈：《中国文学史》，高等教育出版社 2005 年版。

刘勰《文心雕龙》导读

王　成

　　《文心雕龙》不仅是一部"深得文理"的文章写作理论巨著，更是中国文学批评理论史上第一部"体大而虑周"（章学诚《文史通义诗话篇》）的文学理论专著，还是一部探索和论述语言文学审美本质、审美创造、审美鉴赏与美学规律的美学论著，在中国文学史、文学理论发展史与美学史上均产生了巨大影响。刘勰"博通经纶""长于佛理"，熟谙印度因明之学，深受魏晋玄学影响，对前人的理论做出了严密系统的总结。全书内容丰深，见解卓越，皆"言为文之用心"，全面而系统地论述了文学创作、文章写作与审美品鉴上的各种问题，而且处处闪耀着深沉的人文精神。

一、《文心雕龙》作者刘勰与成书

　　刘勰（约 465 年—约 532 年），字彦和，生活于南北朝时期的南朝梁代，汉族，生于京口（今镇江），祖籍山东莒县（今山东省莒县）东莞镇大沈庄（大沈刘庄）。曾官县令、步兵校尉、宫中通事舍人，颇有清名。年幼发愤图强，家贫而曾与沙门僧人同住，精通佛经义理，以"穷则独善以垂文"而行世。

　　入定林寺后，32 岁的刘勰开始写《文心雕龙》，历时五年，其是"齿在逾立"之年的作品，最终成书于公元 501—502 年（南朝齐和帝中兴元、二年）间。据《梁书·刘勰传》载："初，勰撰《文心雕龙》，既成，未为时流所称。"但"勰自重其文，欲取定于沈约。约时盛贵，无由自达，乃负其书候约出，干之于车前，状若货鬻者。"沈约得书读之，"大重之，谓深得文理，常陈诸几案。"刘勰《文心雕龙》的命名来自于黄老道家环渊的著作《琴》。其解《序志》云："夫文心者言为文之用心也，昔涓子（环渊）《琴心》，王孙巧心，心哉美矣，故用之焉。"《文心雕龙》共 10 卷，50 篇。分上、下部，各 25 篇，包括"总论""文体论""创作论""批评论""总序"五部分。《文心雕龙》全书受《周易》二元哲学的影响很大。

二、《文心雕龙》的创作背景

刘勰生活的齐梁时代，并非是儒家思想居于一尊的时代，这一时期人们的思想极为活跃，儒、道、玄、释几乎同时流行，不仅打破了任何一家的一言堂，而且他们之间可以互相辩难，也可以互相吸收和融合。当时的辩论之风颇为盛行，有玄学方面的言意之辨，哲学方面的"神灭"与"神不灭"之争，文体方面的"文笔之辨"等，这些辩论不但活跃了学术和文化的气氛，也提高了人们的思辨能力，而思辨能力的提高，为理论巨著的产生准备了条件，正所谓"辩雕万物，智周宇宙。"（《文心雄龙·诸子》）这一社会历史情境显然为《文心雕龙》的孕育和诞生提供了思维与理论上的准备。

魏晋南北朝文学创作繁荣不仅给《文心雕龙》的诞生提供了土壤，而且其内在的呈现出一种文学风气："新变"。时人们普遍把"新变"作为文学应该追求的目标，也拿"变"做准绳来衡量文学作品的优劣。时人们不再把文学看作政教说教的工具，而注重作者个人心灵与内在情感的传达。因此，文学的题材多有拓展：陶渊明开创了田园诗，为中国文人知识分子开辟了一片心灵的田园，谢灵运、谢朓完成了玄言诗到山水诗的转变，实现了山水与个体的比拟比照之美的建构，梁代开始出现了"宫体诗"，增添了诗歌的典雅与脂粉味。文学的外在形式也在不断演化，五言古诗在建安诗人（尤其是曹植）和阮籍等人的手里又有新的发展。齐永明年间，沈约等人提出"四声八病"说，创造了"永明体"，这也成为律诗的开端；而对华美修辞的追求，也是魏晋南北朝文学的普遍风气。同时，由于玄学的影响，文学开始与哲理相结合，这使文学的内涵变得更加丰富与深沉。魏晋南北朝的诗，通常认为阮籍、陶渊明的最耐人寻味，这和他们的作品富于哲理性有直接关系。探讨文学的各种理论问题，评论历代作家的得失，就成为很有必要而且很有意思的工作。因此，魏晋南北朝的文学批评也空前繁荣，这也是刘勰的《文心雕龙》得以孕育的文化文学语境。

齐梁文坛复古与新变两种思潮的斗争，为《文心雕龙》的产生提供了具体的情境。在刘勰生活的时代，包括《文心雕龙》成书的前后，存在着一种以尊孔崇经和复古乐斥新声为中心的思潮，梁代以裴子野为代表的复古派和以萧子显、萧纲为代表的新变派的论争颇为激烈，刘勰虽然没有见证这一论争，但复古与新变的论争一直存在，而且这种思潮显然与最高统治者的提倡有着密切的关系，刘勰的"宗经"思想，正是这种时代思潮的投影。当然，刘勰在写《文心雕龙》的时候，对古与今、复古与新变是进行过认真思考的，用折中的办法来对待这些问题，便是他的选择，这也客观上造就了《文心雕龙》的体系结构与思维价值取向。

此外，刘勰有很强的"树德建言"的写作欲望，正如其在《序志》所言：

"岁月飘忽，性灵不居；腾声飞实，制作而已。……形同草木之脆，名逾金石之坚，是以君子处世，树德建言。岂好辩哉，不得已也。"当然，在刘勰之前，已经出现了诸多著作，但在他看来，皆有所不足。

详观近代之论文者多矣：至于魏文述典，陈思序书，应场文论，陆机《文赋》，仲洽《流别》，宏范《翰林》，各照隅隙，鲜观衢路。或臧否当时之才，或铨品前修之文，或泛举雅俗之旨，或撮题篇章之意。魏典密而不周，陈书辩而无当，应论华而疏略，陆赋巧而碎乱《流别》精而少巧，《翰林》浅而寡要。又君山公干之徒，吉甫士龙之辈，泛论文意，往往间出，并未能振叶以寻根，观澜而索源。不述先哲之诰，无益后生之虑。《文心雕龙·序志》

一方面是自己有"为文"之主观用心，另一方面觉得当世著作之片薄，再加上注经之影响焦虑，故促生其创作《文心雕龙》之动机，是可以理解的。

三、《文心雕龙》的主要内容

《文心雕龙》共10卷，50篇。分上、下部，各25篇。上部，从《原道》至《辨骚》的5篇，是全书的纲领，以孔子美学思想为基础，兼采道家，认为道是文学的本源，圣人是文人学习的楷模，"经书"是文章的典范，即要求一切要本之于道，稽诸于圣，宗之于经，可看作是总论。从《明诗》到《书记》的20篇，以"论文序笔"为中心，对各种文体源流及作家、作品逐一进行研究和评价，可看作是文体论。下部，从《神思》到《物色》的20篇（《时序》不计在内，《物色》也有论及文学批评），以"剖情析采"为中心，重点研究有关创作过程中各个方面的问题，可看作为创作论。《时序》《才略》《知音》《程器》4篇，可看作为是批评论。以上四个方面共49篇，加上最后叙述作者写作此书的动机、态度、原则的1篇《序志》，共50篇。

（一）"文之枢纽"

《原道》至《辨骚》五篇，是在讲"文之枢纽"，是全书的总纲。《原道》《征圣》《宗经》三篇关系非常密切，道、圣、文是三位一体的，即所谓"道沿圣以成文，圣因文而明道"；自然之道是通过圣人来弘扬的，而圣人之道又是通过文章来体现的。首先，刘勰倡导道"盖出自然"。此"道"不仅是自然之道，更是儒、道、释综合之"道"，其即可作为文学的本源，如"心生而言立，言立而文明，自然之道也。"（《原道》）亦可决定文学的流变，还可囊括形下技法之"道"，如"夫岂外饰，盖自然耳。"其次，追溯"文"之本源，认为"文之为德也大矣，与天地并生何哉？"（《原道》）在本源上为文学存在确立了合法性。再次，主张"征之周孔，则文有诗矣"，为文确立高标，强调从"格言""事迹""修身"三个维度来"贵文"，以圣人为文之"简言""繁辞""婉晦""明理"四种样态来规定为文之法度与技法。

或简言以达旨，或博文以该情，或明理以立体，或隐义以藏用。故春秋一字以褒贬，丧服举轻以包重，此简言以达旨也。邠诗联章以积句，儒行缛说以繁辞，此博文以该情也。书契断决以象夬，文章昭晰以象离，此明理以立体也。四象精义以曲隐，五例微辞以婉晦，此隐义以藏用也。故知繁略殊形，隐显异术，抑引随时，变通会适，征之周孔，则文有师矣。（《征圣》）

最后，因"百家腾跃，终入环内者也"，故而"文能宗经，体有六义"，为文就应该以经书（普遍规律之把握）为根基，便能得为文之精华美誉：

故论说辞序，则易统其首；诏策章奏，则书发其源；赋颂歌赞，则诗立其本；铭诔箴祝，则礼总其端；记传盟檄，则春秋为根：并穷高以树表，极远以启疆，所以百家腾跃，终入环内者也。（《征圣》）

故文能宗经，体有六义：一则情深而不诡，二则风清而不杂，三则事信而不诞，四则义贞而不回，五则体约而不芜，六则文丽而不淫。扬子比雕玉以作器，谓五经之含文也。（《征圣》）

《正纬》篇从四个方面指责纬书多伪，与经悖谬，当然在题材、文辞方面亦有不少可取之处：

夫六经彪炳，而纬候稠叠；孝论昭晰，而钩谶葳蕤。按经验纬，其伪有四：盖纬之成经，其犹织综，丝麻不杂，布帛乃成；今经正纬奇，倍摘千里，其伪一矣。经显，圣训也；纬隐，神教也。圣训宜广，神教宜约；而今纬多于经，神理更繁，其伪二矣。有命自天，乃称符谶，而八十一篇皆托于孔子；则是尧造绿图，昌制丹书，其伪三矣。商周以前，图策频见，春秋之末，群经方备；先纬后经，体乖织综，其伪四矣、伪既倍摘，则义异自明，经足训矣，纬何豫焉？（《正纬》）

乃羲农轩皞之源，山渎钟律之要，白鱼赤乌之符，黄金紫玉之瑞，事丰奇伟，辞富膏腴，无益经典而有助文章。是以后来辞人，采摭英华。（《正纬》）

《辨骚》篇既是"文之枢纽"的终结，又是"论文叙笔"之起始。刘勰在《辨骚》篇中对骚赋与《五经》进行具体比较、剖析，认为应当尽量酌取《楚辞》的奇辞丽采，做到奇正相参，华实并茂：

离骚之文，依经立义。驷虬乘鹥，则时乘六龙；昆仑流沙，则禹贡敷土。名儒辞赋，莫不拟其仪表，所谓金相玉质，百世无匹者也。（《辨骚》）

不有屈原，岂见离骚。惊才风逸，壮志烟高。山川无极，情理实劳，金相玉式，艳溢锱毫。（《辨骚》）

（二）"论文叙笔"

从《明诗》到《书记》二十篇为"论文叙笔"，是文体论，主要关乎文学知识，"若乃论文叙笔，则囿别区分"。"论文叙笔"部分（即文体论）则介绍每篇统一的写作程式，所谓"原始以表末，释名以章义，选文以定篇，敷理以举统"。

这些介绍重点突出，简洁明确，故称"纲领明矣"。

一般认为，《明诗》至《谐隐》十篇论述有韵之文（其中《杂文》《谐隐》两篇兼有无韵之笔），自《史传》至《书记》十篇论述无韵之笔。当然，作为"文体论"，历来多有争议，郭绍虞、徐复观、童庆炳等学人均有重要贡献。我们认为，"论文叙笔"部分主要包含以下"文体"思想。

1. 纵横捭阖立体的文体分类理论

在刘勰之前，中国古代文论文体分类存在着这样两种基本方法，一是推源溯流，描述各种文体的性质和特点。一是共时静态分类，概况各种文体的特征和风格。刘勰在承袭古人传统的同时，以"中和"为基点，形成了一种纵横交叉的立体的文体分类的理论体系。

刘勰在《文心雕龙》中所涉及的文体类型，若加上骚体，约为 34 大类，78 种文体。他首先从宏观上将其分为文、笔两大类，有韵之文在前，无韵之笔在后：

更即《雕龙》篇次言之，由第六迄于第十五，以《明诗》《乐府》《诠赋》《颂赞》《祝盟》《铭箴》《诔碑》《哀吊》《杂文》《谐隐》诸篇相次，是均有韵之文也。由第十六迄于第二十五，以《史传》《诸子》《论说》《诏策》《檄移》《封禅》《章表》《奏启》《议对》《书记》诸篇相次，是均无韵之笔也。此非《雕龙》隐区文笔二体之验乎？（刘师培《中古文学史·文笔之区别》）

刘师培认为文体论的前十篇是有韵之文，后十篇是无韵之文，虽然后世学者对其多有异议，但关于《文心雕龙》文体分类的文笔二分法上却是基本一致的。首先，刘勰全面地梳理了当时习用的各种文体约七十种之多，并在横向层面分为文笔两类，这无疑是对以往文章分类方法的全面整合与超越。其次，刘勰对这些文体排列有序，按照轻重依次排列，这在特殊的文化语境下是具有进步意义的。再次，刘勰在文体分类时"甄别其义，类聚有贯"，十分注重文章的层次等级问题分析：

详夫汉来杂文，名号多品，或典诰誓问，或览略篇章，或曲操弄引，或吟讽谣咏。总括其名，并归杂文之区；甄别其义，各入讨论之域：类聚有贯，故不曲述也。（《杂文》）

显然，刘勰不仅强调要对典、诰、誓、问、览、略、篇、章，曲、操、弄、引、吟、讽、谣、咏等文体进行特性辨析，而且将其统一归结给"杂文"，体现出极强的文体归类方法与自觉意识。

最后，刘勰在文体分类方面还特别注重对具体文体进行追源溯流，即所谓"振叶以寻根，观澜而索源"；且强调文体在流变过程中其体式风格具有传承性与变异性，认为新文体就是在原有文体的衍生融合中生发出来的：

昔轩辕唐虞，同称为命。命之为义，制性之本也。其在三代，事兼诰誓。誓以训戎，诰以敷政，命喻自天，故授官锡胤。易之姤象，"后以施命诰四方"。诰命动民，若天下之有风矣。降及七国，并称曰命，命者，使也。秦并天下，改命曰制。汉初定仪则，则命有四品：一曰策书，二曰制书，三曰诏书，四曰戒敕。敕戒州部，诏诰百官，制施赦命，策封王侯。策者，简也。制者，裁也。诏者，告也。敕者，正也。诗云畏此简书。易称君子以制数度。礼称明神之诏。书称敕天之命。（《诏策》）

这里，刘勰不仅论述了诏策产生的溯源——制，而且将诏策与体制进行对比，并且进一步追源溯流"命"，在一种相互比照中突出新文体的特性。

2. "宜正体制"，以溯源正体来置文辞而成章

刘勰所说的"体制"类似于我们说的体裁，是文体的基础和保证，其具有生成性、规约性和相对稳定性。

夫才量（童）学文，宜正体制，必以情志为神明，事义为骨髓，辞采为肌肤，宫商为声气。然后品藻玄黄，摛振金玉，献可替否，以裁厥中：斯缀思之恒数也。（《附会》）

在刘勰那里，体制是构成文章之根基，故做好文章需先端正文章的体制。刘勰不仅对体制追源溯流，并且在一种比照的视域中突显体制之异之于文章之规约。刘勰以此重点论述了当时文体之主流的诗与赋之体制：

昔葛天氏乐辞云，玄鸟在曲；黄帝云门，理不空绮。至尧有大唐之歌，舜造南风之诗；观其二文，辞达而已。及大禹成功，九序惟歌；太康败德，五子咸怨：顺美匡恶，其来久矣。自商暨周，雅颂圆备；四始彪炳，六义环深。子夏监绚素之章，子贡悟琢磨之句；故商赐二子，可与言诗。自王泽殄竭，风人辍采。春秋观志，讽诵旧章；酬酢以为宾荣，吐纳而成身文。逮楚国讽怨，则离骚为刺。秦皇灭典，亦造仙诗。（《明诗》）

总其归涂，实相枝干。故刘向明不歌而颂，班固称古诗之流也。至于郑庄之赋大隧，士蒍为之赋狐裘，结言短韵，词自己作，虽合赋体，明而未融。及灵均唱《骚》，始广声貌。然则赋也者，受命于诗人，而拓宇于楚辞也。于是荀况《礼》《智》，宋玉《风》《钓》，爰赐名号，与诗画境。六义附庸，蔚成大国。述客主以首引，极声貌以穷文，斯盖别诗之原始，命赋之厥初也。（《诠赋》）

在追溯诗、赋的诞生与流变过程中，刘勰认为赋是从诗和骚演化而来的，诗、乐府、赋关系紧密而又独立各成一体，而各体制（自然包括赋、诗）既成，则必然作为文体的基础，规约着具体类型的文章创作。

3. "辞尚体要，不惟好异"，作文不能舍本逐末，猎奇诡滥，才能情义与文辞和合

刘勰的"体要"是针对当时为文只重视文辞的华美而内容空洞的时弊，提醒文章写作者要有感而发，要为内容而写，不要发空洞矫揉造作之文。"体要"即

文体的内在"神明"(精神骨骼),其要求体察文章内容中的要点、要义,不偏爱奇异绮靡之风,注重文章内容的实诚显现。

故铺观列代,而情变之数可监;撮举同异,而纲领之要可明矣。(《明诗》)

这里的"纲领之要"之"要"即为诗歌之"体要",要求诗歌文体宗雅丽。

然逐末之俦,蔑弃其本,虽读千赋,愈惑体要。遂使繁华损枝,膏腴害骨,无贵风轨,莫益劝戒,此扬子所以追悔于雕虫,贻诮于雾縠者也。(《诠赋》)

刘勰在这里明确指出赋不能因袭宋齐文学绮靡的通病,舍本逐末,虚情假意,则会使人"虽读千赋,愈感提要"。只有注重提要,垂范经典,则文体端正也。

是以立范运衡,宜明体要,必使理有典刑,辞有风轨。(《奏启》)

这也是说为文要树立规范,运用标准,需要明确"体要",这样才能使理论有规范,文辞有法度,进一步将"体要"提到本体论的地位。

至于寻繁领杂之术,务信弃奇之要,明白头讫之序,品酌事例之条,晓其大纲,则众理可贯。(《史传》)

这是强调"史传"的写作也要以文体之"体要"为标准,排除奇闻异说以求要领,才能掌控为史之法度。

原夫论之为体,所以辨正然否。穷于有数,究于无形,钻坚求通,钩深取极;乃百虑之筌蹄,万事之权衡也。故其义贵圆通,辞忌枝碎,必使心与理合,弥缝莫见其隙;辞共心密,故人不知所乘:斯其要也。是以论如析薪,贵能破理。斤利者,越理而横断;辞辨者,反义而取通;览文虽巧,而检迹知妄。(《论说》)

在强调情感、义理、文辞无间和合的基础上,刘勰提出了"论"的写作基本要点,即"要",只有掌握这个"要",才能"破理",仅仅工于文辞而不晓其纹理则"妄",于作"论"就显得不通透和不切实际。

4. 体貌之自溢而文体之整饬之美生

刘勰所说的"体貌"主要是指文体带给读者的整体审美感受,是文体内在"神明"的自然外溢,既包括语言文字层面,也指向体裁、样式层面。

夫文象列而结绳移,鸟迹明而书契作,斯乃言语之体貌,而文章之宅宇也。(《练字》)

文章语言文字的形和貌,即"体貌"是构成文章文体的重要有机组成部分,如"宅宇"之支撑文章大厦,也兼顾审美之意蕴。

详总书体,本在尽言,言所以散郁陶,托风采,故宜条畅以任气,优柔以怿怀;文明从容,亦心声之献酬也。(《书记》)

在这里,刘勰指出"书"之"体貌"能够消散心中积郁,寄托遥深而气势彰显,能够让人交流畅达的同时体验到文体之美貌。

(三)"剖情析采,笼圈条惯"

一般认为,《文心雕龙》从《神思》篇到《物色》(不包括《时序》)篇是创作论部分,其内容不仅相当的丰富,而且也是全书的核心部分和最有价值的部分。它涉及文学理论上许多重要问题,如艺术构思、风格与个性、继承与革新、内容和形式的关系、文学与现实的关系,以及种种艺术方法、修辞技巧等。

《文心雕龙》全书用到"情"字的有三十多篇,共一百四十多句。作为专门术语,"情"字基本上指作品中所表达的思想感情,有时引申指作品的内容。而全书中用到"采"字的有三十多篇,共一百多句。作为专门术语,"采"字基本上指作品的文采、辞藻,有时引申指作品的艺术形式。"情""采"关系的营构就成为刘勰创作论的主要基点。

夫水性虚而沦漪结,木体实而花萼振:文附质也。虎豹无文,则鞹同犬羊;犀兕有皮,而色资丹漆:质待文也。(《情采》)

刘勰既反对"务华弃实",也不满于"有实无华",而一再强调文学创作要有充实的内容和美好的形式,并以"衔华佩实""文质相称"为纲来建立其整个理论体系。

1. 创作总论:"神与物游""辞令管其枢机""情动而言形"

故思理为妙,神与物游。神居胸臆,而志气统其关键;物沿耳目,而辞令管其枢机。枢机方通,则物无隐貌;关键将塞,则神有遁心。(《神思》)

是以意授于思,言授于意;密则无际,疏则千里。或理在方寸,而求之域表;或义在咫尺,而思隔山河。是以秉心养术,无务苦虑;含章司契,不必劳情也。(《神思》)

刘勰指出文学创作的全过程必须要处理好物、情、言三要素的三种基本关系:一是物与情的关系,二是言与物的关系,三是言与情的关系。刘勰的全部创作论,主要就是研究这三种关系,而文学创作理论所要研究的基本问题,也就只有这三种关系了。具体来说,《神思》主要是讲"物以貌求,心以理应"的心物交融问题。《神思》以下,从《体性》到《熔裁》的六篇,主要是研究如何处理情与言的关系。从《声律》到《总术》的十二篇,虽然主要是讲写作技巧上的一些问题,但都不出如何用种种表现手段来抒情写物的范围,它研究的也不外乎是言与物和言与情两种关系。除《比兴》篇外,《夸饰》篇以研究言与物的关系为主。但较多的篇章所研究的,仍以言与情的关系为主,如《章句》《练字》《丽辞》《隐秀》等。刘勰在《物色》篇集中探讨了言和物的关系。

2. 艺术构思

刘勰将画论中的"神思"话语借用到艺术创作中来,并且首先提出了作家进行艺术构思需要具备的四大素养及其获取途径,并且进一步指出艺术创作中主体所必须达到的主客体状态。

积学以储宝，酌理以富才，研阅以穷照，驯致以怿（绎）辞。(《神思》)

难易虽殊，并资博练。若学浅而空迟，才疏而徒速，以斯成器，未之前闻。是以临篇缀虑，必有二患：理郁者苦贫，辞溺者伤乱；然则博见为馈贫之粮，贯一为拯乱之药，博而能一，亦有助乎心力矣。(《神思》)

夫神思方运，万涂竞萌；规矩虚位，刻镂无形。登山则情满于山，观海则意溢于海；我才之多少，将与风云而并驱矣。(《神思》)

刘勰强调要在学深、才富、博见、贯一的基础上进行艺术构思，就有可能"思接千载"或"视通万里"了，即所谓"神与物游"，驰骋于艺术的天地。当然，刘勰尤其注重想象在艺术构思中的作用，并且主张通过想象再造与创造出具象和意境。刘勰在具体论述的时候多采用风云之色、山海之状，虽极为形象和生动，但却缺少生活基础的表述与呈现，也容易让人觉得有脱离现实之嫌。

3. 艺术风格

刘勰在《体性》篇中论述了艺术风格的形成，认为作家的才、气、学、习，即个性深深影响着作品的艺术风格。在因人而异的多种艺术风格中，刘勰概括了八种基本类型。

夫情动而言形，理发而文见，盖沿隐以至显，因内而符外者也。然才有庸俊，气有刚柔，学有浅深，习有雅郑；并情性所铄，陶染所凝，是以笔区云谲，文苑波诡者矣。(《体性》)

在刘勰那里，"体"多指体貌、作品之风格；"性"是才性、作家之个性。"性"决定着"体"，且"性"有先天与后天之分，并且影响着文学作品的风格。

若总其归涂，则数穷八体：一曰典雅，二曰远奥，三曰精约，四曰显附，五曰繁缛，六曰壮丽，七曰新奇，八曰轻靡。典雅者，熔式经诰，方轨儒门者也。远奥者，馥采典文，经理玄宗者也。精约者，核字省句，剖析毫厘者也。显附者，辞直义畅，切理厌心者也。繁缛者，博喻酿采，炜烨枝派者也。壮丽者，高论宏裁，卓烁异采者也。新奇者，摈古竞今，危侧趣诡者也。轻靡者，浮文弱植，缥缈附俗者也。故雅与奇反，奥与显殊，繁与约舛，壮与轻乖。文辞根叶，苑囿其中矣。(《体性》)

刘勰吸取了汉代王充《论衡.超奇》中的"内外之分"，将文学作品的艺术风格分为"八体"两大类，即阳刚与阴柔之别。这八种风格两两相对，"典雅"与"新奇"相对，"远奥"与"显附"相对，"精约"与"繁缛"相对，"壮丽"与"轻靡"相对。我们看到，刘勰在具体论述中也并没有厚此薄彼，而是两相折中，以一种调和的价值取向呈现多元的艺术作品风格。

4. 作品的"风骨"之美

在一些学者看来，《文心雕龙》的《风骨》篇更像是在多样化的风格当中，选取不同的风格因素，综合成一种更高的具有刚性美的风格，我们姑且认为其是对艺术作品的总要求与规定。在刘勰那里,"风"是对文意方面的要求,"骨"是对文辞方面的要求。

> 若夫熔铸经典之范,翔集子史之木;洞晓情变,曲昭文体;然后能孚甲新意,雕画奇辞。昭体,故意新而不乱;晓变,故辞奇而不黩。(《风骨》)

在明确了"风骨"之后,刘勰指出作家应该写出"风清骨峻,篇体光华"的艺术作品,这类艺术作品自然是充实的内容与完美的艺术形式的有机统一。

5. 作文之会通与适变、继承与革新

《通变》篇主要论述作文必须有所变化创新,这是千古不变之法则。

> 夫设文之体有常,变文之数无方,何以明其然耶?凡诗赋书记,名理相因,此有常之体也;文辞气力,通变则久,此无方之数也。名理有常,体必资于故实;通变无方,数必酌于新声;故能骋无穷之路,饮不竭之源。(《通变》)

刘勰认为诗、赋、书、记等各种文体的名称及其基本写作原理,是固定不变的,因此要继承前人;至于文辞气力等表现方法方面的问题,变化无穷,就必须有新的发展。总的来说,一方面,刘勰认为作文就必须借鉴、参阅前人的创作经验和既有的写作法则,不能"跨略旧规";另一方面,刘勰指出,作文同样需要在继承的基础上有所革新以求新变,即具体的写作方法上要"酌于新声",这样的文章创作才不会停滞不前。

6. 附辞会意以求文章之首尾统

刘勰在《附会》篇中体现出一定的汇总意义倾向,就是力图把前述情志、事义、辞采、宫商等,作一总的安排处理,以"弥纶一篇,使杂而不越"。

> 夫文变多方,意见浮杂;约则义孤,博则辞叛,率故多尤,需为事贼。且才分不同,思绪各异;或制首以通尾,或尺接以寸附;然通制者盖寡,接附者甚众。若统绪失宗,辞味必乱;义脉不流,则偏枯文体。(《附会》)

> 何谓附会?谓总文理,统首尾,定与夺,合涯际,弥纶一篇,使杂而不越者也。(《附会》)

"附会"就是要使作品的各个部分组成一个严密的整体。由于作品变化不定,作家个性才气差异较大,所以刘勰要求综合全文的条理,统一文章的首尾;要把各个部分融成一个统一的整体,使内容虽繁多而有条不紊。

(四)"圆照之象"

按《序志》的说法,从《时序》到《程器》的四篇属批评论。不过,其中《时序》(还有《物色》)篇,兼有创作论和批评论两方面的内容。《时序》从历代政治面貌、社会风气等方面来评论作家作品及其发展情况。《知音》篇论述如何进行文学批评,是刘勰批评论方面比较集中的一个专篇。《才略》和《程器》是作家论,《才略》从创作才能方面评论作家,《程器》从品德修养方面评论作家。

1. "知实难逢""音实难知"

《知音》的篇名就是借《吕氏春秋·本味》中的伯牙与钟子期之"志在泰山"与"志在流水"来比喻文学批评者的善于辨别文学作品。但现实情况是，文学批评的"知音"实在难求。

故鉴照洞明，而贵古贱今者，二主是也；才实鸿懿，而崇己抑人者，班曹是也；学不逮文，而信伪迷真者，楼护是也；酱瓿之议，岂多叹哉！（《知音》）

当然，以上这些文学批评大量存在，并且深刻地影响了文学批评事业的发展，不仅如此，批评的主客观维度同样难以把握。

夫麟凤与麇雉悬绝，珠玉与砾石超殊，白日垂其照，青眸写其形。然鲁臣以麟为麇，楚人以雉为凤，魏氏以夜光为怪石，宋客以燕砾为宝珠。形器易征，谬乃若是；文情难鉴，谁曰易分。（《知音》）

夫篇章杂沓，质文交加；知多偏好，人莫圆该。慷慨者逆声而击节，酝藉者见密而高蹈，浮慧者观绮而跃心，爱奇者闻诡而惊听。会己则嗟讽，异我则沮弃；各执一隅之解，欲拟万端之变。所谓东向而望，不见西墙也。（《知音》）

为此，客观上的"文情难鉴"，主观上的"知多偏好，人莫圆该"也更加使我们难以求遇知音。

2. "先标六观"

针对鉴察"文情"之法，刘勰提出了"六观"，从体裁的安排、辞句的运用、继承与革新、表达的奇正、典故的运用、音节的处理六个方面入手。

是以将阅文情，先标六观：一观立体，二观置辞，三观通变，四观奇正，五观事义，六观宫商。斯术既形，则优劣见矣。（《知音》）

这里是说，批评探究文章的情思，先要标置"六看"：第一看文体的安排是否合适，第二看文辞布置的情况如何，第三看在文学的继承发展方面做得怎样，第四看奇与正的表现方法运用得是否恰当，第五看运用事类合不合适，第六看作品的音律怎样。这个评论的方法运用了，那文章优劣便自然地显现出来了。

四、《文心雕龙》的学术价值

刘勰的《文心雕龙》是一部内容博大、文字精简、重逻辑、有体系的经典之作，其经过千年的传承，早已成为中华学术文化中的显学，在学术史上具有重要的地位，素有"千年龙心"之说。

首先，《文心雕龙》是一部文论经典，是比较纯粹的学术经典，其关于文章写作与批评方面的创说具有典范意义。《文心雕龙》开创了中国古代文学批评对于文学理论问题分层研究的范例，将文学理论置于一个既有内在联系又有相对独立的分层研究的平台之上进行，其意义重大。

其次，刘勰身体力行，独特的语言形式，对仗、用典、声韵、藻饰的运用，使《文心雕龙》在拓展骈文文体书写范围的同时便具有了一份令人无法忽略的文体价值。再次，《文心雕龙》背后的人文精神锤炼——儒家人文精神的传承、佛家精神的张大、自身人格精神的突显，给后世学人留下了探寻、思索与追逐的空间。

再者，刘勰的《文心雕龙》还将哲学与美学、文学问题无缝融合，并且吸取先秦两汉以来文论重情感的价值取向，注重文艺的情感教化，且与自然之道相结合，不仅使文本自身散发出浓郁的美学意蕴，而且给人以无穷的情感刺激与生命启示。

最后，《文心雕龙》的批评典范对学术史发展极为重要，其对于时流的否定与批判，在一种不偏不倚的价值立场下，将人文忧思与天地立心之公允结合，于激情与理性融合的批评实践中，彰显出学术发展的现实之道。

六、《文心雕龙》的研究现状

《文心雕龙》在公元 5 世纪末诞生，到现在已经 1500 多年了；而仅仅 20 世纪以来的《文心雕龙》研究，就已经汗牛充栋了。龙学研究不仅是一门显学，而且在一批批学者的阐释中更显夺目光彩。限于篇幅，这里只简单地勾勒 20 世纪以来《文心雕龙》研究的几位有代表性的大家。

（一）黄侃《文心雕龙札记》

黄侃《文心雕龙札记》标志着 20 世纪中国新龙学的开端，相对于以往龙学研究重校勘、评解，黄侃已经开始系统地阐发《文心雕龙》的文论思想。黄侃认为《文心雕龙》有自己的"专美"，即文学性，以为《神思》篇才是刘勰心目中的真文学。其次，黄侃指出《文心雕龙》有极为明确的现实针对性，即直斥讹滥成风的宋齐文学。再者，黄侃采用了"循实返本"的学术研究方法，这也成为后世学者进一步研究《文心雕龙》的典范。

（二）范文澜《文心雕龙注》

范文澜以"注"为论，不仅在校勘、征引、释义等方面有所创建，而且时常将自己的观点融入注释中。首先，范文澜十分注重探求作文之意，究察微言大旨，十分注重刘勰以自然论文的思想。其次，学刘勰"振叶以寻根"之法，对《文心雕龙》所涉及之思想根源追远溯流，并将此法用于注释之要旨。再次，范文澜也有意模仿刘勰文体论之法，凡涉及关键语句必有注释，并且极为强调分类论述之重要性，以及对全书内在理路的把握与阐释。

（三）杨明照《文心雕龙校注》

《文心雕龙校注》是杨照明 20 世纪 30 年代所写的，1958 年出版。杨照明对《文心雕龙》全书有争议的字、词、局做了认真地考订、校勘，而且以大量翔实的资料加以论证，显现出学术研究的踏实态度与严谨作风。

（四）王元化《文心雕龙创作论》

《文心雕龙创作论》成书于 1966 年，1979 年出版。王元化运用黑格尔的辩证化和马克思主义的文艺理论来研究《文心雕龙》，在一种中西比较、古今比较的视域中显现出极强的思辨色彩与哲学意味，并且彰显出中国古代文论一定的民族特色与世界意义。

参考文献

［1］王元化：《文心雕龙创作论》，上海古籍出版社 1979 年版。

［2］周振甫：《文心雕龙注释》，人民文学出版社 1981 年版。

［3］詹英：《文心雕龙义证》，上海古籍出版社 1989 年版。

［4］张少康：《文心雕龙新探》，台湾文史哲出版社 1997 年版。

［5］黄侃：《文心雕龙札记》，上海古籍出版社 2000 然后版。

［6］杨明照：《文心雕龙校注》（增订本），中华书局 2000 年版。

［7］王运熙：《文心雕龙探索》，上海古籍出版社 2005 年版。

［8］黄霖：《文心雕龙汇评》，上海古籍出版社 2005 年版。

［9］范文澜：《文心雕龙注》，人民文学出版社 2006 年版。

［10］张利群：《文心雕龙体制论》，广西师范大学出版社 2010 年版。

徐复观《中国艺术精神》导读

王守雪

徐复观是中国 20 世纪一个富有传奇色彩的人物。以 1949 年为界，他的人生可以分为前后两个部分，前半部分，他主要是一个政治人物；后半部分，则是一个具有重要影响的学者，是现代新儒家的代表人物之一。《中国艺术精神》一书，是他作为学者、作为现代新儒家的一部代表性著作。

一、徐复观简介

徐复观（1903－1982），原名秉常，字佛观，老师熊十力为他更名为"复观"，湖北省浠水县人。家世清贫，祖父和父亲两辈都是且耕且读。徐复观八岁的时候开始发蒙读书，十二岁考入浠水县高等小学，三年后毕业考入湖北省第一师范学校，开始在武汉求学。五年后毕业，当中曾经有几个月的时间，担任过小学教师。1923 年，考入湖北武昌国学馆，遇到一些国学名师，比如大名鼎鼎的黄侃。也是在这里，徐复观打下了国学的坚实基础。1926 年，武汉发生政治动荡，徐复观从国学馆毕业，得到同乡陶钧的援引，投入到现实的政治军事生活之中，参军担任营部中尉书记。1928 年初，赴日本留学，先于明治大学攻读经济学，后于 1930 年正式进入日本陆军士官学校步兵科。1931 年，"九·一八"事变起，徐复观在日本因反抗而入狱，后退学返国。1932 年起在广西军中任职，1935 年任浙江省政府上校参谋，同年与王世高结婚。抗日战争爆发后，参与娘子关战役、武汉保卫战，任荆宜师管区司令、中央训练团少将教官。1943 年，以军令部联络参谋名义，派驻延安，结识毛泽东、周恩来等中共高层领导人。当回到重庆述职的时候，得到蒋介石赏识，以军委高参名义，调至参谋总长办公室，任联合秘书处秘书长随从秘书、侍从室第六组副组长、党政军联席会报秘书处副秘书长。同年始问学于熊十力。由于对国民党军政界的失望，加上熊十力在文化思想上的点拨，他决心离开军政界而从事文化学术工作。1946 年以陆军少将退役，与上海商务印书馆合办《学原》月刊，从而进入中国学术界。1949 年迁居台湾地区，另在香港地区创办《民主评论》半月刊。1952 年受聘为台中省

253

立农学院兼职教授，三年后，东海大学成立，受聘为中文系教授，兼系主任。1958年，与牟宗三、唐君毅、张君劢联名发表《为中国文化敬告世界人士宣言》，后来被公认为港台新儒家的标志性文献。1969年移居香港，任新亚书院、新亚研究所教授。另特任《华侨日报》主笔。1982年4月1日病逝于台北。

徐复观虽然从中年才开始投身学术，但取得了巨大的学术成就。他为后人留下了数百万字的著作，涵盖哲学、经学、史学、文学艺术诸领域，代表著作有：《中国人性论史·先秦篇》《中国艺术精神》《两汉思想史》（1—3卷）、《中国思想史论集》《中国文学论集》《中国思想史论集续篇》《中国文学论集续篇》《中国经学史的基础》等①。这些著作，规模宏大，思想深邃，立论卓特，以阐扬中国文化的人文精神为主线，对中国文化的现代价值进行了"现代的疏释"。另外，他也是一个卓越的作家，创作了上百万字的诗文作品，其中尤以杂文著称，文风自然深淳，酣畅淋漓，被誉为"鲁迅以后第一人"②。

二、著作背景

在徐复观的学术生涯中，有两件事特别重要。

第一，问学于熊十力。他们不是像现代大学的一般师生关系，也没有系统的师承传授，仅是"问学"而已，但这个"问学"，奠定了徐复观的学术方向和学术思想。1943年，徐复观住在重庆，当时的熊十力住在梁漱溟主持的勉仁书院，就在重庆的北碚。徐复观久仰同乡大儒熊十力的大名，并读过熊著《新唯识论》，此时风云际会，终于有了具有历史意义的"问学"。徐复观写了一封表示仰慕的信，熊十力回信中有云："子有志于学乎？学者，所以学为人也。"徐复观后来回忆道："这封信所给我的启发与感动，超过了《新唯识论》。因为句句坚实凝重，在率直的语气中，含有磁性的吸引力。"后来熊十力向徐复观开示："亡其国族者，率先自亡其文化。"一个国家民族的灭亡，往往是先灭亡了自己民族文化，失去了精神文化，然后才有了国家民族形体的灭亡。熊十力这样说，有一个大的语境，他认为，中国自晚清以来，国家民族内忧外困，根本原因在于失去了民族文化的精神，世俗的人趋于功利，而号称精英的人一味趋新，一味地向外域模仿学习，否定传统文化，自失灵根。因此他立志要以文化救国，以"讲学"救世。这个学思路线，正是现代新儒学的基本标志。"现代新儒学"虽然是一个大的学术综合体，但"熊十力学派"一直是它的中坚。徐复观问学于熊十力，他自己称为"起死回生"，乃是获得了新的学术生命，他的学术成就，应该从这里进行基

---

① 参考《徐复观全集》，九州出版社2014年版。

② 孙克宽语，见黎汉基、曹永洋主编：《徐复观家书集》，中央研究院中国文哲研究所2001年版，第144页。

本的理解。

第二，1958 年，徐复观与牟宗三、唐君毅、张君劢联名发表《为中国文化敬告世界人士宣言》，是阐述港台新儒家的学术思想的纲领性文献。《宣言》是唐君毅起草的，徐复观做了重要的修改，它全面地阐述了港台新儒家作为一个文化学术阵营的基本思想、方针，是一个大的亮相。《宣言》虽然是在 1958 年发表的，但它的酝酿和实际活动要上溯到 1949 年。当时流亡到海外的一批学人，离开了中国大陆，真是悲愤交加，非常痛苦，同时又不甘心，便从精神文化深处进行反思，立志要从文化上找到中国的出路，也找到自己的回归之路。首先是在香港建立了新亚书院，后来以台湾东海大学的建立为契机，形成了新亚书院和东海大学两个"根据地"，而《民主评论》《东海学报》等刊物也成了重要的学术阵地。以中国文化相倡，以振兴中国文化学术为职志。开始的前几年，他们和台湾的国民党有一定的关系，带有一定的政治性。后来，政治性逐渐淡薄，基本上成了学术性的阵营。徐复观到台湾后，就脱离了国民党，他是"现代新儒家"（此称呼乃后来思想文化界所追加）阵营中最富有活力的人物，联络组织，做了大量的工作。《中国艺术精神》一书及徐复观大量学术著作，正是在此学术背景下完成的。

三、主要内容

（一）总体构架

《中国艺术精神》一书共十章：

第一章，由音乐探索孔子的艺术精神；

第二章，中国艺术精神主体之呈现——庄子的再发现；

第三章，释气韵生动；

第四章，魏晋玄学与山水画的兴起；

第五章，唐代山水画的发展及其画论；

第六章，荆浩《笔法记》的再发现；

第七章，逸格地位的奠定——《益州名画录》的一研究；

第八章，山水画创作的总结——郭熙的《林泉高致》；

第九章，宋代的文人画论；

第十章，环绕南北宗的诸问题。

关于本书的总体结构，由徐复观《自序》，有三点值得注意：第一，本书十章其中的八章是谈论绘画，但不可作为一部单纯的"画论史"来读。即使书中提示了诸多画论史的问题，引起了美术理论、美术史研究者的重视，也不能将徐复观《中国艺术精神》一书当作单纯的"画论史"来读。本书的中心问题是非常明白的，那就是探讨"中国艺术精神"，所以徐复观强调，从第三章到末章共八章，都是论述中国艺术精神的例证。第二，中国艺术精神在文化根源上只有孔子和庄子所显出的两个典型，但在实际的历史实现中，孔子显示的艺术精神由于极高而较少彻底实现，只是在文学中，儒道艺术精神结合在一起，综合地有所实现；而庄子显示的艺术精神，在绘画中得到了充分的实现。在这里，应该将孔子、庄子对艺术精神的"显示"和后来中国历史上艺术精神的"实现"作分别的理解。第三，中国的美学系统，是儒道思想所显示的，更是在历史的长河中实现的过程。

（二）中心问题：儒道艺术精神关系的疏通

徐复观《中国艺术精神》一书问世以来，仁者见仁，智者见智，意见纷纭处颇不少。就批评的意见来说，大约涉及三个方面：其一，一些哲学美学研究者，尤其是庄学研究者，认为徐复观将庄子的"道"解释为"艺术精神"，是"误读"了庄子；其二，一些关心中国文化传统的人，认为徐复观在论述"中国艺术精神"的重要题目下，过于重视道家及庄子的美学思想，如称之为"庄子的再发现"，称之为"中国艺术精神主体的呈现"，等等，此乃相对轻视了儒家孔子、孟子、荀子的美学思想；其三，一些治西方哲学美学者，认为徐复观将庄子美学思想与西方现代美学思想比较、打通，其中"误读"了一些西方哲学家美学家。

徐氏运用"艺术精神"一词，很有特点，既立足现代学科门类观念，又能够兼容传统学术的内涵，"中国艺术精神"，应该能够涵容"中国文学精神""中国音乐精神"等；"精神"出自《庄子》，"水则明烛须眉，平中准，大匠取法焉。水静犹明，而况精神。圣人之心静乎，天地之鉴也，万物之镜也。"（《庄子·天道》）徐复观解释："心的作用、状态，庄子称之为精神。"精、神合在一起，既是感性的，是从心的作用义而言的；同时又是超感性的，这是又从心的本体义而言。他所说的艺术精神，既有艺术心理活动层次的意义，又有艺术境界抽象层次的意义。

1. 艺术精神——人性论上的展开

《中国艺术精神》之作，孕于徐氏学术地位奠基之作——《中国人性论史·先秦篇》，两部书分别对《庄子》的论述是贯通而又有分别的，如何认定庄子在中国文化中的地位，关系到中国文化的基本格局，恰恰在这里，可以发现一些问题。

徐复观著《中国人性论史·先秦篇》，心事很重，他是当作"一部像样的中国哲学思想史"来下笔的，他要回答当时文化上的迫切问题："有如中西文化异同；中国文化对现时中国乃至对现时世界，究竟有何意义；在世界文化中，究应居于何种地位等问题。"在"像样的"背后，他批评了两个人，一个是胡适，另一个是冯友兰。胡适认为中国春秋时期老子、孔子时代，方能称起有了"哲学"，而"道家集古代思想的大成"；冯友兰说"孔子实占开山之地位"。徐复观认为他们皆违背了历史，截断了历史。他的《中国人性论史·先秦篇》从周初写起，从周初人文精神的跃动中抽出一串范畴，即命（道）、性（德）、心、情、才（材）等，有了它们，中国人性论史有了具体的内容。晚周诸子百家，皆是周初人文精神的发展，道、墨诸家，多是从反面进行批判矫正，只有儒家，是从正面立论继承发展。徐复观以这些范畴为抓手，拉出了中国人性论——也是中国哲学思想史的基本线索，在历史的线索背后，隐然埋藏一个理论走向，即以儒家为骨干的中国文化立场，同时加上现代的世界的文化背景。先秦虽号称百家争鸣，实以儒、道、墨三家为主，徐复观《中国人性论史·先秦篇》，也正是只写了如此三家。先写儒家，占了八章，后写道家，占了三章，中间夹了墨子一章，再加头（治学方法一章）、尾（结论一章）各一章，如此构成全书的十四章。撇开由各家分量的不平衡而造成可能的轻重效果不讲，就从阐述庄子的一章《老子思想的发展与落实——庄子的"心"》来说，将之与《中国艺术精神》的文字相比较，不难发现徐复观对庄子在中国文化中定位的真意。

《中国人性论史·先秦篇》中对庄子的论述，注重向儒家现实精神、生命精神的贯通。他以《庄子·天下篇》中记述庄周为定石，认为与《庄子》其他篇目相比，这是一篇"庄语"，说的都是负责的话，其中的"不得已"，其中的"悲愿"，皆指向现实人生，近于儒家的义理方向。徐氏强调庄子是老子思想的发展与落实，有两个因素，一是相对老子思想的变异，一是"道"的贯通，庄子将老子的"道"向下落，落向现实人生。他重新解释了《庄子》的三组重要名词，道、天、德；情、性、命；形、心、精神，最终认定庄子以精神自由的祈向为指归。他说："庄子对当时的变乱，有最深切的领受；所以他的'谬悠之说，荒唐之言，无端崖之词'的里面，实含有无限的悲情，流露出一往苍凉的气息，才有'不得已'三字提出。他在现实无可奈何之中，特别从自己的性，自己的心那里，透出以虚静为体的精神世界，……他所构建的，和儒家是一样的'万物并育而不相害，道并行而不相悖'（《中庸》）的自由平等的世界。……他在抨击仁义之上，实显现其仁心于另一形态之中，以与孔孟的真精神相接，这才使其有'充实而不可以已'（《天下篇》）的感觉，这是我们古代以仁心为基底的伟大自由主义者的另一思想形态。"如此的疏解，徐氏心中并不安稳，其中的原因，据他概括的说法，是他依然觉得庄子可能还有重要内容，而没有被他发掘出来；在分析中，他发现了内在的紧张因素。一方面，老、庄对现实人生皆有深重的念愿，是应该有所"成"的；另一方面，老、庄反对现存人生的价值，特别是庄子，是反对有所"成"的。如果将这种反对有所成的精神世界——也视为一种成就，这即是"虚静的人生"。徐复观说，站在一般的立场上看，虚静依然是消极性的，多少有挂空的意味，有虚无的倾向。虚无抑或是自由？道与儒，庄子与孔子，这其中在人性论的意义上的紧张，道家对儒家在人性论意义上的疏离甚至"虚空"的取代，影响到对中国文化在初始阶段的基本格局的认识，对于他的解释及其效果，这是徐复观内心感到"忐忑不安"的深层原因。

从某种意义上来说,《中国艺术精神》可称为对《中国人性论史·先秦篇》的重要调整和补充。从二者连贯性来说,二者都是要回答关于"中国文化"的相关问题,都是在人性论的线索上展开的,正如徐复观自己所强调的,它们"正是人性王国中的兄弟之邦",另一方面,在论述中国文化的两大支——儒家与道家的时候,在论述他们的意义和地位的时候,有了新的角度和定位。这个新的角度和定位是,人类文化有三大支柱:道德、艺术、科学,《中国人性论史·先秦篇》着力论述的以道德为中心的人性论,在此有了三个面向,包含重心的潜移暗转。从艺术的角度来看中国文化,来看儒、道。徐复观论断,儒家的精神世界,孔门所成就的善美合一,在人生价值的究竟义上,能够涵容艺术。但在日常生活一念一行上,当下成就的是道德,并不是艺术。而道家,特别是庄子之所谓"道",落实于人生之上,乃是近代意义上的艺术精神,虚静之心,乃是艺术精神的主体。这样无形中,在人类文化三大支柱——道德、艺术、科学中,将儒家于人生的成就归之于道德,将道家归之于艺术。如此的论断,从论述儒道在中国文化的作用和地位来说,尤其是对庄子来说,不能说纯粹是一种推扬。如果认为徐氏在特定意义上推扬了庄子则可,由此认为在中国文化的大格局上贬抑了儒家及孔子则不可。

2. 孔子精神能否呈现艺术精神主体

在徐复观的语境中,"主体"是一个极为重要的关键词,他肯定庄子把握到了艺术之心的虚静的本性,所体现出的艺术精神是"全",称之为"见体"。1964年第一期、第二期《民主评论》连载《孔子"为人生而艺术"的艺术精神初稿》,后改题为《由音乐探索孔子的艺术精神》;数月之后,发表《庄子艺术精神主体之呈现》,后改题为《中国艺术精神主体之呈现——庄子的再发现》。这两个改动极为重要,应引起注意。将"庄子"改为"中国",以庄子艺术精神的"见体"代表"中国艺术精神"的"见体",从表面的粗线条来看,改动的效果不但极大地推重了中国艺术史上的庄子,而且似乎有意避开了孔子与艺术精神主体性问题。

其实,徐复观并没有忽视孔子及儒家在中国艺术史上的重要地位。《中国艺术精神》以孔子作为第一章,作为中国艺术精神两大典型之一,按照中国经典的体例,其定准意义是不可低估的。虽然书成后作者曾宣布:在这一方面的工作就此止步了,但从总体来看,艺术,尤其是文学,一直是徐氏志业中的重要部分,他非常重视中国传统文学大的纲维,非常重视儒家在这个大纲维中的重要地位。

其一,孔子精神,即仁(善)美彻底和谐统一的最高境界,其实也是道德与艺术在究竟之地的合一,亦即是万物一体的最高和谐,是一种极高的境界,能够涵容艺术精神主体。但这是从最高的观念意义上而言的,所以徐复观说"千载一遇"。此精神的历史影响,是源远流长、浑含宽泛、变现多方的。从大的方面来说，一方面杂而不纯，含有与现代艺术异质的成分，比如文学中实用的文体与功利的意识可能消解艺术精神主体；另一方面从积极的方面来说，与人生多面的贴近，会铸成艺术"大"的品格，使艺术在根本处更加苗壮。这种积极、广大、浑含的艺术品格转在中国文学上，成为中国文学精神的基本形态，成为中国文学艺术的民族特色。这个线索，在唐代以前，反映在"《诗》亡然后《春秋》作"的中国诗学精神之中；唐代以后，则主要通过古文运动的线索而发展，演成中国文学诸多景观。其二，孔子艺术精神乃是为人生而艺术的典型，其起点与纯艺术精神不同，但"人生"决不会成为纯艺术的敌对因素，恰恰相反，它的极致必然与纯艺术相合。其三，孔子为人生而艺术的最高精神境界，并不是"目前"艺术风气所能企及，而目前的艺术风气，则以"为艺术而艺术"的纯艺术观念为口号，也就是近代流行起来的西方化的艺术观念。以这种艺术来看中国艺术史上"为人生而艺术"的"艺术"，认为中国的艺术是宽泛而不纯的。然而，将孔子艺术精神的极致放在整个艺术领域，它自有一席重要的地位；如果站在人性的广大立场上，它的地位显得更加崇高。

然而，徐复观在论述庄子艺术精神的时候，称之为"艺术精神主体之呈现"，继而称之为"中国艺术精神主体之呈现"，论述孔子艺术精神，却不用"主体"一词。他从近代学科意义上来看艺术，具有世界性的学术眼光，这是徐复观重要的学术特色。他认识到艺术的"本性"在于"无关心的满足"，不以实际功利为目的；当谈到艺术起源的问题，他较为倾向于"游戏说"。由这样的标准来看庄子的精神世界，那种绝知去欲的虚、静、明之心境，非常近于审美活动中的纯知觉活动；而将实现虚、静、明工夫意义上的"心斋"之"心"，徐复观称之为艺术精神的主体。由这样的标准来看孔子的精神世界，虽然在上下与天地同流的最高处，也是物我合一物我两忘的艺术精神；但这是乐与仁自然的融合，是艺术与道德的融合。特别是在更大背景下，儒家那种"吾非斯人之徒与而谁与"与具体现实活动紧密相连的责任感，虽不为艺术所排斥，但也绝不能为艺术所承当。这种责任感在生活中，是一种目的强烈，以主观涵容客观的精神状态，与美的观照性质是不同的，也可以说这是超越艺术的境界。徐复观指出："儒家所开出的艺术精神，常需要在仁义道德根源之地，有某种意味的转换。没有此种转换，便可以忽视艺术，不成就艺术。……由道家所开出的艺术精神，则是直上直下的，因此对儒家而言，或可称庄子所成就为纯艺术精神。"徐氏此处所说的"转换"，是指文学中的人格修养。在没有转换之前，儒家思想主要呈现为道德的性质，对文学的影响是外在的，强烈的动机如果生硬地倾向文学，也许只是枯燥的说教，是不能成就文学艺术的。而经过转换，以思想转化提升人的生命，即让仁义道德内化为充溢的生命力，在文学活动中则表现为一颗"感发之心"。让道德精神主体生发转化为艺术精神主体，从以生命涵容万物"官天地、府万物"来说，从"宏大而辟，深闳而肆”的局量而言，仁义之心必然能与虚静之心作最终的会归。

3. 庄子的"道"向艺术精神的畅开

庄子的"道"究竟是否艺术精神？老、庄思想当下所成就的人生，是否就是艺术的人生？这是讨论徐复观所下判断的关键。首先从大端来说，作为思想家的庄子，应该是一个统一体。司马迁对庄子的记载虽简略，其中两个判断是可信的。其一，从思想方向来说，庄子"然其要本归于老子之言""用剽剥儒、墨"；其二，从文字风格上来说，"其言洸洋自恣以适己"。从第一点来说，庄子思想具有战国时期诸子学说的背景，尤其是儒家、墨家，庄子与之深相关联。从庄子学说的动因来说，它应该与诸子学说具有相同的关怀，他们关心的皆为现实社会人生，理论的基点与高度应该相应。如前所述，徐复观以《庄子·天下篇》作为论庄子的定石，应该说先立乎大，与太史公论断相合。关于第二点，以"洸洋自恣以适己"来概括庄子之文，突破语体风格的意涵，同时也透露出庄子的精神世界，也就是庄子的"心"。

徐氏将庄子的精神世界与艺术精神世界如此贴近地联系起来，是不是事实？

一方面，从逻辑上来说，徐复观的论断是值得进一步分析的。当他把庄子与艺术精神相联系的时候，用了"不期然而然"一语，省略了其中可能的逻辑分析，仅从一些心理现象的特征来证明庄子"虚静之心"与现代艺术心理的相似性，这样的论断似乎不够充分。他在解释道、技关系的时候，将"道进乎技"理解为"技进乎道"，强调技中见道，即强调技的积累与提升、对到达道境的意义，这是不符合庄子的原意的。而将"心斋""忘"这些见道的工夫，直接理解为道；将"斋五日"→"斋七日"，"忘仁义"→"忘礼乐"，一步一步地将"斋"与"忘"直接理解为"虚静之心"，以与审美的纯知觉活动、与现象学的纯粹意识相参比，以证明庄子之虚静之心即现代纯艺术精神，有截流为源的意味。其次，从庄学对后世的影响来说，庄学影响既不仅限于艺术，中国艺术精神亦不仅为庄学一支所打造。山水画的产生，固然可以从审美和艺术找到玄学中庄学的根据，但历史的广泛机缘不能概括为庄子精神向山水画艺术直线下落的表述。

另一方面，如果从中国人文传统重建的角度，可以发现徐复观解庄子最大的思路，在于将思辨性的"道"下落到"心"的层次来理解。中国老庄哲学虽较之于儒家等多了一些思辨性，多了一些形上关怀，但其出发点与归宿点，依然落实于现实人生之上。在徐复观解释庄子的语境中，道与心，天地精神与自己精神，虚静之心与心斋的过程，统统是贯通无间隔的，源流浑融，即作用见本体。他并不否认庄子的"道"可以向形上性、思辨性理解的层面；但他宁愿将这一点放在一边，而注重于"道"的具体下落到人生意义上的"心"，下降到庄子的心灵世界。他在阐发庄子艺术精神的时候，仍然重视老庄所建立的这个最高概念"道"；强调其总的努力在于将精神与道融为一体，也就是说，仍然不否认"道"对精神世界的优位意义，因精神世界仍笼罩在"体道"之下。在论述"道"向艺术精神展开时，徐复观非常重视庄子"道"与"美"之间的关联，努力显发庄子"道术"向艺术的通道。

徐复观强调庄子之道是"根源之美"，以与世俗之美相区别，同时，根源之美与艺术之美则是既有关联又有各自内容的美。现在作为哲学分支意义上的美学，可以直接立基于艺术理论，它是对各种艺术理论基本性、共通性的进一步概括和抽象；也可以是在哲学知识论的领域内根据审美认知方式的特质而展开研究的美学，二者应是并行不悖可以统合的。然而在二者共同的根源处，则是哲人对终极性问题的探索。人对世界的情感，对生存的体验，构成人类探索终极性问题的感性材料，这里既引申出感性知识的认知方式，同时也引申出一系列艺术审美问题。在这个意义上，庄子对人类感性生存的忧虑，对宇宙人生"大美""至美"的述说，可以作为审美问题的较早探讨。徐复观正是在这一高度，探索了庄子之所以反对一般意义上的"美""乐""巧"，反对这些在艺术一般意义上的因素，然而最终却能够成就艺术，在中国艺术史上发生巨大的影响。

在徐复观看来，庄子虽亦怀有深重的忧患意识，然而，庄子精神对于人生缺少正面的意义，于是将其天地精神化约为艺术精神。在这一点上徐复观和一些学者学术思路明显不同，比如方东美，极为重视道家的终极关怀，认为道家的忧患意识乃在于关切人之存在是否能与世界之存在（或为存在世界）取得永久的平衡与和谐。庄子倡言的至人精神生活及其神游于何有之乡的超越境界，足以与儒家圣人的"极高明、致广大、尽精微"的生命形态相媲美。徐复观与之明显不同。不过，将庄子精神价值引向艺术，却见出徐复观的学术发力点，他指出庄子艺术精神的价值，认为由庄子精神影响结出的艺术成果，能够救治现代社会一系列由于过分紧张而产生的精神病患，其作用不可谓不巨。然而，在对庄子精神价值的评定上，由道家本有的宇宙人生深重的关怀与设想，转而理解为现实人生的补救和调剂；由对根源之地大美、大乐、大巧的向往，转向具体的审美；由着眼于"道"，转向近现代意义上的艺术，这中间毕竟有较大的落差。

4. 会归与分流

徐复观对中国艺术精神源头的追寻，乃是他重振中国思想传统事业中的重要部分，《中国艺术精神》一书，上承《中国人性论史·先秦篇》，下接《两汉思想史》，中与《中国文学论集》《中国文学论集续篇》等著作相交汇，构成中国文化建设的群落。三山半落青天外，二水中分白鹭洲，是大自然的神运；疏解中国文化儒道思想千年的纠葛，活转中国文化的根源经脉，在中西文化交流与碰撞中显出中国文化的价值和地位，则见徐复观之功。

首先，中国文学乃至中国艺术，推源溯流，到底是怎样的形态？中国文学的源头活水到底是《诗经》《春秋》，抑或是《庄子》《离骚》？儒家道家，对于中国艺术精神的根源意义究竟如何？徐复观的疏解极富于创造性，他给出两个维度：其一，站在纯艺术的立场上，庄子艺术精神更指向近代纯净而统一的艺术观念，在此可以发现中国艺术精神的主体；其二，站在中国文化乃至人性论的立场上，孔子慨叹曾点的那种"胸次悠然，直与天荒地老万物上下同流各得其所"（朱熹《四书集注》）的境界，是艺术与道德在最高意义上的合一，也可以说，儒家思想在它的制高点上，是可以涵容艺术的。作为人格修养之资，儒家思想可以拓深、加厚、扩大艺术感发之心，不但不会束缚艺术创造，而且可以助成艺术伟大的品格。

其次，中国文化作为一宗巨大的世界文化遗产，古老、素朴、浑然一体，高深、丰富、含蓄隽永，面对现代学术形态，学科林立，壁垒森严，古老的资源如何被今人发掘？无限风光如何被今人领略，如何注入时代的文化大流？在中西文化交汇、古今学术融通之间，徐复观找到一个开阔的学术立场。既不失去古老圣贤"天地之纯"的道术大体，同时兼顾时代学术、世界文化的基本格局与方向，指出："儒家发展到孟子，指出四端之心；而人的道德精神的主体，乃昭澈于人类'尽有生之际'，无可得而磨灭……。道家发展到庄子，指出虚静之心，而人的艺术精神的主体，亦昭澈于人类尽有生之际，无可得而磨灭。"在人类文化三大支柱——道德、艺术、科学中，中国文化实有两大擎天支柱，这样无形中将传统儒家的主要成就归之于道德，而将道家的成就归之于艺术，二水分流会通，齐头并进，共同流入现代学术，使中国文化纠葛纷纭的两大派别，顿时活转了强大的生命。

再次，庄子之"道"在中国经典的语境里，具有形上性和本体性，本是与艺术精神是无直接关涉的。徐复观抓住道在人生层面工夫意义的呈现，认定虚静之心，那种"与天地精神往来"，"上与造物者游"的精神境界，与近代意义上艺术观念相通，甚至将"道"直接认定为直上直下的艺术精神，这是对庄子哲学人性总体意义的一种创造性解释。徐复观认为，儒学是中国文化的主流，孔子由古代文化的集成奠定儒学的基础，先秦儒学基本的思想性格是由天道天命向下落，落在具体的人的生命、行为之上。相对来说，老庄之道具有的形上性与本体性的一面，以反传统立论，缺少正面的意义，不代表中国文化的主流；希腊哲学与基督教神学的理论方向，更与中国文化重生命重实践的特色相去甚远。因此，徐复观通过对庄子之道与艺术精神的疏解，淡化形而上倾向，乃是从另一个方向上对中国文化主流的一种彰显，为"生命的学问"注入新的活力。

四、学术价值与影响

（一）疏通中国思想史，显发中国文化的现代价值

徐复观晚年总结他的治学思想："我从1950年的以后，慢慢回到学问的路上，是以治思想史为职志的。"他要通过重新解释中国思想史，显发中国文化的

现代价值。他的好友，同时也是新儒家重要代表的牟宗三，在徐先生逝世十周年纪念会上也这样总结："徐先生这个人对维护中国文化，维护这个命脉，功劳甚大。这是我切身的感受：疏通致远，功劳甚大。"徐复观《中国艺术精神》一书，正是他疏通中国思想史的有机组成部分，如果仅作为文艺学专门书籍来读，会产生不少理解上的隔阂。

徐复观和同是新儒家的唐君毅、牟宗三不同，与现代新儒家的宗师熊十力先生也不同，他保持了中国文化文、史、哲融通的宏大规模，对于文学艺术在中国文化中的地位，特为重视。当然，这也不是说熊、唐、牟等人皆不懂文学，或者说没有论述中国文艺的文字，在他们的研究成果中，文学艺术的内容毕竟较为稀薄。徐复观初任教于东海大学，乃是中文系教授，他的研究重点，兼通文、史、哲，这一点贯穿他的学术生涯。1981年，他身患胃癌，心中挂牵的事，其中之一便是《中国文学论集续篇》修订出版。对文学艺术的重视，本来是中国文化的应有之义，更接近中国文化的历史面貌，对中国文化重新焕发生机，重新建立在世界文化中的形象，具有重大的意义。

（二）打通古今中西，突出现代意识和比较意识

徐复观所云"有机组织的现代语言"，绝不仅仅指的是"白话"，而是包含着强烈的"现代"意识，所谓现代意识，又是与世界精神息息相通的。20世纪新文化运动、新文学运动，全面地展开了对中国传统的批判，对中国文化渐成全面否定之局面，一些文化领袖人物，研究中国学术，往往采取"破坏"的方法，说是先破后立，实际上破多立少，即使所建立的精神文化，由于缺乏文化根基，往往在传播的过程中，渐渐变形变质，反而引起了坏的效果。现代新儒家的学术方向，正是对新文化运动以来的学术方向加以调整，加以扭转。他们提倡"返本开新"，立基于中国文化的生命之根，回应现代文化的挑战。所以，有人称之为"五四知识分子的第二代"，认定他们与五四以来精神文化的联系与区别。这个联系，正是"现代意识"的联系，他们所面对的"现代"，是相同的。《中国艺术精神》一书，在研究儒家艺术精神、道家艺术精神以及众多画论的时候，引入了不少西方哲学美学理论，比如现象学的理论，徐复观在讲庄子的"道"时，认为它与现象学的"纯粹意识"有相通之处。有些地方，虽然不以现代西方学术理论为名，但立论发言，背后有着丰富的西方文化背景，是明显的回应与对话。这是《中国艺术精神》一书的特色，是徐复观的学术特色，也是现代新儒学的共同特点。这也不难理解，实际上，近代中国以来，中国思想文化界就存在于西方文化的广泛而巨大的语境中。关键是，徐复观及新儒家的现代意识，与新文化运动以来的"现代意识"有什么不同呢？这其中最大的要点，在于学术立场，徐复观研究中国艺术精神，有一个基本观念，那就是中国艺术精神具有重要的价值，是建设当代中国文艺的重要理论资源，这就是所谓中国文化立场。在这个立场之上，看中国的思想文化史，看西方的思想文化史，就有了一个基本的价值方向。那么，他的这种立场，是不是悬空的理念呢？不是，这又是立足于坚实的历史和现实实践所得出来的基本认定。所以，由这种现代意识所延伸出来的"比较意识"，便有了一种特别的意义，这种比较，是要借西方思想文化的光，照亮中国文化的价值。他的比较，不同于一般意义上的"比较文学""比较文化"，而是一种有自我思想体系的比较，这种比较，实际上是解释的参照和理论的回应。就像牟宗三论徐复观的考证，"这种考证是活的了"，相对来说，有一些考证家是"瞎考"；徐复观的比较研究也是"活的"，是有自性的，不像一些比较者是"瞎比""死比"。

（三）以"工夫"为底蕴的治学方法

"工夫"本来是中国文化中特别是理学的重要命题，内涵指向人格修养，通过精神活动的运作，实现生命境界的提升。徐复观将它贯注于自己的研究活动之中，发展为一种学术方法论，反复实践、反复论述、反复强调，意义极为重要。"工夫"的方法以"诚""敬"为内核，以体验为心理过程的特点，研究者以诚切入研究对象，在不断的内省中提高自身的境界，研究者与研究对象双向互动，实现研究的客观化。对于这个研究方法，徐复观称之为"追体验"。不但文学作品的研究如此，对一切人文学术的研究皆可以通过"追体验"的方法。正因为人文学术所面对的对象，皆为"立体的完整生命体"，作为研究者就必须具有强大的主体力量，这种强大的主体力量需要以工夫为底蕴，以思想作动力，在体验中实现。唯有如此，一切材料和考证方有其灵魂，成就人文研究的终极意义。《中国艺术精神》一书，正是此一方法论成功运用的典范，徐复观写竟书中的第二章时，成绝句一首："茫茫坠绪苦爬搜。刿肾镌肝只自仇。瞥前庄生真面目。此心今亦与天游。"此便是"追体验"方法真切传神的写照。

五、研究状况

对于相关学术领域及中国艺术精神的研究和发扬，择其要者，略介绍以下诸家。

（一）杨牧

对于徐复观文学艺术方面的学术成就，在他东海大学时期的学生中，没有人能够很好地绍续和发扬光大，这是十分遗憾的。较为杰出的应该是杨牧（本名王靖献，曾用笔名叶珊），从他的文章《动乱风云，人文激荡——敬悼徐复观先生》（《徐复观教授纪念文集》，曹永洋编，时报文化出版事业有限公司1984年版）。可以看出他对徐复观文学艺术方面的成就有较为深入的了解："我有一种感觉，徐先生因为历史中文化的使命感，把精神付与思想史的研究和撰制。其实，他真正的兴趣可能还在文学和艺术。……他还写了一巨册的《中国艺术精神》。据说徐先生逝世前曾经表示，生怕所有的著作百年后都不可传，只有一本《中国艺术精神》。"

杨牧遵乃师徐复观之嘱著成《陆机文赋校释》（台湾洪范书店有限公司 1985 年版）一书，以其另一位老师陈世骧英译《文赋》Literature as Light Against Darkness（1948 年北京大学版）和徐复观著《陆机文赋疏释初稿》（1980 年台湾大学《中外文学》九七期）为基础，参考古人与现代学者所撰各种注疏，融通中西文学艺术的重要观念，校勘阐释，开掘中国古代文论的意义和价值。本书不是研究《中国艺术精神》的专著，对徐复观的疏释也多有批评，但它与中国艺术精神的题旨方向多有关联，对徐复观的文艺思想也多有发明。尤其重要的是，杨牧在沟通中西文学方面，特别是对西方文学的理解方面，沿着《中国艺术精神》的路向，明显地向前推进。也正是在这个意义上，杨牧超越了一般意义上的师徒相传，而是让老师学术的精神生命继续生长。杨牧是一个作家，也是一个文学家，他的作品在华文世界广为流传，从中可以看到徐复观文艺精神的血脉流注。杨牧说："我对他的文学观念更不幸地缺乏整体的信仰，不敢赞一辞。"到底是幸耶？不幸耶？

徐复观在东海大学中文系时期另外一位学生杜维明，是著名学者，对徐氏人格与学术精神多有继承和发扬，但杜维明关心的是中西文化、世界文化问题，对文学艺术问题似乎没有什么研究。另外有两位学者，也是大名鼎鼎，其一为余英时；其二为龚鹏程。余英时师从钱穆，是一个历史学家；龚鹏程号称一个"杂家"，主要成就是文学理论。他们二位虽然在论著中较少谈到徐复观（此中有当时学术界复杂的背景），但是其学术与徐复观的学术多有关联，有一些是曲折的回应，比如余英时的汉代思想史研究，龚鹏程的庄子研究、汉代思潮研究，从中都可以找到一些与徐复观学术对话的脉络，值得参考。

（二）李维武

李维武是中国大陆较早全面研究徐复观学术思想的学者。1987 年，他参加方克立、李锦全主持的现代新儒学思想研究课题组，承担徐复观新儒学思想研究的部分。1995 年，方克立、郑家栋主编《现代新儒家人物与著作》出版（南开大学出版社），李维武承担书中《徐复观》部分的撰写。同年具体筹备和主持由武汉大学和台湾东海大学联合主办的"徐复观思想与现代新儒发展学术讨论会"（1995 年 8 月 29 日至 31 日，武汉大学），并编成会议论文集《徐复观与中国文化》（湖北人民出版社 1997 年版）。2001 年，专著《徐复观学术思想评传》出版（北京图书馆出版社）。2002 年，编《徐复观文集》1－5 卷（湖北人民出版社 2002 年版）。2003 年，具体筹备和主持武汉大学主办的"徐复观与 20 世纪儒学发展"海峡两岸学术研讨会（2003 年 12 月 6 日至 8 日，武汉大学）。30 年来，李维武对徐复观的介绍评述做出了极大的贡献，而且有相当丰富的学术成果发表。他本人虽专业在哲学思想史，关注的学术问题也集中于中国近现代哲学的变迁和发展，但因为有丰富的文学艺术学术背景，使他的徐复观研究显示出立体的形貌。对徐复观《中国艺术精神》一书，既有专门的研究，也能够放在徐复观学术中，甚至放在整个中国近现代学术史中作综合的把握。特别是《徐复观文集》1—5卷，选文既允，编校亦精，是徐复观著作现有的较好的选本，对徐复观学术的传扬，具有重要的意义。

（三）胡晓明

胡晓明是中国大陆较早关注和研究现代新儒家诗学的学者。据记述，1983年，他开始研读熊十力的著作；1984年，他系统研读钱穆、牟宗三、唐君毅、方东美、徐复观等人的著作，以及《学原》《鹅湖》等刊物。所著《中国诗学之精神》（江西人民出版社1990年版）、《灵根与情种——先秦文学思想研究》（百花洲文艺出版社1994年版），从中可约略看出徐复观《中国艺术精神》的巨大影响。或者可以说，作者在西方诗学与现代诗学之外，对另外一支诗学系统的追究，强调中国文化的精神价值和文化心灵，乃是新儒家学术方向的发展。2006年，胡晓明将二十余年来所著此一方向的学术论文选辑出版，汇成《诗与文化心灵》一书（中华书局2006年版），可称标志性专著，书中多篇论及《中国艺术精神》，足资参考。

（四）朱良志

朱良志是中国大陆较早关注和研究新儒家艺术理论的学者，所著《中国艺术的生命精神》（安徽教育出版社1995年版），可以看出徐复观《中国艺术精神》显著影响。二十余年来，朱良志潜心致力于中国画论的研究，有多种专著问世，为业内人士频频称道。此一系列成果，可以说得力于《中国艺术精神》一书的生发。溯流探源，亦可以向上追索徐复观学术思想的力量所在。然而，徐复观对画论的研究，是偶然的，是举例性的，如果在这个方向上发展，则可能别是一番学术天地。

（五）王守雪

王守雪所著《人心与文学——徐复观文学思想研究》（郑州大学出版社2005年版），是关于新儒家诗学个案研究的第一本专著。全书将理论分析与历史的方法相结合，通过探索徐复观的学术渊源、思想脉络、研究视野、学术方法等，力图透析徐复观文学艺术方面的成就，显示其理论意义与精神价值。对《中国艺术精神》的研究虽然在书中仅占一节，却关联全书的理论脉络。本书将徐复观文学艺术的思想概括为"心的文学"，也是《中国艺术精神》的内涵所显示。本书认为，从心的作用义而言，文学乃心灵而生，是心灵的展开；从文学的本体义而言，文学又归为心灵，为心灵负责。作者从这里出发，显示徐复观向文学艺术的创作和研究开示的大道。

（六）张晚林

张晚林所著《徐复观艺术诠释体系研究》（上海古籍出版社 2007 年版），是一本关于徐复观艺术理论的专著，对于《中国艺术精神》一书的研究较有一定的针对性。作者由西方诠释理论入手，试图把握徐复观艺术诠释体系，对于徐复观艺术理论的西方学术资源与中国学术资源，都有一定的追索。对于徐复观文学艺术方面的个案研究，也进行了相当的梳理和研究，试图将之组合为一个理论体系。然而，因为徐复观乃是以思想史的方法研究艺术理论，如果以理论体系加以组合，反而显得不成系统，也需要克服相当的困难。

（七）刘毅青

刘毅青著《徐复观解释学思想研究》（博士学位论文，2007 年浙江大学）。论文认为：徐复观坚持古代思想的原意应该是支配理解古代思想的基本原则。中国思想的现代解释必须以追寻其原初意蕴为目的，用现代的语言对其进行解释，而不失其原初意蕴。对传统解释的目的就是要像古人自己那样理解他们。当中国思想与艺术在现代性的历史结构中被解释和重述时，在解释过程中对于自身有了新的理解，使自身的传统产生了新的意蕴，这种新的意蕴来自思想本身具有的阐释空间释放的可能性意义，这就是依据他们的自我阐释令其思想再现生机。但如果离开了解释者主体的修养，而谈客观的理解，或者"可能性空间"，则不能把握徐复观思想的方法与考证的方法互补，在论述徐复观"误读"的时候，当心我们自己"误读"了徐复观。

（八）孙琪

孙琪著《台港新儒学阐释下的中国艺术精神》（博士学位论文，2007 年发表于网络）。论文着重于徐复观及港台新儒家学术方法的研究，以期对当代比较诗学有所启发。论文关照徐复观学术的哲学基础和文化背景，以第二代台港新儒学诗学和美学为基础，利用比较的方法、对话理论、阐释学和历史文化的方法等理论工具，对其共同话题作了一定的考察和梳理，以期把握徐复观等人阐释"中国艺术精神"的世界视野和方法，以及这一问题所折射出的深层文化内蕴。笔者个人认为，徐复观及港台新儒家的世界视野与方法，大多立基于他们的中国文化价值观念，有一颗"感愤之心"，如果离开了这一点，也许所谓"方法"并不能派上用场，取得应有的效果。

总体来看，对徐复观《中国艺术精神》一书，学术界投入了极大的注意力，不管是理论意蕴的进一步发明开掘，学术方法的体系化研究，还是所提示理论问题的进一步研究，都取得了不小的成绩。这是《中国艺术精神》一书自身学术力量的展现。然而，就笔者的理解，也有一些误区和不足：其一，一些学者满足于细致末节的吹毛求疵，而不作全体的把握，离开了徐复观的学术精神。此无补于徐复观，也无补于学术理论的探讨。第二，《中国艺术精神》的影响，力量所及，仍局限于学术界一些专门的学者，它的力量，应该扩展到当代中国文艺的实践中，成为建设有中国特色的文艺事业的重要资源。希望有一天，它光芒四达，能够催生大批具有"中国艺术精神"的文化产品。对于这一点，理论界有义不容辞的推介之责。

参考文献

[1] 徐复观：《中国艺术精神》，台湾学生书局 1984 年版。

[2] 徐复观：《中国艺术精神》，华东师范大学出版社 2001 年版。

[3] 徐复观：《中国人性论史·先秦篇》，上海三联书店 2001 年版。

[4] 徐复观：《中国文学论集》，台湾学生书局 1982 年版。

[5] 徐复观：《中国文学论集续篇》，台湾学生书局 1981 年版。

[6] 徐复观：《徐复观文录选粹》，台湾学生书局 1980 版。

[7] 曹永洋编：《徐复观家书精选》，台湾学生书局 1993 年版。

[8] 黎汉基编：《徐复观杂文补编》，台湾中国文哲研究所 2001 年版。

[9] 牟宗三：《中国哲学十九讲》，台湾学生书局 1983 年版。

亚里士多德《诗学》导读

谢龙新

　　亚里士多德的《诗学》是西方现存的最早的一篇较为完整的论诗的专著，同时也是亚里士多德本人的重要著作之一。《诗学》在西方乃至世界文学史、哲学史上都有较高的学术价值和学术地位。对《诗学》的研究可谓汗牛充栋，涉及哲学、美学、文学、艺术等多个领域。本导读难以全面兼顾，仅从美学和叙事学两个方面切入，以对文学研究者导学之用。

一、亚里士多德与《诗学》

　　亚里士多德（Aristotle，公元前 384～前 322），古代先哲，古希腊人，柏拉图的学生，亚历山大的老师。世界古代史上伟大的哲学家、科学家和教育家之一，堪称希腊哲学的集大成者。他的写作涉及伦理学、形而上学、心理学、经济学、神学、政治学、修辞学、自然科学、教育学、诗歌、风俗以及雅典法律。亚里士多德的著作构建了西方哲学的第一个广泛系统，包含道德、美学、逻辑和科学、政治和玄学。马克思曾称亚里士多德是古希腊哲学家中最博学的人物，恩格斯称他是"古代的黑格尔"。

　　亚里士多德虽然是柏拉图的学生，但却抛弃了他的老师所持的唯心主义观点。柏拉图断言感觉不可能是真实知识的源泉，亚里士多德却认为知识起源于感觉。这些思想已经包含了一些唯物主义的因素。亚里士多德和柏拉图一样，认为理性方案和目的是一切自然过程的指导原理。可是亚里士多德对因果性的看法比柏拉图的更为丰富，因为他接受了一些古希腊时期对这个问题的看法。

　　柏拉图认为理念是现实事物的原型，它不依赖于实物而独立存在。亚里士多德则认为世界乃是由各种本身的形式与质料和谐一致的事物所组成的，提出了著名的"四因说"。他指出，因主要有四种，第一种是质料因，即形成物体的主要物质。第二种是形式因，即主要物质被赋予的设计图案和形状。第三种是动力因，即为实现这类设计而提供的机构和作用。第四种是目的因，即设计物体所要达到的目的。亚里士多德本人看重的是物体的形式因和目的因，他相信形式因蕴藏在一切自然物体和作用之内。开始这些形式因是潜伏着的，但是物体或者生物一旦有了发展，这些形式因就显露出来了。最后，物体或者生物达到完成阶段，其制成品就被用来实现原来设计的目的，即为目的因服务。他还认为，在具体事物中，没有无质料的形式，也没有无形式的质料，质料与形式的结合过程，就是潜能转化为现实的运动。这一理论表现出自发的辩证法的思想。

亚里士多德在哲学上创立了形式逻辑这一重要分支学科。逻辑思维是亚里士多德在众多领域建树卓越的支柱，这种思维方式自始至终贯穿于他的研究、统计和思考之中。他在研究方法上，习惯于对过去和同时代的理论持批判态度，提出并探讨理论上的盲点，使用演绎法推理，用三段论的形式论证。亚里士多德认为分析学或逻辑学是一切科学的工具。他是形式逻辑学的奠基人，力图把思维形式和存在联系起来，并按照客观实际来阐明逻辑的范畴。

亚里士多德的《诗学》是西方美学史上第一部最为系统的美学和艺术理论著作，对西方后世文艺理论和文学创作的发展产生了巨大影响，其中的有些观点曾被近代新古典主义奉为金科玉律。亚里士多德的美学思想是其哲学体系的有机组成部分。他同先哲们（尤其是他的老师柏拉图）迥然不同，采取现实主义观点，探索希腊艺术的历史演变，从希腊艺术杰作中提炼美学范畴，总结艺术发展规律和创作原则，高度肯定艺术的社会功用，焕发出深刻的艺术哲学思想。他的诗学，堪称希腊古典文明中辉煌艺术成就的哲学概括。

现存《诗学》共 26 章，按内容可分为六大部分：第一部分（第 1—3 章）主要分析各种艺术所模仿的对象以及模仿所采用的媒介和方式；第二部分（第 4—5 章）讨论了诗的起源与悲剧、喜剧的发展；第三部分（第 6—22 章）详细地探讨了悲剧，分别讨论了悲剧模仿的对象、媒介和方式，分析了悲剧的六个成分，以及悲剧的写作和风格等；第四部分（第 23—24 章）主要讨论的是史诗的情节、结构、分类和成分等；第五部分（第 25 章）讨论艺术批评的标准、原则与方法；第六部分（第 26 章）比较了史诗与悲剧的高低。

本导读主要从两个方面切入，一是《诗学》作为美学著作的美学导读，二是《诗学》作为文艺理论著作的叙事学导读。由于亚里士多德与柏拉图的师徒渊源，且他们的观点有较大分歧，因此，本导读将在亚里士多德与柏拉图理论观点比较中展开。

二、《诗学》的美学导读

《诗学》的美学思想可归结为三个要点：模仿说、悲剧论和净化说。

（一）模仿说

西方模仿说具有悠久的渊源。爱利亚学派创始人克塞诺芬尼就"模仿"表达过这样一个观点：人根据自己的样子来造神。唯物主义哲学家赫拉克利特主张艺术模仿自然的和谐，即对立的统一。德谟克利特则将社会的"人"加入了"自然"这一模仿对象中，从而提出了著名的模仿论，他说："在很多重要的事情上，我们是模仿禽兽，做禽兽的小学生的。"苏格拉底遵循前人观点并对"模仿说"加以丰富，认为艺术不仅要模仿人的外形，更要描绘出人的情感、性格等精神方面的特质。

在柏拉图和亚里士多德那里，模仿说才真正形成一个体例完整、自成系统的理论体系。柏拉图全部思想奠基于"理念"这一核心概念之上，他认为文艺在本质上是对理念的模仿。柏拉图继承了他的老师苏格拉底模仿说的精神，但又对其进行改造。他认为"理念"是世界的本源，现实事物是模仿理念的结果，文艺又是模仿现实世界的结果，因此，文艺就像影子的影子，和理念的"真实隔着两层"。文艺在本体上离理念太远，在实存上是对自然物的复制和抄录，是比自然实体还要等而下之的东西。这是柏拉图轻视诗人和艺术的原因。

亚里士多德《诗学》确立的美学原则建立在"模仿说"基础上，但含义和性质与其老师柏拉图的理解有很大的不同。柏拉图的模仿说奠基于"理念说"，而亚里士多德的模仿说却一定程度上走向了形式。亚里士多德模仿说的美学意义主要体现在如下几个方面。

第一，一切艺术源于模仿，确立了文艺模仿的本体地位。亚里士多德用模仿概括一切艺术的共同本性，认为艺术本源于模仿；艺术以感性形象模仿人的交往活动和精神生活；艺术形象同人的生活世界的事物原型有相似性，并不是另寓它意的象征性表现。因此，《诗学》确立了文艺模仿的本体地位。

模仿手段、对象和方式的不同产生了不同了艺术类型。模仿手段指表现艺术形象的媒介。以声音和动作为媒介产生了音乐和舞蹈；以颜色和构形为媒介产生了绘画和雕塑；以语言和韵律为媒介产生了"诗"，即史诗、颂歌、抒情诗、讽刺诗和悲剧、喜剧等文学形式。在同种艺术内部，模仿对象不同也会产生不同的类型。如在戏剧中，悲剧模仿高尚人的高尚行为；喜剧则主要模仿鄙劣人物的活动。用同种手段模仿同种对象，模仿方式不同会产生艺术形式的差异。如在"诗"中，荷马史诗用语言叙述方式模仿，悲剧和喜剧则用演员动作、韵文对白方式来模仿。亚里士多德对模仿手段、对象和方式的探讨，不是为了确立艺术类型的差异，而在于确立模仿对艺术的本体地位。

第二，模仿是人的本性，艺术源于人的模仿天性。亚里士多德认为，诗发源于人的双重本性：人天生有模仿的禀赋；人固有对美的事物天生的美感能力。"作为一个整体，诗艺的产生似乎有两个原因，都与人的天性有关。首先，从孩提时候起人就有模仿的本能。人和动物的一个区别就在手人最善模仿，并通过模仿获得了最初的知识。其次，每个人都能从摹仿的成果中得到快感。"[1] 模仿实

---

① ［古希腊］亚里士多德：《诗学》，陈中梅译，商务印书馆 2006 年版，第 47 页。

际上是人的求知本性的一种表现形式，模仿产生的艺术是以形象方式认识实在、通达真理的特殊求知活动。

亚里士多德把艺术活动归结为人类先天具有的禀赋，肯定了艺术创造是每个人类个体都具有的能力，使模仿说在性质上发生了根本转变。模仿既是一种先天的创造能力，它就不再是一种偶然的自然行为（德谟克利特），也不是复制自然对象的机械行为，不是与真理隔了两层的"影像"（柏拉图），而是一种积极的创造活动，是人类知识的来源和文明的开端，而这是对模仿说的最高肯定和赞赏。

第三，艺术模仿是对人的美感本性的实现。亚里士多德认为人具有天生的美感本性。"各种模仿手段、方式造成不同的艺术效果，也出于人的美感天性，在于审美主体的情感共鸣。"① 人的美感天性在艺术形式不断改进中不断实现，人的审美能力得到提高。比如，"悲剧优于史诗还因为它具有史诗所有的一切（甚至可用史诗的格律）。再则，悲剧有一个分量不轻的成分，即音乐（和戏景），通过它，悲剧能以极生动的方式提供快感。"② 亚里士多德通过对悲剧、戏剧等艺术发展变化过程的考查，阐明了艺术从简单到复杂、从单一到多样的进化，是人的模仿和审美能力逐步提高、人的求知和美感天性不断实现与升华的过程。

（二）悲剧论

在美学范畴中，悲剧具有重要的地位，而在西方美学史上，《诗学》对悲剧的探讨又具有源头的意义。亚里士多德不仅探讨了悲剧的艺术特征和构成要素，而是在探讨悲剧中阐述其美学思想。

第一，明确了悲剧的定义、成分和作用。

亚里士多德给悲剧下了一个完整的定义："悲剧是对一个严肃、完整、有一定长度的行动的模仿，它的媒介是经过'装饰'的语言，以不同的形式分别被用于剧的不同部分，它的模仿方式是借助人物的动作，而不是叙述，通过引发怜悯和恐惧使这些情感得到净化。"③ 这一定义明确了悲剧的性质是模仿，且有三个要素：模仿的媒介是语言、模仿方式是动作而非陈述、模仿的对象是行动。这一定义还明确了悲剧的作用是通过怜悯和恐惧使情感得以净化。

接着，亚里士多德又提出了悲剧的六个成分："作为一个整体，悲剧必须包括如下六个决定其性质的成分，即情节、性格、言语、思想、戏景和合唱，其中两个指模仿的媒介，一个指模仿的方式，另三个为摹仿的对象。"④ 两个模仿的媒介是指言语和合唱，言语是动作模仿的主要部分，表达情感和思想，合唱是

---

① 姚介厚：《论亚里士多德的〈诗学〉》，《中国社会科学院研究生院学报》2001年第5期。
② ［古希腊］亚里士多德：《诗学》，陈中梅译，商务印书馆2006年版，第190页。
③ ［古希腊］亚里士多德：《诗学》，陈中梅译，商务印书馆2006年版，第63页。
④ ［古希腊］亚里士多德：《诗学》，陈中梅译，商务印书馆2006年版，第64页。

希腊悲剧独特的艺术表现手段，是悲剧整体的一部分。一个模仿方式是指戏景，即面具和服饰，这是必要而最次要的成分。亚里士多德认为戏景是吸引人的，但同诗的关系最浅，不出自诗人的艺术，而出自面具、服装制造者的技术。三个模仿对象是指情节、性格和思想。情节是最重要的成分，"情节是悲剧的根本，用形象的话来说，是悲剧的灵魂。"与情节相比，性格居第二位，"悲剧模仿的不是人，而是行动和生活，人的幸福与不幸均体现在行动之中；生活的目的是某种行动，而不是品质；人的性格决定他们的品质，但他们的幸福与否却取决于自己的行动。所以，人物不是为了表现性格才行动，而是为了行动才需要性格的配合。"①但情节和性格并不是全然割裂的，而是一个统一体，情节也包含了性格。思想是导致行动、决定行动性质的原因。亚里士多德重视悲剧所寓的"思想"，他指出人的行动受思想支配，思想又是论证、表达真理的能力，深层次显示人物性格，可表达有普遍意义的哲理，并达到引发情感的效果。

第二，提出悲剧整一性思想。

亚里士多德在《诗学》第七章里指出："根据定义，悲剧是对一个完整划一，且具一定长度的行动的模仿，因为有的事物虽然可能完整，却没有足够的长度。"② 亚里士多德的悲剧整一性思想具有重要的美学意义。他从生命体的美感的角度来论述这一问题，指出"无论是活的动物，还是任何由部分组成的整体，若要显得美，就必须符合以下两个条件，即不仅本体各部分的排列要适当，而且要有一定的、不是得之于偶然的体积，因为美取决于体积和顺序。"③ 因此，悲剧应该是一个整体，有开头，中部和结尾。整一性并不仅仅要求没有遗缺，还要求没有与整体无关的多余部分。

与柏拉图相比，亚里士多德显然从形式角度探讨悲剧，不仅悲剧的整一性是形式要求，在具体的情节发展方面，也有形式上的规定。"突转"和"发现"是情节进展的必要手段。"突转"指剧情按照行动的必然性、或然性向相反方面变化，主人公从顺境转向逆境。"发现"指处于顺境或逆境的人物发现他们和对方有亲属或仇敌等特殊关系。两者都使戏剧冲突进向高潮，往往和苦难即毁灭性的或痛苦的行动交织一起，达到引发恐惧与怜悯之情的悲剧效果。

第三，对悲剧主人公做出了形式上的规定。

亚里士多德认为悲剧应模仿比较严肃的人和事件，只有这样才算是悲剧。亚里士多德讨论了悲剧主人公的问题，即模仿什么样的人才能起到更好的悲剧效果，并提出了有名的"过失说"。亚里士多德的悲剧主人公是介于好人和坏人之

---

① ［古希腊］亚里士多德：《诗学》，陈中梅译，商务印书馆 2006 年版，第 64 页。
② ［古希腊］亚里士多德：《诗学》，陈中梅译，商务印书馆 2006 年版，第 74 页。
③ ［古希腊］亚里士多德：《诗学》，陈中梅译，商务印书馆 2006 年版，第 74 页。

间的一种人，"这些人不具十分的美德，也不是十分的公正，他们之所以遭受不幸，不是因为本身的罪恶或邪恶，而是因为犯了某种错误（hamartia）。"① 悲剧主人公不应该是一个完美的好人，因为倘若一个人十全十美，却转入逆境，只会令人反感，因为这会给观众一种粗暴地割裂了命运与人的行为的联系的感觉，这样的悲剧不能表现因果性，反而会给人以荒诞之感。悲剧主人公更不能是一个"坏人"或"极恶的人"，坏人由顺境转入逆境不能引发怜悯或恐惧。因此，悲剧主人公只能是居于二者之间的人，一个普通人。

悲剧原因在于"过失"，即 hamartia。悲剧主人公因自身的缺陷，无意识中犯了错误，导致不可挽回的结局，只有这样才是悲剧。悲剧之所以会引起怜悯和恐惧，是因为悲剧主人公是和我们相似的普通人，"因为怜悯的对象是遭受了不该遭受之不幸的人，而恐惧的产生是因为遭受不幸者是和我们一样的人。"② 悲剧主人公的过失每个人都可能犯这样的错误，正因此，悲剧会引起怜悯和恐惧，从而达到净化的效果。

（三）净化说

katharsis（卡塔西斯）是亚里士多德美学理论的重要范畴，中文一般翻译为"净化"，也有直接称之为卡塔西斯。亚里士多德认为悲剧可以唤起人们悲悯和畏惧之情，并使这类情感得以净化，获得无害的快感，从而达到某种道德教育的目的。因此，"净化"是指悲剧的效果或价值。

1. "净化"或卡塔西斯的内涵

亚里士多德《诗学》中唯一一次提到 katharsis 是在悲剧的定义中，他说："悲剧……通过引发怜悯和恐惧使这些情感得到卡塔西斯。"③ 关于"净化"的意义，历史上有不同的说法，至今也没有定论。大体上有如下观点：以高乃依和拉辛为代表的法国新古典主义戏剧家，他们认为这种净化是一种道德上的教育作用。以德国学者 Jacob Bernays 为代表的一派从医学的角度进行解释，认为 katharsis 有宣泄之意，乃是对恐惧和怜悯等情感的疏导，以防止它们潜在地对身体造成的危害。S. H. 布切尔认为 katharsis 的作用在于疏导恐惧和怜悯的同时，给观众一种审美的享受。

我国学者罗念生把对卡塔西斯的这些解释按照"净化"或"宣泄"的含义分成了两大类。其中持净化观点的又分为三派。第一派认为悲剧的作用是净化怜悯和恐惧的情绪中的痛苦的坏因素，像洗东西一样把这些不好的因素洗掉，使心理恢复健康。第二派卡塔西斯的作用是净化恐惧和怜悯的情感中的利己主义因素，

---

① ［古希腊］亚里士多德：《诗学》，陈中梅译，商务印书馆 2006 年版，第 97 页。
② ［古希腊］亚里士多德：《诗学》，陈中梅译，商务印书馆 2006 年版，第 97 页。
③ ［古希腊］亚里士多德：《诗学》，陈中梅译，商务印书馆 2006 年版，第 63 页。

使其成为纯粹利他的一种情感。就是说使观众达到忘我状态，对人类的命运产生恐惧和怜悯之情。第三派以厄尔斯为代表。认为卡塔西斯的作用在于净化凶杀的罪孽。持宣泄观点的学者对卡塔西斯的解释可以又分为四派。第一派与净化说的第一派完全相同，只是把术语由净化改成了宣泄。第二派以弥尔顿为代表，认为恐惧和怜悯是病态的、不健康的情绪，而卡塔西斯的作为是以毒攻毒，相当于医学中的"顺势疗法"。第三派认为人会有对强烈的恐惧与怜悯的感情的欲望，人在悲剧时，这种欲望就得到了满足，这两种情感在宣泄的过程中诗人感到愉快，此种宣泄就是卡塔西斯。第四派认为激发恐惧和怜悯的感情，可以减轻这些情感的力量，从而使心灵得到平静。[①]

"净化"是悲剧的效果或价值，应着眼于艺术本身对其阐释。姚介厚结合亚里士多德的模仿说，从艺术的认知功用、道德功用和审美功用三个方面揭示"净化"的价值，颇为合理。

2. 净化和艺术的认知功用

亚里士多德在论述模仿是人的天性中，肯定了艺术是求知活动。情感的净化以"知"为前提，蕴涵智慧的意义。艺术是特殊的求知活动，使人们在解悟艺术的真理时得到特殊的快感。悲剧也不例外。悲剧通过模仿人的活动引发并净化情感，这不是简单的道德感化或情感清洗，实质上内蕴认知活动，情感净化的先决条件是澄明见识、了悟真谛。悲剧的情节、性格描述某种类型的事件、人物，表达有普遍意义的哲理。恐惧与怜悯情感的净化，内蕴良知顿悟，交织理智灵魂的改善，认知因素正是情感净化的清洗剂。

3. 净化与艺术的伦理道德功用

艺术模仿人与人的活动，表现人际关系和行为选择，因此，艺术同伦理道德相关。作为陶冶灵魂的情感净化，自然也指澄明伦理、熏育道德。悲剧模仿严肃而重大的活动、高尚与鄙劣人物的举止，寄寓其中的普遍性哲理，主要涉及伦理关系和道德品性。在亚里士多德看来，作为规范行为的城邦伦理，以人为目的，是城邦体制的基石，道德则是公民个人的人格完善。悲剧中震颤人心的苦难，引发认知性的恐惧与怜悯。这种情感的净化也是一种伦理道德意识的净化。

亚里士多德认为美与善虽有不同，但又相通。从《诗学》的总体内容看，情感的净化也应指伦理道德意识的矫正或升华，旨在扬善避恶。悲剧作为严肃艺术，着眼模仿高尚人物的高贵品德，让观众体验崇高。因此，悲剧引发并净化恐惧与怜悯，有伦理道德的规箴、感染作用，令观众在省悟厄运的缘由中，改善自己的伦理意识、道德情感。

---

① 赵振羽：《亚里士多德〈诗学〉的形而上学解读》，吉林大学博士学位论文，2013年。

4. 净化与艺术的审美移情功用

亚里士多德认为艺术能引起快感。除了从模仿中获得求知的快感外，也有审美情趣的快感。在他看来，艺术产生快感，更重要的是一种审美情感的转移。净化情感也指审美移情作用，有益于培育、提升人的审美情操和心理健康。悲剧情节的精心布局，渲染了主人公的真切悲苦之情，观众被感染出怜悯与恐惧，同时又交织着一种审美移情的快感。亚里士多德认为，在史诗、悲剧引发的净化作用中，认知功用、道德功用和审美移情的快感融和一起，可以受理性与实践智慧规约，这种审美的快感也是属于情感净化，有陶冶情操的积极作用。他要求诗人以灵敏的天才进入并真切表达剧中人物的情感，就是为了在审美移情中激发观众同样的情感。[①]

三、《诗学》的叙事学导读

"叙事"是 20 世纪文学研究的一个重要概念，其渊源可以追溯到古希腊。最早把叙事作为一个文学批评问题提出来的是柏拉图和亚里士多德。但是，在结构主义叙事学兴起之前，柏拉图和亚里士多德关于"叙事"的论述并没有受到重视，受到充分关注的是另一个关键词"模仿"。本导读将在与模仿的比较中突出《诗学》的叙事学意义，并指出 20 世纪以来的叙事研究与它的渊源关系。

"叙事"（diēgēsis）一词在整个《诗学》中只出现了 5 次，从其所出现的位置及其内容来看，"叙事"是指一种模仿方式。以下是《诗学》相关文字较为标准的英译：

A third difference in these arts is the manner in which one may represent each of these objects. For in representing the same objects by the same means it is possible to proceed **either** partly by narrative and partly by assuming a character other than your own — this is Homer's method — **or** by remaining yourself with-out any such change，or else to represent the characters as carrying out the whole action themselves. （1448a）[②] （下划线为笔者所加）

上述文字有多种中译本，彼此之间有些差异。同样译自希腊文的罗念生的译本可以为上述英译文字相互印证：

这些艺术的第三点差别，是模仿这些对象时所采用的方式不同。假如用同样媒介模仿同样对象，既可以像荷马那样，时而用叙述手法，时而叫人物出场，也

---

① 姚介厚：《论亚里士多德的〈诗学〉》，《中国社会科学院研究生院学报》2001 年第 5 期。

② Aristotle, *Poetics*, trans. W. Hamilton Fyfe, Cambridge, MA/London：Harvard University Press / William Heinemann，1982 [1927]，p. 20—21；also see André Gaudreault, *From Plato to Lumière：narration and monstration in literature and cinema*, trans. Timothy Barnard, Toronto Buffalo London：University of Toronto Press，2009，p. 42.

可以始终不变，用自己的口吻来叙述，还可以使模仿者用动作来摹仿。①（下划线为笔者所加）

亚里士多德强调了"叙述者"在"叙事"中的重要地位。《诗学》开篇即指出："史诗和悲剧、喜剧和酒神颂以及大部分双管箫乐和竖琴乐——这一切实际上是模仿，只是有三点差别，即模仿所用的媒介不同，所取的对象不同，所采用的方式不同。"② 亚里士多德只是在探讨"模仿方式"的时候才提到"叙事"。从上述引文可以看出，亚里士多德的"叙事"只是三种"模仿方式"之一种：模仿者"始终不变，用自己的口吻来叙述"。"叙事"模仿与另外一种模仿方式——"模仿者用动作来模仿"——的区别在于：前者模仿者以叙述者（narrator, apangellonta）的身份出现，而后者则以人物（character）的身份出现。

"行动"或"情节"及其安排也是"叙事"的重要因素。亚里士多德指出，史诗"是用叙述体"，同时，"史诗的成分，悲剧都具备。"③ 可见悲剧也有叙述的成分——当然，悲剧并非"纯粹叙事"，其主要成分还是"模仿者用动作来模仿"。通过对史诗和悲剧的探讨，亚里士多德指出了"情节"在"叙事"中的首要地位。情节是指"事件的安排"，而事件是通过行动体现出来的。"悲剧中没有行动，则不成为悲剧。"④ "显然，史诗的情节也应像悲剧的情节那样，按照戏剧的原则安排，环绕一个整体的行动，有头，有身，有尾。这样它才能像一个完整的活东西，给我们一种它特别能给的快感。"⑤ 亚里士多德强调叙事艺术应该像生命体一样是一个"整体"。开头、中部、结尾构成作为自然整体的情节。

将亚里士多德的"模仿"与柏拉图的"叙事"加以对比可以更好地看出二者叙事观的异同。亚里士多德的三种模仿方式与柏拉图的三种叙事方式具有对应关系：1. "时而用叙述手法，时而叫人物出场"正是柏拉图的"混合叙事"（diēgēsis di'amphoterōn），二者都以史诗为例；2. 模仿者"始终不变，用自己的口吻来叙述"就是柏拉图的"纯粹叙事"（haplē diēgēsis），此时模仿者的身份是叙述者，而不是人物；3. "使模仿者用动作来模仿"对应于柏拉图的"模仿叙事"（diēgēsis dia mimēseōs），此时模仿者扮演了人物的角色。

通过比较可以看出，亚里士多德将柏拉图的"叙事"（diēgēsis）换成了"模仿"（mimēsis），但在各自概念的内部划分上，二者却是一致的。就"叙事"而

---

① ［古希腊］亚里士多德：《诗学》，罗念生译，人民文学出版社 2002 年版，第 8 页。引文中略去了系"伪作"的部分。

② ［古希腊］亚里士多德：《诗学》，罗念生译，人民文学出版社 2002 年版，第 3 页。

③ ［古希腊］亚里士多德：《诗学》，罗念生译，人民文学出版社 2002 年版，第 15—16 页。

④ ［古希腊］亚里士多德：《诗学》，罗念生译，人民文学出版社 2002 年版，第 18—19 页。

⑤ ［古希腊］亚里士多德：《诗学》，罗念生译，人民文学出版社 2002 年版，第 69 页。

言，柏拉图提供了一个"叙事"的"类型家族"（family of genres）：三种话语方式都是叙事，而亚里士多德却在更为狭义的角度理解叙事，叙事只是三种模仿方式中的一种：仅当模仿者作为叙述者的时候才是"叙事"。[①] 但因为戏剧也有"叙述"的成分，在艺术体裁上，戏剧因此也被纳入叙事的范畴。所以，尽管柏拉图和亚里士多德对"叙事"的界定有宽窄广狭之别，但在艺术体裁上，二者的见解却基本一致。二者的分歧在于立论角度的不同，柏拉图从形式的角度赋予"叙事"以伦理价值，服务于其构建"理想国"的目的，而亚里士多德将一切艺术界定为"模仿"，在"诗学"的范畴内，将"叙事"看作艺术"模仿"（imitate）或"再现"（represent）现实的一种方式。

总之，亚里士多德《诗学》强调了叙述形式的重要意义，提出了一些构成"叙事"的核心要素，如"叙述者""行动""情节""事件安排"等，对后来的叙事研究产生了重要的影响。

四、《诗学》的影响

亚里士多德的《诗学》以哲学的睿智，审察、提炼古希腊艺术创作的精髓，建树了西方第一个比较系统、合理的美学理论。它较为切实、深刻地论述了艺术的本质，以悲剧为代表的艺术创作原则，以及艺术认知社会人生、教化伦理道德、陶冶审美情操的功用，真切体现了希腊艺术追求真善美的精神，它对后世西方的美学思想、艺术理论有深远影响。它的许多合理见解，至今值得借鉴。

亚里士多德的《诗学》从艺术形式出发研究艺术作品，代表着古希腊唯物主义文艺思想的最高成就。亚里士多德的美学理论是西方主要美学概念的根据。《诗学》建立了具有规范作用的理论，在西方文艺思想界具有法典的地位，成为马克思主义美学和文艺理论产生以前，美学概念的主要根据，为西方文艺理论的建立和发展奠定了基础。

亚里士多德是西方叙事研究的重要源头，对叙事的看法深刻地影响了后来的研究者，主要表现在两个方面。

其一，对叙事形式的探讨深刻地影响了经典叙事学研究。他对语言的关注、对形式的强调、对文本的分析等在 20 世纪的叙事研究中都能听到遥远的回声。具体而言，弗莱把文学虚构作品划分为神话、传奇、高模仿、低模仿、反讽五种基本模式，其理论基础就是亚里士多德所提出的被模仿人物与普通人相比较的标准；经典叙事学多集中于虚构叙事性作品的研究也与亚里士多德的模仿叙事理论

---

① André Gaudreault, *From Plato to Lumière：narration and monstration in literature and cinema*, trans. Timothy Barnard, Toronto Buffalo London：University of Toronto Press, 2009, p. 49.

不无关系。甚至如罗兰·巴特所言："结构主义本质上是一种模仿活动。"① 这里的模仿与亚里士多德有深刻的渊源。

其二，潜在的意义指向深刻地影响了后经典叙事学研究。亚里士多德虽然主要在形式层面探讨叙事，但他们对叙事的探讨潜在地指向了叙事的意义。亚里士多德将模仿也看作叙事使叙事成为人类再现世界的一种方式。后经典叙事学正是在这些方面走出了经典叙事学封闭的文本研究和形式研究，探讨叙事对人和世界的意义，比如叙事作为意识形态、叙事作为人的存在方式、叙事作为文化等。具体来说，亚里士多德认为模仿（也是叙事）是人的天性，是人认识世界、获得知识的重要途径，也是呈现意义的基本方式，因此，叙事在亚里士多德那里已经具有本体论的意义，后经典叙事学正是在这个意义上使叙事与存在相联系，叙事既呈现存在也构建存在。

---

① ［法］罗兰·巴尔特：《结构主义——一种活动》，见伍蠡甫、胡经之主编：《西方文艺理论名著选编》（下），北京大学出版社 1987 年版，第 467 页。

马建忠《马氏文通》导读

车录彬

《马氏文通》原名《文通》，是清代语法学家马建忠参照拉丁语法体系编写的中国第一部系统的汉语语法著作。全书约 30 万字，最早由上海商务印书馆于1898 年出版，此后陆续刊行，版本甚多。主要有：1931 年杨树达勘误、商务印书馆出版的《马氏文通勘误》，1954 年章锡琛校注、中华书局出版的《马氏文通校注》，1986 年吕叔湘、王海棻编校，上海教育出版社出版的《马氏文通读本》等。

一、作者介绍

马建忠（1845—1900），字眉叔，江苏丹阳人，清末洋务派重要官员、维新思想家、外交家、翻译家、语法学家。著有《适可斋记言记行》《东行录》《文通》等书。少年时代随家迁徙，后定居上海。受西方资本主义影响，为探求中外"得失之故"，抛弃科举道路，专门研究西学。曾留学法国，学习外交、法律、矿学等，是我国最早到欧洲学习社会科学的留学生，获法学博士学位，回国后助李鸿章办洋务，办过外交，做过翻译，经营过航运、纺织等实业。他既精通中国典籍，又精通英语、法语、希腊语和拉丁语等西方语。曾多次担任重要的外交谈判工作，为李鸿章最器重的外交顾问。主张通商致富，建议征收烟草税，开设翻译书院、海军人才基地，提倡国人多学洋文，汲取外国科学文化知识。1900 年因赶译长篇急电而猝然去世，终年 55 岁。

二、创作背景

19 世纪下半叶，清政府腐败无能，帝国主义列强大肆侵略，中国陷入了深重的民族危机，大批有识之士开始学习西方的学说，以救国图强。马建忠作为当时进步的爱国知识分子之一，也在探索科学救国的道路。他认为中国贫穷落后的原因，在于掌握知识的载体——汉语太难，难的原因是"隐寓"在汉语中的"规矩"（语法规则）没有被揭示出来，这使得国人把大量的精力和智慧消磨于文字之中，而无力攻读"数度、格致、法律、性理"等"有用之学"，从而导致国家人才缺乏，发展落后。他在《文通》序言中感慨："余观泰西，童子入学，循序渐进，未及志学之年，而观书为文无不明习；而后视其性之所近，肆力于数度、格致、法律、性理诸学而专精焉。故其国无不学之人，而人各学有用之学。计吾国童年能读书者固少，读书而能文者又加少焉，能及时为文而以其余年讲道明理以备他日之用者，盖万无一焉。夫华文之点划结构，视西学之切音虽难，而华文之字法句法，视西文之部分类别，且可以先后倒置以达其意度波澜者则易。西文本难也而易学如彼，华文本易也而难学如此者，则以西文有一定之规矩，学者可循序渐进而知所止境，华文经籍虽亦有规矩隐喻其中，特无有为之比拟而揭示之。遂使结绳而后，积四千余载之智慧材力，无不一一消磨于所以载道所以明理之文，而道无由载，理不暇明，以与夫达道明理之西人相角逐焉，其贤愚优劣有不待言矣。"（《文通·序》）

虽然我国古代"小学"（文字学、音韵学、训诂学）发达，但语法研究却发展缓慢，成就不大，始终处于小学附庸的地位，一般只在释音、训诂时才涉及一些零星的语法现象，语法研究的范围也一直局限于虚词、句读、文法修辞等方面，缺少研究的系统性与理论性。虽然近代出现了一些外国传教士根据各自母语语法体系编写的汉语语法书籍，比如艾约瑟《中国上海土话文法》、儒莲《汉文指南》、甲柏连孜《汉文经纬》等，但都由于作者不精通汉语，谬误甚多，价值不高，影响较小。马建忠精通拉丁语、希腊语、英语、法语等多种西方语言，又对中国古籍和中国传统语文研究有深厚功底，长期从事中、西语之间的翻译工作，从而具有较为明确的语法观念，更重要的是他把撰写语法著作视为发展民族文化、振国兴邦的良策之一。加之马建忠还有一位同样精通西方语言、著有《拉丁文通》、并多年从事双语教学和翻译工作的哥哥马相伯可以商酌切磋。所以，经十余年的勤求探讨，马建忠终于完成了三十余万言的《马氏文通》。

三、主要内容

《马氏文通》共十卷，可分为三个部分：卷一"正名"，共有 23 个"界说"，分别给有关字类、句子成分、位次、句、读、顿等 26 个名词术语下定义；卷二至卷九论"字类"，其中卷二至卷六论实字，卷七至卷九论虚字，讨论各类字在句读中的功能和作用，实字重在充当何种句子成分，虚字重在讨论如何配合实字造句，名、代字的"次"及字类假借等问题也在这八卷中；卷十论"句读"，对上述内容加以综合总结、补充，进一步讨论各句子成分及顿、读和句子分类状况。

（一）字类

"字"是全书的基本概念，大致相当于现在所说的"词"。[①] 以字称词，主要

---

① 《马氏文通》一书中，"字"主要指今天的"词"，但在有的地方又指短语或文字，在阅读中要结合上下文正确理解"字"的含义及其具体所指。

由于《马氏文通》研究的是古代汉语，字与古汉语的词有一定的对应性，而且传统语文学中的"词"又大多指虚词。

《马氏文通》首先把传统语文学中的实字、虚字概念用为语法学术语，并从而建立了汉语语法学史上的第一个字类系统（词类系统）。其划分字类的主要标准是"字义"，认为"凡字有事可解者，曰实字。""无解而唯以助实字之情态者，曰虚字。"（卷一）实字五类，虚字四类，共九类。他认为这九类可以囊括所有的汉语词——"字分九类，足类一切之字。无字无可归之类，亦类外无不归之字矣。"（卷一）

字	实字	名字、代字、静字、动字、状字
	虚字	介字、连字、助字、叹字

各个字类的含义以及与今天词类的对应关系大致如下：

（1）"凡实字以名一切事物者，曰名字。"名字又分为"公名"和"本名"，即普通名词和专有名词。该书中的"名字"大致相当于名词和量词。

（2）"凡实字用以指名者，曰代字。"代字又分为"名代字""接读代字""询问代字""指示代字"。该书中的"代字"大致相当于代词。

（3）"凡实字以言事物之行者，曰动字。"动字又分为"外动字""内动字""助动字""同动字""被动字""无属动字""坐动字""散动字"等等。该书中的"动字"大致相当于动词。

（4）"凡实字以肖事物之形者，曰静字。"静字又分为"象静"和"滋静"两类，分别相当于形容词和数词。

（5）"凡实字以貌动静之容者，曰状字。"该书中的状字大体相当于副词。

（6）"凡虚字以联实字相关之义者，曰介字。"即介字为起连接实词作用的词，包括介词、结构助词、兼属连词等。

（7）"凡虚字义提承展转字句者，统曰连字。"主要指连词，包括提起、承接、转换、推拓四种。

（8）"凡虚字用以煞字与句读者，曰助字。助字者，华文所独，所以济夫动字不变之穷。"主要指语气词，包括传信、传疑两类。

（9）"凡虚字义鸣人心中不平之声者，曰叹字。"主要指叹词。

总体来看，马建忠对汉语字类的划分，与今天的词类划分大致相当，可见汉语的词类系统在该书中已初具规模。之后词类问题虽经百年研究、讨论、修改，但终未脱《马氏文通》一书奠定的框架。

《马氏文通》是以意义为划分词类的标准的，即"故字类者，亦类其义焉耳"。而词是有单义多义之分的，对于有多个义项的词，马建忠认为应该根据其出现位置的具体义项来确定词类。书中强调："字各有义，而一字有不止一义者，古人所谓'望文生义'者此也。义不同而其类亦别焉。……字无定义，故无定类。而欲知其类，当先知上下之文义何如耳。""凡字有数义者，未能拘于一类，必须相其句中所处之位，乃可类焉。"（卷一）这种观点后被黎锦熙吸收并进一步发展为"依句辨品，离句无品"说①，并最终推导出汉语实词无法分类的错误结论。

《马氏文通》还把字类与句子成分对应起来，为了维持这种对应，他主张字类假借的观点，即某类字跑到非对应的句子成分上，就会发生字类假借现象。

总之，以字义作为划分字类的标准，由于字的词汇意义和句法意义不统一，并把同形词、词的活用、兼类等都看作多义现象，就必然会出现"字无定义，故无定类"的结论，要维持字类与句子成分的对应，必然要出现字类假借说。

（二）位次

《马氏文通》根据西方语法"格"的概念，为汉语立了几个"次"，作为分析句子时的一套辅助性术语。马氏给次所下的定义是："凡名、代诸字在句读中所序之位，曰'次'。"（卷一）这个"位"有两重意思，一是指名、代诸字在句读中"孰先孰后之序"，一是指名、代诸字在句读中彼此间的关系。书中位次共分六种：主次、宾次，偏次、正次，前次、同次。马氏给出的定义分别为：凡名代诸字为句读中之起词者，其所处之位曰主次。凡名代诸字为止词者，其所处之位曰宾次。凡数名连用而意有偏正者，则正意位后，谓之正次；偏意居先，谓之偏次。凡名代诸字所指同，而先后并立，前者曰前次，后者曰同次。（卷一）可见，主次和宾次是一对概念，主次指主语位，宾次指宾语位；正次和偏次是一对概念，正次指偏正结构中的中心词，偏次指偏正结构中的前加修饰语；前次和同次则是同一概念的两个位次，包括表语、同位语等。

"位次"之说作为一种理论，在此后的汉语语法研究历史进程中产生了广泛而深远的影响。章士钊、杨树达、杨伯峻、王力、黎锦熙等语法学家，都在其基础上提出"位""格"等概念。但因为汉语在本质上是缺少形态变化的一种语言，从印欧语法系统中借鉴而来的"位次"并不适应汉语的特点，同时也受到广泛批评。吕叔湘先生认为该理论"体系殊欠分明，论述自难清晰"②，已基本成为汉语语法学界的一般认识。

（三）词

"意达于外曰词。"（卷一）马建忠关于"词"的定义是从意义的表达角度来讲的，是句子表意构成单位，是句子的构成成分，"词"有时也称为"辞"。《马氏文通》中的"词"有 7 种：起词、语词、表词、止词、转词、司词、加词。

---

① 黎锦熙：《新著国语文法》，商务印书馆 1924 年版，湖南教育出版社 2007 年版。
② 吕叔湘：《重印〈马氏文通〉序》，《语文研究》1983 年第 1 期。

1. 起词

"凡以言所为语之事物者，曰起词。""起者，犹云句读之缘起也。"《马氏文通》中的起词，即现代汉语语法学中的主语。

2. 语词

"凡以言起词所有之动静者，曰语词。""语者，所以言夫起词也。"《马氏文通》中的语词即现代汉语语法学中的谓语，主要指动词性谓语。例如"子说"一句，"子"是名词，是主语，是被说明的对象；"说"，动词，做谓语，是对主语"子"的陈述。对于主谓关系，马建忠认为可以通过提问来证明："如'子说'句，'说'者谁？'子'也，'子'为起词。'子'何事？曰'说'，'说'其语词也。"马建忠对于主语的理解，除了在与谓语相对关系中来理解外，还专门谈了主语在句子中的位置；他对主语、谓语以及主谓关系证明的论述，与现代汉语语法学的理解基本一致。他认为，与主语相比，谓语更重要，在议论性话语、对答性话语、命令性话语和有无句，主语可以省略，"起词或可隐而不书，而语词则句读之所为语，不可不书。"他认为这也是汉语的特点之一。此外，马建忠还认为，句内有复指性成分的句首名词性词语，也可以看作主语，"句读内有同指一名以为主次、为宾次或为偏次者，往往冠其名于句读之上，一若起词然，避重名也。"如"夫颛臾，昔者先王以为东盟主，且在城邦之中矣，是社稷之臣也，何以伐为！"马建忠认为，"'夫颛臾'三字冒起，一若起词者然。"他把这种句首话题性成分看作大主语，"此例为华文所独"，把它看作是汉语语法独具的规律，与现在的认识基本接近。

3. 表词

"唯静字为语词，则名曰表词，所以表白其为何者，以别于止词耳。""又或表词不用静字，而用名字、代字者，亦用如静字，以表起词之为何耳。"《马氏文通》中的表词即现代汉语语法学中的形容词性谓语和名词性谓语。形容词谓语如"夫天下非小弱也"中的"小弱"，马建忠解释道，"小""弱"两个静字，作"天下"的表词，"非"是决辞，表示否定性决断语气，句末用助字（语气词）表示语气。名词作谓语如在"(夫执舆谁?) 子路曰'为孔丘。'"句中，"为"是决辞，参与起表两词之间，"孔丘"为表词。马建忠认为，"非""为"等是决辞，表示决断口气，不做句子成分。

4. 止词

"凡名代之字，后乎外动而为其行所及者，曰止词。"止词是语词（谓语）中动词的直接支配成分，相当于现代汉语语法学中的狭义的受事宾语。

5. 转词

"外动行之及于外者，不止一端。止词之外，更有因以转及别端者，为其所转者曰转词。转词例有介字以先焉。介字不外'于''以''为''与''自'，而转词介字，一视外动之行而各异。"转词包括"言其行之所归""言其行之所自"
"所向之人""所在之地""记其行之所赖""计时""记价值、度量、里数、距
度"，如"施政于民"中的"民"，"托其妻子于其友"中的"其友"，"子哙不得
与人燕"中的"人"，"柳下惠不以三公易其介"中的"三公"，"此时孟尝君有一
狐白裘，值千金"中的"千斤"，都是转词。

从马建忠的说明来看，以动词为中心，环绕它的成分有起词、止词和转词。
这是构成句子的主要句法成分。从与现代汉语语法学对应情况来看，转词对应着
状语和补语，表示动作的对象、时间、处所、比较、度量等意义。

6．司词

"介字所以联实字相关之义者，而为所联者既其所司之词。""凡名代诸字为
介字所司者，曰司词。司词之次，亦为宾次。""象静后之司词，犹动字后之止
词，所以足其意也。司词有直接者，则无介字，否则盖以'于'字为介；介以
'以'字者，不习见也。记数静字无司词。"马建忠所谓的司词，实际上包括两
类，一类是介词后边的被支配成分，一类为形容词后边的被支配成分；从马氏认
为的"司词有直接者，则无介字，否则盖以'于'字为介"来看，形容词后边的
被支配成分，前面有有无介词两种情况，那么，也可以把没有介词的看作是一种
变异。这样，《马氏文通》中所说的司词，实际上就是介词的支配成分。汉语语
法学在很长一段时间内把介词后边的成分叫作"介词宾语"，它的源头，可以上
溯到《马氏文通》。

7．加词

"介字与其司词，统曰加词，所以加于句读以足起语诸词之意。"对这种界
定，马氏并未作展开，而且后边对加词的论述，没有与此相符的。所以，宋绍年
先生认为这也许是马氏的笔误，是很有道理的。在谈同次的时候，马建忠分析同
次的一个类"用如加语"，把"加词"分作 6 个小类：（1）凡名、代、动、静诸
字所指一，而无动字以为联属者，如"右丞相陈平患之"中的"右丞相"；（2）
凡诸词相加，所称虽同，而先后殊时者，如"于汜水主薄，则得故相国今太子宾
客荥阳郑公"中的"故相国今太子宾客"；（3）约指、逐指代字，加于名代诸字
之后，以为总括之辞者，如"不者，若属皆且为所虏"中，"'皆'约指代字，总
结'若属'，所指诸人，皆与同次"；（4）凡先提一事而后分陈者，如"晋有三不
殆，国险而多马，齐楚多难，其何敌之有"中"'三不殆'总提，'国险''多马'
'多难'加词，历数其'三不殆'也"；（5）起词止词后，凡系读以为解者，如
"佗小渠拔山通道者，不可言胜"中的"拔山通道者"；（6）凡动字、名字历陈所
事，后续代字以为总结者，如"堕肢体，黜聪明，离形，去知，同于大道，此谓
坐忘"中的"堕肢体，黜聪明，离形，去知，同于大道"。可见，《马氏文通》中
的加词，相当于现代汉语语法学中的同位语。

此外，《马氏文通》中还有一个概念"辞"。"辞"是句子中表示语气的成分，"凡以表决断口气，概以'是''非''为''即''乃'诸字，参与起表两词之间，故诸字名断辞。……断辞，一曰决辞。"此外，马建忠把助字也分为"决辞""诘辞"两类。这里的"辞"不是句法结构成分。

总之，《马氏文通》基本框定了汉语句子分析的框架，不少见解至今仍有启发意义。但其中也存在矛盾、不统一和重复的地方。

（四）句读

《马氏文通》在例言中指出："是书本旨，专论句读。"说明其对句读问题的重视，第十卷专讲句读，其他各卷也有一些论述涉及句读。马建忠从句法分析的角度提出并阐释了"句""读""顿"三个概念。

1. 句

"凡字相配而辞意已全者，曰句。""句者，所以达心中之意。而意有两端焉：一则所意之事物，夫事物不能虚意也，一则事物之情或动或静也。"现代汉语语法学一般说，句子是表达一个相对完整意思，有一个独立语调的语言交际单位。马建忠关于句子的定义是由词构成表达完整意思的语言单位，包括事物（起词：主语）和事物的情态（语词：谓语）两部分内容。这一认识应该说大体是正确的，尽管他没有提及语调。

2. 读

"凡有起语两词而辞义未全者，曰读。"从这个定义来看，马建忠的"读"是指没有成句的主谓短语；由于起词（主语）有时可以省略，所以，所谓的"读"实际上就是不做语词（谓语）的动词短语。"或用如句中起词者，或用如句中止词者，则与名、代诸字无疑；或兼附于起、止两词以表已然者，则视同静字；或有状句中之动者，则与状字同工。"有时相当于现代语法学偏正复句中的偏句。马建忠是把"读"当作一个整体，当作一个与词构句功能相同的句法成分来看待的。

3. 顿

"凡句读中，字面少长，而辞气应少住者，曰顿。顿者所以便于诵读，与句读之义无涉也。"马氏自己列出几种：起词有为顿者；语词有为顿者；止词、转词有为顿者；状语有为顿者，同次有为顿者；言容诸语有为顿者。例如，"伐叛，刑也；柔服，德也"中，"伐叛""柔服"两顿，各为起词，每顿皆以外动携其止词为之。宋绍年先生认为，"马氏把那些不便称作读的语法成分称作顿"，"《文通》把那些不能装进字、词、次、读、句理论框架内的语法单位统称为顿。"不过也有学者认为，"顿"并不是与读同一性质的句法结构单位，而是以停顿为标志的语音片断，是韵律单位。

综上，《马氏文通》以传统语法理论为指导，以拉丁语法为模式，全面描述了古代汉语的语法，建立了一个较为完整的汉语语法体系。

四、学术评价

（一）学术价值与影响

《文通》出版后，备受赞誉，成为中国近代学术史、文化史上的一件大事。1902 年，梁启超《论中国学术思想变迁之大势》一文赞誉《文通》"创千古未有之业。中国之有文典，自马氏始。"[①] 杨树达《马氏文通刊误·序》云："自马氏著《文通》而吾国始有文法书，盖近 40 年来应用欧洲科学于吾国之第一部著作也。"[②] 孙中山评价说："中国向无文法学……以无文法之学，故不能率由捷径，以达速成……自《马氏文通》出后，中国学者乃始知有是学。"[③] 所以《马氏文通》的出版标志着汉语语法学的正式诞生，是中国语言学步入现代语言学的开端，基本成为学界的共识。

首先表现在它的语法体系较为完整而系统。它按照意义标准，把汉语的词分为九类，这九个词类大体上是合理的，今天的词类划分基本上是在其基础上不断调整、完善的结果。它以起词和语词总括一切句子成分，认为其他句子成分都是分别属于起词和语词的，这种析句方法在一定程度上反映了语言的层次性。它对各种语法结构和语法规律都做出了详尽而周密的描述。全书先讲词法，后讲句法，卷二讲名词和代词，卷三就讲位次，因为只有名词和代词才有位次现象，卷四讲动词，卷五就讲坐动和散动，因为坐动和散动是动词的运用。卷十讲句读，先从分析句和读的成分开始，分别讨论起词、语词、止词、转词、表词等，再进而论述顿、读和句，组织严密，次序井然。

此书在模仿西方语法和继承古代研究成果的同时，在收集分析大量语言材料的基础上，发现和总结了汉语特有的许多语法规律。例如作者根据汉语的特点，首创划分出介词和助词这两个词类，他说："泰西文字，若希腊、拉丁，于主、宾两次之外，更立四次，以尽实字相关之情变，故名代诸字各变六次。中国文字无变也。乃以介字济其穷。"（卷七）汉语没有西方语言那种"格"的形态变化，而是用介词来表不"格"的变化所表达的语法意义。他所确立的五个介词，除"之"以外，其于四个"於、以、与、为"，至今仍然是语法学界公认的介词。作者又说："泰西文字，……凡一切动字之尾音，则随语气而为之变。……唯其动字之有变，故无助字一门。助字者，华文所独，所以济夫动字不变之穷。"（卷九）拉丁语的语气是通过动词的形态变化来表达的，汉语的语气则是通过助字

---

① 梁启超：《论中国学术思想变迁之大势》，《新民丛报》1902 年 3 月 10 日。

② 杨树达：《马氏文通刊误》，中华书局 1962 年版。

③ 孙中山：《建国方略·孙文学说》，见《孙中山全集》第 6 卷，中华书局 1995 年版。

（语气词）来表达的。马氏所列举的助字"也、耳、矣、已、乎、哉、耶、歟"等，也至今为人们所沿用。

书中收录了大量古汉语例句，总计有七千至八千句。对于这些例句，马氏的分析解释未必完全恰当，但他并不回避矛盾，而是把所有的现象都一一罗列出来，这就促进后人去思考，去解决，从而推动了研究的深入。例如他说："'吾'字，按古籍中用于主次、偏次者其常，至外动后之宾次，唯弗辞之句则间用焉，以其先乎动字也。若介字后宾次，用者仅矣"，而"'我'、'予'两字，凡次皆用焉"（卷二）。他的这些话引发了后人关于"吾""我"是不是上古汉语格的变化的许多讨论。

在《马氏文通》以前，中国没有语法学。虽然章句和句读之学在汉代就已经产生，但当时的学者大都是从修辞上着眼，而不重视语法的分析。以后元代卢以纬的《语助》、清代刘淇的《助字辨略》、王引之的《经传释词》、俞樾的《古书疑义举例》等，虽然都专门讨论了虚词，但均逐字为训，并没有构成语法体系，因而只能称为语法学的萌芽。马氏此书则完全突破了传统小学的框框，揭示了语言内部的语法构造，勾画了古汉语语法的轮廓，破除了"汉语无语法"的谬论。因此，《马氏文通》的诞生标志着汉语的语法研究已经脱离了传统小学的范畴，而卓然成为一门独立的生气勃勃的学科。《马氏文通》问世以后，对于汉语语法学具有重大的影响，此后，无论是描写古汉语语法的《中等国文典》《国文法草创》，还是描写现代汉语语法的《新著国语文法》《国语文法概论》，一直到现代的许多语法著作，都或多或少地继承了该书的语法体系而加以发展变化。

（二）局限与不足

由于创业的艰难和历史的局限，《马氏文通》也有许多缺点和错误。首先，由于此书出版于马氏逝世前两年，作者生前来不及对这部三十万言的巨著进行最后的校订，因而此书在术语、引例和解释等方面，都有许多前后不一致和分析欠准确的地方，从而引起后人的许多批评、指责和争论不休。例如此书前后共出现六个位次名称：主次、宾次、偏次、正次、前次、后次，但是马氏又云："次者，名、代诸字于句读中应处之位也。次有四：曰主次，曰偏次，曰宾次，曰同次。"（卷三）没有提及正次和前次，那么此书究竟有几个位次，就成为后人的疑问之一。同时，作者在卷一中指出："凡名、代诸字为句读之起词者，其所处位曰主次"，可见主次只限于起词；可是作者在卷三中又说："凡句读中名、代诸字之为止词、起词者，皆为主次，已详于前"，则主次又出现于止词。对此杨树达《马氏文通刊误》认为"止词"系"表词"之误，但也有人认为这里的止词是指兼语而言。又如关于司词，马氏在卷一中指出："凡名、代诸字为介字所司者，曰司词"，可见司词是对介字而言的；可是他在卷三中又提出了"象静后之司词"，认为《论语·为政》"言寡尤，行寡悔，禄在其中矣"，"寡"是静字，"尤"和

"悔"是其司词。可见这种司词并不指介词所司的成分，而是指补足静字之意的成分，相当于动字的止词或转词。因此这种司词跟介字后的司词实在是同名异实，不宜互相混淆的。

其次，此书往往从意义出发来研究语法。研究语法不能不顾意义，但是不能离开语言的组织功能来谈意义。例如马建忠根据有解、无解来区别实字和虚字，也就是根据意义上的差别来区分实字和虚字，他说：意义不同而其类亦别焉，故字类者，亦类其义焉耳。"（卷一）但是既然虚字是"无解"的，那么虚字又如何根据意义来进行再分类呢？马氏把意义作为区分词类的标准，而且把词的词汇意义和结构意义这二者混同起来。当他说"无字无可归之类，亦类外无不归之字矣"的时候，是根据词的词汇意义而言的，以孤立的字为对象，拿意义作标准，自然认为字有定类；可是他又说："字无定义，故无定类。而欲知其类，当先知上下之文义何如耳。"（卷一）这时则是根据了词的结构意义，即当词进入句子以后，获得了不同的句法意义，所以又认为字无定义，故无定类了。马氏未能分清这两种意义，所以弄得自相矛盾，难以自圆其说。又如根据马氏关于次的定义，次是跟名、代诸字在句读中的位置有关，但马氏在对同次进行解说时，却说表词与起词所指同一，所以归入同次（卷三），这时他又根据意义来判断次了。事实上，从句中位置看，表词跟起词是根本不能同一的。

最后，此书使用的许多概念、术语，如字、词、句、读等，往往与中国传统语文学中的名称相同，而文中又不能不用传统语文学的名称，这样新旧名称掺杂互用，鱼龙混杂，往往使读者不明所以，难以卒读。例如卷一界说九："《论·公冶》：'回也闻一以知十，赐也闻一以知二。'又《学而》：'巧言令色，鲜矣仁。'又《泰伯》：'焕乎其有文章。'也、矣、乎三字，今以助一字而已。故同一助字，或以助字，或以助读，或以助句，皆可，惟在作文者善为驱使耳。"这里第一、四两个"字"为文字之字，第二、三两个"字"则相当于今天所说的词。

对于《马氏文通》的不足，杨树达在《马氏文通刊误》中指出："马氏之失，约有十端……一曰不明理论，二曰所见不莹，致词类与组织动摇不定，三曰强以外国文法律中文，四曰不知古人省略，五曰强分无当，六曰不识古文有错综变化，七曰误认组织，八曰误定词类，九曰不明音韵故训，十曰误读古书。"[1]

陈寅恪也批评该书："往日法人取吾国语文约略模仿印欧系语之规律，编为汉文典，以便欧人习读。马眉叔效之。遂有《文通》之作，于是中国号称始有文法"。然而印欧语文法并不"高级"且跟汉语不同系，如果将其规则"视为天经地义，金科玉律，按条逐句，施诸不同系之汉文，有不合者，即指为不通。呜

---

[1] 杨树达：《马氏文通刊误》，中华书局 1962 年版。

呼！文通，文通，何其不通如是耶？"①

邵敬敏《汉语语法学史稿》提到该书存在的具体问题：（1）概念混乱。一方面袭用旧名，一方面又赋予新的含义，缺未做严格定义，导致新旧概念混为一谈。如："字"有时指书写单位文字，有时指句法单位词。"义"有时指词汇意义，有时指类别意义，有时指语法意义。"顿"的概念也是如此，与"句、读"的界限不清。（2）削足适履。常常出现拿汉语比附拉丁语，甚至强以拉丁语法套用汉语。如"接读代字"，即仿照拉丁语中衔接名词性字句的关系代词而设。（3）缺乏对句子结构成分的层次认识。②

（三）客观评价

综合来看，《马氏文通》的历史功绩不应当抹杀，其客观存在的局限性，也不应当掩盖，我们应该用历史的眼光来全面看待，认识《马氏文通》的地位和不足。朱德熙先生《汉语语法丛书·序》说："《马氏文通》往往因其模仿拉丁文法而为人诟病。其实作为第一部系统地研究汉语语法的书，能有如此的水平和规模，已经大大出人意表，我们实在不应苛求于马氏了。只要看《文通》问世二十余年以后出版的一批语法著作，无论就内容的充实程度论，还是就发掘的深度论，较之《文通》多有逊色，对比之下，就可以看出《文通》的价值了。"吕叔湘先生评价说："《文通》……在今日仍然不失为一部重要的著作……除开创之功不可泯没外，正在于著者自己不意识到其中的矛盾而让它尽量呈现。继马氏而起的语法学者大都看到了《文通》内部的矛盾（不管看到的多或少），把容易解决的解决了，把难于解决的掩盖起来。他们的体系看起来比《文通》干净、完整，但是不如《文通》更能刺激读者的思考。"

五、研究历史与现状

历史上关于《马氏文通》一书的研究，可以分成三个阶段。

从 1898 年至 1935 年为第一阶段，这一阶段主要是对马氏此书的质疑、刊误和补正，但内容多限于具体的局部的问题，代表作有陶奎《文通质疑》（附《文通要例》后，华新印刷局，1916）、杨树达《马氏文通刊误》（商务印书馆，1931）等。

从 1935 年至 1950 年为第二阶段，这一阶段比较注意从理论上、语法体系上分析、研究马氏的得失，特别是严厉批评了马氏之书对于西方语法的机械模仿和生搬硬套，代表作有何容《中国文法论》（独立出版社，1942）、陈望道等《中国文法革新论丛》（上海学术社，1940）等。

---

① 陈寅恪：《与刘叔雅论国文试题书》，《大公报·文学副刊》1932 年 9 月 5 日。
② 邵敬敏：《汉语语法学史稿》，商务印书馆 2006 年版。

　　从 1950 年至今为第三阶段，在这一阶段中，学者们开始全面而科学地研究、评价此书，既充分肯定它的历史功绩，又详细而深入地指出其理论和体系上的种种弊端、谬误，此外对于马氏的思想、马氏此书的作者，也多有探讨。这方面的代表性研究成果有孙玄常《马氏文通札记》（安徽教育出版社，1984），王海棻《马氏文通与中国语法学》（安徽教育出版社，1991），张万起《马氏文通研究资料》（中华书局，1987），侯精一、施关淦主编《马氏文通与汉语语法学》（商务印书馆，2000）等。经过一百多年的发展，研究《马氏文通》的学术论著汗牛充栋，已经形成了"马学"或"文通学"。

参考文献

[1] 马建忠：《马氏文通》，商务印书馆 2010 年版。

[2] 章锡琛：《马氏文通校注》，中华书局 1954 年版。

[3] 杨树达：《马氏文通刊误》，中华书局 1962 年版。

[4] 孙玄常：《马氏文通札记》，安徽教育出版社 1984 年版。

[5] 吕叔湘、王海棻：《马氏文通读本》，上海教育出版社出版 1986 年版。

[6] 张万起：《马氏文通研究资料》，中华书局 1987 年版。

[7] 蒋文野：《马建忠编年事辑》，河北教育出版社 1988 年版。

[8] 王海棻：《马氏文通与中国语法学》，安徽教育出版社 1991 年版。

[9] 蒋文野：《马氏文通论集》，河北教育出版社 1995 年版。

[10] 侯精一、施关淦：《马氏文通与汉语语法学》，商务印书馆 2000 年版。

[11] 姚小平：《马氏文通与中国语言学史》，外语教学与研究出版社 2003 年版。

[12] 宋绍年：《马氏文通研究》，北京大学出版社 2004 年版。

[13] 邵霭吉：《马氏文通句法理论研究》，中国社会科学出版社 2005 年版。

[14] 邵霭吉：《马氏文通辩证》，商务印书馆 2005 年版。

[15] 刘永华：《马氏文通研究》，巴蜀书社 2008 年版。

[16] 陈昌来：《二十世纪的汉语语法学》，书海出版社 2002 年版。

[17] 邵敬敏：《汉语语法学史稿》（修订本），商务印书馆 2006 年版。

陈望道《修辞学发凡》导读

马芝兰

　　陈望道先生的《修辞学发凡》1932 年由大江书铺分上下两册正式出版。陈望道先生在修辞学研究方面做出了突出贡献。他首先提出了"消极修辞"和"积极修辞"两大分野的说法。其著作《修辞学发凡》创立了我国第一个科学的修辞学体系，是我国第一本系统的修辞学著作，被学术界奉为中国现代修辞学的奠基之作。全书共十二篇。第一、二篇讲述了修辞及话语辞概梗。第三篇主要讲述了修辞的两大分野。第四篇概述了消极修辞。五到八篇聚焦积极修辞中的辞格部分，具体讲述了根据组织或作用进行划分的四类辞格。第九篇从不同层面对辞趣做了介绍。第十篇讲述了修辞现象的变化及统一。第十一篇概述了文体或辞体。最后一篇为结语。下面对作者及著作进行较为详细的介绍。

一、陈望道简介

　　陈望道（1891—1977），原名参一，笔名佛突、雪帆，浙江义乌人，中国著名的思想家、社会活动家、教育家、语言学家，共产党的发起人之一。早年留学日本，毕业于日本中央大学法科，获法学学士学位。回国后积极提倡新文化运动，任《新青年》编辑，翻译出版了《共产党宣言》第一个中文全译本。是中国共产党上海发起组成员。历任全国人大第四届常委，第三、第四届全国政协常委，民盟中央第三届副主席。1952 年至 1977 年为复旦大学校长，是复旦任期最长的校长之一。曾当选为中国科学院哲学社会科学部委员，毕生从事进步语文运动和语文科学的教学研究。建立了我国修辞学的科学体系，对哲学、伦理学、文艺理论、美学等造诣较深。主编《辞海》，著有《修辞学发凡》《文法简论》等。陈望道是我国现代修辞学的开拓者和奠基人。

二、创作背景

　　《修辞学发凡》之前已有多部修辞学著作问世，之后更多。袁晖先生指出，陈望道"继承吸收古今中外的修辞学理论，固然在我国修辞学界不算早，但却以融会贯通见长，更重要的是他能不囿于前人陈说，并在此基础上提出自己的新见解"①。袁先生认为，作为中国修辞学现代史上的开山之作，"《修辞学发凡》当之无愧地成为现代修辞学的光辉代表和壮丽丰碑，是我国修辞学群山中第一座矗立云霄的高峰，成为我国 20 世纪修辞学界影响最大的一部著作。"②这个比喻既准确又形象：《修辞学发凡》不是一座孤山，而是那个时期修辞学群山中的一座高峰。作为后人，我们不仅要了解这座高峰，还要了解那连绵的群山。

《修辞学发凡》在 20 世纪 30 年代出现，不是历史的偶然。《修辞学发凡》的诞生是学术发展的历史必然。宗廷虎指出："那时的新派以外论中，旧派据古论今，都失之于片面。但新旧两派在理论和资料等方面，为修辞学的建立，提供了正反两方面的经验。历史发展到二三十年代，需要有人对现代修辞学的研究做出总结，既批判地继承传统、借鉴外国，又吸收新派的研究成果，推陈出新，有所创造。陈望道以他独特的条件和坚持不懈的努力，出色地完成了这一使命，从而建立了现代修辞学的第一座里程碑。"③

《修辞学发凡》有些论述继承了我国古代文论、诗话、词话中的一些有价值的观点。不但在行文中谈到古代学者对修辞的论述，还在不少辞格后面的"备览""附记"中，附有古人对这一问题最有代表性的精辟观点。陈望道同时还研究邻近的相关学科，撰写了文章学、美学、逻辑学等方面的著作，运用相关的理论分析修辞现象。《修辞学发凡》论消极修辞诸要件、论语文的体式诸篇，辞格的名称等，有人认为，间接引用了坪内逍遥的《美辞论稿》、岛村泷太郎（岛村抱月）的《新美辞学》和五十岚力芳的《修辞学讲话》这几本日本权威修辞学著作。我们认为：这是因为陈望道留学的早稻田大学是日本修辞学的摇篮，坪内逍遥、岛村泷太郎、五十岚力芳在该校执教，有着不同程度的交流影响。陈望道回国后，1920 年 9 月到复旦大学任教时便开设了修辞学课程，并开始撰写《修辞学发凡》。由于当时不大讲究引用规范，学者著述时往往并不标明出处，该书哪些观点来自国外修辞学，还需要我们进一步查阅文献，考察、比较，得出实事求是的结论。但是，《修辞学发凡》完全以中国修辞现象为研究对象，"所以陈氏的修辞学仍旧是他自己的修辞学，而不是岛村和五十岚二氏的修辞学——同时也是中国的修辞学而不是日本的修辞学"。④

陈望道在《修辞学发凡》"初版后记"（1932 年 7 月 15 日）中写道："旧稿

---

① 袁晖：《二十世纪的汉语修辞学》，书海出版社 2000 年版，第 118 页。
② 袁晖：《二十世纪的汉语修辞学》书海出版社 2000 年版，第 119 页。
③ 宗廷虎：《中国现代修辞学史》，浙江教育出版社 1990 年版，第 142 页。
④ 宗廷虎：《宗廷虎修辞论集》，吉林教育出版社 2000 年版，第 30 页。

是我才来上海复旦大学教书时写的。曾蒙田汉、冯三昧、章铁民、熊昌翼诸先生拿去试教，又曾蒙许多国文教员拿去印证。邵力子先生又常有精当的批评。我自己也常从教学上和研究上留心。每逢发现例外，我就立即把稿子改了一遍，几年来不知已经改了多少遍。不过要算这一次改得最多。辞格增了十格，材料也加了三分之一以上。"由此了解成书过程，可多一个角度读懂《修辞学发凡》。也可读读陈望道其他相关论述，比如《陈望道语文论集》（上海教育出版社 1997 年出版）等。我们要想深刻理解一部学术经典著作，不能孤立地阅读这一部，还应该系统阅读前后多部影响较大的互有学术联系的重要著作。若有条件，建议阅读与《修辞学发凡》同时代的国内外修辞学著作。在了解经典学术著作的产生背景和经过的基础上读《修辞学发凡》，可以历史地看待《修辞学发凡》提出的观点，可以理解得更准确、更深入。

三、《修辞学发凡》的主要内容

阅读《修辞学发凡》首先应进行基础性阅读，了解全书主要内容。可读一至三遍，每遍有不同的阅读侧重点和阅读方式。具体说来：先粗读一遍，了解全书大致框架、主要章节；然后细读一遍，了解全书对每一个具体观点的详细阐述，对具体修辞现象的详细分析；再粗读一遍。概括总结全书的主要内容。这样读，也是一个由厚到薄再到厚的过程，这也是阅读教材的常规方法。下面从具体阅读过程和具体阅读方式这个角度说说《修辞学发凡》的主要内容。

（一）全书脉络

《修辞学发凡》第一篇：引言。本篇概括地述说了修辞现象和修辞学的全貌。指出了修辞现象有消极和积极两大分野，又指出修辞所可利用的是语言文字的一切可能性和修辞所可适合的是题旨和情境。第一节作者通过对"修辞"两字习惯用法的探讨得出修辞就是调整或适用语词的结论，并指出无论作文或说话总以"意与言会，言随意转"为极致。第二节作者通过叙述语词使用的三境界即记述的境界、表现的境界和柔和的境界引出修辞现象的两大分野即消极修辞和积极修辞。第三节叙述了修辞和语辞的三个阶段即收集资料、剪裁配置和写说发表。这三个阶段的工作都依赖社会实践，并受一定的政治立场和世界观的影响。第四节讲述了修辞同情景和题旨的关系。作者指出虽然消极修辞和积极修辞同是依据题旨情景调整语辞的手法，却各有侧重。第五节论述了如何掌握修辞的技巧和方式。第六节指出了修辞研究的需要、进展和任务。他提出研究的注意在同，观察的注意在异，同异双方不可能同时注意，必须先要有相当的经验做基础。第七节讲述了修辞学的功用。作者指出修辞学最大的功用是人对于语言文字的有灵活正确的了解，其次是可做系统的练习，最后是写说。

《修辞学发凡》第二篇：说语辞的梗概。述说修辞所可利用的语言文字的可能性。第一节概述修辞和语言的关系，而语言含有声音语、文字语和"态势语"三种。第二节重点讲述态势的三种形式：表情的、指点的和描画的。第三节概述声音语是由声音和意义两个因素结合构成，缺一便不能成立。第四节论述文字的类型和功用。第五节论述语言声音的"固有因素"和"临时因素"。第六节论述文字形体的具体和抽象、"固有因素"和"临时因素"。第七节讲述声音和形体所代表的意义也有具体和抽象的区别，也有固有和临时两种因素。第八节论述语言和文字的关系。第九节论述汉语文变迁发展的三大趋势：语文合一了；词的构成多音化了；文法组织更加精密灵便了。

《修辞学发凡》第三篇：修辞的两大分野。本章叙述了消极修辞和积极修辞两大分野的相互区别和相互联系。第一节作者指出语言有形式和内容两方面，音形便是形式，意义便是内容。第二节作者提出写说不仅应注重形式的学习，也应注重内容上的磨炼。第三节讲述了两种表达方式即记述的和表现的方式。第四节作者由语辞的三境界引出修辞的两分野即消极修辞和积极修辞。第五节阐述了两大分野的概观。消极修辞第一要义在能尽传达事理的责任，其价值由写说的结果同事理的实际是否切合或切合的程度而定。积极修辞价值高下全凭意境高下而定。第六节进一步讲述了两大分野的不同。

《修辞学发凡》第四篇：消极修辞。述说消极修辞的一般情况。消极修辞所使用的语言是概念的、抽象的、普遍的又是质实的、平凡的，它的总纲是明白，如科学文字、法律文字及其他的诠释文等，都以使人理会事物的条理、事物的概况为目的。消极修辞可分为内容和形式两部分。内容方面是写说者所要表出的意思，形式方面是表出这意思的语言文字。内容部分注重意思明通的表出法，形式方面着眼点是语言文字平稳的使用法。要把意思明通地表出来，平稳地传给别人在话语文章上需具备明确、通顺、平匀和稳密四个方面。明确就是要写说者把意思分明地显现在语言文字上，可通过内容本身的明确和表出方式的明确两方面来实现。通顺是语言轮次上的事，能够依顺序、相衔接、有照应就称为通顺。在内容方面具备了明确通顺外还应从语言方面应注意选词造句及词句的安排是否契合内容的需要。选词造句的标准即平匀，也即符合以下三个条件：以境地论是本境的；以时代论是现代的；以性质论是普通的。但文章的传情达意究竟以密切实际为第一要义。

《修辞学发凡》第五篇—第九篇：积极修辞。其中第五至第八篇述说积极修辞中的辞格，第九篇述说积极修辞中的辞趣。积极修辞必须积极地利用文中介绍一切所有的感性因素，如语言的声音、形体、意义等，带有体验性、具体性。积极修辞也可分为内容和形式两方面。内容大体上基于经验的融合，尤以情景的适当为主要条项。形式方面大体是对语言文字一切感性因素的利用即语感的利用。积极修辞分为辞格和辞趣。辞格是内容和形式的综合利用，辞趣侧重形式的利用。作者根据其组织和作用将辞格分为四类，即材料上的辞格、意境上的辞格、词语上的辞格和章句上的辞格等共三十八格。本章详细讲解了材料上的各种辞格即譬喻、借代、映衬、摹状、双关、引用、仿拟、拈连、移就等并给出详细的例子。

《修辞学发凡》第十篇：修辞现象的变化和统一：述说修辞现象随种种不同情况而变化，以及它的统一的线索。

《修辞学发凡》第十一篇：文体或辞体。述说语文的种种体式，特别详述了体性方面的体式。

《修辞学发凡》第十二篇：结语，述说修辞学的变迁、发展，并指出研究修辞学应有的努力。

（二）研究对象

陈望道先生将"修辞现象"明确定为这个学科的研究对象，《修辞学发凡》的研究对象自然是"修辞现象"。通读全书，《修辞学发凡》是从纵（言语表达的具体过程）、横（修辞手法、修辞成例的具体表现）两个方面确定这一研究对象、阐述这一现象的。

1. 从纵的方面看

"语辞的形成，凡是略成片段的，无论笔墨或唇舌，大约都须经过三个阶段：一、收集材料，二、剪裁配置，三、写说发表。这三个阶段的工作都依赖于社会实践，并受一定政治立场和世界观的影响。"[1] "材料配置定妥之后，配置定妥和语辞定着之间往往还有一个对于语辞力加调整、力求适用的过程；或是随笔冲口一晃就过的，或是添注涂改穷日累月的。这个过程便是我们所谓修辞的过程；这个过程上所有的现象，便是我们所谓修辞的现象。"[2]

这是从"过程"来确定修辞现象所存在的位置。从过程看修辞现象，从语辞形成的三阶段这样的动态背景切入，《修辞学发凡》指出："修辞不过是调整语辞使达意传情能够适切的一种努力。"[3] "努力"一说，揭示的不仅仅是一种客观对象，还深刻地剖析出使用语言的主体——人的修辞活动的客观规律。这在当时看是独特的创见，在今天看仍然是独特的观点。

2. 从横的方面看

"修辞的手法，也可以分作两大分野。"[4] 这就是著名的消极修辞和积极修辞两大分野说。这一理论系统地观察到了尽可能全面的客观对象，这是后人最为称

---

[1] 陈望道：《修辞学发凡》，上海教育出版社 2001 年版，第 6 页。
[2] 陈望道：《修辞学发凡》，上海教育出版社 2001 年版，第 7 页。
[3] 陈望道：《修辞学发凡》，上海教育出版社 2001 年版，第 46 页。
[4] 陈望道：《修辞学发凡》，上海教育出版社 2001 年版，第 3 页。

道的学说贡献之一。我们将《修辞学发凡》对修辞现象的探寻、确定和阐述表解如下。

修辞现象										
纵的	横的									
从语辞形成的三个阶段发现修辞的现象	消极修辞		积极修辞							
	消极修辞纲领		积极修辞纲领		积极修辞类型					
	内容方面	形式方面	内容方面	形式方面	辞趣：三方面			辞格：4 类 38 格			
	明确通顺	平匀稳密	经验的融合	语感的利用	辞的意味	辞的音调	辞的形貌	材料上的辞格	意境上的辞格	词语上的辞格	章句上的辞格

陈望道对修辞现象的界定，体系非常严谨，他"一分为二"的研究意识，明确而深刻，不过，每次他一分为二解析后都只重点研究一方面，而暂时放弃了对同一逻辑层次上相对的另一方面的研究。

（三）重要结论与观点

读《发凡》时，初学者往往难以完整把握全书的理论框架，有的只看到辞格，甚至只注意到几个有意思的例句，其他内容都"视而不见"了，有的根本没有注意到书中还有"语辞形成的三阶段""题旨情境""语言文字的可能性""修辞技巧的来源""辞趣""辞面""辞里"等提法。

读完全书，如果还不能理出全书的理论框架，不能从整体上了解全书的主要学术思想。就需要读读有关《发凡》的研究性论文论著，帮助理解。比如姚亚平对"陈望道修辞思想体系的核心理论"和"题旨情境说在陈望道修辞思想体系中的位置"的论述，可帮助同学们从整体上全面把握《修辞学发凡》的理论体系。他指出："陈望道提出了众多的修辞学理论与学说，这些修辞学思想不是一些碎金散银式的杂乱堆积，而是一个有核心、分层次的完整而严密的思想体系。在这个体系中，核心理论是他提出的'语辞调整说'"[①]。

姚亚平梳理出陈望道修辞学理论体系中的 17 个观点及相互关系：（1）"语辞调整说"处于第一层次，是核心理论；第二层次有四大理论，分别就修辞的内容形式、方式技巧、题旨情境等关键问题进行论述。由于陈望道认为修辞技巧是临时的，没有也不应有什么定规，所以，第二层次上只有（2）"修辞内容形式说"、（3）"两大分野说"、（4）"修辞技巧说"是陈望道的三大基本理论；（5）"题旨情

---

① 姚亚平：《当代中国修辞学》，广东教育出版社 1996 年版，第 17 页。

境说"，（6）"辞里辞面关系说"作为（2）的衍生物，（7）"语辞魅力说"作为（2）和（3）的衍生物，（8）"消极修辞说"、（9）"辞格说"、（10）"辞趣说"作为（3）的衍生物，（11）"修辞技巧来源说"、（12）"技巧方式异同说"作为（4）的衍生物，（13）"无可移易说"作为（5）的衍生物，都处于第三层次，是一种派生理论，而（14）"语辞形成阶段说"、（15）"语辞使用境界说"作为一种背景理论，（16）"修辞现象变化统一说"、（17）"修辞方式观察研究说"作为一种观察理论也处于第三层次。

总而言之，陈望道的修辞思想是一个由众多的基本理论、派生理论、背景理论、观察理论围绕着"语辞调整说"这个核心理论而形成的多层次的博大精深的理论体系。这是陈望道留下的一笔巨大的历史遗产，我们应该做好研究与继承工作，不断推动中国修辞学的发展。①

（四）理论和方法

在上述三点的基础上，进一步学习全书所用的理论和方法。有的著作并没有明确交代自己所用的理论和方法是什么，这就需要读者自己去琢磨、揣摩，也可以参考一些资料去读懂它。《修辞学发凡》所用具体理论和方法，后人有不少论述，例如宗廷虎概括了《发凡》唯物辩证的研究方法的几个方面：（1）归纳法和演绎法相统一；（2）分析法和综合法相统一；（3）逻辑方法和历史方法相统一；（4）抽象和具体相统一；（5）比较法。②

四、《修辞学发凡》的学术价值和影响

《修辞学发凡》是一部严谨而创新、博观而约取、厚积而薄发的拓荒性著作，是著者深厚国学功力和异域学术养分圆融的见证。《修辞学发凡》创立了中国第一个科学的修辞学体系，开拓了修辞研究的新境界。叶圣陶先生如此评价此书："这是近年来的好书。有了这部书，修辞法上的问题差不多都已头头是道地解决了。"刘大白也在序言中指出，正如《马氏文通》是中国第一部系统的语法著作一样，《修辞学发凡》是中国第一部系统的修辞学著作，"书中既引古人文章为证，并及今时通用语言，不但可以为通文者之参考印证，而且可以为初学者之津梁"。新加坡郑子瑜教授说，《修辞学发凡》是"千古不朽的巨著"，陈望道先生是"中国有史以来最伟大的修辞学家"。③

陈望道的《修辞学发凡》是中国现代修辞学史上的一座丰碑。《修辞学发凡》的历史功绩并不仅仅在于它为后人留下了众多的精辟见解和重要结论，还在于它

---

① 姚亚平：《当代中国修辞学》，广东教育出版社 1996 年版，第 23—24 页。
② 宗廷虎：《宗廷虎修辞论集》，吉林教育出版社 2003 年版，第 33—35 页。
③ 宗廷虎：《宗廷虎修辞论集》，吉林教育出版社 2003 年版，第 27 页。

为后来研究者提供并确立了研究方法和范式。

（一）以"语言为本位"的准则，具有独特的创新性

当有些修辞学家把修辞学划入文章学与美学或文学时，陈望道却能从语言学的角度来研究、论述修辞学，也就是"以语言为本位"。我们都知道，索绪尔语言学说的核心思想是认为"语言学的唯一的、真正的对象是就语言和为语言而研究的语言"。① 所谓"以语言为本位"研究修辞学，按照陈望道的说法，"用的就是语言学的工具，把语言学的原理用到研究写作上来。"② 在语言学原理的指导下，注重更多更重要的现象的研究。

陈望道并没有像其他人那样套用、照搬索绪尔的语言学理论，而是洋为中用，使语言学为修辞学所用，依据语言运用的实际对索绪尔的理论做了创造性的发挥。索绪尔的语言学研究的是共时的、静态的语言结构等要素。而修辞学要研究的却是动态的语言的运用，为此，陈望道确立了"以语言为本位"的准则，创造性地区分了语言诸要素的"固有因素"和"临时因素"。这是索绪尔的理论中没有包含的，是与其与众不同的地方。这种以"语言为本位"中的"语言"并不是索绪尔结构主义语言学中的剔除了内容和意义的静态的纯粹的语言结构，而是包括了写说内容和写说形式的完整的语言，是抽象和具体相结合的、包含了语言文字的一切可能性的实际运用中的语言。这正体现了鲜明的结构主义特征。

（二）其修辞学基本理论，指引着修辞学研究的新开拓

1961 年，他明确宣称："修辞学的对象是修辞现象"，并说："修辞现象，就是运用语文的各种材料、多种表现方法，表达说者所要表达的内容的现象。"③ 这是我国修辞学史中最早有关修辞学研究对象的较为科学的定义，此前还无人明确论述过这一课题。此后，关于修辞学研究对象的论述，引起修辞学界对此课题的深入探讨长达几十年。可见，他的这一理论的提出对学术界产生了非同的反响，也得到了学者们的足够重视。"调整语辞"说是陈望道的创见，他把口语和白话文也纳入了修辞学的研究范围。他认为修辞学的研究对象不只是限于修辞现象，还应包括修辞观念。

他还提出了修辞的最高原则——体制情景说。我们认为这是贯穿《修辞学发凡》全书的一条最重要的原则。陈望道指出："修辞以适应题旨情境为第一要义，不应是仅仅语辞的修饰，更不应是离开情意的修饰。"盛林等说："'题旨情境说'是提倡在言语交际中、在复杂的语境下考察语言的好坏、考察修辞效果的好坏，

---

① 索绪尔：《普通语言学教程》，高明凯译，商务印书馆 1996 年版，第 323 页。
② 陈望道：《陈望道修辞论集》，安徽教育出版社 1985 年版，第 308 页。
③ 陈望道：《陈望道修辞论集》，安徽教育出版社 1985 年版，第 309 页。

是一种辩证的修辞观，一种动态的修辞原则。"① 这是陈望道对现代修辞学的一个重大的贡献，具有一定的理论超前性，比西方的语境说还要略早一些。

另外，他还论及了修辞研究的范围，有时侧重于表达，有时还侧重于理解（接受），有时又涉及言语交际全过程。由此可见，他不仅从表达者的角度，考虑到理解的重要，而且又从理解者的角度，论读听的重要和怎样理解，强调了言语交际两端中，说写者和听读者的重要及两者互相作用和依存的互动。这也是史无前例的。宗廷虎、赵毅这样评价道："陈望道是我国现代修辞学史上，最早并不止一次地从理论上阐述听读者在修辞中的重要性的学者"②，所以我们说这也是陈望道先生对修辞学的杰出贡献之一。

（三）关于修辞史的论述，引领修辞史研究取得新突破

陈望道在《发凡》中，阐述了有关修辞史研究的重要观点，这在我国学术史上也具有开创性，因为此前还无人有如此集中而鲜明的表述。首先，《修辞学发凡》在"说语辞的梗概"中专列一节论述了"汉语文变迁发展的大势"，这实际上就是中国修辞史由古及今的演变大势。其次《修辞学发凡》立专篇论述"修辞现象的变化和统一"，集中提出了"修辞现象的发展观"。其中如"修辞现象也不是一定不易""修辞现象常有上落""修辞现象也常有生灭"等，均闪烁着辩证唯物主义的光芒，在当时实属难能可贵。新加坡籍华人郑子瑜教授给了《发凡》很高的评价："我要从古籍中那些文论、随笔、杂记、诗话、经解之类的著作去找修辞学史的资料，必须先要弄清楚修辞学的范围，这可以不必费力，因为我们有现成的修辞学经典作依据。陈望道先生的《修辞学发凡》……这不是经典是什么？半个世纪以来，谈修辞学的……，几乎没有一个不以陈望道先生的《修辞学发凡》作依据。"③

（四）消极修辞和积极修辞两大修辞学系统的建立

他把修辞分为消极修辞和积极修辞。虽然这一学说的提出并不是陈望道的发明创造，但是他的理论是最为完善、最有影响力的。我们一提到两大分野说时，首先就会想到的就是陈望道先生，其实，他在《修辞学发凡》里并没有专门解释"消极""积极"这两个词的含义，但他从修辞的角度，详细地阐述了这两种修辞现象的内容和界说。第三篇主要是引出"两大分野"说，简要的介绍了它们的概观，然后用了五个篇幅，详细的分别的介绍了两大分野的内容。他先用力最勤，研究得最深入透彻，成就也最为突出的部分是积极修辞，在这一部分，他用了四个篇幅详细阐明了积极修辞的内容以及它与消极修辞的不同所在。特别是对于辞

---

① 盛林等：《二十世纪中国的语言学》，党建读物出版社 2005 年版。

② 宗廷虎、赵毅：《弘扬陈望道修辞理论 开展言语接受研究》，《复旦学报》1997 年第 6 期。

③ 郑子瑜：《〈中国修辞学史稿〉的体会》，首都师范大学出版社 1994 年版。

格的分类和研究。他将辞格分为四大类，进而有在此基础上分为 38 小类。比以往的修辞学说理论更全面更透彻，充分展示了修辞理论的"丰富多彩"，他还批评了过去把积极修辞看作是修辞现象全部的片面看法，指出"华巧不是修辞现象的全领域"，"修辞以适应题旨情境为第一义，不应仅仅是语辞的修饰，更不应该是离开情境的修饰。即使偶然形成华巧，也当是这样适应的结果"。① 这种见解现在已为大多数人所普遍接受，但在当时想必一定是非同凡响的。

这种完备的修辞学系统的阐述，为后来学者的研究奠定了坚实的基础。修辞学在此基础上也不断发展而更加完善。

五、《发凡》之不足与欠缺

细读经典，一方面可进一步了解学术经典的贡献，一方面还可了解前人的不足，这对后来者都是有益的启发。质疑，只为求真、发展，并非苛求。任何事物都有两面性，我们说《修辞学发凡》的成就是非凡的，是独一无二的，但是，这并不代表它没有瑕疵。有不足才会有前进、发展的动力，事物不断发展，更新，才会有更先进更完善的理论，这是人类发展的必然，也是社会发展的必然所在。正如著名修辞学家、首都师大张炼强教授在他的论述中说到："陈望道先生的《修辞学发凡》对于中国现代修辞学科学形态的建构做出了不可磨灭的贡献，但是，也存在不足，而'前修未密，后出转精'是学术发展的必然。"② 因此，从这个意义上说，《修辞学发凡》只是中国现代修辞学的开端，不是中国现代修辞学的终结。发展正未有穷期。而陈望道自己也说："一切科学都不能不是时代的"。

首先，我们得承认，陈先生对修辞学两大分野的划分的确是很有价值的，但是，我们还是要提出一些还不甚完美的地方。《修辞学发凡》对积极修辞的划分很细，从材料、意境、词语、章句四个角度，共分四大类 38 个小类。但是有些辞格，我们认为不是很合理，例如：省略、错综、节缩、倒装这些辞格，不应划入修辞范围内。这应当是属于语法或其他方面的内容，总之，不应作为修辞手段。还有像示现、呼告、避讳这三种是否属于辞格，是否应划到修辞学范围，我们认为还是有待于商榷和做进一步深入的研究。

其次，对修辞格的定义，有些很模糊，例如《修辞学发凡》对"比拟格"的定义虽然没有说错，但绕来绕去容易把人绕糊涂了，是不是可以换一种表述法？比方说"拟人"就是将人所具有的思想、动作和行为赋予物；而"拟物"则是将某一事物所具有的某一特性赋予人。这样，不仅简洁得多，而且也便于理解，便于操作。

---

① 陈望道：《修辞学发凡》，上海教育出版社 2000 版，第 11 页。
② 张炼强：《中国现代修辞学科学形态的建构与完善》，《修辞学习》2005 年第 5 期。

再次，我们认为《修辞学发凡》还存在这样一些欠缺之处，比如：消极修辞的论述单薄不充实，没有什么理论基础，与积极修辞的篇幅不成比例。篇章结构因格无定局没有涉及；具体辞格的归类、解说还有可商榷之处，例如，感叹、警策不应单拿出来；讽喻应归入比喻；示现和摹状不应单设格；跳脱和倒装不是辞格；设问不应单设，等等。这些不足都有待进一步完善。

此外，《修辞学发凡》的某些论述，也有需要进一步完善的地方。比如《发凡》在论及修辞技巧时说，"技巧是临时的、贵在随机应变，应用什么方式应付当前的题旨和情境，大抵没有定规可以遵守，也不应受什么条规的约束。"① 在论及积极修辞如何适应情境时提到，种种权变，无非随情应境随机措施。对于修辞行为如何适应题旨情境，《修辞学发凡》认为无规律可以遵循。此说显然同修辞学要现代化、科学化、精密化的要求有距离。

《修辞学发凡》中没有读懂、无法读明白、产生疑惑的地方有哪些？是作者的问题还是我们读者的问题？阅读时不妨反复揣摩，由此发现新的研究题目，在前人的基础上作进一步延伸研究，这样我们读经典的目的和价值就有了充分体现。

参考文献

[1] 陈望道：《修辞学发凡》，上海教育出版社 2001 年版。

[2] 陈望道：《陈望道修辞论集》，安徽教育出版社 1985 年版。

[3] 姚亚平：《当代中国修辞学》，广东教育出版社 1996 年版。

[4] 宗廷虎：《宗廷虎修辞论集》，吉林教育出版社 2003 年版。

[5] 宗廷虎：《中国现代修辞学史》，浙江教育出版社 1990 年版。

[6] 李胜梅：《精读〈修辞学发凡〉感受经典魅力》，《上饶师范学院学报》2010 年第 5 期。

[7] 袁晖：《二十世纪的汉语修辞学》，书海出版社 2000 年版。

---

① 陈望道：《修辞学发凡》，上海教育出版社 2001 年版，第 12 页。

朱德熙《语法讲义》导读

张道俊

1961 年至 1962 年，朱德熙在北京大学中文系讲授"现代汉语语法（二）"这门课程，撰写了一部讲稿。1981 年，作者对这份讲稿进行了补充和修改，随后交给商务印书馆出版，这就是我们今天看到的《语法讲义》。

一、朱德熙简介

朱德熙（1920—1992），江苏苏州人，中国卓越的语法学家、知名古文字学家。1939 年入西南联大物理系学习，1940 年转入中文系，1945 年毕业。1946 年起在清华大学中文系任教，1952 年院系调整后一直在北京大学中文系任教，先后任北京大学教授、中文系副系主任、副校长兼研究生院院长、北京大学计算语言学研究所所长、中国语言学会会长、世界汉语教学学会会长。1989 年应华盛顿大学和斯坦福大学的邀请赴美进行合作研究，1992 年病逝于美国。

朱德熙的学术贡献主要集中在汉语语法研究、古文字研究、语文教育三个方面。他关于现代汉语语法研究的学术著作主要有：《语法修辞讲话》（与吕叔湘合著，1951），《定语和状语》（1957），《现代汉语语法研究》（论文集，1980），《语法讲义》（1982），《语法答问》（1985），《语法丛稿》（论文集，1990），《语法分析讲稿》（袁毓林整理，2010）。

朱德熙逝世后，商务印书馆编辑出版了五卷本《朱德熙文集》（1999）。第一至三卷收录朱德熙关于汉语语法的研究著作及论文，第四卷收录朱德熙关于语文教学的专著和论文，第五卷收录朱德熙关于古文字的研究论文。

朱德熙是国内思想最活跃、最富有创新精神、研究卓有成效的著名语法学家之一。几十年来，他坚持从汉语语言事实出发，不断地借鉴国外一些新的语法理论和方法，融会贯通，改造出新，对汉语语法进行科学的精细的分析，从而得出令人信服的、富有启迪性的结论。他通过典型汉语语法现象的分析研究，进一步提出在语法研究理论和方法上的新的富有创见的看法，为建立起具有中国特色的汉语语法理论框架做出了极为重要的贡献。

二、《语法讲义》的地位

系统的古代汉语语法研究肇始于马建忠《马氏文通》(1898)，而系统的现代汉语语法研究则发端于五四运动前后。在过去的一百年里，关于现代汉语语法的研究出现了许多重要的著作，如：黎锦熙《新著国语文法》(1924)，吕叔湘《中国文法要略》(上卷 1942，中下卷 1944)，王力《中国现代语法》(上册 1943，下册 1944)，丁声树等《现代汉语语法讲话》(《中国语文》1952—1953 连载，单行本 1961)，赵元任《中国话的文法》(英文本 1968，吕叔湘节译本 1979，丁邦新全译本 1980)，汤廷池《国语变形语法研究》(台北 1977)，曹逢甫《主题在汉语中的功能研究》(英文本 1977，谢天蔚译本 1995)，吕叔湘《汉语语法分析问题》(1979)，吕叔湘主编《现代汉语八百词》(1980)，朱德熙《语法讲义》(1982)，陆俭明、马真《现代汉语虚词散论》(1985)，石毓智《肯定和否定的对称与不对称》(台北 1992)，戴浩一、薛凤生主编《功能主义与汉语语法》(1994)，张伯江、方梅《汉语功能语法研究》(1996)，徐烈炯、刘丹青《话题的结构与功能》(1998)，沈家煊《不对称与标记论》(1999)，屈承熹《汉语认知功能语法》(台北 1999)，冯胜利《汉语韵律句法学》(2000)，邢福义《汉语复句研究》(2001)，刘丹青《语序类型学与介词理论》(2003)，张斌主编《现代汉语描写语法》(2010) 等。在这些著作中，影响最大的是朱德熙《语法讲义》。

邵敬敏《新时期汉语语法学史》认为："《语法讲义》是比较全面体现作者对汉语语法体系认识的一个框架。它是国内继丁声树《现代汉语语法讲话》之后，运用结构主义语法理论对现代汉语语法进行全面描写，并具有浓郁中国特色的一部重要语法著作，它构拟了一个崭新的体系，为汉语描写语法的发展做出了积极的贡献。"

三、《语法讲义》的内容

《语法讲义》共计 18 章，书前有凡例，书后有索引。全书大致可以分为四大块：第一至三章讨论语法单位、词的构造与词类，第四至六章讨论实词，第七至十二章讨论词组结构，第十三至十八章讨论虚词及句子。下面分章介绍主要内容。

第一章语法单位。作者把汉语语法单位划分为四个层级：语素、词、词组、句子，认为语素是最小的有意义的语言成分，词是最小的能够独立活动的有意义的语言成分，词组是词和词的组合，句子是前后都有停顿并且带有一定的句调，表示相对完整的意义的语言形式。语素部分，区分了单音节语素与多音节语素、自由语素与黏着语素、定位语素与不定位语素，讨论了语素与汉字的关系问题。词部分，重点论述了词的提取与确认，检讨了成句法、替换法、扩展法的得与失。词组部分，对偏正结构、述宾结构、述补结构、主谓结构、联合结构、连谓结构做了简要勾勒，并示范了层次分析的基本方法。句子部分，从结构上区分了主谓句和非主谓句、单句和复句，从功能上区分了陈述句、疑问句、祈使句、称呼句和感叹句。

第二章词的构造。作者认为现代汉语合成词的构造方式有三种：重叠、附加、复合。重叠式合成词涉及名词（如"爷爷、星星"）、量词（如"个个、句句"）、动词（如"想想、管管"）、状态形容词（如"大大方方、冰凉冰凉"）、副词（如"常常、恰恰"）五类词。附加式合成词由词缀附加于词根前后构成。词缀都是定位语素，如"第、初、老"总是前置于词根，轻声的"了、着、过、子、头、们、的、得"以及不自成音节的"儿"总是后置于词根。"性、式、自"等语素看似词缀，实则不然，因为它们是不定位语素，只能算作词根。复合式合成词由两个或多个词根组合而成。作者认为汉语复合词的组成成分之间的结构关系基本上是和句法结构关系一致的，句法结构关系有主谓、述宾、述补、偏正、联合等，绝大部分复合词也是按照这几类结构关系组成的。作者还讨论了多语素多层次的复杂合成词、简称类复合词、并立式复合词等。

第三章词类。作者强调给汉语的词分类不能根据形态，更不能根据词的意义，而只能根据词的语法功能，即词在句法结构里所能占据的语法位置。词类是反映词的语法功能的类，同类的词必须具有共同的语法功能，异类的词必须具有互相区别的语法功能。同时还必须注意到，同类的词有不同的个性，所以大类之下可以分出小类来，例如动词下分及物动词和不及物动词；异类的词之间可以有某些共性，所以有些词类可以归并为一个大类，例如动词和形容词都能作谓语，都能受副词修饰，可以合起来称为谓词。汉语的词可以分为实词和虚词两个大类，实词又包括体词和谓词两大类，虚词指副词、介词、连词、助词和语气词。拟声词与感叹词游离于实词和虚词之外。

第四章体词。体词包括名词、处所词、方位词、时间词、区别词、数词、量词、部分代词等，作者对这些体词的内部成员和句法功能分别作了讨论（代词移入第六章专章论述）。名词部分重点关注名词与量词的关系问题，由此区分出可数名词、不可数名词、集合名词、抽象名词、专有名词五种类型。处所词、方位词、时间词与名词是同级并列关系。处所词包括地名（如"重庆、黄庄"）、可视为地方的机构（如"学校、邮局"）、合成方位词（如"上头、当中"）三类。方位词分为单纯方位词和合成方位词两类，前者都是黏着的，后者大部分是自由的。方位词的基本用法是表示处所，但是"上、中、下"有引申用法，或表示在某方面，或表示条件，或表示界限，或表示范围，或表示一种情况正在继续。时间词是能做"在、到、等到"的宾语并且能用"这个时候、那个时候"指称的体词。本章中最值得一提的是区别词。20世纪60年代初，朱德熙和吕叔湘在现代汉语中发现了一个新的词类，朱德熙谓之区别词，吕叔湘谓之非谓形容词，把现代汉语词类研究进一步引向深入。朱德熙认为区别词是只能在名词或助词"的"前边出现的黏着词。他列举了部分代表词，并就区别词与副词的兼类、区别词与形容词和名词的辨别、区别词与区别词性语素的区分、区别词的成对性和成组性等问题进行了说明。

第五章谓词。谓词包括动词和形容词两类，作者首先依据前边能不能加"很"和后边能不能带宾语这两条标准对动词和形容词作了界定，然后对动词和形容词分别展开详细讨论。动词部分，该书讨论了及物动词和不及物动词、体宾动词和谓宾动词、名动词、助动词、动词重叠式、动词后缀。谓宾动词可以进一步区分为真谓宾动词（如"觉得、打算、希望"）和准谓宾动词（如"进行、加以、予以"）。名动词的主要语法特征是：可以充任准谓宾动词的宾语，可以受名词直接修饰。助动词是真谓宾动词里的一类，其语法特点是：只能带谓词宾语，不能重叠，不能带后缀"了、着、过"，可以放在"～不～"格式里，可以单说。该书专门辟出七节，逐一讨论"能、能够、可以、会、可能、得（dé）""敢、肯、愿意、情愿、乐意、想、要""应、应该、应当、该""许、准""值得、配""别、甭""好"等 24 个助动词。作者特别提到，有的动词有几个不同的意义，在一个意义上是助动词，在其他意义上不是助动词。这是需要我们特别注意的。关于动词重叠式的语法意义，作者提出了表示时量短、动量小的著名观点。形容词部分，作者科学地区分了性质形容词和状态形容词，论证二者在定语、状语、谓语、补语四个位置上的语义和功能对立，并提出了名形词的概念。在章末，作者还讨论了谓词的体词化问题。

第六章代词。代词是实词里的一类，从语法功能来看，一部分代词属于体词，另一部分代词则属于谓词。作者详细讨论了 12 个人称代词（我、你、他、我们、你们、他们、咱们、自己、别人、人家、大家、大伙儿）、12 个指示代词（这、那、这会儿、那会儿、这儿、那儿、这么、那么、这样、那样、这么样、那么样）和 6 个疑问代词（谁、什么、哪、哪儿、怎么、怎么样）的意义及用法。特别值得一提的是，作者在章末还讨论了疑问代词的两种非疑问用法：周遍指和不定指。其中，周遍指的提法引起了学界的广泛关注，陆俭明《周遍性主语句及其他》（1986）正是受此启发而作的专题研究。

第七章主谓结构。在各类句法结构中，主谓结构无疑是最重要的结构。作者从结构、语义、表达三个维度梳理了汉语主语和谓语的关系，这一研究范式开创了三个平面理论的先河。在主语研究中，作者非常重视特殊主语，时间主语和处所主语是与人事主语相对的特殊主语，受事主语、与事主语和工具主语是与施事主语相对的特殊主语，而谓词性主语则是与体词性主语相对的特殊主语，该书辟出三节专门讨论各类特殊主语，这无疑大大深化了对主语的认识。在谓语研究中，作者非常重视特殊谓语，分节论述了体词性谓语、形容词谓语、由动词

"是"组成的谓语、主谓结构作谓语等。

第八章述宾结构。这一章首先论述宾语和述语之间的语义关系类型及结构松紧程度，然后重点讨论处所宾语和时间宾语、存现宾语、准宾语、双宾语、虚指宾语、程度宾语、谓词性宾语。讨论存现宾语，实际上就是在论述存现句。存现句作句式转换时，其处所主语可以转成处所宾语，这样就与前面讲述的处所宾语扣合起来了。准宾语是朱德熙语法体系中比较有个性的一个提法，他把动词后面的动量性成分（如"看一次"中的"一次"）和时量性成分（如"等一会儿"中的"一会儿"）、形容词后面的数量性成分（如"好一百倍"中的"一百倍"）划归准宾语，而这些成分学界一般处理为补语。双宾语部分，作者区分了两种类型的双宾语，一种是真宾语与真宾语的组合，另一种是真宾语与准宾语的组合。前一种类型的双宾语句式表示三类意义：给予、取得、等同。后一种类型的双宾语句式有两个变体：如果真宾语是指人名词或代词，则句式往往表现为"真宾语＋准宾语"；如果真宾语是指物名词，则句式往往表现为"准宾语＋真宾语"。双宾语句的层次分析一直是个难点，作者对此也提出了自己的看法。

第九章述补结构。作者认为补语只能由谓词性成分充当，其作用在于说明动作的结果或状态。本章重点讨论五种补语类型，分别是结果补语、趋向补语、可能补语、状态补语、程度补语。作者把结果补语区分为"动＋形"和"动＋动"两种结构式，并认为动结式在语法功能上相当于一个动词，这个观点很值得重视。趋向补语部分，确认了"来、去、进、出、上、下、回、过、起、开"等10个单纯趋向补语和"进来、进去、出来、出去、上来、上去、下来、下去、回来、回去、过来、过去、起来、开去"等14个复合趋向补语，单纯趋向补语和复合趋向补语总是读轻声。在这一节，作者还讨论了包含复合趋向补语的述补结构所带宾语的位置，认为决定这类格式里宾语位置的因素有三个：宾语是一般宾语还是处所宾语；宾语是有定的还是无定的；充任述语的动词是及物的还是不及物的。这些见解颇为独到。可能补语部分，作者主要论述了结果补语和趋向补语同可能补语的转换关系，并提出动词"得"可以直接充当可能补语。状态补语部分，作者重点讨论了形容词充任状态补语、动词或动词性结构充任状态补语、主谓结构充任状态补语三种类型。在章末，作者还提示了补语的引申意义及述补结构的紧缩形式。

第十章偏正结构。偏正结构包括定中和状中两种类型，作者认为区分定语和状语不能仅凭中心语，还要考虑修饰语的性质以及整个偏正结构所处的语法位置。定语和中心语之间助词"的"的隐显规律一直是汉语语法研究的难点，作者对此也提出了自己的看法。此外，在定中类型部分，作者还讨论了同位性偏正结构、准定语、粘合式偏正结构和组合式偏正结构、多项式偏正结构以及多项定语的次序等问题。状中类型部分，作者认为状语有两大类：一类是副词性的，一类是形容词性的。名词、动词加上副词后缀"的"可以转化成副词作状语，由动词"有、没有、无"组成的述宾结构可以转化成副词作状语，主宾语同形的主谓结构也可以转化成副词作状语。性质形容词（不论单音节还是双音节）作状语都受到限制，转化为状态形容词以后就可以自由地作状语。某些并立式复合词加上状态形容词后缀"的"转化成状态形容词之后可以作状语。"跟（像）……一样的""跟（像）……似的"经常作状语，后头的"的"也是状态形容词后缀。

第十一章联合结构。联合结构是由两个或更多的并列成分组成的。并列成分之间可以直接组合而没有形式上的标记，也可以用停顿隔开，或在每一项的后头加上语气词"啊、啦"。如果采用连词连接，则体词性并列成分之间一般用连词"和、跟、同、与、及"等连接，谓词性并列成分之间一般用连词"而、并、并且"等连接，二者界限比较分明。谓词性并列成分也可以用副词"又…又…""也…也…"等连接。联合结构的语法功能分为体词性的和谓词性的两大类，由"跟、和、与、及"等连词连接谓词性成分造成的联合结构是体词性的，不是谓词性的，这是需要特别注意的。在章末，作者还讨论了联合结构的逻辑意义。

第十二章连谓结构。连谓结构是谓词或谓词结构连用的格式，最常见的形式是"V_1+N+V_2"。N 和 V_2 在意义上的联系是多种多样的，N 或是施事，或是受事，或是与事，或是工具，或是处所等。作者在此处提出了一个重要的观点：现代汉语中不存在所谓递系式（或称兼语式），"请客人吃饭""派他当代表"等 N 为施事的"V_1+N+V_2"结构实际上仍是一种连谓结构，因为从结构上说，N 只是 V_1 的宾语。作者的主要证据是：在有的方言里，某些人称代词有格的变化，作主语时是一种形式，作宾语时是另一种形式，而在所谓递系式里，用的正是宾格形式。在本章中，作者分节讨论了五种重要的连谓结构：V_1 带"着"或"了"的连谓结构，由动词"来""去"组成的连谓结构，由动词"是"组成的连谓结构，由动词"有"组成的连谓结构，由动词"给"组成的连谓结构。这些讨论异彩纷呈，精见迭出，值得反复体悟。

第十三章介词。介词的作用在于引出与动作相关的对象（施事、受事、与事、工具）以及处所、时间等。本章重点介绍"跟、和、同""被、叫、让""给""在""把""比""连"等七组介词。在介词"跟、和、同"部分，作者提出了一个非常重要的概念——对称性动词（如"结婚、握手、比赛"等）。在介词"被、叫、让"部分，作者重点讨论了"杯子被他打破了""他被逮捕了""他被炮弹炸断了右腿"三种句式，我们姑且称之为有施事被动句、无施事被动句、领主属宾式被动句，其中领主属宾式被动句的发现尤其具有价值。介词"给"有两种用法，一种是在受事主语句里引出施事来，构成被动句，另一种是引出受益或受损的与事来，后一种用法常见于祈使句，也见于叙述句。由介词"在"组成的介词结构在连谓结构里可以前置（如"在椅子上坐着"），也可以后置（如"坐在椅子上")。根据前置式和后置式之间的转换关系,我们可以把前置式分成两大类(可转换成后置式的与不可转换成后置式的),也可以把后置式分成两大类(可转换成前置式的与不可转换成前置式的)。介词"把"一节实际上是在讨论把字句,作者总结了此类句式的四个特点:动词不能是单纯的单音节或双音节动词,必须是复杂形式;介词"把"的宾语最常见的是后边动词的受事;介词"把"的宾语在意念上总是有定的;跟"把"字句关系最密切的不是"主—动—宾"句式,而是受事主语句。关于介词"比"和"连"构成的句式,作者也提出了一些看法。

第十四章副词。副词和形容词都能作状语,但是形容词是自由的,可以单独成句,副词是粘着的,不能单独成句;形容词作状语外还能作定语、谓语、补语,副词只能作状语。根据这两点我们可以把副词和形容词区别开来。在本章中,作者详细讨论了范围副词、程度副词、时间副词、否定副词等四类主要副词,并分析了副词后缀"的"与重叠式副词问题。

第十五章疑问句和祈使句。作者把疑问句分为是非问句、特指问句、选择问句三类,认为它们都是由陈述句转换出来的句式。是非问句后头可以有语气词"啊、吧、吗",不能有语气词"呢"。特指问句后头可以有语气词"呢、啊",不能有语气词"吗"。选择问句后头可以有语气词"呢、啊",不能有语气词"吗"。反复问句不是一种独立类型,而是选择问句的一种特殊类型。汉语中还有一种句式,形式上是疑问句,但不要求回答,一般称之为反问句。关于祈使句,作者特别强调其主语只能是第二人称代词,不能是第一人称代词和第三人称代词,这是很有见地的概括。

第十六章语气词。作者把语气词分成三组:第一组表示时态,包括"了、呢$_1$、来着";第二组表示疑问或祈使,包括"呢$_2$、吗、吧$_1$、吧$_2$";第三组表示说话人的态度或情感,包括"啊、呕、欸、嚜、呢$_3$、罢了"。作者观察到,这三组语气词在句子里出现的顺序是固定的,总是第一组在最前边,第二组次之,第三组在最后,当中可以有缺位,但次序不能颠倒。在章末,作者还讨论了句中停顿和句中语气词的使用问题。

第十七章复句。该书对复句的讲述比较简略。作者认为把复句看成是比单句高一个层次上的语法单位是合理的,而复句中的分句又是比词组高一个层次上的东西,但是又不同于句子。分句之间的联系有几种方式:或用连词、副词连接,或通过代词的指代作用或关联作用加以表现,或通过定位分句直接连接。最后,作者讨论了连词在复句里的位置问题。

第十八章省略和倒装。省略是一种语法现象,指结构上必不可少的成分在一定的语法条件下没有出现。省略的说法不宜滥用,省略了的成分一定是可以补回来的,否则不是省略。"请坐""的"字结构单说或作主宾语等都不是省略。倒装是一种语用现象，前置的部分是说话人急于要说出来的，后一部分则带有补充的味道。作者特别指出，后置的部分必须轻读，这是倒装句的最明显的标志。

四、《语法讲义》的学术价值

朱德熙《语法讲义》是继丁声树等《现代汉语语法讲话》之后运用结构主义语法理论对现代汉语语法进行全面描写和深入研究的一部重要的语法著作，它构拟了一个崭新的体系，为汉语描写语法的发展做出了杰出贡献。我们认为，这部书的价值主要表现在以下五个方面。

第一，在研究深度和广度上大大超越前人。朱德熙《语法讲义》之所以备受学界尊崇，最根本的原因在于这部书的深刻性和广泛性。《语法讲义》写得很简略，但是处处闪烁着智慧的光芒。比如该书把及物动词区分为体宾动词和谓宾动词两类，再从谓宾动词中剥离出真谓宾动词和准谓宾动词，又紧接着根据准谓宾动词总结出名动词，再根据名动词挖掘出名形词，这种研究的深度和广度不仅大大超越前人，也是后来者难以轻易企及的。又比如连谓结构，一般研究者只注意到基本的承接性连谓，但是该书辟出五节，分别讨论五种重要的连谓结构：V_1带"着"或"了"的连谓结构，由动词"来""去"组成的连谓结构，由动词"是"组成的连谓结构，由动词"有"组成的连谓结构，由动词"给"组成的连谓结构。这无疑大大深化了对连谓结构的认识。

第二，用词组本位理论构建汉语语法学体系。朱德熙语法体系的一个最重要的特点是突出词组本位，他认为汉语句子的构造原则跟词组的构造原则基本一致，如果把各类词组的结构和功能都足够详细地描写清楚了，那么句子的结构实际上也就描写清楚了，因为句子不过是独立的词组而已（《语法答问》第六章）。在《语法讲义》中，我们可以具体而深刻地感受到这种体系的独特性。在章节安排上，该书没有遵循"实词—虚词—词组—句子成分—句型—句式—句类—复句"的传统思路，而是采用了"实词—词组—虚词—句类—复句"的框架，这个框架的逻辑应该是：词组是全书的主体，词组主要由实词构成，所以词组前面只讲实词，虚词则挪至词组之后讲述。在词组结构的分析上，该书大部分情况下都在照应句子，例如§7.2讲处所主语，实际上就是在关涉存现句；§7.6讲体词性谓语，实际上就是在关涉体词谓语句；§7.9讲主谓结构作谓语，实际上就是在关涉主谓谓语句；等等。

第三，注重运用变换分析解决语法问题。在语法研究中引入变换分析是朱德熙的首创，他在《语法讲义》中多次采用变换分析法来解决语法问题。例如§8.5讲存现宾语，作者提出"黑板上写着字"与"屋里开着会"形式上相同，结构上不同。"黑板上写着字"可以变换为"字写在黑板上"，"屋里开着会"不能变换为"会开在屋里"。前一种句式表示事物的位置，后一种句式表示动作的持续。又如§12.6讲由动词"有"组成的连谓结构，作者提出"有可能下雨"与"有事情做"形式相同而结构不同，因为"有可能下雨"可以变换为"有下雨的可能"，而"有事情做"不能变换为"有做的事情"。

第四，注重发掘语法与轻重音的关系。首先看重音，全书至少11处谈到重音、重读与语法的关联。例如作者在1983年8月的"重印题记"中就明确指出，句首的处所词和时间词不全是主语，有的是状语。如果处所词、时间词作主语，重音只能落在后边的谓语部分（如"教室里‖在上课""今天下午‖开会"）；如果重音落在处所词和时间词上，则处所词和时间词作状语，不作主语（如"〔屋里〕坐""〔明天〕见"）。又如§6.15讲疑问代词"怎么"作状语，有时是问方式，有时是问原因。作者敏锐地观察到，问方式的时候重音在"怎么"上（如"这一句你怎么唱?"），问原因的时候重音在"怎么"后头的实词上（如"你怎么不唱?"）。再看轻音，全书至少11处谈到轻声、轻读与语法的关联。例如§18.2讲倒装时作者指出，前置的部分是说话人急于要说出来的，后一部分则带有补充的味道。后置的部分必须轻读，这是倒装句的最明显的标志。又如§6.16讲疑问代词的非疑问用法时作者指出，疑问代词不表疑问有两种情形：一是表示周遍性（如"咱们这个地方什么都有""谁也不认识他"），这种用法的疑问代词必须重读；二是指称不知道或说不出来的对象（如"我记得谁跟我说过来着""一进屋就嚷饿得慌，要先吃点什么"），这种用法的疑问代词只能轻读。再如§12.4讲由动词"来""去"组成的连谓结构，作者指出："走着去"跟"买菜去"不同，"买菜去"的"去"必须读轻声，这个"去"表示目的；"走着去"的"去"一定重读，这个"去"是实指的，不表示目的。

第五，注重从结构、语义、表达三个角度研究语法现象。语法研究的中心工作是揭示结构规律，但是语言结构的形成与语义和表达有密切关系，因此语法研究必须重视语义要素和表达要素，这一指导思想在朱德熙《语法讲义》中是非常明确的。比如§7.1中作者提出：主语和谓语的关系可以从结构、语义和表达三个不同的方面来观察。从结构上看，在正常情况下，主语一定在谓语之前，两者之间的联系，跟其他各种句法结构比较起来，要算是最松的。从语义上看，主语和谓语的关系是很复杂的。拿动词组成的谓语来说，有的主语是动作的施事，有的主语是动作的受事，有的主语是施事、受事以外的另一方（即与事），有的主语是动作凭借的工具，有的主语是动作发生的时间或处所。从表达上看，说话人有选择主语的自由。同样的意思，可以选择施事作主语，也可以选择受事或与事作主语。说话人选来作主语的是他最感兴趣的话题，谓语则是对于选定了的话题的陈述。全书提及施事、受事、与事等主要语义角色达好几十处，提及话题、陈述、有定、无定等表达要素也达十多处，第十八章更是专章论述语法中的表达问题，因此我们有理由认为，朱德熙《语法讲义》开创了三个平面语法研究理论的先河。

参考文献

[1] 丁声树等：《现代汉语语法讲话》，商务印书馆1961年版。

[2] 陆俭明：《周遍性主语句及其他》，《中国语文》1986年第3期。

[3] 吕叔湘主编：《现代汉语八百词》，商务印书馆1980年版。

[4] 邵敬敏：《新时期汉语语法学史》，商务印书馆2011年版。

[5] 朱德熙：《语法答问》，商务印书馆1985年版。

[6] 朱德熙：《语法讲义》，商务印书馆1982年版。

[7] 朱德熙：《朱德熙文集》（1—5卷），商务印书馆1999年版。

吕叔湘《汉语语法分析问题》导读

黄　芳

《汉语语法分析问题》(以下简称《分析》)是我国著名语言学家吕叔湘先生的重要代表作,由商务印书馆 1979 年出版。在汉语语法史上影响深远,具有重要指导意义。江蓝生、方梅(2004)指出,该书汇集了吕先生对汉语语法中的若干重要理论问题的思考,系统分析了近百年来汉语语法研究所取得的成果和面临的重大理论课题,对西方传统语法及现代主要语言学理论如何与汉语的实际结合的问题作了精当的阐述。对 20 世纪 80 年代及以后的汉语语法研究具有深远的影响。

《分析》既是吕叔湘先生对汉语语法研究问题的个人经验总结思考,更是对我国汉语语法研究的一个历史性总结思考。该书是吕叔湘先生 20 世纪 60 年代酝酿的,对 1898 年马建忠《马氏文通》问世以来的许多重要或有争议的问题进行了全面梳理。《分析》是吕叔湘先生汉语语法研究的重要成果和对语法问题的探索,虽然吕叔湘先生自己说,这些意见比较零散,不足以构成什么体系。但《分析》实际上体现了吕叔湘先生对汉语语法重要问题探索的系统性思考。

《分析》所提出的问题和观点几乎涵盖了汉语语法的所有重要方面,如汉语缺少严格意义的形态变化,词法和句法的主要本质特征等重要问题。该书篇幅不长,六万字左右,但是内容丰富,视野开阔,所提出的语法问题有极广的涵盖面,涉及语法研究的诸多问题,被学界公认为语法理论的重要著作,是语法研究者的必读书。

一、作者介绍

吕叔湘(1904—1998),1904 年 12 月 24 日出生于江苏省丹阳县,1926 年毕业于国立东南大学外国语文系,1936 年赴英国留学,先后在牛津大学人类学系、伦敦大学图书馆学科学习,1938 年回国后任云南大学文史系副教授,后又任华西协和大学中国文化研究所研究员、金陵大学中国文化研究所研究员兼中央大学中文系教授以及开明书店编辑等职,新中国成立后,1952 年起任中国科学院语言研究所（1977 年起改属中国社会科学院）研究员、中国科学院哲学社会科学学部委员、语言研究所副所长、所长、名誉所长，1978 年至 1985 年任《中国语文》杂志主编，1980 年至 1985 年任中国语言学会会长。吕叔湘先生是我国语言学界的一代宗师，70 多年以来一直孜孜不倦地从事语言教学和语言研究，涉及一般语言学、汉语研究、文字改革、语文教学、写作和文风、词典编纂、古籍整理等广泛的领域。

吕叔湘先生的研究重点是汉语语法。主要著作有《中国文法要略》《语法修辞讲话》（与朱德熙合著）、《汉语语法分析问题》《汉语语法论文集（增订本）》等。吕叔湘先生参与撰述并审订了《现代汉语语法讲话》，直接参加了"暂拟汉语教学语法系统"的制订工作。吕叔湘先生是我国最具社会影响的词典《现代汉语词典》的前期主编和我国第一部语法词典《现代汉语八百词》的主编。这些著作引例弘富，分析精当，在汉语语法体系建设以及理论和方法上都具有开创意义，成为半个多世纪以来我国现代汉语语法研究最有影响的重要成果。吕叔湘先生是我国近代汉语研究的拓荒者和奠基人。从 20 世纪 40 年代开始发表的专题论文到 80 年代出版的《近代汉语指代词》代表了吕叔湘先生在近代汉语研究方面的总体成就，不仅填补了白话语法研究的空白，而且具有方法论上的示范作用。

新中国成立之后，吕叔湘先生亲自主持和参与了许多重大语文活动和语文工作计划的制订。1955 年在现代汉语规范学术会议上，他和罗常培先生联名作了现代汉语规范问题的重要报告。1980 年吕叔湘先生在中国语言学会成立大会开幕式上作的《把我国语言科学推向前进》的学术报告中，提出要处理好中和外的关系、虚和实的关系、动和静的关系、通和专的关系，为我国语言学科的发展指明了方向。

二、《汉语语法分析问题》主要内容

《汉语语法分析问题》篇幅仅六万六千字，全书分"引言""单位""分类""结构"四个大部分，共计 99 个小节。每个小节在目录上均有小标题，指出这一小节研究的主要对象和主要问题，另附有"前言"和"附注"。前言说明了本书的写作目的，回顾了汉语语法学史 80 年的历程，指出语法研究要把摆事实和讲道理二者结合起来。吕叔湘先生将一些补充的材料、某种理论的来源和详细的解释附在文后，构成"附注"部分。"附注"与正文部分相互补充、相互说明。

（一）引言

引言部分共 7 小节，讨论了以下几个方面的问题。

1. 作者写作目的，语法思想和所采用的语法理论方法。"本文试图对汉语语法体系中存在的问题做一番检讨，看看这些问题何以成为问题，何以会有不同意见，这些不同的处理法的利弊得失又如何。"① "基本上还是在传统语法的间架之内谈，别的学派有可取之处也不排斥。"②

2. 本书的特点风格是摆问题。"摆问题自然摆的是实质性问题，纯粹名称问题不去纠缠"③，"也有不纯粹是名称问题的名称问题。"④

3. 术语的选用标准。关于术语，创新和利旧各有利弊，"但本文不是为了提出一个新的语法体系，所以尽量利用旧的术语。"⑤

4. 指出汉语的类型特点和由此引起的语法研究理论方法问题思考。吕叔湘先生指出，相比西方语言，汉语的语法分析引起意见分歧的地方特别的根本原因是汉语缺少严格意义的形态变化。"汉语缺少发达的形态，许多语法现象是渐变的，在语法分析上就容易遇到各种'中间状态'"。⑥

明确提出汉语语法分析的标准问题。"汉语缺乏发达的形态，因此在做出一个决定的时候往往难于根据单一标准，而是常常要综合几方面的标准。"⑦ "在语法分析上，意义不能作为主要的或唯一的依据，但不失为重要的参考项。"⑧

（二）单位

"单位"部分讨论了语素、词、短语、小句、句子等语法单位的大小、异同、联系、区分划界等问题，主要包括：

语法分析的对象是语言结构，大小不同的语言片断组成不同层级的语言结构。"对语言进行语法分析，就是分析各种语言片段的结构。要分析一个语言片段的结构，必须先把它分解成多少个较小的片段，这些小片段又可以分解成更小的片段。结构就是由较小的片断组合成较大的片断的方式。"⑨

语言单位有语素、词、短语、小句、句子等语法单位。对语素的认识，涉及语素的界定、分类、语素与汉字的关系、语素与词的区分等问题。吕叔湘先生认为，"最小的语法单位是语素，语素可以定义为'最小的语音语义结合体'。也可以拿'词素'做最小的单位，只包括不能单独成为词的语素。"⑩ 吕叔湘先生结合用例指出，汉语的语素，单音节的多，也有双音节的，还有三个音节以上的。有很多双音节，里边是两个语素还是一个语素可以讨论。一个语素可以有几个意

① 吕叔湘：《汉语语法分析问题》，商务印书馆 1979 年版，第 9 页。
② 吕叔湘：《汉语语法分析问题》，商务印书馆 1979 年版，第 9 页。
③ 吕叔湘：《汉语语法分析问题》，商务印书馆 1979 年版，第 9 页。
④ 吕叔湘：《汉语语法分析问题》，商务印书馆 1979 年版，第 10 页。
⑤ 吕叔湘：《汉语语法分析问题》，商务印书馆 1979 年版，第 10 页。
⑥ 吕叔湘：《汉语语法分析问题》，商务印书馆 1979 年版，第 11 页。
⑦ 吕叔湘：《汉语语法分析问题》，商务印书馆 1979 年版，第 12 页。
⑧ 吕叔湘：《汉语语法分析问题》，商务印书馆 1979 年版，第 12 页。
⑨ 吕叔湘：《汉语语法分析问题》，商务印书馆 1979 年版，第 14 页。
⑩ 吕叔湘：《汉语语法分析问题》，商务印书馆 1979 年版，第 15 页。

思，只要这几个意思联得上，仍然是一个语素。如果几个意思联不上，就得算几个语素。有时候，几个意思联得上联不上难于决定。关于语素的辨认，"辨认语素跟读没读过古书没有关系。读过点古书的人在大小问题上倾向于小，在异同问题上倾向于同。"① 对于语素和汉字的关系问题，吕叔湘先生认为，汉语的语素和汉字，多数是一对一的关系，但是也有别种情况。语音、语义、字形这三样的异同互相搭配，可能有八种可能。关于语素与词类的问题，"一般认为词类不同就得算两个词，可是基本意义不变只是一个语素，这样就该作为一个语素、两个词。"② 一个语素可以有相互联系的好几个意义，其中有的能单用，有的不能单用。语素可以分为四种：能单用的，单用的时候是词；一般不单用的，特殊条件下单用；不单用，但活动能力较强；不单用，结合面较窄。

对语素与词和短语关系的认识，吕叔湘先生认为，"比语素高一级的单位是词，词的定义很难下，一般说它是'最小的自由活动的语言片段'，这仍然不十分明确，因为什么算是'自由活动'还有待说明。"③ 关于语素成词不成词的问题，实际情况比较复杂。按说，能单用的语素不一定只能单用，有时候也跟别的语素组合成词。"语素组合的问题比较复杂，大致涉及五个因素：这个组合能不能单用；这个组合能不能拆开；这个组合的成分能不能扩展；这个组合的意义是不是等于它的成分的意义的总和；这个组合包含多少个语素。"④ 从词汇的角度看，双语素的组合多半可以算一个词，即使两个成分都可以单说。四个语素的组合多半可以算两个词，三个语素的组合也是多数以作为一个词较好。

对于小句和句子的认识，吕叔湘先生认为，一般认为比短语高一级的单位是句子，句子有单句复句之分，一个复句里边包含几个分句。短语和句子不是一个单纯的上下级关系。一般讲语法只讲到句子为止，篇章段落的分析是作文法的范围。"

严格区分了动态单位和静态单位，认为语素、词、短语、短语词是语言的静态单位，小句和句子是语言的动态单位。动静态的区分对汉语语法研究具有重要指导作用。

吕叔湘先生指出，在词和短语区分这一问题上，语法原则与词汇原则有时候表现出矛盾性，如"除了所有的成分又不能单用就不可能是短语外，似乎成分的能不能单用跟整体的能不能单用、是词还是短语，没有一定的关系。"⑤ 整个组合如果能单用就是词，如果不能单用就不是词而只是构词的成分，这样规定看上

---

① 吕叔湘：《汉语语法分析问题》，商务印书馆 1979 年版，第 16 页。
② 吕叔湘：《汉语语法分析问题》，商务印书馆 1979 年版，第 17 页。
③ 吕叔湘：《汉语语法分析问题》，商务印书馆 1979 年版，第 17 页。
④ 吕叔湘：《汉语语法分析问题》，商务印书馆 1979 年版，第 20 页。
⑤ 吕叔湘：《汉语语法分析问题》，商务印书馆 1979 年版，第 20 页。

去是合理的，可是有些组合如"高射"这样的组合就有点为难了。"有专门意义的组合是一个显得词汇单位，没有专门意义的组合没有增加新的东西。从语法的角度看，有没有专门意义只有参考价值，没有决定作用。"① "组合不自由，就是有熟语性，这是复合词的特点。短语的组成，原则上应该是自由的，应该是除意义之外没有任何限制的。"② "那些加进去了的、地、得因而它的成分可以扩展的组合，是短语，不成问题。那些没有加进去的、地、得因而它的成分不能扩展的组合，它的地位介乎词和短语之间。"③

吕叔湘先生详细分析了语言单位区分时的各种矛盾现象，过渡形式、中间状态存在的客观性等问题，启发学者们对汉语语法单位区分划界问题的深入思考。"动形组合除能在中间加进去助词得外，还有一种变化，在动词和形容词中间加进去表示可能性的得和不。"④ "动词加趋向动词的组合情况跟动形组合差不多，不过形式变化还要多些。"⑤ "按说，一个组合的成分要是可以拆开，可以变换位置，这个组合只能是短语。可是有些组合只有单一的意义，难于把这个意义分割开来交给这个组合的成分。"⑥ "一般称为'简称'的那种组合，其地位也是介乎词和短语之间。实际上，简称是一种过渡形式，用得多，用得久，更像一个词，以致于很多人忘记了它原来是一个简称了。"⑦ 还有一种组合，有几分像简称，但是不能叫作简称。这类组合是一种凝固的短语。

（三）分类

这一部分从语法结构和功能角度深入讨论了语言单位语素、词、短语、句子的分类及有关问题，主要涉及以下几个方面的问题。

给语词分类的目的是"主要为了讲语句结构，不同类型的词或短语在语句结构里有不同的活动方式。"⑧

词语分类的角度有两种：结构分类和功能分类。"给词语分类，首先要辨别一种语言单位的分类有'向下看'和'向上看'两个角度。"⑨ "向下看"就是看这个单位怎样由下一级单位组成，这样的分类叫"结构类"；"向上看"就是看这个单位在上一级里担任什么角色。

词类划分标准，西方语法用形态变化做划分词类的依据，汉语没有严格意义

---

① 吕叔湘：《汉语语法分析问题》，商务印书馆 1979 年版，第 23 页。
② 吕叔湘：《汉语语法分析问题》，商务印书馆 1979 年版，第 23 页。
③ 吕叔湘：《汉语语法分析问题》，商务印书馆 1979 年版，第 25 页。
④ 吕叔湘：《汉语语法分析问题》，商务印书馆 1979 年版，第 25 页。
⑤ 吕叔湘：《汉语语法分析问题》，商务印书馆 1979 年版，第 25 页。
⑥ 吕叔湘：《汉语语法分析问题》，商务印书馆 1979 年版，第 25 页。
⑦ 吕叔湘：《汉语语法分析问题》，商务印书馆 1979 年版，第 26 页。
⑧ 吕叔湘：《汉语语法分析问题》，商务印书馆 1979 年版，第 32 页。
⑨ 吕叔湘：《汉语语法分析问题》，商务印书馆 1979 年版，第 32 页。

的形态变化，就不能不主要依靠句法功能。"用句法功能做划分词类的依据，由单一标准和多重标准的问题。"①

关于词的次类划分。"语词的分类虽然不能够也用不着像生物分类那样层层下分，但是有的类分个两次三次还是有用处的。"② 还有"概括性更大的超级大类的问题。"③ 关于虚词、实词的问题，关于体词、谓词、小词的认识问题。

对汉语名词、方位词、量词、动词、形容词、介词、副词、代词、连词、助词等词类特征的思考，动词和形容词、动词的次类、非谓形容词、动词、介词和连词的区别等问题。"名词这个类里边最困难的是怎样区分哪些动词转为名词，哪些动词只是'名用'，还没有转变为名词。"④ "方位词一般作为名词的一个附类，其实也可以考虑单独作为一类。"⑤ "从句法功能看，量词比方位词更有理由独立成为一类。"⑥ "如果把形容词合并于动词，把它作为一种半独立的小类，也不失为一种办法。"⑦ 非谓形容词，单语素的不多，多数是双语素的。"跟动词有牵连的还有介词问题。"动词分为及物和不及物的分类，可也是个界限不清的分类。"⑧ "很多语法书在动词之下列出三个附类：趋向动词，助动词，判断词。"⑨ 也是值得探讨的问题。"副词这个类的大问题是形容词修饰动词的时候要不要划入副词。"⑩ "代词这个类，成员不很多，可是相当杂。原因是代词不是按照句法功能分出来的类。"⑪ "介词除了跟动词的分和问题外，还有跟连词的分界问题。"⑫ 连词也有范围问题，一方面要跟有关联的副词划界，另一方面要跟有关联的短语划界。助词的问题则在别的方面，比如有些助词得'词'的资格不牢靠等。

词类转变问题。词类转变是相当复杂因而争论也比较多的问题。吕叔湘先生认为，凡在相同的条件下，同类的词不是都能这样用，而是决定于习惯的，是词类转变。

关于语素和词缀的问题。"比词小的单位是语素。独立的语素是词，不独立

① 吕叔湘：《汉语语法分析问题》，商务印书馆 1979 年版，第 33 页。
② 吕叔湘：《汉语语法分析问题》，商务印书馆 1979 年版，第 35 页。
③ 吕叔湘：《汉语语法分析问题》，商务印书馆 1979 年版，第 35 页。
④ 吕叔湘：《汉语语法分析问题》，商务印书馆 1979 年版，第 36 页。
⑤ 吕叔湘：《汉语语法分析问题》，商务印书馆 1979 年版，第 36 页。
⑥ 吕叔湘：《汉语语法分析问题》，商务印书馆 1979 年版，第 37 页。
⑦ 吕叔湘：《汉语语法分析问题》，商务印书馆 1979 年版，第 38 页。
⑧ 吕叔湘：《汉语语法分析问题》，商务印书馆 1979 年版，第 40 页。
⑨ 吕叔湘：《汉语语法分析问题》，商务印书馆 1979 年版，第 41 页。
⑩ 吕叔湘：《汉语语法分析问题》，商务印书馆 1979 年版，第 42 页。
⑪ 吕叔湘：《汉语语法分析问题》，商务印书馆 1979 年版，第 42 页。
⑫ 吕叔湘：《汉语语法分析问题》，商务印书馆 1979 年版，第 44 页。

的语素是构词成分，包括词根和语缀。"① 语缀一般分为前缀，后缀，中缀。关于语缀还有能产和不能产的分别等。

短语的分类问题。短语分类可以按结构分类，也可以按功能分类。吕叔湘先生认为，"的"字短语应用广泛，情况复杂，很值得深入探讨。短语按功能分类，可以分为三类：名词性短语，动词性短语和其他短语。"主谓短语在句子里主要是用来做主语或宾语，是名词短语的性质。"② 吕叔湘先生还指出要注意四字语的结构特点和句法功能。

句子的分类问题。句子的结构分类首先分为主谓句和非主谓句，主谓句再分为动词谓语句，形容词谓语句，名词谓语句和主谓谓语句。吕叔湘先生认为"一般讲语法，到句子为止，句子是最大的语法单位，句子只有结构分类，没有功能分类。"③

（四）结构

吕叔湘先生关于"结构"有许多重要的观点和启发性的思考，对新时期语法研究影响很大。

对于词、短语和句子的分析要把结构层次和结构关系结合起来。运用结构层次的直接成分分析法。吕叔湘先生指出，分析结构层次，对于词语的理解有帮助，并通过例子来说明，歧义的片段可以通过层次分析来解释。"分析结构层次，两个直接成分总是紧挨着的，但也有被另一层次的成分隔开的情况。"④

对比句子分析中层次分析法和句子成分分析法的优缺点。比如同一个句子有两种不同的结构层次分析，而且看起来两种分析法都有理，但是需要更深入的分析讨论。"现在一般都说句子有六大成分：主语、谓语、宾语、补语、定语和状语。根据这六大成分，提出这些是否都是句子的直接成分？"⑤ 对这些看似简单的问题，吕叔湘先生分别用直接成分分析法和句子成分分析法来探讨这个问题，提倡把两者结合起来。吕叔湘先生认为，要分析句子结构关系和复杂的语义关系。"将句子的结构关系分为联合，主从，表述和附属关系四大类。"⑥ 并举例综合分析句子中的层次和关系。吕叔湘先生指出，句子成分和结构关系。句子成分和句子成分之间的结构关系，不能满足于说出这是什么成分，那是什么成分，要做进一步的分析，看它包括哪些具体内容。具体以双宾语的结构研究来说明句子结构关系研究要具有探究精神。

---

① 吕叔湘：《汉语语法分析问题》，商务印书馆 1979 年版，第 47 页。
② 吕叔湘：《汉语语法分析问题》，商务印书馆 1979 年版，第 51 页。
③ 吕叔湘：《汉语语法分析问题》，商务印书馆 1979 年版，第 53 页。
④ 吕叔湘：《汉语语法分析问题》，商务印书馆 1979 年版，第 56 页。
⑤ 吕叔湘：《汉语语法分析问题》，商务印书馆 1979 年版，第 61 页。
⑥ 吕叔湘：《汉语语法分析问题》，商务印书馆 1979 年版，第 59 页。

　　吕叔湘先生还简要介绍了句子结构分析的历史发展进程，和我国最早汉语语法的著作《马氏文通》的内容。吕叔湘先生指出三种类型的句子分析法：传统的语法分析句子，层次分析法和分阶层分析法。根据我国语法界目前比较通行的分析法把一个句子分成主语和谓语，进一步讨论这个主语或谓语如果不止一个词，就要说这是一个什么词组或者什么结构，再进一步分下去。在分别讨论各种句子成分以前，还谈到句子成分和词类分别的对应问题。吕叔湘先生提出把短语定为词或者语素和句子之间的中间站这一说法。

　　关于句法变化手段的问题，重点谈到省略和倒装，区分了隐含和倒装。还谈到了分析工具手段，图解和代号的问题。吕叔湘先生认为，图解法把抽象的道理形象化，无论在教学上或者在研究上都不失为有用的工具。

　　关于句子成分的思考。就一般分类所说的六种成分，具体谈到它们的名称和内容的一些变化。关于主语和宾语的纠纷问题，吕叔湘先生指出主语与宾语的症结在于位置先后和施受关系的矛盾。就这个症结，具体讨论这个矛盾。吕叔湘先生就主语与宾语之间位置先后和施受关系的矛盾问题，提出要解决这个矛盾，关键在于认清两个事实：第一，从语义方面看，名词与动词之间可以有多种多样的关系，决不限于施事和受事。第二：主语和宾语不是互相对待的两种成分，主语是对谓语而言，宾语是对动词而言。就主语与宾语之间纠纷问题，吕叔湘先生指出："既然宾语不跟主语相对，有没有必要还管他叫宾语？是不是换个名字好些？'宾语'这个名字已经叫惯了最好不要改，但是也可以叫做补语，这只是一个假设和想法。"[①] 吕叔湘先生认为，如果实行把"宾语"改成"补语"，那就跟现在一般所说的"补语"发生冲突了。于是探讨了宾语和补语的融合分类问题。吕叔湘先生还提出一个设想，一些成分可以另立明目。吕叔湘先生还提到介系补语这一说法，把动词前后的介名短语都当作一种类型的补语，即介系补语。

　　关于状语。状语分为修饰性状语，关联作用的状语和评注性质的状语。修饰状语是动词的连带成分，关联状语和评注状语则属于全句，是在划分主谓之前就得先化出去的成分。

　　关于定语，吕叔湘先生认为只是名词短语的一个成分，不是句子的直接成分，一般不影响句子的格局。

　　关于句式问题。吕叔湘先生对是字句、主谓短语作谓语、连动式、兼语式等句式都做了深入探讨。

　　关于是字句，提议把这个是字叫作"前谓语"，意思是，它是谓语的一部分，但不是谓语的主要部分，是各种谓语类型的句子里都可以出现，而名词谓语句里经常出差的。

----

　　① 吕叔湘：《汉语语法分析问题》，商务印书馆1979年版，第74页。

关于主谓短语作谓语的主谓谓语句这种句式范围的划分，认为既然动词之前除主语外还允许出现补语，那么只有不能用"主—补—动"句式来说明的才是主谓谓语句。

关于连动式的界限问题，认为凡是能从形式上划成别的结构的，就给划出去。留下来的，尽管有的能从意义上分别两部分的主次，还是不妨称为连动式，同时说明意义上的主次。

吕叔湘先生提出兼语式有跟别的结构划界的问题，首先是跟主谓短语作补语的区别，另一个问题是跟双宾语的划界。指出兼语式不适合层次分析，就这个问题提出了两个解决办法，一是回到宾补说，但是宾补如何适应层次分析也是个问题；另一个办法是承认这也是一种主谓短语做补语的格式。吕叔湘先生认为兼语式可以用公式"名1—动1—名2—动2"来表示其中名2是动1的受事，又是动2的施事，动2和名1没有关系。但是有些句子里边，动2不仅仅跟名2有关，也和名1有关，这种句子是连动式兼语式。兼语式问题实际是动词的后续词语这个总问题的一部分，通过句例来分析，认为光靠宾语，双宾语和兼语这几个概念不足以辨别这种种情况。

单句和复句的区分问题。吕叔湘先生认为主要涉及三个因素："一，只有一个主谓结构，还是有几个主谓结构？二，中间有没有关联词？三，中间有没有停顿？"[①]

最后吕叔湘先生还提到句子的复杂化问题。指出句子复杂化的三个途径："一，添枝加叶；二，局部发达；三，前后衔接。"[②] 吕叔湘认为，句子不光可以复杂化，还可以多样化。研究句子的复杂化和多样性，可以说是在静态研究的基础上进行动态的研究，是不仅仅满足于找出一些静止的格式而是要进一步观察这些格式结合和变化的规律。

《分析》全书字数不多，所涉及的语法问题方方面面，但总体上却都是以语法分析为纲，结合汉语语法分析的历史和现状，深入浅出地对汉语语法研究中所涉及的重要问题进行深入细致的分析和评述研讨。不仅摆出了很多问题，而且分析问题，以摆问题的方式对今后的语法研究提出了启发性的思考和宝贵的意见。

三、《汉语语法分析问题》学术价值与影响

吕叔湘先生所撰的《汉语语法分析问题》篇幅不长，但把近 80 年来汉语语法中许多重要的或有争议的问题进行了全面的梳理、剖析与归纳，不但对 20 世纪 80 年代和 90 年代的语法研究发挥了很大的指导作用，对今后的语法研究也有

---

① 吕叔湘：《汉语语法分析问题》，商务印书馆 1979 年版，第 87 页。
② 吕叔湘：《汉语语法分析问题》，商务印书馆 1979 年版，第 90 页。

重要的参考价值。《分析》中关于汉语语法研究的很多看法富有开拓性和启发性，在汉语语法研究理论方面也具有探索性。《分析》几乎凝聚了吕叔湘先生一生探索汉语语法重要问题的系统性思考，涵盖了汉语语法的所有重要方面。不少学者都曾撰文对吕叔湘先生《分析》的价值和影响做过述评（朱林清 1991、胡明扬 1991、张伯江 1995、陈亚川、郑懿德 2000、徐枢 2001、邵敬敏 2006、曹广顺、方梅 2012 等）。

《分析》以问题为导向的研究，迄今具有非常重要的指导意义。《分析》的显著特色就是吕先生的责任意识，语言研究的事业意识，以读者为中心的问题意识。形成了以问题为导向的研究，启发和引导读者去思考、研究。吕叔湘在序中说"本文的宗旨是摆问题"①，在引言中说"本文试图对汉语语法体系中存在的问题做一番检讨，看看这些问题何以成为问题，何以会有不同意见，这些不同的处理法的利弊得失又如何。"② 胡明扬（1991）说，这本书对现代汉语语法研究中长期以来一系列难以解决的问题进行了深入探讨，探讨其症结所在，比较了各种分析方法和各种处理办法的得失，并提出审慎的参考意见，为进一步研究指明了方向。语法研究工作者读了这本书对语法问题的来龙去脉会有一个清醒的认识，从而确定进一步的研究方向。

《分析》的指导意义具有多面性，不仅指该书的重要观点迄今具有指导意义，所提出的问题一直吸引着学界去思考，更指的是吕叔湘先生的问题意识和以读者为中心的引导性、启发性研究具有重要的指导意义。

《分析》中的重要观点奠定了汉语词类和句法的基本观点。吕叔湘先生对自己的观点很谦虚，他说书中"包括一些还没有定论的问题，只是既叫作小结，就不宜于罗列纷繁，只好姑且把个人不成熟的意见写在里边。"③ 但是实际上，《分析》的很多重要观点奠定了汉语特征、词类、句法的基本观点，如：

1. 汉语特征的定位、范畴的典型性，中间状态、连续统的观点。
2. 词类划分的原则、主要依靠句法功能，多标准的主次性。
3. 汉语主宾间的矛盾与化解。
4. 汉语补语的复杂性及其处理方法。
5. 汉语小句重要，是沟通上下的基本单位。

《分析》的重要学术价值和影响在汉语学界是有目共睹的，在现代汉语语法史上具有承前启后、继往开来的重要指导意义。

① 吕叔湘：《汉语语法分析问题》，商务印书馆 1979 年版，第 7 页。
② 吕叔湘：《汉语语法分析问题》，商务印书馆 1979 年版，第 9 页。
③ 吕叔湘：《汉语语法分析问题》，商务印书馆 1979 年版，第 29 页。

参考文献

[1] 曹广顺、方梅：《吕叔湘：学术研究的楷模》，《中国社会科学报》2012 年 7 月 30 日。

[2] 陈亚川、郑懿德：《吕叔湘著〈汉语语法分析问题〉助读》，语文出版社 2000 年版。

[3] 胡明扬：《现代汉语语法研究的回顾与展望》，《世界汉语教学》1991 年第 1 期。

[4] 江蓝生：《人民的语言学家永在——纪念吕叔湘先生百年诞辰》，《社会科学 管理与评论》2004 年第 3 期。

[5] 江蓝生、方梅：《吕叔湘学术思想研究》，《人民日报》2004 年 8 月 6 日。

[6] 吕叔湘：《汉语语法分析问题》，商务印书馆 1979 年版。

[7] 邵敬敏：《汉语语法学史稿》，商务印书馆 2006 年版。

[8] 徐枢：《吕叔湘著〈汉语语法分析问题〉助读介绍》，《中国语文》2001 年第 1 期。

[9] 张伯江：《语言研究所四十五年》，《中国语文》1995 年第 6 期。

[10] 朱庆祥、方梅：《〈汉语语法分析问题〉的重要性及〈助读〉〈读解〉》，见 《语言研究集刊》（第十七辑），上海辞书出版社 2017 年版。

罗常培《语言与文化》导读

赵爱武

语言是文化的重要组成部分，语言的发展往往受制于一个民族历史文化和精神风貌的发展；语言是文化的载体，承载着人类文化产生、发展和变化的轨迹。文明的发展进程往往通过语言呈现出来。因此文化和语言的关系是其他任何关系都不可取代的。研究语言跟社会和文化之间的相互关系一直是语言学家、社会学家和人类学家关心的课题。什么是文化呢？罗常培先生在《语言与文化》的第一章引言中开卷第一句就引用了萨丕尔的话："语言的背后是有东西的。而且语言不能离开文化而存在，所谓文化就是社会遗传下来的习惯和信仰的总合，由它可以决定我们的生活组织。"接着又引了柏默（L. R. Palmer）的话说："语言的历史和文化的历史是相辅相成的，它们可以互相协助和启发。"[①]《语言与文化》是罗常培先生撰写的一本探索语言与文化关系的小书，被认作是中国文化语言学的开山之作。专门论述语言与文化的关系，涉及传统文字学、音韵学、训诂学的知识，又有对少数民族和西方民族语言的研究。从语言与民族文化的关系入手来探讨语言学研究问题，始自于罗常培的《语言与文化》。它虽不完美，但对今后的研究确有启迪。

一、作者介绍

罗常培（1899—1958），著名语言学家、教育家。北京市人，满族。历任西北大学、厦门大学、中山大学、北京大学、西南联合大学教授。1949 年后，筹建中国科学院语言研究所，并任第一任所长，中国科学院社会科学部委员。其一生从事语言教学和研究，对汉语音韵学和汉语方言研究卓有成绩，被学术界誉为"继往开来"的语言学大师。又与李方桂、赵元任两位先生一起被称为新中国的第一代语言学家，其治学的广度和深度在语言学领域有着开拓之功，是一位开拓型的语言学大师。有学术专著近 20 种。2009 年，在罗常培诞辰 110 周年的时

---

① L. R. Palmer，"An Introduction to Modern Linguistics"，见《语言与文化》第 1 页。

候，10 卷本的《罗常培文集》出版发行，其中就收录了罗常培所写的《贡山俅语初探》《贡山怒语初探》《莲山摆夷语文初探》《少数民族语言文字研究》等论著。这些研究成果，为新中国成立后的少数民族语言文字研究，奠定了坚实的基础，并为中国语言谱系分类建立了理论框架。这个框架一直被中国语言学界所沿用。①

二、《语言与文化》的主要内容

《语言与文化》曾于 1950 年由北京大学出版社出版，又于 1989 年由语文出版社重印，并被北京出版社出版的"大家小书系列"选入第三辑于 2004 年出版，现又有了北京出版社的最新版。本文以"大家小书"系列第三辑为参考底本。全书共计八章，另有袁行霈先生为"大家小书系列"写的一个总序，还包含吴玉章先生 1950 年在该书的序言部分写的题词，即《语文发展和社会发展联系起来加深我们的研究》。另有罗常培自序，王均、陆志韦和邢公畹等几位先生作的序。

全书正文部分共计八章。

第一章为引言。这部分主要讨论语言和文化的关系。文章开篇就引用美国语言学教授萨丕尔（Edward Sapir）所说："语言的背后是有东西的。并且，语言不能离文化而存在。所谓文化就是社会遗传下来的习惯和信仰的总和，由它可以决定我们的生活组织"（第 1 页）。作者意图从语词的含义讨论语言和文化的关系，以语义学（semantics）为主要探讨内容，分为六个部分：第一，从词语的语源和演变推溯过去文化的遗迹；第二，从造词心理看民族的文化程度；第三，从借字看文化的接触；第四，从地名看民族迁徙的踪迹；第五，从姓氏和别号看民族来源和宗教信仰；第六，从亲属称谓看婚姻制度。（第 2 页）我们可以看出，这些都是社会学和人类学上的重要问题，作者想做的就是尝试给语言学和人类学搭起一座桥梁。

第二章"从语词的语源和变迁看过去文化的遗迹"。罗常培以自己深厚的"小学"功底解释了大量的古今中外的语言学词语，例如英语的"money""pen""wall""window""fee""dollar""style"等，均从语源学的角度，结合文化背景进行探讨，力求透过现象看本质。例如引用了英语和其他印欧语系语言中含有"墙"的意义的语词，通过探讨其语源来追溯有关的文化遗迹。在这些民族的语言里，"墙"往往和"柳条编的东西"（Wicker-Work）或"枝条"（wattle）有关系（见第 3 页，下同）。"盎格鲁－撒克逊语（Anglo-Saxon）的'windan man-igne smicernewah'等于英语的'to weave many a fine wall'，意思是'编许多很好的墙'。墙怎么能编呢？据考古学家发掘史前遗址的结果，也发现许多烧过

① 宗巽：《罗常培：少数民族语言研究的奠基人》，《中国民族报》2011 年第 012 版《文化周刊》。

的土块上面现出清晰的柳条编织物的痕迹。这就是一种所谓'编砌式'（Wattle and daub）的建筑。它或者用柳条编的东西作底子上面再涂上泥，或者把泥舂在两片柳条编的东西的中间。由此可以推想欧洲古代的墙也和中国乡村的篱笆、四川的竹蔑墙或古代的版筑一样，并不是铁筋洋灰的。"（第3—4页）作者不仅追溯了欧洲古代有关"墙"的历史，而且把中外文化也联系起来了。文中还谈到中国传统语言与文化的关系，分别举了汉语中的"贝"部字以及"安""斩""纸""家"等字词进行分析。例如：财、货、贡、赈、赠、贷、赊、买、卖、贿、赂等与钱币有关的字均属贝部。那么为何介壳之贝用来表示钱币呢？许慎的《说文解字》谓之曰："古者货贝而宝龟，周而有泉，至秦废贝行钱。"作者认为，古已有用贝壳做交易的媒介物，秦后废贝行钱，但是古时的货币制度在文字的形体上还保存着它的蜕形。今云南到明代还在使用一种类似于贝币的币种应该就是其残余。正如书中所说"从原来的本义转变成现在的意义，而把本义整个遗失，这期间一定经过一段很长的时间"，本章结尾还提出了"语言学和社会学可以交互启发"的观点。（第11页）

第三章"从造词心理看民族的文化程度"。作者说"从许多语言的习用词或俚语里，我们往往可以窥探造词的心理过程和那个民族的文化程度。"（第13页）例如：云南昆明的倮倮（同"裸"，彝族的一支）叫妻子"穿针婆"，云南高黎贡山的俅子（即独龙族）叫结婚做"买女人"。从这两个语词可以看出夷族社会对于妻的看法和买卖婚姻的遗迹。（第13页）又如俅子将麻布、衣服和被同称，是因为在他们的社会里，这三样是"三位一体的"。其质料是麻布，白天披在身上就是衣服，晚上盖在身上就是被。又如：云南路南的撒尼把带子叫作"系腰"，帽子叫作"蒙头"，戒指叫作"约指"（直译是"手指关闭"），也是根据这三样东西的功用造成语词的。（第14页）罗常培认为，造词心理是语词形成的重要原因。例如：昆明近郊的倮倮称发怒叫"血滚"，伤心叫"心冷"，欺负叫"看傻"，难过叫"过穷"。这几个词语就与产生这些动作或状态的心理情境有直接的关系。作者认为：初民社会里对于无法解释的自然现象，往往会产生神异的揣测，例如：福贡的傈僳族叫虹"黄马吃水"，路南的撒尼叫日蚀为"太阳被虎吃"，叫月蚀为"月亮被狗吃"。昆明近郊的倮倮叫冰"锁霜条"，路南撒尼叫雷为"天响"。又如一些民族语里不明方位，昆明近郊的倮倮叫东方"日出地"，西方"日落地"；福贡的傈僳叫东"日出洞"，叫西为"日落洞"，叫北为"水头"，叫南为"水尾"。（第14—15页）这些民族保留了古代人民在面对自然变化时的懵懂与敬畏。现在不少方言里仍然残存着先民社会的痕迹，如大冶方言里叫"日食"为"天狗吃日"，叫"月食"为"天狗吃月"，叫"虹"为"麻影"等。

有的民族地处边远地区，一旦接触到现代文明的产物不知如何命名，故而常常用他们在生活中比较熟悉的事物来描写。例如：贡山的俅子叫汽车作"轮子房"，路南的撒尼叫自行车作"铁马"。至于最新的交通和军事利器——飞机，他们的看法更不一致了：贡山的俅子和福贡的栗粟均称为"飞房"，片马的茶山〔瑶族〕叫作"风船"，路南的撒尼叫作"铁鹰"，滇西的摆夷叫作"天上火车"。因为这些东西在他们的知识领域里向来没有过，他们想用"以其所知喻其所未知"的方法来造新词，于是就产出这一些似是而非的描写词（descriptive forms）来了。（第 16 页）

第四章"从借字看文化的接触"。本章主要借字来探讨语言与文化的关系。作者认为"借字"就是一国语言里所羼杂的外来语成分。它可以表现两种文化接触后在语言上所发生的影响，反之，从语言的糅合也可窥探文化的交流。作者引用萨丕尔所说："交际的需要使说一种语言的发生直接或间接接触。……很难指出一种完全孤立的语言或方言，尤其是在原始人中间。邻居的人群互相接触，不论程度怎样，性质怎样，一般都足以引起某种语言上的交互影响。"（第 21 页）由此可见，"借字"其实就是民族语言和文化的碰撞与接触而产生的。

作者首先分析了"狮子"的来源，引用了《后汉书》《班超传》《洛阳伽蓝记》等相关文献的记载，考证"狮子"是一个外来语。接着作者考证了"师比""璧流离""葡萄""苜蓿""槟榔""拓枝舞""站""八哥""没药""胡卢巴""祖母绿"等借词的来源，结合《史记》《汉书》等文献的记载，以及汉学家伯希和、沙畹等人的研究成果进行考察。从作者的探讨来看，这些借字的到来都与早期中国和波斯、中亚各国以及印度早期的贸易往来、文化交流有着密切的关系。在此基础上，作者将近代汉语里外国借字进行了分类，即"声音的替代（即把外国语词的声音转写下来，或混合外国语言和本地的意义造成新词，又分纯音译的、音兼义的、音加义的、译音误作译义的）、新谐声字（在原有的译音上再应用传统的"飞禽安鸟，水族著鱼"的办法写作谐声字，如袈裟、茉莉、钙等）、借译词（直译词，以抽象名词居多，如佛经中的"因缘""法平等"；哲学名词如"自我实现""超人"等）、描写词（外来概念找不到对等的本地名词，就造一个新词来描写，或者在可以比较的本地物体上加上"胡""洋""番""西"一类的字样）。（第 33 页）作者在讨论文化接触时，分析了中国语中借字入超现象的原因，并谈到了中国字借到外国语中后又经翻译回到汉语，展转传讹的现象。

罗常培在本章中，重点讨论了象征中国传统文化的"丝、瓷器、茶"的传播。例如英国的陶业在 18 世纪以前都是依靠着中国输入大量的瓷器。随着陶业的发展，许多技术上的名词也进了英文。起先他们由中国输入不可缺的原料如"高岭土"（kaoling）和"白土子"（petuntze）。kaoling 是江西景德镇西北高岭的译音。高岭土亦叫做 china-clay，porcelain-clay 或 china-metal。白土子也是原料之一，但是没有高岭土价值贵。这两种原料配合的成分"好的瓷各半；普通的用三分高岭土对六分白土子；最粗的也得用一分高岭土对三分白土子"。制成瓷器以后，第二步当然要加彩色，于是 china-glaze，china-paints，china-blue，china-stone 种种瓷釉的名称也跟着来了。最初他们着重模仿中国瓷器上的花纹，所以"麒麟"（chilin or kilin）、"凤凰"（fenghwang）和"柳树"（willow pattern）也被他们学去了。柳树花纹是英人 Thomas Turner 在 1780 年输入英国的。后来这个图案很受欢迎，于是日本商人看到有机可乘，就大量地仿造，廉价卖给英美的平民。

茶对于世界文明的贡献不亚于丝和瓷。张华《博物志》已经有"饮真茶令人少眠"的记载，有关茶的传说与故事也非常久远。作者梳理了中国茶贷出的历史及命名的流变。葡萄牙人在 16 世纪末到中国来买茶，采用的是普通话的读音cha。后远东的茶叶都操在荷兰人的手里，故欧洲人凡是喝荷兰茶的像法、德、丹麦等国的人都采用厦门音，而喝大陆茶的俄、波、意诸国都保持官音，英国最早也采用官音（cha），后来因为大量地购买荷兰茶的关系把 cha 废掉而改用 tea。Tea 在英文里最初的出现，是 1615 年东印度公司一个职员威克涵（Wickham）的信里；1600 年 9 月 28 日裴匹斯（Samuel Pepys）的日记里又拼作 tee。（第 51—52 页）

起初英人把茶看作一种极珍贵的饮料，后来渐渐变成一般平民不可少的日用品，名目繁多，有诗云：

What tongue can tell the various kinds of tea

Of Black and Greens, of Hyson and Bohea;

With Singlo, Congou, Pekoe and Souchong,

Cowslip the fragrant, Gunpowder the strong.

Bohea 就是福建的"武夷"，Pekoe 是"白毫"，Congou 是"工夫茶"，Hyson 是"熙春"，Cowslip 是"牛舌"，Gunpowder 近于所谓"高末儿"。其他尚有：Twankay"屯溪"，Keemun"祁门"，Oolong"乌龙"，Young Hyson 或 Yiichien"雨前"，也随着茶叶进入了英文里。此外，由于质地和形状的不同，又可分为砖茶（brick-tea）、瓦茶（tile-tea）和粒茶（tisty-tosty）等。一部分英国人以为饮茶可以使人懦弱，管好喝茶的人叫 tea-spiller 或 tea-sot。从茶字英文也产生了一个成语："to take tea with"，意思是和人计较，特别是含敌对的意思。这也许由上海所谓"吃讲茶"来的。因为吃茶的习惯，英国人在日常生活里增加了不少新东西：像 tea cloth（茶巾），teapot（茶壶），teacup（茶杯），teakettle（开水壶），tea urn（茶罐），teaspoon（茶匙），teatable（茶桌），teatray（茶盘），teaset（茶具），tea rose（茶香月季），tea biscuit（茶饼），tea gown（茶礼服），tea party 或 tea fight（茶话会），tea service（备茶，清茶恭候）等，都是从茶的文化输入英国后才产生的。（第 53 页）

除了茶叶之外，我们还有好多种植移输入英美去。属于花草类的有 chinaaster（蓝菊），china-rose（月季），china-berry（楝树），china-pink（石竹）等；属于水果类的有 china-orange 也叫 man-darin orange（金钱橘），loquat（护橘或批把），litchie（荔枝），cumquat（金橘），whampee（黄皮）；属于蔬菜的有 pakchoi，petsai 或 chinese cabbage（白菜），china-squash（南瓜），china-pea（豌豆），china-bean（豇豆）等；属于药材类的有 ginseng（人参），galingale（莎草或高凉姜），chinaroot（菝葜根）等。此外还有中国的苎麻（china-grass 或 china-straw），据说是自然界中最坚固的纤维；由桐树上所榨取的桐油（tung-oil 或 wood-oil），它在抗日战争时几乎变成我国惟一换取外汇的输出品。（第 54 页）

第五章"从地名看民族迁徙的踪迹"。作者在本章中引用了大量研究成果，结合历史地理学和语言学，通过地名的产生、发展来探讨语言与文化。他先列举了西方不同民族的相关材料进行讨论。例如：英国西部有好些地名都含有克勒特语的成分；美国的印第安人文化遗迹已经消失了，但是有不少地名仍然被美国人所用。又引用了大量的汉语和少数民族语言的材料来探讨古代民族交通和融合的踪迹，如探讨了西晋末年五胡乱华大量移民南迁的踪迹（客家和壮人）。这部分少数民族语言材料都是第一次发表的，后来的著作大多是转引的。此外，作者通过侨置的州郡县名和历史志书等历史材料，试图从语言学的视角寻找答案。

第六章"从姓氏和别号看民族来源和宗教信仰"。作者说"中华民族原来是融合许多部族而成，尽管每个部族华化的程度已经很深，可是从姓氏上有时还可以窥察他的来源"。（第 81 页）例如尉迟氏是唐朝的望族。相传于阗王室在唐以前就属 Vijaya（藏语）一族。"尉迟"就是 Yisa 的对音，于阗国人到中国来往的都以尉迟为姓氏。至于唐代流寓长安的尉迟氏诸人，大概出自 3 个来源：一支出自久已华化的后魏尉迟部一族（如敬德）；一支是隋唐之际因充质子而到中国来的；还有一支是族系和来历都不明白的。又有慕容氏本来是鲜卑姓，他的后裔分化成了两支：一支是广东东莞容氏，一支是山东蓬莱慕氏。这两姓看起来毫不相干，其实是出于同一个祖先的。（第 81 页）

作者认为，姓氏与别号也可以反映宗教信仰。比方说，中国回教徒的姓有和汉人相同的张、王、刘、杨、李等普通姓；同时也有他们特有的回、哈、海、虎、黑、鲜等纯回姓和马、麻、白、满、蓝等准回姓。因此有时可以根据这些姓氏就可以推断他们是不是回教徒。著名的元朝诗人萨都刺的原名是 sa' dullah，是阿拉伯文 sa' d "吉祥"和 allah "上帝"两字合成，意思是"天祥"，所以萨都刺字"天锡"，恰好是阿拉伯文的原义。现在姓"萨"的正是萨都刺的后裔。（第 84 页）本章中，作者着重探讨了父子连名制。他认为"父子连名制是藏缅族的一种文化特征。"（第 89 页）父子连名制"概括的说起来，在这个部族里父亲名字末一个或末两个音节常和儿子名字的前一个或前两个音节相重（overlapped）"（第 89 页），其构成方式大约有四种。罗常培先生据此否定了南诏是泰族人建立的古王国的意见，认为从南诏世系看有明显的父子连名制的迹象，因此南诏应属白族。

第七章"从亲属称谓看婚姻制度"。本章以云南昆明近郊的彝族、云南贡山俅子（独龙族人）和菲济人、维达人等民族的亲属称谓来探讨该民族的婚姻制度，致力于将语言学、社会学和人类学有机结合起来进行研究。亲属称谓和婚姻制度密切有关，作者引用少数民族语言的材料对这种关系进行了详细的描写。例如昆明近郊核桃菁村黑夷的亲属称谓中，哥哥、堂哥、姨表哥、大伯子、大舅子等称呼相同；弟弟、堂弟、姨表弟、小叔子等称呼相同；姊姊、堂姊、姨表姊、大姑子、大姨子等称呼相同；妹妹、堂妹、姨表妹、小姑子等称呼相同；舅表兄弟、小舅子等称呼相同；舅表姊妹、小姨子等称呼相同；姑表兄弟，姑表姊妹又是另一种称呼。（第97—98页）这种称谓系统说明同胞兄弟姊妹、堂兄弟姊妹、姨表兄弟姊妹之间的关系是相同的，因此是不能通婚的。这种关系是所谓并行从表关系，也就是同性同胞的子女之间的关系。舅表兄弟姊妹和姑表兄弟姊妹之间的关系是所谓从表关系，也就是异性同胞的子女之间的关系，按初民的习俗，一般是可以通婚的，因此称呼不同于相互不能通婚的并行从表的亲属。但彝族反对"肉骨还家"，也就是嫁出去的女儿把生下来的女儿归还娘家（内侄娶姑母的女儿），所以姑表兄弟姊妹不能通婚。这在称谓上反映为姑表兄弟姊妹和舅表兄弟姊妹尽管都是交错从表关系，但是分成两套称谓以资区别。在这一章里还引用了古代汉语和其他少数民族的亲属称谓所反映的婚姻制度。最后还提出了一个极有见地的观点："民族中的亲属称谓颇可作为研究初民社会里婚姻制度和家庭制度的佐证，不过，应用它的时候，得要仔细照顾到其他文化因素，以免限于武断、谬误的推论。"（第107页）

第八章为总结。本章中，罗常培先生根据前面对具体的语言现象和相关的社会文化所作的分析提出了自己在语言与文化研究中的几个重要观点：第一，语言是社会组织的产物，是跟着社会发展的进程而演变的，所以应该看作是社会意识形态的一种。例如：高梨贡山的俅子和北美印第安的怒特迦特都把结婚叫作"买女人"，体现的是买卖婚姻的痕迹；《说文》中从贝的字均与钱币有关也足证在"秦废贝行钱"之前曾有过"货贝而宝龟"的货币制度。（第108页）第二，语言不是孤立的，是和多方面联系的。作者认为，语言与地理学、姓氏学和人类学等有着密切关系，因此，语言学的研究不能局限在语言本身的资料，而是要扩大研究范围，将语言与社会和文化结合起来，将中西方语言与文化结合起来。作者在前面的探讨中，还特别侧重引用国内少数民族和国外落后民族的口头语言与文化，使得本书的内容极其充实。第三，语言的材料可以帮助考订文化因素的年代。例如：在第四章中所举的例子如"狮子""师比""璧流离""葡萄""苜蓿"反映着汉代或汉代以前的文化交流；"没药"和"胡卢巴"却直到第10世纪、11

世纪才见于中国的记载。（第 111 页）第四，文化变迁有时也会影响语音或语形。例如汉语借字中音兼义和音加义的借字、新谐声字和描写词等项，也都可以说明汉语在接触外来文化后还尽量使借字构造汉化。

作者对于未来中国语言学的发展方向提出了三个建议：第一，对于语义的研究不能墨守成规，而是应该用古生物学的方法分析各时代词义演变的"累积基层"；用历史唯物论的方法推究词义死亡、转变、新生的社会背景和经济条件。作者强调研究过程中不要有"雅"和"俗"的偏见，一方面要从经籍递推到大众口语，另一方面要根据大众的词汇追溯到它们的最初来源。第二，对于现代方言的研究以往二十多年来太偏重语音方面了。作者认为，虽然方言的语音系统非常重要，但词汇的搜集和研究尤其应该受到重视，特别要注意每个常用词汇与人们口中的活方言有什么异同；注意行业惯用语的调查。罗先生还提出了要充分重视国内少数民族语言的调查与研究。文后附录一至附录四补充了详细的第一手材料，非常宝贵。附录四记录了我国第一批少数民族语言研究工作者的业绩，有很高的史料价值。

三、学术价值与影响

《语言与文化》一书是罗常培先生 20 世纪三四十年代的重要研究成果。罗先生于 1938 年辗转抵达昆明西南联合大学后，便利用云南少数民族多的条件，开展民族语言调查，取得了丰硕的研究成果。《语言与文化》一书附录四《语言学在云南》所列 41 项成果中，有 17 项是罗先生自己调查的。王均先生在本书序中也特别提道：罗常培先生在研究中，十分重视少数民族语言的研究，不仅"眼睛看着语言，更注意语言与社会、与文化的关系"。（序第 3 页）罗常培先生不仅积极展开民族语言研究，而且对西方语言学理论也非常重视。他曾说："语言学的研究万不能抱残守缺地局限在语言本身的资料以内，必须扩大研究范围，让语言现象跟其他社会现象和意识联系起来，才能格外发挥语言的功能，阐扬语言学的原理。"罗先生不仅这么说了，也这么做了。在《语言与文化》中，他主动接受了萨丕尔、帕默、布龙菲尔德、马邻诺斯基等西方语言学和文化学思想理论，充分体现了中西包容、互相补充借鉴的精神。

语言学家王力先生在 1979 年的一次纪念罗常培先生的会上说过："有人说罗先生是'继往开来'，我认为'继往'不难，难在'开来'。他的成就是划时代的。用语言学理论指导语言研究以他为最早，当时这是新的道路。"（邢公畹，1989）罗常培先生以其深厚的中国"小学"功底转到语言学理论研究，在方言学的基石上转向中国少数民族语言研究，从语言学的研究转为语言与文化、语言与社会关系的探讨，为中国语言学的发展指明了一条新的道路。在 20 世纪 80 年代刮起的文化语言学研究的热潮中，大多数文化语言学学者把罗常培先生的《语言与文化》一书称为"中国文化语言学的'先驱'和'开山之作'"。时至今日，仍不乏研究《语言与文化》一书的论著和论文，譬如徐大明的《联系社会来研究语言——重读罗常培的〈语言与文化〉》，胡明扬的《罗常培先生〈语言与文化〉读后》等。

在当时条件的局限下，《语言与文化》一书尚有不足之外。第一，本书所讨论的词汇还比较零散，缺乏系统的考察与探讨；第二，本书对语言文化意义的讨论也处于个别的、零星的状态；第三，此书虽然提出了语言与文化的联系，但未能提出系统的理论观点和方法论体系。但瑕不掩瑜，该书最重要的现实意义是，作为中国语言学奠基人之一的罗常培先生以其深厚的音韵学、文字学、训诂学功底，积极吸收现代西方语言学理论，结合文化人类学、社会学、民族学等众多学科，对语言、文化和社会三者之间的关系进行了深入的探讨，试图"给语言学和人类学的研究搭起一个桥梁来"，从而开启了中国语言学研究的新思路。

参考文献

［1］陈章太：《二十世纪的中国社会语言学》，见刘坚主编《二十世纪的中国语言学》，北京大学出版社 1998 年版。

［2］罗常培：《语言与文化》，北京出版社 2004 年版。

［3］徐大明：《联系社会来研究语言——重读罗常培的语言与文化》，《当代语言学》1999 年第 3 期。

［4］罗常培著，胡双宝注：《语言与文化》（注释本），北京大学出版社 2009 年版。

［5］胡明扬：《罗常培先生——语言与文化读后》，《烟合大学学报（哲学社会料学版）》1989 年第 1 期。

［6］宗冀：《罗常培：少数民族语言研究的奠基人》，《中国民族报》2011 年第 012 版《文化周刊》。

［7］邢福义：《语言哲学与文化土壤》，《光明日报》2014 年 5 月 6 日。

［8］邢福义：《文化语言学》，湖北教育出版社 1991 年版。

索绪尔《普通语言学教程》导读

李治平

索绪尔，全名为费尔迪南·德·索绪尔（Ferdinand de Saussure，1857－1913），是瑞士著名语言学家，结构主义语言学创始人，现代语言学的奠基人，被称为"现代语言学之父"。他对语言学的贡献，被比喻为"哥白尼式的革命"。可以说，有了索绪尔，语言学界才第一次将目光聚焦到语言学研究的真正对象是什么这个问题上来。索绪尔去世之后，语言学流派众多，主张不一，但无一不或多或少受索绪尔学说的影响。

一、索绪尔生平

索绪尔 1857 年出生于瑞士日内瓦。他的祖先是法国人，但入了瑞士国籍。索绪尔家族是一个科学世家，他的长辈里有地质学家、植物学家、物理学家等自然科学家，在瑞士自然科学研究方面取得过辉煌成就。他的外公亚历山大·约瑟夫·德·普鲁塔列斯伯爵爱好民族学和语源学，讲起一个词的来源，常常滔滔不绝。邻居皮克戴特是一名语文学家、美学家，是日内瓦文化界的泰斗，创立了语言古生物学。外公和皮克戴特是好朋友，他们在一起的时候，常常在书房里高谈阔论，这令年少的索绪尔充满敬意，心生向往。索绪尔从小就生活在这样一个科学气氛非常浓厚的家庭环境里。他自幼聪明好学，语言天赋尤其好，上中学前，就学会了法语、英语、德语、拉丁语和希腊语，上中学以后，在皮克戴特的影响下，又学会了梵语。中学时期，他还在日内瓦市立图书馆读到了德国葆朴等著名语言学家的著作，对语言学产生了浓厚的兴趣。但是中学毕业后，他却按照父母的愿望，在日内瓦大学学习物理和化学，过了一年，他才下定决心转学到德国莱比锡大学学习语言学。

在莱比锡大学期间，他与青年语法学派的很多著名学者在一起，共同从事印欧语言的历史比较研究。

"青年语法学派"本来叫"新语法学派"，代表人物是布鲁格曼、莱斯琴、奥斯特霍夫、德尔布吕克等人。这一时期及之前很长一段时间的语言学，人们都把精力集中在历史比较语言学上，着力研究印欧系语言的发展历史。历史比较语言学的方法主要是通过比较各种语言在不同历史时期的语音、词形、形态变化、语法结构上的共同特征，建立语系，并对这些语系的祖语做出假设。在历史比较语言学领域，青年语法学派的语言学者反对先入为主的缺乏事实根据的假设，认为语言不是有机物，没有生长、发展、衰败的历史过程，语言存在于人们的言语中，语言的变化是说话人讲话习惯发生变化引起的。他们呼吁人们不要在重建原始祖语上耗费太多精力，而应集中力量调查文献材料和身边的方言，重视语言事实的收集整理，轻视语言理论。索绪尔在学习梵语的时候，就接触到了历史比较语言学者的著作，莱比锡大学正是这些学者的风云际会之地，数年之后，索绪尔终于在这里正式踏进了令他一生着迷的语言学领域。1879年，他转学到柏林大学，发表了《论印欧系语言元音的原始系统》，以高度概括的方式从理论上解决印欧系语言元音原始系统的一个理论问题，这一学术成就和历史语言学的方法被喻为历史比较语言学的金字塔，得到众多学者的高度认可，但因学术成果的原创性纷争，索绪尔却受到一些不公正批评，最后他选择和新语法学派分道扬镳，逐渐走上了与新语法学派不同的普通语言学探索之路。但巴黎高等研究院的伯尔盖纳认为这一论文思想精神在语言学界占有重要地位，并且认为索绪尔是语言学界最伟大的学者之一，他邀请索绪尔大学毕业后到巴黎高等研究院学习和工作。1880年索绪尔回到莱比锡大学，获得博士学位，博士论文题目是《论梵语绝对属格的用法》。

1881年，索绪尔应邀赴巴黎高等研究院任教，教授日耳曼语比较语法、拉丁语希腊语比较语法等课程。他积极参加巴黎语言学会学术活动，后来还被选为学会副会长。他主编《巴黎语言学会纪要》，介绍东欧语言学家及其研究成果，培养了梅耶等语言学家，并在宽松的学术氛围中，开始思考人类语言的一些普遍规律——普通语言学。1891年，索绪尔放弃了法国最高学术职位——法国研究院的正教授岗位和法国国籍，回到瑞士日内瓦大学，主要讲授印欧系主要语言词源、语法问题，重点讲授历史比较语言学课程。也正是在日内瓦，他开始学术研究的转向。

1894年以后，索绪尔就很少参加学术活动，将主要精力都放在建立一般意义的语言学问题上。1896年，他在教授就职演说中指出："语言学是一门纯粹的科学，语言学的研究对象是作为社会秩序的语言现象，语言学研究要关注语言的普遍原则，探索整体研究的方法。"[①] 索绪尔于1906年开始讲授普通语言学课程，到1911年，连续讲了三轮，但都没有完整的讲稿，因为每一次他都在不断创新，不断完善自己的理论，并不急于出版自己的著作。这一阶段，病痛的折磨、思索的艰难，使他已经无法完成写作一部《普通语言学教程》（下称"教

---

① 申小龙：《索绪尔的生命历程与思想脉络》，《杭州师范学院学报》2005年第6期。

程")的理想。1913年索绪尔因喉癌去世后,他的学生巴利、薛施蔼、里德林格根据很多同学才将他们的听课笔记、所学人的一些手稿及其他材料编辑整理成《普通语言学教程》一书,并于1916年出版。1979年,这一著作由高名凯翻译,由商务印书馆出版,才有了汉译本。

二、主要内容

《教程》除绪论外,还包括五编,分别是:(一)一般原则;(二)共时语言学;(三)历时语言学;(四)地理语言学;(五)回顾语言学的问题结论。

索绪尔在"绪论"里回顾了欧洲语言学的发展历程,讨论了语言学的材料和任务、语言学和相邻学科的关系、语言学的对象、语言的语言学和言语的语言学、语言的内部要素和外部要素、文字与语言的关系和音位学原理。

"一般原则"这一编介绍语言符号的性质、符号的不变性和可变性、静态语言学和演化语言学。"共时语言学"部分介绍语言的具体实体、同一性、现实性和价值、语言的价值、句段关系和联想关系、语言的机构、语法及其区分、抽象实体在语法中的作用。"历史语言学"部分介绍语音的变化、语音演化在语法上的后果、类比、类比和演化、流俗词源、黏合、历史的单位、同一性和现实性。"地理语言学"一编讲语言的差异、地理差异的复杂性、地理差异的原因、语言波浪的传播。回顾语言学的问题部分讲历时语言学的两种展望、最古的语言和原始型语言重建、人类学和史前史中的语言证据、语系和语言的类型。

《教程》处处闪烁着智慧的光芒,本章只能选择影响最大的几个方面做简要介绍。

(一)语言学的研究对象、材料、任务

索绪尔认为,把语言作为当然的研究对象,经历了一个漫长的过程。回顾欧洲语言学的发展历程,索绪尔直言不讳:古希腊以来关于"语法"的研究,都没有真正建立一门真正的语言科学。他认为:

在把语言作为语言学研究的真正、唯一的对象之前,所谓的语言科学经历过三个连续阶段。

第一个阶段是规范语法阶段,目的是定出一些规则要人们遵守。

第二阶段是语文学阶段,目的是确定、解释和评注各种文献,拘泥于古典文献上的书面语,不关心活生生的口语。

第三个阶段是比较语法阶段。这个阶段用一种语言阐明另一种语言,用一种语言形式解释另一种语言的形式,研究亲属语言之间的关系。但是还是没有做到建立一门真正的语言科学。

语言学的材料,索绪尔认为应当由人类语言活动的一切表现构成,不论民族、发展阶段,一切表达形式都应该作为语言学的材料。

语言学的任务，索绪尔认为主要有三：

一是对一切语言进行描写并整理其历史，这就是描写语言学和历时语言学。

二是寻求在一切语言中永恒地普遍地起作用的力量，探索一般规律，这就是普通语言学。

三是确定自己的界限和定义，也就是要明确自己的研究对象和范围。

（二）言语活动、语言和言语

索绪尔仔细考察了言语活动的整个过程，将言语活动分为语言和言语两个方面。他说：

"不管我们采用哪一种看法，语言学现象总有两个方面，这两个方面是互相对应的，而且其中的一个要有另外一个才能有它的价值。"他将这种关系用公式表示为：

言语活动（langage）＝语言（langue）＋言语（parole）

设想两个人在交谈，甲想表达的概念和音响形象联结在一起，是一种心理现象，然后与音响形象有关的冲动传递给发音器官，这是一个生理过程；然后发音器官发出的声波传到乙的耳朵，这是一个物理过程；然后乙要经历与甲相反的生理、心理过程，才能完成一次交谈。这一过程可以图示如下（图2）：

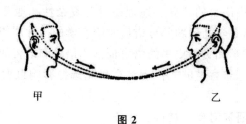

图2

甲、乙两方最简单的对话就是这样一个过程。

仔细观察，构成这一过程的要素还有以下一些关系（图3）：

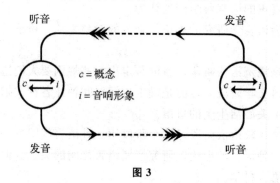

图3

音响形象和发音动作的关系：音响形象离不开发音器官的动作，但是没有音响象形，发音动作又无法确定。

语音和语义相互依存的关系：音响形象（语音）不能单独存在，而是与概念或者思想（语义）结合在一起的生理心理复合单位。也就是说，一方面，语音总是和语义结合在一起的，没有语义，语音没有价值；另一方面，语义通过语音得以存在，没有语音，语义没有物质形式，缺乏依托。

言语既有个人的一面，又有社会的一面。每个人的言语都有自己的特点，但社会规范着言语的使用。

言语本身是一种社会制度，又是一个演变过程。两者关系非常密切，很难截然分开。

由此可见，言语活动时时处处都有二重性："要么只执着于每个问题的一个方面，冒着看不见上述二重性的危险；要么同时从几个方面去研究言语活动，这样，语言学的对象就像是乱七八糟的一堆离奇古怪、彼此毫无联系的东西。两种做法都将为好几种科学——心理学、人类学、规范语法、语文学等等——同时敞开大门。"[①] "整个来看，语言活动是多方面的、性质复杂的，同时跨着物理、生理和心理几个领域，它还属于个人的领域和社会的领域。"[②]

由于无法同时从几个方面研究言语活动，索绪尔采取的方法是将语言、言语区分开来。他说："一开始就站在语言的阵地上，把它当作言语活动的其他一切表现的准则。"[③]

那么"言语活动""语言""言语"的内涵各是什么呢？

言语活动是多方面的，性质复杂的，同时跨着物理、生理和心理几个领域，它还属于个人的领域和社会的领域。

索绪尔说，"语言和言语活动不能混为一谈，它只是言语活动的一个确定的部分，而且当然是一个主要的部分。它既是言语机能的社会产物，又是社会集团为了使个人有可能行使这机能所采用的一整套必不可少的规约。"[④]

言语是人们所说的话的总和，其中包括（a）以说话人的意志为转移的个人的组合，（b）实现这些组合必须同样是与意志有关的发音行为……言语中没有任何东西是集体的；它的表现是个人的和暂时的。

索绪尔用交响乐演奏打比方：语言是社会群体共有的一个系统，跟乐章很相似，都是完整的、稳定的整体；说一种语言的人少则数百、多则数亿，但千百人就有千万种言语，每个人在发音、词汇、语法使用上都有些许不同之处。与此相似，同一首交响乐可以由很多乐队演奏，乐队不同，演奏技巧、水平并不完全一

---

① 索绪尔：《普通语言学教程》，商务印书馆 1980 年版，第 29 页。
② 索绪尔：《普通语言学教程》，商务印书馆第 1980 年版，第 30 页。
③ 索绪尔：《普通语言学教程》，商务印书馆第 1980 年版，第 30 页。
④ 索绪尔：《普通语言学教程》，商务印书馆 1980 年版，第 30 页。

样。索绪尔把语言比作乐章，把言语比作演奏，非常生动形象第说明了语言和言语的关系。

概括地说，语言和言语的关系是：语言是潜存在一群人的脑子里的规则系统或语法体系，是社会全体成员构成这个语言的语法系统的整体，是一种约定俗成的东西；而言语是语言的运用，是语言的具体表现，是个人的东西。语言具有社会性，言语具有个人性，语言存在的言语之中，又通过言语体现出它的存在。语言是言语的工具，又是言语的产物。

区分语言和言语，索绪尔称为"第一条分叉路"。他说：

"这就是我们在建立言语活动理论时遇到的第一条分叉路。两条路不能同时走，我们必须有所选择；它们应该分开走。"

"如果必要，这两门学科都可以保留语言学这个名称，我们并且可以说有一种言语的语言学。但是不要把它和固有意义的语言学混为一谈，后者是以语言为唯一对象的。"①

遗憾的是，索绪尔还没来得及着手构建言语的语言学理论，就离开了人世。

（三）语言是一种符号系统

1. 语言的符号性质

索绪尔是符号学的创始人，他简要说明了语言是一种符号。他说：

"我们可以设想有一门研究社会生活中符号生命的科学，它将构成社会心理学的一部分，因而也是普通心理学的一部分；我们管它叫符号学（semiology，来自希腊语 sēmeîon "符号"）。它将告诉我们符号是由什么构成的，受什么规律支配。因为这门科学还不存在，我们说不出它将会是什么样子，但是它有存在的权利，它的地位是预先确定了的。语言学不过是这门一般科学的一部分，将来符号学发现的规律也可以用于语言学，所以后者将属于全部人文事实中一个非常确定的领域。"② 语言学不过是这门"一般科学"的一部分。

所以语言是一种符号，单就语言这种符号而言，"我们把概念和音响形象的结合叫作符号。"③

在确定了语言是一种符号，第一次将语言学在符号学中指定一个地位后，索绪尔并没有继续全面深入阐述符号学问题，因为语言学家的任务是聚焦于语言符号本身，讨论语言这种符号系统的特殊性。

索绪尔认为，语言是一个符号系统，语言联系的不是名和物的关系，因为如果说语言联系的是名和物的关系，那就说明名先于语言而存在。但是，离开语言

---

① 索绪尔：《普通语言学教程》，商务印书馆 1980 年版，第 42 页。
② 索绪尔：《普通语言学教程》，商务印书馆 1980 年版，第 38 页。
③ 索绪尔：《普通语言学教程》，商务印书馆 1980 年版，第 102 页。

是不存在什么名的。语言符号就是把概念和音响形象结合起来。（图4）。

图 4

语言只是符号的一种。概念和音响形象只是就语言符号而言的。如果推而广之，任何符号都包括形式和意义两个方面。索绪尔将符号、概念、音响形象的关系做了进一步概括：

"如果我们用一些彼此呼应同时又互相对立的名称来表示这三个概念，那么歧义就可以消除。我们建议保留用符号这个词表示整体，用所指和能指分别代替概念和音响形象。"他认为"符号""所指""能指"这两个术语既能表明"所指"和"能指"彼此间的对立，又能表明它们和它们所从属的整体间的对立。

图 5

2. 符号的特点

符号有两个特点：一是任意性，二是线条性。

"能指和所指的联系是任意的，或者，因为我们所说的符号是能指和所指相连接所产生的整体，我们可以简单地说：语言符号是任意的。"[1] 例如，不同的语言，"水"的说法不一样，说明音响形象之间没有任何联系，用什么声音表示什么意义是任意的。

"能指属听觉性质，只在时间上展开，而且具有借自时间的特征：（a）它体现一个长度，（b）这长度只能在一个向度上测定；它是一条线。"[2] 语言符号的能指部分只有时间上的一条线，跟视觉的能指可以在几个向度上同时并发不同，听觉的能指构成的是一维链条。

---

① 索绪尔：《普通语言学教程》，商务印书馆1980年版，第102页。

② 索绪尔：《普通语言学教程》，商务印书馆1980年版，第106页。

3. 符号的不变性与可变性

语言符号的能指部分相对于其表示的观念来说，是自由选择，任意的，但语言对于使用这种语言的言语社团来说，却不是自由的，而是强制的，因为群体已经接受的事物的名称，任何人也不能改变。这就是符号的不变性。另一方面，语言符号是任意的，能指所指之间的关系没有必然的逻辑联系，所以语言符号的手段又是无限的，完全可以给一件事物创造另一个名称，所以语言符号又是可变的，具有可变性。

（四）共时语言学和历时语言学

将语言研究分为共时语言学与历时语言学，是索绪尔最重要的贡献之一。

共时语言学也被称为静态语言学，历时语言学被称为演化语言学。

共时语言学就是研究特定语言在某一历史阶段的情况，从语言本身的价值系统去研究语言。历时语言学着眼于研究语言在较长一个时期内发生的变化，也就是着眼于语言的演变。"有关语言的静态方面的一切都是共时的，有关演化的一切都是历时的。"[①]

索绪尔说："很少语言学家怀疑时间因素的干预会给语言学造成特别的困难，使他们的科学面临着两条完全不同的道路。"[②]

索绪尔用同时轴线和连续轴线来说明这两条道路的区别。如图6：

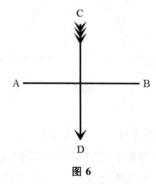

图 6

同时轴线（AB）：涉及同时存在的事物间的关系，一切时间的干预都要排除出去；

连续轴线（CD）：在这条轴线上，人们一次只能考虑一样事物，但是第一轴线的一切事物及其变化都位于这条轴线上。

虽然任何科学都可以划出这样两条轴线，但是对研究价值的科学来说，这种区分非常必要。如果不考虑这两条轴线，不把从语言系统本身出发考虑的价值系

---

① 索绪尔：《普通语言学教程》，商务印书馆 1980 年版，第 119 页。
② 索绪尔：《普通语言学教程》，商务印书馆 1980 年版，第 117 页。

统和从时间出发考虑的一些价值区别开来，就很难开展严密的研究。他说："对研究价值的科学来说，这种区分已成了实际的需要，在某些情况下并且成了绝对的需要。在这样的领域里，我们可以向学者们提出警告，如果不考虑这两条轴线，不把从本身考虑的价值系统和从时间考虑的这些价值区别开来，就无法严密组织他们的研究。"①

为了表明语言的共时态和历时态的独立性及其相互依存关系，索绪尔用树干和棋盘分别打了一个比方。

树干比喻：如果把语言比作树干，沿着纵向和横向两个方向切开，我们会看到，纵剖面和横切面的图案完全不同，可是又有密切的联系。横切面上的图案是纵剖面上的图形在特定平面的植物纤维的集结。而纵剖面的图形则是横切面上的图形在时间上的延续。横切面就是同时轴线，纵剖面就是连续轴线。横切面就相当于语言的共时态，纵剖面相当于语言的历时态。

棋盘比喻：如果把语言比作下棋，"首先，下棋的状态与语言的状态相当。棋子的各自价值是由它们在棋盘上的位置决定的。同样，在语言里，每项要素都由于它同其他各项要素对立才能有它的价值。"② 单个棋子没有什么价值，只有在棋局中跟其他棋子形成关系，按照某种规则去走，棋子才有价值。

"其次，系统永远只是暂时的，会从一种状态变为另一种状态。"③

"最后，要从一个平衡过渡到另一个平衡，或者用我们的术语说，从一个共时态过渡到另一个共时态，只消把一个棋子移动一下就够了，不会发什么倾箱倒箧的大搬动。"④

棋局是不断变化的，每动一颗棋子，棋局就发生了变化，从一个共时态进入另一个共时态。语言的历时态好比棋局的走法，语言的共时态就好比静止不动的棋阵。

就语言研究来说，索绪尔认为，共时研究比历史研究更有价值。如果着眼于棋子的材料这些东西，那只是语言的外部研究，而研究棋法，这才是语言的内部研究。因为下棋的时候，人们关注的只是棋局的共时态，至于棋局是如何形成某一局面的，无足轻重。这跟语言和言语的关系很相似。索绪尔说："言语从来就是只依靠一种语言状态进行工作的，介于各状态间的变化，在有关的状态中没有任何地位。"⑤

区别了语言和言语后，还必须区别语言的共时态和历时态，这就是语言学的

---

① 索绪尔：《普通语言学教程》，商务印书馆 1980 年版，第 118 页。
② 索绪尔：《普通语言学教程》，商务印书馆 1980 年版，第 128 页。
③ 索绪尔：《普通语言学教程》，商务印书馆 1980 年版，第 128 页。
④ 索绪尔：《普通语言学教程》，商务印书馆 1980 年版，第 128 页。
⑤ 索绪尔：《普通语言学教程》，商务印书馆 1980 年版，第 119 页。

"第二条分叉路。"索绪尔说："于是，语言学在这里遇到了它的第二条分叉路。首先，我们必须对语言和言语有所选择；现在我们又处在两条道路的交叉点上：一条通往历时态，另一条通往共时态。"① 他认为，一旦掌握了这两条分叉路，那么，就可以说，语言中凡是属于历时的，都是由于言语。变化在言语中萌芽，在个人中最先发出。

总体来说，共时语言学与历时语言学的区分，来自语言和言语的区分。后一条分叉路建立在前一条分叉路的基础上。基于上述理由，索绪尔给出了语言研究应该采取的合理形式：

$$言语活动 \begin{cases} 语言 \begin{cases} 共时态 \\ 历时态 \end{cases} \\ 言语 \end{cases}$$

图 7

他总结道："共时语言学研究同一个集体意识感觉到的各项同时存在并构成系统的要素间的逻辑关系和心理关系。历时语言学，相反地，研究各项不是同一个集体意识所感觉到的相连续要素间的关系，这些要素一个代替一个，彼此间不构成系统。"②

（五）句段关系和联想关系

句段关系和联想关系是现代语言学静态分析法的基本原则。

句段关系和联想关系，也就是后来常说的组合关系和聚合关系。这两种关系是基于语言符号的线条性建立起来的两种心理活动形式。索绪尔说：

"语言各项要素间的关系和差别都是在两个不同的范围内展开的，每个范围都会产生出一类价值；这两类间的对立可以使我们对其中每一类的性质有更好的了解。"③

什么是句段关系（组合关系）呢？一方面，在话语中，各个词，由于它们是连接在一起的，彼此结成了以语言的线条特性为基础的关系，排除了同时发出两个要素的可能性。这些要素一个挨着一个排列在言语的链条上面，这些要素之间的关系就是句段关系。连续要素可以是音位与音位，也可以是词与词。要素的价值就体现在它与前后两个要素的对立。

例如"我们都是中国人"就是"我们""都""是""中国"人"这样一些词构成的，前后相邻的连个词就构成句段关系。"我们"是由"我""们"这两个要素构成的，这两个要素也构成句段关系。"们"从语音上是由音位和音位构成的，

---

① 索绪尔：《普通语言学教程》，商务印书馆 1980 年版，第 141 页。
② 索绪尔：《普通语言学教程》，商务印书馆 1980 年版，第 143 页。
③ 索绪尔：《普通语言学教程》，商务印书馆 1980 年版，第 170 页。

前后相邻的音位之间依然构成句段关系。而"我们"跟"都是中国人"也构成句段关系。所以句段关系不仅存在于词与词之间，还存在于语言不同层面的单位之间，

什么是联想关系（聚合关系）呢？索绪尔说，在话语之外，各个有某种共同点的词会在人们的记忆里联合起来，构成具有各种关系的集合。它们不以先后排列相联系，而是属于每个人的语言内部宝藏的一部分，它们之间的关系就是联想关系（聚合关系）。

联想关系可以基于意义建立起来，也可以基于形式形成，还可以根据功能形成。例如"教育"这个词可以让人想起"教学""教导""教训"等；"老虎"可以让人联想到"老鼠""老师""老鹰"等；"江"这个字可以让人联想到"河""湖""海"等；"他在种树"可以让人联想到"小王在浇水""老李在铲草"等。

句段关系中，要素有连续的顺序，也有一定的数目，但联想关系没有确定的顺序，也没有一定的数目。在索绪尔看来，语言就是这样句段关系和联想关系构成的系统，两个方面共同作用。他说："任何构成语言状态的要素应该都可以归结为句段理论和联想理论。"[①]"每一事实应该都可以这样归入它的句段方面或联想方面，全部语法材料也应该安排在它的两个自然的轴线上面。"[②]

（六）类比

"类比"现在一般称为"类推"。类比是索绪尔讨论语言演变发生的原因时着力强调的概念。类比并不是索绪尔最突出的理论贡献，因为这一历时语言学概念来自新语法学派。新语法学派认为，音变和类比使得语言发生变化。但新语法学派强调变的一面，而忽视了规则的一面。新语法学派认为，类比是一种错误，有损于语言的纯洁性；类比偏离了规则，是对理想形式的违反。这实际上就是预设了一个前提，即语言的原始状态是更优越的、尽善尽美的。

而索绪尔则从普通语言学角度，从语言系统角度论述了类比在语言演变中的重要价值。

索绪尔首先确认了语音变化的"扰乱"作用："语音现象是一个扰乱的因素。无论什么地方，语音现象不造成交替，就削弱词与词之间的语法联系。形式的总数陡然增加了，可是语言的机构反而模糊起来，复杂起来，以致语音变化产生的不规则形式压倒了一般的类型的形式。"[③]

但在索绪尔通过对类比的研究将语音变化的认识又推进了一步，他认为，"幸而类比抵消了这些变化的后果。词的外表上的正常变化，凡不属于语音性质

---

① 索绪尔：《普通语言学教程》，商务印书馆 1980 年版，第 188 页。
② 索绪尔：《普通语言学教程》，商务印书馆 1980 年版，第 189 页。
③ 索绪尔：《普通语言学教程》，商务印书馆 1980 年版，第 226 页。

的，都是由类比引起的。"① "类比形式就是以一个或几个其他形式为模型，按照一定规则构成的形式。"②

音变往往使得语言变得不规则，产生不规则后果，但类比抵消了音变造成的消极后果，产生规则现象。类比既是更新的力量，也是保守的力量。这一思想可以解决一个重要问题，即虽然语言是会变化的，但是使其整齐稳定的类比机制也在发挥作用。

例如，拉丁语的主格 honor "荣幸" 就是一个类比形式。人们起初说 honōs：honōsem "荣幸（宾格）"，后来又有 s 的 r 音化变成了 honōs 和 honōrem。这样，词干就有两个形式：honōs 和 honōr，接着，honor 又取代了前面的两个词干形式，这是因为 honor 是从另外一组词有同样语法关系的词经过类推机制创造出来的：

ōrātōrem（演说家的宾格）：ōrātor（演说家）＝honōrem：x

x＝honor

由此可见，语音演变造成了不规则形式（honōs：honōrem），但类比又把不规则变得有规则（honor：honōrem）

通过分析，索绪尔指出了新语法学派的不足。类比并不是语言变化，而是语言创造。如果是语言的变化，那么一定是一个新形式出现，旧形式消失。而类比并不一定要旧形式消失不可，比如 honor 和 honōs 就曾经共存了一段时间，而且是可以相互替代使用的。

索绪尔将类比比喻为三种角色合演的一出戏：

角色1：传统的、合法的继承人（如 honōs）

角色2：竞争者（如 honor）

角色3：由创造这竞争者的各种形式组成的集体角色（如 honōrem 、orator ōrātōrem 等）

类比很少用一个形式代替另一个形式，而是产生一些并不代替任何东西的形式。类推既有革新的一面，又是保守的力量。任何一种语言的演变历程中，都存在各种类推现象，创造了很多新的形式，总能让语言演变中的不规则一面变得规则。但类推作用又有保守的一面。索绪尔说："语言好像一件袍子，上面缀满了从本身剪下来的布料制成的补丁。"③ 就是说，虽然语言总在变，但变来变去还是利用一些旧的要素形成新的组合。旧的要素广泛存在，有利于语言的稳定。

三、学术价值与影响

索绪尔的语言学理论，其影响主要有两大方面。

---

① 索绪尔：《普通语言学教程》，商务印书馆1980年版，第226页。
② 索绪尔：《普通语言学教程》，商务印书馆1980年版，第226页。
③ 索绪尔：《普通语言学教程》，商务印书馆1980年版，第241页。

第一，索绪尔的理论宣告了现代语言学的开始。索绪尔深入讨论了语言学的研究对象，规定了语言学的研究任务，明确了语言的本质是一套符号系统。索绪尔的《普通语言学教程》出版以来，国内外的语言研究，都或多或少受其影响，按照它提供的方向开展研究。法国语言学家本温尼斯特（E. Benveniste）在索绪尔逝世五十周年纪念大会上对索绪尔的贡献有过这样的总结："在研究人类和社会的各种科学里，语言学已经成为一门成熟的科学，成为在理论研究上及其技术发展方面最活跃的学科之一。而这门革新了的语言学，肇源于索绪尔，语言学通过索绪尔而认识了自己，并团结成一支队伍。"[①]

第二，索绪尔去世之后，语言学派诞生了一批继承和发展其理论的语言学派。最有影响学派有布拉格学派、哥本哈根学派和美国描写语言学派。相对而言，前两个学派是直接继承和发展了索绪尔的学说，美国描写语言学也受索绪尔思想的影响，但不存在直接的继承关系。

布拉格学派是在总结和反思新语法学派的过程中，吸收了索绪尔的语言学思想发展起来的。代表人物有马泰修斯、特鲁别茨柯依，雅克布逊。这一学派强调共时研究比历时研究更有价值，把语言看成是一个价值系统，认为语言是交际工具和思维工具，尤其强调语言的交际功能，注重口语和书面语的不同价值，主张从语言的功能出发研究语言形式，所以也被称为"功能学派"。布拉格学派最突出的贡献是创建了音位学，强调"音"在系统中的价值，区分语音学和音位学，认为语音属于言语，而音位属于语言，这也是在索绪尔言语和语言的区别的基础上得出的认识。直到现在，系统功能语言学派仍然是主流语言学派，而且按系统功能语言学思想开展语言研究的人越来越多。

哥本哈根学派的代表人物是路易斯·叶姆斯列夫（L. Hjelmslev），其理论纲领是语言的符号性质，叶姆斯列夫的理论也被称为语符学或新索绪尔语言学。他将语言成分分为内容和表达两个平面，两个平面又各自分为形式和实质两个内容，这样就有表达形式、表达实质，内容形式、内容实质四个层次。由于叶姆斯列夫采用了的术语比较烦琐、生涩，影响了其理论的传播，所以影响相对较小。但该学派强调严格处理语言材料，在人文学科向精细化发展方面卓有成就。

美国描写语言学是结构主义三大流派中影响最大的，代表人物是鲍阿斯、萨丕尔和布龙菲尔德。美国远离欧洲大陆，历史很短，受历史比较语言学的影响很小。由于美洲的土著语言没有文字，语言学家无法去寻找这些语言的原始形式，历史比较语言学也无从谈起。他们对本土语言的关注，是从对印第安人的土著语言的迅速灭亡开始的，所以最早对这些语言产生兴趣的是人类学家，他们面临的紧迫任务就是记载和分析本土印第安语言，因此必须对语言进行共时描写。但美

---

① 冯志伟：《现代语言学流派》，商务印书馆 2013 年版，第 50 页。

国语言学也受到索绪尔学说的影响。布龙菲尔德在《语言论》的第一章里谈道：

"索绪尔（Ferdinand de Saussure，1857—1913）多年来在大学讲课，详细讨论过这个问题；在他死后，他的讲义以书本的形式出版了（1915年）。"[①]

可见，布龙菲尔德是了解索绪尔的学说的。美国描写语言学一系列理论和方法，或多或少也可以看到索绪尔《普通语言学教程》思想的影响。

参考文献

[1] 胡明扬：《西方语言学名著选读》，中国人民大学出版社1999年版。

[2] 刘润清：《西方语言学流派》，外语教学与研究出版社2002年版。

[3] 冯志伟：《现代语言学流派》，商务印书馆2013年版。

[4] 申小龙：《索绪尔的生命历程与思想脉络》，《杭州师范学院学报（社会科学版）》2005年第6期。

---

① 布龙菲尔德：《语言论》，商务印书馆2013年版，第20页。

杜威《民主主义与教育》导读

贺义廉

约翰·杜威（John Dewey，1859—1952），是 20 世纪美国著名哲学家、教育学家和心理学家，实用主义哲学的创始人之一，功能心理学的先驱，美国进步主义教育运动的代表，对美国乃至世界教育的发展产生了深远的影响，对 20 世纪上半叶的中国教育界、思想界产生过重大影响。中国一些重要人物如胡适、陶行知、郭秉文、张伯苓、蒋梦麟等均曾在美国哥伦比亚大学留学，曾是杜威的学生。他反对传统的灌输和机械训练、强调从实践中学习的教育主张，对蔡元培、晏阳初等都有一定的影响。在我国新课程教育改革的今天，这本著作具有重要的理论意义和现实意义。

一、作者介绍

约翰·杜威于 1859 年 10 月 20 日出生。他诞生在一个中产社会阶级的杂货商家中。他的家乡在新英格兰维蒙特州的伯林顿。杜威小的时候有点害羞，并不是很聪明的小孩，不过他很喜欢看书。他在中学毕业之后，就进入当地的维蒙特大学就读。1879 年，杜威毕业于维蒙特大学，开始了他一直想要从事的教职工作，并且继续研读哲学史。1884 年，获约翰·霍普金斯大学哲学博士学位。1884－1888，1890－1894 年在美国密歇根大学，1889 年在明尼苏达大学教授哲学。1894－1904 年在芝加哥大学任哲学系、心理学系和教育系主任，1902－1904 年还兼任该校教育学院院长。1904－1930 年，他在纽约哥伦比亚大学哲学系兼任教授教职。还担任过美国心理学联合会、美国哲学协会、美国大学教授联合会主席。1896 年他创立一所实验中学作为教育理论的实验基地，并任该校校长。杜威曾经到世界许多地方演讲，宣扬他的想法，他曾经到过中国、印度访问，因此他的思想也影响着美国以外的地区。1894 年，杜威跟他妻子创立了实验小学，后因归并的问题，遂辞职离去。杜威在 87 岁时再婚，直到 93 岁（1952年）因肺炎去世。1919 年，杜威曾先后在北京、南京、杭州、上海、广州等地讲学，他在中国的时间总共是两年又两个月，由胡适先生等人担任讲学的翻译，把民主与科学的教育思想直接播种在中国。

杜威一生著述弘富，涉及哲学、教育学和心理学等方面约 40 本专著、700 多篇文章[①]。他的主要教育著作有：《我的教育信条》（1897）、《学校和社会》（1899）、《儿童与课程》（1902）、《民主主义与教育》（1916）、《明日之学校》（1915）、《经验与教育》（1938）和《人的问题》（1946）等。其中《民主主义与教育》旧译名为《民本主义与教育》，全名为《民主主义与教育：教育哲学导论》。2016 年，是杜威的《民主主义与教育：教育哲学导论》出版一百周年。《民主主义与教育》最集中、最系统的表述了他的教育理论，被视为堪与《理想国》和《爱弥儿》相提并论的专著[②]。柏拉图的《理想国》是奴隶主阶级的教育蓝图，它把教育视为少数自由民的特权，其最高目的是培养统治广大奴隶的哲学王；卢梭的《爱弥儿》在法国启蒙时代是震撼人心的，但卢梭是缺乏教育实践的理论家，其自然主义的教育纲领难以落实；杜威则呼吁民主的教育。

二、创作背景

早期中学教育实践和芝加哥大学实验学校活动、早期教育著作的出版和在哥伦比亚大学师范学院任教后的继续研究以及当时正在美国广泛开展的进步教育运动三个方面。

（一）早期中学教育实践和芝加哥大学实验学校活动

在杜威的漫长一生中，他曾在两所中学担任过教师，一所是宾夕法尼亚州的石油城中学，另一所是佛蒙特州的莱克维尤高级中学。这是他的最初的教育实践经验。后来在密执安大学任教期间，他通过参与中学教师培训工作而激起了自己对教育的兴趣。1894 年起，杜威担任芝加哥大学哲学、心理学和教育学系的系主任，在主讲研究生课程的同时，于 1896 年 1 月创办了一所实验学校——芝加哥大学初等学校，通称"杜威学校"（Dewey School），把哲学、心理学和教育学

---

① 杜威主要著作：《我的教育信条》，E. L. 凯洛格出版公司 1897 年版；《学校与社会》，芝加哥大学出版社 1899 年初版，1915 年修订版；《伦理学》，亨利·霍尔特出版公司 1908 年初版，1932 年修订二版；与 J. H. 塔夫茨合著；《我们怎样思维》，D. C. 希斯出版公司 1910 年初版，1933 年修订二版；《学校与社会》（修订二版），芝加哥大学出版社 1915 年版；《民主主义与教育》，麦克米伦出版公司 1916 年版；《哲学的改造》，亨利·霍尔特出版公司 1920 年版；《人性与行为》，亨利·霍尔特出版公司 1922 年版；《经验与自然》（修订二版），公开法庭出版公司 1958 年版；《公众及其问题》，亨利·霍尔特出版公司 1927 年版；《对确定性的寻求》，弥恩顿·贝尔奇出版公司 1927 年版；《新旧个人主义》，弥恩顿·贝尔奇出版公司 1930 年版；《哲学与文明》，弥恩顿·贝尔奇出版公司 1931 年版；《艺术即经验》，弥恩顿·贝尔奇出版公司 1934 年版；《逻辑：探究的理论》，亨利·霍尔特出版公司 1938 年版；《经验与教育》，麦克米伦出版公司 1938 年版；《今日世界的民主主义与教育》，伦理文化学会，1938 年；《现代世界的智慧》，现代图书馆 1939 年版；《自由与文化》，普特南父子公司 1939 年版。

② T. P. Beyer. "What Is Education". *Dail*, Vol61, 1916, p101—103.

结合起来进行研究，进行了长达八年的教育实验活动。这些教育实践活动无疑是杜威后来在教育理论上有所建树的重要基础。

（二）早期教育著作的出版和在哥伦比亚大学师范学院任教后的继续研究

正是在教育实践的基础上，杜威在早期出版了许多重要的教育著作，其中有《我的教育信条》（1897）、《学校与社会》（1899）、《儿童与课程》（1902）等。这些早期教育著作的出版，使他在美国教育界已成为一位崭露头角的充满活力的教育家。他的教育思想，特别是《学校与社会》中所阐述的教育思想，在20世纪初的第一个十年里对美国以及世界上其他国家教育改革者的影响越来越大。1904年到哥伦比亚大学哲学系和师范学院任教后，尽管杜威在哲学上花费很多精力，但他继续对教育理论进行了深度思考，又出版了《我们怎样思维》（1911）、《教育上的兴趣与努力》（1913）、《明日之学校》（1915）等教育著作，这在很大程度上促使了他的《民主主义与教育》一书的形成。

（三）当时正在美国广泛开展的进步教育运动

20世纪前半期，在欧洲各国开展新教育运动的同时，在美国也广泛开展了对美国学校教育产生重要影响的进步教育运动。美国传统教育有两大弊端：传统教育脱离社会需要，脱离学生需要。"儿童是教育的出发点，社会是教育的归宿点，正像两点之间形成一条直线一般，在教育出发点的儿童和教育归宿点的社会之间，形成了教育历程。"[①] 一个什么样的社会就会教育和造就出什么样的儿童，而如果想造就一个自由平等的民主主义社会，又必须从儿童教育抓起。杜威的想法是社会的公平民主首先要求教育做到公平民主，须通过教育来改造社会。应该说，这是比较符合教育的社会定位的。在美国各地，进步学校在教学形式、教学内容和教学方法上进行了革新性实验。它们对包括杜威在内的很多美国教育家产生了很大的冲击。

三、主要内容

《民主主义与教育》可以作为杜威的教育思想的总纲。《民主主义与教育》可以分为四个部分：第一部分论述教育性质（第1—6章），第二部分论述教育过程（第7—17章），第三部分论述教育价值（第18—23章），第四部分论述教育哲学（第24—26章）。除了序以外的26章的题目是：教育是生活的需要；教育是社会的职能；教育即指导；教育即生长；预备、展开和形式训练；保守的教育和进步的教育；教育中的民主概念；教育的目的；自然发展和社会效率作为教育目的；兴趣和训练；经验与思维；教育中的思维；方法的性质；教材的性质；课程中的游戏与工作；地理和历史的重要性；课程中的科学；教育的价值；劳动与闲

---

① ［美］约翰·杜威：《民主主义与教育》，王承绪译，人民教育出版社2001年版，第14页。

暇；知识科目和实用科目；自然科目与社会科目；自然主义与人文主义；个人和世界；教育与职业；教育哲学，认识论；道德论等。

（一）关于教育的本质论述

1. 教育即生活

"教育即生活"，"没有教育即不能生活。所以我们可以说：教育即是生活。""生活就是发展，而不断发展，不断生长，就是生活。"[①] 杜威认为教育是生活的过程，而不是将来生活的预备。学校是社会生活的一种形式。理想的学校生活应与儿童自己的生活相契合，满足儿童的需要和兴趣；应与学校以外的社会生活相契合，适应现代社会变化的趋势，并成为推动社会发展的重要力量。杜威进一步提出"学校即社会"，"社会环境无意识地、不设任何目的地发挥着教育和塑造的影响。"[②] 学校本身就是一种社会环境。"学校是特殊的环境"，"学校当然总是明确地根据影响其成员的智力的和道德的倾向而塑造的环境典型。"[③] 要使学校生活成为一种经过选择的、净化的、理想的社会生活，使学校成为一个合乎儿童发展的雏形的社会。

2. 教育即生长

"教育不是把外面的东西强迫儿童或青年去吸收，而是要使人类与生俱来的能力得以生长""教育就是不问年龄大小，提供保证生长或充分生活的条件的事业"。杜威要求尊重儿童但不同意放纵之，"误用光阴比虚掷光阴损失更大，教育错了的儿童比未受教育的儿童离智慧更远。"[④]

3. 教育是经验继续不断的改组和改造

"教育是经验的继续不断的重新组织，或继续不断的改造。"[⑤]经验是机体与环境相互作用的过程，机体不仅受环境的塑造，同时也对环境加以若干改变，经验的过程就是一个实验的过程、运用智慧的过程、理性的过程。经验是一种行为、行动，它涵盖认识的、情感的、意志的等理性、非理性的因素，是儿童各方面发展和生长的载体。在经验过程中，儿童不仅获得知识，而且形成能力、养成品德。"教育即经验的改造"是儿童身心的各种因素的全面改造、全面发展、全面生长。经验的过程是一个主动过程，不单是有机体受着环境塑造，还存在着有机体对环境的主动的改造。

从这个意义而言，杜威的"教育即经验的改造"是指构成人的身心的各种因素在外部环境和人的主动经验过程中统一的全面改造、全面发展、全面生长的过

---

① ［美］约翰·杜威：《民主主义与教育》，王承绪译，人民教育出版社2001年版，第58页。
② ［美］约翰·杜威：《民主主义与教育》，王承绪译，人民教育出版社2001年版，第19页。
③ ［美］约翰·杜威：《民主主义与教育》，王承绪译，人民教育出版社2001年版，第21页。
④ ［美］约翰·杜威：《民主主义与教育》，王承绪译，人民教育出版社2001年版，第163页。
⑤ ［美］约翰·杜威：《民主主义与教育》，王承绪译，人民教育出版社2001年版，第136页。

程。"努力求得孤立的知识，和学习的目的是背道而驰的。"①

（二）关于儿童中心论

学校生活组织应该以儿童为中心，使得一切主要是为儿童的而不是为教师的。因为以儿童为中心是与儿童的本能和需要协调一致的，所以，在学校生活中，儿童是起点，是中心，而且是目的。杜威强调，我们必须站在儿童的立场上，并且以儿童为自己的出发点。

在传统教育那里，"学校的重心在儿童之外，在教师，在教科书以及你所高兴的任何地方，唯独不在儿童自己即时的本能和活动之中"。教科书"是过去的学问和智慧的主要代表"，而"教师是使学生和教材有效地联系起来的机体，教师是传授知识和技能以及实施行为准则的代言人"。"传统教学的计划实质上是来自上面的和外部的灌输。它把成人的标准、教材和方法强加给只是正在逐渐成长而趋于成熟的儿童。差距是如此之大，所规定的教材、学习和行动的方法，对于儿童的现有能力来说，都是没有关联的"。由于教育过程是儿童与教师共同参与的过程，是他们双方真正合作的过程，教师不仅应该给儿童提供生长的适当机会和条件，而且应该观察儿童的生长并给以真正的引导。

（三）关于教育的目的

教育无目的："教育本身并无目的。只是人，即家长和教师等才有目的"②；教育目的要因人而异："一个教育目的必须根据受教育者的特定个人的固有活动和需要（包括原始的本能和习惯）"③；"如果家长或教师提出他们'自己的'目的，作为儿童生长的正当目标，这和农民不顾环境情况提出一个农事理想，同样是荒谬可笑的"④。有人批评，教育无目的论是一种自由放任主义。杜威则指出培养儿童自己主动去应付环境的习惯，并不是放任自流。这与卢梭的自然主义思想是一脉相承的。杜威的教育无目的论是建立在对传统教育目的的批判继承的基础上的。杜威认为在不民主、不平等的社会或传统教育中，教育只是外力强加于受教育者身上的目的，这种目的是固定的、呆板的，它不能在特定的情景下激发参与者的智慧，不能使学生得到良好的教育。他认为在民主社会和民主教育中，应当奉行教育无目的论。杜威主张：

第一，生长作为教育的目的。杜威反对外在的、固定的、终极的教育目的，他所希求的是过程内的目的，"教育的过程，在它自身以外没有目的；它就是它自己的目的。"⑤ 这个目的就是"生长"。杜威认为在非民主的社会里，教育目的

---

① ［美］约翰·杜威：《民主主义与教育》，王承绪译，人民教育出版社 2001 年版，第 43 页。
② ［美］约翰·杜威：《民主主义与教育》，王承绪译，人民教育出版社 2001 年版，第 114 页。
③ ［美］约翰·杜威：《民主主义与教育》，王承绪译，人民教育出版社 2001 年版，第 114 页。
④ ［美］约翰·杜威：《民主主义与教育》，王承绪译，人民教育出版社 2001 年版，第 113 页。
⑤ ［美］约翰·杜威：《民主主义与教育》，王承绪译，人民教育出版社 2001 年版，第 54 页。

是外在于并强加于教育过程的，饱含权威与专制色彩。而在民主社会里，教育目的应内在于教育的过程之中，杜威主张以生长为教育的目的，其主要意图在于反对外在因素对儿童发展的压制，在于要求教育尊重儿童愿望和要求，使儿童从教育本身中、从生长过程中得到乐趣。

第二，教育的社会性目的。杜威的社会理想是民主主义，他要求教育为社会进步服务，为民主制度的完善服务。杜威认为教育是民主的工具，是社会进步及社会改革的基本方法，学校是社会进步和改革的最基本和最有效的工具。民主主义的特征就是社会成员各种能力的自由发展，个人发展与民主的社会目标是统一的，教育的目的就是培养理想的人来促进个人的发展，实现民主的社会目标。理想的人应具有以下几方面的素质：①具有良好的公民素质，具有民主理想和参与民主政治生活的能力；②掌握科学思维的方法，具有解决实际问题的能力，能适应变化迅速的现代社会；③具有良好的道德品质，有合作意识，能处理好个人与社会的关系，有服务社会的精神；④具有一定的职业素养，能通过从事某种职业发展个人才能并为社会尽力。

（四）关于课程与教材

杜威认为教授以知识为中心的教材和由各种教材为基础所组成的学科课程，是传统教育的重要特点之一。杜威批评这种"早已准备好了的教材"强加给儿童，是"违反儿童的天性"的做法，它会阻碍儿童的生长。杜威认为教材的源泉应该是儿童自己的活动所形成的直接经验，应当从"儿童当前的直接经验中寻找一些东西"[①]。因此，他提出，课程的中心是各种形式的工作活动，如木工、铁工、烹调及各种服务性的活动。所以，他认为最理想的教育形式是职业教育。

1. 对传统课程的批判

杜威认为，传统课程是由成人编就的，代表成年人的种种标准，不适合儿童的现有能力，超出了儿童已有的经验范围，是他们力不能及的东西；传统课程只适合于搞研究、积累知识和掌握学术，而不能满足儿童制造、做、创造、生产的愿望，儿童学习起来毫无兴趣可言；儿童的生活和经验具有"统一性和完整性"，但传统课程中多种多样的分门别类的学科，使儿童对世界的认识失去应有的全面性而流于片面。传统课程中社会精神匮乏，与社会生活相脱离，不能满足社会生活的需要。

2. 主张从做中学

杜威以其经验论为基础，要求从做中学、从经验中学，要求以活动性、经验性的主动作业来取代传统书本式教材的统治地位。这种活动性、经验性课程的范围很广，包括园艺、烹饪、缝纫、印刷、纺织、油漆、绘画、唱歌、演剧、讲故

---

① ［美］约翰·杜威：《民主主义与教育》，王承绪译，人民教育出版社2001年版，第204—205页。

事、阅读、书写等形式。

杜威认为要使教材心理化，即在传授系统知识的过程中要顾及儿童的心理水平。教材心理化可以把直接经验和间接经验统一起来。杜威一向反对将成人和专家编就的以完整的逻辑体系为表现形式的教材作为教育的起点，认为必须从儿童个人的直接经验为起点，并强调对直接经验加以组织、抽象和概括。

3. 教师的角色

在杜威的教学过程理论中，教员不再是学生的"导师"，而仅仅是学生从事活动的指导者、参谋、助手。应该指出，杜威并没有忽视教学过程中师生之间的合作关系。在他看来，在教育过程中激发学生自己解决问题，并不意味着教师可以袖手旁观；而是要参与学生的活动，但仅仅是不要让学生"过多的意识到"教师施教。

由于教育过程是儿童与教师共同参与的过程，是他们双方真正合作的过程，因此，在教育过程中儿童与教师之间的接触更亲密，从而使得儿童更多地受到教师的指导。杜威说，"教师作为集体的成员，具有更成熟的、更丰富的经验以及更清楚地看到任何所提示的设计中继续发展的种种可能，不仅是有权而且有责任提出活动的方针。"在他看来，教师不仅应该给儿童提供生长的适当机会和条件，而且应该观察儿童的生长并给以真正的引导。

杜威还特别强调了教师的社会职能。那就是："教师不是简单地从事于训练一个人，而且从事于适当的社会生活的形成。"因此，每个教师都应该认识到他所从事的职业的尊严。

（五）关于教学论

杜威反对传统的认为教学只是传授知识的观念，认为儿童不从活动而仅由听课和读书所获得的知识是虚渺的。杜威认为，好的教学必须能唤起儿童的思维。所谓思维，就是明智的学习方法，或者说，教学过程中明智的经验方法。在他看来，如果没有思维，那就不可能产生有意义的经验。因此，学校必须要提供可以引起思维的经验的情境。

作为一个思维过程，具体分成五个步骤，通称"思维五步"，一是疑难的情境；二是确定疑难的所在；三是提出解决疑难的各种假设；四是对这些假设进行推断；五是验证或修改假设。杜威指出，这五个步骤的顺序并不是固定的。

跟"思维五步"一致杜威提出教学的五个步骤：情景——问题——假设——解决——验证。

第一步骤、情景。学生要有一个真实的经验的情境——要有一个对活动本身感兴趣的连续的活动；

第二步骤、问题。在这个情境内部产生一个真实的问题，作为思维的刺激物；

第三步骤、假设。他要占有知识资料，从事必要的观察，对付这个问题；

第四步骤、解决。他必须负责有条不紊地展开他所想出的解决问题的方法；

第五步骤、验证。他要有机会和需要通过应用检验他的观念，使这个观念意义明确，并让他自己发现它们是否有效。

（六）关于道德教育论

杜威的教学论以实用主义真理论为基础，他的德育论则是以实用主义道德论为基础的。他在认识论上否定客观真理，认为有用的经验就是真理；在道德论上，他说："某种事物被称为有价值的，就是肯定它能满足某些情况的需要。"简言之，恰似有用的就是真理，在伦理学中，有用的就是善。杜威根据经验主义的观点，认为一般的、永恒的、普遍的、超越经验的道德观念是无意义的。

《民主主义与教育》中引用古语道："一个人做好人还不够，须做有用的好人。"[①] 杜威还认为一般社会都需有政治、经济、哲学、科学、宗教、伦理、艺术等因素，而民有、民治、民享的民主社会特别需要的乃是优良的公民道德品质，因为民主政治和道德觉悟不能分割。

在德育实施方面，杜威的原则是由活动中培养儿童的道德品质。在杜威看来，地理、历史、数学等学科的教材，都应与生活紧密结合，绝不该和社会现实绝缘，否则教学纵有学术价值，对德育也起不到作用。一个教师若在历史课中仅仅做到史实的罗列陈述，不力求与现实生活相沟通，就是传授死知识，就无助于形成学生的品德。

反之，如果一种科目被当作理解社会生活方式的手段而进行教学，它就具有积极的伦理内涵了。理由是把历史事实联系到社会生活，便能使学生受到启发，理解人与人和人对社会应有的责任、应尽的义务和应持的态度，这样的教学就成为德育的组成环节了。

四、学术价值与影响

美国教育史学家克雷明在《学校的变革》一书中这样写道：作为已被公认为进步教育的一位最主要的发言人，"《民主主义与教育》一出版，立刻就在一些地区引起轰动。人们认为这本书是自卢梭的《爱弥儿》问世以来对教育学所作的最显著的贡献"[②]

（一）杜威教育思想的学术价值

杜威的理论是现代教育理论的代表，区别于传统教育"课堂中心""教材中心""教师中心"的"旧三中心论"，他提出了"儿童中心（学生中心）""活动中心""经验中心"的"新三中心论"。

---

① ［美］约翰·杜威：《民主主义与教育》，王承绪译，人民教育出版社 2001 年版，第 343 页。

② L. A. Cremin, *The Transformation of School*, New York：Vintage Books, 1964, p108.

本书是杜威 20 年来哲学、心理学、教育学等方面的理论探索和实验求证的产物，是广度与深度、抽象与具体、理论性与实用性较完满的结合。但仍多有不精确、可疑，有待研讨的观点。

第一，杜威根据自己实用主义、经验主义、实验主义哲学观，在宗教与社会、教育与生长，教育与经验、教育与生活、经验与科学、思维与经验、目的与手段、教材与方法、文化教育与职业教育、自然科学与人文科学、个人与世界、兴趣与训练等问题上，反对牵强划分，主张统一和结合。这对克服各种传统观的片面性，产生了积极影响。

但在另一方面，由于片面地强调对事物之间的统一性和没有明确其区别性，在不同的问题上，在不同时期，表现出忽左忽右的倾向。

第二，杜威站在民主主义社会观上，极力推崇美国的民主传统和民主社会，并一贯主张用民主主义来改造教育。这在当时克服粗野的个人主义、极权主义方向，无疑是产生了进步作用。

但同时产生了很大的消极作用，其表现在：他基于社会进化论的观点，把美国民主社会加以理想化，否定阶级、阶级斗争以及暴力革命，否认美国社会存在的阶级、民族不平等，空喊共同利益、共同福利、机会平等、民主参与等。

第三，杜威根据美国工业革命以及科技、文化、社会生活的巨大变化，致力于改造旧教育，建立新教育的事业。杜威在克服自然主义、复古主义、教师中心，克服教育脱离儿童和社会的弊端等方面做的贡献是被公认的，

但没能正确对待和继承传统教育当中的宝贵遗产——强调科学知识的传统（尤其是在高级阶层教育中）智力训练，发挥教师的主导作用，学生集体的重大教育作用等。

（二）杜威教育思想的影响

1. 对美国及世界的贡献——进步教育的旗帜

19 世纪以来兴起的轰轰烈烈的美国进步教育运动以杜威教育理论为旗帜，杜威实用主义教育思想改造了美国旧教育和建立了美国新教育。但进步教育运动自始至终遇到来自永恒主义和要素主义等学派的挑战，他们指责进步教育不重视基础学科与知识传授，忽视智力训练等。由于忽视制定教育目的在教育中的重要作用，也受到进步主义运动内部的挑战，如布拉梅尔德认为学校教育在很大程度上受社会和文化努力的支配，因而要重新制定教育目的，后来布拉梅尔德打出了"改造主义"的旗帜。1957 年苏联人造地球卫星成功地上天之后，进步主义遭到了更广泛更严厉的批判，甚至把美国科技、国防的落后归罪于进步教育运动，随之掀起了课程改革的高潮。

到了 20 世纪 60 年代，在美国又出现重新评价杜威的势头，杜威又被重新肯定。长期以来。杜威教育理论不论在美国或在国际上都享有权威。至今，《民主

主义与教育》和《理想国》《爱弥尔》一起享有教育瑰宝之荣誉，誉为了解美国及国际新教育运动的实践及理论的一把钥匙。

20 世纪初期，杜威的教育思想通过凯兴斯泰纳而传之德国，通过克拉巴柔而传之瑞士，通过拜梯尔而传之法国，通过芬德来而传之英国，以后便更陆续地传之众多国家。

2. 对中国教育的影响——推崇、批判和借鉴

杜威的教育思想对中国的影响可分为三个阶段即推崇、批判和借鉴。

第一阶段为 1949 年以前的推崇。

胡适、陶行知、蒋梦麟、陈鹤琴等人在主流报纸、期刊上系统介绍杜威的学说，对其教育哲学、教育思想进行了大力宣传，当时《新教育》《教育杂志》以及其他报刊大量刊登介绍和研究杜威教育思想的文章。

1919 年 5 月 10 日至 1921 年 7 月 10 日，杜威到中国进行了访问和讲学，曾在辽宁、河北、山西、山东、江苏、浙江、湖南、湖北、江西、福建、广东、北京、上海 13 个省市进行演讲，宣传自己实用主义哲学与教育思想。1919 年出版了上海江苏省立第二师范学校新学社编《杜威在华讲演集》，1920 年出版了北京晨报社丛书第三种《杜威在华讲演》。1922 年制订的"新学制"明令实施儿童中心教育。

20 世纪 20 年代课程、教材革新带来极大的影响。1921 年 10 月全国教育会联合会议诀案中就提出了大致以儿童身心发达时期为依据采取纵横活动主义教育，提倡"自动主义"教学。最为突出的是设计教学法和道尔顿制。

第二阶段为 1949 年以后至 1977 年的批判。

新中国成立，政治斗争错综复杂，国家在政治思想战线上开展反对资产阶级的思想斗争。在经济建设上，按照苏联的计划经济体制的模式进行。在教育上，照搬苏联的教育模式，推崇苏联教育家的教育思想，对西方的哲学思潮持完全否定的批判态度。所以美国政府所推崇的实用主义哲学就成为批判的"靶子"。中国意识形态领域所爆发的斗争波及到教育领域，"突然之间，追随杜威主义变成了一件非常冒险的事情"[①]。1955 年 5 月，《人民教育》发表社论《批判唯心主义思想的重大意义》把杜威的实用主义教育思想认作是"建设人民教育事业最大的障碍"[②]。之后全国各地掀起了对杜威教育思想的批判热潮。

1955 年 5 月，曹孚在南京市做了一次批判实用主义教育思想的报告。1956 年，曹孚又发表了《实用主义教育思想批判》一文，对杜威的教育作用论、教育

---

① 芭芭拉·史古斯：《中国语境下的"杜威"：朋友、恶魔与旗帜》，http://blog.sina.com.cn/s/blog_9de4be-63010kvmu.Html（访问时间：2014 年 04 月 12 日）。

② 于全富：《杜威教育思想的历史传播及其对当前语文教育改革的影响与启示》，内蒙古师范大学，2009 年，第 15 页。

目的论、教学理论和道德教育论展开了全面的批判，认为杜威所说的"教育应有个别的、特殊的目的"是为资本主义社会培养年轻一代的资本家，只关注当前的目的，而忽视未来的目的，只承认个人的目的，而否认社会的目的，是一种错误的教育目的观。总体来说，在此期间，杜威的教育思想基本是以"反动"面貌出现的。

第三阶段为新时期课程改革的借鉴。

改革开放以后，解放思想、实事求是的思想路线重新恢复，人们开始再度审视以往的教育理论和观点。"杜威'民主主义'教育思想，为什么在'五四'时期受到广大教育家的欢迎"①，作为对世界教育产生重要影响的教育家之一，杜威的教育理论也重新得到了学术界的评价和认可。

五、杜威语录摘编

· 教育是生活的过程，而不是将来生活的准备。

· 失败是一种教育，知道什么叫"思考"的人，不管他是成功或失败，都能学到很多东西。

· 教育的目的在于使人能够继续教育自己。

· 教育不是为生活做准备，而是生活的本身。

· 所谓恶人，无论有过多么善良的过去，也已滑向堕落的道路而消逝其善良性；所谓善人，即使有过道德上不堪提及的过去，但他还是向着善良前进的人。

· 人必须珍藏某种信念，必须握住某种梦想和希望，必须有彩虹，必须有歌可唱，必须有高贵的事物可以投身。

· 教师总是真正上帝的代言者，真正天国的引路人。

· 对我来说，信念意味着不担心。

· 如果他不能筹划他自己解决问题的方法，自己寻找出路，他就学不到什么；即使他能背出一些正确答案，百分之百正确，他还是学不到什么。

· 教学必须从学习者已有的经验开始。

· 支配想像的是未来，而不是过去。黄金时代是在我们前面，不是在我们背后。

· 人类本质里最深的驱策力就是希望具有重要性，希望被赞美。

· 一件事若过于注重实用，就反为不且实用。

· 科学最伟大的进步是由崭新的大胆的想象力所带来的。

· 科学的伟大进步，来源于崭新与大胆的想像力。

· 找出一个人最适合做的并保障他（她）能够去做的机遇环境，是通往幸福

---

① 毛礼锐：《从"五四"运动时期的教育看我国当前的教育》，载《教育研究》，1979年第1期。

的关键。

· 读书是一种探险，如探新大陆，如征新土壤。

· 道德就是强者对弱者的态度。

· 人性最为根深蒂固的渴望就是得到尊敬。

· 感觉标志着行为习惯发生了从一个过程进入另一个行动方式的过程，在这个意义上，感觉都是"相对"的。

· 要真正做到多思，我们必须甘心忍受并延续那种疑惑的状态，这是对彻底探究的动力，这样就不至于在示获充足理由之前接受某一设想或肯定某一信念。

· 劳动受人推崇。为社会服务是很受人赞赏的道德理想。

· 科学的每一项巨大成就，都是以大胆的幻想为出发点的。

好人是无论他过去在道德上是多么的不值但如今开始在变好的人。

参考文献

[1] [美] 约翰·杜威：《民主主义与教育》，王承绪译，人民教育出版社 2001年版。

[2] 赵祥麟、王承绪编译：《杜威教育论著选》，华东师范大学出版社 1981 年版。

[3] 赵祥麟、王承绪编译：《杜威教育名篇》，教育科学出版社 2006 年版。

[4] 吕达、刘立德、邹海燕主编：《杜威教育文集》，人民教育出版社 2008 年版。

[5] 单中惠：《现代教育的探索——杜威与实用主义教育思想》，人民教育出版社2002 年版。